자본주의
사회와

인간
욕망

서구 리얼리즘 문학의 현재성

자본주의
사회와

인간
욕망

고영석 엮음

문학동네

우리나라가 세계 11위 경제대국이라는데 자기 삶에 만족한다는 사람
은 없고 다들 고달프다고만 한다. 그런데도 지금의 우리 문학은 심신이
고달픈 현실을 외면하고 자족적인 이미지와 텍스트를 양산하고 있다. 한
때 학계나 문단의 최대 관심사였던 리얼리즘 문학과 그 이론은 화두에서
벗어난 지 이미 오래되었다. 이와 같은 분위기 속에서 리얼리즘을 중심
에 내세운 문학 에세이를 펴낸다는 것은 그렇게 쉬운 일이 아니다. 루카
치와 브레히트 등의 리얼리즘 논쟁이나 아도르노의 리얼리즘론 또는 매
체와 리얼리즘 문제 등의 시의성을 전면에 내세운다고 해도 상황이 달라
질 것은 없다. 다매체 시대, 시뮬라시옹의 시대가 문자문화의 리얼리티
논의 자체를 거부하고 있기 때문이다.

이렇듯 리얼리즘 문학에 대한 논의와 관심이 시들해진 것은 사실이지
만 그것이 곧 리얼리즘 문학의 폐기처분을 의미할 수는 없다. 19세기 서
구의 리얼리즘 문학작품은 오늘날에도 여전히 문학정전으로서 굳건한
위치를 점하고 있으며, 리얼리즘의 대표적 장르인 서사문학의 전통 없이
는 현대의 서사문학에 대한 학문적 담론 자체가 불가능하기 때문이다.

문체사적 측면뿐만 아니라 주제 연구의 측면에서도 마찬가지다. 이런 점에 주목하며 우리는 리얼리즘 문학의 주제 중에서 특히 자본주의 사회와 인간의 욕망을 재조명해보기로 하였다.

귀족적인 고전주의와 낭만주의 문학으로부터 문학의 대중화를 선도한 리얼리즘 문학작품의 현재성은 무엇보다도 시민세계의 일상을 문학적 담론으로 끌어들인 데 있다. 예를 들어 리얼리즘 작품에 등장하는 시민세계의 일상성은 사랑에 돈과 출세가 연계되거나 욕망의 대상이 속물화되는 모습 등을 통해 살펴볼 수 있다. 리얼리즘 문학작품에 형상화된 돈, 사랑, 명예, 권력, 욕망 등의 모티프는 오늘날 우리가 살고 있는 자본주의 사회나 우리를 포위하고 있는 다양한 매체환경에서도 최고의 관심 대상이다. 돈, 사랑, 명예 등의 문제는 산업화 때문에 사회가 급속히 자본주의로 개편되던 시기에 등장한 리얼리즘 문학에서 본격적으로 제기되었고, 지금도 중요 주제로 자리잡고 있다. 특히, 영상매체의 발달과 함께 확대된 TV 연속극이나 영화에서 이 주제는 끊임없이 재생산되고 있다.

이 점에 착안하여 우리는 '자본주의 사회와 인간 욕망'이라는 주제가 리얼리즘 문학의 시의성을 적절하게 드러낼 수 있다는 데 의견을 같이 하였다. 이 책은 그 동안 우리나라에서 별달리 주목받지 못했던 이 주제를 집중 조명하기 위해 독일 리얼리즘 문학뿐만 아니라, 프랑스, 영미, 러시아 리얼리즘 문학작품까지 그 대상으로 삼아 서구 리얼리즘 문학작품 속의 돈, 사랑, 명예 등의 문제를 종합적으로 다룬다. 문학사적 환경은 다소 차이가 있겠지만 같은 시기에 등장한 서구 리얼리즘 문학을 특정 주제를 중심으로 함께 고찰함으로써 우리 시대의 문화 분석에 응용할 수 있으리라 기대한다.

지금까지 우리나라에서도 리얼리즘에 대한 연구는 많이 진행되어왔지만 이번처럼 여러 전공의 리얼리즘 연구자들이 모여 공동의 주제로 책을 엮어낸 경우는 거의 없었다. 그만큼 학제 간 연구의 전통이 깊지 않고, 여러 전공 영역의 연구자들을 하나의 주제 아래 모으는 것 또한 쉽지 않았기 때문이다. 그런 점에서 리얼리즘의 현재성을 성찰해보는 이번 기획은 나름대로 의의를 지닌다고 할 수 있겠다. 이 자리를 빌려 우리의 기획 취지에 공감하고 책을 만드는 작업에 흔쾌히 동참해준 필자들에게 감사의 마음을 전한다.

이번 기획은 또한 전문 연구자들이 리얼리즘에 대한 대중적 글쓰기를 시도해본다는 의미도 갖고 있다. 소수의 전공자들만 돌려 읽는 딱딱한 연구논문이 아니라 일반 독자들도 쉽고 흥미 있게 읽을 수 있는 에세이를 써서 리얼리즘의 문제의식을 보다 많은 사람들과 공유해보자는 것이 우리의 생각이었다. 비록 여전히 딱딱한 글도 있지만 모두 열심히 노력하여 대중에게 쉽게 다가갈 수 있는 글을 보내주었다. 고마운 일이 아닐 수 없다.

이 책은 나 개인에게도 각별한 의미를 갖는다. 지난 삼십여 년간 독일 리얼리즘을 공부해오면서 서구 리얼리즘에 대한 여러 전공자들의 공동 연구가 필요하다는 생각을 많이 했는데 비로소 그 뜻을 실현할 수 있게 된 것이다. 그 동안 연세대학교에서 나와 함께 이 분야를 공부하며 이제는 리얼리즘 문학 전공자가 된 제자들은 물론 독문학, 영문학, 불문학, 러시아문학계의 동학들과 함께 서구 리얼리즘 문학에 대한 책을 펴내게 되어 기쁘다. 좀더 많은 다른 전공자들이 참여했으면 좋았으리라는 아쉬움이 남지만 공동연구의 첫걸음을 뗀 것으로 위안을 삼는다. 앞으로 이런 시도가 많이 이루어지기를 기대해본다.

다른 한편으로 이 책은 올해 여름을 끝으로 대학을 떠난 나에게 그 동안의 작업을 정리한다는 의미를 갖기도 한다. 그런 의미에서 지금까지 독일 리얼리즘 문학에 대해 쓴 나의 글 중에서 이 책의 주제와 연관되는 글들을 새롭게 손보아 3부에 함께 묶고 새로 두 편을 더 써서 보탰다. 모두가 산업화와 자본주의의 문제를 테마로 삼아 당대의 주류 이데올로기에 대한 비판적 시각을 견지하고 있다는 공통점을 지니고 있다. 리얼리즘의 현재성을 부각시키는 데 다소나마 도움이 될 것이라고 생각한다.

나의 교수생활을 되돌아보니 약간의 자부심과 함께 많은 회한이 남는다. 혹시 시대의 방관자는 아니었는지 혹은 세속적 욕망에 부화뇌동하지는 않았는지 반성이 앞선다. 어쨌든 이웃 사랑과 공동체 의식의 진작을 위해 앞으로도 계속 살아갈 것이다. 이 책을 위해 발 벗고 나서서 기획과 섭외 그리고 원고 집필까지 맡아준 편집위원회의 여러 제자들, 고규진, 김용민, 전동열, 최문규, 홍길표 교수에게 깊은 감사의 마음을 전하고 싶다. 마지막으로 이 책의 출간을 맡아준 문학동네의 용기 있는 결단과 좋은 책을 만들어준 편집부의 노고에 대해서도 한없이 고마운 마음을 전한다.

2007년 9월
고영석

다시 리얼리즘으로

서구 리얼리즘 문학 속의 돈, 사랑, 명예

고영석

1. 욕망의 시대 — 고달픈 한국

2006년 말을 기준으로 우리의 1인당 GNP는 18,300여 달러에 이르렀다. 1970년의 254달러와 비교하면 무려 72배 이상의 성장이다. 산업화가 시작된 지 불과 사십여 년 만에 이루어낸, 가히 혁명적인 경제성장이 아닐 수 없다. '산업혁명'이란 표현이 꼭 들어맞는 고도의 압축성장이다. 서양사회가 근 이백여 년에 걸쳐 이룬 것을 불과 한 세대 만에 무서운 속도로 달성했다. 경제규모도 세계 11위의 경제대국이다. 그런가하면 1987년 6월항쟁 이후 우리는 벌써 세번째 민간정부를 세웠다. 오랜세월 군부독재를 거치며 자연스레 '최고 통치권자'로 호명되어왔던 대통령을 마음대로 욕해도 아무 문제가 되지 않는 민주화 시대에 살고 있다. 컴퓨터와 인터넷 그리고 휴대폰으로 상징되는 정보화 또한 세계가 부러워할 만큼 눈부신 확장과 발전을 거듭하고 있다. 산업화, 민주화, 정보화가 이렇듯 빠르게 이루어진 나라는 신생국은 물론이고 선진국을 포함해서도 세계 역사상 유례가 없다.

그런데도 왜 다들 심신이 고달프다고만 하는 것일까? 주위를 아무리 둘러봐도 행복하다거나 자기 삶에 만족한다는 사람은 별로 없고 모두가 허덕대며 죽겠다고들 한다. 19세기 중반, 산업화가 막 시작되던 독일 대도시 어느 빈민가의 이층 다락방에서 자신의 시대를 한마디로 "나쁜 시대", "사악한 시대"라고 규정한 빌헬름 라베 소설 속의 한 주인공이 생각난다. 그렇다. 이 시대 우리의 삶은 참으로 고달프고 우울하다. 양극화, 실업문제, 주택문제, 환경문제와 같은 외면지표뿐만 아니라 교육문제, 자살, 범죄, 저출산율과 같은 삶의 내면지표 역시 언급하기가 부끄러울 정도다. 생활수준 대비 부동산가와 물가는 세계 최악의 수준이고 저출산율은 세계기록을 능가하고 있다. 자살률과 그 증가율은 세계 1위이고 이십대의 사망 원인 역시 1위가 자살이란다.

왜 이렇게 되었을까? 세계 11위의 경제대국인 우리 사회가 겪고 있는 '반생명화', '반인간화'의 풍조는 도대체 어디서 온 것일까? 여러 가지 설명이 가능하겠지만 그것이 1990년대 이후 일상화된 신자유주의적 세계화 전략과 그에 따른 무한경쟁의 필연적인 결과란 것은 대개가 인정하는 터이다. 지금 우리 사회 어느 영역을 보더라도 시장만능주의와 성공 이데올로기에 매몰되지 않은 곳이 없다. 자본주의 논리가 모든 영역을 철두철미 지배하고 있는 것이다. 과거 경제적 가치가 정치적 가치에 종속적이었다면 지금은 사회 모든 영역이 자본주의의 경제논리와 경쟁원칙에 예속되어 있다. 소련과 동독, 그리고 동구권의 현실사회주의의 몰락이 우리에게 각인시킨 자본주의 체제의 수월성은 이제 그 누구도 부정할 수 없는 진리로 받아들여지고 있다.

현실사회주의에 대한 자본주의의 승리, 시장의 세계화와 세계시장에서의 무한경쟁, 사용가치가 아닌 교환가치의 극대화를 통한 이윤확대 등이 바로 오늘을 살고 있는 우리 삶의 기본틀이다. 그리고 그 틀 속에서 살아가도록 내몰린 개개인은 모두 '만인의 만인과의 경쟁'에서 승자가 되기를 꿈꾸며 무한한 욕망을 불태운다. 승자가 되고 싶은 욕망, 성공하고 싶은 욕망은 실로 강렬하고 광범위하다. 절제되지 않은 욕망은 더이상 상류층에만 국한되어 있지 않다. 이제 서민층, 중산층 가릴 것 없이 모두가 상류층의 의식과 욕망을 내면화하고 있다. 시쳇말로 주제 파악도 못하고 욕심만 부리는 꼴이다.

욕망은 ─ 욕심이나 욕구라 해도 상관없다 ─ 인간의 기본속성이다. 오욕칠정(五慾七情)이라는 옛말이 있다. 인간의 다섯 가지 욕망 중에 먹고 잠자는 것을 빼면 재(財), 색(色), 명예(名譽)의 세 가지가 남는데, 이는 우리가 주제로 삼은 돈과 사랑과 명예를 향한 욕망에 다름아니다. 그런데 왜 이와 같은 인간의 기본적 욕망이 지난 십여 년 사이에 그토록 광적인 모습으로 표출된 것일까? 돈에 대한 욕망이 얼마나 강렬했으면 "부자 되세요"라는 인사법이 회자되고, 재테크, 주식 투자, 부동산 투자 등 돈 버는 전략에 관한 책들이 불티나게 팔리는 것일까? 어디 그뿐인가? 전통적으로 인격 형성과 바람직한 사회화의 필수 조건으로 여겨졌던 지식과 학문은 단순히 출세와 신분 상승의 강력한 도구로 인식된 지 이미 오래되었다. 광기에 가까운 교육 열풍, 영어 열풍, 일류대 열망, 그리고 중국, 인도, 일본을 훨씬 능가하는 미국 유학 열풍 역시 출세와 명성, 권력과 지배욕망의 현대적 표출일 뿐이다. 사랑은 또 어떤가? 텔레비전 연속극에서 흔히 접하듯 사랑은 편집증적인 욕망과 쟁취의 대상이지 이제 더이상 배려나 베풂의 대상이 아니다.

우리는 왜 이렇게 욕망의 늪에 빠져 헤어나지 못하고 있는 것일까? 인간의 욕망은 그것의 실현 가능성이 높으면 높을수록 그 강도 또한 높아지게 마련이다. 물론 실현될 수 없는 욕망, 부질없는 욕망은 아예 처음부터 꿈으로 치부하고 체념해버릴 수 있다. 그러나 절대빈곤에 허덕이던 사람들이 살 만해진데다 지금 우리 사회에서 잘나가는 사람들도 처음에는 평범했다는 사실에 자극을 받아 강한 욕망과 확신을 갖게 되는 경우가 많아졌다.

따지고 보면 욕망 그 자체는 나쁠 것이 없다. 인간의 욕망은 역사 발전의 원동력이 되기도 한다. 문제는 그 욕망이 남에 대한 배려나 사회적 약자에 대한 최소한의 연대의식 없이 자신과 가족, 자신이 속해 있는 집단만을 위해 이기적 혹은 배타적으로 분출되는 데 있다. 이런 현상이 한 시대의 주조를 이룬다면 어떤 부류의 사람이건 대개는 욕망의 노예가 될 수밖에 없고 그 욕망을 향해 고달프게 발버둥칠 수밖에 없다. 바로 여기에 욕망의 사회적 비극이 내재한다.

우리가 자랑하는 산업화, 민주화, 정보화는 욕망의 결과이기도 하지만 또한 우리의 욕망을 끝없이 부추기는 원인이기도 하다. 산업화가 부의 축적에만 머물지 않고, 민주화가 군부독재의 청산에 자족하지 않고, 정보화가 단순히 정보기술의 발전과 정보망의 확충으로 그치지 않을 때, 그리하여 우리의 욕망 역시 최종적으로는 인간에 대한 사랑, 곧 휴머니즘을 지향할 때, 욕망은 더이상 영원한 갈증과 고달픔의 기제가 아니라 건강한 공동체, 건강한 사회를 만들어내는 추동력으로 새롭게 인식될 것이다.

산업화 시대 당시에 팽배했던 부르주아의 돈과 사랑, 그리고 명예에 대한 욕망을 주제화한 것이 바로 19세기 서구 리얼리즘 문학이다. "모두가 이상을 가지고 있다고 거짓말을 한다. 그들은 아름다운 것, 선한 것, 진실한 것에 관하여 끊임없이 수다를 떤다. 그러나 실제로 그들은 무엇이든 돈과 재산이 되는 걸 얻기 위해 알랑대거나 아니면 그런 것들에 대한 동경으로 속을 태우는 등 오로지 금송아지 앞에서만 굽신거린다." (Schäfer, 96쪽에서 재인용) 이는 19세기 독일의 리얼리스트인 테오도어 폰타네가 자기 시대 시민계급의 "돈보따리 근성"을 꼬집는 말로, 돈독이 오를 대로 오른 우리 시대의 분위기에 딱 들어맞는다. 19세기 유럽은 역사 발전의 단계로 보아 산업화 혹은 산업혁명의 시대였다는 점에서 우리 사회의 현 단계와 유사한 점이 많고, 그 시대가 안고 있는 여러 가지 사회문제, 사회의식, 돈과 사랑과 명예를 향한 개개인의 욕망이 우리 시대의 그것들과 대동소이하다는 점에서 시사하는 바가 매우 크다. 그리고 그러한 시대와 현실을 있는 그대로 묘사한 19세기 서구 리얼리즘 문학은 세계문학을 대표한다는 표피적인 이유뿐만 아니라 인간의 욕망과 한계라는 기본주제로 여전히 우리를 사로잡는 현재성을 지니고 있다.

2. 19세기 서구 리얼리즘 문학

리얼리즘?

보드리야르의 말대로 현대는 시뮬라시옹의 시대다. 도처에 기호와 이미지가 넘쳐나고 허구와 현실의 경계 또한 사라지고 있다. 영화, TV, 컴퓨터, 인터넷 등 다양한 영상매체와 대중 정보매체에 매몰된 오늘날, 이른바 하이퍼 리얼리티가 운위되고 있는 마당에 현실을 있는 그대로 꼼꼼하게 묘사하는 리얼리즘이 과연 무슨 의미가 있겠는가? 그래서인지는 모르지만 2000년대 들어와 우리 문학은 고달픈 현실에 대한 집요한 천착 대신 유희적 상상에 몰두하고 있다는 것이 일반적인 견해다. '지금 여기'를 벗어난 탈정치적, 탈현실적 감각과 상상력이 주조를 이루면서 우리의 각박한 현실과 맞서지 않고 그로부터 우회하거나 회피 혹은 도피함으로써 현실과 무관한 자족적인 이미지와 텍스트를 양산하고 있는 것이다.[1]

이런 현상에 대해서는, 현실을 교정하려는 적극성이 결여되었다고 못마땅하게 보는 시각도 있고, 사회적인 것이 없다는 것 또한 사회적 징후라는 말로 이를 이해하려고 하는 시각도 있다. 탈현실적인 문학풍조에 대한 평가야 어떻든 그런 현상이 오늘날의 주류를 이루고 있다는 사실을 확인하고서도 자꾸만 현실을 강조하고 리얼리즘 문학을 언급한다는 것은 어찌 보면 시대적 분위기에 역행하는 것일지도 모른다. 그러나 한 가

---

1) 이러한 사실은 『창작과비평』 특집 「2000년대 한국문학이 읽은 시대적 징후」(2006년 여름호와 겨울호)를 필두로 『문학동네』 좌담 「문학의 시대' 이후의 문학비평」(2006년 가을호)과 『문학과사회』 특집 「2000년대 문학을 둘러싼 논쟁과 성찰」(2007년 봄호)을 통해 쉽게 확인할 수 있다.

지 분명한 것은, 현재의 상황이 비록 반리얼리즘적이긴 하지만 그렇다고 해서 리얼리즘 문학 자체의 시효가 끝난 것도, 19세기 유럽 리얼리즘 문학의 위대한 성과가 가치절하되는 것도 아니라는 사실이다. 리얼리즘이 무엇인가? 사전적으로 이야기해서 현실을 있는 그대로 충실하게 묘사하는 것이다. 사전적인 의미만 생각해보더라도 리얼리즘 문학에는 문학의 대상이 되는 '현실' 문제가 있고 문학의 기법에 해당되는 '충실한 묘사' 문제가 있는데, 기법의 실효성에 다소 문제가 있다 해서 리얼리즘이라는 개념 자체를 회피할 필요는 없다. '현실' 문제만을 놓고도 얼마든지 리얼리즘을 논할 수 있는 것이다. 따라서 후자의 경우는 간단히 언급하고 넘어가려 한다.

세부묘사와 객관적 서술

리얼리즘이란 어차피 상대적이고 변증법적인 개념이다. 절대적 혹은 규범적인 리얼리즘 개념은 애당초 있을 수가 없다. 묘사의 대상인 현실이 인식주체에 따라 상이하게 개념화될 수 있고 묘사방식 또한 복사와 재구성 어느 쪽에 강조점을 두느냐에 따라 확연히 다를 뿐만 아니라 작가와 독자의 시각과 입장에 따라 리얼리티의 기준 역시도 천차만별일 수밖에 없기 때문이다.

그런데도 우리가 리얼리즘을 이야기하는 것은 그것이 고전주의나 낭만주의 같은 이상주의 혹은 관념주의 문학에 대한 반대운동으로 일어났다는 문학사적인 고려가 있었기 때문이다. 두말할 필요도 없이 19세기 서구의 리얼리즘 문학은 미메시스적 문학관과 직결되어 있다. 때문에 리얼리즘의 일차적인 판단기준은 작품이 형상화한 현실이 경험 현실의 그것과 꼭 같다거나 혹은 아주 유사하다는 느낌을 불러일으키느냐의 여부이다. 폰타네에 의하면 리얼리즘 문학은 소설 속의 삶과 실제의 삶을 구분할 수 없을 정도, 그러니까 그것을 읽는 동안 "실제의 삶을 계속하고 있다는 느낌"을 주어야 하며, 읽고 난 후에는 실제로 살았던 인물인지 아니면 소설 속에서 읽었던 인물인지 더이상 분간할 수 없어야 하고, 총체적으로는 "그래, 그게 우리의 삶이야"라는 인상을 남겨주어야 한다.

이를 위해 당대를 대표하는 유럽의 리얼리스트들이 구사한 첫번째 기법은 일상적인 문체를 동원한 세부묘사다. 별다른 수사나 과장이 없는, 또 알레고리나 상징기법이 배제된 일상의 문체로 자연풍경, 날씨와 세시풍속, 공간과 장소, 건물과 실내장식, 인물의 용모와 의상과 어투 등을 자세하고 정확하게 묘사하는 것이야말로 리얼리즘 문학의 기본이 되는 것이다. 그러나 이렇게 묘사된 세부사항은 묘사 그 자체로 머물러 있지 않고 작품 속의 인물, 사건, 스토리와 하나로 융화되어야 한다. 고트프리트 켈러의 말대로 '진정한' 리얼리즘 문학은 "작품 속에 기록된 묘사와 작품의 스토리 사이를 왔다갔다하지 않고, 모든 감각적인 것, 눈으로 직접 볼 수 있고 손으로 직접 잡을 수 있는 것을 포만한 느낌 속에서 만끽할 때, 즉 표피적인 현상과 작품 속의 사건이 서로 연관되어 떠오를 때"[2] 비로소 달성된다. 이런 기법은 그 동안 많은 학자들에 의해 유머기법, 의도적 상징기법, 변용기법, 은유가 아닌 환유기법 등 여러 개념으로 등장했지만 결과적으로는 세부묘사 속에 작가의 주관성, 작가의 정신을 내재시킨다는 점에서 서로 다르지 않다. 따라서 프랑스의 뒤랑티와 샹플뢰리가 펼쳤던 소박한 모사론이나 졸라의 제자를 자처한 독일의 철저자연주의자들이 지향한 현실복사론이 리얼리즘이 될 수 없다는 것은 자명하고, 유럽의 위대한 리얼리스트들이 이러한 미메시스 일변도의 문학관을 한사코 배격한 것 또한 당연하다. 리얼리즘 문학은 어디까지나 복사가 아닌 창작이기 때문이다.

리얼리티의 제고를 위해 리얼리스트들이 사용한 두번째 전략은 객관적 서술이다. 이는 플로베르가 『마담 보바리』에서 성공적으로 적용한 서

---

2) Gottfried Keller, *Sämtliche Werke und ausgewählte Briefe*, Bd. 3, hrsg. v. Clemens Heselhaus, Darmstadt 1972, S. 965.

술기법으로, 화자가 전지전능한 위치에서 이야기를 끌고 가던 지금까지의 태도를 버리고 모든 것을 작중인물의 시각에서 서술함으로써 그 내용이 보다 더 생생하고 현실감 있게 보이도록 하는 기법이다.[3] 때문에 화자는 소설의 전면에 등장해서도 안 되고 설사 등장하더라도 주인공이나 다른 등장인물, 기타 사건전개에 관하여 주관적인 의견개진이나 도덕적 판단을 해서는 안 된다. 플로베르의 "몰개성", "냉정성"과 같은 개념이나 슈필하겐의 "객관성"이란 개념은 바로 이를 강조한 것이다. 이 점과 관련해서는 나라별로 혹은 작가별로 편차가 있는 게 사실이다. 예컨대 미메시스와 포이에시스의 조화를 특히 강조한 독일의 리얼리즘 소설은 여타 유럽 리얼리즘과는 달리 화자의 등장과 그에 의한 현실의 중개 혹은 재구성을 오히려 인정하는 편이다.[4] 리얼리즘의 기법에는 이 밖에도 자연과학적인 인과법칙을 소설에 원용하여 동기부여의 신빙성을 높인다거나 자유 간접화법을 사용하여 화자와 작중인물을 일치시킴으로써 현장감을 높이고 '열린 결말'을 통해 일상적인 현실세계의 지속성을 강조하는 등 여러 가지가 있으나 자세한 설명은 생략하기로 한다.

3. "당대의 일상적인 사회현실"

본고에서는 리얼리즘 문학의 기법보다는 그것의 내용적인 측면, 즉 그 속에 반영되어 있는 당대 사회의 현실에 더 큰 관심을 두기로 한다. 당대의 현실을 제대로 포착했다는 측면에서 유럽의 여러 나라 중에서도 프랑스문학을 가장 높이 평가한 에리히 아우어바흐는 『미메시스. 서구 문학

---

3) 스탄첼은 이러한 서술기법을 "주석적 서술기법"과 구분하여 "인물시각적 서술"이라고 규정한 바 있다.
4) 고영석, 「19세기 독일 리얼리즘의 특징과 폰타네의 『얽힘과 설킴』」, 『현대 독문학의 이해』, 민음사, 1984, 307쪽 참조.

에 나타난 현실묘사』에서 근대 리얼리즘을 "끊임없는 역사 변천의 토대 위에서 당대의 일상적인 사회현실을 진지하게 묘사하는 것"(Auerbach, 480쪽)이라고 정의한 바 있다. 이 정의는 19세기 서구 리얼리즘 문학의 나라별 편차를 감안하더라도 별 무리 없이 두루 적용할 수 있는 것으로, 아우어바흐는 같은 책에서 이 정의를 보다 구체적으로 설명하고 있다. "한편으로는 일상적인 현실을 진지하게 다루고, 즉 사회적으로 낮은 계층의 광범위한 인간 군상을 문제적이며 실증적인 묘사의 대상으로 끌어올리고, 다른 한편으로는 일상적인 인물과 사건을 당대 역사의 전체 흐름, 유동적인 역사적 배경 속에 자리잡게 하는 것, 이 두 가지가 내 생각으로는 근대 리얼리즘의 초석이 된다."(458쪽) 여기서 아우어바흐가 재삼 강조한 것은 하류사회의 일상적인 현실을 문학의 소재 안으로 끌어들이되 거기에 묘사된 인물과 사건을 당대 역사의 전체적인 흐름과 연계해야 한다는 것이다. 문학사적으로 볼 때 왕후장상이나 신화적 영웅을 진지하고 장엄하게 그려낸 전통 고전주의의 '신분조항'을 탈피하여 고작해야 희극이나 풍자극의 소재로만 다루어지던 서민들의 하찮은 현실을 문학의 소재로까지 확장한 것은 리얼리즘의 위대한 성과임에 틀림없다.

그러나 이것만으로 리얼리즘 문학이 달성되는 것은 아니다. 아우어바흐가 스탕달의 『적과 흑』(1830)을 예로 들어 설명했듯이, 가난한 시골목수의 아들로 태어난 주인공 쥘리앵 소렐의 출세욕은 개인적인 차원을 넘어 7월혁명 직전의 왕정복고 시대와의 관계망 속에서, 다시 말해 당시 귀족계급의 위선과 가식은 물론 부르주아의 절제 없는 욕망에까지 연관시킬 때 비로소 완전한 현실적 의미를 가질 수 있다.

사실 19세기 유럽의 강대국 중 프랑스만큼 격동의 시대를 겪은 나라는 없었다. 대혁명부터 제3공화국 헌법이 제정 공포된 1875년까지, 불과 한 세기 동안 프랑스는 공화정과 왕정복고의 교체를 여러 번 반복하며 엄청난 혼란에 빠진데다가 19세기 전반에는 자본주의 체제의 산업화까지 겹치면서 깊은 환상과 좌절, 성공과 실패를 절감하게 된다. 그중에서도 가장 강한 인상을 남긴 인물이 바로 나폴레옹인데, 그는 모든 프랑스인에게 코르시카의 소시민 출신도 황제가 될 수 있다는 신분상승의 구체적인 예를 실증적으로 보여주었기 때문이다.

『적과 흑』의 주인공 쥘리앵 소렐은 열렬한 나폴레옹 숭배자로서 어릴 때 이미 라틴어 성서를 전부 외울 만큼 명석한 머리를 가졌고 불우한 환경에도 불구하고 일찍부터 "입신출세를 위해서라면"(스탕달, 33쪽) 어떤 고통도 감수할 각오가 되어 있는 출세지향적 인물이다. 급진왕당파이자 전형적인 부르주아인 레날 시장 집 가정교사생활과 시장 부인과의 연사(戀事), 신학원생활, 파리의 세력가 귀족인 라 몰 후작의 비서생활 등을 거쳐 후작의 딸 마틸드와의 결혼이 어렵사리 성사되려는 순간 그의 신분상승 욕망은 달성된 것처럼 보였다. 그러나 마지막 순간 시기심에 불탄 시장 부인의 중상모략적인 편지로 그의 꿈이 수포로 돌아가자 그는 그녀를 저격하고 끝내는 살인미수죄로 단두대에서 참수된다. 그의 법정 최후 진술은 지금도 우리의 심금을 울린다. "배심원 여러분! 저는 여러분들의 계급에 속하는 영예를 갖고 있지 못합니다. 여러분들은 본인에게서 자신의 비천한 운명에 반항한 한 시골뜨기의 모습을 볼 것입니다. (……) 그들은 본인을 처벌함으로써 본인과 같은 청년의 용기를 꺾어버리려는 것입니다. 여기서 본인과 같은 청년이라 함은, 하층계급에서 태어나 빈곤의 쓰라린 압박을 받으면서도 다행히 좋은 교육을 받은 청년들, 그리고 대담하게도 부유층의 오만이 사교계라고 부르는 세계에 감히 섞이려는 생각을 한 청년들을 말합니다. 여러분! 이 점이야말로 본인의 죄인 것입니다."(499쪽)

머리가 비상하고 용모가 준수한, 하층계급 출신의 어느 청년이 자신의 "비천한 운명에 반항"하여 신분상승을 도모한 것이 "죄"가 된다면, 그리고 그 죄로 인해 결국 죽어야 한다면 그것은 분명 순교자의 죽음이다. 쥘리앵 소렐은 이렇듯 출신성분이 아닌 개인의 능력에 따라 사회적 지위가 주어지는 사회를 구현하려다 죽게 되었다는 논리로 자기를 방어한다. 그러나 그가 레날 시장 집에서 몸소 겪었던 부르주아 계급의 탐욕과 오만, 배타적 이기주의, 그리고 라 몰 후작의 비서로 직접 목도한 귀족계급의 화석화된 삶과 권태, 위선과 가식을 잘 알면서도 결국 그 사회의 일원이 되는 것을 입신출세로 생각하고 행동한 것도 부인할 수 없는 사실이다. 레날 부인의 일방적인 사랑 공세에 대한 마지못한 대응은 그렇다 치더라도 애증이 교차하는 마틸드에 대한 그의 사랑은 귀족계급에 대한 증오와 선망을 동시에 보여주는 좋은 예이다.

돈과 사랑, 게다가 신분상승까지 일거에 획득하려는 동시대의 또다른 대표적 출세주의자로는 발자크의 『고리오 영감』(1834)에 등장하는 인물인 라스티냐크를 들 수 있다. 쥘리앵 소렐이 양심과 자존심에 크게 배치되지 않는 범위 내에서 자신의 출세욕망을 실현하고자 했다면 몰락한 시골귀족의 후예인 라스티냐크의 출세주의는 기존의 부르주아 사회와 귀족사회의 온갖 부정한 수단과 방법을 동원하고 그 사회에 적극 동화하는 모습으로 더욱 강화된다. 이 소설에는 보케르 부인의 하숙집과 보세앙 부인의 살롱을 중심으로 각양각색의 인물들이 등장하는데 하나같이 돈에 혈안이 되어 있다. 이 소설의 주인공은 돈이라고 할 만큼 돈은 절대적인 힘으로 인간관계를 매개하기도 하고 때로는 왜곡하고 훼손하기도 한다.

이러한 돈의 위력과 비극은 고리오 영감과 두 딸의 관계에서 가장 잘 드러난다. 작은 국수공장의 초라한 직원이었으나 대혁명의 와중에 부유한 제면업자로 부상한 고리오 영감은 두 딸이 귀족과 똑같은 교육을 받도록 갖은 노력을 다한다. "취미가 고상하고 재치 있는 여자"의 시중을 받으면서 "가장 우수한 선생들"에게서 배우고, 승마교육은 물론 마차까지도 사주어 두 딸이 "돈 많은 봉건영주의 정부"와도 같은 생활을 하게 했던 것이다. "아무리 돈이 많이 들더라도 딸들이 원하면, 아버지는 서둘러서 그 소망을 만족시켜주었다."(발자크, 124쪽) 우리나라 학부모들의 지극정성마저 연상시키는 고리오 영감의 딸 사랑은 따지고 보면 자신의 신분상승을 딸들에게까지 연장시키고자 하는 내면화된 욕망의 표출이다. 아버지가 마련해준 엄청난 지참금 덕에 두 딸이 각각 백작의 부인과 남작 칭호를 가진 부자 은행가의 부인이 됨으로써 그의 욕망은 일견 성취된 것처럼 보인다. 그러나 결국 고리오 영감은 딸들에게 철저히 버림받고, 악취 풍기는 하숙방에서 돈 한 푼 없이 외롭고 쓸쓸하게 '개처럼' 죽는다. 그리고 하숙집 동거인으로 고리오 영감의 장례를 치러준 라스티냐크는 고리오 영감의 둘째 딸에게 의도적으로 접근하여 그녀의 정부가 된 후 출세의 가도를 달린다. 요지경 같은 현실, 돈과 출세이데올로기에 매몰된 세상, 투기, 고리대금업, 범죄, 노름, 정략결혼 등 자본주의 체제에 있을 수 있는 온갖 부정한 축재방식이 판을 치는 사회, 이것이 바로 발자크가 묘사한 "당대의 일상적인 사회현실"이다. 작가의 정치적 보수주의 성향에도 불구하고 지배계급의 타락상을 적나라하게 보여주었다 해서 "리얼리즘의 위대한 승리"(엥겔스)라는 찬사를 받은 발자크를 비롯해 프랑스 리얼리스트들이 관찰한 당대의 자본주의 산업화 사회의 현실은, 정치적 발전과 산업화의 진전 정도에 따라 정도의 차이가 있지만, 유럽의 다른 나라의 경우에도 크게 다르지 않다. 영국의 디킨스와 새커리, 러시아의 톨스토이와 도스토옙스키, 독일의 켈러, 폰타네, 슈토름 등이 보여준 현실 역시도 인간의 속물적인 소유욕망과 출세욕망, 특히 지배계급인 대부르주아와 귀족계급의 탐욕과 오만과 타락으로 점철된 사회다. 그 실상을 다음 장에서 독일의 예를 들어 살펴보고자 한다.

4. 돈, 사랑, 명예

세계문학에 조예가 깊다는 사람들조차도 독일 리얼리즘 문학에 대해서는 대개가 부정적이다. 독일 리얼리즘은 고전주의나 낭만주의 같은 이상주의 전통이 그대로 남아 있어 여전히 사변적이고 주관적인 성격이 강한 터라 당대의 사회현실을 객관적으로 묘사한다는 의미의 리얼리즘 문학이 아니라는 것이다. 앞에서 인용한 바 있는 아우어바흐는 이렇게 혹평한다. "도대체가 당대 사회의 여러 대상을 진지하게 형상화해보고자 노력한 중요 작품들은 19세기 말경까지 거의 환상적이거나 목가적인 세계에, 아니면 특정 지방의 좁은 영역에 머물러 있었다. 그들은 경제, 사회, 정치의 제 현상이 정지되어 있는 것으로 제시하고 있다."(Auerbach, 420쪽) 하지만 이는 독일 리얼리즘의 특징적인 면모를 간과한 데서 비롯된 것이다. 독일 리얼리스트들은 현실을 묘사한다면서도 하층민이 아닌 시민계급의 일상적인 삶에, 그것도 그들의 가난과 비참상보다는 건전하고 밝은 면에 주목하고(프라이타크, 폰타네), 개별 인간을 묘사할 때도 그 사람의 계급적인 특성보다는 "영원히 인간적인 것"(켈러)을 더 강조한다. 여기서 "영원히 인간적인 것"이란 시공을 초월한 영원불멸의 인간속성이 아니라 개별 인간이 속해 있는 사회와 역사에 의해 규정된 인간의 모습을 뜻한다. 따라서 그것은 역사 변천과 무관한 동화적 공간이 아니라 당시의 시대적인 상황, 켈러 식으로 말해서 "문화운동의 변증법"을 감안할 때만 제대로 부각될 수 있다.

헤겔은 『미학』에서 소설을 "근대 시민계급의 서사시"라고 규정하고, 그것은 "시적인 심혼과 그에 대립하는 산문적인 현실상황의 갈등"을 묘사하는 것이라고 말한 바 있다. 교양소설을 염두에 둔 헤겔의 이같은 말을 독일 리얼리즘 소설에 적용하면 시적인 상상력, 소망, 욕망을 가진 개인과 그를 둘러싼 사회적 제약(도덕, 신분, 사회규범, 이데올로기 등)의 갈등이라 할 수 있는데, 이것이 바로 독일 리얼리즘 문학의 기본 주제이다. 때문에 독일 리얼리즘 문학이 "환상적이거나 목가적인 세계"에 머물러 있었다는 평가는 정당하지 않다.

19세기 후반의 독일 리얼리즘 문학은 독일의 산업화와 시기적으로 정확히 일치한다. 이 시기 독일의 정치상황은 통일(1871년)이라는 변수는 있었지만 귀족계급이 지배권력을 계속 장악하고 있었다는 점에서 큰 변화는 없었다. 반면에 급속도로 진행된 독일의 산업화는 이를 주도한 시민계급에게 생활환경의 변화와 함께 내부분열(소유시민, 교양시민, 소시민, 사무직 근로자 등)과 그로 인한 정체성의 상실을 안겨주었다. 이들 시민계급은 당시 독일인구의 15퍼센트에 불과했지만[5] 자본주의 산업화의 역군이었던 이들의 의식과 행태 그리고 욕망은 당시 독일사회의 일반적인 모습으로 비치기에 충분하였다.

소유 욕망

돈과 재물에 대한 욕심을 생각할 때 가장 먼저 떠오르는 사람은 고트프리트 켈러의 「마을의 로미오와 줄리엣」(1856)에 나오는 두 농부다. 한 동네 친구로 평생을 살아온 이들이 한 뙈기 밭, 그것도 거기에 딸린 작은 자투리땅 때문에 철천지원수가 되어 패가망신한 이야기는 인간의 재물욕과 오기의 끝이 어디인지를 잘 보여준다.

로미오와 줄리엣의 비극적인 사랑 이야기로 막을 여는 셰익스피어와는 달리 켈러는 잘리와 브렌헨의 사랑과 죽음을 소설의 후반부에 배치하고 전반부에는 이들 연인의 아버지인 만츠와 마르티가 어찌하여 원수가 되었는지를 상세히 서술하고 있다. 소설의 첫머리에 나오는 문제의 땅을 한번 보자. "나지막한 등성이 위에 수년 전에는 세 개의 길고도 훌륭한 밭이 마치 길게 뻗은 세 줄기의 리본처럼 나란히 자리잡고 있었다. 어느 청명한 9월의 아침 두 사람의 농부가 이 밭들 중의 두 필지, 그것도 양쪽 가장자리 밭에서 각자 쟁기질을 하고 있었다. 그런데 가운데에 있는 밭은 여러 해 전부터 휴경인 채 황폐하게 버려져 있는 것 같았다. 이렇게 보이는 이유는 이 밭이 온통 돌과 무성한 잡초로 뒤덮여 있으며 온갖 자그마한 날짐승들이 분주히 날면서 제 세상인 듯 판치고 있었기 때문이

---

5) Jürgen Kocka(hrsg.), *Bürgertum im 19. Jahrhundert. Deutschlland im europäischen Vergleich*, Bd. 1, München 1988, S. 13.

다."(켈러, 16쪽) 청명한 가을, 두 친구가 쟁기질하는 모습은 한 폭의 그림처럼 평화롭고 목가적이다. 새참을 함께 나누는 사이 그들 주위에서 자유롭게 뛰노는 어린 자녀들의 모습 또한 낙원의 아담과 이브를 연상시킨다.

그러나 연고자 없이 이십 년 동안이나 방치되어 돌과 잡초로 뒤덮인, 그래서 쟁기질할 때마다 두 농부가 은근슬쩍 한 고랑씩 파고 들어간 밭뙈기의 소유권이 공탁경매를 통해 만츠에게로 넘어가자 두 친구의 관계는 급속히 악화된다. 두 농부는 그 동안 밭의 연고권자가 누구인지를 짐작하면서도 발설하지 않았고, 그 밭을 조금씩 파고 들어간 사실을 서로가 알면서도 묵인해왔다. 하지만 소유권을 차지한 만츠가 그 동안 파들어온 땅을 반환하라고 요구하자 마르티는 단호하게 이를 거부하고 소송을 제기한다. 이렇게 시작된 송사는 "서로가 멱살을 잡고 삿대질하며 싸우다가 함께 빠져 죽는, 저주받은 사나이의 악몽과도 같이"(34쪽) 두 사람을 파탄에 빠뜨린다. 송사에 따라붙은 중간 모리배, 밀고자, 자칭 조언자는 물론 사기꾼, 투기꾼까지 가세함으로써 순박한 그들은 소송사건뿐만 아니라 복권열기에도 휩쓸려 매번 손해를 본다. "그들은 돈을 잃으면 잃을수록 그만큼 더 많이 움켜잡기를 열망하였고, 가진 것이 없으면 없을수록 그만큼 더 고집스럽게 부자가 될 생각을 하였으며 게다가 상대편을 앞지를 생각을 하였다."(35쪽) 그 결과 십 년도 채 못 가서 두 사람 모두 빚더미에 올라앉게 된다. 가산을 먼저 날려보낸 만츠는 가족을 데리고 읍내로 나가 임대 선술집을 차리지만 얼마 안 가 끼니를 걱정할 만큼 처참한 신세로 전락한다. 마르티 또한 부인이 화병으로 죽은 후 집마저 잃고 결국 정신요양소로 이송된다.

이러한 비극은 소설의 후반부에 묘사된 바와 같이 그들의 자식에게까지 이어진다. 물고기라도 잡고자 냇가에 나왔던 아버지들이 멱살을 잡고 싸우는 것을 말리려다가 우연히 만난 잘리와 브렌헨은 어린 시절의 추억인지 아니면 동병상련의 연대감 때문인지 금방 가까워진다. 그러나 사회의 밑바닥으로 내몰린 그들의 애절한 사랑은 시민적 삶을 담보할 수 없다는 절망과 함께 자포자기식의 투신자살로 끝난다. 그들의 절망은 어디서 온 것일까? 상황이 아무리 어렵더라도 소설 속의 검은 바이올린쟁이가 외치듯이 "목사도 돈도 문서도 명예도 침대도 없고, 오로지 너희들의 선한 의지 이외에는 아무것도 필요치 않은 곳"(118쪽)에서 아무런 "장애와 제약 없이" 맘껏 사랑할 수 있는 용기를 왜 갖지 못했을까? 이 모든 비극의 근원에는 작은 자투리땅에 대한 두 아버지의 무절제한 소유욕과 이를 계속 부추기는 주위 사람들의 이기주의적 행태가 함께 작용하고 있다. 켈러는 이 비극의 책임을 개인과 사회, 양쪽 모두에 묻고 있는 것이다.

한편 같은 재물욕을 다루고 있지만 폰타네의 소설 『예니 트라이벨 부인』(1883)에는 희극적인 성격이 매우 강하게 나타나 있다. 폰타네는 소설을 처음 구상할 때부터 이미, 이 소설은 "금송아지라는 하나의 신"만을 알고 있으면서도 끊임없이 "예술과 사랑"을 이야기하는 부르주아 계급의 위선적인 행태를 조롱하는 것이라고 밝히고 있다. "이 소설의 목적은 실러에 관해 말하면서 속으로는 게르송[6]을 생각하는 부르주아 행태의 공허함, 허풍, 허위성, 오만, 냉혹성을 보여주는 것이다."(Schäfer, 94쪽에서 재인용) 실제로 이 소설은, 서민출신인 예니가 상업고문관 부인으로 신분상승을 한 뒤 고상하고 우아한 언행을 보여준 것과는 정반대로 결정적인 순간에 자신의 속물근성을 내보인다는 점에서 희극적이라 할 수 있다.

전체가 거의 대화로 이루어진 소설의 줄거리는 폰타네의 소설들이 흔히 그렇듯이 매우 단순하다. 고상한 척하지만 사실은 돈과 재산밖에 모르는 예니는 둘째 아들 레오폴트가 김나지움 교사인 슈미트 선생의 딸 코린나와 예상 밖의 약혼을 하자 그녀의 집안이 가난하다는 이유 하나만

---

6) 당시 유명했던 베를린의 한 백화점과 그 소유자의 이름.

으로 그 약혼을 파기하고 빠르게 손을 써 부유한 상인의 딸과 다시 약혼시킨다. 코린나는 결국 레오폴트와의 결혼을 접고 그녀를 사랑해온 고고학자 마르셀과 결혼한다. 예니 트라이벨 부인은 가난한 잡화상의 딸로 태어나 아버지 가게에서 "백 개당 이 페니히"를 받고 "크고 작은 봉투"를 붙이면서 궁색하게 자랐는데, 그녀의 어머니는 딸이 "더 좋은 계급"의 신랑감을 만날 수 있도록 그녀를 맵시 있게 단장시켜주곤 했다. 어머니의 뜻을 알아차린 예니는 자기를 사모하는 한 견습공에게는 "너무 낮은 신분"(Fontane, 8쪽)이라는 이유로 눈길 한번 주지 않다가 당시 대학생이었던 슈미트 선생을 만나 열렬히 사랑하게 되었고 결혼까지 약속한 터였다. 그러나 공장 소유주인 돈 많은 트라이벨이 나타나자 가난한 애인을 버리고 그와 결혼함으로써 일약 부르주아 계급으로 수직상승한 여성이다. 소설은 예니의 결혼과정은 건너뛴 채 곧바로 신분상승 이후 그녀의 호화롭고 과시적인 삶을 소개한다. 넓은 대지 위에 "시대와 신분에 걸맞게" 새로 지은 대저택, 이국적인 나무와 멋진 분수대가 있는 공원 같은 정원, 앵무새나 볼로니아 개 같은 외국산 애완동물, 유명 교수의 값비싼 작품 등으로 꾸며진 실내장식 등 외형적인 것은 말할 것도 없고, 그녀 자신의 옷차림과 언행, 식사예법과 사교생활에 이르기까지 모든 면에서 귀족계급의 생활방식을 모방하기에 급급한 그런 삶이다.

모든 사람들이 부러워하는 상업고문관 부인이 되어 귀부인처럼 "부유하고 우아하게" 살고 있는 그녀는 돈이나 재산 따위의 문제에는 이미 초연한 듯 보인다. 지성과 미모, 게다가 교양과 재치까지 갖춘 코린나 앞에서 그녀는 자신의 옛 애인인 코린나의 아버지, 슈미트 선생을 "보석"이라 추어올리며 그 이유를 이렇게 말한다. "그분은 모든 외형적인 것, 재산과 돈, 그리고 예쁘게 치장해주는 일체의 모든 것을 별로 평가하지 않으셔 (……) 그분은 올바른 편에서 삶을 꿰뚫어보고 계신 거야. 그분은 돈이 하나의 짐이고 행복은 전혀 다른 곳에 있다는 걸 아시는 분이지." (12쪽) 그리고 이 말 끝에 그녀는 진리라도 말하듯 단호하게 말을 잇는다. "아, 사랑스런 코린나. 내 말을 믿어. 소박한 환경, 그것만이 우리를 행복하게 해주는 거야." 소박한 환경, 쉽게 말해서 가난한 생활에 대한 예니의 입에 발린 찬양은 심지어 슈미트 선생 앞에서도 반복된다. "제가 이념의 세계, 특히 이상의 세계에서 사는 남자의 아내가 되어 소박한 환경에서 살았다면 더 행복했을 겁니다."(122쪽) 이 얼마나 가소롭고 위선적인가. 가난하다는 이유로 그녀에게 버림받았던 슈미트 선생은 이 말이 거짓임을 알고 그 역시 가식으로 진지하게 응대한다. 슈미트 선생은, 예니가 마치 예술 애호가인 양 기회가 있을 때마다 "영원한 것의 품"을 노래한 시인을 칭송하고, "이상적인 것의 의미"와 "고상한 것에 대한 마음"을 강조하고, 그 옛날 자신이 써주었던 "마음과 마음이 통하는 곳"이란 시를 노래로 부르고 있지만 정작 그녀가 본색을 드러낼 때는 "금이 최고고 그 이상 아무것도 없다"(81쪽)는 걸 너무나 잘 안다.

슈미트가 말한 그녀의 본색은 아들 레오폴트가 코린나와 약혼했다고 말하는 순간 그대로 드러난다. 그녀는 코린나와의 결혼을 "배은망덕, 스캔들, 수치"(149쪽)라 규정하고 극력 반대하고 나선 것이다. 양가가 함께 야외소풍을 나갔던 몇 시간 전만 해도 그녀는 둘째 며느리의 조건으로 "지식과 영리함, 아무튼 더 고상한 것"이 중요하지 "외형적인 것은 비참하다"(125쪽)는 말과 함께 행복은 마음에 있다고 코린나에게 힘주어 말하지 않았던가. 더욱이 그녀는 평소 코린나의 지성과 미모, 재치를 높이 평가하고 코린나의 "소박한 환경"을 행복의 근원이라고까지 말하지 않았던가. 그런 예니가 이제 코린나를, 아들을 유혹한 "위험한 인물"로 규정하고 이들의 집을 직접 방문하여 거친 어투로 파혼을 요구한다. 그 이유가 무엇일까? 그녀는 자신도 모르게 자신의 의지와는 달리 약혼이 이루어졌다고 항변하지만 그 '의지'가 무엇인지 구체적으로는 말하지 않는다. 그러나 그것이 순전히 재물과 돈 때문이란 것은 누구나 짐작할 수 있는 일이다. 코린나 스스로가 밝혔듯이 그것은 며느리가 될 자신이 가난하여 "트라이벨 가의 재산을 배가시키는 데"(168쪽) 전혀 도움이 되지 않는다는 것이다. 결국 코린나는 아버지와 가정부의 충고를 받아들여 예니의 반대에 어쩔 줄 몰라하는 레오폴트와 파혼하고 마르셀과 결혼한다.

코린나와 레오폴트의 약혼과 파혼은 작가가 의도했던 부르주아 계급의 위선적인 행태, 가식적인 언행을 극명하게 보여주기 위한 일종의 소설적 장치다. 부르주아들은 돈과 출세밖에 모른다는 말은 예니의 남편인 트라이벨에게도 해당된다. 소설에서 호인다운 사람으로 등장하는 그는 두 사람의 약혼에 크게 반대하지 않는다. 반대할 경우 혹시 사람들에게 돈밖에 모른다는 인상을 남겨주어 제국의회 의원이 되는 데 지장이 있지나 않을까 우려하기 때문이다. 트라이벨의 출세욕이 은연중에 드러나는 대목이다.

한 가지 흥미롭고, 그래서 특히 우리의 눈을 끄는 것은 코린나. 그녀는 아버지의 인문주의적 배경과 그 자신의 지적 수준에도 불구하고 평균 이하인 레오폴트와 "정말 진지하게" 결혼하고자 했다는 사실이다. 그녀가 레오폴트에게 의도적으로 접근하는 것을 눈치 챈 마르셀이 언젠가 따져 묻자, 그녀는 "다른 사람들과 꼭 마찬가지로 지금 온 세상을 지배하고 있는 편안한 생활에 대한 애착 때문에 나도 꼼짝 못한다"(55쪽)고 고백한 바 있다. 파혼 후 그녀는 또 한번 고백한다. "재산과 돈"은 마력이 있어서, 좀 부족하지만 착한 레오폴트를 곁에 두면 이후의 삶이 편안할 수 있고, 그게 장점이 될 수도 있다는 것이다.(187쪽 참조) 폰타네는 코린나의 행보를 통해, 재산과 돈, 그리고 출세에 대한 욕망이 트라이벨 내외와 같은 대시민 계급은 물론이고 코린나와 같은 교양시민 계급에까지 실로 광범위하게 확산되어 있었던 당시의 현실을 적나라하게 보여준다.

현실에 대한 이같은 가차 없는 비판은 소설의 말미에 나오는 슈미트 선생의 입을 통해 전달된다. 코린나와 마르셀의 결혼식 피로연이 끝난 후 상업고문관 트라이벨과 슈미트 선생은 별도로 남아 테너가수이자 억만장자인 크롤라의 노래를 듣는다.

당신의 모든 운수 중에서 행복

하나만을 나는 선택하렵니다.

금이 무슨 소용이 있나요? 나는 장미와

꽃들의 소박한 장식을 사랑합니다.

(……)

아아, 그것만이, 단지 그것만이 인생이지요.

마음과 마음이 통하는 그것만이.(190쪽)

마음과 마음이 통하고 사랑이 넘치는 행복만이 인생의 전부라는 이 노
랫말은 슈미트 선생이 그 옛날 트라이벨 부인에게 보낸 연서였다는 걸
상기해볼 때, 그 얼마나 공허한가. 게다가 코린나의 방황을 생각하면 이
런 아이러니가 또 있을까 싶다. 술에 취한 슈미트 선생은 이렇게 외친다.
"자연이야말로 윤리이며 가장 중요한 겝니다. 돈도 무의미하고 학문도
무의미하고 모든 게 무의미해요. 교수도 마찬가지예요. 그걸 부인한 놈
은 소나 돼지지 (……) 자, 여러분, 갑시다. (……) 각자 집으로 갑시
다."(191쪽)

슈미트의 이 발언은 이미 비윤리적이고 비자연적인 사회가 되어버린
당대의 시민사회에 대한 일대 공박임이 분명하다. 옛날 사람들이 "더 자
연적"이었고 "더 윤리적"이었다는 이 말 직전의 슈미트의 한탄을 생각해
보면 더욱 그렇다. 그러나 이같은 비판이 얼마나 유효할지는 사실 의심
스럽다. 그도 그럴 것이 "각자 집으로 갑시다"라는 말이 함축하고 있는
일상으로의 회귀는 이전의 일상과 차별성이 전혀 없는 바로 그 일상으로
의 체념적 회귀를 상정하고 있기 때문이다. 트라이벨 가는 소원대로 제
국의회 의원이 되고 총영사가 되기 위해 계속 부를 축적할 것이고, 슈미
트 가는 슈미트 가대로 트라이벨 가를 곁눈질하면서 체념적인 비판을 계
속할 것이다.

출세욕망과 죽음

19세기 후반 독일 시민계급의 의식을 지배한 것은 예니 트라이벨 부인이 보여준 "돈주머니 근성" 외에도 자유든 통일이든 무엇인가 하려면 힘이 있어야 한다는 자각이다. 이런 자각은 3월혁명의 좌절에 대한 뼈아픈 자성에서 비롯된 것으로, 비스마르크의 강권정치와 그가 승리로 이끈 세 번의 전쟁, 그리고 그에 연이은 독일통일을 통해 힘의 위력을 직접 체험하면서 지배적인 이데올로기로 발전하게 된다. 전승(戰勝)에 대한 열광, 국수주의적 애국심, 비스마르크와 같은 위대한 영웅에 대한 경탄과 존경심은 모두 이러한 이데올로기에 기초하고 있다. "통일을 성취한 독일은 민족적 영웅들의 기마상, 크고 당당한 가구와 장중한 커튼 등으로 치장한 거대 건축물을 통해 그 야망을 상징적으로 표현했다."[7] 문학작품의 주인공으로 영웅적인 인물이 자주 등장한 것도 이러한 시대 분위기와 결코 무관하지 않다.

그런데 우리가 마지막으로 살펴보려는 테오도어 슈토름의 최후작이자 대표작인 『백마의 기수』(1888)는 제방감독관이라는 한 영웅의 출세욕망과 그 실현과정, 그리고 그의 비극적 죽음을 당시의 일방적 영웅숭배와는 달리 매우 비판적인 시각에서 서술하고 있다. 가난한 소농의 아들로 태어나 제방감독관의 작은 하인, 큰 하인을 거치고 제방감독관의 딸과 결혼하여 마침내 후임 제방감독관이 된 주인공 하우케 하이엔은 한마디로 권력의지와 지배욕구로 충만한 사람이다. 또 마누라 덕에 제방감독관이 되었다는 마을사람들의 조롱에 자신의 능력을 증명이라도 하듯 새로운 방조제 건설을 강행한 것으로 보아 자존심과 명예욕 역시 매우 강한 사람이다. 소년 시절의 하우케는 고독한 천재로 자신이 세운 기준과 목표를 달성하기 위해서는 잔인한 행동도 서슴지 않는다. 동급생들로부터

---

7) 메리 풀브룩, 『분열과 통일의 독일사』, 김학이 옮김, 개마고원, 2000, 215쪽.

"몽상가"라는 별명을 얻을 만큼 그는 또래 아이들과 전혀 어울리지도 않고, 제방의 바다 쪽 언덕에 홀로 앉아 몇 시간이고 밀물과 썰물을 관찰하며, 저녁이면 방조제 모형을 만들어 실험까지 하는 등 목표의식이 뚜렷한 소년이다. 그리고 겨울 몇 달 동안 네덜란드어 문법책을 독학해가면서 유클리드기하학책을 독파할 만큼 천재적이다. 어려서 라틴어로 된 성경을 전부 외웠다는 쥘리앵 소렐처럼 하우케 역시 신동이다. 그는 모든 걸 과학적이고 합리적으로 생각하고 판단한다.

그러나 그는 명석한 두뇌는 가졌지만 따뜻한 가슴을 갖지는 못했다. 이웃 노파가 기르는 고양이를 잔인하게 목 졸라 죽이는 장면은 그런 그의 모습을 적나라하게 보여주고 있다. 그가 포획한 새를 보고 달려드는 트린 얀스 노파의 고양이에게 "번갈아가며 갖기다!"라고 말했는데도 고양이가 새를 낚아채자 그는 분노한 "맹수처럼" 고양이에게 달려든다. "그가 힘센 동물을 쳐들고 목을 조르자 터부룩한 털을 비집고 눈알이 튀어나왔습니다. 억센 뒷발이 그의 팔을 마구 할퀴었지만 그는 아랑곳하지 않았습니다. 그는 '야!' 하고 소리를 지르며 더 세게 죄었습니다. '우리 중에 누가 더 오래 견디나 보자!' 문득 커다란 고양이의 뒷다리가 축 늘어지자 하우케는 두어 발짝 뒤로 물러가서 고양이를 할머니의 오두막이 있는 데로 던져버렸습니다."(슈토름, 27쪽) 일방적으로 세운 자신의 원칙을 지키기 위해 생사를 건 승부사적 근성으로 상대의 목숨까지 빼앗다니 얼마나 잔인하고 무서운가. 더군다나 이 고양이는 죽은 아들의 유일한 선물이었기에 트린 얀스 노파가 평소 아들처럼 애지중지하던 "보물"이란 걸 잘 알면서도 눈알이 튀어나올 때까지 목을 졸라 죽였으니 얼마나 비인간적인가. 작가가 이 장면을 길고 자세하게 묘사한 것은 앞으로 전개될 하우케의 공격적인 삶의 방식을 미리 보여주기 위한 서사적 전략이다.

하우케가 제방감독관의 작은 하인으로 들어간 지 삼 년째 되던 해의 겨울축제에서 그는 제방감독관의 큰 하인인 올레 페터스와 사회적 상승을 위한 마지막 각축을 벌인다. 즉 두 사람은 제방감독관의 무남독녀인 엘케와 결혼함으로써 그의 후계자가 되기 위해 노골적인 경쟁을 한다. 축제경기의 보조심판이 된 올레의 온갖 방해와 비아냥에도 불구하고 하우케는 의연한 태도로 경기에 임해 자기 마을을 승리로 이끈다. 그가 온 힘을 다해서 승리를 이끌어낸 것은 엘케의 사랑도 사랑이려니와 큰 하인 올레 페터스의 조롱과 멸시를 물리치려는 승부사적 의지의 발로라 할 수 있다. 그는 마침내 엘케의 사랑을 획득하여 큰 하인이 되고 제방감독관이 죽자 엘케의 도움을 받아 그 후임으로 임명된다. 비로소 그의 꿈이 달성된 것이다.

그러나 제방감독관 업무를 수행함에 있어 그는 "너무 엄격하고 정확했기 때문에" 마을사람들의 호감을 얻지 못했고, 그럴수록 그의 가슴속에는 "명예심, 사랑과 더불어 야심과 미움도" 함께 커졌다.(76쪽) 오락, 사교, 부부간의 아기자기한 사랑 등 시민계급의 일상적인 삶을 향유할 줄 모르는 금욕주의자로 일에만 전념한 지 칠 년, 그는 마을사람들로부터 "마누라 덕에 감독관이 되었다"는 치욕스런 언사를 듣게 된다. 하우케의 심리적 약점을 건드려 그의 자존심에 엄청난 상처를 주는 이 말을 듣는 순간 그는 "내가 누구라는 걸 그들에게 보여주기"(94쪽) 위해 대대적인 간척사업을 계획하여 무리하게 강행한다. 파우스트의 간척사업을 연상시키는 새 방조제 구축작업은 마을주민 모두를 위한 공익사업이라고 하지만 실은 하우케 개인의 이기주의적 소유욕과 명예욕을 충족시키기 위한 방편에 불과했다. 천 데마트(약 5백만 제곱미터)의 간척지를 계획하는 단계에서 그는 이미 자신의 지분을 계산해보고, 그 양이 "상당히 많다"는 걸 알고는 "황홀해"한다.(91쪽) 그리고 제방이 축성된 후 영구소유권이 확정되기 전에 새 땅을 미리 사들여 부를 늘린다. 공익을 핑계삼아 사익을 챙기는 모습이다. 제방이 완성된 후 새로 생긴 간척지를 동네사람들이 "하우케 하이엔 간척지"라고 부를 때 그의 기고만장한 모습은 또 어떤가? 모든 사람들로부터 존경을 받고 있다는 느낌, 그들보다 훨씬 더 우월하다는 자부심, 높은 위치에서 "동정어린 시선으로" 그들을 굽어보는 영도자적 오만함이 그대로 드러난다.

공사기간에도 마을주민들은 엄청나게 혹사당한다. 공사가 진척되는 중에도 서툰 자나 게으름뱅이가 있으면 호되게 야단쳐 가차 없이 몰아냈기 때문에 그는 늘 공포의 대상이었다. 유령이라는 소문이 파다한 백마를 타고 다니면서 공사를 감독할 때, "그의 야윈 얼굴에서 노려보는 눈과 펄럭이는 망토, 힘이 넘치는 백마의 모습"(123쪽)은 참으로 섬뜩한 것이었다. 여전히 미신적 의식을 버리지 못하는 마을주민들과의 끊임없는 긴장과 갈등, 반목과 대립은 언제나 하우케를 외롭게 만들었고, 그럴수록 그는 주민들에 대한 "반감과 배타심"을 키우며 오직 가족의 품에서만 안식을 찾는다.

이 소설의 마지막 삼분의 일은 하우케 하이엔의 몰락과정을 묘사하고 있는데, 이는 소설 전체를 해석하는 데 있어 매우 중요한 부분이다. 새 간척지를 조성한 후 하우케는 다소 여유를 가지고 식구들을 돌보며 "평화롭게" 살아간다. 그러던 중 옛 제방 쪽에 갯벌 수로가 새로 생기면서 문제가 발생한다. 그는 "자기의 간척지가 희생되더라도 새 제방에 구멍을 내"(160쪽)는 것이 근본적인 해결책이란 걸 잘 알면서도 그저 응급처치만 간단히 하고 만다. 그 직후 무서운 폭풍우와 함께 해일이 밀어닥치고 옛 제방이 붕괴될 위험에 빠지자 새 제방을 허물어 수로를 내려는 마을주민과 이를 한사코 저지하려는 하우케 사이에 심한 충돌이 벌어진다. 바로 그 순간, 옛 제방이 붕괴되고 만다. 마을주민들은 그 책임이 새 제방을 허물지 못하게 막은 하우케에게 있다고 하는데, 하우케는 자신의 죄를 인정하면서도 더 큰 원인은 옛 제방의 유지관리를 충실히 수행하지 못한 데 있다고 항변한다. 마을주민들은 새 제방 자체가 재앙의 근원이란 입장이고, 하우케로선 자신의 지식과 재산, 권력과 명예의 총체적 상징인 새 제방이 문제가 아니라 옛 제방에 대한 자신의 관리 소홀에 죄가 있다는 것이다. 그런 인식 때문에 그는 이 절박한 순간에도 앞으로 있을 복구공사를 먼저 생각한다. 그러나 남편의 안전을 걱정한 엘케가 어린 딸과 함께 마차를 타고 자기 쪽으로 오다 급류에 휩쓸려 순식간에 사라지자 하우케는 "이제 끝장이다"라는 "자포자기 상태"로 애마인 백마를 탄 채 급류 속으로 몸을 던져 죽는다. 평소에는 하느님의 전능함을 부인하기까지 한 그가 외친 최후의 말은 결국 "하느님, 저를 받으시고 다른 사람들을 살려주십시오!"(190쪽)였다.

이러한 하우케 하이엔의 죽음을 어떻게 볼 것인가? 시대를 앞서 간 계몽주의적 "초인"의 장엄한 죽음인가, 아니면 출세를 위해 뒤도 돌아보지 않고 살아온 한 시민이 받은 속죄의 벌인가? 그는 대체 무엇 때문에 자신의 감성적 욕망과 싸우고 마을주민들과 대립하고 대자연인 바다까지도 통제하고자 했을까? 그는 분명 전형적인 자수성가형 인물이다. 명석한 두뇌, 과학적이고 합리적인 인식과 판단, 뚜렷한 목표 설정, 근검절약, 성실, 타산적인 인간관계를 총동원하여 성공과 출세를 위해 일로매진했다. 이웃에게 따뜻한 정을 나누어준 적도 물론 없었다. 이런 인물은 이제 더이상 우리의 모델이 될 수 없다. 비록 액자소설의 또다른 화자인 어느 교사에 의해서 예수나 소크라테스에 비교되는 등 비교적 긍정적으로 묘사되고는 있지만, 이 화자 역시 꾀죄죄한 형상에다 남과 어울리지 못하며, 심지어 "계몽주의자"라는 비아냥까지 받고 있는 터라 어떤 신뢰감도 주지 못한다. 하우케 하이엔이 남긴 최후의 말이 늦게나마 우리를 위로하지만 그는 결국 구천을 떠도는 유령이 되었을 뿐이다. 그리고 그가 계몽주의적이라고 할때, 그러한 계몽주의는 또다른 계몽을 필요로 한다는 점에서 정확히 '계몽의 변증법'에 해당한다고 하겠다.

5. 맺는말

"당대의 일상적 사회현실"을 묘사하는 것이 리얼리즘 소설의 과제라면, 지금까지 우리가 살펴본 쥘리앵 소렐, 고리오 영감을 둘러싼 두 딸과

라스티냐크, 젤트빌라의 두 농부 만츠와 마르티, 예니 트라이벨 부인과 코린나, 그리고 제방감독관 하우케 하이엔은 당대 시민계급의 절제 없는 욕망이 곧 당시 사회현실의 일단임을 여실히 보여주고 있는 인물들이다. 이들이 보여준 돈과 사랑과 명예를 향한 집념, 소유욕과 출세욕 그리고 이를 실현하기 위한 배타적 이기주의는 오늘날의 우리와 참으로 섬뜩할 만큼 닮아 있다. 서구 리얼리즘 문학의 현재성이란 바로 이 점을 두고 한 말이다. 지고는 못 사는 승부욕, 공동체 의식의 부재, 자기 이익만 챙기겠다는 몰염치는 시민계급이 주도한 자본주의 산업화 시대의 필연적인 결과이긴 하지만 이제는 더이상 이를 방치할 수 없는 지경에 이르렀다. 우리 시대의 무절제한 욕망과 그로 인한 휴머니티의 파국적 위기를 드러내 보여주고 그것의 극복 전망을 제시하는 것이야말로 오늘을 사는 모든 문학인들의 당면과제가 아닐 수 없다.

참고 문헌

1차 문헌

오노레 드 발자크, 『고리오 영감』, 박영근 옮김, 민음사, 1999.

스탕달, 『적과 흑』, 김붕구 옮김, 범우사, 1991.

테오도어 슈토름, 『백마의 기수』, 오용록 옮김, 솔, 2003.

고트프리트 켈러, 『마을의 로메오와 율리아·옷은 사람을 만든다』, 이명우 옮김, 충북대학교출판부, 1997.

Fontane, Theodor, *Frau Jenny Treibel. Roman*, München 1969.

2차 문헌

백낙청 엮음, 『서구 리얼리즘 소설 연구』, 창작과비평사, 1982.

진인혜, 『프랑스 리얼리즘』, 연세대학교출판부, 2003.

메리 풀브룩, 『분열과 통일의 독일사』, 김학이 옮김, 개마고원, 2000.

Auerbach, Erich, *Mimesis. Dargestellte Wirklichkeit in der abendländischen Literatur*, Bern und München 1967(1947).

Becker, Sabina, *Bürgerlicher Realismus*, Tübingen und Basel 2003.

Freund, Winfried, *Theodor Storm*, Stuttgart u.a. 1987.

Schäfer, Rudolf, *Theodor Fontane. Unterm Birnbaum. Frau Jenny Treibel. Interpretationen*, München 1990.

제1부

사랑과 야망

"사랑밖엔 난 몰라"?

—켈러의 노벨레에 나타난 초기 자본주의 사회에서의 사랑, 결혼, 사유재산

고규진

1. 들어가는 말

갓 결혼한 신혼부부들이 혼수문제로 이혼을 하거나 갈등 끝에 폭행과 고소사태로 번지는 일은 가끔씩 신문지상에 낱낱이 공개되는 연예인들의 경우만은 아니다. 새삼스러울 것도 없지만 자유주의적인 시민사회의 대두와 함께 결혼은 사랑과는 별도로 작동될 수 있는 하나의 자본주의적 제도가 되었다. 사랑이 헤겔적 의미에서 심혼(心魂)과 관련된 시적인 것이라면 오늘날 사회현실에서 결혼제도는 사회의 산문적 현실을 반영한다. 그리고 결혼이 사랑의 힘으로만 성취되지는 않는 엄연한 현실을 인정할수록 심수봉의 유행가 〈사랑밖엔 난 몰라〉는 그만큼 노래방의 상위 애창곡으로 자리잡게 될 것이다. (낭만주의 문학의 토포스처럼) 눈빛이 아름다워 첫눈에 반한 나머지 "부드러운 사랑만이 필요"한 순수한 연인과의 '시적' 사랑이 불가능해질수록 그에 대한 동경과 향수가 커지는 것은 당연하다. 그리고 산문화된 자본주의 사회에서 석화(石化)된 '심혼'을 잠시나마 되찾고 '시적인 상태'에 빠지고 싶어 노래방을 찾는 것도

보통 사람들의 보상심리로 이해할 수 있다. 그렇지만 이러한 사랑은 꿈에서나 그릴 수 있는 환영이며, 우리는 이러한 사랑을 피워낼 수 없는 사회에 살고 있다는 것, 따라서 유행가 가사는 언제나 '취중(醉中) 종교'[1]로 남을 수밖에 없다는 것은 우리 시대의 아이러니이다. 그런데 우리는 이러한 아이러니를 이미 백오십여 년 전, 즉 자유주의적 자본주의 사회로의 격동적인 이행과정을 지켜본 한 비판적 리얼리스트를 통해 만날 수 있다.

2. 시민적 사랑과 결혼의 사회적 조건: 「마을의 로미오와 줄리엣」

스위스의 작가 고트프리트 켈러의 단편집 『젤트빌라[2] 사람들』 1부에는 총 5편의 노벨레가 실려 있다. 때론 동화적이고 우화적인 문체와 소재가 차용되어 있음에도 불구하고 이 단편집이 독일 리얼리즘 문학의 중요한 대표작으로 꼽히는 이유는 동시대의 다른 독일어권 작가들의 작품에서보다 사회적 현실과 그 현실의 모순이 작중인물 간 갈등의 배경을 선명히 이루고 있기 때문이다. 「마을의 로미오와 줄리엣」은 제목에서 짐작할 수 있다시피 셰익스피어의 비극에서 모티프를 차용한 것이다. 두 가문의 적대감이 비극적인 사랑의 동인이 된다는 작품의 주제는 공통적이지만 시대적, 공간적 배경은 19세기 중반 스위스의 어느 시골마을이

---

1) 여기서 종교는 아래에서 다루게 될 작가 고트프리트 켈러의 무신론에 입각한 종교비판을 토대로 표현된 것이다. 감각주의적 유물론에 바탕을 둔 포이어바흐의 종교비판에 의하면 모든 종교는 인간의 동경과 불안, 지상에서의 행복의 가능성을 텅 빈 하늘에 투영하는 것에 지나지 않는다. 고트프리트 켈러의 현실인식에는 이러한 포이어바흐의 종교비판이 수용되어 있다.(고규진, 1992, 95쪽 이하 참조)

2) 작가 서문에 소개된 젤트빌라라는 도시는 아래에서 다루게 될 두 작품과 관련해 다음과 같은 특성이 두드러진다. "그들(젤트빌라 사람들)은 가능한 한 객지 사람들에게 일을 시키고 자신들의 전문적 재능은 탁월하게 빛을 주고받는 일에 이용한다. 이 채무 채권이 바로 젤트빌라 남자들의 힘과 영광과 즐거움의 토대이다."

다. 게다가 이러한 시대적, 공간적 배경의 상이함을 바탕으로 두 가문의 반목과 두 집안 연인들의 사랑이 가공되는 방식 또한 켈러 작품 특유의 리얼리스틱한 성격을 내포하고 있다.[3] 작품은 두 농부가 밭을 가는 모습을 묘사하는 것으로부터 시작된다.

젤트빌라로부터 삼십 분쯤 떨어진 곳에 흐르는 한 아름다운 강가에는 널찍한 구릉이 솟아 있다. (……) 이 구릉지의 먼발치에는 여러 채의 큰 농가가 있는 마을이 있다. 수년 전 그 나지막한 등성이 위에는 세 개의 훌륭한 밭이 마치 세 줄의 긴 리본처럼 나란히 뻗어 있었다. 어느 청명한 9월 아침, 두 농부가 이 밭들 중의 두 곳, 그것도 양쪽 가장자리의 밭에서 제각각 쟁기질을 하고 있었다. (……) 그들은 천천히 자연스럽고 우아한 동작으로 한 발 한 발 앞으로 발을 내디뎠는데, 어느 누구도 한마디 말이 없었다. (……) 약간 멀리서 보면 그들은 아주 똑같아 보였다. 두 사람 다 이 지역 본래의 기질을 보여주었던 것이다. (……) 이렇게 두 사람은 평화스럽게 쟁기질을 했다. 그들은 양쪽에서 등성이 위로 올라온 후에는 천천히 말없이 서로를 비켜 지나갔고, 그런 후에는 점점 멀어져갔다. 그러다 둘 사이의 간격이 더 벌어지면 두 개의 지는 성좌처럼 언덕의 둥그스름한 능선 너머로 내려갔고, 잠시 후 다시 모습을 드러내곤 했다. 9월의 고요한 황금빛 들녘에서 이러한 광경은 참으로 아름다워 보였다.(69~70쪽)

스위스의 로미오와 줄리엣, 즉 잘리와 브렌헨의 아버지는 시골마을의

---

3) 서술자는 작품의 서두에서 다음과 같이 말한다. "이 이야기가 (……) 옛날 대작(大作)들의 소재가 되어온 설화들의 하나하나가 얼마나 깊게 인간생활에 뿌리박고 있는가에 대한 실증이 되지 않는다면, 이 이야기를 엮어나가는 것은 한가로운 모방일 것입니다. 이러한 설화들의 수는 그리 흔치 않습니다. 그러면서도 이것들은 항상 새로운 복장을 걸치고 다시 나타나서 자기들을 꼭 잡고 있도록 손을 놓아주지 않습니다."(Keller, 69쪽—이하 작품 인용은 괄호 안에 해당 쪽수를 표기한다.) 요컨대 설화들이 시대에 따라 "새로운 복장"을 걸치고 나타나는 방식이야말로 이 작품 이해의 핵심이다.

건장한 사십대 농부 만츠와 마르티이다. 위의 장면에는 농업을 생계로 삼고 있는 소도시 시민의 건실한 모습과 자연과 어우러진 농경사회의 목가적 분위기가 담겨 있다. 두 사람 모두 "자연스럽고 우아한" 걸음걸이를 지니고 있고, "이 지역 본래의 기질"이나 옷차림으로 똑같이 보인다는 묘사는 이들이 나름대로 법칙적이고 안정적인 소시민 계층의 삶을 영위하고 있다는 암시이다. 나아가 두 사람 모두 "마치 돌에 음각된 것처럼 여간해서는 주름이 펴지지 않는 빳빳한 삼베 반바지"(69쪽)를 입고 있다는 묘사나, 밭을 가는 두 사람의 왕복운동을 마치 성좌의 운행처럼 비유한 것 등은 외부세계의 변화에 의해서도 좀처럼 삶의 방식이 흔들리지 않는, 오랜 세월을 통해 고착된 소시민 계층의 특성이나 자연과의 일체감을 상징한다.

그러나 "아직 온전하게 유지되는 농부의 삶의 동질성과 동형성"(Selbmann, 61쪽)을 파괴하는 폭풍은 다름아닌 재산에 대한 집념인데, 이 폭풍의 진원지는 신용거래, 투기, 부패, 사기 등의 초기 자본주의적 병리현상이 만연하는 젤트빌라이다. "거간꾼 같은"(72쪽) 젤트빌라의 관리가 찾아와 두 사람 소유의 밭 사이에 있는 버려진 땅[4]을 경작하는 대신 소작료를 요구하는 일이 생기자, 두 사람은 대신 경매를 요구하고, 몇 년 후 마르티와 경쟁 끝에 만츠가 이 땅을 낙찰받는다. 실상 두 사람은 본격적인 경매절차 이전부터 상호 묵계하에 가운데 땅을 잠식하고 있었는데, 문제는 만츠와 마르티가 서로 삼각형 형태로 잠식한 귀퉁이 땅의 소유권을 주장하는 데서 비롯된다.

"자네가 요즘 이제 내 땅이 된 이 밭의 저 아래쪽 끝을 비스듬히 파들어

---

4) 두 농부가 소유한 밭 사이에 있는 땅은 원래 파멸한 나팔수 집안 소유인데, 자손들이 모두 실향민 처지로 전락한 탓에 버려져 있는 상태이다. 그러나 두 농부는 부랑자 신세로 전락하여 바이올린 연주를 하고 다니는 나팔수의 손자가 법적으로는 이 땅의 임자라는 것을 잘 알고 있다. 그런 까닭에 내심 좋은 땅이 버려져 있는 것을 아까워하면서도 별도리 없이 지켜만 보고 있던 참이었다.

와 커다란 삼각형 모양으로 떼어갔다는 것을 알고 있네. (……) 내가 그 선을 다시 곧게 바로잡더라도 반대하지 않겠지. 그것 때문에 싸움이 벌어져서는 안 될 테고."(78~79쪽)

만츠의 권리 주장에 대해 마르티는 다음과 같이 냉정하게 응수한다.

"왜 싸움이 벌어져야 하는지 나도 모르겠구먼. 나는 자네가 이 땅을 지금 있는 모습 그대로 샀다고 생각하네만."(79쪽)

만츠는 낙찰받은 땅을 일구며 일꾼들에게 온갖 돌멩이를 그 자투리땅에 갖다 버리게 하고, 마르티는 마르티대로 그 땅을 되찾으려는 가운데, 둘 사이에는 결국 소송이 벌어진다. 그리하여 돌무더기 땅은 이제 탐욕스런 소유욕과 고집스런 자존심을 상징하는 악의 피라미드로서 "언뜻 보아도 안정감 있고 존경받는 농부들"(69쪽)이었던 만츠와 마르티가 온갖 볼썽사납고 비루한 행태를 벌이도록 하는 원인이 되며, 종국에는 두 사람의 운명까지도 좌우하게 된다. 조그만 땅덩어리 때문에 생긴 심리적 갈등은 "착하고 현명하던"(81쪽) 두 사람의 본성까지도 편협하고 난폭하게 바꾸어놓는다.[5] 또한 두 사람은 오로지 소송에서 이기려고 상궤를 벗어난 극단적인 행동을 하면서 경제적으로 파산할 뿐만 아니라, 상대보다 먼저 부자가 되어 복수하려는 심보로 도덕적 타락을 서슴지 않는데, 이 과정에서는 젤트빌라의 투기꾼과 모리배들이 선동적인 역할을 한다. 서술자는 반어적으로 "그 돌무더기 땅은 (……) 이제 오십이 된 두 사나이에게 예전과는 전혀 다른 새로운 습관, 풍습, 원칙, 희망들을 갖게 하는, 어떤 혼미한 사건과 생활방식의 첫번째 싹이나 혹은 그 바탕"(82쪽)

---

5) 새로 산 땅을 손질하기 위해 만츠는 (부인의 반대를 무릅쓰고) 채 열한 살도 안 된 아들 잘리를 일꾼과 함께 밭으로 쫓아보내고, 마르티는 만츠에게 빼앗긴 땅에서 잘리와 함께 놀고 있던 딸 브렌헨의 뺨을 별 이유도 없이 후려치기도 한다.

이 되었다고 말하고 있는데, 젤트빌라 사람들에게서 배우는 새로운 삶의 방식이라는 것이 기실은 사유재산 증식욕망, 온갖 사기에의 유혹, 복권 투기, 조언자인 척 접근하는 야바위꾼들에게 이용당하는 어눌함 등에 불과한 것으로, 결국은 두 사람의 파산을 재촉할 뿐이다.

이로부터 작품 초두의 목가적 분위기는 물질만능주의적인 초기 자본주의 사회의 혼돈으로 급격히 전도되며, 소시민의 자족적인 삶은 도시 빈민층의 허섭스레기 같은 삶으로 추락한다. "송사 전문가"이자 "게으름뱅이"(85쪽)인 만츠는 재산을 탕진한 뒤 미인계라도 동원하여 멋진 식당의 여주인이 되고 싶어하는 부인의 허영 때문에 젤트빌라로 이주하지만 "진짜 처량한 주막집"(88쪽) 주인으로 살게 되며, 호구지책으로 옛 고향에서 물고기를 잡아야 하는 처지가 된다. 반면 마르티의 아내는 착한 심성 때문에 집안의 몰락을 견뎌내지 못한 채 세상을 뜨고, 마르티 또한 악화된 가계와 자포자기식 생활태도 때문에 강에서 물고기나 잡으며 소일하는 처량한 신세로 전락한다.

잘리와 브렌헨의 사랑 이야기가 본격화되기 전, 그러니까 작품 초반부를 차지하는 두 집안의 몰락과정은 확고부동했던 농경사회 소시민들의 정체성이 해체되는 과정에 다름아니다. 그리고 이러한 정체성은 젤트빌라라는 도시의 '새로운 습관, 풍습, 원칙, 희망'에 의해 대체된다. 두 농부의 도덕적 타락을 통해 확고하게 드러나는 것은 "땅이나 토지와 결부되어 있던 사회적 질서가 자본과 자본의 축적에 토대를 두는 사회로 편입"(Moormann, 19쪽)된다는 점이다. 두 농부는 잃어버린 가정의 행복과 명예를 만회하는 동시에 상대방에게 복수하고자 하는데, 그것을 실현하는 수단은 오로지 "재산의 증식"(82쪽)뿐이라고 생각한다.[6] 이전투구도 마다하지 않는 이들의 사유재산에 대한 욕망은 결국 욕망을 위한 욕망이

---

6) "그들은 돈을 잃을수록 그만큼 더 많이 움켜쥐기를 열망했고, 가진 것이 없을수록 그만큼 더 고집스럽게 부자가 될 생각을 하였으며, 게다가 상대편보다 더 앞서고 싶어했다."(82쪽)

되고, 나아가 그들의 존재와 정체성의 확고부동한 전제가 된다. 그리고 만츠의 경우 부동산을 소유하는 전통적인 방식 대신 '돈'이라는 형태의 사유재산을 축적하기 위해 젤트빌라로 이사한다. 자본주의적 생산양식이 확립되는 초기 단계, 즉 '원시적 축적기'의 사회로 진입하는 것이다.

하지만 사적인 이해관계 또는 사유재산의 목표는 분배가 아니라 독점이다. 사유재산과 관련된 유일한 법칙은 욕망을 균등하게 충족하는 것이 아니라 경쟁자의 욕망을 기준으로 자신의 욕망의 경계를 정하는 것이다. 여기서 사리사욕의 한계는 결코 완화될 수도 없고 합리적으로 통제되지도 않는다.(Sautermeister, 65쪽) 따라서 농경사회의 소시민적 질서에 익숙해져 있던 만츠가 인간관계를 적대적으로 만드는 무한경쟁과 맹목적인 경제적 이득을 위해 인간 자체가 생산의 목표가 되는 초기 자본주의 사회에서 도시 프롤레타리아로 추락하는 것은 이미 예정된 일이다.

어린 시절 다정한 소꿉친구였던 잘리와 브렌헨이 불구대천의 원수가 된 부모 때문에 십 년도 넘게 만나지 못하다가 우연히 해후하는 때는 두 집안의 불행이 최고조에 달한 시점이다. 무릇 비극적 사랑에는 불행한 외적 상황—그들은 "미래에 대한 밝은 희망"도 없었고 "즐거운 청춘"(84쪽)을 구가할 수도 없었다—뿐만 아니라 물불을 가리지 않는 격정적 나이가 필요한 법이어서 이때 브렌헨은 열일곱, 잘리는 그보다 두 살 많은 나이였다. 두 사람의 감정에 대한 세밀한 묘사 역시 온몸을 던지는 사랑을 암시하고 있는데, 당시 브렌헨은 "온몸에서 불길 같은 삶의 욕구와 환희가 요동치는"(84쪽) 반면, 잘리는 아버지와는 다른 자신의 독자성을 유일한 긍지로 삼고 "하루하루를 반항적으로 보내며 미래로부터는 아예 눈을 돌려버린"(86쪽) 상태이다.

이 작품의 클라이맥스는 "두 눈이 자신의 권리와 쾌락을 요구"(97쪽)하기 때문에 브렌헨을 다시 찾아간 잘리가 자신을 만났다는 이유로 딸에게 폭행을 가하는 마르티를 돌로 내려치는 장면과 이 사건이 있기 바로 전 두 주인공이 만나 서로를 애무하며 사랑을 확인하는 장면이다.

> 대담해진 (……) 잘리는 브렌헨의 손을 꼼짝 못하게 잡고는 그녀를 양 귀비꽃 위로 밀쳐 누였다. 그녀의 양 볼은 자줏빛으로 빛나고 입은 반쯤 열려 있었다. (……) 까만 눈썹들은 부드럽고 아름답게 서로 섞였고, 여린 젖가슴은 파고들고 막아내는 네 개의 손 밑에서 사정없이 볼록거렸다. (……) 잘리는 이 아름답고 날씬한 처녀가 (……) 자기 것이라는 사실에 기뻐서 어찌할 줄 몰랐다. 그에게는 마치 왕국 같았다.(105쪽)

우발적인 잘리의 폭행으로 브렌헨의 아버지는 결국 정신장애인 요양소로 보내지지만, 이 반인륜적인 사건도 브렌헨의 잘리에 대한 사랑을 방해하지 못하는 것은 "지극히 심각한 순간에도 마음이 편안하고 사랑받고 있다는, 모든 상심을 잊게 하는 행복감"(113쪽) 때문이다. 이미 사랑의 "왕국"을 경험한 잘리 또한 앞장서서 웃으며 손짓하는 브렌헨을 보며 "마치 천국에 있는 듯한"(113쪽) 꿈을 꾼 바 있다. 이렇듯 두 연인이 로미오의 티볼트 살해에 비견되는 사건 때문에 사랑을 완성하지 못한 채 자살하고, 작품 속에 젊음, 열정, 사랑의 환희 등의 표현이 자주 등장하는 등 연인 간의 서정적, 원초적 감정의 절대성이 부각됨으로써, 이 작품은 한 편의 '사랑의 비극'으로 탄생한다. 하지만 다른 한편으로 이 작품을 '사회적 비극'으로도 규정할 수 있는 이유는 두 연인의 의식 속에 각인되어 있는 시민적인 결혼관 때문이다. 잘리와 브렌헨의 격정과 자살은 서로를 선택하고 한 사람이 다른 사람의 '소유'가 되는 시민적 결혼관을 실천하지 못하는 사회적 좌절의 결과인 것이다.

이들에게 "시민사회에서는 오직 아주 정직하고 양심적인 결혼을 통해서만 행복해질 수 있다는 느낌"(136쪽)은 실현 불가능한 꿈에 불과하다. 실제적인 결혼에 필요한 "땅이나 토지", 즉 경제적 밑받침은 아버지들의 경쟁적 싸움으로 이미 풍비박산이 났으며, 결혼에 필요한 재산을 축적할 만한 수단도 전무하기 때문이다. 또한 "목사도, 돈도, 문서도, 명예도, 침대도"(137쪽) 필요 없는 부랑자와 같은 삶은 이들의 관심대상이 아니다. 오히려 잘리는 브렌헨에게 구두를 선물하기 위해 차고 있던 시계를 팔고, 브렌헨은 신랑이 복권에 당첨된 부자라는 거짓말과 함께 고향을 떠난다. 명예로운 시민적 결혼에 필수적으로 여겨지는 것은 "집"[7]이며, 이들은 서로에게 반지를 선물하고 시골마을의 음식점에서 "합법적으로 맺어진 두 사람의 행운아"(123쪽)처럼 대접받으며 내심 환희를 느낀다.

두 연인은 (이 시대에 시민적인 삶을 영위하던 사람들에게는 결코 상상할 수도 없는 존재양식인) 떠돌이 프롤레타리아적인 삶에 동화되는 대신 첫날밤을 보낸 후 자살하는데, 이 장면 또한 의미심장하다. 시민에게 어울리는 결혼에 대한 욕망이 결국 사랑의 무덤이 되면서 사랑과 결혼과 재산의 밀접한 관계가 다시 한번 부각되기 때문이다. 죽음을 결심한 연인들이 찾아든 "신방"은 건초를 실은 배이며, 이 배는 "물 위에 둥실둥실 떠다니는 침대, 즉 혼수"(143쪽)로 여겨진다.[8] 결국 잘리와 브렌헨이 꿈꾸는 결혼은 "사유재산이라는 경제적 범주의 내면화"에서 파생된 것이며, "사유재산 개념의 치명적인 내면화"(Sautermeister, 69쪽)가 사랑 이야기의 구조를 결정한다고 볼 수 있다. 셰익스피어 작품의 "실존적, 서정적 서정성"(Swales, 110쪽)이 "새로운 복장"을 통해 사회적 비극으로 재탄생한 것이다. 그리고 이 작품에서처럼 부모와 아이들의 삶이 변증법적으로 교차됨으로써 초기 자본주의 시민사회의 삶의 조건이 비판적으로 조명되는 가운데, 시민적 삶과 사회적 가치기준의 강제성이 가차 없이 드러나는 것이 켈러의 초기작품의 리얼리즘적 특성이다.

---

7) "잘리는 내게 집을 선물했어요. 나도 역시 잘리에게 집 한 채를, 진정한 집을 선물했고요. 우리의 심장이 우리가 사는 집이 아닌가요. (……) 어차피 우리는 다른 집이 없으니까요."(130쪽)

8) 이러한 내용은 사회사적인 현실을 바탕에 둔 것이다. 1874년까지만 해도 스위스의 칸톤에서는 재산이 없는 사람들의 결혼에 거부권을 행사할 수 있었다. 또한 재산과 토지가 없거나 일정한 거주지가 없는 자는 대개 시민명부에서 제외되었다.(Becker, 299쪽)

3. 사물화된 결혼의 희비극: 「세 명의 올곧은 빗 제조공」

켈러의 리얼리즘의 또다른 특성 중 하나는 (사랑의) 아름다움과 행복의 균형에 대한 고전적, 휴머니즘적 믿음에 대해 종말을 고하는 것이다. 환원하면 경제적 범주의 피안에서 존재를 해석할 수 있다고 믿는 미적 자기이해에 대한 종말이라고도 할 수 있다.(Hörisch, 166쪽 참조) 이런 맥락에서 「마을의 로미오와 줄리엣」이 농경사회 소시민의 삶과 사랑이 초기 자본주의의 격랑 속에서 좌초하는 모습을 그리고 있다면, 「세 명의 올곧은 빗 제조공」은 점차 기계화, 산업화, 대량생산 등으로 구체화되는 자본주의 경제 시스템하에서 부의 축적과 입신출세가 유일한 삶의 목표인 세 명의 수공업 도제가 몰락하는 과정을 그려내고 있다. 노벨레 장르의 특성이기도 한 드라마틱한 반전과 결말로 인해 비극적이기도 하고 동시에 희극적이기도 한 이 작품에서 작가는 사유재산과 결혼의 만남 자체가 희비극적일 수밖에 없으며, 이러한 현상이야말로 자본주의의 발전과정과 긴밀하게 맞물려 있는 것임을 잘 보여준다.

욥스트와 프리돌린 그리고 디트리히는 모두 젤트빌라의 빗 제조공방에 고용된 독일 출신의 도제들이다. 이들의 꿈은 하나같이 부지런히 돈을 모아서 지금 자신들이 일하고 있는 빗 공방을 매입하여 스스로 주인이자 장인(匠人)이 되는 것이다. 작품의 초반부에는 이들이 이러한 유일무이한 목표를 달성하기 위해 얼마나 노력하는지가 익살스러울 정도로 장황하게 묘사되어 있다. 요컨대 욥스트는 몇 푼 안 되는 임금을 한 푼도 쓰지 않고 모조리 저축하는 인물이다. 지출을 하지 않으려고 다른 수공업 도제들과는 달리 술 한잔 마시지 않고 동료들과의 교제도 피한다. 또한 일거리가 많을 때는 수당을 벌기 위해 밤을 새워 일하지만 일거리가 없으면 일찌감치 잠자리에 든다. 물론 일요일에도 평상시처럼 오후까지 일한다. 심장도 감정도 없는, 영웅적 현명함과 인내심으로 무장된 인물인 것이다.(202쪽) 바이에른 출신의 프리돌린도 자신을 고용한 장인의 온갖 전횡과 심술을 말없이 참아내고 단 한 방울의 술도 마시지 않으며 오직 (돈 들 일이 없기 때문에) 늙은 부인들과 노닥거리는 인물로서, "욥스트와 완전히 닮은꼴"(203쪽)이다. 공동의 목표의식을 지니고 있기 때문에 욥스트와 프리돌린은 외견상 서로를 이해하며 사이좋게 보이기까지 하지만, 언젠가는 먼저 공격당하기 전에 상대방을 공격해야 하는 숙명적인 사이이기도 하다. 여기에 디트리히가 합세하는데, 욥스트와 프리돌린은 뒤늦게 고용된 디트리히가 결국 자신들과 같은 종류의 인간이라는 점을 알고 경계를 늦출 수 없게 된다. 이러한 인물묘사를 통해 독자들은 "인물들의 탈개인화된 성격"(Kaiser, 327쪽)에 주목하게 되며, 작품 제목 또한 도덕적 차원이 아닌 경제적 차원에서 접근할 수 있게 된다. "올곧은"은 고지식하고 고리타분한, 요컨대 "철저하게 산문적인 속물"(Neumann, 143쪽)을 표현하는 반어인 것이다. 결국 도제에서 장인으로, 일꾼에서 소규모 기업인으로의 사회적 상승, 달리 표현하면 "사유재산을 증식하기 위한 노력이 이 이야기의 회전축"(Sautermeister, 72쪽)인 셈이다.

한편 장인은 초기 자본주의 경제 시스템에 익숙해진 젤트빌라 사람답게 세 사람의 경쟁관계를 자신의 경제적 이익을 극대화하기 위해 이용할 줄 아는 영악한 인물이다.

이 세 녀석이 오직 이곳에 남아 있기 위해 모든 것을 감수한다는 것을 알게 된 장인은 그들의 임금을 깎고 음식의 양도 줄였다. 하지만 그럴수록 그들은 더 열심히 일해서 장인에게 많은 양의 물건을 싼값으로 유통시키고 늘어난 주문을 감당할 수 있게 해주었다. 그 결과 장인은 군말 없는 도제들 덕에 거액을 벌어들였다. 장인에게는 그들이 곧 보고(寶庫)였다. 그는 혁대의 구멍을 몇 칸 늘렸다. (……) 반면 어리석은 일꾼들은 어두컴컴한 작업장에서 밤낮없이 일을 했다.(205~206쪽)

그럼에도 불구하고 장인은 얼마 후 너무 많은 물건을 생산하여 재고가

쌓이기 시작했으니 세 명 중 두 사람을 해고하겠다고 통보한다. "그렇게 근면하고 금욕적이었지만 장인에게는 도제들이 갑자기 불필요한 부담"(216쪽)이 된 것이다. 이제 "올곧은" 도제들은 세상에 기만당하는 시점에 들어선 것이다. 고지식한 도제들은 자신들의 피와 땀의 결과, 즉 노동력의 증가(착취)가 공급과잉으로 이어지고 공급과잉은 자본가의 수익만을 극대화할 뿐 결국은 일자리 감소로 귀착되는 자본주의적 시장경제의 원리를 알 턱이 없었다. 사실 이들은 옛 시대의 수공업자들과는 달리 수공업의 창조적 정신도 없이 물건 생산에 급급하여, 장인이 제공한 숙소나 음식 등의 프롤레타리아적 환경 ― 그들은 좁은 침대 위에서 말없이 인내하며 마치 세 자루의 연필처럼 누워 잔다 ― 조차 전혀 의식하지 못하고 수공업적 자영업자만을 꿈꾸었다는 점에서도 시대에 뒤처진 인물들이다. 따라서 이들은 한편으로는 노동으로부터 소외됨으로써 기만당하고, 다른 한편에서는 빗 공방이 "빗 공장"(217쪽)으로 변한 사회현실로부터도 기만당하는 시대의 희생양이다. 이중으로 소외된 이들 도제들이 수공업의 총체적 위기와 육체노동이 기계로 대체되는 산업화의 물결 속에서 프롤레타리아로 전락하지 않고 (소)시민으로 살아갈 수 있는 유일한 출구는 수단 방법을 가리지 않고 경쟁에서 이기는 길뿐이다.[9] 세 사람의 도제가 처한 자유주의적 자본주의의 암울한 현실은 이제 사건의 반전을 주도하는 한 인물이 출현함으로써 전환점에 도달하는데, 언뜻 구원자처럼 보이는 이 인물은 실은 고대하던 '흑기사'가 아니라 죽음의 그림자까지 동반하는 '자본주의의 유령'임이 밝혀진다.

사건을 그로테스크한 상황으로까지 몰아대는 '문제성 있는 개인'은

---

9) 작품은 이들이 처한 현실을 통해 오늘날까지도 문제점으로 지적될 수밖에 없는 자유주의의 한계를 극명하게 예견하고 있는 듯이 보인다. 개인주의적 부산물 ― 인간관계를 적대적으로 만드는 경쟁의 강조, 도덕성의 피폐화, 공동체에 대한 무관심 ― 이 자유주의 이념 자체의 문제점이라면, 자유주의를 기초로 하는 자본주의는 사유재산제도와 시장경제로 인한 빈부격차의 확대와 낙오자 양산을 피해갈 수 없다.

혼기가 찬 스물여덟 살의 돈 많은 처녀 취스 빈츨린이다. 그녀에 대한 소개는 그녀가 보관하고 있는 물품목록을 소개하는 것으로 시작된다. 래커칠을 한 상자 속에 들어 있는 것은 소작료증서와 이자서류, 영성체증서와 금도금한 부활절달걀. 뿐만 아니라 은제 티스푼과 투명한 유리에 금박을 입힌 주기도문, 예수의 수난이 조각된 버찌씨 등 종교적 성격이나 세속적 재산가치가 강한 것들이다. 이어지는 묘사에서는 그녀가 옛 남자들로부터 받아 보관하고 있는 물건들이 줄줄이 소개된다. 예컨대 거의 결혼할 뻔했던 첫 남자는 이발사이자 외과 조수였는데, 취스는 그와 함께 무도회에 참석해준 대가로 사혈기구를 받아내고, 그것으로 짭짤한 경제적 수입까지 얻는다. 두번째 남자와도 거의 약혼한 것이나 마찬가지였는데, 대장장이였던 남자는 자신이 고용되어 있던 가게에서 조미료를 빻는 도구를 훔쳐다 그녀에게 선물하고, 취스는 그가 떠난 후 물건의 반환을 요구하는 가게 주인과의 법정 싸움 끝에 그것을 차지한다. 세번째 남자와는 그녀의 생애에서 가장 고상하고 품위 있는 나날을 보낼 수 있었는데, 책 제본공이었던 남자는 "생쥐처럼 가난하고 돈벌이 재주가 없"(211쪽)어서 그녀를 포기할 수밖에 없었고 결국 두꺼운 판지로 만든 커다란 중국식 사원을 남기고 떠난다.

기이할 정도의 보관욕구나 수집벽이 그녀의 경건한 종교성이나 고귀한 정신생활을 의미하는 것은 아니다. 종교적 기념물들은 함께 들어 있는 세속적 재산으로 인해 그 가치가 상대화되며, 오히려 세속적 재산을 종교적 기념품들과 함께 보관함으로써 재산을 보호받고 싶어하는 여주인공의 내밀한 소망이 반영된 것으로 해석될 수 있기 때문이다. 또한 남자들이 남긴 물건들은 사랑과 추억의 증표로 간직되기보다는 실질적인 돈벌이 도구로 사용되며, 예술작품에 버금갈 정도로 아름다운 중국식 사원을 남긴 남자는 경제적 무능력 때문에 퇴박을 당한 바 있다. 세 남자가 남긴 물건들을 돈벌이 수단, 건실한 가정, 고상한 정신생활에 대한 상징으로 본다면, 온갖 종류의 책까지 포함한 상이한 물건들을 수집하여 보관하는 취스의 이러한 취향은 그야말로 시민적 명예의식과 허위의식의 발로이며 "소유욕과 소유에 대한 자부심이 물질화된 것"(Sautermeister, 76쪽)이다.

세 명의 도제에 대한 취스의 태도 역시 사물화된 인간관계의 연속선상에 있다. 장인이 세 명 중 한 명만 남기고 해고한다고 통보했을 때 그녀는 달리기경주를 제안하고 여기에서 이기는 사람을 남편으로 삼겠다고 선언한다. 평소 억척스러울 만큼 돈벌이에 집착하던 도제들이 그녀의 마음에 들었던 터라 가장 나이가 어리고 따라서 축적한 재산이 상대적으로 적은 디트리히만 아니라면 "둘 중 누구든 그녀에게는 상관없는 일이었다."(218쪽) 궁지에 몰린 세 명의 도제가 돈 많은 취스의 제안을 마다할 리 없다. 경주 당일, 젊은 디트리히가 승자가 될 것을 두려워한 그녀는 디트리히를 유혹하여 지체시키는 계략을 쓴다. 반면 욥스트와 프리돌린은 사력을 다해 목표지점을 향해 달리지만 목표지점 바로 앞에서 서로 상대방을 붙들고 뒤엉키다가 구경 나온 젤트빌라 사람들에게 둘러싸여 목표지점에 도달하지 못하는데, 이때 어찌된 일인지 다정한 모습의 디트리히와 취스가 나란히 목표지점을 통과한다.

취스의 갑작스런 태도변화는 디트리히를 경주에서 탈락시키려고 그를 수풀 속으로 유인한 그녀가 오히려 디트리히에 의해 정복된 결과이다. 단둘이 있게 된 디트리히는 경주에서 승리하는 대신 그녀를 직접 유혹하기로 결심하고, 그녀의 발아래 엎드려 "어떤 도제도 해본 적이 없는 가장 열렬한 사랑의 고백"을 쏟아붓는다. 취스는 온갖 지혜를 동원해 저항하려 하지만 "흥분과 기대에 찬 진취적인 모험심"에서 쏟아져나오는 "현란한 주문(呪文)"과 거듭되는 온갖 애정표현, 그리고 그녀의 육체와 정신에 대한 찬양 앞에 마침내 굴복한다. 그러나 자세히 살펴보면 "이러한 일이 일어난 것은 그녀가 특별히 사랑에 빠진 인물"이어서가 아니라, 평소 현명하다고 거들먹거리던 중 어쩌다 에로틱한 분위기에 사로잡히게 되었지만, 후끈 달아오른 관능의 욕망 속에서도 자신의 오만함이 충족되고 있다는 것을 이미 알고 있기 때문이었다. 그런 점에서 취스는 "인간의 감정이나 세상을 받아들이는 감각적 기관"(Cowen, 229쪽)을 믿기보다는 끝내 자신의 허영의 권리를 주장하는 인물이다. 이후 두 사람은 수없이 포옹과 키스를 나누며 영원한 정절을 맹세하고 결혼하기로 합의한다.(235쪽 이하)[10]

이후 취스는 자신의 많은 자본과 디트리히의 얼마 안 되는 돈을 합쳐 장인으로부터 빗 공방을 사들이는 반면, 경쟁에서 패배하여 인생의 절대적인 목표를 상실한, 다시 말해 노동력만 잃게 된 것이 아니라 전인격(全人格)을 잃게 된 욥스트는 나무에 목을 매고 프리돌린은 거의 미친 상태의 떠돌이 직인으로 전락한다. 그렇다고 디트리히가 최후의 승자가 된 것은 아니다. 빗 공방의 합법적인 주인은 취스이며, 그녀의 남편은 빗 공방이 있는 건물의 세입자에 불과하기 때문이다. 작품은 다음과 같은 서술자의 주석과 함께 종결된다.

유일하게 디트리히만 올곧은 자로 남아 그 작은 도시에서 높은 지위를 차지했다. 하지만 그는 그것으로부터 큰 기쁨을 얻지 못했다. 취스가 그에게 전혀 명예를 용인하지 않고 그를 지배하고 억압했으며, 자신이 혼자서 모든 재산을 벌어들였다고 간주했기 때문이다.(239쪽)

한때 영악하게도 취스의 억눌린 관능을 계산에 넣은 후 사업적 목표에 도달할 수 있었던 디트리히는 결혼 후 경제적인 권리를 전혀 행사하지 못할 뿐만 아니라 시민가정의 역할구도의 측면에서도 제대로 된 대접을 받지 못한다. 따라서 디트리히가 처해 있는 상황은 외견상의 성공에도 불구하고 희비극적인 반어적 상황이다. 거의 사기와 다름없는 구애를 통하여 결혼에 성공했지만 디트리히가 소원했던 사유재산의 축적은 끝내 이루어

---

10) 이러한 반전을 취스의 소유욕과 연관시켜 해석하는 시각도 있다. "소유를 포기하지 않는 사람은 감각적 존재로서의 자신도 포기하지 않는다. 감각적 존재로서의 자신을 단념하지 않는 사람은 자신의 소유물을 단념하지 않고 지켜낸다."(Sautermeister, 76쪽)

지지 않기 때문이다. 아내는 한발 앞서가는, 결코 넘볼 수 없는 경쟁자에 다름아니며, 결국 디트리히는 "사기당한 사기꾼"(Neumann, 154쪽)으로 아무런 희망 없이 살아갈 수밖에 없다.

하지만 이 작품의 남자 주인공들의 경제적 실패가 그들의 인간적 결핍에 기인한다(Stotz, 11쪽)는 점을 부분적으로 인정하더라도 이것으로 작품의 의미가 모두 해소되는 것은 아니다. 제목과는 달리 이 작품의 진정한 주인공은 취스이기 때문이다.[11] 취스는 사유재산을 이용하여 겉보기에 남부럽지 않은 시민적 가정을 꾸리는 동시에, 자신의 "감추어진 성"(Selbmann, 71쪽)을 자극하여 사랑도 없이 자신을 정복했던 남자를 억압함으로써 통쾌한 복수를 하며, 자유주의적 자본주의 체제하의 유일한 "올곧은" 인간으로 살아남는다. 따라서 우리는 사유재산의 가치를 사랑과 가정의 행복과 남편의 가치보다도 우위에 둘 수 있는 자유주의적 자본주의의 "올곧은" 인간의 탄생을 으스스한 기분으로 지켜볼 수밖에 없다.

4. 나오는 말

잘리와 브렌헨의 인생행로는 취스의 성공적인 정략결혼과 비교될 때 더욱더 비극적인 아이러니로 이해될 수 있다. 그들의 동반자살이 단순한 열정의 소산이라기보다는 취스로 상징되는 '호모 에코노미쿠스(Homo Economicus)'가 될 수 없었던 개인적, 가정적 상황 때문이었다는 점을 감안하면 유감스럽게도 그들은 시대의 낙오자이자 패배자로 비칠 수밖에 없을 것이다. 다른 한편으로 그들의 패배는 사랑과 결혼을 부의 축적

---

11) 이 단편집의 2부에 실린 또다른 노벨레 「옷이 날개」에서도 시민사회의 자본주의적 현실에 민첩하게 대처하는 여주인공이 진정한 승리자로 등장한다. 그녀는 낭만적인 남자 주인공의 겉모습에 현혹되어 결혼하지만 남편을 곧 철두철미 경제적인 속물로 탈바꿈시킴으로써 남편에 대한 복수와 경제적 시민으로서의 성공을 완수한다.(고규진, 2000 참조)

수단으로 이용하는 취스의 영악스러움과 비교할 때 더욱 비극적이고 긍정적인 의미를 획득한다. 분명한 것은 잘리와 브렌헨의 자살이나 취스의 성공은 윤리적, 미학적 차원과는 명백히 다른 사회적, 경제적 차원에서 이루어진다는 점에서 이들 작품이 사랑과 결혼에 대한 고전적 이해와 분명한 선을 긋고 있다는 것이다. 켈러 작품에서의 시민의 사랑은 잘리나 브렌헨의 경우에서처럼 격렬하지만 어수룩하고, 시민적 결혼은 취스나 디트리히의 경우에서 알 수 있듯이 영악하거나 허방을 짚을 뿐이다.

서양의 합리주의는 지난 두 세기에 걸쳐, 예컨대 막스 베버의 경우에서 볼 수 있듯이 자유주의적 자본주의에서 파생되는 제반 모순을 해결하고, 인간 본위의 휴머니즘 전통에 충실하려는 나름의 정신적, 제도적 노력을 견지해왔다. 그럼에도 불구하고 사랑과 돈, 결혼과 혼수, 부부관계와 재산문제라는 켈러 작품의 주제들은 우리 시대에서도 별 화해의 기미를 보이지 않으며, 오히려 신자유주의라는 새로운 유령 앞에서 더욱 첨예한 대립각을 세우고 있다. 더욱이 서양의 자유주의 이념과 자본주의 정신이 불과 몇십 년 만에 여과 없이 수용된 우리 사회에서는 서양 역사의 제반 모순과 역사적 경험이 "중층결정"되어 있다. 사랑의 문제도 마찬가지이다. 우리의 삶 자체가 온통 극복되어야 할 자본주의적 물질주의 근성으로 왜곡되었고,[12] 사랑과 돈, 결혼과 혼수, 재산과 부부관계는 적대적인 대립쌍으로서 심각한 사회문제가 되고 있다. 더 불행한 것은 이러한 시대적 풍조가 비판되기는커녕 대중매체를 통해 무비판적으로 확대재생산되는 천박한 현실이다. 돈에 팔린 애인을 떠나보내고 눈물짓는 드라마의 여주인공 때문에 심란해진 나머지 노래방에서 〈사랑밖엔 난 몰라〉를 열창하는 현대판 이수일과 심순애가 존재하는 한, 서구 리얼리즘 문학이 우리 사회에 던지는 시의성은 분명해 보인다.

---

12) 예를 들어 우리의 전통적인 혼수 관습이 자본주의적 물질주의 근성과 부합되어 세계에서 유례를 찾아보기 힘든 기이한 사회적 병폐로 왜곡된 현상을 생각해볼 수 있다.

참고 문헌

1차 문헌

Keller, Gottfried, Die Leute von Seldwyla, in *Sämtliche Werke in 7 Bänden*, Bd. 4, hrsg. v. Th. Böning u. G. Kaiser, Frankfurt a.M. 1995.

2차 문헌

고규진, 「켈러의 현실인식과 시대비판」, 『독일문학』 48집, 1992, 82~106쪽.

_____, 「꿈을 잃은 산문세계. 켈러의 『옷이 날개』 연구」, 『독일언어문학』 14집, 2000, 139~156쪽.

Becker, Sabina, *Bürgerlicher Realismus. Literatur und Kultur im bürgerlichen Zeitalter*, Tübingen 2003.

Cowen, Roy C., *Der poetische Realismus. Kommentar zu einer Epoche*, München 1985.

Hörisch, Jochen, *Gott, Geld und Glück. Zur Logik der Liebe*, Frankfurt a.M. 1983.

Kaiser, Gerhard, *Gottfried Keller. Das gedichtete Leben*, Frankfurt a.M. 1981.

Moormann, Karl, *Subjektivismus und bürgerliche Gesellschaft*, Bern 1977.

Neumann, Bernd, *Gottfried Keller. Eine Einführung in sein Werk*, Königstein/Ts. 1982.

Sautermeister, Gert, Gottfried Keller-Kritik und Apologie des Privateigentums, in *Positionen der literarischen Intelligenz zwischen bürgerlichen Reaktion und Imperialismus*, hrsg. v. G. Mattenklott u. Klaus R. Scherpe, Kronberg/Ts. 1973, S. 39~102.

Selbmann, Rolf, *Gottfried Keller. Romane und Erzählungen*, Berlin 2001.

Stotz, Christian, *Das Motiv des Geldes in der Prosa Gottfried Kellers*, Frankfurt a.M. 1998.

Swales, Martin, *Epochenbuch Realismus. Romane und Erzählungen*, Berlin 1997.

발자크의 사랑과 야망

송기정

1. 19세기의 프랑스와 발자크

19세기 프랑스 사회는 한마디로 역동적이다. 하루가 다르게 변화하는 곳, 계급상승 욕구가 충만해 있는 곳, 성공과 파멸의 모험이 펼쳐지는 하나의 극장과도 같은 곳, 자유의 개념과 함께 근대가 열리고 수많은 환상이 가능했던 곳, 그것이 바로 대혁명(1789) 이후 19세기 프랑스 사회의 모습이다. 코르시카 섬 출신의 일개 대위도 황제가 될 수 있었다는 사실은 프랑스의 모든 젊은이들을 열광케 하기에 충분했다. 나폴레옹 신화는 『적과 흑』의 쥘리앵 소렐이 드 라 베르네이라는 귀족이 될 수 있게 하였고, 『잃어버린 환상』의 뤼시앵 샤르동으로 하여금 드 뤼방프레 후작을 꿈꾸게 하였던 것이다. 발자크 역시 무명 시절 나폴레옹의 석고상 아래 "그가 검으로 이룬 것을 나는 펜으로 이룰 것이다"라고 써놓지 않았던가!

발자크는 대혁명 이후 19세기가 시작되는 1799년에 출생하여 나폴레옹의 등장과 패망, 왕정복고와 구귀족의 재등극(1815~1830), 7월혁명과 더불어 성립된 7월왕조(1830~1848), 그리고 1848년의 2월혁명으로 이어지는 역사적 소용돌이를 체험한 작가이다. 예리한 관찰자였던 발자크는 변화무쌍한 당시 사회의 모습을 그 누구보다도 적나라하게 그려낼 줄 알았다. 1829년 자신의 이름으로 서명한 첫 작품 『마지막 올빼미 당원 혹은 1800년의 브르타뉴』를 시작으로 1850년 죽음에 이르기까지 완성한 『인간희극』[1]은 당대의 풍속을 생생하게 보여준다. 총 백여 편에 달하는 소설 속 2천 5백여 명의 인물들은 『인간희극』이라는 용광로 속에서 우글거린다. 그들은 정치가, 법관, 은행가, 수전노, 창녀, 배우, 신문기자, 작가, 사형수, 사업가, 사기꾼이요, 귀족과 부르주아와 노동자와 농민들로서 당시 사회의 모든 직업, 모든 계층을 총망라한다.

2. 발자크의 야망과 작품 속의 출세주의자들

발자크가 스무 살이었던 1819년, 그리고 스물둘이었던 1821년에 그는 누이인 로르에게 다음과 같은 편지들을 쓴다.

사랑과 영광뿐, 다른 것은 무엇도 거대한 내 가슴을 채울 수 없구나. (……) 나는 오로지 출세해야겠다는 생각뿐이란다.(1819)

나에게는 두 가지의 정열만이 존재한다. 그것은 사랑과 영광이다. 그런데 아직 아무것도 이루어진 것이 없다. 앞으로도 아무것도 이루어지지 않으리라.(1821)

---

1) 1834년 『고리오 영감』을 집필하면서 생각해낸 인물재등장의 기법과 더불어 그는 자신의 작품들을 『인간희극』이라는 한 권의 큰 책으로 완성할 계획을 세운다. 이 제목은 단테의 『신곡』에서 영감을 받아 지은 것이다. 그는 신이 인간을 창조했듯이 한 사회에 존재하는 모든 종의 인간을 창조하겠다는 야심을 가진다. 발자크는 1842년에 가서야 『인간희극』의 서문을 쓰는데 총 목록에는 144편의 작품이 계획되지만 그중 50여 편은 완성하지 못한 채 눈을 감는다.

서른셋이 되었을 때의 발자크도 청년 시절과 크게 다르지 않다. 오랫동안 교제해온 순수한 여자친구 쥘마 카로에게 '영광과 권력'에 대한 자신의 욕망을 고백하고 있기 때문이다. 영광, 명예, 권력 그리고 돈은 그가 평생 동안 추구했던 것들이다. 발자크는 특히 구체제가 몰락하고 부르주아가 지배하는 새로운 시대는 돈이 모든 것을 지배하는 황금만능의 시대가 될 것임을 누구보다도 빨리 깨달은 작가였다. 그런 발자크에게 글쓰기에 대한 소명 같은 것은 애초에 없었다. 문학은 일종의 돈벌이 사업이었으며 책은 하나의 상품에 불과했던 것이다. 그러나 일확천금을 꿈꾸며 벌였던 출판업, 인쇄업, 잡지운영, 탄광사업, 부동산 투기 등 수많은 사업들은 그에게 빚더미만을 안겨주었고, 문학은 그 빚을 갚기 위한 유일한 해결책이었다.

일찍이 골드만이 발자크에게서 모든 신성함을 부정한, 극단적으로 세속적인 사상의 표현을 보았듯이 발자크는 뼛속까지 부르주아였고 철저한 속물이었다. 고급스런 옷으로 몸을 치장했지만 그 모습은 우스꽝스럽기 그지없었고, 큰 소리로 웃고 떠드는가 하면, 식사중에는 칼을 입에 넣고 게걸스레 먹는 등 천박한 모습으로 주위 사람들의 눈살을 찌푸리게 했다. 성격 또한 급해 조심성도, 참을성도 없었다. 그런 발자크였지만 귀족의 푸른 피에 대한 열등감은 항상 그를 괴롭혔다. 그는 귀족이 되고 싶어했다. 귀족 취향의 고급 카펫과 값비싼 골동품에 대한 광적인 집착은 신분에 대한 그의 열등감을 드러내기에 충분했다. 발자크의 이름에 붙어 있는, 귀족을 상징하는 '드'라는 단어는 사실 진짜가 아니다. 발자크 집안의 원래 이름은 발사였으며, 아버지가 이를 발자크로 고친 후, 막내딸 출생신고시 슬쩍 '드'를 붙인 것이다. 그러니까 엄밀히 말해 발자크에게는 죄가 없다. 아들이 아버지의 이름을 물려받는 것은 당연하니까. 생애 마지막 십육 년을 바쳤던 한스카 부인에 대한 처절한 구애는 후작이 되겠다는 그의 소망이 얼마나 강렬한 것이었는지를 말해준다.

'프랑스에서의 권력'을 원했던 발자크의 작품은 권력의지로 가득하다.

그의 작품에는 크게 두 가지 성향이 존재한다. 사회적 삶의 반영인 사실주의 작품들과 정신적 삶의 구현인 철학적이고 환상적인 작품들이 그것들이다. 그런데 이러한 사실주의 소설들에서뿐만 아니라 신비롭고 몽상적인 환상소설에서도 발자크가 추구한 것은 한결같이 신적인 절대권력이다. 예술의 비밀이나 우주의 신비를 찾고자 하는 예술가나 철학자들역시, 결국은 세계 정복이란 헛된 꿈을 꾸는 발자크 자신의 모습과 크게다르지 않기 때문이다. 그러나 발자크의 권력의지는 모두 실패할 운명이었다. 사랑과 영광을 원했던 발자크는 아카데미 회원이 되지 못했고, 국회의원 선거에서도 패배했으며, 여러 차례의 돈벌이 사업은 빚만 가중시켰다. 수많은 연애사건에도 불구하고 진정한 사랑의 흔적 또한 찾아보기힘들다. 십육 년 동안의 투쟁 끝에 한스카 부인과 결혼에 성공하지만 다섯 달도 지나지 않아 그는 쉰하나의 나이로 죽고 만다.

『인간희극』에는 타고나지 못한 부와 명예를 얻기 위해 어떤 비열한 행위도 마다하지 않는 벼락출세자들이 득실거린다. 출세주의는 발자크 소설의 가장 큰 테마이다. 재능 있고 잘생긴, 그러나 시골 출신의 가난한젊은이들은 자신의 능력으로 성공하리라는 희망을 안고 파리로 간다. 이들 중 가장 비극적인 주인공은 『잃어버린 환상』의 뤼시앵이다. 아마도발자크는 아름답고 순진한 이 불행한 주인공에게 가장 많은 애정을 가졌던 것 같다. 무려 십 년이 넘는 세월 동안 그를 놓지 않고 있었으니 말이다.[2] 정신분석 문학비평가인 마르트 로베르는 뤼시앵의 비극성을 친부살해 모티프에서 찾고 있다. 뤼시앵은 자신의 이름을 버린 대가, 즉 아버지의 이름을 부정한 대가로 파멸하여 결국 감옥과 자살에까지 이르는 것이다.(Robert, 43쪽) 아버지를 부정한 죄의 무게를 감당하기에는 그는

---

2) 『잃어버린 환상』은 1837년에 1부, 39년에 2부를 집필하였으며, 후속작인 『창녀들의 영광과 비참』은 1839년에 첫 부분을 출판한 후 1848년에 완성하였으니 무려 십 년 이상을 뤼시앵과 함께한셈이다.

"정말이지 시인이었기에"(Robert, 273쪽) 실패하도록 운명지어져 있었다고 마르트 로베르는 주장한다. 출세하고 싶어한 뤼시앵은 성공을 위해서는 귀족의 성이 필요함을 절실히 느끼고 샤르동이라는 아버지의 이름을 버린 후 어머니의 이름인 드 뤼방프레로 개명한다. 그런데 뤼시앵에게 과감히 아버지를 버릴 것을, 그리고 귀족의 이름인 드 뤼방프레라는 이름을 택할 것을 충고한 사람은 그의 애인이자 후견인인 바르즈통 부인이다. 그러나 그는 귀족의 성을 참칭한 대가로 사회의 벌을 받는다. 그의 철저한 파멸은 지극히 폐쇄적이었던 왕정복고시대 귀족사회의 단면을 잘 드러내고 있다.

뤼시앵이 비극적 주인공이라면 『고리오 영감』의 라스티냐크는 가장 출세한 행운아의 전형이다. 라스티냐크 역시 앙굴렘이라는 프랑스 남부 지방 출신의 아름답고 재능 있는 가난한 젊은이다. 그러나 뤼시앵과는 달리 귀족의 혈통이라는 단단한 무기를 가지고 있다. 파리의 보케르 하숙집 시절의 그는 순진한 촌뜨기였으며, 보트랭의 제안을 거절할 만큼 순수했다. 그러나 정직하고 헌신적이었지만 딸들에게 버림받고 비참하게 죽어가는 고리오 영감을 보면서, 그는 무슨 짓을 해서라도 출세하기로 결심한다. 고리오 영감의 무덤 앞에서 내뱉은 "이제부터 파리와 나의 대결이다!"라는 외침은 그가 사교계에 던진 도전장에 다름아니다. 라스티냐크에게 성공의 첫 단추는 친척뻘인 보세앙 부인과의 만남이다. 그녀는 순진한 라스티냐크에게 사교계에서 처신하는 방법과 더불어 올바른 애인 선택을 충고한다.

자! 라스티냐크씨, (……) 당신은 출세하고 싶지요? 내가 돕겠어요. 여성들이 얼마나 깊이 타락했으며, 남자들이 얼마나 볼썽사나운 허영심에 빠져 있는지를 헤아리게 될 거예요. 세상이라는 책은 열심히 읽어보아도 알쏭달쏭한 페이지들이 있어요. (……) 당신에게는 젊고, 돈 많고, 우아한 여성이 필요해요. 당신이 진실한 감정을 가졌다면 보물처럼 숨겨두세요. 결코 그것을 남이 알아채게 해서는 안 돼요. 만약 그러면 당신은 파멸이에요.(발자크, 1999, 110쪽)

한편 그에게 끔찍한 제안[3]을 하면서 그를 유혹하던 보트랭은 그의 또 다른 스승이었다. 비록 그 제안을 거절하긴 했지만 그의 충고는 라스티냐크로 하여금 이 사회의 구조를 정확히 이해할 수 있게 해주었던 것이다. 보트랭의 말을 들어보자.

출세하기 위해 자네가 해야 할 노력과 필사적 싸움이 어떤가를 판단해보게. 항아리 속에 들어 있는 거미들처럼 자네들은 서로를 잡아먹어야 하네. 왜냐하면 좋은 자리가 오만 개는 없기 때문이야. (……) 정직이란 아무 소용이 없네. (……) 타락은 힘을 얻고 재능은 희귀한 것일세. 그래서 타락은 도처에서 볼 수 있는 평범함의 무기이고 자네는 이 타락의 첨단을 여러 곳에서 느낄 걸세.(148쪽)

라스티냐크는 이제 비열함, 양심의 부재, 타락 등 시대가 요구하는 무기로 무장하고 사회와 투쟁한다. 출세를 위해 그는 우선 여성 후견인을 찾는다. 여인은 사랑과 재산과 권력과 명예, 이 모든 것을 부여하리라. 라스티냐크의 성공은 보세앙 부인의 충고에 따른 올바른 애인 선택에서 연유한다. 그 자신이 귀족이었던 그에게는 귀족의 푸른 피에 대한 열등감이 없다. 오히려, 대부호이지만 귀족에 대한 열등감을 가진 뉘생장 부인을 선택하여 그녀로 하여금 생 제르맹 가의 귀족사회에 발을 들여놓는 계기를 부여함[4]으로써, 그는 그녀가 상징하는 상승하는 신흥귀족 계급

---

3) 지명수배중인 사형수 보트랭은 라스티냐크를 남몰래 흠모하는 빅토린느 타유페르 양의 오빠를 죽임으로써 그녀를 유일한 상속녀로 만든 후 라스티냐크와 그녀를 결혼시키려는 음모를 꾸미고 이를 라스티냐크에게 제안한다.
4) 생 제르맹 가의 보세앙 부인댁 무도회는 신흥귀족이나 부르주아지들이 선망하는, 그러나 출입

과 연계하게 되고, 그것이 바로 그가 사회적, 정치적으로뿐만 아니라 경제적으로도 크게 성공할 수 있었던 비결인 것이다. 그가 정치적으로 성공하는 시기가 부르주아들이 집권하고 금전이 모든 것을 지배했던 7월 왕조 때였음은 시사하는 바가 크다. 1818년 파리에 올라온 가난한 하숙생이었고, 1827년까지만 해도 "한 푼도 없었던" 그는 뉘생장의 비밀계획에 참여한 대가로 1845년에는 연금 삼십만 리브르의 재산가가 되고, 재력을 바탕으로 정치적 야망도 실현해 1836년에는 상원의원과 건설부 장관, 1845년에는 내무장관에까지 오른다. 모든 권력을 손에 쥔 그는 누이들에게 지참금을 주어 귀족답게 결혼시키고 동생은 주교로 임명하는 등 나폴레옹의 신화를 완성한다.[5]

3. 발자크와 여성

앞서 살펴보았듯이 발자크 작품의 주인공들에게 여인과의 사랑은 출세를 위한 수단에 불과하다. 발자크가 삶에서 진정으로 사랑한 여자가 있었던가? 누이들에게 '돈 많은 과부'를 구해달라고 부탁하곤 했던 발자크였다. 한스카 부인에게 오로지 당신만을 사랑한다고 수없이 많은 편지를 썼지만, 그러는 사이에도 그는 다른 여자들과 연애행각을 벌이곤 했다. 발자크는 왜 진정한 사랑을 알지 못했을까?

우리는 『루이 랑베르』(1832)나 『골짜기의 백합』(1836) 등 자전적인 소설을 통해 발자크가 불행한 유년기를 보냈음을 알고 있다. 특히 어머니[6]

이 금지된 성역이다. 보세앙 부인은 라스티냐크에게 뉘생장 부인이 그 무도회에 출입할 수 있도록 초청장을 줌으로써 그녀를 라스티냐크의 애인으로 만들어준다.

5) 황제가 되었으나, 자신의 체제가 허약함을 잘 알았던 나폴레옹은 형을 이탈리아 왕으로, 매제는 홀란드 왕으로, 첫째 누이동생은 토스카나 대공의 부인으로 만들었으며, 막내동생은 미국 여성과 이혼시키고 독일의 왕녀와 결혼시키는 등 나폴레옹 왕가를 이루었다.

로부터 버림받았다는 느낌은 일생 동안 발자크를 지배했다. 한스카 부인에게 보낸 편지에는 어머니에 대한 증오심이 여러 차례 표현된다.

어머니는 나의 모든 불행과 계속되는 슬픔의 원인입니다. (1842)

나의 어머니! 괴물인 동시에 잔인했던 여자! 어머니는 여러 가지 이유로 나를 증오했습니다. 어머니는 내가 태어나기도 전에 벌써 나를 증오했지요. 어머니는 자신의 과오에 의한 결과인 우리를 용서하지 않았습니다. 나의 어머니는 나의 모든 불행의 원인입니다. (1844)

내게는 어머니가 없습니다. 이제 어머니는 나의 적입니다. 나는 이제까지 당신에게 나의 아픈 상처를 보이지 않았습니다. 어머니가 얼마나 끔찍한 존재인지, 당신이 직접 보아야만 내 말을 믿을 것입니다. 내가 이 세상에 태어나자마자 어머니는 나를 유모에게 맡겼고, 네 살이 될 때까지 단 한 번도 다정하게 안아준 적이 없었습니다. (……) 로랑스와 나는 그녀의 증오의 대상이었지요. 어머니는 로랑스를 죽였고, 나는 살아남았습니다. (1846)

어머니에 대한 이같은 증오심은 무엇에서 연유하는 것일까? 어린 발자크의 비밀스런 상처는 무엇이었을까? 발자크는 출생 후 네 살이 될 때까지 유모 손에 자랐고, 일곱 살이 되자 또다시 기숙학교에 맡겨져 일 주일에 한 번 정도 집에 다녀올 뿐이었다. 그후 1807년 그가 방돔 오라토리오 기숙학교에 들어가 육 년을 보내는 동안에도 어머니는 단 두 번밖에 보지 못했다고 한다. 발자크는 태어나자마자 자신을 멀리했던 어머니를 결코 용서하지 못했을 것이다. 그러나 어머니에 대한 그의 증오심은

---

6) 발자크의 아버지와 어머니는 결혼 당시 각각 쉰한 살, 열아홉 살이었으니 서른두 살의 나이 차가 있었다. 발자크 부인은 히스테리 증상으로 신경이 예민하고 날카로웠으며, 나이 많은 남편과는 애정이 없었던 것으로 증언되고 있다.

무엇보다도 어머니의 불륜 때문일 것이다. 발자크는 여덟 살경에 어머니의 불륜을 알았거나 적어도 충분히 인식하고 있었다. 어머니는 발자크 가족의 친한 친구이자 사세[7]의 성주인 장 드 마르곤느의 애인이었고, 1807년 출생한 막내아들 앙리는 그 사랑의 결과였다. 한편 부모로부터 버림받은 자신과 달리 사생아인 앙리는 어머니로부터 과도할 정도의 사랑을 받았으니 그 또한 그에게는 또다른 상처가 되었을 것이다.

모성애에 목말라 있던 발자크는 베르니 부인에게서 숭고한 모성애를 발견한다. 그녀를 만났을 당시 발자크의 나이가 스물셋이었고 그녀의 나이 마흔다섯이었으니 무려 스물두 살의 나이 차가 있었다. 더욱이 파리에서는 옆집에 살면서 어머니와 친구로 지내던 사이였다. 베르니 부인은 십사 년간 그의 목마름에 정신적, 경제적으로 충실하게 답한다. 발자크가 사업의 파산으로 위기에 처할 때마다 그를 구해준 것도 그녀였다. 그녀는 발자크에게 어머니이자 친구이고, 가족이자 조언자였다.

베르니 부인의 모습은 특히 『골짜기의 백합』(1836)의 모성애 짙은 모르소프 백작부인에 투영되어 있다. 그녀는 애정결핍으로 상처입은 펠릭스 드 방드네스를 어머니처럼 보살펴주고 사교계에서 출세하려면 여인들을 이용하라는 조언도 아끼지 않는다.

영향력이 있는 부인들의 마음을 잡으세요. 이런 부인들은 나이가 많은 여자들이어서, 모든 가정의 인척관계와 비밀을, 당신을 목적지까지 빨리 데려갈 지름길을 가르쳐줄 거예요.(발자크, 1970, 124쪽)

한편 카스트리 공작부인과의 관계는 발자크로서는 가장 고통스러운 경험이었다고 할 수 있다. 1831년 10월, 발자크는 익명의 편지를 받는

7) 사세 성은 훗날 발자크가 일에 몰릴 때면 파리를 떠나 칩거하면서 작업에 몰두했던 곳이기도 하다. 지금은 발자크 박물관이 되었다.

다. 발자크는 그 편지가 평범한 여인의 것이 아님을 직감으로 느꼈고, 그의 상상력은 벌써 그녀에 대한 사랑으로 불타오른다. 첫 답장부터 그는 속내를 터놓으면서 자신의 창작구상을 이야기하곤 했다. 몇 번의 편지 왕래 후 그는 그녀가 그 유명한 카스트리 공작부인이라는 사실을 알게 된다. 오스트리아의 명재상 메테르니히의 큰아들과의 사랑으로 온 유럽을 떠들썩하게 했던, 낙마로 허리를 다쳐 불구가 되어버린, 남편마저 세상을 떠난 후 카스텔란 궁에서 칩거하고 있는 바로 그녀였던 것이다. 항상 귀족을 동경하던 발자크는 다섯 달 동안 오로지 그녀에 대한 구애로 세월을 보낸다. 부인의 마음에 들기 위해 그는 공개적으로 왕당파가 되는 등 정치적 신념마저 바꾸어버린다. 1832년 8월에서 10월까지 그는 엑스-레-뱅으로 제네바로 그녀를 따라 여행을 하면서 정복의 기회를 노리지만 결국엔 실패하고 만다. 발자크는 그녀에게서 받은 모욕과 상처를 글쓰기를 통해 복수한다. 랑제 공작부인은 몽트리보 장군을 거부한 대가를 톡톡히 치를 것이다(「도끼를 만지지 마Ne touchez pas a la hache」, 1833)[8]라며.

어머니와 함께 카스트리 공작부인 역시 발자크에게 나쁜 어머니, 매정한 여인, 남자를 파멸시키는 여인의 이미지의 근원으로 각인된다. 『마법의 가죽』(1831)에 등장하는 아킬리나와 포에도라는 냉혹한 여인의 전형이다. 아킬리나는 "성 불구자마저도 눈뜨게 할 놀랄 만한 아름다움", "귀머거리도 유혹할 만한 목소리", "해골마저도 살아나게 할 시선"을 소유한 쾌락의 여왕이다. 그러나 "젊은이를 노인으로 또 노인은 젊은이로 변화시키는" 아킬리나는 매혹자인 동시에 파괴자이다. 라 로셸의 중사였던 그녀의 애인은 참수형에 처해진다. 그녀는 남자를 파멸시키는 여인이다. 팔만 리브르의 연금을 가진 아름다운 여인 포에도라 역시 모든 남자를 유혹하지만 모든 남자로부터 남성성을 박탈해버리는 무서운 여인이

---

8) 「도끼를 만지지 마」는 후일 작가가 「랑제 공작부인」으로 보완 수정한 후 1840년 『페라귀스 Ferragus』와 함께 『13인의 이야기Histoire des Treize』 속에 포함하여 출판했다.

다. 주인공 라파엘에게 포에도라를 얻는 것은 자신의 '운명을 손에 쥔 마지막 한 장의 복권'이다. 그러나 그녀는 모든 남자를 소유하기 위해 어떤 남자에게도 몸을 허락하지 않는다. 라파엘은 자신의 학문을 장난으로 변화시킴으로써 포에도라의 환심을 사고자 한다. 그리고 그것이 성공적이었다고 생각하기도 한다. 그러나 그는 자신의 가장 소중한 학문을 매춘화함으로써 그저 '그녀를 즐겁게 하는 영광을 누렸을 뿐'이다. 그녀는 그를 죽이는 여자, 사랑에 빠진 남자들을 사디즘적으로 유희하는 여자, 즉 남자를 파멸시키는 여자이다. 이는 생명이 아닌 죽음을 주는 나쁜 어머니의 이미지에 다름아니다. 아킬리나와 포에도라가 남자를 파멸시키는 여성의 전형이라면 『골짜기의 백합』의 펠릭스 드 방드네스의 어머니, 『서른 살의 여인』(1832)의 줄리 데글르망은 『인간희극』에 나타나는 매정한 어머니의 전형이다.

이런 매정한 여인의 이미지와 더불어 발자크의 작품에는 헌신적이고 희생적인 이상화된 여성의 사랑 또한 존재한다. 『마법의 가죽』의 폴린느는 라파엘을 진심으로 사랑하며 오누이 같은 사랑으로 그를 보살피는 이상적인 여성의 전형이다. 라파엘은 가죽을 소유한 덕분에 모든 것을 가질 수 있게 되었지만, 역설적으로 아무것도 욕망할 수 없게 되었다. 욕망이 실현되는 순간 그의 생명은 그만큼 줄어들기 때문이다. 살기 위해서는 아무것도 욕망하지 말아야 한다는 생각과 폴린느에 대한 욕망 사이에서 라파엘은 갈등한다. 그러나 인간은 욕망하는 존재가 아니던가! 결국 그는 욕망에 굴복하여 형용할 수 없는 황홀경 속에서 정신을 잃고 그녀의 가슴을 물어뜯으면서 죽는다.[9] 이처럼 천사 같은 폴린느 역시 애인을 죽음으로 몰아간다. 그 사실을 깨달은 폴린느는 "그는 나의 남자예요. 내가 그를 죽였어요"라며 절규한다.

같은 이름을 가진 『루이 랑베르』의 폴린느도 천사 같은 존재이며 루이

---

9) 라파엘이 폴린느의 가슴을 물어뜯으면서 죽는 모습에서 우리는 어린아이로의 역행을 본다.

를 어머니 같은 사랑으로 보살피는 이상적 어머니이다. 그러나 루이의 광기 역시 폴린느에 대한 사랑 때문이었다. 그녀와의 결혼을 앞두고 결국 미쳐버렸으니 말이다. 그 밖에도 『잃어버린 환상』의 코랄리와 『창녀들의 영광과 비참』의 에스테르 역시 자신을 희생하면서 헌신적으로 뤼시앵을 보살피는 이상적인 여인들이다. 그러나 코랄리는 뤼시앵을 타락시키며, 에스테르는 뤼시앵 파멸의 직접적인 원인이 된다.

이처럼 발자크에게는 여성은 이상적이고 희생적인 여인들마저도 남성을 파멸시키는 나쁜 어머니의 전형을 벗어나지 못한다. 즉 발자크에게는 외관상 매정한 여인이든 이상적이고 헌신적인 여성이든 궁극적으로는 하나인 것이다. 이들은 모두 남성을 파멸시키는 존재이기 때문이다. 어린 시절 어머니에게 품었던 원한의 골이 그토록 깊었던 것일까?

4. 한스카 부인

발자크의 인생에서 한스카 부인과의 만남은 한 편의 드라마이다. 1832년 3월, 발자크는 익명의 '어떤 외국 여인의 편지'를 받는다. 그녀는 우크라이나에 살고 있는 대귀족 한스카 부인이었고, 유럽 전역에 퍼져 있는 발자크 애독자 중의 한 사람이었다. 폴란드 귀족 출신으로 스물다섯 살이나 연상인 한스키 백작과 결혼하여 남편에게 별 애정을 느끼지 못했던 그녀는 적막한 우크라이나의 저택에서 소설 읽기만을 낙으로 살고 있었다. 그녀는 발자크의 정열적인 글을 재미있게 읽었고 특히 『결혼 생리학』의 여성심리 묘사에서 작가의 예리함과 섬세함에 놀라움을 금치 못했던 것이다.

몇 통의 편지가 오간 후 발자크는 곧 그녀를 사랑하기로 마음먹었고, 보기도 전에 벌써 사랑을 고백하기에 이른다.

당신을 사랑합니다. 미지의 여인이여! 그런데 이런 이상한 일은 공허하고 불행한 삶의 당연한 결과일 뿐입니다. (……) 이러한 사랑을 어떤 한 남자가 겪어야 했다면 그것은 바로 나일 것입니다.(1832)

1833년 한스카 부인은 남편을 설득해 유럽여행을 감행한다. 그들은 스위스에서 여름을 보낼 예정이었다. 이 여행이 발자크를 만나기 위해 은밀히 계획된 것임은 의심의 여지가 없다. 발자크는 그녀를 만나러 서둘러 뇌샤텔로 달려간다. 한 달을 부인과 함께 보내면서 발자크는 돈과 명예와 계급상승이라는 세 마리의 토끼를 한 번에 잡을 것을 꿈꾼다. 이제 그는 그녀를 정복하는 데 모든 정열을 바칠 것이다. 발자크는 그때만큼 깊이 사랑에 빠져본 적이 없었다.

그대는 날이 갈수록 내게 기쁨이오. 날이 갈수록 그대는 내 가슴에 더 큰 자리를 잡아간다오. 나는 이처럼 강렬한 사랑을 느껴본 적이 없소. (1833)

1833년 12월 다시 제네바로 간 발자크는 다음해 1월 26일, 드디어 백작부인을 정복한다. 그는 '잊을 수 없는 그날'을 이렇게 기억한다.

어제, 저녁 내내 나는 이렇게 내게 말했다. 그녀는 이제 내 것이라고. 아! 천사들도 어제 내가 있었던 낙원에서만큼 행복하지는 않을 것이다.(1834)

1835년 5월 빈에서의 재회 이후, 발자크는 팔 년이 지난 1843년에야 다시 부인을 만나게 된다. 그 동안 발자크는 『파리시평』의 인수와 실패, 세브르의 부동산투기 실패, 사르데뉴의 은광사업 실패 등 모든 사업에서 실패를 거듭했다. 산더미처럼 쌓여가기만 하는 빚을 갚기 위해 글쓰기라는 노동에서 벗어날 수 없었던 그는 심신이 지쳐 있었다. 하지만 그러는 동안에도 그는 비스콩티 공작부인과 사랑을 나누었고, 카로 부인에게는 다음과 같은 편지를 쓰기도 한다.

나는 나의 모든 희망과 사치, 그리고 야망에 사표를 던졌소. 나는 사제 같이 소박하고 평화로운 삶을 살고 싶소. 삼사만 프랑의 지참금을 가진 여인이 나를 원한다면, 그녀가 착하고 교육을 잘 받은 여인이라면 그녀와 결혼할 준비가 되어 있소. 그녀가 나의 빚을 갚아준다면 나는 오 년 안으로 열심히 책을 써서 그녀에게 그 돈을 갚아줄 것이오.(1841)

그러면서도 그는 한스카 부인에게는 언제나 수도승처럼 산다는 편지를 쓰곤 했다.

1841년, 발자크는 한스키 백작의 사망 소식을 듣는다. 발자크는 희망에 부푼다. 이제 그에게는 오로지 한 가지 목표만이 존재한다. 그는 한스카 부인과의 결혼에 인생을 건다. 그녀와의 결혼으로 그는 귀족이 될 것이며, 그녀의 재력은 경제적 궁핍으로부터 그를 구원해줄 것이다. 그러나 한스카 부인으로서는 그것이 그렇게 간단한 일이 아니었다. 소문에 따르면 그는 자신에게 성실하지도 않았을 뿐 아니라 갚아야 할 부채가 너무 많았다. 무엇보다도 유럽 최고의 문호이긴 하지만 그는 평민일 뿐이었다. 집안의 반대 역시 결정을 어렵게 하는 요인이었다. 평민과의 결혼은 집안의 수치였던 것이다. 그러나 발자크에게는 더이상 선택의 여지가 없었다. 심신이 많이 지친데다 이제는 문학적 상상력도 고갈되어 더이상 글을 쓰는 일이 쉽지가 않았다. 창작의욕은 점차 감퇴되어 안락하고 편한 귀족 미망인 정부의 역할 속으로 점점 빠져들어간다.

1847년 7월, 그는 드디어 한스카 부인의 저택인 비에르쇼브니아 성에 도착하여 그곳에서 1848년 1월까지 체류한다. 그곳에는 창작의 스트레스도 빚쟁이들의 아우성도 없다. 그러나 우크라이나의 기후는 그의 건강을 해쳤고, 때문에 병석에서 보내는 시간이 많아졌다. 결국 1848년 1월 30일, 악천후 속에 우크라이나를 떠난 발자크는 2월 15일이 돼서야 파리에 도착했다. 한편 1848년 2월, 프랑스에서는 2월혁명이 일어나는데, 이에 대한 발자크의 반응은 부정적이었다. 자유주의 사상가로서, 진보를 추구했던 발자크였지만, 귀족이 되고자 했던 그 자신의 '가족소설'이 완성되려는 그 순간 혁명은 방해가 될 뿐이었다.

1848년 10월 다시 비에르쇼브니아로 간 발자크는 1849년 내내 그곳에 머문다. 그 동안 그의 건강은 더욱 악화되었다. 우크라이나의 기후는 적응하기에 무리였던 것이다. 아니, 어쩌면 끊임없는 글쓰기와 빚 독촉 등 일상적 고통에서 해방되는 순간 그의 에너지가 모두 소진되어버린 것이었는지도 모른다. 병석에 누워 있는 발자크에게 한스카 부인은 냉담하기만 했다. 과연 그녀는 발자크를 사랑하기는 했던 것일까? 그녀가 사랑한 것은 어쩌면 그의 작가적 명성이 아니었을까? 그녀가 원했던 것은 지치지 않고 보내오는 대문호의 연서였던 것은 아닐까? 끈질긴 구애에도 불구하고 계속 결혼을 미루던 그녀는 1850년 3월, 결혼을 승낙하고 결혼식을 준비한다. 발자크의 주치의가 더이상 오래 살지 못할 것이라는 절망적인 상태를 말해주고 그녀를 설득했기 때문인지, 아니면 단순한 동정심의 발현이었는지 알 수가 없다. 최소한 병상에 누운 환자이니 더이상 재산을 탕진하지는 않을 것이며, 만일 그가 죽는다면 대문호의 아내로서 영원히 역사에 남을 것이라는 생각에서였는지도 모른다. 결혼식 이후 발자크는 그 기쁨을 친구 카로 부인에게 이렇게 전하고 있다.

삼 일 전, 나는 내가 유일하게 사랑한 여인과 결혼을 했고, 나는 그녀를 죽도록 사랑할 것이오. 이 결혼은 그토록 많은 역경과 수년 동안의 인내에 대해 신이 내게 예비해두었던 부상이라고 나는 생각하고 있소. 내겐 행복과 젊음의 시절도 꽃피는 4월도 없었소. (……) 그렇게 볼 때 이 축복받은 결혼은 신이 내게 부여한 개인적인 위안으로 당신에게 보일지도

모르겠소.(1850)

침상을 떠날 수 없을 만큼 건강이 악화된 발자크였지만 그는 귀부인을
대동하고 승리한 개선장군처럼 파리에 입성해야 했다. 1850년 4월 우크
라이나를 출발하여 5월 20일 부인을 위해 파리에 준비한 자신의 저택으
로 돌아온 그는 불과 석 달도 살지 못한 채, 8월 18일 눈을 감는다. 마치
죽기 위해 집으로 돌아온 사람처럼. 삶의 목적이 이루어진 이후 삶의 이
유 또한 사라져버렸던 것일까?

한스카 부인과의 만남은 남녀양성체의 천사적 사랑을 그린 『세라피
타』의 창작에 지대한 영향을 미쳤다. 신비주의적 성향의 『세라피타』의
기본구상은 이미 오래 전부터 시작된 것이었지만, 구체적으로 이 작품을
생각한 것은 한스카 부인을 알고부터이다. 그녀의 신비주의적 종교가 발
자크의 글쓰기에 많은 영향을 주었다는 것은 명백한 사실이다. 자크 보
렐은 "순수한 의미에서의 신비주의, 진정한 종교적 감정, 기독교적인 순
수한 영혼의 상태에 문외한이던 발자크에게 무한성, 하늘, 혼란한 감정,
낭만적인 꿈, 이런 것들은 그저 멀리 있는 공주를 붙들기 위한 유혹의 수
단에 불과했"(Borel, 294쪽)음을 지적한다. 1833년부터 구상했던 『세라
피타』는 일부만이 연재된 채, 출판이 계속 미루어지다가 1835년에 와서
야 『신비주의 소설』의 2부로 출간된다. 그후 발자크는 이 작품에 다시 몰
두하여 그것을 1840년 『인간희극』의 『철학연구』에 수록한다. 수많은 다
른 소설들을 쓰면서도 『세라피타』는 발자크의 머리를 떠난 적이 없었던
작품이다. 한스카 부인에게 보낸 편지에서 고백하듯이 『세라피타』는 그
에게 많은 고통을 안겨준 작품인 동시에 자신의 인생 전부를 건 작품이
었다. 마치 한스카 부인에게 자신의 운명을 걸었듯이.

발자크의 인생 드라마는 이렇게 끝난다. 그에게는 수많은 여인들이 있
었다. 그녀들은 모두 영광과 부와 권력을 상징하는 귀족부인이었다. 마
리 앙투아네트와 알고 지내던 베르니 부인과 메테르니히 왕자의 애인이

었던 카스트리 후작부인은 구왕정을, 나폴레옹 황제와 가까이 지냈던 아브랑테스 공작부인은 나폴레옹 시대의 귀족을, 한스카 부인은 구러시아의 위대한 중세귀족을 상징한다. 한스카 부인과 비스콩티 공작부인의 엄청난 부는 발자크에게 무엇보다도 커다란 매력이었을 것이다. 그러나 그의 삶이 투쟁의 연속이었듯이 이 여인들에 대한 사랑 역시도 결국은 정복을 위한 투쟁이었다.

5. 결론: 발자크와 글쓰기

대혁명 이후 권위는 무너지고 절대가치도 상실된 시대적 상황에서 세상을 지배한 것은 오로지 돈이었다. 출신성분과 관계없이 돈만 있으면 영광을 누릴 수 있었던 19세기의 작가 발자크에게 문학은 영광과 재산을 가져다줄 많은 사업 중 하나일 뿐이었다. 게다가 계속되는 사업 실패로 인해 산더미처럼 불어난 빚을 갚기 위한 유일한 해결책이 문학이었기에, 그에게 글쓰기는 고행에 다름아니었다. 실제로 발자크에게는 평생 동안 휴식이 없었다. 몰리는 빚쟁이들과 출판업자들의 독촉에 그는 하루 열다섯 시간 내지 열일곱 시간을 일해야 했다. 저녁 여덟시에 잠자리에 든 그는 자정에 기상하여 아침 여덟시까지 작업했다. 한 시간가량 긴 목욕을 한 후 출판사 혹은 신문사 관계자들과 면담을 하고 열두시까지 자신의 글들을 교정한 후 식사를 마치고 또다시 다섯시까지 작업했다. 일이 끝나면 사람들을 만난 후 여덟시에 잠자리에 들었다. 하루 열여덟 잔의 진한 커피를 마시면서 발자크는 이렇게 이십 년 동안 과도한 일에 치여 살았던 것이다.

그러나 과연 발자크에게 글쓰기는 돈벌이 수단에 불과했던 것일까? 늘 일확천금을 꿈꾸며 사업가가 되기를 희망했던 그에게 유일하게 돈을 가져다준 것이 문학이었던 만큼 글쓰기가 돈벌이 수단이었던 것은 확실하다. 그 또한 적어도 의식적으로는 그렇게 느꼈을 것이다. 그러나 글쓰기란 인간의 욕망 표현의 가장 완벽한 형태이며 나아가 욕망의 완성을 의미한다. 때문에 절대권력을 추구했던 발자크에게 『인간희극』의 창조는 신에 견줄 만한 절대권을 행사하는 것에 다름아니다. 신이 인간을 창조했듯이, 그 또한 19세기라는 한 시대를 사는 모든 종류의 인간들을 망라하여 『인간희극』이라는 거대한 사회 안에서 꿈틀거리면서 살게 했던 것이다. 발자크 자신의 말처럼 그는 나폴레옹의 시대가 지나고 영웅이 부재하는 시기에 펜으로 이 세상을 지배하고자 했다.

한편 발자크에게 글쓰기는 자기구원의 힘이었다. 불행한 어린 시절을 비롯해 그는 단 한 번도 안정되고 편안한 균형적인 삶을 살아본 적이 없다. 스물다섯 살 때 그는 자살충동을 드러냈는가 하면, 1847년경에는 우울증 증세를 보이기도 했다. 1849년 아브랑테스 공작부인은 발자크가 미쳤다는 소문을 내기도 했다. 루이 랑베르의 광기는 발자크 자신의 우울증의 표현이었을 것이다. 그러나 작중인물들을 연결하여 하나의 완벽한 사회를 구성할 수 있다는 생각은 그를 구원했다. 자신을 거부한 이 세계에 대응할 수 있는 유일한 방법은 결국 글쓰기였던 것이다. 발자크의 창조행위, 즉 글쓰기를 통한 절대권력의 추구는 한편으로는 19세기 프랑스 사회의 근본문제이면서, 다른 한편으로는 유년기의 심리적 상처로 인한 발자크 자신의 콤플렉스에서 연유한다. 어머니의 사랑을 받지 못한 발자크는 문학을 통해 가장 순수한 형태의 욕망을 추구했으며, 글쓰기라는 창조행위로써 절대권력에 이르고자 했던 것이다.

참고 문헌

1차 문헌

오노레 드 발자크, 『골짜기의 백합』, 김현태 옮김, 동화출판사, 1970.

_____, 『고리오 영감』, 박영근 옮김, 민음사, 1999.

_____, 『잃어버린 환상』, 이철 옮김, 서울대학교출판부, 1999.

Balzac, Honoré de, Père Goriot(T. 2), in *La Comédie humaine*, Seuil, 1835.

_____, Illusions perdues(T. 3), in *La Comédie humaine*, Seuil, 1843.

_____, La Duchesse de Langeais(T. 4), in *La Comédie humaine*, Seuil, 1840.

_____, Le Lys dans la valée(T. 6), in *La Comédie humaine*, Seuil, 1835.

_____, La Peau de chagrin(T. 6), in *La Comédie humaine*, Seuil, 1831.

_____, Louis Lambert(T. 7), in *La Comédie humaine*, Seuil, 1835.

_____, Séraphîta(T. 7), in *La Comédie humaine*, Seuil, 1835.

2차 문헌

Baron, Anne-Marie, *Le fils prodige, L'Inconscient dans la Comédie Humaine*, Nathan, 1993.

Béguin, Albert, *Balzac visionnaire*, Editions Albert Skira, 1946.

Borel, Jacques, *Séraphîta et le mysticisme balzacien*, José Corti, 1967.

Danger, Pierre, *L'Eros balzacien, Structure du désir dans La Comédie Humaine*, José Corti, 1989.

Goldmann, Lucien, *Pour une sociologie du roman*, ⟨Idées⟩, Gallimard, 1964.

Mauprat, André, *Honoré de Balzac, Un cas*, La Manufacture, 1990.

Robert, Marthe, *Roman des origines et origines du roman*, Gallimard, 1972.

미인은 심술쟁이?!
— 아름다움의 윤리학

이병훈

1. 아름다움, 욕망, 광기

현대사회에서 남성들이 외모 때문에 갖는 강박관념 혹은 우울증을 지칭하는 용어로 아도니스 콤플렉스(Adonis Complex)라는 것이 있다. 아도니스는 그리스신화에 나오는 미소년으로 미의 여신인 아프로디테의 사랑을 얻는 주인공이다. 아도니스는 이런 행운을 누리다가 아프로디테의 연인이었던 아레스의 질투로 사냥터에서 죽고 만다. 신화에 의하면 아도니스가 죽으면서 흘린 피에서 아네모네 꽃이 피었다고 하고, 그 꽃말은 '사랑의 괴로움'으로 전해지고 있다. 그런데 최근에 다시 고대의 아도니스가 부활하고 있다. 외신에 따르면 미국의 많은 젊은이들이 근육질 몸매를 만들어야 한다는 강박관념에 빠져 근육강화제를 복용하고 있고, 초등학생들조차도 자신의 외모에 불만을 가지고 있다고 한다. 이런 사회적 신드롬, 즉 아도니스 콤플렉스는 우리 사회에서도 어렵지 않게 찾아볼 수 있다. 사춘기의 청소년을 자식으로 둔 부모들이라면 자녀들의 외모 가꾸기에 일찌감치 두 손, 두 발 다 들었을 것이다. 그런데 특이한 것은 한국의 젊은이들이 미국과는 달리 여성성을 선호하고 있다는 점이다. 소위 '꽃미남'들의 인기가 그런 현상을 대변한다.

그러면 여성들이 외모에 집착하는 것은 무엇이라 할까? 비너스 콤플렉스라고 할까? 아니다. 아도니스 콤플렉스는 있어도 비너스 콤플렉스라는 용어는 없다. 그것은 여성들이 외모에 대해 특별한 관심을 갖는 것은 자연스러운 현상이라는 사회적 통념이 반영되어 있기 때문일 것이다. 그러나 최근 우리 사회의 여성들을 지배하고 있는 외모지상주의는 콤플렉스의 수준을 넘어 거의 광기에 가까운 것이 아닌가 싶다. 얼굴을 성형하고 살을 빼는 데 많은 시간과 돈을 투자하는 것은 물론이고 심지어 그로 인해 생명을 잃기도 한다. 한국여성들이 이렇게 외모에 투자를 하는 것은 그만한 이유가 있기 때문이다. 이는 우리 사회의 왜곡된 미의식과 성의식에서 연유하는 바가 크다. 여성의 고유한 인간적 매력(개성)이나 실력보다 아름다운 외모를 선호하는 것은 이제 우리 사회의 대표적인 병리현상이 되었다. 물론 이런 사회적 추세에 남성들이 큰 몫을 하고 있음은 자명한 것으로 보인다.

인간이 아름다운 몸을 숭배하고 탐닉한 것은 이미 태곳적부터 시작된 것 같다. 기원전 3만년경 것으로 추정되는 〈빌렌도르프의 비너스〉[1], 기원전 2세기에 조각된 〈밀로의 비너스〉, 4~5세기 것으로 추정되는 〈바다에서 나온 비너스〉, 1482년경에 그려진 보티첼리의 〈비너스의 탄생〉, 1863년 마네가 그린 〈올랭피아〉, 1908년 작품인 피카소의 〈숲의 요정〉, 1950년대의 메릴린 먼로, 1997년 피렐리 캘린더의 모델이었던 모니카 벨루치. 이들의 공통점은 당대의 남성들이 숭배했던 아름다운 몸의 주인공, 즉 비너스들이다. 반면에 기원전 6세기의 〈쿠로스〉나 1190년경 것으로 추정되는 노트르담성당의 〈아담〉, 1502년에 미켈란젤로가 조각한 〈다비드〉, 1906년에 피카소가 그린 〈청년들〉, 1954년의 제임스 딘의 공통점은 당시

---

1) 1909년 오스트리아의 빌렌도르프에서 발견된 구석기시대의 여성 나상(裸像).

여성들이 흠모했던 아름다운 아도니스의 후예들이라는 것이다. 이렇듯 수만 년 동안 아름다움에 대한 기준은 다양하게 변화되어왔다. 그리고 그 기준에 따라 인간의 육체 또한 엄청나게 '변형'되어왔다. 고대 그리스시대에는 아름다운 엉덩이의 비너스가 미의 화신이었고, 앙시앵레짐 시대의 귀부인들은 유방이 두드러지게 꽉 조이는 코르셋을 입고 다녔지만, 현대사회의 여성들은 날씬한 얼굴과 몸매를 원하고 있다. 이것은 아마도 여성의 권리 확장과 성에 대한 도덕관념의 변화, 여가생활을 즐길 수 있는 경제적 여유 등과 밀접한 관련이 있을 것이다.

그러나 시대마다 다양한 기준을 가지고 있었던 아름다운 몸에 대한 표상들이 항상 바람직한 것은 아니었다. 특히, 여성의 몸에 대한 지나칠 정도의 이상적 기준은 거의 병적인 수준이었고, 여성들은 이로 인해 끔찍한 육체적, 정신적 고통을 감수해야 했다. 몇 가지 사례를 들어보자. 1582년 프랑스에서 출간된 『인간의 육체를 아름답게 하는 세 권의 책』에서 저자는 이상적인 미인상을 다음과 같이 묘사하고 있다. "여자는 신체의 균형이 잘 잡히고, 사지의 비율이 조화롭고, 길고 곱슬곱슬하게 물결치는 금발을 갖추었을 때 미를 완성하게 된다. 이마는 넓고 약간 둥글게 휘고 반들반들하며 피부가 팽팽하게 당겨져 밝고 평화로운 인상을 주어야 하며, 눈썹은 가는 붓으로 그린 것처럼 가늘고 섬세하게 잘 정돈되어야 하며, 눈은 크고 유쾌하게 웃는 인상에 눈동자는 다이아몬드처럼 빛나며 불을 뿜는 듯해야 한다. 입술은 산홋빛을 띠며 얇고 예쁘게 좌우로 당겨진 모양을 하고, 입술 아래의 턱은 기름지고 살져서 약간 처진 채 이중 턱을 이루어야 한다. 뺨은 주홍빛이나 담홍빛으로 물들어야 하며 치아는 작고 치열이 고르고 눈이나 진주보다 새하얀 색이어야 한다. 귀는 둥글고 작고 매끈해야 하고, 얼굴 전체의 안색은 장미와 백합의 중간 빛을 띠어야 한다. 목은 백설처럼 하얗고 약간 살이 있어야 하고, 가슴은 작은 사과가 두 개 달려 있는 것처럼 물결치듯 흔들리고 단단하며 풍만해야 한다. 팔은 약간 묵직한 느낌이 들 정도로 통통하고 신체의 다른 부위와 비례를 잘 이루어야 하고, 손은 하얗고, 손가락 하나하나가 모두 가늘지 않고 손가락 마디나 핏줄이 튀어나오지 않아야 한다. 발은 작고 동글동글한 느낌이 들 정도로 통통하고 땀에 젖지 않아 가볍고 생기발랄하게 걸을 수 있어야 한다. 이런 모습을 가진 여성이야말로 진정한 미인의 완벽한 표본이다."(퐁타넬, 138~139쪽)

　도대체 이런 기준을 모두 갖추고 있는 여성이 있을까 싶지만, 아무튼 16세기 말에는 지금과는 다른 아름다움이 선호되었던 것만은 틀림없다. 몸의 아름다움에 대한 현대의 기준도 가혹하기는 마찬가지다. 35-24-35, 이것은 아름다운 여성의 몸매를 상징하는 마법의 공식이라고 한다. 그러나 35-24-35라는 신체 사이즈는 생물학적으로 보면 불균형한 몸일 뿐 아니라 차라리 기형적인 것이다. 더욱 놀라운 사실은 "오늘날 칭송되는 날씬한 허리의 기대치가 19세기 코르셋으로 강요되던 사이즈와 같다는 것이다. 개미허리에 풍만한(그러면서도 탄탄한) 가슴, 둥근(하지만 가는) 엉덩이, 그리고 긴 다리라는 기준은 정상적이고 자연스러운 여성과는 절대로 아무런 상관도 없다".(포슈, 90쪽) 이것은 대중적인 패션잡지들이 세계적인 톱 모델들의 신체 사이즈를 즐겨 다루면서도 이상하게 몸무게만은 밝히지 않는다는 사실과도 관련이 있다. 키와 가슴, 허리, 엉덩이의 전설적인 몸매는 잘 알려져 있지만 몸무게만은 예외인 것이다. 『보그』지의 모델이 180센티미터의 키에 55킬로그램밖에 나가지 않는다는 사실을 알면 사람들은 놀랄 것이다. 예를 들면 세계적인 톱 모델인 린다 에반젤리스타는 177센티미터의 키에 몸무게는 55킬로그램, 신체 사이즈는 34-24-34이고, 신디 크로퍼드는 177센티미터의 키에 몸무게가 56킬로그램이며 신체 사이즈는 34-23-34라고 한다. 더군다나 1996년 중반에는 더 마른 모델들이 부각되었는데, 그중 대표적이었던 조디 키드는 184센티미터에 49킬로그램이었고, 신체 사이즈는 34-25-28이었다고 한다. 당시에는 이러한 추세에 맞춰 다른 톱 모델들 역시 체중을 줄일 수밖에 없었는데, 클라우디아 시퍼는 이 시기에 6킬로그램을 뺀 51킬로그램의 체중을 선보였고, 나오미 캠벨도 5킬로그램이나 감량을 했다고 한다.(포슈, 90~91쪽) 충격적인 것은 이 모델들이 모두 거식증 환자라는 사실이다. 이것은 현대사회에서 신화처럼 여겨지는 여성의 아름다움에 대한 강박증이 사실은 매우 심각한 병리학적 현상이라는 것을 반증하는 것이다.

아름다운 몸을 원하는 인간의 욕망이 그 자체로 나쁘다거나 비윤리적이라고 할 수는 없다. 아니 진정한 아름다움은 인간에게 선한 가치이고, 특별한 즐거움의 원천이기도 하다. 그러나 아름다움에 대한 병적인 콤플렉스나 광기는 인간을 육체(물질)의 노예로 전락시킨다. 인간이 아름다운 몸을 위해 육체를 학대하고, 자신의 운명을 저주한다면 그러한 아름다움은 오히려 인간을 억압하고 타락시키는 원인이 될 것이다. 그렇다면 진정한 아름다움이란 무엇일까? 몸의 아름다움에 대한 소망이 인간의 행복과 연결되는 계기는 없는 것일까? 이 글에서는 19세기 러시아의 대표적인 작가인 톨스토이와 도스토옙스키의 소설에 나타난 절세의 미인들을 중심으로 진정한 아름다움의 본질에 대해 살펴보기로 한다.

2. 미인은 심술쟁이?!

톨스토이의 소설에 나오는 절세 미인으로는 『전쟁과 평화』의 엘렌 쿠라기나가 대표적이다. 엘렌은 이 작품에서 황홀한 페테르부르크의 미인으로 등장한다. 그녀는 페테르부르크 사교계의 유력인사인 바실리 쿠라긴 공작의 딸이며, 어린 나타샤를 유혹하여 불행에 빠뜨리는 아나톨리의 누이다. 엘렌은 거대한 유산 상속을 받게 되는 소설의 주인공 피에르 베주호프와 정략적으로 결혼하지만 사교계의 여러 남자들과 스캔들을 일으키다 결국 남편과 이혼하게 된다. 톨스토이는 이런 엘렌의 미모를 여러 차례에 걸쳐 자세하게 묘사하고 있다. 다음은 『전쟁과 평화』의 제1권

1부 3장에 나오는 야회장에 참석한 엘렌의 모습이다.[2)]

"사랑스런 엘렌, 이쪽으로 오세요." 안나 파블로브나는 다른 모임을 이끌면서 좀 떨어져 있던 아름다운 공작 영애(令愛)에게 말했다.

공작 영애인 엘렌은 생긋 웃었다. 그녀는 객실에 들어올 때와 마찬가지로 아름다운 여자 특유의 시종 변함없는 미소를 머금으면서 몸을 일으켰다. 그리고 담쟁이와 이끼를 수놓은 하얀 야회복을 사각사각 소리내어 끌면서, 새하얀 어깨와 윤기나는 머릿결, 다이아몬드의 광채를 빛내면서 좌우로 활짝 길을 비켜선 남자들의 사이를 빠져 똑바로 걸어왔다. 특별히 누구를 주시하지도 않고 모든 사람들에게 미소 지으면서, 포동포동한 어깨며 당시의 유행을 좇아 마음껏 드러낸 가슴과 등의 아름다움을 모든 사람이 충분히 감상할 수 있도록 배려하기라도 하듯이 야회의 광휘를 한 몸에 받으면서 그녀는 안나 파블로브나에게로 다가갔다. 엘렌의 모습에는 교태 같은 것은 추호도 없었으나 의심할 여지 없이 너무도 강렬히 압도하는 자신의 아름다움에 무안한 마음이 드는 것 같았다. 그녀는 마치 자신의 아름다움을 감추고 싶어도 그렇게 되지 않는 것처럼 보였다.

"정말 아름다운 분이군요!" 하고 그녀를 본 사람은 누구나 이렇게 말했다. (톨스토이, 1979, 18쪽)

엘렌은 모든 남성들에게 자신을 사랑할 수 있는 특권을 부여하면서도 스스로는 태연하기 짝이 없다. 그녀는 말수가 적으면서도 사교계에서 자신의 가치를 유감없이 발휘한다. 이는 엘렌의 아름다움 때문인데, 그녀는 타고난 미모로 뭇 남성들에게 절도 있고 지적인 여성의 이미지를 전달한다. 톨스토이는 엘렌의 외모를 묘사하면서 특히 그녀의 미소에 주목

---

2) 『전쟁과 평화』에 대해서는 졸고, 「새로운 복합 산문장르의 탄생 — 톨스토이의 『전쟁과 평화』」, 『서양의 고전을 읽는다 — 문학上』, 휴머니스트, 2006을 참고할 것.

하고 있다. 절세의 미인들이 필수품처럼 지니고 있는 가공할 무기인 "변함없는 미소"가 그것이다. 그러나 엘렌의 미소에 대한 톨스토이의 묘사에는 뭔가 수상쩍은 의도가 숨어 있다. 예컨대, "아름다운 여자 특유의 시종 변함없는 미소"라든가 "특별히 누구를 주시하지도 않고 모든 사람들에게 미소 지으면서"와 같은 묘사는 엘렌의 아름다움이 지니고 있는 치명적 결함을 암시한다. 즉 여기서 엘렌의 "변함없는 미소"나 "모든 사람에게" 던지는 미소는 개성 없는 아름다움을 의미하며, 더 나아가 그런 아름다움의 정신적 천박함을 표현한다. 톨스토이는 1894년에 쓴 일기에서 아름다움이 그 자체로 목적이 된 모든 것은 거짓이라고 적고 있다.(톨스토이, 1958, 109쪽) 이런 생각에 따르면 엘렌은 아름다움 그 자체이고, 그것이 목적인 미인이라고 할 수 있다. 실제로 그녀는 자신의 미모와 "변함없는 미소" 외에는 어떤 것도 보여줄 수 없는 혹은 베풀 수 없는 인물이다. 톨스토이는 이러한 엘렌의 아름다움을 가식, 허영심, 천박함과 연관짓고 있는 것이다.

엘렌은 쿠라긴 공작이 바라는 대로 피에르와 결혼한다. 그러나 인간의 진정한 행복과 선(善)의 실현을 꿈꾸던 피에르는 엘렌의 물질적 욕망과 허영심에 실망하고 둘은 멀어진다. 피에르는 엘렌의 아름다움 뒤에 숨겨져 있는 거짓과 가식을 본다(심지어는 자신의 아내를 "음탕한 여자"라고까지 생각한다). 피에르가 톨스토이의 사상을 대변하고 있는 주인공인 점을 고려해볼 때 엘렌의 아름다움에 대한 그의 시선은 결국 톨스토이의 미의식을 간접적으로 드러낸 것이라고 할 수 있다. 엘렌이 사교계에서 숱한 남성들과 염문을 뿌리고 다니자 급기야 피에르는 아내의 정부인 돌로호프와 결투를 한 후에 그녀에 대해 환멸을 느낀다. 『전쟁과 평화』 제2권 1부 6장이다. "가장 귀족적인 환경에서 자랐음에도 불구하고 아내가 독특하게 지니고 있는 사고방식의 천박함과 단순성, 말투의 저속함 등을 그는 기억해냈다."(톨스토이, 1980, 33쪽) 그리고 엘렌과 완전히 결별한 뒤에는 그녀의 아름다움에 대해 더욱 신랄하게 비판한다. 이 작품의 제2권

5부 1장에서 엘렌에 대한 피에르의 생각은 다음과 같이 이어진다. "자기 육체 외에는 아무것도 사랑한 적이 없는, 세계에서 가장 어리석은 여자의 한 사람인 엘레나 바실리예브나를 사람들은 지혜와 우아함의 극치로 생각하고 숭배하고 있다."(톨스토이, 1980, 308쪽)

세상의 모든 미인이 다 그런 것은 아니지만 일반적으로 미인은 이기적이라는 말이 있다. 사실, 몸의 아름다움을 유지하기 위해서 미인은 어느 정도(?) 자신을 위하고 아껴야 할 것으로 짐작된다. 그러나 엘렌처럼 "자기 육체 외에는 아무것도 사랑한 적이 없는" 미인은 자신의 욕망을 실현하기 위해 세상의 선한 가치를 희생양으로 삼는다. 실제로 엘렌은 아름다운 육체를 도구로 주위를 혼란에 빠뜨리며 순수하고 선한 의지를 희롱하는 심술쟁이로 변하고 만다.

엘렌은 피에르와 멀어진 이후에도 사교계의 여왕으로 군림한다. 그리고 순진한 나타샤를 부추겨 난봉꾼인 동생 아나톨리의 유혹에 빠지게 한다. 엘렌뿐만 아니라 아나톨리 또한 매혹적이고 아름다운 몸의 소유자로 자기 외에는 아무도 사랑하지 않는 이기적 속물이다. 나타샤는 아나톨리와의 스캔들 때문에 안드레이 볼콘스키 공작과 파혼하게 되고 결국 불행해진다. 톨스토이는 선한 의지가 아름다움의 욕망 앞에 무력할 수밖에 없는 이러한 현실을 냉철히 그려내고 있다. 인간이 선한 의지보다 매혹적인 아름다움을 선호하는 이유는 현실세계에서 아름다움이 돈과 권력을 모으는 수단으로 작용하기 때문이다. 엘렌은 자신의 타고난 미모를 이용해서 부유한 재산가가 될 뿐 아니라 권력의 중심에도 다가간다. 그러나 톨스토이는 이 매혹적인 러시아 미인을 끝내 파멸시키고 만다. 엘렌과 같은 인간들로 인한 정신적 수치심을 윤리적으로 용납할 수 없었던 것이다. 어쩌면 톨스토이는 엘렌의 아름다움 속에서 너무 고상한 것을 찾고 있었는지도 모른다. 엘렌은 그저 세상이 만들어낸 심술궂은 미인에 불과했을 뿐인데……[3]

3. 아름다움의 윤리학

도스토옙스키가 창조한 아름다운 여인으로는 『백치』의 여주인공 나스타샤 필리포브나가 있다. 그녀는 일곱 살에 고아가 되어 부유한 지주 토츠키의 보살핌을 받으며 자란다. 토츠키는 나스타샤가 열일곱 살이 되자 그녀를 정부로 삼는다. 그 동안 수줍음 많고 우울했던 소녀는 아찔할 정도의 미모를 갖춘 여인, 오만함과 복수심, 자신의 은인에 대한 경멸적 증오심에 사로잡힌 "기이하고 예기치 못한 존재"로 성장한다. 한편 토츠키는 벼락부자가 된 예판친 장군의 큰딸 알렉산드라와 결혼할 목적으로 자신의 어린 정부를 예판친의 비서인 가냐와 혼인시키려고 한다. 가냐가 돈 때문에 자신과 결혼하려 한다는 것을 알게 된 나스타샤는 이를 거부한다. 분노한 나스타샤는 주위 사람들이 모인 자신의 생일파티에서 가장 많은 돈을 내는 사람과 결혼할 것이라고 선언한다. 여기서 로고진은 최고 금액을 내놓는다. 그러나 나스타샤는 그 돈을 불 속에 내던지고 꺼낼 수 있다면 이 돈을 다 가져도 좋다며 가냐를 모욕한다. 결국, 그녀는 토츠키를 떠나고 가냐와 결별하며 로고진과 함께 도망치려 한다. 한편 나스타샤를 진심으로 동정하는 므이시킨 공작은 그녀를 구원하기 위해 돌진한다. 그러나 나스타샤는 구원을 갈망하면서도 자신의 파멸을 의심치 않는다. 그녀는 수치심에 빠져들고 오만함으로 소진된다. 나스타샤는 므이시킨 공작에게 결혼을 하자고 제안하지만 결국 웨딩드레스를 입은 채 므이시킨에게서 도망쳐 체념한 채로 로고진의 칼에 스스로를 맡긴다.

『백치』의 주제는 므이시킨이 반복적으로 내뱉는 말, 즉 "아름다움이 세상을 구원할 것이다"라는 믿음과 깊은 연관이 있다. 나스타샤는 바로 이 아름다움의 현세적 모습이라고 할 수 있다. "형이상학적 차원에서 도

---

3) 톨스토이는 이런 생각을 1897년 일기에서 다음과 같이 표현하고 있다. "미학적인 것과 윤리적인 것은 지렛대의 양팔과 같다. 한쪽이 늘어지거나 가벼워지면 다른 한쪽이 줄어들고 무거워진다. 윤리적 의미를 상실하자마자 인간은 미학적인 것에 특히 예민해진다." (톨스토이, 1958, 121쪽)

스토옙스키의 여주인공은 '악마'에 의해 포로가 되어 감옥에서 자신의 구원자를 기다리는 '순수한 아름다움의 형상'이다."(모출스키, 407쪽) 그런데 흥미로운 것은 나스타샤의 아름다움이 세상을 구원하기는커녕 더 큰 혼란에 빠뜨리고 결국에는 자기 자신도 파멸로 이끈다는 점이다. 다시 말하면 나스타샤의 아름다움은 도스토옙스키의 입장에서 보면 진정한 아름다움이 아닌 셈이다. 그러면 도스토옙스키가 그리고 있는 나스타샤는 어떤 모습인지 살펴보도록 하자.

도스토옙스키는 『백치』의 제1부 3장에서 나스타샤 필리포브나의 미모를 다음과 같이 묘사하고 있다.

사진에는 참으로 놀랄 만큼 아름다운 여인의 모습이 있었다. 그녀는 극히 단순하면서도 우아한 모양의 검은 비단옷을 입고 있었다. 암황색으로 보이는 머리는 자기 집에 있을 때처럼 아무렇게나 빗어올렸고, 눈은 검고 깊숙하며, 이마는 생각에 잠겨 있는 듯했다. 얼굴 표정은 정열적이면서도 어딘지 오만한 인상을 주었다. 얼굴 모습은 약간 여위어 보였고, 얼굴빛도 창백한 것같이 보였다.(도스토옙스키, 1973, 27쪽)

그리고 다음 장면에서 아래와 같이 이어진다.

"정말 아름다운 얼굴이군요!" 하고 공작은 대답했다. "이 여자의 운명은 평범하지 않을 거라고 확신합니다. 얼굴은 명랑하게 보이지만 실제로는 끔찍한 고통을 받았을 겁니다. 그렇지 않아요? 이 눈이 그것을 말해주고 있습니다. 그리고 눈 밑과 볼 위에 보이는 이 두 개의 광대뼈만 보아도 능히 알 수 있어요. 오만한, 아주 오만한 얼굴이에요. 그렇지만 원래는 착한 사람인지도 모르지요. 아 아, 정말 착한 사람이면 좋으련만! 그렇다면 구원받을 수 있을 텐데!"(도스토옙스키, 1973, 31~32쪽)

므이시킨은 나스타샤의 아름다운 얼굴 속에서 상반된 요소를 동시에 발견한다. 하나는 처참한 정신적 고통으로 인해 생긴 오만함과 경멸, 증오의 빛이고 다른 하나는 그런 가운데도 사그라지지 않은 순수한 아름다움이다. 므이시킨은 이런 나스타샤의 미모에서 연민을 느끼고, 그녀의 아름다움을 "참으로 이상한 아름다움"이라고 생각한다. 즉 그 아름다움을 뭐라고 정확하게 규정하거나 이해할 수 없다는 말이다. 이런 생각은 『백치』의 제1부 7장에 잘 나타나 있다.

"(……) 그러나 객실까지 두 방을 지나기도 전에 그는 마치 무슨 생각이라도 난 것처럼 갑자기 멈추어 섰다. 그리고 주위를 둘러보고는 창문으로 다가가 빛이 들어오는 쪽에서 나스타샤 필리포브나의 사진을 들여다보았다.

그는 조금 전에 자신에게 커다란 충격을 준 이 얼굴 속에 숨어 있는 수수께끼 같은 그 무엇을 해독하려고 애쓰는 것 같았다. 아까 받은 인상이 잠시도 그의 마음을 가만두지 않았기에 그는 지금 그 얼굴에서 무엇인가를 다시 한번 확인하려고 서둘렀다. 아름다운 외모와 또 그 무엇 때문에 비상한 인상을 주는 이 얼굴은, 이제 한층 더 강한 힘으로 그의 마음을 사로잡았다. 이 얼굴에는 끝없는 오만함과 거의 증오에 가까운 경멸의 빛이 어려 있는 것 같았다. 그러나 동시에 남을 쉽게 믿는 놀랄 만큼 순박한 그 무엇도 엿보였다. 이 두 가지 대조되는 요소는 보는 사람의 가슴에 일종의 연민의 정을 불러일으키는 것이었다. 이 황홀한 아름다움은 눈이 부셔 똑바로 바라볼 수 없을 지경이었다. 그것은 약간 꺼져들어간 듯한 두 볼이며, 불타는 듯한 두 눈동자며, 창백한 얼굴빛이며, 이러한 것들이 갖는 아름다움이었다. 참으로 이상한 아름다움이었다. 공작은 일 분가량 그렇게 바라보고 있다가 문득 정신을 차리고 주위를 둘러보는 사진을 얼른 입술에 대고는 키스했다. 일 분 후 객실로 들어간 그의 얼굴은 완전히 평정을 회복하고 있었다."(도스토옙스키, 1973, 68쪽)

톨스토이의 엘렌이 욕망 그 자체로 충만한 아름다움이라면 나스타샤는 남성들의 욕망을 실현하기 위한 도구로서의 아름다움이다. 나스타샤의 아름다움은 정신적으로나 육체적으로 모욕당한 아름다움이다. 그녀는 아름답지만 씻을 수 없는 상처를 안고 있다. 그녀의 오만함과 증오는 이러한 정신적 상흔에서 유래한다. 그래서 도스토옙스키는 나스타샤의 아름다움을 증오와 복수의 냉혹함(세상을 저주하고픈 욕망)과 연결시킨다. 이것은 도스토옙스키가 묘사하고 있는 나스타샤의 얼굴이 엄격하고 차갑게 굳어 있으며 생기가 없다는 점과도 연관이 있다. 그녀의 "눈은 검고 깊숙하며, 이마는 생각에 잠겨 있는 듯"하고, "얼굴 모습은 약간 여위어" 보이고, "얼굴빛도 창백"하다. 이렇게 도스토옙스키는 나스타샤의 아름다움 속에 내재된 냉혹함을 두드러지게 강조하고 있다.

므이시킨은 나스타샤의 이러한 인상을 "이 얼굴 속에 숨어 있는 수수께끼 같은 그 무엇"이라고 표현하고 있다. 그 아름다움의 수수께끼란 과연 무엇일까? 우리는 이 문제에 대한 어렴풋한 해답을 도스토옙스키의 마지막 장편소설인 『카라마조프 형제들』에서 찾아볼 수 있다. 이 소설의 주인공 중 한 사람인 미차 카라마조프는 아름다움에 대해 다음과 같이 사유하고 있다.

"아름다움은 무섭고 소름끼치는 것이다! 아름다움이 무서운 이유는 규정할 수 없기 때문이야. 신은 하나의 수수께끼만을 던져주셨기 때문에 그것을 규정하는 것은 불가능하다. 아름다움에는 양 극단이 하나가 되고 모든 모순들이 함께 살고 있어. (……) 이성의 눈에는 수치스러운 것으로밖에 보이지 않는 것이 마음의 눈에는 더없이 아름다운 것으로 비치거든. 소돔(유황불로 멸망되었다는 고대 팔레스타인의 음란한 도시 이름―역주) 속에 아름다움이 있을까? 있지, 대다수 인간들은 소돔 속에 아름다움이 숨겨져 있다고 생각하고 있어. 너는 이 비밀을 알고 있니? 아름다움이란 무서운 것일 뿐만 아니라 신비로운 것이야. 이게 두렵단 말이지. 아름다움의 세계에서 악마는 신과 싸우고 있어. 그 싸움터가 바로 인간의 마음이야." (도스토옙스키, 1976, 100쪽)

나스타샤의 아름다움이 수수께끼처럼 보이는 이유는 그녀의 아름다움이 선과 악이 뒤엉킨 무정형의 세계이기 때문이다. 이것은 아직 평온(안식)을 구하지 못한 아름다움이며, 그렇기 때문에 그 아름다움은 항상 소름끼치고 무서우면서 동시에 신비롭다. 그녀의 아름다움은 아직 혼돈의 세계에서 벗어나지 못하고 있다. 그렇다면 이러한 아름다움이 어떻게 카오스를 통과하여 세상을 구원할 것인가? 아름다움은 애초에 카오스적 성격을 지니고 있는 것은 아닌가?

도스토옙스키는 애초에 아름다움에 대한 두 가지 기준을 가지고 있었던 것으로 보인다. 그것은 『백치』의 제1부를 발표한 직후인 1868년 1월 13일 조카딸인 소피아 이바노바에게 보낸 편지에 잘 나타나 있다. 도스토옙스키는 이 편지에서 "이 장편소설의 주요 사상은 진실로 아름다운 인간을 그리는 것이다"라고 밝히고 있다. 러시아어에서 '아름답다'라는 말은 두 가지가 있다. 하나는 'krasivij'고, 또하나는 'prekrasnij'인데, 도스토옙스키가 '아름다운 인간(prekrasnij cherovek)'을 언급했을 때 그것은 후자에 해당된다.[4] 'krasivij'는 주로 외형적인 아름다움을 가리키지만 'prekrasnij'는 외형적, 내면적 아름다움 모두를 뜻한다. 결국, 도스토옙스키는 주인공 므이시킨을 '아름다운 인간'의 형상으로, 나스타샤를 '미인'으로 설정하고 있는 것이다. 따라서 나스타샤의 아름다움은 내면으로까지 완성되지 못한 불안정한 것이다. 도스토옙스키는 이런 이유로 나스타샤에게 비극적 운명을 제시한다. 그녀의 아름다움은 그녀 자신뿐만 아니라 주위 사람들까지도 파멸시킨다. 그녀를 사랑했던 로고진은

---

4) 이에 대해서는 일본의 저명한 도스토옙스키 연구자인 요네가와 마사오(米川正夫)의 『도스토옙스키 연구』(1956) 중 제3장 「완숙의 계절」을 참고할 것.

시베리아로 유형을 가고 므이시킨은 다시 백치가 되어 스위스로 되돌아간다.

도스토옙스키는 지상의 아름다움을 선과 악의 경계선 위에 놓여 있는 것으로 보고 있다. 그 무정형의 아름다움은 선한 정신에 의해 평정을 되찾을 때만 세상에 구원의 빛을 선사할 수 있는 것이다. "정신적인 것이 아름다움을 진실하고 인간적인 것으로 만들며, 아름다움에 윤리적 의미를 부여한다."(카쉬나, 161쪽) 그러나 도스토옙스키의 말대로 지상의 아름다움이 반드시 구원을 받고, 그리하여 다시 세상을 구원해야 하는 것인지는 모를 일이다. 아니 어쩌면 나스타샤의 운명은 현실의 아름다움이 거쳐야 할 필연적 궤적일 수도 있다. 우리가 사는 삶은 아름다움이 실현된 세계가 아니라 끊임없이 실험중인 경계 위에 놓여 있기 때문이다.

4. 개성, 다양성, 아름다움

아름다움에 대한 톨스토이와 도스토옙스키의 생각이 지극히 윤리적이고 종교적이라 해도 그것의 현대적 의미를 부정할 수는 없다. 엘렌과 나스타샤는 여전히 우리 현대인들의 관념 속에 살아 있는 아름다움의 표상이기 때문이다. 엘렌과 나스타샤의 형상은 무엇보다도 우리에게 아름다움에 대한 잘못된 욕망이 가져올 비극적 파국을 경고하고, 아름다움이 개성이나 다양성과 어떤 관계가 있는가 하는 문제를 제기한다. 아무리 절세의 미인이라도 그 얼굴에서 항상 천편일률적인 미소밖에 발하지 못한다면 그것은 잘 가꾸어진 조화(造花) 이상은 아닐 것이다. 그러면 내가 아름다운 것은 무엇 때문일까? 나의 아름다움은 무엇이 결정하는가? 혹, 나의 아름다움을 결정하는 것이 나의 개성과는 전혀 상관없는 타인의 시선이나 욕망으로 만들어진 기준은 아닌가? 그래서 나의 삶 또한 외부의 시선과 욕망에 종속되어 개성의 자유를 박탈당하고 있는 것은 아닌가?

현대는 일반적으로 다양성과 개성의 시대로 이해되고 있다. 그러나 아이러니하게도 지금처럼 아름다움의 기준이 천편일률적인 시대는 없었다. 이제는 아름다운 외모에 관한 기준도 세계적으로 동일해졌다. 예를 들면 "『보그』라는 잡지는 58개 국가에서 판매되고, 『마리 클레르』는 22개국 13개 언어권에서, 그리고 『엘르』는 25개 국가에서 판매되고 있다. 하지만 어느 곳에서 판매되든 그 이름과 표지 그리고 세계관은 동일하다. 이 잡지들은 각 나라마다 상이한 관심사와 레이아웃 방식을 반영한다(『엘르』)고 하지만 어느 나라 어느 언어권 판이라도 거기에 실리는 톱 모델은 항상 똑같다."(포슈, 104쪽)

인간은 점점 더 다양한 삶의 양식과 개성, 고유성, 독자성, 자유로움 등을 추구하고 있다. 그런데 이런 가치들은 몸의 아름다움과 관련해서는 무관한 이야기처럼 들린다. 근육질 몸매, 꽃미남, 날씬한 몸, 연예인을 닮은 얼굴 등은 몸의 아름다움에 있어서 각각 상이한 개인의 고유성과는 거리가 먼 것이다. 우리는 이런 이율배반을 어떻게 이해해야 할까? 삶은 각자 자기 방식대로 살아도 몸만은 모두 똑같은 기준에 따라 아름다워야한다?!

톨스토이는 아름다움 그 자체가 목적이 된다면 그것은 가식이나 거짓이라고 했다. 인간이 아름다움을 추구하는 이유는 보다 자유롭고 행복해지기 위해서일 것이다. 그러나 그것은 아름다움이 각자의 개성을 표출하는 것과 관계 있을 때만 성립한다. 아름다움을 가꾸고 지키는 것이 인간의 삶을 보다 자유롭고 개성적인 것으로 만드는 것과 무관하다면, 그런 아름다움은 엘렌의 경우처럼 자기 자신을 파멸시키고 세상을 혼돈의 도가니로 만들 것이다. 그리고 아름다움의 세계에는 다양한 기준이 존재하며, 그것은 결국 선택의 문제라는 점도 잊지 말아야 한다. 아름다움과 관련해 오직 하나의 선택 기준밖에 없다면 그것은 다양한 '추함' 보다 못한 것이다. 이제 아름다움은 아름다움에 대한 욕망으로부터 자유로워져야한다.

참고 문헌

Кашина Н. В., Эстетика Ф. М. Достоевского, Bblсшая школа. М., 1989.
(카쉬나, 『도스토옙스키의 미학』, 모스크바, 1989.)

Достоевский Ф. М., Полное собрание сочнений : Т. 8, Наука. М., 1973.
(도스토옙스키, 『백치』, 도스토옙스키 전집 8권, 모스크바, 1973.)

_____, Полное собрание сочнений : Т. 14, Наука. М., 1976.
(『카라마조프 형제들』, 도스토옙스키 전집 14권, 모스크바, 1976.)

Толстой Л. Н., Об искусстве и литературе, Советский писатель. М.,
　　1958.
(톨스토이, 『문학예술론』, 모스크바, 1958.)

_____, Полное собрание сочнений : Т. 4, Художественная литература. М.,
　　1979.
(『전쟁과 평화』, 톨스토이 전집 4권, 모스크바, 1979.)

_____, Полное собрание сочнений : Т. 5, Художественная литература. М.,
　　1980.
(『전쟁과 평화』, 톨스토이 전집 5권, 모스크바, 1980.)

Мочульский К., Гоголь, Соловьев, Достоевский, Республика. М., 1995.
(콘스탄틴 모출스키, 『고골-도스토옙스키-솔로비예프』, 모스크바, 1995.)

발트라우트 포슈, 『몸-숭배와 광기』, 조원규 옮김, 여성신문사, 2004.

베아트리스 퐁타넬, 『치장의 역사』, 김보현 옮김, 김영사, 2004.

이병훈, 「새로운 복합 산문장르의 탄생 ─톨스토이의 『전쟁과 평화』」, 『서양의
　　고전을 읽는다 ─ 문학上』, 휴머니스트, 2006.

米川正夫, 『ドストエ-フスキイ 研究』, 河出書房新社, 東京, 1977.

D. H. 로런스의 단편에 나타난 결혼과 그 불만들

황정아

1. 결혼과 그 불만들

어쩌다 가장 널리 알려진 대표작이 되어버린 『채털리 부인의 연인』으로 보나 개인적으로 스승의 부인을 뺏은 '가정파괴' 전력으로 보나, 일반 독자라면 D. H. 로런스라는 작가가 결혼을 우습게 보고 심지어 '불륜'을 조장했을 것으로 오해하기 쉽다. 로런스의 작품이 때로 불륜을 조장하는 결과를 실제로 낳았는지는 모르겠지만 로런스가 결혼을 우습게 보았다는 생각은 그를 둘러싼 각종 선입견 중에서도 확실한 오해에 속한다. 굳이 분류하자면 로런스는 오히려 결혼 예찬론자에 가깝다. 당시 엄청난 논란을 불러일으킨 예의 『채털리 부인의 연인』을 둘러싸고 자신의 입장을 밝힌 에세이 「『채털리 부인의 연인』에 관하여」(1930)에서 로런스는 결혼에 관해 결국 물어야 할 질문은 결혼이 "삶의 성취"로 가는 위대한 한 걸음인가 아니면 그런 성취의 좌절인가 하는 것이라고 정리한 다음, 결혼은 영혼의 충족에 필수적이며 그 삶의 실마리라고 답한다.(Lawrence, 1970, 503~505쪽)

로런스는 "살아 있는 우주의 리듬"이니 "피의 감응"이니 하는, 특유의 수사들을 동원하여 결혼을 옹호함으로써 『채털리 부인의 연인』이 초래한 각종 비난을 잠재우려 했던 것일까. 하지만 자세히 읽어보면 그의 발언은 속 빈 말잔치나 고루한 원칙론과는 거리가 있다. 로런스는 결혼에 관한 당대의 여러 견해와 분석들을 짚어보며 결혼이 재산을 보호하고 생산을 자극하는 도구라고 주장하는 사회학자들의 정의에 무작정 반발하는 게 아니라 과연 그게 다인지를 묻는다. 또 결혼의 속박과 제약에 대한 반발이나 결혼이 폐지되리라는 예견도 대놓고 무시하는 대신 과연 그게 진정 우리가 원하는 것인지 반문한다. 그의 견해에 따르면 결혼은 사회적이고 경제적인 단위이기도 하지만 근본적으로는 삶의 성취를 위해 마땅히 이루어야 할 핵심적인 '관계'의 하나이고, 결혼이 주는 '영원성의 느낌'과 서로에 대한 '충실성'이 남녀 모두의 내적인 평화에 필요하다. 그뿐 아니라 결혼이라는 작은 자율권의 영역을 폐지한다면 더욱 직접적으로 국가의 통제를 받게 되리라고 진단한다.(499~502쪽)

물론 로런스도 현실의 결혼이 이런 성격을 온전히 구현한다고 믿지는 않았다. 그는 결혼이 더이상 '피의 공감과 접촉'이 아니라 개성의 문제가 되어버렸고 서로의 개성에 정신적으로 '전율'하며 결혼한 사람들은 필연적으로 서로에게 육체적 혐오를 느끼게 된다고 말한다. 왜냐하면 결혼이란 근본적으로 '성적 활동'이어서 정신적이고 개인적인 남녀관계에 적대적이기 때문이다. 따라서 진정한 관계로부터 소외된 '현대인'들은 결혼을 하지 않는 게 오히려 상책일 수 있지만, 어떤 결정을 내리건 이런 관계의 상실은 인간에게 치명적 사태를 불러일으킨다고 말한다. 따라서 우주적 리듬과의 관계를 회복하는 방식으로 결혼을 재생하는 일이 유일한 해결책이라는 것이다.

그렇다 해도 한편에서는 결혼이 계약관계, 특히 경제적 계약관계임이 어느 때보다 더 분명해지고, 다른 한편에선 결혼제도나 친족제도, 나아가 인간관계 일반에 대한 해체가 무성한 오늘날의 시각에서 보면 로런스의 주장은 기껏해야 달콤한 상상이거나 혹은 상상력의 도리 없는 한계로 치부됨 직하다. '우주와의 살아 있는 관계'가 중요하다는 걸 인정하더라도 왜 하필 결혼이 그토록 핵심적인 요소가 되어야 한단 말인가. 게다가 결혼이야말로 개인 간의 통제뿐 아니라 국가와 자본 같은 외부의 통제 또한 가장 효과적으로 작동되는 기제가 되기도 하지 않는가. 여기에 더해 결혼이 반드시 남녀 간의 관계를 말하란 법이 없다는 반박 또한 제기될 법하다.

이런 각종 의문들이 고개를 내미는 한편, 결혼의 본질이 정녕 무엇이며 또 장차 그 운명이 어떻게 귀결되든 간에, 로런스의 결혼관이 다소 숭고하게 표현되었을지언정 이미 결혼을 해버렸거나 아니면 아직 결혼에 미련을 떨치지 못한 '중생들'이 마음속 깊이 은근히 간직하고 갈망하는 결혼의 의미를 반영한 점만은 사실이 아닐까 싶다. 많은 사람들이 설사 의식적으로는 결혼을 한 차원 높은 '친구관계'일 뿐이라 생각하더라도 정작 '친구' 같은 관계가 완벽히 실현된다면 그 순간 결혼의 무의미함에 직면하게 되는 것이다. 그렇다면 이런 '중생들'은 결혼의 궁극적 '이상'과 매일 매일의 '현실' 사이의 간극을 어떻게 해소해야 하는가. 로런스의 진단대로 현대의 결혼이 대부분 개성의 결합이자 육체적 혐오라면 그것만으로도 큰 문제가 아닐 수 없다. 그런데 성적 활동 혹은 피의 감응으로서의 결혼이 정신적이고 개인적인 남녀관계에 적대적이라면 '성적 활동'으로서의 결혼을 성취하더라도 거기에는 육체의 결합과 정신적 혐오가 동반할 가능성이 있다는 뜻이 아닌가.

'결혼과 그 불만들'이란 프로이트적 주제를 연상하게 된 이유도 바로 로런스의 결혼관이 이렇듯 결혼을 '우주적' 차원에서 예찬하는 한편에선 결혼이 갖는 어떤 '현실적' 한계를 암시한 면이 있기 때문이다. 다시 말해 로런스의 견해는 결혼이 온갖 바람직한 인간관계를 농축한 엑기스라거나 가장 원만하고 균형 잡힌 관계라는 식과는 거리가 멀고 오히려 결혼이 인간 욕구의 다양한 양상들을 서로 충돌하게 만들 수 있다는 함축을 담고 있다.

프로이트는 『문명과 그 불만들』에서 '쾌락원리'의 프로그램은 처음부터 우주의 모든 규칙에 어긋나고 인간의 타고난 체질적 제약을 받을 수밖에 없기에 그대로 실행되기란 사실상 불가능하지만 그럼에도 불구하고 인간 정신의 작동을 지배하므로 그것을 최대한 실행하려는 노력을 포기할 수도 없다고 말한다.(Freud, 263~270쪽) 여기서부터 '현실원리'의 개념이 도출되는데, 프로이트에 따르면 종교나 공동체, 나아가 문명이라는 것 자체가 개인의 욕구와 자유를 제약함으로써 가급적 불쾌를 줄이고 쾌락에 가까워지는 타협과 조절에 다름아니다. 그러므로 문명은 인간의 성 에너지와 공격성이라는 본능과 끊임없이 싸워야 했고 이 싸움이 '본능'에 대항하는 싸움인 한 인간은 문명 속에서 행복하기 힘들다.(306쪽) 하지만 문명을 버리고 원시상태로 돌아가자는 것이 프로이트의 주장일 리는 만무한데 실상 원시인은 본능을 제약하지 않는 대신 일정 기간 이상 행복을 누릴 전망도 상실하므로 '현실원리'에 근거하여 일정량의 행복 가능성을 일정량의 안전과 교환한 문명인에 비해 낫다고 볼 수 없는 것이다.

로런스와 프로이트의 관점이 일치할 리는 없고, 논의를 결혼에 한정하더라도 로런스가 이를 다분히 이상적인 성적 관계로 정의한 반면 프로이트라면 결혼 자체도 에로스가 초래할 고통과 불확실함을 피하기 위한 대체물이며 따라서 일정하게 성적 본능을 억압하는 제도라고 할 법하다. 하지만 프로이트 역시 인간의 공동체가 확대되고 문명이 발달함에 따라 에로스에 가해지는 조절 내지 억압이 가족과 더 큰 공동체의 대립이란 형태로 나타난다고도 보았다.(292쪽) 그렇다면 다소간의 억압을 동반하더라도 결혼이 대체로 성적 활동이라는 데 프로이트도 동의하는 셈이고 또 로런스의 경우 결혼에 일정한 '불만' 요소가 있게 마련이란 점을 사실상 인정했다고 할 만하다.

로런스가 결혼이라는 성적 활동이 정신적이고 개인적인 관계에 적대적이라고 할 때 그것은 사회나 공동체, 나아가 문명에 적대적이란 의미는 아니다. 로런스에 따르면 현재의 사회나 공동체 또한 결혼과 마찬가지로 정신적이고 개인적인 성격을 띠게 되었으며 따라서 그 안에서 서로를 육체적으로 혐오하고 모든 다른 사람을 자아에 대한 위협으로 여기면서도 바로 그렇기 때문에 겉으로는 더욱 '친절'을 강조하게 되는 것이다.(Lawrence, 1970, 512~513쪽) 다시 말해 공동체 역시 결혼의 문제점을 고스란히 반복하는 형편으로 이 또한 우주적 리듬의 회복을 필요로 한다. 그러므로 로런스에게 성이란 '위대한 통합자'이고 결혼의 재생은 공동체의 재생에 필수적인 과정이자 출발점이다.

물론 로런스도 『무의식의 환상곡』에서 프로이트의 본능 개념이 지닌 협소함을 비판하는 과정에서 문명 건설의 요구가 성적 본능과는 별개인, 어쩌면 더 중요한 또다른 인간본능이고 성적 충동은 때로는 여기에 적대적일 수 있음을 인정하기도 한다.(Lawrence, 1977, 17~18쪽) 반대로 프로이트는 에로스가 문명에 의해 조절된다고 보면서도, 죽음충동 내지는 그것의 파생물이자 대표자인 공격본능과 비교해볼 때 에로스는 오히려 개인들을 묶어주는 목표를 지니므로 그 자체가 문명을 추동했다고도 말하고 있다.(Freud, 313쪽)

로런스가 개탄한 육체의 혐오를 야기하는 정신적, 개인적 관계에 대한 지향이, 프로이트가 말한 문명의 욕망 조절이 지나치게 성공 혹은 실패한 결과인가 아니면 공격성이나 죽음충동에 관련된 것인가 하는 점도 매우 흥미로운 주제가 될 듯하다. 하지만 여기서는 결혼에 관한 로런스와 프로이트의 주장에는 어떤 연결지점이 있다는 정도로 그치기로 하고, 결혼과 그 불만을 다룬 로런스의 몇몇 단편을 읽으면서 그의 '우주적' 결혼관이 구체적인 현실을 배경으로 펼쳐질 때 어떤 모습으로 전개되는지, 그리고 작품 속의 인물들이 결혼의 불만을 해소하는 데 어떤 '현실원리'를 가동하는지 알아보도록 하자.

2. 버림받은 그녀들의 사연과 선택

남녀관계는 로런스 작품의 핵심적인 주제이며 결혼을 다룬 소설도 부지기수라 할 수 있지만, 이 글에서 고른 작품은 「차선책Second Best」 「봄의 음지The Shades of Spring」 그리고 「패니와 애니Fanny and Annie」라는 세 편의 단편이다. 군이 단편을 고른 데는 결혼이란 주제에 집중하기가 용이하리라는 생각이 컸는데, 세 작품 모두 결혼생활을 그린 것이 아니라 결혼의 결정 혹은 무산 과정을 다룰 뿐이지만 바로 그렇기 때문에 결혼에 대한 기대나 결혼의 조건에 대한 계산이 더욱 적나라하게 표현된 면이 있다. 또한 결혼의 '결과'가 아직 판가름나지 않았기 때문에 현실의 결혼이 갖는 불안정함을 고스란히 재현한 느낌도 주는 작품들이다. 이중 「봄의 음지」는 남성 주인공 중심으로 이야기가 전개되지만 나머지는 원하는 결혼에 실패한 여성 주인공들의 선택에 초점을 맞추고 있고 「봄의 음지」에도 이런 여성이 등장하는 점은 마찬가지다. 본 논의는 작품 속 여성 주인공들의 사연과 선택에 초점을 맞추도록 하겠다.

먼저, 「차선책」(1912)은 제목 그대로 원하던 상대와의 결혼이 좌절된 프랜시스가 오랫동안 자신을 눈여겨보던 동네 청년 톰을 '차선책'으로 선택하는 이야기다. 줄거리만으로는 세상에 널리고 널린 진부한 이야기처럼 들리지만, 그런 이야기도 알고 보면 대개가 남다른 사연을 조금씩은 숨기고 있기 마련이듯이 「차선책」에서도 비록 선택의 순간은 짧지만 그 짧은 순간에도 감정에는 거의 처절하다고 할 만한 사건들이 연이어 일어난다.

이야기는 프랜시스가 갑자기 짜증 섞인 어투로 피곤하다며 바닥에 주저앉는 장면으로 시작된다. 무슨 일을 하는지는 나오지 않았지만 프랜시스는 가족과 떨어져 근처 도시 리버풀에 살고 있으며 이날은 집에 돌아와 신선하고 고요한 아침나절의 들판을 여동생 앤과 산책하는 중이었다. 그녀가 평소와 달리 유난히 날카롭고 예민하고 지친 상태라는 점, 그리고 왜 그런 상태가 되었는가 하는 점은 앤과 나누는 대화에서 이내 드러난다. 그녀는 오 년 동안 그럭저럭 사귀어온, 같은 고향 출신이지만 도시로 나가 공부를 더 해 이제 박사학위까지 받은 지미의 약혼 소식을 들었던 것이다. 척 보기에도 출세한 남자가 괜찮은 여자지만 뾰족하게 내세울 건 없는 애인을 차버린다는 닳고 닳은 배신의 구도다. 프랜시스도 지미의 약혼이 "이제는 자기가 대단한 사람이라 느끼고 싶어하는"(Lawrence, 1983, 155쪽) 데서 비롯된 것이며 자신이 놓친 "최선책"이었다고 생각하면서도 지미가 어딘지 "속물적인 데가 있는"(157쪽) 인물임을 진작부터 냉정하게 파악하고 있었다.

그렇기에 지금 프랜시스가 느끼는 좌절과 고통은 사랑을 잃은 슬픔보다는 자신의 인생에 걸었던 기대가 무너진 데서 비롯했다는 편이 옳을 것이다. 프랜시스는 "가족 중에 인물로나 똑똑하기로나 제일가는" 자식이었고 그녀를 대하는 앤의 태도에 보이듯 애정과 기대의 대상이면서도 가족이라고 함부로 할 수 없는 면을 갖고 있었다. 이 점은 어쩌다 정면으로 마주칠 때 그녀의 시선에 사람을 불편하게 만드는 "활활 타오르는 도발성"이 서려 있다는 서술에서 드러난다. 또한 그녀 스스로도 그토록 자신을 따르는 앤이나 아니면 다른 어느 누구에게도 진정으로 마음을 쏟고 있지 않으며 오히려 "자신의 고립과 무관심에 고집스런 자부심"(156쪽)을 느낀다는 사실을 자각하고 있다. 모르긴 해도 집을 떠나 리버풀에 간 것이나 멀리서 공부하는 남자를 애인으로 삼은 것은 바로 이런 남다른 성향에 기인한 바가 클 것이다.

그러나 이 모든 것들도 허망한 일이 되어버린 지금 프랜시스는 어쩌다 땅 위로 기어나온 한 마리 두더지에게 일말의 동류의식을 느낀다.

두더지 한 마리가 따사롭고 붉은 땅 위를 조용히 움직이고 있었는데, 그림자처럼 납작하고 거뭇한 모양으로 냄새를 맡다가 이리저리 움직이고 여기저기 옮겨다니면서 마치 생기의 화신의 유령인 듯 소리내지 않으면서도 난데없는 활력으로 넘쳤다. 프랜시스는 흠칫하며 습관적으로 앤에게 이 작은 골칫거리를 죽이라고 할까 했다. 하지만, 오늘은, 불행에서 온 무기력함이 그녀를 압도하고 있었다. 그녀는 그 작은 짐승이 주변에 있는 것들을 휘젓고 킁킁거리고 만지면서 무엇인지 탐색하는 것을, 배와 코를 애무하는 햇살과 뜨겁고 낯선 사물들에 미칠 듯이 기뻐하며 이유 없이 내달리는 것을 지켜보았다. 그녀는 이 작은 생물을 향해 가슴이 아리는 동정심을 느꼈다.(154쪽)

아마도 그녀 또한 이런 맹목적인 생의 활기를 느낀 적이 있었을 것이고 그런 활기가 뚜렷한 성취로 이어지지 못하는 좌절 또한 경험했기에 봄 햇살에 취한 두더지에게 느닷없는 동정심을 느낀 것이리라.

프랜시스는 이제 자신에게 남은 선택은, 밝고 편한 타입에 에너지가 넘치면서도 여자문제로 말썽을 일으키지 않는 편인데다 언제든 여지만 준다면 그녀에게 구애할 준비가 되어 있을 톰이란 사실을 잘 알고 있다. 그리고 자신이 이 '차선책'을 선택할 것이고 그러기 위해 저편 들판에서 일을 멈춘 채 자기를 바라보는 톰에게 접근할 작정이지만, 그와 동시에 '최선책'을 놓친 지금 자신이 전처럼 온 신경을 곤두세우며 이 문제에 매달리지 않는다는 것도 알고 있다. 그런데 그렇다고 해서 프랜시스가 톰을 그저 상처받은 자존심에 대한 보상으로 이용하거나 자포자기의 심정으로 선택하는 건 아니다. 오히려 그녀는 "그를, 그의 독특한 태도와 유머와 무식함을, 그리고 그의 둔한 남성성을 좋아했"으며 사투리를 심하게 쓰는 말투에 대개는 거슬려 하면서도 사실상 "톰의 어투는 그녀에게 문제가 되지 않았다."(157쪽) 다시 말해 지미와의 관계에 비해 조건상 여러 가지 한계가 있었음에도 오히려 '인간적'으로는 끌리는 바가 있었던 것이다.

그러나 문제는 톰과 맺어지기 위해선 그녀 편에서 감수해야 하는 일이 있다는 사실이다. 프랜시스는 자신이 이제 임자 없는 몸이라는 걸 전하고 톰을 부추기기 위해 "끔찍이 혐오하는 경박함"을 구사해야 했고, 톰 같은 인물과 연애관계를 갖는다는 것 자체도 "그의 발아래 쓰러지고 자존심이 꺾이는"(158쪽) 과정을 필요로 했다. 물론 이런 갑작스런 관계의 변화에 톰이 무작정 의기양양해지는 건 아니다. 주체할 수 없는 욕망을 느끼는 한편으로 "마치 운명이 그를 붙잡은 것처럼" 불편하고 당황스러워하는 그의 모습은 그가 진심으로 프랜시스에게 끌리고 있으며 이 관계를 매우 진지하게 여기고 있음을 반증한다. 그러나 농사를 짓는 톰에겐 잡아 죽여야 하는 짐승에 불과하지만 여태껏 그녀로서는 꼭 그래야 할 이유도 없었던, 더구나 에는 듯한 동정심까지 자아냈던 두더지를 기어이 한 마리 잡아서 톰에게 들고 가는 장면에서, 프랜시스가 무엇을 대가로 치러야 하는지가 분명히 드러난다.

따라서 이들의 관계를 '차선책'이란 말이 담고 있는 사전적 의미 그대로 '최선은 아니지만 나쁘지는 않은 선택'이라는 단순한 의미로 보기는 어렵다. 어떤 면에선 '최선'이 가진 속물성이 배제된 '순수하게' 육체적인 끌림이 존재하는가 하면 자신의 일부를 저버리게 만드는 요소 또한 들어 있기 때문이다. 프랜시스가 저버려야 하는 것이 그저 취향이나 자존심의 문제이며 그마저도 관계를 시작하는 단계에서 치르는 한두 푼의 입장료에 불과한 것일까? 아니면 이렇게 시작된 이상 앞으로도 차곡차곡 치러야 하는 대가라서 그녀가 지불을 거부하는 순간 엄청난 빚이 되어 짓누를 것인가? 「차선책」은 이런 의문에 어느 한쪽으로 속 시원히 해답을 제시하지는 않는다. 하지만 제 손으로 두더지까지 잡아야 하는 프랜시스가 못내 안쓰럽단 느낌을 지우기는 힘들다. 소설의 말미에서 프랜시스는 어머니를 찾아가 허락을 구하겠다는 톰에게 그러라며 "죽은 목소리"로 답한다. 곧바로 "이 죽음에는 기쁨의 전율이 있었다"고 설명되기는 하지만 그렇다고 '죽음'이란 단어가 주는 무거움이 사라지는 것은 아니다. 프랜시스는 어딘지 '필사적'인 모습이고 '죽음'이란 말도 거기서 비롯된 듯한데, 두 사람의 앞날에 넘어야 할 많은 산들이 있으리란 예상이 들지만 그녀가 그 산을 다 넘을 준비가 되었는지는 의문으로 남는다.

「차선책」이 주로 '차인 여자'의 심경에 초점을 두었다면 「봄의 음지」(1913)는 매우 흡사한 상황에서 '찬 남자'의 사정을 그리는데 이 또한 간단치는 않다. 부유한 상인의 후원으로 케임브리지에 진학하고 급기야 그의 딸과 결혼까지 한 시슨이 어느 봄날 고향 친구이자 옛 연인 힐다를 몇 년 만에 찾아온다. 오는 길에 우연찮게 현재 힐다와 사귀는 아서를 만나 한차례 김이 빠지기도 했고, 힐다의 집 벽장엔 아직 시슨이 힐다에게 보낸 언어교본과 시집, 그녀에게 그려준 그림들이 가득하지만 힐다의 가족들도 이제는 다른 계층이 되어버린데다 그녀를 저버리기까지 한 시슨에게 데면데면할 수밖에 없다. 무엇보다 힐다의 변화가 시슨을 더욱 서먹하게 만드는데, 오랜만에 만난 힐다는 몰라보게 성숙하고 여성스러워졌으며 시슨에게 확연히 거리를 두는 모습이다. 감수성이 예민한 시슨은 힐다의 시선 저편에 자리잡은 "스스로에 대한 차분한 인정과 그를 상대로 한 승리"(165쪽)를 감지한다. 그러고는 차츰 자신을 위해 만들어진 모습과 힐다 본연의 모습이 사뭇 다르다는 걸 깨닫는다.

여기에 상응하여 힐다 편에서는 이제 시슨에게 "콩깍지가 벗겨졌고 마침내 그가 자신을 있는 그대로 보기 시작했음"을 알게 되는데, "그것은 과거에 그녀가 가장 두려워했던 일이자 그녀의 영혼을 위해서는 가장 필요했던 일"(166쪽)이었다. 그리고 본모습 그대로를 보게 된 이상 시슨은 그녀를 사랑하지 않을 것이며 예전에도 결코 사랑할 수 없었으리란 사실을 알게 될 것이었으므로, "오랜 환상이 사라지고 그들은 생짜의 완벽한 타인"으로 남은 것이다. 이제 새를 가리킬 때도 시슨이 가르쳐준 표준어가 아니라 대놓고 그 지역 방언을 쓰는 힐다는 시슨이 결혼하던 날 자기도 '사실상' 결혼했다는 말까지 털어놓는다.

이렇게 척 보고도 알 것은 알아채고 인정할 것은 인정한 두 사람이지만 함께 보낸 세월이 있는 만큼, 게다가 '배신의 상처'가 있었으니만큼, 옷깃을 스친 사람들처럼 여운만 남기고 헤어질 수는 없었던지 기어이 서로에 대한 원망을 내뱉고 만다. 힐다는 시슨이 항상 자신을 자기 아닌 다른 사람으로 만들었다고 비난하고 시슨 또한 힐다가 배신을 부추긴 면이 있다고 응수한다. 장학금을 받으라고 한 것이나 후원자의 환심을 사라고 한 것, 케임브리지 진학이나 심지어 후원자의 외동딸과 친분을 쌓으라고 한 일까지 죄다 힐다가 설득한 게 아니었냐는 것이다. 시슨은 힐다가 출세를 바라며 언제나 자신을 먼 곳으로 떠나보냈고, 일이 잘 풀릴 때마다 두 사람이 더 멀어지게 되는데도 함께 가기를 거부하고 늘 자기만 보내 "(성공이) 어떤 것인지 알아내려" 했다고 말한다. 그러니 당연히 상류계층 여성과 결혼하는 것도 바랄 줄 알았으며 그리하여 자신을 통해 "사회에 승리를 거두려고 했던 것"(170쪽) 아니냐며 연이어 그녀를 몰아세운다.

　서로를 향한 이런 비난은 잘잘못을 명명백백히 가리자는 의도가 아니라 자신의 현재를 애써 변명하고픈 마음에서 비롯된 것이지만 거기에는 두 사람 모두의 뼈아픈 진실이 담겨 있다. 힐다의 성숙한 여성스러움에 거리를 느끼는 모습이나 "그의 어린 연인, 그의 수녀, 보티첼리의 그림에나 나올 그의 천사"라는 지칭에서 알 수 있듯이 시슨은 힐다를 정신적 대상으로 이상화했다. 힐다 또한 부담을 느끼면서도 그런 관계에 탐닉했고 나아가 시슨을 일종의 자아의 확장으로 삼아 그를 통해 더 큰 세상을 알려고 했던 것이다. 그러니 어쩌면 이들에게는 본질적으로 '성적 활동'인 결혼이 애초에 불가능했을 것이다. 더구나 힐다가 시슨과 같은 날 '실질적' 결혼을 감행한 이유가 "그녀 또한 그것을 이해해야 했기 때문"이며 이런 이해를 통해 "자유로워졌다"고 설명하는 것을 보면(168쪽) 그녀에겐 결혼 또한 알아야 하고 정복해야 할 세상의 일부가 아니었나 하는 의심마저 든다. 이런 의심은 그녀가 시슨에게 결혼상대가 될 아서와의 관계를 설명하면서 아서가 야생짐승 같은 매력이 있고 그 나름으로 재주와 사려를 갖추고 있지만 "어떤 지점 이상을 넘어서지 못한다"고 태연히 평가를 내린다든지(168쪽), 아서가 "자신에게 그다지 중요하지 않고", "중요한 것은 나 자신"이며 "내가 나 자신이 되는지 아닌지"라고 말한다든지

(166쪽), 예전에는 시슨이 주위의 모든 것을 경이롭게 만들어주었지만 이제는 혼자서도 그렇게 할 수 있다고 한다든지(167쪽) 하는 것을 볼 때 더 굳어진다.

이렇게 서로의 실체, 관계의 실체가 드러나고 두 사람이 어쨌든 결혼할 수 없었으리란 사실도 밝혀진 지금 이 옛 연인들에겐 어떤 선택이 남았을까. 언뜻 보기엔 미련 없이 인연을 끊는 길밖에 없을 것 같지만 뜻밖에도 이들은 서신 교환을 약속하고 헤어지는데, 결코 서로에게 '성적' 상대가 아니었기 때문에, 다시 말해 '정신적이고 개인적인' 상대였기 때문에 도리어 서로에게 "줄 것은 주는"(166쪽) 관계를 지속할 수 있는 것이다. 시슨은 결국 "자신의 머릿속에만 존재하는 베아트리체에게 편지를 쓰는 단테"(171쪽)가 될 것이며 힐다 또한 육체적 '이해'는 아서에게 구하는 한편으로 시슨을 통해 더 큰 세상을 계속 알아나갈 작정인 것이다.

이렇게 되면 가장 이상적이고 합리적인 동시에 합법적이기까지 한 해결책을 발견한 셈인가? 그러나 두 사람의 탁월한 '현실원리'에 박수를 보내고 싶은 기분이 들지 않는 것도 사실이다. 아서 같은 인물이 결혼 이후에도 힐다의 '양다리'를 계속 참고 보아줄지도 의문이려니와, '본연의 모습'으로는 육체적으로 양립하기 어려운 두 사람의 '정신적' 관계가 일종의 경쟁적 이용관계이며 기껏해야 정신적 '자위'나 '정복' 행위란 느낌을 지우기 힘들기 때문이다. 결혼에 관한 로런스의 질문을 빌려 이들의 '결합'이 살아 있는 삶의 성취에 일조할 수 있을지를 묻는다면 그 답은 부정적일 수밖에 없다. 삶의 성취가 열림을 동반하지 않는 자아의 위무나 확장일 수는 없고, 세상에 대한 지적 정복과도 달라야 하기 때문이다. 무엇보다, '중요한 건 나 자신'이라고 강조하는 힐다의 모습이 프랜시스만큼이나 위태로워 보이는 건 시슨이나 아서 모두 언제까지고 힐다의 '나 자신'에 얌전히 봉사하지는 않으리란 예감 탓이다.

그렇다면 바람직한 '현실원리'란 가장 합리적이거나 또는 가장 실용적인 원리와는 별개이며, 구체적인 해결책이 아니라 해결책에 다가가는 인물들의 태도와 더 관련되는지도 모른다. 그런 점에서 「패니와 애니」 (1921)는 「차선책」이나 「봄의 음지」와 유사한 상황에서 시작하여 또다른 흥미로운 결론에 이르는 사례다.

이 작품 역시 주인공이 고향으로 돌아오는 장면으로 시작된다. 패니는 자신의 첫사랑이자 십 년도 넘게 이력저럭 관계를 끌어온 오랜 연인 해리와 마침내 결혼하기 위해 글로스터에서의 도시생활을 완전히 접고 낙향하는 참이다. 그러나 안정과 행복에 대한 기대로 가득하기는커녕, 마중 나온 해리의 얼굴이 주물공장 용광로의 불빛을 받아 "울긋불긋 귀기가 서린"(318쪽) 것으로 묘사된 작품 첫머리부터 짐작할 수 있듯이 패니에게 이 낙향은 "파멸의 운명"(318쪽)과도 같은 것이며 말 그대로 "전락"(319쪽)이다. 그녀가 이토록 비참한 심정으로 고향과 과거가 지닌 친숙함을 견딜 수 없다고 여기는 데는 몇 가지 이유가 있다. 그중 하나가 「차선책」의 프랜시스가 그랬듯 똑똑하고 야심만만한 사촌을 사랑했으나 결국 거절당하고 이후로도 몇 차례 더 연애를 했지만 모두 결혼으로 이어지지 못한 탓이다. 게다가, 비록 귀부인의 하녀로 일했다고는 하나 상당히 좋은 대우를 받으며 나름대로 세련된 도시생활을 누렸고, 아름답고 섬세하며 열정과 기세를 타고났을 뿐 아니라 도시의 경험을 통해 "꼿꼿하고 고상한 멋진 귀부인"(320쪽)의 자태마저 갖추게 되었는데 그런 것들이 이제는 도리 없이 소모될 판이었다.

「봄의 음지」의 시슨과 비교하면 「차선책」의 프랜시스나 이 작품의 패니 같은 여성들은 설사 도시로 진출하더라도 독자적인 미래를 개척할 기회를 잡기 힘든 현실이었음을 확인하게 되는데, 패니를 낙담하게 만든 가장 큰 이유는 무엇보다 결혼상대인 해리의 됨됨이다.

그녀가 끔찍이도 싫어하는 건 그가 도무지 야망이라곤 없다는 점이었다. 그는 판형 제조공이지만 기술이 특별히 뛰어난 편이 아니었다. 서른두 살이나 먹고도 저축이라곤 이십 파운드도 되지 않았다. 신혼집을 얻을 돈도 그녀가 대야 할 판이었다. 그런데도 그는 신경쓰지 않았다. 도대체가 아무 신경을 쓰지 않았다. 주도적으로 해나가는 법이라곤 없었던 것이다. 그렇다고 뚜렷하게 결함이 있는 건 아니었다. 하지만 그저 되는대로 내버려두는 식이었고 아무 생각 없이 돈을 써버리곤 개의치 않았다. (……) 그녀는 그라는 운명에 분노가 치밀었다. 그가 상스러워서는 아니었다. 그의 습관은 저속했고 거의 일부러 그러는 면도 있었다. 하지만 사람 자체가 정말로 속된 것은 아니었다. 예를 들자면 먹는 걸 특별히 중요하게 여기지 않아서 식탐 같은 것도 없었다. 금발과 흰 피부에 예민하기도 했고 또 여자들로 하여금 같이 있으면 고상한 존재가 된 듯 느끼게 하는 데가 있어서 특히 여자들을 끄는 매력이 있었다. 하지만 패니는 그를 잘 알았고 거의 돌아버리게 만드는 독특하게 고집스런 그의 한계를 너무 잘 알고 있었다.(322쪽)

교회 성가대의 독창을 맡을 만큼 재주를 타고났고 그것으로 일대에서 명성을 얻을 수도 있었으나 에이치(H) 발음을 붙일 때 떼고 뗄 때 붙이는 사투리를 '고집' 하는 바람에 그나마 재능을 보인 이 분야에서마저 도리 없이 평범한 노동자로 주저앉는 데서 해리의 '고집스런 한계' 는 다시금 확인된다. 그렇다면 패니에게 이토록 대안이 없는 것일까. 어떤 면에선 그렇기도 하지만 패니가 해리를 벗어나지 못하는 데도 실은 간단치 않은 사연이 있다.

왜냐하면 그에게는 그녀가 정말로 혐오하면서도 벗어날 수 없는 그놈의 육체적인 매력이 있었기 때문이었다. 그는 그녀가 처음으로 키스한 남자였다. 그리고 그의 키스는 그녀가 반발하는 동안에도 그녀의 피에 살아 있었고 영혼 깊은 곳에 뿌리를 내렸던 것이다. 이 모든 것을 거친 다음에 그녀는 그 키스로 돌아온 것이다. 그리고 그녀의 영혼은 신음했는데 개에게 물려 흙먼지에 뒹구는 새처럼 아래로, 지상으로 끌려내려가는 것처럼 느껴졌기 때문이었다. 그녀는 자신의 삶이 불행하리란 걸 알고 있었다. 자기가 하려고 하는 일이 치명적임을 알고 있었다. 하지만 그것은 그녀의 운명이었다. 그녀는 그에게 돌아와야만 했다. (……) 아 그녀는 정말이지 그를 경멸했다. 하지만 그는 성가대석에서 마치 그녀 앞을 막은 발람의 나귀처럼 서 있었고 그녀는 그를 넘어갈 수가 없었다. 그에겐 육체적으로 사람을 끄는 힘이 있었다. 어떤 육체적인 매력이 있었고, 그의 몸을 만지면 신선하고 사랑스러울 것만 같았다. 욕망의 가시가 그녀의 가슴에 쓰라리게 맺혔다.(325쪽)

이 대목에서 '불행'이라든지 '치명적'이라는 단정적인 표현이 나오기는 하지만 그것은 어디까지나 현재의 시점에서 패니의 심경을 서술한 것이므로 기정사실화해서는 곤란하다. 게다가 패니가 여기서 저항하려고 몸부림치는 대상은 어떤 외부적인 압력이나 상황이 아니라 바로 그녀 자신의 욕망이다. 따라서 그런 욕망 때문에 해리에게 끌리는 일을 '개에게 물렸다'고 표현한 패니 자신의 해석을 그대로 받아들여서는 안 될 것이다. 오히려 이토록 혐오하고 경멸하는데도 저항하지 못하고 끌리는 것을 볼때 그 욕망의 진정성만큼은 증명되는 셈이다.

패니의 이런 치밀어오르는 심사는 해리 또한 얌전히 그녀를 기다린 게 아니라 애니라는 헤픈 동네 여자와 놀아났다는 사실이 폭로되면서 오히려 차분해진다. 이 사건으로 다시 한번 결혼을 할 것인가 말 것인가를 분명히 해야 하는 계기를 얻고 마지막으로 결단을 내리는 과정에서 자연스레 그녀의 내적 갈등이 정리된 탓이다. 더불어 이렇게 한 번 눈감아줌으로써 그녀는 해리와의 관계나 도시에서 '놀던' 자신을 곱지 않게 여기던 해리네 가족과의 관계에서 단번에 독립적인 입지를 확보한다.

이런 점에서 패니 또한 '줄 건 주고 받을 건 받는' 합리적 현실원리를 실천한 듯 보이지만 「봄의 음지」의 결말과는 중대한 차이가 있다. 패니는 적어도 갈등의 근원이 자기 자신에게 있다는 사실만큼은 정직하게 직시한다. 그래서 해리에 대해서도 그의 한계를 가차 없이 알아보면서도 그가 자기한테 '중요하지 않'기는커녕 피할 수 없는 '운명'임을 인정하는 것이다. 이렇게 '운명'임을, 그것도 어떤 외부의 압력이 아니라 자신의 욕망이 가리키는 운명임을 받아들이기에 패니가 해리를 대하는 태도는 프랜시스가 톰을 대하는 것이나 힐다가 아서를 대하는 것과는 달리 어떤 존중과 관용이 담길 수 있으며 이는 애니 사건을 처리하는 방식에서 잘 드러난다. 다시 말해 패니는 그녀 자신의 진실을 온전히 껴안고 그에 따르는 불만까지 어쩔 수 없는 것으로 감수하려는 것이다. 이런 어른스러움과 책임이야말로 결혼이 요구하는 '현실원리'의 근간이 아닐까. 패니가 당장은 어느 정도 '개에게 물린 새' 같은 심정이더라도, 만만찮은 도시생활에서 어렵사리 '귀부인'의 품위를 익혔듯이, 결혼생활 또한 원망과 낙담이 아닌 주체적 당당함으로 이끌어가리란 확신이 드는 것은 그녀의 이런 성숙함 때문일 것이다.

3. 결혼과 '현실원리'

위의 세 단편에서 벌어진 상황은 로런스가 「『채털리 부인의 연인』에 관하여」에서 개탄했던 '정신적이고 개인적인' 관계가 지배적인 결혼과는 사뭇 다른 양상이고 오히려 정신적이고 개인적인 '불만'을 자아내는 결혼의 모습이 그려져 있다. 하지만 이러한 불만들을 해결하는 한 가지 방식으로 '정신적이고 개인적인' 결혼이 나왔으리란 가정은 얼마든지 해볼 수 있다. 그리고 이 차이는 시기적으로 그의 에세이가 단편들보다 한참 후에 나왔다는 사실과도 관련이 있을 법하며 '성적 활동'으로서의 결혼을 되살려야 한다는 그의 발언은 그런 의미의 '결혼'이 점점 어려워지는 역사적 추세의 관찰에서 나온 주장으로 볼 수 있을 것이다.

그런데 작품을 읽으면서 확인되는 또 한 가지 사실은 단편들에서 구체적으로 펼쳐지는 사연들은 '결혼의 불만'을 단순히 육체와 정신의 이항적 대립으로 요약할 순 없게 만든다는 점이다. 정신적 욕구라 하더라도 그 성격과 추구하는 방식이 제각각일 수 있으며 육체적 결합에서도 로런스가 말한 '영원성'과 '충실성'의 느낌을 동반하는 것이 있는가 하면 정신적 전율의 변종도 있는 것이다.

그렇다면 결혼의 불만을 해결할 '현실원리' 또한 이것과 저것을 다 갖겠다는 식의 조합으로는 제대로 실현될 수 없을 것이다. 패니의 모습이 보여주듯이 그것은 오히려 자신에 관한 '운명적' 진실이 무엇인지 알아볼 줄 알고 나아가 그 진실을 정직하게 수용하는 일이다. 그럴 때만이 '운명'이 동반하는 '불만'이 무엇이든 그 또한 책임 있고 주체적인 자세로 감당할 수 있을 것이다.

참고 문헌

Freud, Sigmund, *Group Psychology, Civilization and Its Discontents and Other Works*, New York, Penguin, 1991.

Lawrence, D. H., *Phoenix II: Uncollected, Unpublished, and Other Prose Works by D. H. Lawrence*, New York, Viking, 1970.

_____, *Fantasia of the Unconscious, Psychoanalysis and the Unconscious*, New York, Penguin, 1977.

_____, *Selected Short Stories*, Harmondsworth, Penguin, 1983.

낭만적 사랑과 포스트모던적 사랑 사이에서
─테오도어 폰타네

정항균

1. 서론

　문학이 현실을 반영할 수 없다는 인식이 지배적인 오늘날 리얼리즘 문학은 그 의미를 상실한 것처럼 보인다. 자연과학 분야에서는 인식대상이 단순히 인간의 감각기관에 반영된 모습이 아니라 신경세포의 가공을 거쳐 구성된 것임을 주장하고 있다. 예술 분야에서도 대상을 그대로 재현하는 대신 예술가의 주관적 원칙에 따라 구성하는 현상이 현대예술의 지배적인 흐름으로 나타난다. 이러한 상황에서 현실의 재현을 목표로 하는 리얼리즘 문학보다는 주관적 상상력을 통해 현실을 가공하는 낭만주의 문학이 현대문학의 출발점으로 보다 큰 주목을 받고 있는 것은 당연해 보인다.

　이처럼 시대의 흐름에 부합하지 않는 것처럼 보이는 리얼리즘 문학이 과연 현대에 어떤 의미를 가질 수 있을까? 만일 리얼리즘 문학이 현대에도 여전히 의미를 지닐 수 있다면 그것은 어떤 면에서 그러한가? 본고에서는 독일 리얼리즘 문학의 대표적 작가인 테오도어 폰타네의 작품에 형상화된 사랑이라는 주제를 중심으로 리얼리즘 문학의 현재성을 살펴보고자 한다. 이를 통해 리얼리즘 작가 폰타네의 현실적 사랑관이 근대의 낭만적 사랑에서 포스트모던적인 사랑으로 넘어가는 가교 역할을 하고 있음을 밝힘으로써 그 현재적 의미를 강조하고자 한다.

2. 리얼리즘 작가 폰타네의 양면성: 시대 비판과 시대 제약성

독일의 한 비평가는 사랑, 결혼, 간통이라는 동일한 주제를 형상화한 동시대 작가들인 러시아의 톨스토이, 프랑스의 플로베르, 독일의 폰타네를 서로 비교하며 다음과 같은 결론을 내린다. 톨스토이의 소설 『안나 카레니나』에서는 사회 비판적 묘사가, 플로베르의 『마담 보바리』에서는 심리 묘사가, 그리고 폰타네의 『에피 브리스트』에서는 미학적 묘사가 우세하며, 굳이 순위를 매기자면 톨스토이, 플로베르, 폰타네의 순서라는 것이다.(Stern, 363~375쪽; Jolles, 80쪽) 이러한 주장은 이들 작가가 한국에서 수용된 상황과 크게 다르지 않다.

그러나 문학작품을 운동경기의 순위를 매기듯 다루려는 태도의 문제점은 차치하고라도 폰타네의 작품에 대한 위의 평가는 독일 사실주의에 대한 철저한 오해에서 비롯된 점이 없지 않다. 흔히 독일 사실주의를 '시적 사실주의'라는 말로 부르곤 하는데, 이 말은 독일의 사실주의가 현실을 있는 그대로 반영하기보다는 미학적인 변용을 거쳐 반영한다는 뜻이다. 이러한 미학적 변용은 현실에 대한 비판의 자제와 화해의 이념을 전제하며, 이로써 독일 사실주의 작가들의 사회 비판적 태도의 결여를 간접적으로 암시하고 있다. 그러나 이러한 정의는 폰타네의 작품에 나타난 다양한 사회 비판적 입장을 간과하게 만들 위험이 있다.

폰타네의 소설에 나타나는 사회 비판적 경향은 다양한 관점에서 조망될 수 있겠지만(Müller-Seidel 참조), 여기서는 사랑, 결혼, 간통과 같은 주제들을 중심으로 살펴보기로 하겠다. 폰타네는『간통녀』『페퇴피 백작』『세실』『돌이킬 수 없음』『에피 브리스트』등 다섯 편의 결혼소설을 저술하였다. 이 소설들에서 폰타네는 소위 '빅토리아 시대의 모럴'로 불리는 엄격한 가부장적 사회질서와 그로 인한 여성의 억압을 사실적으로 묘사하고 있다. 이는 구혼에서부터 이혼에 이르는 과정 전반을 통해 나타나고 있다.

폰타네의 대표작인『에피 브리스트』에서 인스테텐은 스무 살이나 연하인 에피에게 직접 청혼하는 대신 그녀의 어머니를 찾아가 구혼의사를 밝힌다. 에피는 이러한 사실을 어머니에게 통보받을 뿐이며, 자신의 선택권은 사실상 없다. 에피의 어머니는 인스테텐이 젊은 시절 자신에게 청혼했던 인물이라는 껄끄러운 상황에도 불구하고 인스테텐의 높은 지위 때문에 딸에 대한 그의 청혼을 흔쾌히 받아들인다. 에피의 어머니가 자신을 사랑한 인스테텐을 거절했던 이유가 당시 그의 낮은 지위 때문이었다면, 이제는 같은 이유에서 그를 사위로 받아들이는 것이다. 이는 당시 사회에서 사랑보다는 신분과 지위가 결혼의 전제조건이 되었기 때문이다. 결혼식 후 그들은 신혼여행을 떠난다. 그러나 여기에는 흔히 묘사되는 신혼여행지에서의 달콤한 사랑의 장면이 없다. 단지 에피가 부모님에게 보낸 편지 한 장이 이들 신혼부부의 성격 차이와 갈등의 소지를 암시하고 있는 것이다. 인스테텐은 에피의 의사와 상관없이 신혼여행을 미술관을 돌아다니는 문화프로그램으로 가득 채우며, 에피는 해박한 지식으로 그림 설명을 해주는 남편에 경탄하지만 그를 사랑하지는 못한다. 이후 에피의 결혼생활은 지역유지들에 대한 의무적인 방문을 제외하면 주로 집에서 혼자 시간을 보내는 것으로 이루어진다. 열일곱 살의 나이에 낯선 곳에 시집와 외로움과 두려움으로 시간을 보내던 에피는 결국 크람파스라는 남자와 외도를 하게 되고 칠 년에 가까운 시간이 흐른 후 그 사실을 남편에게 들키고 만다. 이 사건은 두 가지 측면에서 흥미롭다. 먼저, 에피의 외도 상대가 자신의 또래가 아니라 심지어 인스테텐보다도 나이가 많은 사람이라는 사실이다. 에피는 자신의 사촌과 같이 젊은 청년은 애송이로 생각하며 남자로 여기지 않는데, 여기에서 남성적 매력에 대한 주관적 평가마저 사회적으로 규정될 수 있음을 알 수 있다. 다음은 아내의 외도를 크람파스가 그녀에게 보낸 편지를 통해 칠 년 후에 알게 되었을 때 인스테텐이 보인 반응이다. 그는 아내를 여전히 사랑하고 세월의 흐름 때문에 그녀에 대한 분노도 사그라졌지만, 그 사실을 절친한 친구에게 밝혔다는 사실, 즉 사적인 비밀이 공론화되었다는 사실 때문에 자신의 의지와 관계없이 에피를 내쫓고 크람파스와 결투한다. 또한 에피는 이혼 후 혼자 살다가 병색이 완연한 상황에서야 고향의 부모 곁으로 돌아오게 된다. 그녀의 귀향을 가로막은 데 사회적인 체면이 작용했음은 두말할 나위가 없을 것이다.

위에서 상세히 설명한, 구혼에서 이혼에 이르는 모든 과정에서 인간적인 사랑과 용서와 화해 대신 사회적인 출세와 체면이 작용하고 있음을 알 수 있다. 폰타네는 이러한 비인간적인 사회규범과 질서를 사실적으로 재현하며 비판하고 있는 것이다.

비록 폰타네가 자신의 시대와 사회를 가차 없이 비판하였을지라도, 그 역시 동시대의 한 인간이었다. 때문에 자신이 비판했던 사회의 규범과 가치로부터 완전히 벗어날 수는 없었다. 예컨대 그는 자연스런 사랑의 감정을 억압하는 관습적인 결혼을 비판하면서도 그러한 사랑의 감정을 자연스럽게 표출하거나 묘사하는 데는 대단히 조심스럽다. 가령 『샤흐 폰 부테노』라는 소설에서 빅투아르와 샤흐의 성관계는 아침을 알리는 종소리 및 문단 간의 텅 빈 여백을 통해서만 암시될 뿐이다.(Titzmann, 239쪽) 또한 폰타네가 인스테텐의 잔인함과 에피의 가련함을 묘사하더라도, 다른 한편 에피의 탈선을 비판하고 도덕과 사회규범의 필요성을 역설하고 있다는 점에서 그가 자유로운 사랑의 이념을 무조건 표방하고 있지는 않다는 것을 확인할 수 있다. 이러한 그의 양면적 입장은 사랑에 대한 폰타네 자신의 현실적인 태도에서 비롯된다. 바로 이러한 현실적

태도가 리얼리즘 작가로서 그의 현재성을 입증하는 동시에 그의 한계를 규정하기도 한다. 다음 절에서는 폰타네의 사랑에 대한 현실적 입장을 낭만적 사랑과 포스트모던적 사랑의 비교를 통해 보다 구체적으로 살펴보기로 하겠다.

3. 리얼리즘 작가 폰타네의 사랑관

폰타네의 현실적 사랑관과 낭만적 사랑의 탈신화화

오늘날 우리가 떠올리는 사랑이나 결혼의 이미지는 낭만주의 시대에 형성된 사랑에 대한 관념에서 그 유래를 찾을 수 있다. 계몽주의자들의 이성적인 관점과는 달리 낭만주의자들은 사랑을 정신과 육체를 포괄하는 개념으로 이해하며, 머리가 아닌 가슴에서 생겨나는 것으로 생각한다. 또한 그들은 정략적이고 관습적인 결합으로서의 결혼 대신 사랑에 기초한 결혼을 이상으로 내세운다. 따라서 결혼은 남성적인 것과 여성적인 것이 사랑을 통해 완전한 인간으로 합일되는, 일종의 은유인 것이다.

그러나 사실주의 작가로서 현실을 날카롭게 통찰하고 있는 폰타네는 낭만적 사랑의 이상주의에 빠지지 않는다. 비록 그가 관습적인 결혼을 비판하고 억압된 자유와 사랑의 감정에 동정을 표할지라도, 다른 한편 그는 사랑을 바탕으로 한 결혼이 반드시 행복을 보장하는 것은 아니라는 생각을 갖고 있다. 바꿔 말하면 사랑하지 않는 사람들이 만나도 행복한 결혼생활을 영위할 수 있다는 것이다. 따라서 사랑에 모든 것을 걸고 자유로운 사랑을 억압하는 모든 전근대적 사고와 제도를 타파하면 이상향이 찾아올 것이라는 생각은 폰타네에게는 하나의 환상에 불과하다.

이러한 생각은 현대사회의 남녀관계를 살펴보면 더욱 설득력을 얻는다. 전근대적인 사고가 지배적인 사회에서는 낭만적 사랑이 이상적인 사랑으로 신화화되고 동경의 대상이 되었지만, 그런 사랑이 얼마든지 가능하게 된 현대 서구사회에서 이에 대한 환상은 더이상 존재하지 않는다. 왜냐하면 사랑하는 사람과의 결합이 반드시 이상적인 결혼생활을 약속 하지는 않으며 오히려 그러한 사랑이 파국으로 치닫는 경우도 적지 않기 때문이다. 독일 현대작가인 보토 슈트라우스는 『커플들, 행인들』에서 독 일사회를 '성교와 결별의 사회'로 부르며, 자유로운 사랑이 어떻게 단순 한 감각적 쾌락의 추구로 변질되었는지 보여준다. 어떤 사회적 제재나 갈등도 수반되지 않는 가운데 파트너의 선택은 밀고 당기는 힘들의 자유 로운 작용, 즉 자극과 기분에 의해 이루어진다. 따라서 파트너를 결정하 는 유일한 척도는 상대방이 지금 내 마음에 드느냐 아니냐이다. 그러나 겉보기에 극도로 자유롭게 보이는 이러한 선택은 곧 우리의 내면에 숨겨 진 변덕스런 욕망의 희생양이 된다. 즉 우리가 이전에 느꼈던 자극은 사 라지고 새로운 사람에 대한 욕망이 생겨날 때, 이전의 관계는 깨지고 새 로운 관계가 형성된다. 파트너 결정에서 사회적인 요소(공동체 수립, 번 식, 문화유산의 전수 등)가 지배적인 의미를 상실한 상황에서 파트너와의 관계는 단지 일시적인 것에 지나지 않으며 끊임없는 교류의 물결 속에 부유할 뿐 확고한 결합에 대한 약속은 생겨나지 않는다.(정항균, 2001a, 82~83쪽)

폰타네는 낭만주의와는 다른 의미에서 결혼을 중요한 목적지로 생각 한다. 『미혹과 혼란』에서 보토와 레네는 서로 좋아하지만, 신분의 차이 때문에 결혼하지 못한다. 결국 그들은 자신들의 신분과 경제적 상황에 맞추어 각기 케테와 기데온과 결혼한다. 이러한 결혼에는 체념이 뒤따르 기 마련이지만, 그럼에도 불구하고 폰타네는 신분을 넘어서는 결혼에 반 드시 찬성하지는 않는다. 그 이유는 그가 신분제 사회에 대한 편향된 관 점을 지니고 있어서가 아니라 그러한 신분적 차이를 무시한 결혼이 행복 한 결혼으로 이어지기는 힘들 것으로 생각하기 때문이다. 다른 한편 작 가는 보토와 레네가 결혼하지 않고 연인관계를 유지하는 것에도 반대한 다. 이는 보토가 자신의 친구인 보첼에게 하는 충고 — 보첼이 어느 흑인 여성과 사귄다며 그녀와 결혼하지 않고 사귀기만 하는 게 어떻겠냐고 묻자, 이에 보토는 양자택일을 하라고 충고한다—에서 간접적으로 드러난다. 보토는 사회관습과 신분에 어긋나는 결혼을 하고 자신의 사회적 가치 하락을 감수하든지 아니면 사회적 관습 및 질서와 타협하고 체념하며 회상 속에서 살든지 결단을 내리고 그 결과를 운명적인 것으로 받아들여야 한다고 충고한다. 이러한 양자택일 대신 어중간한 상태를 유지하는 것은 옳지 않다는 것이다. 이것은 인간적인 감정의 가치를 중요시하면서도 인간은 질서 없이 살 수 없다며, 혼란스런 생활방식에 거리를 두는 폰타네의 입장을 대변하고 있다.

물론 이러한 질서가 반드시 보수적인 사회가치와 윤리를 의미하지는 않는다. 예를 들면 폰타네는 간통을 권하지는 않지만, 일단 간통을 저지른 사람에 대해서는 윤리적인 판단을 유보하며 사회적 질서를 어긴 사람은 그로 인한 결과를 스스로 책임져야 할 것이라는 입장만을 표명한다. 『미혹과 혼란』에서 기데온은 여덟번째 계명(진실을 말하는 것)이 여섯번째 계명(간통죄)보다 더 중요하다며, 후자는 용서가 가능하지만 전자는 용서할 수 없는 죄라고 말한다. 실제로 폰타네 소설의 인물 중에는 사회적 관습에 어긋나는 불륜을 저지르고도 새 남자와 결혼해 행복한 삶을 영위하는 『간통녀』의 멜라니 같은 예외적인 인물이 존재하기도 한다. 그러나 이러한 인물 묘사를 억압적인 사회질서에 맞서 자유로운 사랑을 쟁취하라는 뜻으로 오해해서는 안 된다. 오히려 폰타네는 이러한 행동이 어떤 결말을 맞이할 것인지는 전적으로 자신의 운명에 달려 있다며, 이를 통해 행복한 새 삶으로 나갈 수도 있지만, 역으로 사회적 제재를 받으며 파멸로 이어질 수도 있음을 강조한다. 또한 비록 멜라니가 한 번 사회적 규범을 어기기는 했을지라도, 그녀 역시 사회적 질서에 수긍하며 앞으로의 결혼생활에 충실할 것을 약속한다.

폰타네는 풍부한 경험과 성찰을 바탕으로 현실을 묘사하는 사실주의 작가이다. 그가 사랑이나 결혼이라는 주제에 몰두한 이유는 그 자신의 체험과 무관치 않다. 부모의 불화, 그 자신의 불만족스런 결혼생활은 그가 이러한 주제에 천착한 중요한 개인적 계기가 되었다. 또한 범유럽적으로 쏟아지는 결혼소설은 억압적인 사회규범과 개인적 자유의 표현인 사랑 간의 갈등이 시대사적인 보편성을 띤 주제임을 보여주고 있다.(정항균, 2001b, 189쪽) 자신의 첫 소설을 예순 살에 출간한 폰타네는 열정적인 감정 대신 삶에 대한 연륜에서 비롯된 현실적 통찰을 바탕으로 사랑의 의미와 한계를 서술한다. 그에게 결혼은 제도이자 현실이며, 때문에 그것은 낭만적 사랑의 이상과 충돌하게 된다. 그리하여 그는 사랑을 결혼으로 꽃피울 수 없는 현실에서 체념을 요구하거나 사소한 것에 대한 기쁨을 그에 대한 대안으로 제시한다.

폰타네의 이러한 생각은 분명 낭만주의자의 사랑에 대한 맹목적 믿음과 이상이 갖는 환상성을 폭로하고 있다는 점에서 긍정적이다. 물론 이러한 사랑에 대한 현실적 입장은 다소 보수적으로 보일 수도 있지만, 그럼에도 불구하고 여전히 현실에 대한 냉정한 판단에서 비롯된 성찰의 깊이를 간직하고 있다. 이러한 측면에서 폰타네의 소설은 현재성을 지닌다.

포스트모던적 맥락에서의 폰타네의 사랑관 재조명: 옐리네크 및 은희경과의 비교를 통해서

폰타네의 현실적 사랑관은 한편으로는 낭만적 사랑의 환상을 깨고 그것의 허구성을 폭로한다는 점에서 현재적 의미를 갖지만, 또한 현대적인 관점에서 몇 가지 의문을 제기할 수 있다. 첫번째로 과연 사랑이라는 현상이 실재하는지, 진정한 사랑과 그렇지 못한 감정의 구분이 명확한지 생각해볼 필요가 있다. 두번째로 폰타네는 이별과 결혼에 있어 양자택일을 요구하는데, 삶의 현실이 과연 이러한 단순한 선택의 가능성만을 제시하는 것일까라는 질문을 던질 수 있다. 이 질문에 답하기 위해 사랑에 대한 포스트모던적인 이해를 보여주고 있는 오스트리아 여성작가 엘프리데 옐리네크의 작품과 한국 여성작가 은희경의 작품을 비교의 대상으로 끌어들이고자 한다.

사랑과 결혼을 테마로 한 폰타네의 소설은 주로 귀족사회를 배경으로 다루고 있지만, 때때로 자본주의 사회의 모습들을 사실적으로 묘사하기도 한다. 특히 『예니 트라이벨 부인』에서는 몰락하는 교양시민 계층과 상승하는 소유시민 계층 간의 갈등관계가 양 계층에 속하는 코린나 슈미트와 레오폴트 트라이벨 사이의 관계를 통해 나타난다. 슈미트 선생의 딸인 코린나는 폰타네 소설에 자주 등장하는 팜프 파탈 유형의 여성들과 달리 자신의 외모로 상대방을 매혹시키지도 않고 열정적 감정에 이끌려 사랑에 빠지지도 않는다. 코린나는 아버지와 달리 자신은 이상에 파묻혀 살지만은 않으며 안락한 삶과 같은 현실적인 가치 또한 중요시 여긴다고 말한다. 비록 그녀가 레오폴트를 결혼상대로 생각하는 이유가 그의 경제적 부유함 때문은 아니라고 하더라도 외적인 조건 자체를 무시하는 것은 아니다. 또한 그녀가 레오폴트에게 열정적으로 끌리지 않는 것처럼 그역시 그녀에게 첫눈에 빠지지는 않는다. 그 때문에 그녀는 자신의 영리함을 무기로 해서 그의 마음을 빼앗으려고 시도한다. 이로써 사랑이라는 감정에 계산적인 요소가 들어오게 되고 사랑의 기술로서 계산적인 태도가 이용된다. 사랑을 정열적인 감정과 동일시하고 첫눈에 빠진 사랑만을 진정한 것으로 간주하는 낭만적 사랑의 이상에 반해, 폰타네는 현실에 존재하는 다양한 인간유형에 어울리는 다양한 사랑의 기술과 그 존재양태를 제시하는 것처럼 보인다.

그럼에도 불구하고 폰타네는 여기서 다시 전통적인 사랑의 개념으로 회귀한다. 코린나는 결국 트라이벨 부인의 반대에 부딪힌 후 자신에 대해 성찰하고 그 결과 레오폴트 대신 아버지가 사윗감으로 생각하고 있던 마르셀과 결혼하기로 결심하기 때문이다. 그녀는 마르셀에게 레오폴트를 진심으로 사랑하는 것은 아니지만, 진심으로 그와 결혼하고자 했다고 말한다. 그리고 외적이고 현실적인 것에 대한 애착이 지금도 완전히 사라진 것은 아니지만, 그것이 전부는 아니며 그것을 위해 자신의 감정마저 부정하고 싶지는 않아 그와의 결혼을 포기했다고 밝힌다. 따라서 코린나가 어느 정도 계산적인 마음이 포함된 레오폴트에 대한 감정을 진정한 사랑의 감정과 구분하려 한다는 것을 알 수 있다. 이러한 태도 속에는 진정한 사랑의 실체가 암묵적으로 전제되고 있다. 그러나 다른 한편 마르셀에 대한 코린나의 고백만으로 그녀의 심정을 백 퍼센트 이해했다고 단정짓기는 힘들다. 그녀가 레오폴트에게 완전히 빠진 것은 아니지만, 그렇다고 그에 대한 감정이 전혀 없이 단지 경제적 부유함 때문에 그에게 접근한 것은 아니다. 역으로 마르셀에 대한 선택이 그녀의 진정한 사랑에서 비롯된 것으로도 보기 힘들다. 이러한 관점에서 볼 때 폰타네 역시 사랑이라는 감정의 경계를 구분짓기가 쉽지 않다는 것을 어느 정도 인식하고 있는 것으로 보인다. 『미혹과 혼란』에서도 레네와 보토의 진정한 사랑과 케테와 보토의 표면적인 관계가 대비되고 있지만, 케테와의 관계에 호감을 불러일으키는 어떤 측면이 있음을 폰타네는 부인하지 않는다. 다만 아직까지 그는 그러한 감정을 사랑의 감정과 구분하고자 한다.

엘프리데 옐리네크는 폰타네가 멈춘 지점에서 사고를 더욱 급진적으로 전개시켜나간다. 자본주의적 사고에 의해 지배되는 사회에서 사랑과 계산의 이분법적 구분은 더이상 유효하지 않은 것처럼 보인다. 옐리네크의 소설 『연인들』에서 브래지어를 만드는 재봉사인 브리기테는 신분상승을 위해 하인츠를 사랑한다. 하인츠에 대한 그녀의 사랑은 기존의 관점에서 보면 목적 달성을 위한 계산에 불과하며 사랑과는 대립되는 것이지만, 이 소설에서는 그러한 감정까지 사랑의 감정에 포함된다. 자본주의적인 계산이 인간의 내면을 총체적으로 지배하는 사회에서 순수한 감정으로서의 사랑은 더이상 존재하지 않는다. 보토 슈트라우스가 『시간과 방』에서 목적지향적인 행동과 위대한 감정 표출로서의 사랑을 구분하고 전자를 이아손에 후자를 메데아에 연결시키며 현대사회에서의 메데아의 복권을 주장하는 반면, 옐리네크는 이러한 메데아적 사랑의 허상을 폭로하며 사랑과 목적지향적 행동의 이분법적 구분을 폐기한다. 그에 따르면 사랑은 계산적 행동인 동시에 노동이기도 하다. 이제 브리기테는 하인츠의 마음을 사로잡기 위해 자신의 외모를 꾸미고 온갖 정신적 노력을 기울일 뿐만 아니라 더 나아가 섹스라는 육체적 노동까지 하기에 이른다. 문자 그대로 사랑은 이제 (계산적 행위로서) 정신적, (섹스로서) 육체적 노동을 모두 포괄하는 총체적인 노동이 된 것이다. 옐리네크가 『연인들』에서 문학적으로 묘사한 것은 보드리야르가 『실재의 단말마』에서 이론적으로 주장한 것과 정확히 일치한다. "얼마 전까지만 해도 섹스와 노동은 극단적으로 대립해 있는 두 가지 항들이었다. 그런데 오늘날 이 둘은 동일한 질문유형에 속해 있으며, 그 때문에 서로 긴밀히 연결되어 있다. 이전에 역사담론은 자연에 관한 담론과의 강제적인 대립에서, 욕망담론은 권력담론과의 대립에서 각기 자신의 강점을 이끌어냈다. 오늘날 그것들은 자신의 기표와 시나리오를 서로 교환하고 있다."(Baudrillard, 33~34쪽) 보드리야르가 실재의 죽음을 선언함으로써 개념의 이분법적 구분을 폐기하고 나아가 개념의 해체를 가져오는 것처럼, 옐리네크 역시 사랑과 노동의 개념구분을 폐기함으로써 사랑의 실재를 해체하는 것처럼 보인다. 그녀가 이렇게 목적지향적 행위로 변해버린 사랑을 비판적으로 묘사하고 낭만적 사랑을 『쾌락』에서처럼 허구적 신화로 폭로하며 이상적 사랑의 모습을 제시하지 않을 때 독자는 사랑이 존재하지 않는 비관적인 현실 인식과 맞부딪치게 된다.

은희경은 사랑의 근거와 실체에 대한 논의에서 폰타네는 물론 옐리네크의 시선을 넘어 한 걸음 더 나아간다. 그녀는 『새의 선물』에서 사랑의 시작은 언제나 상대의 이미지에 의해 촉발되는 것으로 묘사한다. 서술자인 진희는 홍기웅이 이모를 사랑하게 된 것은 그녀가 돌아가신 그의 어머니가 좋아하던 노래를 불렀기 때문이고, 이형렬이 그녀를 사랑하게 된 것은 그녀의 청순한 이미지 때문이었다고 판단한다. 그 이유는 쌍꺼풀 수술 실패로 청순한 이미지가 깨진 이모에 대한 이형렬의 사랑은 사라지지만, 홍기웅의 사랑은 여전하기 때문인데, 여기에는 중요한 관점들이

들어 있다. 첫번째는 사랑이 단순히 첫눈에 반하는 것에 국한되지 않는 다양한 원인을 갖게 된다는 것이고, 두번째는 이러한 사랑이 실체로서 존재하기보다는 단순한 이미지에 지나지 않는다는 것이다. 즉 사랑은 사랑의 주체가 그 대상에 관해 만들어낸 하나의 환상이라는 것이다.『마지막 춤은 나와 함께』에서도 주인공 진희는 현석에게 타인을 진정으로 사랑하는 것은 불가능하며, 사랑이란 단지 그런 감정이 필요하기 때문에 자신에게 거는 최면, 즉 자기애에 지나지 않는다고 말한다. 따라서 영원한 사랑이라든지 진정한 사랑과 같은 개념들은 허구로 폭로된다.

사랑과 결혼의 관계와 관련해 은희경은 폰타네 및 엘리네크와는 전혀 다른 대안을 제시한다. 폰타네가 갈등상황에서 사랑을 추구하고 사회적 박해를 감당하든지 아니면 사랑을 포기하고 결혼생활을 하든지라는 양자택일을 종용한 반면, 은희경은 폰타네가 비난했던 제3의 선택, 즉 구속력 없는 관계를 제안한다. 이 경우에 은희경은 불륜을 도덕적인 관점에서가 아니라 실존적인 관점에서 접근한다. 물론 폰타네도 불륜을 도덕적인 과오로 단정짓지는 않지만, 어쨌든 이 문제를 윤리적인 담론의 틀 안에서 다루고 있다. 그러나 은희경은 더이상 이러한 도덕적 담론에 얽매이지 않으며 사랑의 다양한 양태를 실존의 차원에서 제기하고 있다.『마지막 춤은 나와 함께』의 첫 장은 '셋이 좋은 이유'라는 제목을 달고 있는데, 이것은 애인이 셋 정도는 되어야 사랑에 대한 냉소를 유지하며 사랑을 할 수 있다는 입장을 피력한 것에 다름아니다. 사랑은 자유를 배신하고 사랑하는 사람을 배신하고 나 스스로 만든 사랑의 환상마저 깨뜨려서 결국에는 나 자신까지도 배신하기 때문에 사랑의 충격에 시달리지 않고 집착하지 않으려면 적어도 애인이 셋은 되어야 한다는 말이다. 이 말은 반드시 애인이 셋이 되어야 한다는 말이 아니라 그 정도의 마음의 여유가 있어야 상대방에게 사랑을 주고 또 이별을 감내할 수 있다는 뜻이다. 폰타네가 사회적 규범과 관습 때문에 사랑하는 사람과 결별해야 할 때 차라리 체념 속에서 살아갈 것을 조언한다면, 은희경은 이러한 사랑과 이별 간의 양자택일적 사고를 비판한다. 오히려 그녀는 사랑이 환상일지라도 삶의 고통을 감내하는 데 필수적인 요소이기 때문에 사랑을 포기하지 말고 이러한 사랑의 힘으로 이별을 감내할 것을 당부한다. 사랑이라는 개념의 환상적 성격을 인식하면서도 그것을 해체하는 대신 그 긍정적 특성을 부각시킨다는 점에서 은희경은 옐리네크와 구분된다. 그러나 이때 은희경이 말하는 사랑은 한 사람과의 영원하고 지속적인 사랑이 아니라 언제든지 배신당할 수 있는, 우연으로 맺어진 사랑이다. 폰타네에게 사랑이 언제나 사랑하는 사람과 결부된 것이라면, 은희경에게는 사랑하는 대상으로서의 사람이 중요한 것이 아니라 삶의 상처를 덮어주고 위안을 줄 사랑이라는 감정 자체가 중요하다. 따라서 사람과의 이별은 참을 수 있지만, 사랑과의 이별은 견딜 수 없는 것이다. 비록 사랑이 실체가 아닌 환상으로 존재한다 할지라도, 그러한 환상은 삶에 반드시 필요한 것이며 사랑하는 사람을 떠나보내더라도 그 감정만은 반드시 보전해야 한다. 그래서 사랑은 배신에 의해 완성되더라도 사랑하는 그 순간만큼은 언제나 진실한 것이고 소중한 것이다. 『마지막 춤은 나와 함께』의 서술자이자 주인공인 강진희는 소설 제목을 비웃기라도 하는 듯 사랑에 대한 자신의 입장을 이렇게 피력한다. "누구나 마지막 춤 상대가 되기를 원한다. 마지막 사랑이 되고 싶어한다. 그러나 마지막이 언제 오는지 아는 사람이 누구인가. 음악이 언제 끊어질지 아무도 알 수 없다. 마지막 춤의 대상이란 존재하지 않는다. 지금의 상대와의 춤을 즐기는 것이 마지막 춤을 추는 방법이다. 마지막 춤을 추자는 사람에게는 이렇게 대답하면 된다. 사랑은 배신에 의해 완성된다고."(은희경, 1998, 273쪽)

에코는 『장미의 이름』에서 윌리엄 사제로 하여금 가짜 그리스도를 다음과 같이 묘사하게 한다. "가짜 그리스도는 지나친 믿음에서 나올 수도 있고, 하느님이나 진리에 대한 지나친 사랑에서 나올 수도 있는 것이다. (……) 인류를 사랑하는 사람의 할 일은, 사람들로 하여금 진리를 비웃게 하고, 진리로 하여금 웃게 하는 것일 듯하구나. 진리에 대한 지나친 집착에서 우리 자신을 해방시키는 일…… 이것이야말로 우리가 좇아야 할 궁극적인 진리가 아니겠느냐?"(움베르트 에코, 896~897쪽) 이러한 입장은 은희경의 관점과도 다르지 않다. 사랑을 하나의 절대적이고 영원한 감정으로 정의하고 그것에 집착할 경우 그것은 곧 억압이 되며 그러한 사랑에 대한 믿음이 깨질 경우 회복할 수 없는 집착과 절망에 빠지게 된다. 그 때문에 사랑의 우연적 성격을 인식하고 그것을 농담처럼 대하며 그것의 배신을 받아들일 때 비로소 사랑의 본성을 이해할 수 있는 것이다. 진리에 대한 에코의 포스트모던적 이해가 은희경에게서는 사랑의 포스트모던적 이해로 변형되어 나타난다.

물론 은희경식의 사랑에 대한 이해는 현대인인 우리에게조차 여전히 충격적이다. 기혼자와의 사랑은 물론이고 동시에 두세 사람과 연인관계를 유지하는 것은 현재의 윤리적 관점에서 받아들이기 힘들다. 포스트모던적인 세계관을 주장하는 사람마저도 이러한 은희경식 사랑을 포스트모던과 거리가 멀다고 주장하는 것(이정우, 271~272쪽)은 이러한 사랑법의 포스트모던적 파격을 입증한다. 물론 포스트모던적 사랑은 은희경 소설의 강진희 같은 인물의 사랑 방식만을 인정하는 것은 아닐 것이다. 그것은 기존의 결혼제도 내에서 사랑하는 것을 비롯해 순차적으로 여러 사람과 사랑하는 관계까지 인정하는 개방적 모습을 보여준다. 즉 특정한 사랑의 방식만을 절대적으로 옳은 것으로 제시하는 것이 아니라 절대적이고 영원한 사랑을 허구적인 것으로 간주하는 전복적 시각, 그것이 바로 사랑에 대한 포스트모던적 이해이다.

보토 슈트라우스는 사회적 구속과 공동체적 가치관이 해체된 사회에서 자유로운 사랑이 구속력 없는 남녀관계로 변질되고 있다고 비판한다. 이러한 상황에서 사랑은 더이상 존재하지 않으며 단지 표면적인 성적 결합으로서의 관계만이 남는다. 이것은 진리를 상대화하며 모든 것을 해체하는 극단적인 포스트모더니즘의 입장에서 본 사랑의 모습에 상응할 것이다. 이에 반해 은희경은 사랑의 환상적 속성을 인식하면서도 그것의 존재가 갖는 의미와 역할을 인정한다. 사랑은 하나의 진실한 감정으로 절대화될 수 없지만, 그렇다고 완전히 해체되고 부인될 수도 없는 감정이다. 배신을 기본속성으로 하는 사랑은 다원적인 모습의 사랑의 허상을 허용하며 그러한 사랑의 존재는 삶의 상처를 치료하는 데 도움을 줄 수 있다. 이것은 절대적 진리를 부정하면서도 다원적인 진리의 가능성을 열어두는 '진정한 포스트모더니즘'(Welsch, 3쪽) 정신에 상응한다.

4. 결론

폰타네는 리얼리스트이다. 리얼리스트로서 그는 환상이 파괴된 곳에서 사랑을 체념하고 현실을 받아들일 것을 제안한다. 폰타네의 소설에서 더이상 낭만주의자들이 이상화한 사랑과 이에 기초한 결혼은 찾아보기 힘들다. 사랑이 없는 곳에서도 인간은 계속 살아야 하며 그것이 리얼리스트로서 폰타네가 갖고 있는 생각이다. 오늘날에도 여전히 영원불멸의 사랑을 믿고 있는 사람들에게 폰타네는 사랑과 결혼의 참모습을 직시할 것을 주장한다.

하지만 리얼리스트로서 폰타네가 지닌 한계는 그가 자신의 현실만을 살았고 그래서 그가 살았던 현실과는 또다른 현실이 있을 수 있다는 사실을 알지 못했다는 것이다. 그리하여 그는 사랑과 관습 사이의 양자택일을 벗어난 또다른 삶의 가능성을 예측하지 못했다. 또한 그는 인간은 현실만으로 살 수 없기에 환상을 꿈꾼다는 사실도 간과했다. 옐리네크의 소설 『연인들』에서처럼 사랑이 현실적 삶과 동일한 것으로 묘사되는 동시에 환상에 지나지 않는 것으로 폭로될 때, 현실 역시 환상에 지나지 않게 된다. 그리하여 진정한 현실이라는 것이 더이상 존재하지 않고 단지 다양한 허상으로서의 현실만이 존재한다면, 사랑이 환상이라는 사실 역시 받아들이지 않을 수 없을 것이다. 따라서 문제는 사랑이 환상에 불과

하다는 사실이 아니라 과연 환상으로서의 사랑을 어떻게 받아들일 것인 가 하는 것이다. 『마지막 춤은 나와 함께』의 주인공 강진희는 왜 귀찮은 분산을 해가면서까지 애인을 만드는가 하는 질문에 이렇게 대답한다. "그렇다면 삶의 치명적인 진실을 말해줄 수밖에 없다. 즉 인간은 사랑 없 이는 살 수 없다고."(은희경, 1998, 11쪽) 그 사랑이 영원하고 절대적이며 변치 않는 것일 필요는 없다. 중요한 것은 사랑한다는 환상에 빠진 순간 만큼은 진실했고 그러한 사랑이 삶을 견뎌내는 데 도움을 주었다는 사실 이다. 무엇보다도 사랑의 배신 역시 현실로 직시하며 사랑을 단념하지 않는 것, 그것이 환상 속의 삶을 살 수밖에 없는 현대의 진정한 리얼리스 트가 지녀야 할 사랑에 대한 태도가 아닐까.

참고 문헌

1차 문헌

은희경, 『새의 선물』, 문학동네, 1995.

_____, 『마지막 춤은 나와 함께』, 문학동네, 1998.

Fontane, Theodor, *Romane und Erzählungen in acht Bänden*, hrsg. v. Peter Goldammer, Gotthard Erler, Anita Golz und Jürgen Jahn, Berlin 1993.

Jelinek, Elfriede, *Die Liebhaberinnen*, Reinbek bei Hamburg 2001.

2차 문헌

이정우, 『시뮬라크르의 시대 — 들뢰즈와 사건의 철학』, 거름, 2000.

움베르토 에코, 『장미의 이름』, 이윤기 옮김, 열린책들, 2005.

정항균, 「결혼소설에서 관계소설로—보토 슈트라우스의 작품을 중심으로」, 『뷔히너와 현대문학』 제16호, 2001a, 78~97쪽.

정항균, 「폰타네와 도덕의 담론」, 『독일학 연구』 제10집, 2001b, 187~213쪽.

Baudrillard, Jean, *Agonie des Realen*, Berlin 1978.

Jolles, Charlotte, *Theodor Fontane*, Stuttgart 1993.

Müller-Seidel, Walter, *Theodor Fontane. Soziale Romankunst in Deutschland*, Stuttgart 1975.

Stern, J. P. M., Effi Briest; Madame Bovary; Anna Karenina, in *Modern Language Review 52*, 1957, S. 363~375.

Strauß, Botho, *Paare, Passanten*, München 1994.

Titzmann, Michael, *Strukturale Textanalyse. Theorie und Praxis der Interpretation*, München 1977.

Welsch, Wolfgang, *Unsere postmoderne Moderne*, Berlin 1997.

헵벨의 드라마에 나타난 운명적 여성상

안문영

1. 들어가는 말

19세기 독일 사실주의 비극을 대표하는 프리드리히 헵벨(1813~1863)
은 주로 여성을 주인공으로 삼았다. 유디트, 게노페파, 아그네스, 클라
라, 로도페, 마리암네, 크림힐트는 모두 그의 비극에 등장하는 여주인공
들로서, 헵벨이 극의 제목으로 내세운 표제인물(Titelheld)이다.[1] 주인공
들의 모티프는 성경, 전설 또는 역사에서 빌려온 것이지만, 헵벨은 이들
을 남성과의 관계 또는 남성이 주도하는 가부장적 사회질서의 희생자로
묘사함으로써, 동시대 유럽의 소설가들이 창조한 마담 보바리, 안나 카
레니나, 테스, 그리고 에피 브리스트에 앞서 비극적 운명에 처한 여성상

---

1) 이 글에서 헵벨의 작품은 Gerhard Fricke, Werner Keller, Karl Pörnbacher 3인이 공동으로 발
간한 *Friedrich Hebbel, Werke. Wissenschaftliche Buchgesellschaft*, Bd. 1 Darmstadt 1963에서
주로 인용하였으며, 다음과 같은 방법으로 표기하였다. J Ⅱ/21 『유디트Judith』 제2막/21쪽; G Ⅰ,
1/79~80 『게노페파Genoveva』 제1막, 제1장, 79~80행 ; M Ⅲ, 7/86 『마리아 막달레네Maria
Magdalene』 제3막, 제7장/86쪽; A Ⅱ, 9/35 『아그네스 베르나우어Agnes Bernauer』 제2막, 제9
장/35쪽.

을 부각시켰다. 따라서 그의 비극이 원 소재의 다양한 시대적 배경을 그대로 끌어들인 면이 있다고 해도, 그 비극성의 조건은 헵벨이 생존했던 당시의 시대정신에 따라 재구성된 것이다. 전체를 위해 개인이 희생되어야 하는 갈등구조 속에서 개인의 존재 자체가 비극일 수밖에 없음을 가리키는 '범비극주의(Pantragismus)'는 그러한 비극성의 조건을 독일 이상주의의 관점에서 규정한 개념이다.[2] '리얼리즘' 자체를, 초시간적인 문체개념으로서뿐만 아니라, 역사적 개념으로까지 확장하는 오늘날의 관점에서는, 그 나름의 시대적 배경에서 나온 범비극주의라는 개념에 내재하는 보편적 타당성의 요구를 무조건 받아들일 수 없다. 특히 남녀평등 사상이 만개한 현대사회에서 헵벨의 여주인공들이 감내할 수밖에 없었던 비극적 운명, 즉 비극성의 조건은 비판적으로 고찰되어야 한다. 이 글에서는 헵벨의 비극에 나타난 몇몇 여주인공들이 비극적 종말을 맞게 되는 경위를 등장인물들의 대사를 중심으로 간략하게 재구성함으로써 남성들의 책임을 조명해보기로 한다.[3]

---

2) 이 개념은 Arno Scheunert, *Der Pantragismus als System der Weltanschauung und Ästhetik Friedrich Hebbels*, Hamburg u. Leipzig 1903의 출간 이후 헵벨의 비극을 규정하는 말로 널리 사용되었으며, 주로 헤겔 철학에 바탕을 둔 독일 이상주의와의 관계에서 이해되었다.

3) 헵벨의 비극은 오랜 동안 '범비극주의'와 관련된 근원적 이원론이라는 이념 중심의 해석이 주를 이루었다(Hans-Joahim Anders, Zum tragischen Idealismus bei Friedrich Hebbel, in *Deutsche Dramentheorien II. Beiträge zu einer historischen Poetik in Deutschland*, hrsg. v. Reinhold Grimm, Frankfurt a. M. 1971, S. 323~344 참조). 그 동안 남녀의 갈등을 비극의 조건으로 파악하는 시각도 있었으나(Elise Dosemheimer, *Das zentrale Problem in der Tragödie Friedrich Hebbels*, Halle[Saale] 1925; Wilhelm Emrich, Hebbels Nibelungen: Götzen und Götter der Moderne, in *Friedrich Hebbel*, hrsg. v. Helmut Kreuzer, Darmstadt 1989, S. 305~326), 2000년대에 들어와서는 그러한 성적 차이를 자연스런 조건으로 받아들이는 입장을 비판하고, 오히려 헵벨의 여주인공을 비극으로 몰아가는 남성들을 "상처입은 영혼"으로 분명하게 규정하는 입장이 대두하고 있다. 이런 맥락에서 다음의 글들을 참고할 만하다. Barbara Hindinger, *Tragische Helden mit verletzten Seelen. Männerbilder in den Dramen Friedrich Hebbels*, München 2004; Alexandra Tischel, *Tragödie der Geschlechter. Studien zur Drammatik Friedrich Hebbels*, Freiburg im Breisgau 2002.

2. 유디트: 성 정체성의 위기

『유디트Judith』(1840)는 헵벨의 첫 비극이다. 구약성서의 외전에 전해지는 유디트는 이스라엘 민족을 외적으로부터 구한 민족적 영웅이며, 프랑스 오를레앙의 잔 다르크 같은 여성영웅이다. 카라바조(1571~1610)나 젠틸레스키(1593~1653) 등 이탈리아의 바로크 화가들은 유디트가 홀로페르네스의 목을 칼로 자르는 잔인한 순간을 그려 이 모티프의 극적인 요소를 강조했다. 성서에서 유디트의 행위는 비록 여성의 몸을 도구로 삼는 미인계이기는 하지만, 민족을 구하라는 신의 계시와 깊은 관련이 있다. 이는 일종의 초월적 행위이고, 따라서 유디트 또한 평범한 여성성을 초월한다. 그러나 헵벨은 이러한 유디트의 행위를 개인의 심리적인 차원으로 끌어내린다. 그리하여 그의 희곡은 세 남자와의 관계 속에서 유디트가 어떻게 사랑의 정체성을 찾아가는지 그 여정을 보여준다. 그세 남자는, 결혼 첫날부터 유디트의 몸에 손 한번 대지 않고 죽은 남편 마나세스와, 민족의 위기를 개인적 욕망 충족의 기회로 삼으려고 하는 에프라임, 그리고 결국 유디트를 능욕한 적장 홀로페르네스이다. 외침에 의한 이스라엘 민족의 위기는 이러한 사각구도를 극적으로 부각시키는 액자로 기능한다.

마나세스는 유디트를 신부로 맞아들인 혼인 첫날밤, 무엇엔가 놀라 완전히 얼이 빠진 사람처럼 더이상 그녀에게 접근하지 못한다. 그가 신부를 껴안으려는 순간, 그리고 키스를 한 순간 신혼방에 밝혀놓은 세 개의 촛불 가운데 두 개가 차례로 꺼졌을 때부터 그는 두려움을 느꼈고, 마지막 한 개의 촛불은 그 자신이 껐지만, 대낮처럼 환한 달빛을 받고 있는 신부의 얼굴을 보는 순간 그 자리에 얼어붙은 듯 꼼짝도 못한다. 그에게 유디트는 인간으로서 감히 건드릴 수 없는 "천사"로 보였던 것이다. 그러나 유디트가 느낀 감정은 오히려 신부 자격을 인정받지 못했다는 수치심이었다: "난 심하게 울기 시작했어. 내가 마치 더러워진 것처럼 생각되어서,

나 자신이 싫고 미웠어."(J Ⅱ/21) 유디트는 첫날밤의 비밀을 끝끝내 밝히지 않은 채 단 한 번도 자기를 아내로 사랑하지 않고 죽어버린 남편을 '미친 사람'이라고 생각함으로써 죄책감을 모면하려고도 하지만 결국 깊은 절망에 빠져 헤어나오지 못한다. 남들이 보기에는 경건한 기도조차 실은 그런 절망의 몸부림일 뿐임을 그녀는 하녀에게 고백한다: "내 기도는 신의 품속으로 뛰어드는 자맥질이야. 그것은 자살의 한 종류라고 할 수 있지. 나도 물로 뛰어드는 절망한 사람처럼 영원한 존재 안으로 뛰어드니까."(J Ⅱ/22) 물론 그 절망은 여성으로서의 성 역할에 바탕을 둔 정체성의 상실에 기인한다. 절망의 순간에는 거울에 자신의 아름다움을 비쳐보라는 하녀를 꾸짖듯이 말하는 유디트는 자신이 잃어버린 정체성이 무엇인지를 분명하게 보여준다: "아이구, 이 바보야. 넌 제 살을 먹어치울 수 있는 열매가 있다는 걸 모르니? 너 혼자만을 위해서라면 차라리 젊지도 않고, 예쁘지도 않아야 해. 여자 혼자서는 아무것도 아니야. 여자는 오직 남자를 통해서만 무엇인가가 될 수 있어. 남자가 있어야 엄마가 될 수 있고, 자식을 낳아야만 자연이 준 여성이라는 존재에 감사할 수 있는 거야. 애를 낳지 못하는 여성은 복이 없어. 그러니 처녀도 아니고 여자도 아닌 나는 곱절로 복이 없다니까!"(J Ⅱ/23) 남달리 젊고 아름다운 외모가 오히려 정체성 상실의 원인이 되었다는 것이 유디트의 비극이다. 그런 비극적 상황은 유디트의 자의식으로 확고하게 내면화되어 있다. 그러므로 다른 사람을 찾아볼 수도 있지 않겠느냐는 하녀의 말을 유디트는 단호하게 막아버린다: "넌 내 말을 통 못 알아듣는구나. 내 미모는 모양이 예쁜 벨라도나 열매 같은 거야. 그걸 먹으면 미쳐 죽어요."(J Ⅱ/23)

이렇게 첫날밤의 불행한 체험 때문에 남모르게 남자 기피증까지 생긴 유디트에게 끈질기게 구혼하고 있는 사내가 에프라임이다. 그는 온갖 수단을 써서 유디트를 차지하려고 한다. 그에게는 민족 멸망의 위기마저 유디트의 환심을 사기 위한 기회일 뿐이다. 야수 같은 행위로 그 이름만 들어도 사람들을 떨게 만드는 정복자 홀로페르네스의 소식을 전할 때에도 그의 속셈은 딴 데 있었다. 그는 독백한다: "내 계획은 순진했다. 이 여자를 겁먹게 하고 내 품 안으로 뛰어들게 만들어야 했는데 오히려 대담하게 만들어놓다니. 그녀의 눈을 들여다보니, 마치 내가 처형된 느낌이다. 나는 이 여자가 이런 총체적인 위기 앞에서 한 사람의 보호자를 찾기를 바랐지. 그리고 나보다 그녀에게 더 가까운 사람이 누구란 말인가."(J Ⅱ/24) 그러나 유디트는 그를 보호자로 받아들이지 않을 뿐만 아니라, 당당한 남자로서의 자격까지 인정하지 않는다. 결국 에프라임은 사랑하는 상대방에게 무시당하는 비참한 처지에 괴로워한다. 사랑을 호소하는 에프라임에게 유디트는 "사랑이 의무일 수 있어요?"(J Ⅱ/25)라는 말로 그의 구애를 물리친다. 그녀는 오히려 에프라임에게 적진으로 들어가 홀로페르네스를 죽이라고 요구함으로써 죽음을 각오한다고 말하는 그의 진정성을 시험한다. 그는 유디트가 자기를 미워하고 죽기를 바라기 때문에 그런 요구를 한다고 불평한다. 그러나 그에게 던지는 유디트의 말은 몸서리쳐질 정도로 매정하다: "당신의 사랑은 당신의 가련한 본성이 주는 벌이에요. 그 사랑이 당신에게는 저주가 되어, 당신을 허약하게 만들고 있어요. 내가 당신에게 일말의 동정이라도 느낀다면 나는 나 자신에게 화를 내겠어요."(J Ⅱ/27) 이렇게 뿌리치는 유디트에게 "불가능한 것을 가능하게 만들 수 있는 사람을 보여달라"(J Ⅱ/27)고 요구하는 에프라임의 요구에 응답하며 유디트는 이제 개인적인 관계를 전체 남성과 여성의 성대결로 확대시킨다: "내가 그 사람을 당신에게 보여주겠어요. 그 사람은 올 거예요! 와야만 해요! 그리고 당신의 비겁함이 당신네 남성 전체의 비겁함이라면, 모든 남자들이 위험 앞에서 단지 그것을 피하려는 경고만을 본다면, 일개 여자라도 위대한 행동을 할 수 있는 권리를 갖게 되는 것이죠. 하, 내가 당신에게 그런 행동을 요구했으니, 이젠 그것이 가능하다는 것을 내가 증명해야겠어요."(J Ⅱ/27)

유디트가 직접 홀로페르네스를 살해하겠다는 결심을 하게 된 동기는 일차적으로 에프라임의 유약함에 대한 반발심 때문이었지만, 이후 그녀는 기도를 통해서 그것이 하느님의 뜻임을 확인한다: "제가 행위로 나아갈 길은 죄를 통과해야 하죠! 오, 주여, 당신께 감사합니다! (……) 당신은 저를 아름답게 창조하셨지요. 이제 저는 그 이유를 압니다. 당신은 제가 아이를 낳는 것도 거절하셨죠. 저는 이제 그 까닭을 느낍니다. (……) 제게 저주로 여겨졌던 것이 이제는 축복으로 보입니다!"(J Ⅲ/29) 여기서 '죄' 는 살인과 간음을 뜻한다. 아무리 적장을 상대로 한 미인계일지라도 살인과 간음은 하느님의 제1, 제2계명을 어기는 것이다. 그럼에도 불구하고 그것을 "하느님의 뜻" 으로 받아들일 수밖에 없는 것이 유디트와 이스라엘 민족이 처한 역설적인 상황이다. 이러한 종교적 사명에 대한 각성의 희열 속에서 거울에 비친 몸을 적장을 유혹하기 위한 미인계의 수단으로 희생할 것을 홀로 다짐하던 유디트는 부지불식간에 오히려 홀로페르네스의 매력에 이끌릴지도 모르는 자신의 나약함에 대한 염려를 드러낸다: "홀로페르네스여, 이 몸은 다 네 것이다. 거기 내 몫은 없다. 나는 나 자신을 가장 깊은 내면으로 구겨넣었다. 그것을 가져라. (……) 너의 목숨으로 내 몸값을 치르게 만들 테다. (……) 하느님, 그자가 저의 두 눈 아래서 참혹한 일, 피 튀기는 참혹한 일을 저지르게 해주세요. 그러나 제가 그에게서 좋은 점을 보지 못하도록 보호해주세요!"(J Ⅲ/29) 자기 희생의 숭고한 의지와 남성의 매력 앞에 굴복당할지도 모르는 여성의 나약함에 대한 두려움이 이 독백의 갈등구조를 이루고 있다. 그러나 유디트의 걱정은 곧 쓸데없는 것으로 드러난다. 왜냐하면 홀로페르네스는 여성을 오직 성적 유희의 대상으로만 여기는 폭군이기 때문이다. 따라서 유디트가 그에게서 느낀 것은 깊은 상처를 남긴 수치심이었을 뿐이다. 눈앞에 닥친 살인계획을 두려워하여 "여자는 남자들을 낳아야지, 결코 그들을 죽여서는 안 돼요!"(J Ⅴ/64)라고 말하며 도망치자는 하녀 미르차를 달래는 유디트의 말 속에 그러한 굴욕감이 잘 표현되어 있다: "뭐라구? 네가 그놈의 녹을 먹고 있는 줄 알아? 그놈이 나를 잡아채서, 그놈의 수치스런 잠자리로 데리고 갔는데, 내 영혼을 눌러 죽였는데, 넌 이 모든 것을 참을 수 있겠어? 그리고 이제 내가 그놈의 품 안에서 당한 수모를 갚아주려는데, 내 인격을 깊이 더럽힌 그놈의 손아귀에 복수하고, 아직도 내 입술에서 타고 있는 치욕적인 키스를 그놈의 심장의 피로 씻으려는데 날 데리고 가겠다니, 너는 부끄럽지도 않아?"(J Ⅴ/64) 이 말에는 능욕당한 여성의 처절한 수치심과 복수심이 적나라하게 드러나 있을 뿐만 아니라, 미르차에게 주종의 신분관계를 떠나 여성으로서의 동지적 유대감을 가져달라는 요청도 들어 있다: "절대 안 가! 내가 너한테 너의 의무를 가르쳐줄 테다. 봐라, 미르차, 나는 일개 여자야! 아, 지금 내가 그렇게 느끼면 안 되지만! 잘 들어, 그리고 내가 너한테 시키는 대로 해. 내가 힘이 빠져 정신을 잃고 쓰러지면 나한테 물을 끼얹지는 마라. 그건 도움이 안 돼. 내 귀에 대고 소리 질러. 넌 창녀야! 라고. 그러면 나는 뛰어올라 널 움켜쥐고 목을 조를지도 몰라. 그러면 놀라지 말고 나한테 소리를 질러. 홀로페르네스가 너를 창녀로 만들었어. 그런데 홀로페르네스는 아직도 살아 있어, 라고 말이야."(J V/64~65) 이 말을 미르차가 할 필요는 없었다. 미르차는 여전히 유디트가 저지를 살인의 죄가 두려워 떨고 있고, 유디트는 홀로페르네스의 칼을 빼들고 잠든 그를 내려다보면서 또 한번 자신을 능욕한 남자에 대한 개인적인 원한의 감정을 내뱉는다: "그런 시간을 보낸 뒤에 이렇게 천연덕스럽게 자다니, 정말 나쁜 놈 아닌가? 내가 아무나 짓밟아도 되는 벌레인가? 그리고 아무 일도 없었던 것처럼 편안하게 잠을 잘 수 있어? 나는 벌레가 아니야. (칼집에서 칼을 뽑는다) 이놈이 웃고 있네. 난 이 지옥 같은 웃음을 알아. 이놈이 저한테로 나를 끌어내렸을 때 그렇게 웃었어. 그놈이…… 그놈을 죽여라, 유디트. 그가 꿈속에서 너를 또다시 모욕하고 있다. 그놈의 잠은 너의 수치를 되씹는 개같은 행동일 뿐이야. (……)"(J V/66) 홀로페르네스의 목을 벤 후, 살인하지 말라는 계명을 어긴 것을 여전히 불편해하는 미르차와 주고받은 대사에서 유디트의 내적 동기는 분명하게 드러난다. 그러나 자신의 행위가 "영웅적 행위"였다는 유디트의 말이 미르차에게는 한갓 살인행위를 합리화하기 위한 구실에 지나지 않는다. 때문에 미르차는 이렇게 대꾸한다: "아씨는 복수라는 말을 했어요. 아씨한테 한 가지만 묻겠어요. 아씨는 왜 그렇게 예쁘게 꾸미고 이 이교도의 진영으로 왔죠? 여기에 발을 들여놓지만 않았다면, 복수할 것도 없었을 텐데요!"(J V/67) 유디트는 미르차의 질문이 새삼스럽다는 듯 이렇게 대답한다: "내가 왜 왔느냐고? 내 민족의 참상이 나를 이곳으로 오도록 채찍질했지. 그 위협적인 기근, 쇠약해서 쓰러지는 자식의 목을 축이려고 손목을 자른 그 엄마에 대한 생각이 나를 보냈어. 아아, 이제 나는 다시 나 자신과 화해를 한 거야. 나 자신한테 정신이 팔려 이 모든 것을 잊고 있었네!"(J V/67) 이제 미르차는 확신한다: "아씨는 그걸 잊고 있었어요. 그러니까 아씨가 손을 피에 담갔을 때 아씨를 충동한 것은 그게 아니었던 거예요!"(J V/68) 이 말을 들은 유디트는 천천히 항복하고 만다: "그래, 아니야. 네가 옳아. 그게 아니었어. 나 자신에 대한 생각 말고 나를 충동한 것은 아무것도 없었어."(J V/68)

유디트는 자신을 영웅으로 받드는 동족들에게 자기를 죽여줄 것을 요청한다. 자기에게 모욕을 준 적장의 자식을 낳지 않겠다는 것이 그 이유다. 바로 여기서 민족을 구원한 영웅적 행위는 여성으로서 인격을 모욕당한 개인의 수치심 뒤로 밀려나게 되는 것이다. 유디트는 남편으로부터는 육신을 거부당했고, 적장으로부터는 인격을 무시당했다. 이런 양극단의 한가운데서 결국 에프라임의 구애 또한 이기적인 욕망에 지나지 않았다. 결국 이 세 명의 남자들 중 누구도 "오직 남자를 통해서만 무엇이 될 수 있다"고 믿는 유디트에게 그녀가 찾는 정체성의 근거를 마련해주지 못했던 것이다. 그녀의 자살은 그같은 부정적 실존의 조건에 좌초한 여인이 필연적으로 선택한 자포자기의 방법이었다.

3. 게노페파: 무모한 짝사랑의 희생자

『게노페파Genoveva』(1841)는 헵벨의 두번째 비극이다. 『유디트』가 적극적인 행위자로서 실존의 조건에 도전하는 여성을 그린 반면, 『게노페파』는 남성들의 무모한 간계와 무책임한 태도로 인해 비극적 상황으로 내몰리는 수동적인 여성을 주인공으로 삼고 있다.

게노페파는 지크프리트 백작의 아내로서 남편이 십자군 원정길을 떠난 동안 간통죄를 뒤집어쓰고 사형선고를 받게 된다. 그러나 그녀는 결백하다. 작별하는 순간 정신을 잃고 쓰러질 정도로 간절하게 백작을 사랑했고, 결코 부끄러운 짓을 하지 않았다. 그럼에도 불구하고 '죄 없는 죄인'이 된 게노페파의 비극적 상황은 그녀를 짝사랑한 젊은 기사 골로가 꾸민 어리석고 무모한 간계에서 비롯되었다.

골로는 빼어난 무예를 갖춘 기사였으나, 백작은 그를 원정길에 데리고 가지 않는다. 그가 보기에 골로는 너무 어리기 때문이다: "저 녀석이 밤새 어른이 되었네. 그래도 아직은 아이야. 내가 저애를 얼마나 사랑하는지! 동생이라고 하기엔 너무 어리고, 아들이기엔 너무 나이 들었으니, 나한테는 아들이자 동생인 셈이지. 그래서 내가 저 녀석을 다른 놈보다 높이 평가하지."(GⅠ,1/77~81) 이렇게 지극한 백작의 총애와는 반대로 골로의 마음속에는 터무니없는 반감이 자라는데, 이는 게노페파를 향한 절대적 숭배의 감정 때문이다. 백작 부부의 애절한 작별 장면을 바라보던 골로는 '남자이기에 눈물을 보이지 말아야 하리라'는 지크프리트의 말에 공연히 화가 나서 이렇게 혼잣말을 한다: "당신이 그렇게 한다면, 나는 당신을 증오할 거야! 아니, 저런 부인을 비참하게 만들다니. (……) 부인이 완전한 여자다움을 보인 마당에, 남자답지 않을 것, 그것이 지금 당신의 의무인데. 내가 당신처럼 그녀의 가슴에 안겨 있다면, 난 결코 헤어지지 않을 거야. 사람들이 나를 놀려댄다고 해도 난 웃으면서 참겠어. 나의 가치와 품위를 그녀에게 아무도 바치지 않는 희생으로 바치는 것일 테니."(GⅠ,2/284~295) 이 말에는 게노페파에 대한 숭배의 감정뿐만 아니라 지크프리트에 대한 질투의 감정도 숨어 있는데, 이는 백작과 게노페파의 사이를 갈라놓으려는 은밀한 행위로 나타난다. 백작과 작별의 키스를 나누다가 기절하여 쓰러지는 게노페파를 받쳐 안은 골로는 그녀에게 키스하려는 백작을 말린다: "그만두십시오! 부인을 깨우시겠어요. 그러면 또 주군을 붙잡을 겁니다!"(GⅠ, 2/318~9) 부인이 다시 깨어나 괴로워할 것을 두려워한 백작은 탄식하며 전장으로 나간다. 물론 그는 고양이에게 생선가게를 맡긴 꼴이 된 줄도 몰랐으니, 그가 떠나간 직후 골로는 의식이 채 돌아오지 않은 게노페파의 입술을 훔치고 마는 것이다: "(……) 어쩔 수 없어. 난 그녀에게 키스를 하겠어. 그런 다음 기쁨에 떨며, 밤의 나락을 향해 가파른 비탈 아래로 굴러떨어질 거야."(G I, 2/350~2) 이렇게 대담한 한 걸음을 내디딘 골로는 자신의 그릇된 행위를 의식하면서도 어떻게든 게노페파의 관심을 백작으로부터 멀어지게 하려고 안간힘을 쓴다. 의식을 회복한 그녀에게 그는 백작이 길 떠나기에 바쁜 탓에 그녀를 깨울 시간도 없었을 뿐만 아니라 두 번 다시 쳐다보지도 않았으며, 자기한테 그녀를 맡겼다고 거짓말을 한다. 남편의 사랑을 추호도 의심하지 않은 게노페파는 그 말을 그대로 믿는다: "그분은 이미 어제 저녁에 그렇게 말씀하셨어. 나도 오래 전부터 그분이 골로를 얼마나 사랑하시는지 알고 있어. 그리고 그분이 사랑하는 사람을 나도 사랑해!"(G I, 3/414~6)

주군이 원정을 떠나 궁전을 비운 사이 게노페파에 대한 골로의 애정공세는 점점 노골적이 되어간다. 오직 남편만을 사랑하는 게노페파는 드디어 함께 정사(情死)하자고까지 달려드는 골로가 황당하기만 하다. 사탄을 쫓는 의식처럼 십자가상으로 골로를 막아보지만 그것마저 뺏아 던진 골로는 막무가내로 덤벼든다: "아, 게노페파, 날 좀 안아줘요! 보다시피 나한테는 당신밖에 아무것도 없어요! 아, 단 한 번만, 한 번만이라도 당신이 나한테 줄 수 있는 것을 줘요! 단 한 번 당신의 품에서 쉬게 해줘요! 그게 심한 요구일지도 몰라요! 나는 더 큰 것을 주겠어요. 당신을 한 번 껴안고 즉시 놔줄게요. 그게 상이에요. 그것이 죄라면, 아주 작은 죄죠. 여인이시여, 당신이 아주 작은 그 죄를 지어 내가 더 큰 죄를 짓지 않도록 막아줘요. 당신이 거절한다면 내가 강제로 뺏을 수밖에 없어요. 내가 빼앗겠어요. (그녀를 껴안는다) 됐어! 이제 내가 당신을 가졌어! 내가 당신을 안았어! 당신을 타오르는 불에 담글 거야!"(G III, 10/1556~68) 이렇게 골로가 강제로 게노페파를 껴안은 장면은 그 순간 들어온 유모 카타리나에게 노출되고, 이 사건은 세 사람 모두에게 위험한 비밀이 된다. 그러나 몇 년 만에 점쟁이가 되어 돌아온 카타리나의 자매 마르가레테는 그 비밀을 눈치채고, 골로에게 게노페파를 함정에 빠뜨릴 악마의 간계를 부추긴다. 결국 골로의 명령대로 게노페파의 침실을 지키던 그녀의 총신 드라고는 영문도 모른 채 그 자리에서 살해되고, 게노페파는 신하를 정부로 삼았다는 모함을 뒤집어쓰고 탑에 유폐된다.

그 동안 이교도를 정벌하고 스트라스부르에 머물고 있던 지크프리트는 직접 아내의 불륜 소식을 전하러 온 골로의 거짓말에 처음에는 반신반의한다: "아아, 바로 그거야! 자네를 의심하자니 내겐 그럴 권리가 없고, 아내를 의심하자니, 그럴 용기가 없다."(G III, 5/2374~6) 그러나 흔들림도 잠시, 그는 곧 중심을 잡는다: "알겠다! 나는 내 심장에 물어보지 않겠다! 심장이 멈춘다면 그건 심장 탓이다! 나는 남자로서 남자 편에 서겠다. 나는 내 종족의 편을 들 수 있을 뿐, 그녀의 종족 편이 될 수는 없다. 한 여자가 무슨 일을 꾸밀 수 있을지, 누가 그것을 연구해봤겠나! 그러나 한 남자가 무슨 일을 할 수 있는지, 그것은 내 가슴속의 예감이 나에게 말해준다. 그리고 이제 그 예감은 수천 개의 혀로 말한다, 안 돼! 라고."(G III, 5/2381~8) 백작은 자신의 칼과 반지를 골로에게 건네주며 부정한 아내 게노페파와 그녀가 낳은, 불륜의 씨가 분명해 보이는 갓난아기를 처단할 전권을 위임한다. 결국 그는 아내의 말도 들어보지 않고, 골로가 남자라는 이유만으로 그의 간계에 빠져 어리석게도 아내에게 사형선고를 내린 것이다.

그래도 게노페파는 기꺼이 남편의 결정을 따를 태세다: "여기 내 목이 있다! 빨리 해치워라! 나는 내 마음이 그분한테서 돌아서는 경우를 겪고 싶지 않다. 그런데, 아아. 이제 그런 일이 생길지도 모른다는 느낌이 드는구나."(G V, 3/3078~80) 이 말은 어떤 위기에서도 남편에 대한 일편단심을 지키겠다는 다짐을 역설적으로 표현하고 있다. 그러나 골로는 끝까지 그녀와 함께 도주할 꿈을 버리지 않는다: "당신은 죽음을 선택할 만큼 용기가 있는데, 나는 당신의 아름다운 머리를 칼에 맡기기가 겁나요. 그것은 내겐 해요, 달이요, 별이었소. 갑시다, 나랑 도망쳐요!"(G V, 3/3081~4) 게노페파는 그런 골로의 요구에 어이가 없다: "내가 아직도 그대에게 매력이 있는가? 그렇다면 감옥의 밤은 으레 해야 할 마지막 가련한 봉사를 내게는 못 했구나. 내게 저주가 된 이 육신의 아름다움을 벗겨내지 못했다니. 아아, 나를 봐라! 그대에게 말하는 이것이 시체의 머리 아닌가? 살도 없이 앙상한 팔을 무섭게 쳐드는 해골이 아닌가? 그렇지 않다면 나는 나 자신을 증오해야 할 것이다. 내 아이가 자주 젖 달라고 울어 보챘지만 소용없었다. 알겠나? 그 울음소리에 단 한 방울의 피라도 가슴으로 흘러 들기를 지체했다면? 나는 그 피를 저주했을 것이다!"(G V, 3/3085~96) 이처 럼 자신에 대한 환상을 깨버리려는 게노페파의 독설에도 아랑곳하지 않 고 아이를 데리고 함께 도망치자고 재촉하는 골로를 그녀는 단호하게 거 절한다: "그대와 함께? 오, 결코 그런 일 없지! 내 남편이 그대에게 준 임무를 당 장 실행할 것을 그대에게 촉구한다."(G V, 3/3105~7) 게노페파를 처형하려 고 숲으로 끌고 갔던 골로의 부하들 사이에 혼란이 생긴 틈에 게노페파 는 아기를 품에 안고 사람이 살 수 없는 험한 숲속으로 사라지고, 골로는 자신의 비밀을 눈치챈 부하 발타자르를 죽인다. 그 자리에 나타난 백작 은 게노페파의 부정에 대하여 관용적인 자세를 보인다: "나는 자연의 내면 을 관조한 이래 더이상 사람에게 벌을 내리지 않는다. 그녀 또한 아직 살아 있었다 면 죽지 않았을 것이다. (……)/ 그러니, 친구여, 그대도 그녀를 저주하지 말라!" (G V, 9/3499~3500/3512) 그는 아내의 불륜을 자연의 일부로 받아들 였을 뿐만 아니라, 오히려 골로가 게노페파를 죽인 자로 지목한 발타자 르의 행동을 비난한다: "자신을 모욕한 일이 없는 그 아름다운 사람을 그자가 죽일 수 있었단 말인가? 끔찍한 행동이다! 그녀는 죽어 마땅했지만, 그런 여인을 냉혹하게 척살한 그자가 죽은 것은 더욱 당연하다. 그자를 찔러 쓰러뜨린 그대를 칭찬하노라."(G V, 9/3516~20) 이렇게 바로 눈앞에서 벌어지는 모든 간 계를 전혀 눈치채지 못한 백작은 부정한 아내를 죽이라는 명령을 내린 자신을 자책한다. 그리고 피투성이가 된 골로를 위로하며 넓은 세상으로 나가 그 모든 것을 잊으라고 한다: "그대가 돌아오면 백작이 될 것이다. 내게 아들이 없으니, 내 재산을 너에게 물려줄 것이다. 그리고 황제의 은총을 통하여 나 의 지위도 네게 물려주겠노라!"(G V, 9/3536~9) 이 뜻하지 않은 말을 듣고 서야 비로소 골로는 자신의 죄를 뉘우치고, "너무나 지나치게 그녀(게노페 파)를 바라보느라, 주군을 거의 쳐다보지 않은 두 눈을"(G V, 9/3551~2) 제 손으로 도려낸다. 게노페파에 대한 사랑에 '눈이 멀었던' 골로는 백작의 관용에 비로소 '마음의 눈을 뜨고', 스스로를 처벌하여 '진짜 눈먼 장님'이 된 것이다.

헵벨은 십 년 후, 이 5막짜리 비극에 첨부한 짤막한 에필로그를 통하여 게노페파의 명예 회복을 시도한다. 숲속으로 사냥을 나간 지크프리트 백작이 늙은 신하 카스파르로부터 모든 진실을 듣게 될 뿐만 아니라 숲속 동굴에서 칠 년 만에 재회한 게노페파와 화해하는 장면이 에필로그의 내용이기 때문이다. 그녀의 고통을 눈치챈 백작이 하는, "칠 년이면 충분하지 않았소? 이제 새로운 칠 년이 시작되오!"(G N, 5/302~3)라는 말은 분명 미래의 행복을 약속한다. 그러나 그것으로 게노페파가 겪은 온갖 고통을 완전히 보상할 수 있을까? 그것은 짝사랑에 눈이 멀어 주군까지 속인 신하의 말만 듣고 아내를 '죄 없는 죄인'으로 몰아 죽을 고생을 시킨 그 자신의 책임에 대한 궁색한 변명에 지나지 않는다. 따라서 헵벨의 희곡 『게노페파』는 '귀부인에 대한 헌신적 사랑'이라는 중세 궁정 기사문학의 이념에 대한 근대적 패러디라고 할 수 있다.

4. 마리아 막달레네: 미혼모의 비극

『게노페파』에서 왕을 대리하는 백작이 여성의 운명을 좌지우지하는 절대권력을 표상하는 인물이라면, 『마리아 막달레네Maria Magdalene』(1843)에서는 엄격한 도덕관을 가진 아버지가 그런 인물을 대신한다. 마리아 막달레네는 유디트처럼 성경에 나오는 인물 '마리아 막달레나'를 연상시킨다. '간음하지 말라'는 제2계명을 어긴 죄로 돌에 맞아 죽을 처지가 되었다가 예수 그리스도에게 "지극히 사랑한 사람"으로 인정받아 구사일생으로 살아난 그녀의 이야기가 신약성서에 나오는데, 헵벨은 동시대 시민사회에서 미혼모 클라라가 겪는 개인적 비극에 그녀와 거의 같은 이름을 부여함으로써 과거나 현재나 여성들이 당하는 상황이 유사하다는 것을, 아니 동시대 여성의 운명은 수천 년의 뿌리를 가진 것임을 상징적으로 암시한다. 여기서 클라라는 편협한 윤리관이 지배하는 시민사회의 가족과 이기적이고 소심한 이웃 남자들에게 희생당하는 여성을 대표한다.

아버지가 목수인 클라라의 집안 분위기는 그녀의 오빠 카를의 말에 특징적으로 나타난다: "이 집안에는 십계명이 두 벌이나 있어. 모자는 네번째 못이 아니라 세번째 못에 걸어야 해! 아홉시 반이면 피곤해야 하고! 성 마르틴 축일 이전에는 추워해서도 안 되고, 그 이후에는 덥다고 땀을 흘려도 안 되지! 한 줄에 이런 말이 적혀 있어: 하느님을 두려워하고 사랑하라! (……) 클라라는 어디 있지? 배도 고프고 목도 마른데! 오늘은 목요일이니 식구들이 송아지고기 수프를 먹었을 거야. 겨울에는 야채 수프를 먹지. 사육제 전에는 흰 야채 수프를, 사육제 후에는 푸른 야채 수프를 먹는단 말이야! 그건 수요일 다음에 목요일이 돌아오는 것보다 더 요지부동이야. 목요일이 금요일더러 나는 발이 아프니 내 대신 너 먼저 가라고 말할 수 없으니까!"(M III, 7/374~5) 1막 1장에서 죽음의 시간이 다가왔음을 예감한 클라라의 어머니가 결혼예복을 꺼내 입는 장면은 그들의 생활신조를 더욱 상징적으로 보여준다: "나는 오늘 저녁예배에 가려고 이 옷을 입었다. 내 생애의 가장 경건하고 훌륭한 결심을 하던 날에 입었던 이 옷이 내가 아직까지 지키지 못한 결심을 일깨워줄 거야!"(M I, 1/332) 클라라의 어머니는 순백의 결혼예복이 상징하는 것처럼 죄짓지 않은 몸으로 하느님 앞에 나아가고 싶은 것이다. 그녀는 예외를 모르는 소시민의 도덕적 결벽성을 대표한다.

이렇게 숨막힐 듯 엄격했던 집안은 뜻하지 않은 일로 풍비박산이 나고 만다. 어느 날 포리(捕吏)들이 느닷없이 가택수사를 나오면서 한 가정의 비극이 그 무서운 모습을 드러냈기 때문이다. 아들이 훔친 보석을 찾으러 나왔다는 포리의 말을 듣는 순간 클라라의 어머니는 외마디 비명을 지르며 쓰러져 그대로 세상을 떠나고 만다. 그러나 클라라에게 어머니의 사망은 비극의 일부분일 뿐이다. 정작 큰일은 그렇게 어수선한 순간에

받은 애인 레온하르트의 편지 속에 숨어 있다. 클라라의 아버지는 그것이 절교를 선언하는 편지임을 눈치채고 오히려 잘되었다는 듯이 그 남자 친구를 놔주라고 딸에게 권한다. 그는 방금 사위가 되겠다는 레온하르트로부터 결혼지참금을 요구받았을 뿐만 아니라 자기가 약종상에게 맡긴 돈의 행방을 집요하게 추궁당하고는 이를 몹시 못마땅하게 생각하고 있던 참이었다. 그러나 클라라는 그렇게 할 수 없다. 이미 그의 아이를 배고 있기 때문이다.

레온하르트의 비열한 인간성은 회계사로 취직하기 위하여 동원한 수단과 방법에 적나라하게 드러난다. 그는 클라라를 임신시켰으면서도 시장의 곱사등이 조카딸에게 구혼했을 뿐만 아니라, 경쟁자를 취하게 만들어 그다음 날 시험에서 떨어뜨렸다. 그런 행위를 자랑스럽게 클라라 앞에 떠벌리며, 모든 것이 그녀와 혼인할 여건을 만들기 위해 꾸민 일이라고 변명하는 그에게 역겨움을 느낀 클라라는 당장 눈앞에서 사라지라고 소리를 지르지만, 그와의 관계를 끊을 수 없는 자기의 처지가 한탄스럽기만 하다: "오, 맙소사, 이런 인간에게 내가 묶여 있다니!"(M I, 4/340) 레온하르트는 클라라의 아버지 수중에 돈이 없음을 눈치챈 이상 더는 '장인'의 마음에 들기 위해 애쓸 필요가 없다고 생각한다. 클라라의 오빠 카를의 절도 소식은 클라라를 버릴 좋은 구실이었다. 절교의 편지를 되돌려주려고 온 클라라에게 그는 분명하게 말한다: "(……) 공금을 맡고 있는 남자가 어떻게 (말을 삼킨다) 네 오빠 같은 사람이 있는 집안으로 장가를 들겠어?"(M III, 2/368) 아버지가 두려운 클라라는 레온하르트에게 혼인 약속을 지키라고 요구하지만 그는 온갖 구실로 그 요구를 피해간다: "딸의 지참금을 다른 사람한테 줘버리는 자는 딸이 시집갈 상대가 없다는 사실에 놀랄 필요가 없지."(M III, 4/371) 결국 그의 본심을 확인하게 된 클라라는 단념한다: "당신한테 고마워! 나를 칭칭 감았다가 놓아주고 다른 먹이가 유혹하는 곳으로 뛰어간 뱀한테처럼 말이야. (……) 더이상 당신과 아무 상관이 없다는 것이 위안이 될 뿐이야!"(M III, 2/371)

정작 레온하르트를 벌준 사람은 서기관이다. 그는 레온하르트에게 결투를 신청하여 쓰러뜨린 후 안톤에게 딸을 내쫓지 말라고 부탁한다. 그러나 모든 것은 늦었다. 이미 클라라가 우물에 몸을 던져 죽은 뒤였기 때문이다. 클라라의 원수를 갚았다고 생각하는 그 자신도 그녀의 죽음에 책임이 있다. 죽기 전에 만난 그가 왜 하필 레온하르트와 결혼하려느냐고 묻는 말에 클라라는 분명하게 대답했다: "아아, 불쌍한 한 처녀를 미치게 만들려고 한꺼번에 어떤 일이 벌어졌느냐고 물어봐요. 당신이 대학에 간 뒤로 아무 소식이 없자 사방에서 사람들이 나를 조롱하고 경멸했어요. ─쟤가 아직도 그 남자를 생각하나봐! ─소꿉장난을 심각하게 생각한 모양이야! ─편지라도 받았나? 그리고 또 어머니는 어땠고! 너하고 비슷한 사람이랑 어울려라! 거만은 언제나 좋지 않아! 레온하르트는 괜찮은 사람이야. 다들 네가 그를 멸시하는 걸 이상하게 생각해. 거기다 나 자신의 마음은 어땠는데요. 그자가 너를 잊었다면, 너도 그자에게 보여 봐…… 오, 맙소사."(M II, 5/365) 이렇게 원망했던 서기관이지만, 뒤늦게 찾아와 레온하르트와의 관계를 힐난하는 그의 청혼에 클라라는 잠시 마음이 흔들리기도 한다. 그러나 다른 사람의 아이를 밴 여자는 어느 남자도 받아들이지 못하리란 것을 그녀 또한 잘 알고 있기에 단념할 수밖에 없다: "닫아라, 닫아, 내 심장이여! 네 안으로 꽉 눌러라. 피 한 방울이라도 새어나오면 얼어버린 생명에 다시 불을 지필라."(M II, 6/366)

클라라에게 죽음을 이길 만큼 진정한 사랑을 베푼 사람은 아무도 없었다. 아버지는 조그만 실수도 용납하지 못하는 엄한 재판관이었다: "네 오빠는 못된 아들이니, 너는 훌륭한 딸이 되거라! (……) 네가 너의 어머니와 같은 여자가 된다면 사람들은 이렇게 말할 거야. 그 사내가 떠난 것은 부모들 책임이 아니다. 왜냐하면 딸애는 올바른 길을 가고 있고 누구보다 앞서 있기 때문이라고. (갑자기 냉정하게) 나는 내 할 일을 하겠다. 나는 다른 사람들보다 네 일을 쉽게 해결해줄 거야. 사람들이 너한테 손가락질하는 것을 내가 알아채는 순간 나는 (목을 긋는 움직임과 함께) 내 목을 잘라버릴 테다. 맹세코 (……)"(M II, 1/355) 딸이 잘못되면 차라리 죽어버리겠다는 이 말은 딸보다는 가문의 명예를 중히 여기는 부모의 자기중심적인 사고를 표현한다. 딸의 주검 앞에서 마지막으로 그가 한 말 "세상 참 알 수 없네!"(M III, 11/382)는 그의 도덕관과 아내와 딸을 죽음으로 내몬 현실 사이에 가로놓인 넘을 수 없는 벽을 보여준다.

비극의 시초가 되었던 보석 절도사건도 정신병을 앓고 있는 자기 아내를 의심하기 전에 평판이 나쁜 카를에게 혐의를 뒤집어씌운 이웃의 무고(誣告)에 의한 것이었다. 나중에 카를이 범인이 아니라는 진실은 밝혀졌지만, 이미 클라라의 비극적 운명은 제 갈 길을 가고 말았으니, 이웃의 무책임한 행위와 자신의 결백을 증명할 길 없는 오빠의 방종한 생활이 그녀를 죽음으로 몰고 간 것이었다. 클라라의 자살은 가족과 애인, 이웃 모두에게 책임이 있는 사회적 살인이었던 셈이다. 실제로 헵벨의 『마리아 막달레네』는 이미 괴테가 『파우스트』에서 그레트헨을 통해 그려냈던 미혼모의 비극을 19세기 시민사회의 편협한 도덕관과 이기적 인간관계 속에서 재현한 것이다.

5. 아그네스 베르나우어: 신분질서의 벽에 부딪힌 사랑의 비극

헵벨은 『아그네스 베르나우어Agnes Bernauer』를 집필할 무렵인 1851년 9월 30일자 일기에 이렇게 기록했다. "나는 오래 전부터 미인을 스스로 몰락의 조건을 안고 있는 비극적 측면에서 묘사하고 싶다는 생각을 해왔는데, 아그네스 베르나우어가 거기에 딱 들어맞았다." 아그네스는 1342년 바이에른 대공국의 왕자 알브레히트 3세와 결혼했다가 그 '금지된 사랑'에 대한 벌로 사형선고를 받고 도나우 강에 던져진 실제 인물이다. 헵벨은 삼 개월 만에 완성한 이 비극에서 개인의 배우자 결정권에 간섭하는 국가권력에 희생되는 비운의 여성을 그렸다.

이발사 겸 외과의사 카스파르 베르나우어의 딸 아그네스는 미모가 뛰어나 '아우크스부르크의 천사'라고 불렸고, 그 소문은 일찍이 알브레히트 공작의 귀에도 들어갔다. 그리하여 기사들의 무술시합을 구경하러 온 아그네스를 만난 알브레히트는 그 앞에서 다짜고짜 사랑을 고백하고 결혼을 신청한다. 당시의 신분질서에 위배되는 이 갑작스러운 구혼은 아그네스와 그녀의 아버지뿐만 아니라, 궁정기사들까지도 당황하게 만들었다. 그러나 부왕과 백성의 반대를 두려워하는 아그네스에게 알브레히트는 이렇게 장담한다: "백성들은 불평하다가 다시 환호하겠지. 정말이야, 그들이 떼거리로 몰려와 나한테 공개적으로 달려든다면 나는 군대 대신 네 초상화를 보내겠어. 그러면 그들은 부끄러워 얼굴을 붉히며 각자 본분으로 돌아갈 테지!"(A Ⅱ, 9/711) 결국 아그네스는 '분에 넘치는' 구혼을 받아들여 알브레히트의 뜻대로 비밀리에 혼인식을 치른다. 그러나 에른스트 대공에게 아들의 혼인은 사적인 행사가 아니라 외교관계가 걸린 국가적 행사였기에, 유능한 법관 세 명에게 아그네스를 사형에 처하는 판결문을 쓰게 하는 한편 브라운슈바이크의 공주를 공식적인 며느리로 선포하기 위한 무술시합을 개최한다. 이 자리에서 대공 부자의 화해할 수 없는 갈등이 공개적인 사건으로 드러나, 주변 국가들에 전쟁을 일으킬 빌미마저 주게 된다. 아그네스에게 사형을 선고한 판결문의 요지는 그녀가 "세상의 질서를 어지럽혔고, 아버지와 아들을 갈라놓았으며, 백성들의 왕을 딴사람으로 만들어놓았고, 죄와 무죄를 따지기보다 원인과 결과를 따질 수 있는 상태를 불러왔다"(A Ⅴ, 2/751)는 것이었다. 체포된 아그네스에게 이 선언문을 읽어주며 알브레히트를 포기할 것을 요구하는 재상의 말은 아그네스가 처한 운명을 요약한다: "알브레히트 공작이 타고난 왕권을 버릴 수 없다는 것은 당신이 그런 지위에 오를 수 없다는 것보다 더 당연하오. 왕권은 그분을 사로잡은 미모가 당신과 결부되어 있듯이 그분과 떼려야 뗄 수 없게 결부되어 있는 것이오. 그분이 그것을 축복이라고 부르지 않겠다면, 저주라고 불러도 좋소. 그러나 그분은 백성들에게 속하기 때문에 왕좌에 올라야 하고, 당신은 무덤으로 들어가야 하오. 당신을 구제할 수 있는 것은 오직 당신의 혼인을 죄라고 선언하고 당장 면사포를 벗어놓는 것뿐이

오.”(A V, 2/752)

결국 아그네스는 사형집행인들에게 떠밀려 도나우 강에 빠져 죽고, 알브레히트는 그 강을 시체로 채우겠다며 무리를 이끌고 난동을 피운다. 에른스트 대공은 잔뜩 흥분하여 칼을 빼들고 대드는 아들에게 수백 년 동안 지켜내려온 “정의의 권력”에 승복할 것을 타이르며 왕권을 상징하는 지팡이를 내준다: “이 지팡이가 너를 네 아비의 재판관으로 만들어줄 것이다! 무엇 때문에 살인자가 되려 하느냐!”(A V, 10/765) 부지불식간에 지팡이를 받아든 알브레히트는 그것을 되돌려주려고 하다가 마침내 부왕 앞에 무릎을 꿇고 만다. 이렇게 하여 하늘이 무너져도 아그네스를 사랑하겠다던 그의 맹세는 아그네스의 죽음과 함께 물거품이 되고 마는 것이다.

6. 나가는 말

위에서 간략하게 살펴본 네 명의 여성 이외에도 헵벨은 절대적 사랑과 충성을 바치는 아내를 자기가 죽은 후의 부장품 정도로 여기는 폭군 남편에게 희생되는 마리암네(『헤로데스와 마리암네』, 1849), 아내의 벌거벗은 몸매를 구경거리로 만든 남편에게 치명적인 수치를 당한 로도페(『기게스와 그의 반지』, 1856), 그리고 남자들의 권력싸움에 불멸의 사랑을 희생당하는 크림힐트(『니벨룽족』, 1860) 등 비운의 여성들을 그리고 있다.

이들의 운명을 '전체를 위해서 희생당하는 개인의 비극'이라고 규정한 헵벨의 정의는 오늘날 분명히 수정되어야 한다. 왜냐하면 그의 희곡에서 그 '개인들'은 모두 여성이며, 그 여성을 희생시키는 '전체'는 모두 남성이거나 남성 본위의 체제이기 때문이다. 따라서 남녀평등을 보편적 가치로 추구하는 현대사회의 관점에서 전체적 이념을 위해 희생될 수밖에 없는 개인의 범비극성이 실은 오로지 여성에게만 해당되는 '절반의 진실'이라고 할 수 있기 때문이다. 그러나 헵벨이 자신의 희곡에서 여성들의 비극성만을 부각시킨 것은 아니다. 주인공들의 죽음의 방식에는 분명 그러한 비극적 운명에 맞서는 여성의 주체성이 일부나마 표현되고 있기 때문이다. 권력에 살해되는 아그네스나 마리암네, 또는 자살에 내몰린 클라라와는 달리 유디트와 로도페의 죽음은 주체적인 결단에 의한 것이다. 크림힐트 역시 비록 남성에게 목숨을 빼앗기지만 죽는 순간까지 남성들과 대등한 입장에서 싸우는 자유를 누린다. 이러한 여성의 태도에는 단순한 운명적 비극성뿐만 아니라 남녀평등을 위해 사회적 투쟁의 길을 선택하는 미래 여성의 주체성이 선취되어 있다고 볼 수 있다.

참고 문헌

1차 문헌

Fricke, Gerhard, Keller, Werner, Pörnbacher, Karl, *Friedrich Hebbel, Werke.*
Wissenschaftliche Buchgesellschaft, Bd. 1, Darmstadt 1963.

2차 문헌

Anders, Hans-Joahim, Zum tragischen Idealismus bei Friedrich Hebbel, in
*Deutsche Dramentheorien II. Beiträge zu einer historischen Poetik in
Deutschland*, hrsg. v. Reinhold Grimm, Frankfurt a. M. 1971, S. 323~344.

Dosemheimer, Elise, *Das zentrale Problem in der Tragödie Friedrich
Hebbels*, Halle[Saale] 1925.

Emrich, Wilhelm, Hebbels Nibelungen: Götzen und Götter der Moderne, in
Friedrich Hebbel, hrsg. v. Helmut Kreuzer, Darmstadt 1989, S. 305~326.

Hindinger, Barbara, *Tragische Helden mit verletzten Seelen. Männerbilder in
den Dramen Friedrich Hebbels*, München 2004.

Scheunert, Arno, *Der Pantragismus als System der Weltanschauung und
Ästhetik Friedrich Hebbels*, Hamburg u. Leipzig 1903.

Tischel, Alexandra, *Tragödie der Geschlechter. Studien zur Drammatik
Friedrich Hebbels*, Freiburg im Breisgau 2002.

사랑과 자아실현 그리고 소유에의 욕망
—빌헬름 라베의 후기작품

권선형

1. 들어가는 말

일자리 감소, 중산층 감소, 빈곤층 증가, 아파트값 폭등, 사교육비 증가, 노후를 위한 재테크. 경제와 관련된 이런 이슈들은 신문을 비롯한 각종 언론매체에서 연일 다루어지는 주제일 뿐만 아니라 이제는 대다수 사람들의 일상적인 대화주제가 되었다. 그야말로 '경제가 문제다! 돈이 문제다!' 대학 진학시 학과를 선택하는 기준도 이제는 단연코 전망이 우선이다. 졸업 후 취직 가능성이 얼마나 높은가 하는 현실적인 문제가 학과 선택의 기준이 되는 세상이다. 물론 한국사회의 이런 경향이 어제오늘의 현상만은 아니다. IMF라는 경제적 위기 경험이 돈과 물질에 대한 관심을 일상의 수면 위로 부상하게 했을 뿐이다. 이제 스스럼없이 돈과 외모, 성공에 대해 논하는 사회가 되었다. 개인의 꿈이나 이상, 인간적 가치는 개인이 소유한 물질적, 신체적 가치, 외적, 경제적 성공의 뒷전으로 내몰린 것이다.

TV와 영화 등 대중문화예술도 자연스럽게 〈사랑과 야망〉을 넘어서 성형과 성공(〈미녀는 괴로워〉)에 이르는 씁쓸한 사회상을 반영하고 있다. 욕망의 응집체로서의 인간군상과 그들이 소유한 가치관이 빚어내는 현실이 대중예술과 문학의 모티프이자 주제를 형성하고 있는 것이다. 이러한 자본주의적 가치관이 투영된 시민사회의 일상성이 문학적 담론의 대상이 된 것은 주지하다시피 사실주의에서 비롯된다. 19세기 후반에 나타난 독일의 사실주의는 산업화와 더불어 시작된 자본주의적 시민사회에서 개인이 겪는 이상과 현실의 갈등, 자아실현과 사회적 성공의 불일치에 관한 문제들을 주로 다루었다. 독일 사실주의의 대표작가 중 한 사람인 빌헬름 라베(1831~1910) 또한 예외는 아니었다. 그는 특히 후기작품에서 사회적으로 성공하고 행복한 결혼생활을 영위하는 시민적 서술자와 그의 비시민적인 친구의 아웃사이더적인 삶을 대비시키는데, 이들은 모두 돈과 성공, 사랑과 자아실현을 추구하는 시대상을 반영하고 있다. 빌헬름 라베의 후기작품을 통해 19세기 후반 자본주의적 시민사회에서의 사랑과 자아실현, 그리고 소유를 향한 욕망의 다양한 모습들을 살펴보고, 그것의 현재적 의미를 가늠해보는 것이 이 글의 지향점이다.

2. 사실주의와 빌헬름 라베

독일의 사실주의는 '시적 사실주의(Poetischer Realismus)'라는 말로 특징지어진다. 그것은 독일의 사실주의가 "일차적으로는 현실의 모방이라는 미메시스적인 성격을 지니고 있지만 상상력에 기초한 작가의 자유로운 창조능력을 일컫는 포이에시스와도 불가분의 관계를 맺고 있"기 때문이다. "현실을 복사하는 것처럼 자세히 묘사하되 그 속에 작가의 정신이나 의도를 은밀하게 내재시키고 있는" 독일의 사실주의는 "문학의 자율성과 포이에시스적 측면을 강조했던 고전주의와 낭만주의의 문학전통을 완전히 벗어나지 못했"(고영석, 60~61쪽)고, 그런 점에서 유럽 다른 나라들의 사실주의와 구분된다.

독일 사실주의의 '시적' 성격, 즉 미메시스와 포이에시스의 조화는 무엇보다도 의도적인 상징기법을 통해 구현된다. 라베는 자신을 이런 시학 프로그램의 대표주자로 생각했다. 그는 말한다. "모든 시문학은 상징적이다. 현실의 묘사는 기껏해야 재미있는 읽을거리에 불과하다. 나는 심연으로부터 지속적인 것을 끄집어내어 그것을 일상의 현실 위로 들어올린다."(Hoppe, 128쪽) 개별적인 것에서 일반성과 보편성을 이끌어내는 상징기법은 개별작품 속에 삶의 총체성을 구현함으로써 문학이 세상에 대한 조망을 가능케 할 수 있다는 것을 전제하고 있다. 그리고 그것은 주어진 현실에서의 의미 있는 존재 가능성에 대해 묻고 답하려는 긍정적인 탐구정신을 내포하고 있다. 이것은 라베가 문학의 힘, 즉 독자로 하여금 문학에 귀 기울이게 하는 문학의 성찰적 능력에 대한 믿음을 견지하고 있었다는 것을 의미한다. 그러나 동시에 전적으로 19세기에 속하는 라베 자신의 역사적 한계를 말해주기도 한다.

하지만 라베의 후기작품들은 서술기법 차원에서 19세기의 그것을 뛰어넘는 현대성을 보여준다. 고전적인 상징기법은 점점 더 문학적 인용 같은 보다 현대적인 암시기법으로 대체되며, 일인칭 서술자라는 주관적 서술방식을 통해 사실주의의 객관성 요구를 넘어서기 때문이다. 서술자는 이야기하면서 회상하고, 성찰하면서 토론하는데, 이야기의 흐름과 서술자의 성찰이 서로 분리되지 않고 불가분의 관계를 맺음으로써 서술적 주관성이 내용 및 형식적인 측면 모두를 통제하며 소설의 구조를 특징짓는다. 또한 서술자 스스로가 자신의 서술행위를 묘사함으로써 작품 속의 시간과 공간이 서로 교차하고 서술행위 자체가 작품의 구조를 결정짓는 주제가 된다. 20세기의 작품에서나 나타나는 서술의 메타 측면이 작품의 근원이자 모티프이며 구성요소로 등장하는 것이다. 이런 이유로 인해 라베는 의심의 여지 없이 독일의 사실주의자들인 슈티프터나 슈토름, 마이어, 프라이타크, 폰타네보다는 오히려 조지프 콘래드, 제임스 조이스, 토마스 만의 옆에 위치해야 한다고 주장된다.(Sander, 1968) 또한 라베의 후기소설에는 독자의 기대지평을 파괴하는 서술기법과 줄거리의 빈약함, 시간 및 공간의 상대화 등 현실과의 괴리를 보여주기 위한 서술기법들이 나타난다. 거리를 두며 회의적으로 현실을 짚어나가는 서술태도는 라베가 창조한 독자적 기법으로, 그의 서술적 현대성인 것이다. 이런 점들로 인해 동시대 독자들은 라베를 제대로 이해하지 못했다.

다시 말해 라베는 독일 고전주의의 전통하에 독특한 시적 사실주의의 방식으로 시민사회의 제반 문제들을 다루었는바, 그 문학적 기반은 전적으로 19세기적이지만, 서술기법 면에서는 20세기의 그것을 선취한 현대적 작가다. 그러나 사실 21세기의 우리 또한 시민사회의 저편이 아니라 시민사회 속에서 살고 있다. 여전히 제한된 사회적 조건 속에서 돈과 사랑, 일과 자아실현을 추구하며 때론 욕망의 노예가 되기도 하고 때론 욕망을 다스리면서 삶을 영위하고 있는 것이다. 그렇다면 19세기 후반의 자본주의적 시민사회에서 시민들이 겪는 사랑과 소유, 자아실현의 문제들을 다룬 라베의 후기작품은 오늘을 사는 우리의 삶을 되돌아보는 거울이 될 수 있다.

이 글에서는 라베의 대표적인 후기소설들인『피스터의 방앗간Pfisters Mühle』(1884),『슈토프쿠헨Stopfkuchen』(1889),『포겔장의 서류들Die Akten des Vogelsangs』(1895)을 집중적으로 살펴보고자 한다. 이 작품들은 그의 대표작이자 시대소설들로 그가 고민한 시민사회의 문제들과 그것을 표현해내려고 한 현대적 서술방식들을 잘 보여주기 때문이다.

3. 욕망과 삶

사랑과 자아실현의 욕망: '주인공'들의 인생여정
앞에서 언급한 세 작품의 중심인물로 등장하는 아담 아셰, 하인리히 샤우만, 펠텐 안드레스가 갖는 가장 큰 의미는, 작가가 이들을 통해 "개인주의적 개성의 이상과 사회경제적 획일성 압박의 문제적 관계"라는 "19세기의 근본적인 긴장관계"(Kafitz, 72쪽)를 다룬다는 점이다. 라베는 아웃사이더적인 성격을 띠는 이들을 통해 시민사회라는 제한된 존재여건 속에서 개인이 자신의 이상에 따라 자아실현에 이를 수 있는지 그 가능성 정도를 시험해본다. 따라서 삶의 형태로서의 시민성이라는 전제하에서 이들이 현실과 이상의 조화를 이루어내고, 헤겔 및 시적 사실주의 이론가들이 현실과 시문학의 중개장소로 생각한 결혼에도 성공하는지 여부가 작품의 주된 관심거리 중 하나다.

   그럼 『피스터의 방앗간』에서 "최고의 남자"(101쪽―라베의 작품 인용은 해당 작품의 쪽수로 표시함), "진정한 인간"(175쪽)으로 평가되는 아담 아셰의 인생여정, 사랑과 자아실현의 욕망부터 살펴보자. 아셰는 일찍이 고아가 되어 아버지의 친구인 방앗간 주인 피스터에 의해 길러지고 그의 도움으로 철학박사가 된다. 하지만 그는 "독일민족이 농업민족으로부터 산업국가로 넘어가는 대혼란"(114쪽)의 시기에 부자가 되기 위해 화학공부에도 몰두하는데 이는 "이 세상의 조류를 단지 다른 사람들에게만 내맡기지 않는 것을 진정 기품 있는 사람의 의무로"(109쪽) 여기기 때문이다. 그는 냇물이 오염되어 더이상 방앗간을 운영할 수 없게 된 양아버지가 냇물 오염의 원인을 밝혀달라고 요청하자, 양부를 위해서뿐만 아니라 자신을 위해서 오염 원인을 조사하여, 그것이 근처에 있는 설탕공장 크리커로데에서 방류하는 폐수 때문임을 밝혀낸다. 나중에 그는 베를린의 슈프레 강가에다 "거의 크리커로데처럼 나쁜 연기를 내뿜으며"(177쪽) 강물을 오염시키는 염색공장을 세운다. 그런 그에게 방앗간 주인 피스터는 임종 직전 "바로 너와 같은 종류의 사람들이 가장 높은 공장 굴뚝들과 가장 오염된 수로들 하에서도 누구보다도 피스터 방앗간의 전통을 보존할 것"(175~176쪽)이라며 "아버지들의 명예의 지팡이이자 무기"(176쪽)인 방앗간 도끼를 물려준다. 피스터 일가가 조상 대대로 운영해온 이 방앗간은 여타의 방앗간들과 마찬가지로 전통과 현대, 삶과 일의 일치가 존재하는 인본주의적 이상이 살아 숨쉬는 곳이었다. 하지만 피스터는 산업화의 물결 속에서 더이상 방앗간이 존속할 수 없다는 것을 알게 되었고 따라서 공장주이자 산업가가 된 아셰에게 피스터 방앗간의 전통을 보존할 것을 부탁하는 것이다. 왜냐하면 "진정한 인간은 올바른 사람이 되기 위해 결국 깨끗한 공기와 푸른 나무들 (……) 맑은 물을 필요로 하지 않기"(175쪽) 때문이다. 또는 아셰 자신이 말하듯이 "최고의 남자는 시간과 공간 위에 놓여 있는 것에 직면하여 언제나 가장 조악한 물질로도 올바른 길을 찾아낼 줄 아는 사람일 것이기"(101쪽) 때문이다.

아셰는 산업화 시대라는 새로운 환경 속에서 공장주이자 산업가가 되어 자신이 원한 부를 획득한다. 그리고 동시에 사랑에도 성공한다. 그는 몰락한 시인 펠릭스 리폴데스의 딸 알베르티네를 사랑하게 되고, 처음의 오해와 달리 그의 인생이 추구하는 바의 진실성과 정당성이 인정되면서 그녀와의 결혼에 성공한다. 이제 그는 공장으로부터 "최고의 아내와 차(茶)가 있는 집으로"(178쪽) 돌아오는 행복한 결혼생활을 영위한다. 결국 그는 부와 사랑의 욕망을 충족시킴으로써 자아실현에 이른 것으로, 산업사회에서의 자아실현은 돈과 사랑의 획득과 매우 긴밀하게 연관된다. 아셰는 시대의 흐름에 맞추어 자신의 이상을 조정함으로써 자신의 욕망을 충족시키고 자아실현에 도달한 것이다. 나아가 그는 현재에 만족하지 않고 자기발전을 위해 틈틈이 호메로스를 읽는다. 즉 그는 행복하고 안정된 삶의 기반 위에서 보다 나은 삶, 보다 나은 자아를 위해 부단히 노력하는 자유까지도 획득한 것이다.

『슈토프쿠헨』에 나오는 하인리히 샤우만은 일명 슈토프쿠헨으로 불린다. 이 말은 "케이크 반죽의 남은 것에 각종 쓰다 남은 건포도, 버터, 설탕 등을 몽땅 넣은 것"(Fairley, 3쪽)이라는 뜻으로, 그의 대단한 먹성에 빗대어 붙은 별명이다. 샤우만은 선천적으로 "다리는 약하고 위와 소화에는 강한"(65쪽) 면모를 지녀 동작이 매우 느리고 게으르며 뚱뚱하다.

그런 그를 선생님은 나무늘보에 비유하며 조롱하고, 그는 학교와 동네에서 외톨이가 된다. 그러나 그는 자신의 운명에 저항하지 않는다. "다 먹어치워. 그리고 뚫고 나아가!"라는 모토 하에 홀로 남겨진 시간에 자신의 모든 고통을 다 먹어치우고 소화시킨다. 그는 자신이 할 수 있는 것과 내버려두어야 할 것을 명확히 구분하면서 자신의 본성이 요구하는 대로 살아가는 것이다. 그는 인근에 있는 '붉은 성채'의 주인 농부 크바카츠에게서 운명의 유사성을 느낀다. 크바카츠는 살인의 누명을 쓰고 동네 사람들로부터 따돌림을 당한 채 딸 티네와 함께 고립된 삶을 살고 있다. 샤우만은 홀로 그들 편이 되어 성채에 자주 드나들면서 비로소 꿈을 갖게 되는데, 그것은 티네와 결혼하고 붉은 성채의 농부가 되는 것이다. 붉은 성채는 마을을 한눈에 내려다볼 수 있는 위치와 넓은 토지로 인해 자기 자신만의 삶을 추구하는 샤우만에게는 더없이 매력적인 곳으로 여겨졌다. 대학공부에 실패하여 고향에 돌아온 샤우만은 집에서 쫓겨나자마자 붉은 성채에 거주하면서 크바카츠 부녀의 정신적 조력자가 된다. 크바카츠는 성채에서 발견되는 화석들을 모아놓았는데, 샤우만은 그가 이를 계기로 고생물학에 몰두하게 함으로써 누명으로 인한 정신적 고통에서 벗어나게 한다. 그리고 홀아버지 아래서 거칠게만 자라나던 티네를 잘 다독여서 그녀가 야생성을 벗고 안정을 되찾도록 돕는다. 크바카츠가 죽고 난 뒤 샤우만은 마침내 티네와 결혼하고 붉은 성채의 주인이 되어 자신의 꿈을 이룬다. 이제 그는 붉은 성채의 대토지 소유주이자, 순무밭을 빌려주고 임대료를 받는 일종의 자본가로서 붉은 성채 위에서 세상을 내려다보며 관조적 삶을 영위한다.

　이렇게 볼 때 샤우만의 자아실현도 사랑 및 부를 향한 그의 욕망과 결코 무관하지 않다. 그는 오로지 자신의 고유성과 본성에 따라 살면서도 사랑과 경제적 비종속성에 이르렀고 그 기반 위에서 아무런 제약 없이 자신의 삶을 살 수 있게 된 것이다. 하지만 그는 이러한 자아실현에도 불구하고 여전히 사회적으로 고립되어 있다. 아내와 함께 붉은 성채에만 머물면서 어떠한 사회활동도 보여주지 않기 때문이다. 그가 보여준 사회적 행위는 자신과 크바카츠 및 티네의 고통을 극복하는 데 국한되어 있다. 사회와의 조화로운 공생이 아닌 자신만의 고립된 자아실현, 그것이 샤우만이 보여준 삶이다. 자본주의와 물질주의가 점점 더 팽배해지는 19세기 말에 라베는 개인의 무조건적인 자아실현의 욕망이 개인을 더욱 고립시키며 그 실현은 "사회적 참여를 포기한 대가"(Ohl, 20쪽)로만 가능하다는 부정적인 인식에 도달한 것으로 보인다.

이러한 부정적 인식은 육 년 후에 나온 『포겔장의 서류들』에서는 극단적인 상황으로까지 심화된다. 자아실현의 절대적 의지를 지닌 펠텐 안드레스는 그 어떤 타협도 불사하는데, 결국에는 실패하여 "오로지 자기 자신만의 혼자"(213쪽)인 죽음을 맞이한다. 펠텐은 어려서부터 동시대의 원칙이나 관습에 따르지 않고 자기의 본성대로 살려고 한다. 그래서 편협하고 속물적인 주위의 시민세계와 많은 마찰과 갈등을 불러일으킨다. 성인이 된 그는 유년 시절의 친구 헬레네 트로첸도르프와 결혼하려 하는데, 이는 자연과 문화, 꿈과 현실의 일치가 존재했던 어린 시절의 포겔장을 다시 한번 현실화하고자 한 그의 이상을 실현하기 위한 것이다. 유년 시절의 포겔장은 이웃사촌의 정과 낭만적이고 매혹적인 자연환경으로 가히 이상적인 주거공간이었다. 펠텐은 그곳에서 헬레네와 함께 "시간과 공간의 진정한 이상향", "시간과 공간을 뛰어넘는 청소년적 상상력의 세계"(254쪽)를 체험했다. 그런데 그렇게도 사랑하고 원했던 헬레네가 미국의 백만장자와 결혼하고 포겔장도 산업혁명으로 인해 예전의 모습을 잃음으로써 그의 자아실현의 꿈은 완전히 좌절된다. 이제 그는 "가능한 한 아무 소유물 없이" "완전히 냉정해진 채 죽고자"(351쪽) 한다. 그는 부모가 물려준 모든 가구를 태워 난방을 함으로써 "세상에서의 그리고 세상에 대한 소유물"(348쪽)을 완전히 없애고자 한다. 그는 자신의 소유물을 안팎으로 모두 정리한 후에 대학 시절의 하숙방에서 최소한의 가구만으로 지내며 자신을 "동물로, 개로 만들어"(400쪽) 죽는다.

따라서 펠텐이 원했던 자아실현도 사랑, 꿈과 현실의 일치, 이상과 현실의 조화를 추구하는 그의 욕망에 다름아니다. 그의 삶은 사랑과 자아실현의 절대적인 욕망으로 특징지어지는데, 그것이 좌절되자 소유에 관한 모든 집착을 다 떨쳐낸 후에 기이한 죽음을 맞는 것이다. 그는 그런 외로운 죽음을 통해서 소유에 집착하는 속물적 시민세계에 저항한 것인데, 그가 고도로 자본주의화되고 산업화된 시민사회로 인해 사랑과 자아실현의 가능성을 모두 잃었기 때문이다. 이런 점에서 가이슬러는 라베의 이 소설이 시적 사실주의로부터 구분된다고 주장한다.(Geisler, 377쪽)

라베의 세 작품에 등장하는 '주인공'들의 사랑과 자아실현의 인생여정을 통해 드러나는 것은, 시민사회에서의 자아실현은 결국 사랑 및 돈과 긴밀한 관계 속에 놓여 있고, 이러한 욕망이 충족되어야만 가능하다는 것이다. 그리고 자본과 물질이 삶을 지배하는 19세기 말로 갈수록 개인의 자아실현 가능성은 점점 더 희박해져 제한적인 의미에서만 가능하거나 혹은 전혀 불가능하다는 사실이다. 사실주의 작가 라베는 인본주의적 가치관이 자본주의적 가치관에 의해 대체되는 19세기 후반의 시민사회와의 작가적 싸움에서 늦은 나이에도 불구하고 전혀 보수적, 체념적으로 흐르지 않고 오히려 더욱더 엄격한 잣대로 현실의 문제를 밝혀내면서 비판적으로 그려낸 것이다.

소유와 정체성 확보의 욕망: 서술자들의 서술 의도

앞에서 다룬 세 명의 중심인물은 라베 연구에서 오랫동안 소설의 주인공으로 여겨져왔다. 이들의 이야기가 줄거리의 대부분을 차지하고 그에 대한 작가의 애정 또한 분명하기 때문이다. 하지만 줄거리 중심의 내용 분석을 넘어 서술의 차원으로 연구의 중점이 옮겨지면서 소설은 새로운 각도에서 이해되기 시작했다. 중심인물의 친구인 일인칭 서술자들은 친구의 이야기를 전달하는 단순한 매개자가 아니라 회상하고 성찰하면서 자신을 위해 이야기를 서술하는 주체라는, 그렇기에 이 이야기가 서술자 그 자신의 이야기라는 주장이 제기됐다. 그리고 서술자의 사회적 위치와 그 성찰 내용이 당대 시민 일반을 대변하기에 서술자의 역할 혹은 중요성이 더욱 부각되었다.

세 작품의 일인칭 서술자들은 당시의 시민계급을 대변하는 평범한 시민이라는 공통점을 지닌다. 자아실현의 절대적인 의지 또는 욕망 때문에 아웃사이더가 된 친구들과는 달리 이들은 시민적 관습과 원칙에 벗어나지 않는 삶을 살면서 사회적 성공을 위해 달려왔다. 일인칭 서술자들은 모두 직업과 지위, 적당한 부와 가정을 이루고 보통의 소시민적인 삶을 영위하고 있는데, 이런 점에서 당시 시민계급의 전형을 보여준다. 그런 그들이 어떤 계기를 통해 회상하고 성찰하면서 글을 쓰고 있는 것이다.

『피스터의 방앗간』의 일인칭 서술자 에버하르트 피스터는 베를린의 김나지움 선생이다. 그는 아버지의 뒤를 이어 방앗간을 운영하는 대신 대학공부를 하여 선생이 되었다. 그가 이 글을 쓰는 이유는 조상들이 수백 년 동안 일했던 방앗간이 이제 머지않아 헐리기 때문이다. 비록 아버지의 지시에 따라 다른 직업을 택했고 또 방앗간을 팔았지만 가족의 전통을 깬 것 때문에 마음이 편치 않다. 일종의 보상심리로 신혼여행을 방앗간에서 보내기로 한 그는 여름방학을 이용해 아내와 함께 고향을 찾아 사 주간 머물면서 '여름방학공책' — 이것이 이 작품의 부제다 — 을 쓰는 것이다. 그는 회상하고 성찰하면서, 또 아내와 대화하면서 자신과 아내에게 방앗간 이야기를 한다.

그런데 서술자의 이러한 서술방식은 과거와 현재 그리고 미래를 각각 단절된 시간의 층위가 아닌 서로가 긴밀히 연관된 시간의 연속선상에 놓는다. 과거에 대한 회상, 현재의 체험, 그리고 장차 베를린에서의 삶이 서술자의 성찰 속에서 하나로 합쳐짐으로써 현재, 과거, 미래가 긴밀하게 연관되는 것이다. 그리고 서술의 진행 면에서도 같은 현상이 관찰되는데, 회상에 의해 이전의 방앗간 이야기를 하는 가운데 과거는 점점 현재를 향해 오고 현재는 다시 곧 있을 미래, 즉 자신들이 이곳을 떠나면 방앗간 자리에는 공장이 들어서고 자신들은 베를린으로 가게 되는 미래와의 긴장관계 속에 놓인다. 이것이 라베의 후기소설들에 나타나는 주관적이고 상징적인, 그리고 현대적인 서술기법이다. 과거, 현재, 미래의 진행과 과정이 한 주관적 서술자의 관점에서 제시됨으로써 피스터의 방앗간 이야기는 역사적 발전과의 연관성 속에 놓이게 되고, 이로써 구체적인 한 개인의 이야기를 통해 세상의 현 상태가 제시되는 것이다.(권선형, 2000b, 81~82쪽) 따라서 피스터의 방앗간은 산업혁명으로 인해 죽어간 당시의 많은 방앗간들을 대변하고 또한 크리커로데는 산업혁명의 대표적 산물로 이해되어야 한다. 그들 사이의 싸움은 "돌이킬 수 없는 산업화에 대항한 산업화 이전의 옛 독일의 사투"(518쪽)라는 상징적인 의미를 갖는 것이다.

이런 관점에서 볼 때 에버하르트가 방앗간 근처에 있는 30년전쟁의 한 보루(堡壘)를 찾아가는 장면은 서술방식 및 내용 면에서 의미하는 바가 크다. 이 보루에서 그는 친구이자 개인교사인 아셰와 "어떤 다른 곳에서나 어떤 다른 것에 대해서보다 역사, 역사철학 그리고 이 지상에서 인간이 동족, 주변이나 상황들과 어떻게 교제했는지에 대한 역사에 대해 이야기했다."(111쪽) 그래서 그는 방앗간을 최종적으로 떠나기 전에 이 전쟁터에 이별을 고하고, 동시에 그곳에서 다른 어떤 것을 추구한다. 즉 "현대의 산업과는 완전히 다른 적대적인 힘들이 지금과 마찬가지로 피스터 방앗간의 화복(禍福)에 대해 별로 신경쓰지 않았던 시기"(110쪽)에 자신의 시대를 견주면서, 현대 산업사회에서 자신의 '교제' 방식을 강구하는 동시에 그것에 역사적 정당성을 부여하고자 하는 것이다. 산업혁명은 역사 속에 나오는 '적대적인 힘들'과 동일한 것으로, 삶은 그것에 좌초되지 않고 그것을 지배하면서 지금까지처럼 계속되어야 하는 것으로 이해된다.

따라서 에버하르트는 '여름방학공책'을 통해 산업화라는 새로운 힘과 논쟁함으로써 산업사회에서 자신의 방향설정을 모색하고 앞으로의 새 삶에 정당성을 부여하고자 한다. 방앗간과 그것이 제공했던 낙원과도 같은 삶을 포기한 대가로 얻은 새로운 삶, 대도시에서 젊은 아내와 교사로서 살아야 할 삶을 앞두고 자신의 정체성을 점검하고 그것에 정당성을 부여하려는 것이다. 에버하르트는 이전의 소유를 포기하고 그 대신 얻은 새로운 소유권에 대해 정당성을 부여하려 하며 자신의 그런 욕망을 합리화하고자 이 글을 쓰는 것이다.

『슈토프쿠헨』의 일인칭 서술자 에두아르트는 어찌 보면 평균적인 시민 이상인 것 같다. 의학을 공부해서 의사가 된 뒤에는 선상(船上) 의사로서 세상을 두루 돌아다니다가 남아프리카에서 큰 농장을 경영하는 농부가 됐으니 말이다. 당시의 시민적 잣대로 보면 그는 교양도 있고 재력도 있는 제법 성공한 사람으로 오랜 세월이 지난 뒤에 자신의 고향을 방문하게 되는데, 방문 마지막 날 옛 친구인 샤우만을 만난다. 친구로부터 그간 살아온 이야기와 한 살인사건에 관한 이야기를 듣게 된 그는, 그것을 남아프리카로 돌아가는 배 안에서 기록하는 것이다. 그는 배에서 다른 사람들과의 교제도 마다하고 자기 방에 틀어박혀 삼십 일 동안 이 '바다와 살인 이야기'—이것이 이 소설의 부제다—를 기록한다. 사실 그 자신도 놀라듯이 그의 이런 행동은 매우 이례적이다. 그만큼 샤우만과의 만남과 그에게서 들은 이야기들이 그에게는 충격적으로 다가왔던 것이다.

에두아르트는 금의환향한 사람으로서 적지 않은 우월감을 가지고 어린 시절 게으르고 뚱뚱하여 조롱의 대상이었던 샤우만을 만났다. 그런데 함께 자리를 하자마자 주도권은 샤우만에게 넘어가 그가 일방적으로 말을 하고 에두아르트는 청취자의 위치에 놓이게 된 것이다. 샤우만은 에두아르트의 사회적 성공 앞에 전혀 기죽지 않고 첫 순간부터 옛 친구를 예전 그대로의 그로 여긴다. 그에 의하면 에두아르트는 세상과 사람들에 대하여 한 번도 다수의 의견을 따르지 않은 적이 없는 속물적인 인간이다. 샤우만의 긴 '독백' 속에서 에두아르트는 부와 직업적 성공만이 사회적 명성을 보장한다는 가치관에 사로잡혀 있던 당시 시민계급의 표상으로 드러난다. 샤우만이 외적으로는 고향에만 머물러 있는 평범한 소시민처럼 보이지만 실제로 자신 및 세상과의 철두철미한 대면을 통해 자아를 실현시켰다면, 에두아르트는 세상 여러 곳을 두루 다니며 부와 명성을 쌓았지만 그 사고방식은 오히려 천편일률적이고 속물적인 시민계급의 특성을 그대로 보여주는 것이다. 에두아르트는 자신의 삶과 사고의 문제성을 의식하게 되는데, 바로 그 때문에 남아프리카로 돌아가는 배에서 회상하고 성찰하면서 이 글을 쓰는 것이다. 따라서 그의 글쓰기는 자신의 삶의 방식에 대한 회의에서 시작된 것으로 현재의 사회적, 경제적 소유에 대한 정당성을 모색하여 정체성을 확립하려는 욕망에서 비롯된 것이다.

『포겔장의 서류들』의 일인칭 서술자 칼 크룸하르트 또한 고급공무원으로 당시의 시민적 관점에서 볼 때 성공한 인물이다. 그는 소시민 가정에서 태어나 자신이 이룰 수 있는 것은 모두 다 이루었다고 자부한다. 어느 날 그는 유년 시절의 친구 펠텐 안드레스의 '오로지 자기 자신만의 혼자'인 죽음에 접하게 되고, 또다른 친구 헬레네 트로첸도르프의 권고로 이 '서류들'을 작성하게 된다. 이성적이고 합리적인 관리답게 그는 펠텐의 놀랍고도 기이한 이야기를 '서류'의 형식을 빌려 "정말로 무미건조한 산문으로"(403쪽) 기록하고자 한다. 하지만 냉정하게 보고하려던 그의 의도는 포겔장에서 펠텐, 헬레네와 함께 경험했던 낙원과도 같던 과거에 대한 회상 및 그것이 불러일으킨 상념들로 인해 관철되지 못한다. 그는 회상하며 서술하는 중에 수없이 성찰하고 주석을 달게 되는데, 처음의 계획과는 달리 이 서류들은 그 자신의 인생기록이 된다. 아무리 자신의 공식직함을 상기하며 마음을 다잡으려 해도 점점 더 자신의 의도와는 멀어져가는 '서류들'을 작성하면서 그 자신 정체성의 위기에 봉착한다. 결국 그는 이 서류들을 통해 펠텐과 논쟁한 이유를 고백하게 되는데, 계몽주의 작가 레싱이 익명의 어떤 사람에 대해 한 말로 그것을 대신한다. "나는 더이상 그와 단둘이 한지붕 아래서 살고 싶지 않았기 때문에

그를 세상으로 끌어냈다."(358쪽)

사실 크룸하르트는 평생 동안 펠텐과 친구였다. 그는 주위 사람들이 펠텐의 삶의 방식을 시민적 질서에 반하는 것으로 평가할지라도 펠텐이 자신의 삶을 통해 무엇을 추구하는지 알기에 그에게 매혹되었다. 그러나 그는 중용을 추구하는 자신의 본성 탓에 펠텐의 마력으로부터 언제나 다시 빠져나올 수 있었다. 펠텐이 죽고 난 후 그는 이 서류들을 작성함으로써 다시 한번 그와 대결하는데, 그 동안에도 "매혹적이면서도 동시에 혐오적인, 즉 그로테스크한 펠텐의 힘과 부딪치게 되어 그 힘과 힘들고도 끔찍한 싸움을 치렀다."(권선형, 2000a, 21쪽) 이제 그는 이 서류들이 지니는 가치를 안다. 이 서류들을 작성하면서 펠텐 및 헬레네의 삶을 불행하게 하는 시대의 문제성을 명백히 보았고, 이제 앞으로 어떻게 살아야 할지, 어떻게 자신을 주장해야 할지 알게 되었기 때문이다. 그래서 그는 헬레네가 말한 것처럼 이 서류들을 그의 가족문서들 저편이 아니라 가족문서들이 있는 바로 '그곳'에 놓아야 하는 것이며, 그럼으로써 그의 가족구성원들, 특히 아이들이 그것을 그들의 문서로 읽어 세상살이에 대한 지침으로 삼아야 한다고 생각한다. 서술자 칼 크룸하르트는 이 글을 씀으로써 자신의 정체성의 위기를 극복할 수 있었고, 더불어 그런 노력을 자신의 '소유물'인 아이들에게 전달할 수 있는 가능성 또한 확보하였다. 그의 서술의도는 바로 자신의 소유물과 정체성을 안전하게 유지하려는 이러한 시민적인 욕망에서 비롯된 것이다.

이렇게 볼 때 라베의 후기소설에 나오는 일인칭 서술자들은 가족이든 돈이든, 명예든 지위든 자신의 소유를 지키려는 욕망과 가치관에 대한 재점검을 통해 정체성의 위기를 극복하려는 욕망 사이에서 회상하고 성찰하며 글을 쓰는 것이다. 바로 이러한 회상과 성찰의 과정에서 각 이야기에 상징성이 부여되고 세상의 단면 또한 드러나게 된다. 이로써 라베의 서술방식은 19세기적이면서도 20세기적인 면모를 띠게 되는 것이다.

4. 라베의 사실주의와 시대 비판

속물적 시민계급 비판

앞에서 말했듯이 라베는 아담 아셰, 하인리히 샤우만, 펠텐 안드레스를 통해서 19세기 후반 시민사회에서 개인의 자아실현 가능 여부를 시험해 본다. 샤우만과 펠텐의 경우 주위의 시민세계와는 구별되는 국외자의 성격을 띠는데, 이것은 그들이 시민적 관습에 얽매이지 않고 자신의 본성에 따라 살면서 자아를 전개하려 하기 때문이다. 주위의 시민세계는 매우 편협하고 고루하여 이러한 의도를 이해하지 못하고 자신들의 원칙과 관념을 고수하며 강요한다. 따라서 시민세계는 인생과 세상에 대해 경직되고 제한된 가치관에 사로잡혀 있다. 국외자들은 그들로 인해 고통을 겪게 되는바, 샤우만은 늘 조롱과 배척의 대상이었고, 펠텐은 "매우 위험한 인간"(348쪽), "근본적으로 추악한 인간"(349쪽), "극악하고 몰상식한 인간"(371쪽) 등으로 칭해지며 배척된다. 펠텐이 그 어떤 소유물도 남기지 않고 죽으려 하자 주위 시민세계는 심지어 그를 정신병원에 들어가야 할 미치광이로 여긴다. 속물적 시민세계는 펠텐의 고유한 본질과 의지를 전혀 이해하지 못하고 그를 사회의 "방해요소"(Helmers, 76쪽)로 여겨 축출하려는 것이다. 여기서 이들 국외자들이 갖는 사실주의적 역량이 드러난다. 이들은 사실주의적 서술을 위한 수단으로서 일종의 호소 기능을 지니는데, 독창적인 국외자 인물에 속물적인 주위 시민세계가 대비됨으로써 사회현실의 폐해가 지적되고, 따라서 경직되고 천편일률적인 사고를 보여주는 이 시민세계는 심하게 비판되는 것이다.

그런데 이들 국외자들이 추구하는 것이 다름아닌 개인의 전인적 인격 형성이라는 시민적 이상의 구현인 점을 감안할 때, 19세기 후반의 시민 계급은 원래의 이상을 상실한 채 물질적이고 경제적인 외적 가치만을 추구하는 도착된 상태에 처해 있음이 밝혀진다. 라베가 비판하는 것은 시민 계급의 이러한 속물성으로, 『포겔장의 서류들』에서는 그로테스크의 서술기법을 통해 이러한 시민계급을 "끔찍하면서도 가소롭게" 비틀린 상태로 묘사함으로써 독자의 비판적 사고를 자극한다.(권선형, 2000a, 18쪽) 이런 관점에서 볼 때 작중인물인 서술자들이 표면적으로 당시의 시민계급을 대변하는 특성을 지닌다는 사실은 시사하는 바가 크다. 일인칭 서술자들은 제각기 성찰적 서술을 통해 새로운 정체성 형성의 가능성을 획득하는데, 이러한 성찰의 방향이 작가가 시민계급 독자들에게서 기대한 것이 무엇인지를 가늠하게 하기 때문이다.

산업혁명과 자본주의 비판

1870/71년의 독불전쟁에서 승리한 독일은 민족국가를 건설하는 한편, 프랑스로부터 들여오는 전쟁배상금으로 산업혁명에도 박차를 가한다. 그런데 이렇게 산업혁명이 힘차게 진행됨과 동시에 독일에서는, "경제적 사고의 팽창으로 인해 삶의 전 영역에서 물질주의가 팽배해지고 실증주의적 사실 관념이 만연함으로써 정신적 빈곤과 이념적 탈진"(Martini, 8쪽) 현상이 나타난다. 종래와는 달리 상품들이 공장에서 대량으로 생산되고 소비되는 산업사회가 됨으로써, 이제는 자본이 인간에 대한 새로운, 그리고 결정적인 척도가 되어 인간과 세상을 지배하게 된다. 독일사회는 점점 더 물질주의를 지향하게 되어 전체적으로 볼 때 산업혁명은 물질적 충족감이라는 긍정적 감정보다는 많은 사회문제를 야기한 부정적 결과를 초래하였다.

라베는 후기소설에서 산업혁명이 동반한 이러한 문제들과 논쟁한다. 『피스터의 방앗간』에서는 특히 환경오염의 문제를 중점적으로 다루는데, 이 작품은 독일 최초의 환경/생태소설로서 라베의 사실주의적 문제인식과 선구자적 안목을 잘 보여준다. 라베는 이 작품에서 환경오염을 고발하고 비판하는 것에 그치지 않고 환경파괴가 초래할 세상의 멸망에 대해서도 경고한다. 작품 곳곳에 나오는 성경의 최후심판에 대한 인용, 방앗간 주인 피스터의 신에 의한 세상 심판에 대한 경고, 그리고 종말론적 허무주의자인 리폴데스의 시 「언젠가 그런 시간이 온다」를 통해 작가는 산업혁명 및 자본주의의 팽배로 인한 환경파괴가 가져올 종말론적 비전을 보여줌으로써 이전의 고귀한 가치들을 포기하고 돈만을 추구하는 인간의 잘못된 욕망을 강하게 비판한다.(권선형, 2004, 61쪽)

그리고 『포겔장의 서류들』에서는 도시화, 공장 건설, 은행의 팽창, 행정제도의 체계화 등 산업혁명의 구체적인 현상들이 직간접적으로 반영된다. 도시화로 인해 이웃 간의 정이 사라지고, 낙원과도 같던 포겔장이 새로운 임대건물과 공장으로 인해 예전의 성격을 완전히 잃는 모습, 그로 인해 펠텐이 새로운 포겔장에서는 더이상 자신의 꿈의 실현 가능성을 찾지 못하는 모습 등은 산업혁명과 그로 인한 자본주의의 폐해를 그대로 드러낸다.

『슈토프쿠헨』을 포함한 세 작품 모두에서는 인간관계의 외면화, 시민계급의 정체성 위기, 황금만능주의의 확산 등 산업혁명의 부작용들이 비판적으로 검토된다. 사회적으로 성공한 평범한 시민계급의 일인칭 서술자들이 글을 쓰는 이유도, 산업화의 소용돌이 속에서 시대정신에 따라 돈, 성공을 추구하며 열심히 살아왔지만 어느 순간, 자신의 삶에 회의를 느끼고 정체성의 위기에 빠져 이것을 극복하고자 함이다.

19세기 후반 독일사회에서는 산업혁명과 자본주의로 인해 이전의 소중한 가치들이 포기되고 물질을 추구하고 숭상하는 현상이 팽배해 있었다. 이는 모두 인간의 잘못된 욕망에서 비롯된 것으로 바로 이런 점을 라베는 후기소설에서 비판적으로 조명하는 것이다.

5. 나가는 말

환경파괴로 인한 지구온난화는 한동안 환경전문가들이 제기하는 그들만의 문제라는 인식이 팽배했다. 하지만 이제 지구온난화와 기상이변 현상은 우리 모두의 피부에 와닿는 매우 현실적인 문제가 되었다. 겨울 추위가 실종된 '기후의 반란'으로 '날씨 마케팅'의 중요성이 더해가고 있고, '온난화에 신음하는 지구'가 정상회담의 의제가 되는 현실이다. 환경문제는 이제 우리 모두의 것으로 생존을 위해 더이상 회피할 수 없는 인류 최대의 과제가 된 것이다. 백이십 년 전에 라베가 제기했던 환경파괴로 인한 지구종말에 대한 경고가 그저 상상력 풍부한 한 작가의 기우가 아니었음이 증명되고 있는 것이다. 그리고 산업화와 자본주의 사회에서 라베의 인물들이 보여주는 사랑과 자아실현, 소유와 정체성 확보의 욕망이 빚어낸 현실은 지금 이 순간 우리의 현실이기도 하다. 우리 또한 이들과 같은 욕망에 사로잡혀 있고 현실은 여전히 우리에게 많은 고민과 방황 그리고 노력을 요구하고 있다. 19세기 후반 산업화와 자본주의로 인한 새로운 독일사회에서 인간다운 삶의 방식을 모색하기 위해 라베가 벌인 작가적 경주의 의미가 바로 여기에 있다.

참고 문헌

고영석, 「독일 사실주의의 역사적 특수성」, 『문학, 그 '사이'의 존재』, 유형식·전
영운 엮음, 이학사, 2003, 47~61쪽.

권선형, 「사실주의와 그로테스크. 빌헬름 라베의 『포겔장의 서류들』 고찰」, 『독
일문학』 73집, 2000a, 1~28쪽.

_____, 「빌헬름 라베의 사실주의와 현대성. 『피스터의 방앗간』 고찰」, 『독일문
학』 75집, 2000b, 66~87쪽.

_____, 「생태계 위기에 대한 문학적 대응. 빌헬름 라베의 『피스터의 방앗간』 고
찰」, 『독일문학』 89집, 2004, 45~64쪽.

Fairley, Barker, *Wilhelm Raabe. Aus dem Englischen übertragen von
Hermann Boeschenstein*, München 1961.

Geisler, Eberhart, Abschied vom Herzensmuseum. Die Auflösung des
Poetischen Realismus in Wilhelm Raabes Akten des Vogelsangs, in
Wilhelm Raabe. Studien zu seinem Leben und Werk, hrsg. v. Leo A.
Lensing u. Hans-Werner Peter, Braunschweig 1981, S. 365~380.

Helmers, Hermann, *Die bildenden Mächte in den Romanen Wilhelm Raabes*,
Weinheim 1960.

Hoppe, Karl, *Wilhelm Raabe. Beiträge zum Verständnis seiner Person und
seines Werkes*, Göttingen 1967.

Kafitz, Dieter, Die Appellfunktion der Außenseitergestalten: Zur näheren
Bestimmung des Realismus der mittleren und späten Romane Wilhelm
Raabes, in *Wilhelm Raabe. Studien zu seinem Leben und Werk*, hrsg. v.
Leo A. Lensing u. Hans-Werner Peter, Braunschweig 1981, S. 51~76.

Martini, Fritz, *Deutsche Literatur im bürgerlichen Realismus 1848~1898,
vierte, mit neuem Vorwort und erweitertem Nachwort versehene Auflage*,
Stuttgart 1981.

Ohl, Hubert, Der Bürger und das Unbedingte bei Wilhelm Raabe, in
Jahrbuch der Raabe-Gesellschaft, 1979, S. 7~26.

Raabe, Wilhelm, Pfisters Mühle(Bd. 16), Stopfkuchen(Bd. 18), Die Akten des Vogelsangs(Bd. 19), *Sämtliche Werke. Im Auftrag der Braunschweigischen Wissenschaftlichen Gesellschaft*, hrsg. v. Karl Hoppe[nach dessen Tod von Jost Schillemeit], 2. Aufl., Freiburg Braunschweig Göttingen 1960ff.

Sander, Volkmar, Illusionszerstörung und Wirklichkeitserfassung im Roman Raabes, in *Deutsche Romantheorien. Beiträge zu einer historischen Poetik des Romans in Deutschland*, hrsg. u. eingel. v. Reinhold Grimm, Frankfurt/M. 1968, S. 218~232.

세기 전환기의 성, 신경증, 제국주의
—폰타네의 소설 『에피 브리스트』를 중심으로

최윤영

1. 세기 전환기의 신경증

19세기 초에서 20세기 말, 이른바 세기 전환기는 현대의 시작이라는 측면에서 다양한 조명을 받고 있다. 이 글에서는 전환기의 여러 다양한 현상 가운데서도 특히 유럽 전체에 광범위하게 퍼졌던 신경증을 중심으로 이 시기를 조명해보고자 한다. 낭만주의 시대부터 이미 신경증에 대한 여러 담론들이 오갔지만 19세기 후반에는 다양한 종류와 강도의 신경, 신경쇠약, 신경병, 히스테리에 대한 담론들이 만개하였고 관련 책자 또한 쏟아져나와 "신경증의 세기"로까지 불렀다.(Radkau, 10쪽) 이러한 신경증의 종류와 강도는 신경과민, 신경쇠약, 무기력, 수면장애로부터 신체의 마비, 언어장애, 타인에 대한 공격적 성향에 이르기까지 다양했다. 또한 당대의 수많은 신경증 환자 때문에 독일에서만도 수백 개의 요양소가 새로 지어질 정도로 확산된 신경증은 그야말로 시대의 아비투스로 여겨졌다. 특히 런던, 파리, 빈 및 베를린과 같은 대도시에서의 신경증의 만연은 샤르코로부터 시작하여 프로이트, 융에 이르기까지 신경증

전문가를 배출하였고 새로운 학문인 정신분석학의 탄생을 가져왔다. 예술계 또한 신경증을 창작활동의 중요한 소재로 다루었는데 특히 일종의 병리적 현상, 즉 비정상적인 상태로뿐만 아니라 당대인들이 겪고 있는 정체성의 혼란을 표현하는 수단으로 자주 이용되었다. 더 나아가 신경증은 개인의 차원을 넘어 당시의 시대적, 문화적, 정치적 현상에 원용되었고 독일 제국주의 내, 외부의 불안한 시대 분위기와 국가적 위기의식을 나타낼 때에도 사용되었다.

그렇다면 과연 이 시기의 신경증은 어디에서 유래하는가? 당대에도 이미 이에 대한 다양한 논의가 있었다. 사회학자 지멜은 대도시 현대인의 생활을 관찰한 결과, 신경증을 '현대'의 시대적 징후로 판단한다.

대도시의 개인이라는 집단의 바탕을 이루는 심리적 기반은 바로 삶에서 신경의 비중이 높아졌다는 데 있다. 이는 내부와 외부의 인상들이 급격하게 쉬지 않고 변하는 데에서 유래한다.(Simmel, 185쪽)

지멜은 신경증이 문명화된 사회, 특히 대도시에서 나타나는 현대인의 전형적 현상이라고 보는데 이 점에서 신경증은 스트레스의 전조현상으로 이해할 수 있다.

같은 맥락이지만, 관점을 달리하여 지마는 세기 전환기를 "양가성(Ambivalenz)"의 시대로 진단한다.(Zima, 73쪽) 유럽 전반의 정신사적 맥락에서 본다면 신경증은 현대의 그늘을 보여준다고 해석할 수 있다. 계몽주의 이후 낙관적으로 예견되었던 현대(Moderne)는 19세기에 이르러 비로소 그 실체를 드러냈다. 현대는 기계혁명을 바탕으로 이룩한 놀라운 생산력을 토대로 공업혁명, 산업혁명, 자본주의 세계로의 구조 변동을 가져왔고 대도시라는 새로운 현상 속에서 그 실체적 모습을 드러냈다. 사람들은 이제 수백 년 동안 반복되어온 전통적 관념과 익숙했던 생활양식을 버리고 새롭고 낯선 사회인 도시로 이주한다. 대도시는 이제까지의 삶과는 완전히 다른 현대적 삶의 공간을 만들어냈고 그 핵심은 '변화'에 있었다. 이러한 변화는 전통사회와의 급격한 단절뿐만 아니라 현재(modernus)라는 라틴어 어원이 말하듯 끊임없이 새로운 현재를 요구하는 현대의 속성에서 비롯된 것이었다. 이 급격한 변화와 변화의 속도에 대하여 사람들은 신경증으로 반응한다. 독일의 19세기 후반도 한편으로는 자연과학의 발달, 산업혁명, 대도시라는 전형적인 유럽의 근대사회의 모습을 보여주고, 여기에 신생제국으로서의 군국주의와 제국주의가 가세하여 낙관론과 진보주의가 확산되었으며, 이는 이 시기 무대의 전면을 형성한다. 그러나 다른 한편 전통세계와 가치관의 붕괴, 몰락하는 귀족계급과 전통 중산층, 제국주의, 염세주의, 퇴폐 등의 모습이 이 무대의 뒤안으로서 동시대를 보여준다. 신경증이나 히스테리는 이러한 시대문화의 양가적 갈등과 대립 상황이 반영되었다는 점에서 당대의 전형적인 문화현상으로 볼 수 있다.

이 글에서는 신경증의 또다른 시대적, 사회적 원인으로 제국주의 시대의 억압적 젠더질서와 성담론을 지적하고자 하며 이를 독일 리얼리즘의 대표작이라 할 수 있는 테오도어 폰타네의 장편소설 『에피 브리스트』(1895)를 통해 살펴보고자 한다. 이러한 관점에서 같은 시기에 나온 유럽 사실주의의 대표작들, 즉 『마담 보바리』 『안나 카레니나』 『에피 브리스트』 모두가 여주인공의 간통을 소재로 하고 있음은 매우 흥미롭다. 각 작품마다 시대적, 사회적 배경을 달리하지만 세기 전환기 여성의 전형적인 성의 갈등을 다루었다는 점에서 유럽적 보편성이 담겨 있다고 할 수 있다. 특히 폰타네의 작품에서는 작가의 교묘하고 정교한 시공간의 배치와 인물 암시를 통해 개인의 삶에까지 침투하는 독일 제국주의의 압력이 생생하게 드러나고 있다.

2. 젠더와 신경증

당시의 신경증과 성의 관계는 이미 여러 차례 지적되어왔다. 푸코는 19세기 말 히스테리의 원인을 여성의 성욕을 인간의 보편적 욕구로 인정하면서도 현실에서는 이를 가정과 사회의 이름으로 억압한 당대의 시대적 배경에서 찾았다. 프로이트는 히스테리를 유전병이나 '몸'의 질병, 혹은 여성만의 병이라기보다는 억압된 리비도에서 유래한 것으로 해석하였다. 『문명의 불만』에서 그는 이러한 분석을 병자나 개인에게만 적용한 것이 아니라 본능의 충족을 억압하는 현대문명 일반의 병리학으로 이해하였다.

당대에 남성의 신경증은 주로 — 오늘날에는 거의 사용하지 않는 독일어로 — "신경과민(Neurasthenie)"이라는 용어로 불렸고 한편으로는 새로운 현대적 삶과 직업에서 오는 과도한 요구와 업무가, 다른 한편으로는 성 갈등이 이들 신경증의 주원인이라고 설명하였다. 남성의 신경증은 특히 예술가들에게서 두드러진다. 뭉크, 실레, 호프만슈탈 등은 본인들도 신경증 혹은 정신병으로 고통을 받았고 작품에서도 그러한 유약한, 혹은 고통받는 인물들을 형상화한다. 또한 히스테리컬한 여성들이나 팜므 파탈의 모습을 띠는 공격적 여성 등이 문학의 소재로 자주 등장하였는데 이 또한 급격한 사회 변동기에 젠더역할과 실제가 변화하고 상충하면서 성 정체성의 혼란을 겪은 남성들이 자신들의 불안을 역투사한 결과로 이해할 수 있다.

예술뿐 아니라 실제 신경증으로 고통받은 환자 중에서도 여성의 비율이 훨씬 높았다. 특히 히스테리는 주로 여성이 걸리는 심각한 신경증으로 다루어졌고 예민한 신경쯤으로 이해되는 오늘날과 달리 — 당대 프로이트의 기록들에서 보다시피 — 그 증상 또한 심각했는데 신체적 원인이 없으면서 일어나는 마비증상, 언어장애, 경련, 질식 등까지 히스테리로 분류되었다.

사회학자 부블리츠는 세기 전환기의 강화된 젠더화 경향을 지적하였다.(Bublitz, 26쪽) 그는 자연 대 문화, 감각 대 이성, 남성 대 여성이라는 젠더와 관련된 이분법이 이 시기에도 여전히 지속되었지만 흥미롭게도 그 근거를 생물학, 우생학, 생리학, 의학 등의 소위 현대적이라 할 학문들이 제공해주었다고 지적한다. 이를 당시의 의학적, 생리학적 논의에 사회문화적, 도덕적 담론이 개입한 것으로 해석할 수 있다. 당시의 젠더 이상과 젠더현실은 그 차이가 컸는데 당대의 이상적 남성형을 강조하기 위하여 오히려 그 반대상이 더욱 강조되었다. 독일의 전형적 남성은 신경증과는 거리가 먼 강한 정신, 강한 영혼을 가진 것으로 약한 정신, 약한 영혼과 대비되었고 신경질환은 인류 퇴보의 징조로 여겨졌다. 반대상은 여성뿐 아니라 유대인, 집시, 장애인, 동성연애자 등 다양한 사회집단들을 통하여 대비되었다. 이 시대의 전반적인 특징이었던 '여성화' 경향은 우려의 대상으로 생각되었고, 특히 뫼비우스나 롬브로소, 바이닝어 같은 저자들은 여성의 성을 극단적으로 다른 것, 열등한 것으로 이해하기도 하였다.

3. 독일제국의 기념비성과 강요된 성 정체성

최근 '역사' 개념의 변화와 더불어 기억의 문제가 더욱 중요하게 대두되고 있다. 한 사회가 공동체의 기억을 구성하는 데 있어 가장 명시적으로 드러나는 것이 바로 기념비, 동상, 개선문 등의 건축물이다. 1871년 프랑스와의 전쟁을 승리로 이끌고 독일제국을 선포한 이래 당시 독일의 풍경은 ― 많은 사회적 문제와 내부 분열에도 불구하고 말 그대로 ― '기념비문화'로 특징지을 수 있다. 시대적 특징으로서 기념비성은 건축에서 특히 두드러진다. 독일제국은 독불전쟁에서 정치적, 군사적 승리만 거둔 것이 아니라 막대한 전쟁배상금까지 받아 '제국 성립기 건축양식'

이라는 용어가 생겨날 정도로 건축과 건설 붐이 일어났으며, 특히 독일 제국의 수도 베를린에서는 현재까지도 도시의 상징으로 남아 있는 기념비적 건물들이 대거 조성되었다. 승리기념탑과 제국의회가 세워지고 운터 덴 린덴 거리의 대로에는 독일 오페라, 훔볼트 대학, 베를린 교회, 박물관 섬 등 정치적, 종교적, 문화적, 교육적 기념비와 건물들이 차례차례 지어진다. 그 외에도 산업혁명의 결과로 생겨난 AEG(독일의 가전회사) 등의 새로운 공장, 기업들도 자신들의 기념비를 세우게 된다.

독일제국의 위대함을 찬양하기 위해 독일의 역사도 새로운 시각에서 연구되었고 로마인을 상대로 승리를 거둔 헤르만의 승리를 기리는 헤르만 동상이 세워졌으며 무엇보다 독일제국의 상징으로서 게르마니아 기념비가 라인 강가에 세워진다. 당대 현존했던 정치가들의 기념비도 많이 세워지는데 특히 오스트리아, 그리고 프랑스와의 전쟁에서 승리하여 독일통일을 이끌어낸 빌헬름 1세와 비스마르크의 동상이 도처에 세워졌다. 이러한 기념비들은 한편으로는 당시 독일제국이 이룬 성과를 드러내지만 다른 한편으로는 이러한 공동의 기억을 통하여 새로운 민족으로서의 집단적 정체성을 드러낸다.

새로운 민족국가는 또한 제국의 이념적 주도상으로 남성, 여성의 젠더 상징물을 적극적으로 이용하였다. 이상적 남성상으로는—19세기 초부터 민족 정체성을 추구하기 위하여 많이 연구되던—독일 신화와 전설 속의 지크프리트가 자주 언급되었고 실제 현존했던 인물로는 비스마르크나 빌헬름 1세가 우상화되었다. 이들 남성성의 특징으로는 과감함, 결단성, 용기 등이 거론되었고 이는 당시의 군국주의나 제국주의가 필요로 하던 덕목이었다.

여성성의 귀감으로는 빌헬름 1세의 어머니인 루이제 왕비(1777~1810)가 '프로이센의 루이제'로 제3제국 이전까지 오랫동안 우상화된다. 특히 서른네 살의 이른 죽음은 루이제 신화가 오랫동안 지속되는 데 일조하였다. 루이제 왕비에 대한 신화의 주요 내용은 그녀의 모성적 미덕을 부각시키는 것이었는데 부드러움, 인내, 희생, 검소함, 다산(열 명의 자녀 출산) 등이 거론되었고 아름다움과 우아함이라는 여성으로서의 미덕도 강조되었다.(Bruyn, 7쪽) 다른 한편 그녀는 프리드리히 빌헬름 3세의 부인으로서 프로이센의 개혁자들을 지지하였고, 널리 알려진 일화가 전하다시피 1807년 프랑스가 침공했을 때에 나폴레옹과 독대하여 프로이센의 입장을 전달했다는 점에서 보듯 침착함과 담대함 역시 신화의 내용을 구성한다고 할 수 있다. 루이제 왕비는 일찍 사망했기 때문에 그 전설이 전하는 내용은 더욱 다양하였고 그녀에 대한 전설은 독일제국의 성립과 동시에 독일제국의 건국신화로 옮겨져 절정에 달하였다.(Demandt, 450쪽) 남성적인 비스마르크나 빌헬름의 우상화에 대비되는 여성적 인물로서, 루이제는 시대의 여성들이 본받아야 할 표본으로 추앙되었다.

이 시기에 베를린에서 기자로서 또한 작가로서 이 모든 변화를 지켜본 작가 폰타네는 프로이센과 독일제국의 날카로운 관찰자였다. 그의 비판은 귀족이나 시민 등 특정 계급에 한정된 것이 아니었고 베를린에서 특히 두드러지는, 기념비성을 강조하는 프로이센, 군국주의, 제국주의 시대의 주도적 분위기 전체를 대상으로 이루어졌다. 그러나 당대에 이에 맞서서 저항하는 인물을 형상화한다는 것은 문학적으로나 현실적으로나 대안이 될 수 없었다. 때문에 폰타네는 적극적으로 행동하거나 비판하는 강한 인물을 창조하거나 이들의 갈등과 투쟁 속에서 시대를 다루기보다는 오히려 이 시대의 억압적 분위기 속에 신음하고 고통받는 수동적 인물들을 창조해내었다.

당시의 이상형과 관련시켜볼 때 빌헬름제국은 독일을 이끌고 가야 할 남성적 특성으로 강한 정신과 건강한 육체를 강조하였다. 그러나 폰타네는 이러한 시대 분위기와는 반대로 심신이 약한 남성과 여성들을 자주 형상화했다. 시대가 요구하는 인물과 다른 인물을 등장시키는 방식을 통해 그는 당시의 시대적 문제를 문학담론으로 끌어들였고 동시에 시대의 주도 현상과 거리를 두며 이러한 가치전복적인 인물군의 불행과 몰락을 그려냄으로써 시대를 비판하였다. 폰타네는 다음과 같이 말한다.

> 나는 신경이 쇠약한 인물들에게 더 이끌리는데 그들이 분명 존재하고 있기 때문이고, 이 신경쇠약의 여성들이 수백, 수천 우리 가운데 살아가고 있기 때문이다. 그래서 그들은 존재한다는 단순한 이유로 무대에 설 자격을 얻었다. 우리는 그들을 병자라 불러야 할까? 병약하다는 것이 무엇인가? 무엇이 건강하다는 것인가? (……) 그래서 말하겠는데 내 삶 속에 나타났던 수많은 건강한 사람들보다 나는 차라리 엘리다 같은 아픈 사람과 살겠다.(Fontane, 1959, 610~611쪽)

이러한 점은 그의 소설에서도 잘 드러난다. 폰타네의 작품에는 세실이나 에피처럼 신경증을 앓는 여성 인물들이 많이 등장한다. 이 인물들의 고통과 아픔은 한편으로는 개인적인 것이지만 다른 한편으로는 시대가 강요한 고통이기도 하다. 또한 홀크나 고돈, 후고와 같은 심약한 남성 인물들도 많이 등장한다. 그들은 당대가 강조하는 군인과 같은 강인한 체력과 정신력, 결단력을 갖춘 남성적인 인물과 달리 유미적이고 결단력 없고 우유부단한 모습을 보여주고 있다.

4. 에피 브리스트

여기에서는 폰타네의 대표작이라 할 『에피 브리스트』를 신경증과 제국주의의 측면에서 조망해보기로 한다. 이 소설은 이제까지 개인과 사회의 갈등이라는 주제를 중심으로 다양한 차원과 시각에서 분석되어왔다. 이 글에서는 에피의 비극을 초래하는 시대적, 사회적 배경을 지금까지는 거의 다루어지지 않았던 두 가지 관점에서 고찰한다. 첫번째는 소설 곳곳에 암시적으로 배치된 시간적, 공간적 배경에 나타난 당대 제국주의의 기념비(성)에 주목하는 것이다. 두번째는 이제까지의 연구에서 별다른 주목을 받지 못했던, 시대의 주도적인 남성과 여성의 이상상에 비추어 에피의 비극을 조명하는 것이다. 특히 인스테텐을 통해 비스마르크를 비롯한 당대의 남성상을, 에피의 어머니 루이제에 주목하여 당대의 이상적 여성상을 논하고자 한다. 이러한 부차적인 지표들은 폰타네 소설의 분석에서 매우 중요한데 전반적으로 갈등을 직접적으로 표출하지 않고 우회하거나 치밀하게 배후의 복선을 까는 것이 폰타네 특유의 서술방식이기 때문이다.

시공간 배경에 나타난 기념비성

소설의 주인공 에피는 첫 장면에서 "자연의 아이"(465쪽)[1]로, 활기찬 십대 소녀로 등장한다. 에피는 그러나 이미 이 장면에서도 현실에 대해 이야기를 할 때에는 우울한 모습을 보인다. 에피는 멋진 청년과의 근사한 결혼을 꿈꾸는 것이 아니라 간통죄로 물에 빠져 죽은 콘스탄티노플의 여인이나 어머니와 인스테텐 사이에 있었던 사랑의 실패에 대해 이야기하기 때문이다. 결국 독자는 에피의 일생에서도 이같은 운명이 반복되리라는 것을 예견할 수 있다.

전반적으로 소설은 큰 사건의 전개 없이, 사건을 에두르는 주변 이야기와 대화를 중심으로 전개된다. 때문에 일견 중요해 보이지 않는 에피소드들도 많이 등장한다. 그러나 이 에피소드들은 나름대로 시대를 가리키는 중요한 지표의 기능을 한다. 바로 이때 빌헬름 시대의 독일제국이 개인의 사적 간통 이야기에 어떻게 개입하는지가 드러난다. 즉 에피의 주변에서 일어나는 많은 사건들이 프로이센의 역사적 기념일 또는 기념비와 겹침으로써 국가적 기념비성이 어떻게 개인의 가장 내밀한 공간에

---

1) Theodor Fontane, *Effi Briest*, *Romane und Erzählungen*, Bd. 2, München 1985를 인용하며 이하 괄호 안에 쪽수만 명기한다.

까지 영향을 미치는지가 드러나는 것이다. 이 글에서는 명백하고 중요한 몇몇 지표를 중심으로 살펴본다.

작품은 첫 줄부터 "선제후 게오르크 빌헬름 시대부터 살아온"(435쪽)이라는 당대의 시대적 상황을 가리키는 지표로부터 시작한다. 4장에서는 자신의 결혼식에 관심을 보이지 않는 에피 때문에 어머니는 딸과의 대화를 시도한다. 이 대화는 9월 2일의 제당 기념 행렬 때문에 중단된다(456쪽). 제당 기념일은 프로이센이 프랑스의 제당 지역에서 나폴레옹 3세를 포로로 잡고 독불전쟁에서 결정적인 승리를 거둔 것을 기념하는 날이다. 이후 당대의 기념비적 문화는 계속적으로 에피의 삶에 개입한다. 에피와 인스테텐의 신혼여행에서도 인스테텐은 에피의 바람과는 달리 제일 먼저 레겐스부르크 근교의 발할라에 들른다. 그는 1842년 세워진, 독일제국 유명인사의 흉상과 독일역사를 전시해놓은 발할라에 들러 길고 지루한 설명을 늘어놓아 에피를 실망시킨다. 신혼여행에서 돌아온 두 사람이 케신에 도착했을 때 인스테텐이 설명해준 도시의 첫 식당은 "비스마르크 수상에게로"(472쪽)이다. 이 식당은 두 갈래 길의 중간에 위치해 한 길은 두 사람의 생활 공관인 케신의 관저로, 다른 한 길은 비스마르크가 거주하는 바르친이라는 별장으로 향해 있어 일종의 상징적 의미를 지닌다. 인스테텐은 두 갈래 길에서 선택을 해야 하는 경우에는 으레 바르친으로 갔고 그것이 후에 에피의 갈등을 초래하기 때문이다. 또한 결혼을 한 후 에피와 인스테텐 간의 저녁 아홉시의 대화의 주제는 바로 비스마르크 "수상"(531쪽)이다. 따라서 저녁 아홉시는 에피가 바라는 남편의 자상한 애정 대신 인스테텐이 일방적으로 수상과 정치, 케신의 정치선거에 대한 이야기를 함으로써 부부의 시선이 엇갈리는 시간인 것이다.

이 외에도 독일제국의 중요한 기념일들은 에피의 일생에 걸쳐 중요한 역할을 하는데 그녀의 딸 안니가 쾨니히그레츠의 날에 태어나는 일도 그 중 하나이다. 이날은 1866년 프로이센을 중심으로 한 독일연방이 쾨니히그레츠 근교에서 오스트리아를 상대로 결정적인 승리를 거두어 통일 독일제국으로의 교두보를 단단하게 다진 사건을 기념하는 날이다. 그녀의 출산을 도운 의사는 다음과 같이 말한다. "오늘은 쾨니히그레츠의 날입니다. 여자아이가 태어난 것은 유감이네요. 그렇지만 다른 아이들을 또 낳겠지요. 프로이센은 승리의 날이 많지 않습니까?"(544쪽) 에피는 아들을 낳지 못했을 뿐만 아니라 더이상 출산을 하지 못했다는 점에서도 시대가 요구하는 여성상과는 거리가 멀다.

이후에도 이 큰 승리의 기념일은 또 한번 등장하는데 바로 공간적 배경으로서, 즉 거리 이름으로서이다. 에피는 간통이 발각된 이후 도덕적으로 떳떳치 못한 인간으로 낙인찍혀 외동딸임에도 불구하고 어머니의 명에 의하여 친정으로 돌아가지 못하고 베를린의 한적한 거리에 홀로 남게 된다. 바로 그 거리 이름이 쾨니히그레츠 거리(686쪽)이다. 간통 이후 에피는 요양이 필요할 만큼 심신이 쇠약해지는데 결국 이 거리에서 돌이킬 수 없을 정도로 건강이 악화된다. 하지만 무엇보다도 제국의 도덕을 대변하여 간통한 에피의 집에 발조차 들여놓지 않는 하녀 요한나와 오랫동안 만나지 못한 어머니를 보고서도 기뻐하거나 감정의 동요를 보이지 않았던, 앵무새처럼 아버지가 가르친 말만 반복하는 안니에 대한 분노를 참지 못하고 에피가 마침내 제국의 "미덕"을 격렬하게 비판하며 서서히 생기를 잃어간 곳이 바로 이 장소이기 때문이다.

남성 젠더 정체성: 인스테텐과 비스마르크

에피는 결혼과 더불어 여러 신경증적 증상을 보인다. 그녀는 인스테텐의 공관에 도착한 첫날부터 위층에서 나는 이상한 소리 때문에 잠을 이루지 못한다. 그것이 선장 손녀딸과 이루어질 수 없는 사랑을 하고 비극적으로 죽은 중국인 유령과 관련되어 있다는 설명에 처음에는 이를 해결하기 위해 합리적으로 반응하지만 점차 불안에 떨게 된다.

외관상 지극히 사소하고 개인적인 문제로 비춰질 수 있는 이러한 불안과 신경증의 원인을 작가 폰타네는 대단히 정교하게 배치해넣는다. 우선 앞서 2절에서 이야기한 것처럼 이 시기에는 여자의 성(욕)이 이미 보편적으로 인정되었으나 결혼제도 안에서 이를 만족시킬 수 없는 경우—남성들의 경우와 달리—그에 대한 대안이나 해결책이 허용되지 않았던 이른바 '빅토리아' 시대이다. 특히나 스무 살이나 나이 차가 나는 에피와 인스테텐의 결혼에서 에피의 젊은 열정이 만족되기 어렵고 게다가 인스테텐이 공무로 자주 집을 장기간 비우는 것이 위험하다는 사실은 남편과 부모를 위시한 주변 인물들을 통해 여러 차례 지적된다. 때문에 인스테텐과 하녀 로즈비타는 중국인 유령 이야기에 겁을 먹은 에피를 보고 이 사건을 계속 확대해 그녀의 관심이 다른 곳으로 향하지 못하게 만든다.

빌헬름제국 시기가 단순한 배경으로 작용하는 것이 아니라 에피의 개인사에 구체적으로 개입하고 있다는 사실은 전체 사건의 전환점 역할을 하는 중국인 유령에서도 잘 드러난다. 비스마르크가 케신 근교의 자기 소유의 별장으로 쉬러 올 때마다 인스테텐을 부르기 때문이다.

그것은 12월 2일이었다. 일 주일이 지나자 비스마르크가 바르친에 왔고 이제 인스테텐은 크리스마스와 아마 그 이후에도 더이상 조용한 시간을 기대할 수 없었다. 수상은 베르사유에서부터 그를 총애했고 그곳에 올 때마다 인스테텐을 자주 식사에 초대했다. 혼자만 있을 때도 그랬는데, 젊은 데다 태도나 총명함이 둘 다 뛰어났던 군수는 수상부인의 마음에도 들었기 때문이다.(496~497쪽)

자신을 기다리지 말라는 인스테텐의 전갈에 에피는 홀로 남아 긴 밤의 외로움과 무서움을 여러 방책으로 달래려 한다. 그러나 "신경을 안정시키고자"(499쪽) 처음 선택한 책이 유령 이야기였고 하녀 요한나에게 자신의 불안을 털어놓지만 비웃음을 살 뿐이다. 결국 이날 에피는 꿈에서 중국인 유령을 보게 된다. 다음 날 돌아온 인스테텐은 유령을 보아 무서우니 곁에 있어달라는 에피의 요청에 다음과 같이 말하며 거절한다.

아 에피, 나는 당신을 배려하지 않거나 기분 때문에 혼자 놔두는 것이 아니오. 왜냐하면 그래야 하기 때문이오. 나는 선택권이 없소. 나는 수상 께나 수상의 부인에게도 '각하, 제 아내가 너무 외로워서, 겁을 내서 올 수 없습니다'라고는 말할 수 없기 때문이오.(506쪽)

당대의 상황에서 자신에게는 개인적 선택권이 없다는 인스테텐의 이 말은 소설의 처음부터 끝까지 여러 차례 나오는데 그때마다 주변 상황이나 인물들의 인식 변화로 인하여 그 의미가 다르게 조명된다. 작가는 이러한 방식으로 여주인공의 영혼과 신경의 쇠약함을 개인의 욕망을 억누르는 프로이센의 가부장적 문화와 결부시킨다. 중국인 유령에 대한 에피의 공포와 불면은 한편으로 인스테텐의 배후에서 움직이는 비스마르크 체제에 대한 반응과 다른 한편으로 개인의 억압된 성 욕망 사이에 배치되어 있는 것이다.

인스테텐이 시대가 요구하는 남성상인 비스마르크와 비슷한 유형의 인물이라는 점은 작품 곳곳에서 여러 차례 암시된다. 인스테텐 역시도 젊었을 때에는 에피의 어머니를 열정적으로 사랑했으나 시대의 결혼관에 따라 이루어질 수 없는 사랑이라는 것을 알고는 포기한다. 그 이후의 행적은 작품의 처음에서 에피의 입을 통해 다음과 같이 설명된다.

그는 자살하지 않았어. 그러나 더이상 근처에 살 수는 없었지. 군인생활 자체가 당시에는 그에게 고통스러웠을 거야. 그리고 평화의 시기이기도 했으니까. 간단히 말하면 그는 제대를 해서 법학을 공부하기 시작했어. 아버지 말씀에 의하면 진짜로 열성이었대. 그렇지만 60년전쟁이 일어났을 때 인스테텐은 다시 군대에 들어갔지. 옛날의 중대로 간 것이 아니라 페어벨린 연대로. 그리고 십자훈장을 받았어. 물론, 그가 매우 결단력이 있기 때문이지. 전쟁이 끝나고 곧바로 그는 다시 자기 일로 돌아왔고 비스마르크가 그를 높이 평가했대. 황제께서도. 그래서 그는 군수가, 케신의

군수가 되었지.(441쪽)

즉 인스테텐은 열정적 사랑을 하는 군인에서 시대가 영웅시하는 남성적 이상상으로 변모한다. 건강하고 용감하며 결단력 있는 군인으로, 또한 원칙을 지키는 차가운 케신의 군수로 변모하여 비스마르크와 황제의 인정을 받는다.

그렇다면 이러한 상황에서 에피의 간통은 어떤 의미를 지닐까? 에피와 간통하는 인물인 크람파스도 자세히 살펴보면 인스테텐의 대안이 될 만한 인물이 아니다. 일단 그는 남편인 인스테텐보다도 나이가 많다. 에피가 실제로 끌리는 인물은 젊은 사촌 장교 다고베르트이지만 에피의 사회의식에 의하여 이미 고려의 대상이 되지 못한다. 그렇다면 크람파스는 어떤 의미에서 에피의 주목을 끌었을까?

한편으로는 인스테텐과 자못 다른 성격이 거론된다. 그는 규칙을 무시하고 바닷가에서 사냥을 하거나 잦은 스캔들을 일으키는 불량한 인물이다. 그러나 무엇보다도 『마담 보바리』의 로돌프처럼 여성의 성욕을 간파하고 이를 이용할 줄 아는 인물이다. 크람파스는 중국인 유령을 이용한 인스테텐의 성적 억압을 에피에게 알려주어 그녀가 분노하게 만들고 문학을 통해 에피의 환심을 산다. 이러한 접근방식은 당시의 시대적 상황으로 보아 상당한 설득력이 있다. 19세기에는 자본주의가 확대되고 시장논리가 확산되면서 문학의 새로운 기능이 부각된다. 문학은 이제 더이상 개인의 교양이나 사회계몽이라는 형식에 한정되지 않고 대도시의 모더니티와 더불어 소비의 대상으로 변모한다. 이러한 문학의 새로운 기능방식은 『마담 보바리』에서도 확인된다.(리타 펠스키, 131쪽 이하 참조) 마담 보바리에게 문학이 이미 개인의 내면 개발이나 성찰이라는 이성적 의미를 떠나 19세기 후반의 소비 산업사회의 메커니즘 속에서 충동적 소비와 리비도의 흐름으로 이해되듯 크람파스도 하이네의 시와 연극을 통해 에피를 간통으로 몰고 간다. 무엇보다도 그는 여러 차례 바람을 피운 노련한 인물로서 순진한 에피의 관심과 열정을 조종하여 자기에게로 이끈다.

따라서 에피의 간통은 무미건조한 결혼생활에 대한 대안이나 진정한 열정, 완전한 사랑의 형식이 되지 못하고 그저 그런 한때의 불륜으로 끝나고 만다. 스스로에게 실망한 에피는 남편의 베를린 전근을 이용해 간통 사건을 끝맺고 나름대로 참회의 과정을 거친다. 그러나 칠 년이 지난 뒤 늦게 간통 사실이 발각되고 인스테텐은 빌헬름시대가 요구하는 대로 사건을 종결짓는다. 독일에는 당시 유럽에서 드물게 '결투' 라는 봉건적 복수의 형식이 잔존했다. 인스테텐은 자신의 고백대로 미움도 질투도 없이, 명예를 훼손시킨 크람파스에게 결투를 신청하여 그를 쏘아 죽이고 에피를 가정과 사회로부터 추방한다. 당시의 관례에 따른 인스테텐은 결국 승승장구한다. 그는 일단 정직처분을 받지만 "늙은 황제가 보기에는 '이런 사건은 육 주면 충분하기에'"(690쪽) 다시 복직하여 승진하게 된다.

그러나 작가 폰타네는 여기에서 그치지 않고 인스테텐으로 하여금 또한 차례 의식의 변화를 겪게 만든다. 빌헬름 제국주의 시대가 요구하는 남성으로 가장 모범적인 변신을 하고 사회규범을 지킨 그로서는 이 규범의 무의미와 허위를 직시하게 된 순간 그만큼 실망과 좌절도 크다. 결투를 결심할 당시 이미 한차례 자신과 사회규범의 괴리를 토로한 적이 있는 그였지만 그때는 사회규범을 지키는 수밖에 없다는 원칙론적인 결론을 내렸다. 그러나 이후의 공허한 삶을 경험한 그로서는 이러한 화석화된 사회규범이 가져온 삶의 비참함과 그 자신의 무기력증을 다음과 같이 친구에게 털어놓는다.

몇 년 동안 이미 저는 고통을 받았습니다. 그리고 이제 이 모든 사건에서 벗어나고 싶습니다. 아무것도 내 마음에 드는 것이 없습니다. 사람들이 나를 칭찬할수록 저는 이 모든 것이 아무것도 아니라는 것을 더 많이 느낍니다. 내 인생은 실패한 인생입니다.(715쪽)

원칙론자에서 회의론자로, 인생의 행복과는 멀어진 체념적 신경증 환자로서 그는 자신의 성공이 무의미함을 보고한다. 독일 사실주의에 자주 등장하는 '체념'의 모티프는 이러한 의미에서 사회적 비판의식을 보여준다.

여성 젠더 정체성: 루이제

에피는 처음부터 단정하고 침착한 인물인 어머니와의 대비 속에서 등장한다. 이제까지의 분석에서는 그다지 주목받지 못했던 인물인 에피의 어머니 루이제는 실은 매우 흥미로운 인물이다. 이 글에서는 어머니 루이제를 당대가 이상적 여성상으로 추앙했던 루이제 왕비와의 관련 속에서 분석해볼 것이다.

에피의 어머니 루이제는 루이제 왕비와 이름만 같은 것이 아니다. 루이제 왕비가 한 나라의 국모로 모든 사람의 본받을 만한 대상이듯 어머니도 에피에게 그러한 존재이다. 에피가 설명하듯 어머니 루이제는 시대가 요구하는 여성의 미덕을 갖추었는데, 즉 그녀는 "아름답고 (……) 일처리는 무엇이든 아주 확실하고 섬세하며 결코 아버지처럼 서투르지 않다. 그래서 젊은 대위라면 사랑에 빠질 정도"(440쪽)이다. 프로이센의 루이제가 성격이 나약한 남편 프리드리히 빌헬름 3세를 도와 내정이나 외교 등에서도 조언을 아끼지 않았듯이 이 집안에서도 항상 우유부단하여 결정을 내리지 못하는 아버지 대신 어머니 루이제가 대부분의 일을 처리한다. 무엇보다도 19세기에 씌어진 루이제에 대한 수많은 글들이 소녀들의 모범상으로서 루이제의 면모를 소개했듯이 그녀는 에피가 본받아야 할 인생의 표본이다.

에피의 어머니는 모든 사건의 "조종자" 혹은 "망쳐놓은 사람"(465쪽)으로 불리며, 작품의 심층적 이해를 위한 매우 중요한 연애 전사(前史)를 가지고 있다. 즉 에피의 결혼은 당대에 흔했던 정략결혼이었을 뿐만 아니라 남편이 어머니의 옛 애인이었다는 점은 사건의 배후에서 갈등과 긴장을 팽팽하게 유지시킨다. 둘은 서로 매우 사랑했었고 에피의 아버지 조차도 "루이제 당신이 더 어울렸었다"(465쪽)고 말할 정도이다. 루이제 와 인스테텐의 체념과 두 인물의 변신은 에피로 하여금 같은 운명을 걸 도록 강요한다. 에피가 늘 불안했던 것은 본인이 결코 그 자리를 대신할 수 없다는 것을 잘 알고 있었기 때문이다. "아, 나는 도대체가 높은 사모 님과는 맞지가 않아. 엄마, 그래 엄마라면 잘 맞았을 거야. 엄마라면 군 수부인에 걸맞게 분위기를 척 잡았을 텐데."(499쪽)

두 인물의 개인적 감정에 대한 완벽한 포기는 에피와 인스테텐의 결혼 역시도 감정의 부활 없이 처리하도록 만든다. 이때 루이제는 어떠한 감 정의 동요도 없이 모든 일을 완벽하게 처리해낸다. 실제로 약혼과 결혼 에 대한 모든 준비는 바로 엄마와 인스테텐 사이에서 행해진다. 인스테 텐은 어린 에피에게 직접 청혼을 한 것이 아니라 과거 연인인 루이제를 통해 에피에게 구혼한다.(446쪽) 또 아직 어린 에피 대신 어머니가 결혼 에 관한 중요한 안건들을 처리하고 에피가 결혼해 살 집의 치장이나 준 비까지도 모두 그녀가 처리한다. 결혼의 통고와 마찬가지로 이혼의 통고 역시 인스테텐이 가족에게 연락을 하고 어머니가 에피에게 전달함으로 써 이루어진다.(450쪽) 이렇게 에피의 어머니는 에피가 어떻게 살아가야 할지까지도 모조리 통제하는 것이다.

비스마르크가 인스테텐의 배후에서 에피의 성욕을 가정에 묶어두는 역할을 한다면 어머니의 모습으로 분한 루이제는 에피에게 살아 있는 모 범으로서 자신과 같은 운명을 걸도록 강요한다. 작가가 시대의 이상적 남성인 인스테텐으로 하여금 삶에 절망케 하고 자신의 행동과 사회규범 의 공허감을 토로하게 만들었다면 이와 달리 이상적 여성인 어머니 루이 제는 에피를 여전히 그녀의 역할과 생각 속에 머물도록 통제한다. 그러 나 이러한 시대상에 대한 비판은 "그것은 너무 방대한 영역이야"(작품에 는 이 구절이 세 번 나온다)라는 그의 유명한 문구에서 드러난다(폰타네 의 영향을 많이 받은 귄터 그라스는 백여 년이 지난 후 소설 『에피 브리스트』를 본뜬 소설을 쓸 때 바로 이 "방대한 영역"을 소설의 제목으로 삼았다). 5장에서 루이제가 남편과 나눈 대화 속에서 두 번 나올 때는 시대의 결정에 따라 분명한 판단을 내리는 루이제와 판단을 유보하는 남편 브리스트 사이에서 일견 그녀의 의견이 옳은 듯 보인다. 그러나 에피가 죽은 후 작품의 말미를 장식하는 말로 다시 한번 나올 때는 시대에 대한 비판적 역할을 담당한다. 루이제가 결혼 실패에 대한 여러 원인을 거론하자 브리스트는 이 문구를 다시 한번 말하는데 작가가 시대의 꼭두각시 같은 인생관을 초월하는 독일 사실주의 휴모아(Humor)의 태도 속에서 말하게 하기 때문이다.

5. 세기 전환기의 신경증

계몽주의가 내세웠던 이성 위주의 데카르트적 인간형을 "두뇌 인간"이라고 부를 수 있다면 계몽주의 프로젝트가 그 실제적 모습을 드러낸 19세기 말 유럽의 인간형은 "신경 인간"이라고 부를 수 있을 것이다. 신경증은 현대 문화와 문명에 대한 개인의 반응일 뿐만 아니라 당시 독일 제국주의 사회가 가하는 억압적 젠더역할에 따른 개인의 불만으로 읽어낼 수 있다. 폰타네는 사십대에 뒤늦게 전업작가로 출발하였지만 기자로서의 오랜 경험을 바탕으로 당시의 시대적 징후를 날카롭게 포착했고 시대의 이상향에 반하는 심약한 인물들의 모습을 통해 이를 형상화했다. 그는 이러한 인물들로써 그 나름대로의 사회와 시대에 대한 비판을 수행한다. 이들의 신경증은 바로 제국주의적 프로이센 문화에 원인을 두고 있기 때문이다.

참고 문헌

Alings, Reinhard, *Monument und Nation*, Berlin 1996.

Bruyn, Günter de, *Preußens Luise. Vom Entstehen und Vergehen einer Legende*, Berlin 2004.

Bublitz, Hannelore (hrsg.), *Das Geschlecht der Moderne. Zur Archäologie der Geschlechterdifferenz*, Frankfurt a. M. 1998.

Demandt, Philipp, *Luisenkult. Die Unsterblichkeit der Königin von Preußen*, Köln 2003.

Fontane, Theodor, *Effi Briest, Romane und Erzählungen*, Bd. 2, München 1985.

_____, *Sämtliche Werke*, hrsg. v. Edgar Groß et al., München 1959ff.

Simmel, Georg, Die Grosstädte und das Geistesleben, in *Die Grossstadt. Vorträge und Aufsätze zur Städteausstellung. Jahrbuch der Gehe-Stiftung Dresden*, Bd. 9, hrsg. v. Th. Petermann, 1903, S. 185~206.

Herre, Franz, *Jahrhundertwende 1900*, Stuttgart 1998.

Lichtblau, Klaus, *Kulturkrise und Soziologie um die Jahrhundertwende*, Frankfurt a. M. 1996.

Radkau, Joachim, *Das Zeitlalter der Nervosität*, München 1998.

Zima, Peter V., Roman, Novelle und Psychoanalyse, in *Deutschlandforschung*, Bd. 6, Seoul National University 1977, S. 73~85.

리타 펠스키, 『근대성과 페미니즘』, 김연찬 외 옮김, 거름, 1998.

영웅의 죽음과 새로운 남성성
—젠더 갈등구조로 본 『백마의 기수』

신혜양

1. 슈토름과 그의 소설 『백마의 기수』

북독일 후줌 태생의 테오도어 슈토름은 19세기 후반 독일 사실주의 문학을 대표하는 작가 중 한 사람이다. 『임멘 호수』(1850) 『저 멀리 황야 마을에서』(1872) 「아버지와 아들 키르히」(1882) 「도플갱어」(1886) 『어떤 고백』(1887) 『백마의 기수』(1888) 등 많은 작품을 쓴 그는 슐레스비히-홀슈타인 지방을 무대로 하여 북독일의 정서를 섬세하게 그려내고 있어, 생전에는 물론 사후에도 오랫동안 독일의 "향토작가(Heimatdichter)"로 불렸다. 그러나 노년기에 창작된 그의 소설들은 지방문학이라는 좁은 테두리를 벗어나 환경과 싸우는 인간의 운명, 윤리와 죄의 문제들을 다루고 있으며, 이렇게 보다 원숙한 작품세계를 펼쳐 보이는 가운데 보편성을 획득하고 있다. 특히 그의 마지막 소설이 된 『백마의 기수』는 개인의 자아실현 욕망과 공동체의 갈등, 사랑과 고독, 인간 의지와 노력의 무상함, 그리고 죽음의 문제를 사실적이면서도 환상적인 문체로 형상화하여 슈토름 문학의 백미로 꼽힌다.

19세기 말에 씌어진 『백마의 기수』의 무대는 18세기 중반으로 소설의 화자가 어린 시절 증조모 댁에서 우연히 한 잡지에서 읽게 된 이야기를 회상하는 것으로 시작된다. 이때 그의 회상 속에는 또 한 사람의 화자, 즉 잡지의 이야기를 이끌어가는 화자가 등장해 그가 1820년 10월 어느 날 북프리슬란트 지방의 제방 위를 말을 타고 달리다 백마를 탄 정체불명의 사나이를 만나는 시점으로 독자들을 안내한다. 이 화자는 곧이어 들른 주막에서 한 교사로부터 그 백마의 기수에 관한 이야기를 듣게 된다. 이렇듯 소설은 세 사람의 화자와 19세기 말과 19세기 초반, 18세기 중반의 세 시간대, 소설의 화자가 서술하는 외부틀과 잡지의 화자가 이야기하는 내부틀로 구성된 복잡한 구조를 보인다. 바로 이러한 정교한 장치가 백마의 기수에 관한 유령 이야기의 사실성을 더해준다.

소설의 내부 이야기는 다시 다섯 단계로 구분된다. 주인공 하우케 하이엔의 유년기에서 시작되어, 제방감독관 테데 폴커츠의 집에서 하인으로 지내며 그의 딸인 엘케를 알게 되고 또 올레 페터스를 비롯한 마을 사람들과 처음으로 접촉하던 시절, 하우케 하이엔 자신이 제방감독관으로 임명된 후 마을 주민들과 충돌하는 시기를 거쳐, 이들 대부분의 반대를 무릅쓰고 새 제방을 축조하는 단계, 끝으로 해일로 인해 구제방이 무너지고 하우케와 그의 아내 엘케, 정신박약아 딸인 빙케가 모두 죽는 종말의 단계로 전개된다.

『백마의 기수』는 현재 독일 학생들의 필독서로서 애독되고 있고 세계 여러 나라에서 번역되었으며[1] 세 차례에 걸쳐 영화로 제작되기도 했다.[2] 몇 세기 전의 시공간을 무대로 하는 소설이 오늘날에도 이토록 폭넓게

---

[1] 우리나라의 최근 번역본으로는 2005년 문학과지성사에서 발간된 『백마의 기사』(박경희 옮김)가 있다.

[2] 첫번째 영화화는 히틀러의 제3제국 시대였던 1933/34년에 이루어졌는데 C. 외르텔과 H. 데페가 감독을 맡았고 나치의 "피와 땅 이데올로기"에 맞추어 각색되었다. 두번째 영화제작은 1977/78년, A. 바이데만에 의해 이루어졌으며, 세번째로는 1984년 동독과 폴란드 텔레비전 방송사의 공동제작으로 영화화되었다.

수용되는 이유는 무엇보다도 이 소설이 인간 내면에 관한 예리한 통찰을 바탕으로 개인과 사회의 갈등구조를 사실적으로 그려내고, 합리주의와 인간 이성의 한계, 자연과 기술의 대립과 같은 현대사회를 특징짓는 근본적인 문제들을 다룸으로써 세대와 지역, 문화적 차이를 넘어선 공감대를 형성하는 데 성공했기 때문일 것이다.

주인공 하우케 하이엔의 야망과 좌절에 대해서는 연구자에 따라 다양하게 해석하고 있다. 1980년대 이전까지는 주로 바다 혹은 마을 주민들과 하우케 사이의 관계에 해석의 초점이 맞추어져 있었으나 1980년대 중반부터는 젠더적 관점에서 등장인물들을 분석하고 소설의 행동과 목적을 해석하려는 일련의 시도들이 나타났다.[3] 이러한 해석의 방향을 처음으로 제시한 연구자는 빈프리트 프로인트이다. 그는 등장인물들을 '남성성'과 '여성성'을 기준으로 구분하고 여성성을 대변하는 인물들의 사회비판에 주목하면서 이들의 영향력을 거부할 때 사회가 어떤 불균형 상태에 빠지는지를 분석하였다. 한편 이름가르트 뢰블링은 하우케의 성공과 명예에 대한 욕망이 여성성의 결핍 혹은 '어머니의 부재'에 기인하는 것으로 해석하였다. 크리스티안 노이만은 소년 하우케가 노파 트린 얀스의 수고양이를 죽이는 장면을 집중적으로 다루면서 트린 얀스를 상징적 어머니, 하우케를 상징적 아들의 자리에 위치시켜 소설 전체를 모자갈등의 구도로 풀어간다. 슈토름의 후기 노벨레들을 남성성과 젠더관계라는 분석틀로 연구한 루이제 포르셀은 하우케의 남성성이 본질적인 것이 아니라 사회적으로 구성된 것이며 따라서 소설의 진행 속에서 변화를 겪으며 약화되거나 오히려 여성성의 특징을 나타내 보이는 것으로 파악하였고 그럼으로써 동시대 다른 작가들의 남성 주인공과는 다른 '대안적 남성상'이라고 보았다.

---

3) 젠더적 관점의 해석들에 관해서는 M. 슈타인의 연구서 『"Sein Geliebtestes zu töten"』(2006)의 개관(183~194쪽)을 참조할 수 있다.

슈토름의 텍스트에서 본격적인 페미니즘의 흔적을 발견하기는 힘들지만 이러한 젠더적 관점에서의 분석은 인물들의 욕망이나 행동의 심리적 근거, 갈등구조를 밝혀내고 나아가 남성성과 여성성에 기초한 사회 관련망을 통해 텍스트의 의미를 재해석함으로써 슈토름의 문학을 새롭게 조명하는 가능성을 제시한다. 이 글에서는 『백마의 기수』에서 젠더갈등이 어떻게 구조화되어 있는지를 살펴보고 이를 중심으로 '돈, 사랑, 욕망'의 모티프에 대한 슈토름의 인식을 분석적으로 고찰하고자 한다.

2. 욕망과 남성성의 구성

또래 아이들과 잘 어울리지 못하는 외톨박이였던 하우케는 어린 시절부터 제방에 대한 관심이 컸다. 언제나 유클리드기하학책을 주머니에 넣고 다니던 그는 "손을 무릎 위에 포갠 채 해안 쪽 제방의 비탈에 앉아, 풀이 자라난 데까지 점점 더 높이 제방에 부딪쳐오는 흐릿한 북해의 파도를 몇 시간이고 바라보곤 하였다."(15쪽)[4] 토지 측량기사이며 소작농인 그의 아버지는 혼자서 공상하는 버릇을 고치도록 그를 육체노동으로 내몰았지만 시간이 날 때마다 그가 찾아가는 곳은 제방이었다. 그리고 제방에 앉아 "그렇게 오래 바라본 후에는 천천히 고개를 끄덕이거나, 고개를 숙인 채 손으로 허공에 부드러운 선을 그리기도 하였다. 마치 그렇게 해서 제방의 경사를 완화시키려는 듯이."(16쪽) 자폐적일 만큼 내성적인 그는 자신의 관심사인 제방에만 몰두해 유심히 관찰하고 연구한 결과, 제방의 해안 쪽 경사가 너무 가팔라서 홍수나 해일을 막지 못할 것이라는 확신을 얻게 된다. 그리고 이 확신에 근거해 새로운 제방을 건축하는

---

4) Theodor Storm, *Der Schimmelreiter*, Frankfurt, a. M., Fischer Taschenbuch Verlag 2005, S. 15. 이하 이 텍스트의 인용은 괄호 안에 해당 페이지를 표기하는 것으로 출처를 밝힌다.

것을 삶의 목표로 삼는다. 삼대째 제방감독관을 지내고 있는 테데 폴커츠의 집에서 하급하인 생활을 하게 된 하우케는 거기서 제방관리 일을 배우면서 자신의 능력을 인정받고 테데의 딸 엘케 또한 알게 되면서 두 사람 사이엔 서로 좋아하는 감정이 싹튼다. 이후 자신의 부친이 병을 앓게 되자 그 곁으로 돌아와 얼마간의 소택지도 물려받는다. 테데의 사후 하우케는 후임 제방감독관으로 뽑히게 되는데 이에 결정적인 역할을 한 사람은 그의 약혼녀인 엘케이다. 엘케가 상속받은 재산을 모두 하우케에게 양도함으로써 그는 제방감독관으로서 충분한 실력에다 지역사회가 요구하는 유지로서의 재력까지 모두 갖추게 된 것이었다. 제방감독관이 된 하우케는 아내의 내조를 받으며 맡은 일에 최선을 다하지만 마을 사람들은 그의 등뒤에서 "마누라 덕에 제방감독관이 되었다"(82쪽)고 수군대고, 그의 새로운 제방축조 계획도 주민들의 반대에 부딪힌다. 소설의 진행으로 볼 때, 하우케는 자신의 야망을 실현하려 할수록 사회와의 갈등에 빠져들게 된다. 소년 시절, 고립된 생활 속에서 혼자 꿈꾸던 계획과 자아실현의 욕망이 사회 속에서 구체화되는 단계에서 주변인들과 마찰을 빚게 되고 난관에 부딪히게 되는 것이다. 그러나 그는 변화를 거부하는 지역주민들의 반대를 물리치고 제방감독관의 권력으로 새 제방을 건설한다.

백마는 빠른 걸음으로 당당하게 나아갔다. 그의 귓전에는 "하우케-하이엔-간척지! 하우케-하이엔-간척지!"라고 말하는 소리가 울렸다. 그의 생각 속에서 새 제방은 거의 세계 8대 불가사의가 된 듯했다. 프리슬란트 전역에서 그와 같은 것이 없으리라! 그는 백마가 춤추도록 내버려두었다. 마치 그 자신이 전 지역주민들 한가운데서, 그들보다 높이 솟아 있는 듯, 그래서 날카롭고 연민에 찬 시선을 그들 위로 던져 보내는 듯한 기분이었다.(134쪽)

자신의 직업과 일에만 전념하는 하우케 하이엔은 시민사회의 전형적인 출세지향적 남성상을 보여준다. 엘케와 결혼함으로써 큰 부를 얻고 또한 제방감독관으로서 명예와 권력을 함께 쥐게 되었음에도, 그는 만족하지 않고 자신의 실력과 업적을 증명해내기 위해 쉼 없는 노력을 경주한다. 새 제방을 축조하고자 하는 그의 거대한 사업계획은 주변환경이 요구하는 바가 아니라 바로 그 자신이 스스로 부여한 동기이며 압력인 것이다. 하우케에게서는 돈과 권력에 대한 집착보다 '자기정당성'을 입증하려는 명예욕이 강하게 드러난다. 이 점은 그가 어린 시절부터 또래집단과 어울리지 않고 소외감과 고독을 느끼면서도 한편으로는 다른 사람들을 무시하는 오만으로 버티며 자아정체성과 삶의 목표를 구성해왔기 때문이다. 따라서 "제방의 축조는 남성적 헤게모니의 구축과 상징적으로 연결되어 있다."(Forssell, 213쪽) 감성보다는 이성을 중시하면서 문제를 합리적으로 해결해내는 남성적 능력을 발휘하고자 한다는 점에서 그는 19세기 유럽의 시민계급을 대표하는 인물이다. 하지만 그의 극단적인 자기절제와 비사교성, 무뚝뚝함은 상류계층의 사교문화와는 거리가 먼 것이다. 그에게는 제방에 대한 자신의 능력을 확인하는 것이 삶의 목적 그 자체가 되어버렸고, 이 목적의식이 강화될수록 그의 '삶' 자체는 포기된다. 아내인 엘케 역시 이 점에서는 그와 마찬가지이다. 그녀는 남편의 소명의식을 지지하고 그의 출세를 같이 만들어가는 보조자 역할로 존재할 뿐인 것이다. "갈색의 갸름한 얼굴에 고집스러운 두 눈과 가느다란 코 위로 이어진 짙은 눈썹을 한 열여덟 살의 날씬한 소녀"(31쪽)였던 엘케는 수리와 셈에 밝고 이성적이라는 점에서 하우케와 공통점을 보인다. 두 사람은 내면이 서로 닮은 친구나 남매처럼 자연스럽게 가까워지고 사랑하게 된다. 하우케의 공적인 삶에서 훌륭한 반려자가 되는 엘케는 결코 감성적이거나 약한 여성의 모습으로 형상화되어 있지 않다. 하우케의 강한 남성적 이미지에 대립되는 여성성을 표상하는 인물이 아닌 것이다. 하우케가 바깥일을 맡고 엘케가 집안일을 전담하는 역할구분의 측면에서는 그들 역시 당시 사회의 젠더구분을 따르고 있지만 남편이 바깥일에서 자신의 뜻을 관철할 수 있도록 기지를 발휘하고 적극적으로 돕는 그녀는 당시 여성들의 성역할 모델을 이미 벗어나 있고 오히려 19세기 시민사회가 지향하는 삶의 목표를 구현하려는 '남성적 자아'의 특징을 부분적으로 구현하고 있다. 일에 대한 하우케의 자신감은 그녀의 인정과 지지에 의존하고 있으며, 그들은 그렇게 상호 간의 인정과 확인을 필요로 한다. 적절한 조언과 필요한 조처로써 남편의 성공을 돕고, 하우케가 남성적 역할수행이나 결단 앞에 흔들릴 때마다 자신감을 불어넣는 엘케는 그러므로 그의 '거울상(Spiegelbild)'이다.(Forssell, 196쪽) 엘케가 때때로 중대사에 결정적인 영향력을 미치거나 남편을 주도하는 역할을 하면서도 자신의 일을 가사를 돌보는 데 국한하려는 것은, 포르셀이 지적한 것처럼 "남성적 주체로 행동하고 싶은 욕망"(Forssell, 198쪽)을 감추기 위해 전통적인 시민사회 여성의 가면을 쓰는 것으로 볼 수 있겠다.

3. 사랑과 여성성의 구성

하우케는 공적인 일에서는 강한 남성성을 나타내지만 사랑이나 가족 관계에서는 그렇지 않은 인물이다. 테데의 집에서 하인으로 지내던 시절, 엘케를 사랑하게 되었을 때, 그의 사랑은 어떤 세속적인 목적을 위한 것이 아닌 순수한 연정 그 자체였다. 여자 앞에서 수줍어하며 거절당할까봐 고백하지 못하는 그의 마음을 영리한 엘케는 이미 간파하고 마을축제 때 그를 향한 자신의 마음을 표현한다.

"하우케, 마음이 시키는 대로 하세요!"
그녀가 말했다.
"우리는 서로를 잘 알고 있잖아요!"(59쪽)

그리고 그들은 서로 손을 잡고 집으로 돌아오는데, 이후로도 그렇게 "늘 손에 손을 잡은 마음으로 지냈다."(61쪽) 결혼 후에도 서로 맡은 일은 다르지만 생의 동반자로서 이해와 존중, 사랑의 관계를 유지한다. 그들은 빙케가 태어나기까지 오랫동안 2세를 기다려야 했는데 엘케는 아이가 없는 것을 자신의 탓으로 돌린다. "당신은 다른 아내를 얻어야 할거예요. 난 애를 낳지 못해요."(101쪽) 이에 하우케는 자녀의 유무가 그들의 관계에 아무런 영향도 미치지 못한다는 사실을 확언한다. "당신은 내 아내이고 나는 당신 남편이오, 엘케! 이건 더이상 변함없는 사실이오."(101쪽) 그들은 가정 안에서 수평적인 관계를 형성하고 있으며, 딸 빙케가 정신박약아로 판명되거나 부부 중 어느 한 사람이 심하게 앓거나 또한 어떤 어려움이 닥쳐도 그들의 관계 자체가 질적인 변화를 겪지 않는 안정되고 인격적인 결합을 유지한다. 가정과 가족에 대한 하우케의 자세는 바깥세계와 지역공동체에 대해 그가 보인 독단과 오만, 냉소나 분노와는 사뭇 다르다. 소설의 끝부분, 구제방이 해일로 무너지는 대파국의 장면에서도 그들의 사랑은 기념비적이다.

그때 그는 아내가 그를 향한 듯 팔을 뻗치고 있는 모습을 보았다. 그녀가 그를 알아보았던 것일까? 그를 보고자 하는 갈망이, 그가 죽을까 걱정하는 마음이 그녀를 안전한 집 밖으로 내몰았단 말인가? 그리고 이제 ─ 그녀가 최후의 말을 그를 향해 외쳤던가?─ 이런 질문들이 그의 뇌리를 스쳐갔다. 질문에 대한 대답은 없었다. 그녀가 그에게 하는 말이나 그가 그녀에게 하는 말이나 모든 말은 사라졌다. 세상의 종말을 알리는 듯 포효하는 파도 소리만이 그들의 귓전에 울렸고 어떤 다른 소리도 들을 수가 없었다.
　　"내 아이! 오 엘케, 오 충실한 엘케!" 하우케는 폭풍에 대고 외쳤다. (172쪽 이하)

일에 대한 하우케의 집념과 승부욕은 사적인 사랑과 가정적 행복에 대치되지 않는다. 그런 점에서 그는 폰타네의 『에피 브리스트』에 나오는 인스테텐과는 본질적으로 다른 인물이며 19세기 독일사회의 전형적인 남성 이미지에서 벗어나 있다. 하우케와 엘케의 관계는 남녀평등에 기초하고 있는 현대사회의 부부관계에 더 가깝다고 해야 할 것이다.

정신박약아 딸 빙케에 대한 태도에서도 하우케의 부성적 사랑이 강조된다. 엘케의 경우 모성애보다는 남편에 대한 사랑이 더 지극하다. 그녀의 전 존재는 남편을 내조하고 남편의 몸과 마음의 평안을 돌보는 데 헌신적이다. 폭풍이 몰아치는 날 그녀는 아이의 안전에 대한 염려보다는 남편을 더 걱정하며 집 밖으로 찾아나선 것이다. 엘케보다는 오히려 하우케가 아이를 배려하고 돌보는 일종의 '모성적 사랑'을 실천한다. 장애아 딸을 갖게 된 것에 대한 죄책감으로 괴로워하는 아내에게 "나는 그 아이를 사랑하오. 아이가 그 작은 팔로 내 목을 감싸안고 내 가슴에 매달리면 난 어떤 보물과도 바꾸고 싶지 않소"(143쪽)라며 그는 딸에 대한 사랑을 천명하고 사랑해주는 것만이 그 아이를 구원할 수 있다고 엘케에게 딸에 대한 사랑을 당부한다. 가족에 대한 하우케의 '부드럽고 섬세한 여성적 사랑'은 이 인물이 시민사회의 이분법적인 젠더경계를 넘어섰음을 보여준다. "가족과 직업세계가 하우케에겐 극단적으로 대립되어 있지 않다. 오히려 그는 남성으로서 이 두 영역 사이에서 움직이고 있으며 '여성적인' 가정영역과도 통하고 있다."(Forssell, 208쪽) 하우케는 가정에서도 '실재'하는 아버지상을 구현함으로써, 일=남성, 가정=여성이라는 독일 빌헬름제국 시대의 젠더전형을 깨뜨리는 '새로운 남성성'을 제시한다.

엘케에게서 전형적인 '여성성'보다는 부분적으로 '남성성'을 발견할 수 있듯이 하우케에게서도 고정된 젠더 이미지를 해체하는 '여성적 남성성'을 보게 되는 것이 흥미로운데, 그의 여성성은 사적인 영역에서만 나타나는 것이 아니라 공적인 영역에서도 드러난다. 그래서 『백마의 기수』의 줄거리는 하우케의 남성성과 여성성이 강해지고 약해지는 일련의 변화와 그 궤적을 같이한다. 소년 시절부터 제방에 대한 관심과 성취욕구를 키워온 하우케가 제방감독관이 되고 드디어 하우케-하이엔-제방을 만들기까지는 그의 남성성이 점점 더 강화되는 경향을 보인다. 그러나 전염병을 앓고 심신이 약해지자, 일에 대한 그의 자신감도 약해진다. 폭풍이 지나간 어느 날 제방을 직접 순찰하던 중 그는 자신의 명예를 상징하는 새 제방이 완벽하지 않다는 사실을 발견한다. 즉 새 제방으로 인해 새로운 수로가 생겼고 그 물길이 구제방의 어느 부분을 약하게 할 수 있기 때문에 대홍수가 일어난다거나 하면 구제방이 무너질 위험이 있다는 것을 알게 된 것이다. 제방의 설계와 축조 과정에서 미처 그것까지 고려하지 못한 실수를 자인하지 않을 수 없었다. 그래서 제방위원들에게 새 제방을 수리하고 방조림을 조성하자고 제안하지만 반대에 부딪친다. 특히 과거 그가 테데의 집에서 하급하인으로 있을 때 상급하인으로서 그를 견제하던 경쟁자였으며 이제는 제방위원이 된 올레 페터스는 그의 실책을 이죽거리면서도 대수롭지 않은 일이니 보수할 필요가 없다고 말한다. 때문에 평소 일에 대해 완벽을 기하던 하우케였건만 그의 제안을 받아들이고 그 문제를 덮어버리려 한다. 그 결과 구제방은 대규모의 해일을 견디지 못하고 터지고 만 것이다.

새 제방의 허점은 하우케의 남성성의 약화를 의미한다. 아무 일 없을 것이라는 올레의 말을 수용하면서도 내심 불편했던 마음을 예리한 통찰력과 강한 정신력을 지닌 엘케에게조차 털어놓지 못할 정도로 그는 심리적으로 지쳐 있었다. 그는 일을 당하고 나서야 후회하면서 그 모든 결과가 구제방의 문제점을 누구보다 잘 알고 있었던 자신의 탓이라는 죄책감을 느끼고, "주여, 저를 데려가시고 다른 이들을 용서하소서!"(173쪽)라고 외치며 그의 아내와 딸을 휩쓸어간 바다에 몸을 던진다. 권력에의 의지와 승부욕으로 점철된 올레 페터스가 남성적 헤게모니의 한 전형을 나타내고 있는 반면 자신의 잘못을 깨닫고 나약해지는 자아를 성찰하며 인격적 위기에 처하게 되는 하우케는 그의 내면에 깃들어 있다가, 견고한 현실의 틈새를 비집고 새어나오는 물줄기 같은 그의 여성성을 표출한다. 그의 죽음으로 끝나는 소설의 종말은 그와 같은 '새로운 남성성 유형'의 존재에 대한 승인과 가치부여라고 해석할 수 있겠다.

4. 새로운 남성성의 함의

가정과 사회 내에서 부권의 지배논리가 당연시되던 19세기의 상황을 생각하면, 슈토름의 텍스트는 여성의 문제 자체를 직접적으로 형상화한 것은 아니라 할지라도 남성 헤게모니의 한계와 그 고정 이미지를 폐기해야 할 필요성을 보여주고 그에 대한 상징적인 대안으로 섬세하고 민감한, 사랑의 능력을 갖춘 여성성을 제시하고 있다는 점에서 의미 있는 인식의 전환을 보여준다. 그가 말하는 여성성은 하우케의 경우에서 볼 수 있듯이 남성성의 한 부분으로서, 일반적으로 '본질'로서 간주되는 남성성과는 다른 가치를 드러내주는 기능을 한다. 그것은 후기구조주의자들이 말하는 것과 같은 일종의 기표로서 "일정한 역사적인 내용을 채우려는 전복적이고 혁명적인 잠재력"(Roebling, 61쪽)을 지닌 것이다. 슈토름의 많은 작품들이 여성인물들을 긍정적으로 그리고 있지만 『백마의 기수』에서는 남성 주인공인 하우케의 내면을 남성성과 여성성 사이의 긴장과 분열로 구성함으로써, 합리성을 바탕으로 한 이윤창출을 지향하는 산업화 시대의 남성주체가 처한 심리적인 불편함을 표현하는 동시에, 이러한 가부장적 사회규범에 대한 비판과 대안적 가능성을 '새로운 남성성'을 통해 찾고 있다. 이 남성성은 인간에 대한 배려와 감성적인 섬세함, 사랑의 능력과 같은 여성적/모성적 특질을 포함하며 권력중심에 대한 비판, 다름과 차이에 대한 주장, 비합리성에 대한 믿음을 비롯해 자연에 대한 친화력까지 내포한 다양한 특성을 지닌 것이다.

하우케의 죽음은 다양한 해석을 가능케 한다. 어머니 없이 자라난 그는 수학을 좋아하는 합리주의자이며 미신을 믿지 않는 계몽주의자이자 공동체와의 소통 또한 원활하지 않은 배타적이고 독단적인 성격의 소유자이다. 바다 속으로 몸을 던짐으로써 스스로 목숨을 끊은 그의 마지막 행위는 남성적 계몽주의에 대한 자기비판으로 해석될 수 있는데, 이러한 해석이 가능한 것은 그가 "다른 사람들을 위하여"(173쪽) 자신을 희생하려 했기 때문이다. 같은 맥락에서 제방을 지으려면 "살아 있는 것(was Lebigs)"(88쪽)을 바쳐야 한다는, 그가 믿으려 하지 않았던 그 지역의 미신을 결국 몸소 실천하는 제례적인 행위를 통해 과학으로써 자연을 정복하려는 인간 이성에 비합리주의적 비판을 가한 것으로도 볼 수 있다. 또한 사랑하는 가족의 죽음에 직면한 한 남성의 절망적인 자포자기로도 해석할 수 있고 "자신의 소임을 소홀히 한"(170쪽) 결과에 대한 자기징벌로도 볼 수 있다.

그의 죽음을 어떻게 해석하는가 하는 것은 물론 독자의 몫이며 슈토름의 문학에 대한 전반적인 이해와 개별 작품들에 대한 구체적인 연구를 병행할 때 더욱 타당한 해석에 접근할 수 있을 것이다. 젠더적 관점에서 슈토름의 텍스트를 해석할 때 우리는 남성성과 여성성, 부성이나 모성이 본질적인 것이 아니라 사회적으로 구성된 것이라는 사실을, 그리고 젠더 질서에 대한 슈토름의 의식을 살펴볼 수 있다. 앤서니 기든스가 지적하고 있듯이 19세기 후반에도 강력한 남성성이나 가부장적 권력은 서서히 쇠퇴하고 있었다. 가족이 아직 생산체계의 중심에 있었을 때는 가족에 대한 남성의 직접적인 통치가 전면적이었지만, 점차 가정과 작업장이 분리됨에 따라 그 통치력도 약해질 수밖에 없었던 것이다. 권력을 궁극적으로 소유한 자는 분명 남편이었지만 점차 부모와 자식 간의 정서적인 교류가 중요시되면서 아버지의 권력 사용은 완화되기 시작하였다. 반면 양육에 대한 여성의 통제권이 커지고 '어머니에 대한 이상화'가 시작되면서 가족의 중심 또한 가부장적 권위로부터 모성적 애정으로 옮겨지고 있었다. 즉 여성들은 남성들에게는 배제되어 있는 어떤 특정한 영역과 관련된, 독자적인 존재로 인식되면서 이러한 인성적 특성으로서의 모성이 여성성의 핵심이 된 것이다.(기든스, 82쪽 참조) 『백마의 기수』에서 슈토름은 이러한 젠더질서의 변화를 문학적으로 성찰하고 있으며 더 나아가 부성과 모성이, 남성성과 여성성이 결합된 새로운 젠더 이미지를 창출하고 있다. 하우케의 성장배경이나 엘케와 이룬 가정 내에서 모성을 대변하는 여성은 어디에도 존재하지 않는다. 오히려 확고한 남성성을 대표하던 하우케가 정체성의 변화를 겪으면서 그 자신이 부재하는 모성을 대체함으로써 남성적 헤게모니의 영속성을 해체하고 대안적 남성성을 구현한다. 이 점에서 슈토름의 후기문학이 시사하는 현대성을 확인할 수 있다.

5. 슈토름의 리얼리즘

왕정복고 시대와 1848년의 혁명과 실패, 그리고 독일의 통일과 빌헬름제국의 건립 등 19세기 독일의 역사적 발전과정을 몸소 체험한 슈토름에게 문학은 인간을 탐구하는 중요한 수단이었다. 산업사회와 자본주의의 복합적인 메커니즘 속에서 인간의 내면을 통찰하고 그 목소리를 담으려 한 그는 고전주의적 이상이나 낭만주의적 유토피아와 결별하고 변화하는 사회적 현실 속에서 보편적 진리를 모색한 사실주의자였다. 대부분 비극적인 결말을 보여주는 그의 노벨레들은 사회적 변혁 속에서 위협받고 억압당하는 인간성을 다루고 있다. 그의 주인공들은 행복해지고자 하는 인간적인 욕망과 사회적, 정치적, 경제적 요인들의 강요 사이에서 실망하고 갈등하며 고통을 겪는 분열된 의식을 보여준다. 일상의 현실을 여과하여 의미의 관련망을 구성하려는 작가적 노력을 통해 그의 문학은 "인간을 점점 더 주변부로 몰아내고 있는 역사적 현실에 처한 인간 실존

상황을 파악하는 인식의 거울"(Freund, 76쪽)이 된다.

『백마의 기수』에서 하우케도 일견 빌헬름제국 시대의 영웅적 남성상을 보여주는 것 같으나 결국은 주변세계와의 끊임없는 갈등 속에서 내면의 분열과 자아정체성의 위기에 직면한다. 사회적 구속과 개인의 욕망 사이에서 갈등하는 인간 내면의 목소리를 들려주고자 하는 바로 그 '내면성'이 슈토름의 리얼리즘의 주요 특징이다. "슈토름에게서 외적인 것은 인물들의 내면세계를 드러내주는 데 기여한다. 즉 외적인 것은 영혼의 거울이며 번역이다."(Forssell, 23쪽) 때문에 그의 작품에서는 외적 현상들과 인물의 내면의 변화, 생각의 진행과정이 구분지을 수 없을 정도로 뒤섞인 채 서로를 반영하고 있는 것이다.

독일문학사에서 고트프리트 켈러나 테오도어 폰타네, 콘라트 페르디난트 마이어, 벨헬름 라베, 마리 폰 에브너-에셴바흐와 더불어 슈토름은 '시적 사실주의'를 대표하는 작가로 평가된다. 시적 사실주의는 19세기 후반 독일작가들의 세계관이자 예술관이었다. 현실 속에서 진리의 상징들을 찾아내어 보편적인 세계를 구성하고자 한 시적 사실주의자들은 현상의 이면에 있는 본질적인 의미를 발견하려 했고 감각적으로 경험하게 되는 특수성 속에서 보편성을 보고자 했다. 그들은 인간과 그에게 주어진 삶의 상황들에 대해 더욱 본질적인 이해를 구하고자 한 것이다. "슈토름의 문학은 자연과 인간, 정신과 현상이 구성하고 있는 의미망에 대한 확신의 표현이다."(Freund, 75쪽) 내면의 눈으로 외적 현실을 바라보고 그 속에서 절대적인 의미를 찾고자 한 독일의 시적 사실주의자들이 프랑스나 러시아의 사회주의적 사실주의에 비해 사회분석과 비판에서 뒤떨어진다는 평가도 받지만 인간 내면에 대한 성찰을 텍스트의 주제와 문체면에서 성공적으로 형상화한 데서 그들 문학의 현대적 성취를 인정해야 할 것이다. 이것은 젠더질서에 대한 예리한 통찰력을 선취하고 있는『백마의 기수』에도 마찬가지로 적용되어야 할 평가이다.

참고 문헌

1차 문헌

Storm, Theodor, *Der Schimmelreiter*, Frankfurt a. M., Fischer Taschenbuch Verlag 2005.

2차 문헌

Eisenbeis, Manfred, *Interpretationshilfe Deutsch. Theodor Storm. Der Schimmelreiter*, Freising, Stark 2004.

Eversberg, Gerd, Jackson, David, Pastor, Eckart(hrsg.), *Stormlektüren. Festschrift für Karl Ernst Laage zum 80. Geburtstag*, Würzburg, Königshausen & Neumann 2000.

Forssell, Louise, *"Es ist nicht gut, so ganz allein zu sein", Männlichkeiten und Geschlechterbeziehungen in Theodor Storms später Novellistik*, Stockholm 2006.

Freund, Winfried, *Theodor Storm. Der Schimmelreiter*, Stuttgart, Philipp Reclam jun. 2005.

Hoffmann, Volker, Theodor Storm. Der Schimmelreiter, in *Interpretationen und Novellen des 19. Jahrhunderts*, Bd. 2, Stuttgart, Philipp Reclam jun. 1997, S. 333~370.

Huyssen, Andreas(hrsg.), *Bürgerlicher Realismus*, Stuttgart, Philipp Reclam jun. 1982.

Roebling, Irmgard, Storm und die weibliche Stimme, in *Schriften der Theodor-Storm-Gesellschaft*, Bd. 42, hrsg. v. Karl Ernst Laage u. Gerd Eversberg, Heide in Holstein, Boyens & Co. 1993, S. 54~62.

Stein, Malte, *"Sein Geliebtestes zu töten", Literaturpsychologische Studien zum Geschlechter- und Generationenkonflikt im erzählerischen Werk Theodor Storms*, Berlin, Erich Schmidt 2006.

Wagener, Hans, *Theodor Storm. Der Schimmelreiter. Erläuterungen und*

Dokumente, Stuttgart, Philipp Reclam jun. 2001.

앤서니 기든스, 『현대사회의 성. 사랑. 에로티시즘』, 배은경·황정미 옮김, 새물
결, 2003.

버나드 리테어, 『돈 그 영혼과 진실』, 강남규 옮김, 참솔, 2004.

사랑과 조국 사이의 갈등
— 크리스타 볼프의 『나누어진 하늘』과 『크리스타 T에 대한 회상』

김용민

1. 사회주의 리얼리즘과 문학의 사명

사회주의 사회에서도 사람들은 사랑하고, 헤어지고, 다시 만나고 결혼한다. 1949년 10월부터 존재하기 시작한 동독에서도 그러하였다. 피가 끓는 젊은이들은 사랑을 찾아 헤맸고, 사랑 때문에 행복했고, 사랑 때문에 괴로웠다. 하지만 동독사회의 1차적 과제는 역시 사회주의 건설이었다. 당시의 동독은 이 땅에 최초로 노동자와 농민의 나라를 만들자는 구호 아래 온 사회의 역량을 생산과 건설에 쏟아붓고 있었다. 폐허를 복구하고 생산을 재개해서 인민들에게 생필품을 공급하고, 사회 기반시설을 정비하는 것이 급선무였다. 게다가 사회주의 동독은 민중의 혁명이 아니라 소련이라는 외부의 힘에 의해 만들어졌으므로 인민들을 계몽하는 일 또한 시급한 문제였다. 사회주의 이데올로기나 체제를 전혀 알지 못하는 대다수 인민을 사회주의 사회 건설에 동참시키기 위해서는 무엇보다 사회주의 의식의 내면화가 필요하였다. 바로 이러한 역할, 즉 인민을 계몽하고 사회주의 이상을 전파하는 중요한 역할을 문학이 담당하였다. 동독

의 초대 당서기였던 울브리히트는 문학과 예술에 아래와 같은 역할을 주
문한다.

우리는 예술이 우리 공화국을 견인하는 크고 작은 실천, 그것을 행하는
인간의 삶 속에 있는 진리와 아름다움을 발견해내고 표현해주기를 요구
한다.(Kohl, 153쪽)

이러한 요구 속에는 이미 사회주의 건설을 위해 열심히 활동하는 이들
을 주인공으로 삼으라는, 소재와 주제에 대한 방향제시가 들어 있다. 울
브리히트는 여기서 한발 더 나아가 이들 주인공을 동독의 젊은이들이 모
범으로 생각하고 따를 수 있도록 "사실적"으로 묘사해야 한다는 조건을
덧붙인다. 그러니까 그가 요구하는 리얼리즘 작가의 임무는 "연극이나
소설에서 우리 민중의 영웅들을 우리 젊은이들이 자신의 전형으로 생각
하게끔 리얼리스틱하게 표현하는 것"(Kohl, 153쪽)이다. 이러한 요구의
바탕에는 문학이 세상을 변화시키고 미래를 선취할 수 있다는 믿음이 깔
려 있다. 그렇기에 문학은 실천하는 이들, 세계를 적극적으로 변혁하는
이들의 모습을 그려야 하며, 더 나아가 이들이 독자의 모범이 될 수 있도
록 전형을 창조해내야 한다. 이러한 요구는 사회주의 리얼리즘을 공식적
인 문예 방법론으로 규정한 1934년의 소련작가총연맹 제1차 대표자회의
에서 츠다노프가 이미 제기한 것이다.

(사회주의 리얼리즘은─필자) 혁명적 발전과정 속에 있는 현실을 그
릴 수 있어야 한다. 이때 진리에 충실하며 역사적으로 구체적인 예술적 묘
사는 노동자를 사회주의 정신 속에서 이데올로기적으로 변화시키고 교육
하는 과제와 연결되어야 한다. 이것이 우리가 문학과 문학비평에서 사회
주의 리얼리즘의 방법이라 칭하는 것이다.(Kohl, 155쪽)

동독은 건국 이후 사회주의 리얼리즘을 공식적인 문학 창작 방법론으로 받아들여 이를 통해 인민을 계몽하고 창조적 모범을 제시할 것을 문학에 요구한다. 그리하여 1960년대 말까지 사회주의 리얼리즘이 문학의 주도적 기준으로 통용되었다. 사회주의 리얼리즘 문학은 이에 따라 긍정적 주인공, 미래전망 제시, 전형적 인물, 당파성, 진리 충실성 등의 기준에 따라 동독의 현실을 그려야 했다.

이런 상황에서 개인의 사랑이나 사랑의 고뇌는 그야말로 사치스러운 감정일 수밖에 없었다. 모두가 함께 잘사는 사회주의 사회의 건설이 최우선 과제인 상황에서 개인의 사랑이 끼어들 자리는 없었다. 하지만 사람들은 여전히 사랑을 느꼈고, 또한 사랑을 찾아 헤맸다. 동독문학 역시 사회주의 리얼리즘의 강령에 충실하게 '건설문학'이나 '도달문학'이라는 이름으로 사회주의 건설과 인민의 계몽에 매진하는 경우가 많았지만 그래도 문학이 지니는 근본적 문제의식을 다 잃어버린 것은 아니었다. 50년대 말까지는 사회주의 리얼리즘 원칙에 충실한 작품들이 주로 발표되었지만 60년대에 들어서며 서서히 '이제는 완성된' 사회주의 사회의 내부문제들이 작품의 주제가 되기 시작하였다. 이러한 변화의 초기 단계에 발표된 작품이 크리스타 볼프의 『나누어진 하늘』이다.

2. 사회주의 사회에서의 사랑과 성

독문학을 전공한 뒤 출판사 편집인으로 일하던 크리스타 볼프의 두번째 작품이자 그녀를 일약 주목받는 작가로 만들어준 『나누어진 하늘』(1963)은 사회주의 리얼리즘 원칙에 충실한 동시에 그것을 넘어선다. 자신이 사랑하는 이가 동독사회에 적응하지 못하고 서베를린으로 넘어간 후 여주인공 리타에게는 사랑을 택할 것인가 아니면 조국을 택할 것인가 하는 양자택일의 상황이 주어진다. 리타는 사랑하는 이를 만나기 위해

서베를린으로 가지만 결국 그와 헤어져 다시 동독으로 돌아옴으로써 이 소설은 사회주의 리얼리즘의 공식인, '역경을 딛고 일어서는 긍정적 주인공'을 창조해낸다. 하지만 리타가 사랑의 상실로 인한 절망 때문에 탈진하여 기차 선로 위에 쓰러지는 무의식적인 자살 시도나, 리타의 애인인 유능한 화학자 만프레드가 동독을 떠나게 된 이유를 동독사회의 경직된 구조에 기인하는 것으로 그림으로써 '공화국 탈주자'에 대한 "단순한 도덕적 단죄에 반대"(Hörnigk, 95쪽)한 것은 이 소설이 사회주의 리얼리즘의 공식에서 조금씩 이탈하고 있음을 반증한다.

리타와 만프레드 사이의 사랑은 멜로드라마처럼 "상투적"(Hörnigk, 93쪽)으로 시작된다. 김나지움을 졸업하고 마을의 보험회사 지사에서 근무하는 열아홉 살의 리타에게 어느 날 도시에서 온 젊은이가 나타난다. 스물아홉의 만프레드는 박사논문을 쓰고 있는 화학자로 사촌누이가 사는 시골마을에 잠시 쉬러 온 참이었다. 서로에게 호감을 느끼지만, 말 한마디 나누지 못하고 멀찍이서 바라만 보고 있던 두 사람은 마침내 마을 무도회에서 만나고, 연회가 파할 즈음에야 겨우 함께 춤을 추게 된다. 다음 순서는 만프레드가 리타를 집에 바래다주는 것이다. 물론 당연히(?), 내일이면 만프레드는 도시로 돌아가게 되어 있다. 두 사람은 집 앞에서 별 말 없이 작별하고 리타는 현관으로 향한다. 리타가 현관 손잡이를 잡는다. 멜로드라마에서 늘 그렇듯, 이때 만프레드가 뒤에서 말한다. "나 같은 사람과 사랑에 빠질 수 있습니까?" 이에 리타는 망설임 없이 "그래요"라고 대답함으로써 이들의 사랑은 시작된다.(Wolf, 1999a, 18쪽).[1] 다음 날 만프레드는 도시로 떠나고 그들은 당분간 편지로 서로의 사랑을 주고받는다. 그러다가 크리스마스 연휴에 만프레드가 리타의 어머니와 고모에게 인사를 드리고 다음 날 두 사람은 인근 스키장으로 가서 함께 새해를 맞는다.

---

1) 이하 볼프 작품의 인용은 괄호 안에 해당 작품의 쪽수를 표기하는 것으로 출처를 밝힌다.

이제 남은 것은 서로 떨어져 있는 두 사람이 합치는 일이다. 인근 도시의 사범대학 선생이 학생들을 모집하기 위해 리타의 마을을 찾고 리타는 신청서를 낸다. 그 도시는 물론 만프레드가 사는 곳이다. 도시로 상경한 리타는 만프레드의 집으로 들어가 곧바로 동거를 시작한다. 여기까지 매우 자연스럽고 거침없이 표현되는 사랑의 행보는 21세기를 사는 우리의 눈으로 보아도 놀랍다. 게다가 이 사랑의 배경이 1960년대 초의 동독 사회주의 사회라니 더욱 의아하다. 열 살이나 연상인 남자와 첫눈에 사랑에 빠지고, 얼마 후 집에 데려와 소개한 다음 스키장으로 놀러가 밤을 함께 보내고, 이후 남자 집에서 동거를 시작하는 과정이 너무도 자연스럽게 그려진다. 그렇다면 동독사회에서는 1960년대 초에 이미 이토록 자유로운 사랑과 성이 가능했다는 것인가? 사회주의하면 으레 개인의 자유를 억압하는 경직된 전체주의가 떠오르는데 동독의 경우 적어도 사랑의 문제에서는 개방적이었다는 말인가?

그렇다. 공공영역에서는 사회주의 건설과 생산성 향상이 화두였지만 일상영역에서 사랑과 성은 그 어느 곳보다 자유로웠던 곳이 동독이었다. 사회주의 체제는 기본적으로 모든 국민에게 의식주를 제공해주었다. 실업률 0%라는 수치가 말해주듯 여성들도 원하기만 하면 모두가 직장을 얻을 수 있었다. 가정을 가진 여성들이 직장생활을 잘할 수 있도록 육아시설과 탁아시설 또한 잘 갖추어져 있었다. 여기에 무상진료가 보장되고 싼값으로 집이 제공되었으므로 여성들도 마음만 먹으면 얼마든지 독립할 수 있었다. 인민에 대한 복지는 누구에게나 똑같이 적용되어 미혼모의 아이들에게도 결혼한 가정의 아이들과 똑같은 혜택이 주어졌다. 동독에서 대다수의 여성들이 직업을 갖고 활발한 사회활동을 할 수 있었던, 그리고 이혼율이 높고 미혼모 역시 많았던 이유가 여기에 있다. 이러한 상황은 동독사회에서 성과 사랑 그리고 결혼에 대해 보다 개방적인 — 물론 말기 시절에 비해서는 조금 덜 개방적이었지만 — 풍토를 마련해주었다. 1960년대 초의 동독사회는 건국된 지 이미 십여 년이 지나 어느 정도 기반이 마련된 상태였다. 이런 관점에서『나누어진 하늘』에 묘사된 리타와 만프레드의 거침없는 사랑은 동독적 상황이 바탕에 놓여 있다고 할 수 있다.

그러나 크리스타 볼프는 두 사람의 사랑을 중심 주제로 다루면서도 끊임없이 여기에서 벗어난다. 두 주인공 외에도 많은 이들을 등장시키고, 리타 역시 공장에서 일하도록 하여 생산현장에서 벌어지는 일들에 얽혀 들게 함으로써 단순한 사랑 이야기가 아닌 사회소설이 될 수 있도록 많은 소설적 장치를 동원하였다. 사랑을 중심 주제로 삼는 동시에 사회주의 건설이나 노동현장의 일상을 보고하는 등 사회적 문제의식도 함께 나타나도록 만든 것이다. 사회주의 통일당 당원이자 새로운 사회 건설에 적극적이었던 크리스타 볼프가 사랑 이야기를 사회문제와 결부시킨 것은 어쩌면 당연한 귀결이었을 것이다. 그럼에도 불구하고 크리스타 볼프는 개인의 사랑 이야기에 다시 눈을 돌림으로써 개인의 행복과 공동체의 행복 사이의 갈등 문제를 표면으로 드러낸다.

3. 개인과 공동체 사이의 갈등

통일이 되고 난 후에 동독 출신 작가인 슈테판 헤름린은 자서전『저녁 노을』에서 자신이『공산당선언』에 나오는 유명한 구절을 오랫동안 거꾸로 기억하고 있었노라고 고백한다.

'지나간 시민사회의 계급과 계급 간의 적대관계를 대신하여, 만인의 자유로운 발전이 한 개인의 자유로운 발전의 조건이 되는 그러한 하나의 연합이 도래한다.' 언제부터 그 구절을 여기 쓴 대로 그렇게 읽기 시작했는지 나는 알지 못한다. (……) 수십 년이 지난 다음 그 구절이 실제로는 다음과 같이 정반대의 내용을 담고 있다는 것을 발견했을 때, 나의 놀라움,

그 경악감은 얼마나 엄청난 것이었는지.(헤름린, 26쪽)

헤름린이 거꾸로 읽은 문장의 원뜻은 "한 개인의 자유로운 발전이 만인의 자유로운 발전에 대한 조건"이었다. 이처럼 동독의 지식인과 작가들은 개인보다 공동체를 우선시하는 사고를 내면화하고 있었다. 때문에 그들은 당과 국가가 요구하는 문학의 사회적 기능, 즉 문학을 통해서 인민을 계몽해야 한다는 교육적 임무를 당연한 것으로 받아들였다. 크리스타 볼프 역시 만인의 행복이 개인의 행복을 위한다는 전제에 적극 동의하고 문학의 계몽적 과제 역시 중요하게 여겼다. 하지만 그녀는 공동체의 행복이 반드시 개인의 행복을 의미하는가에 대해서는 의문을 던진다. 또한 양자 사이에 갈등이 벌어질 때 결국 개인이 희생할 수밖에 없는 현실에 주목한다. 이러한 갈등은 『나누어진 하늘』에서 사랑 이야기를 축으로 드러난다.

리타와 만프레드의 사랑은 순조롭게 진행된다. 아버지와 갈등을 빚고 세상에 대해서도 냉소적인 만프레드는 리타를 통해 따뜻함과 사랑을 배워나간다. 리타 역시 공장에서 어려움을 겪으면서도 만프레드와의 사랑으로 행복한 나날을 보낸다. 그런 두 사람에게 시련이 닥친다. 그것은 두 사람 사이의 관계에서가 아니라 외부에서 온다. 만프레드는 지방공장에서 일하며 박사논문을 쓰고 있는 자신의 제자 마르틴 융과 함께 "배기가스를 빨아들이는 개선된 장치를 갖춘 새 방적기"를 고안하였지만 "섣부른 티가 역력한 다른 프로젝트"에 밀려 거부당하고 만다. 이 소식을 듣고 만프레드는 자신의 선의가 사회로부터 무시당했다고 생각한다.

그들이 자기를 필요로 하지 않는다는 게 이미 증명되었다고 그는 여겼다. 한 인간의 커다란 희망을 펜촉 하나로 말살해버리는 그런 사람들이 존재했다.(151쪽)

만프레드는 융과 함께 튀링엔 지방의 그 공장으로 내려가 다시 한번 설득을 시도해보지만 결국 관료주의에 부딪혀 좌절하고 만다. 이 주일 동안 머물며 공장 담당자와 당간부들을 붙들고 새 기계의 우수성과 필요 성을 설득했지만 결국 의사결정 구조에 대한 환멸만을 안고 돌아와야 했 다. 만프레드는 "불행해져서" 돌아왔고 "앞으로의 성공에 대한 희망도 다 잃고"(184쪽) 실의에 빠진다. 그후 융이 공장회합에서 간부들에게 직 설적으로 "간사한 자들, 무능한 자들, 제동이나 거는 인간들"(186쪽)이 라고 비난한 일 때문에 대학에서 제적당하자 만프레드는 "절망과 냉소 적 체념" 상태에 빠진다. 이러한 상황에서 만프레드는 화학자 회의에 참 석하기 위해 베를린에 갔다가, 서베를린의 이모 집에 남은 것이다. 그는 리타에게는 사전에 아무런 상의도 없이 서독행을 결행한 후 간단한 편지 를 보낸다. "당신이 오면 자세한 이야기를 해줄게. 나는 오직 당신이 다 시 내 곁에 있게 될 날만을 위해 살고 있어. 당신도 늘 그것만 생각하도 록 해."(214쪽) 리타는 얼마 후에 "이제 나는 당신을 날마다 기다리고 있 어"라는 편지를 받고 베를린으로 만프레드를 찾아간다.[2] 리타는 자신이 만프레드를 따라 그곳에 머물지 다시 돌아올지 결정하지 못한 상태로 서 베를린에 도착해 만프레드가 살고 있는 집을 찾아간다.

일반적 사랑 이야기라면 재회의 순간은 감격 그 자체였을 것이다. 서 베를린에서의 두 사람의 재회는 국경을 뛰어넘는 위대한 사랑으로 그려 질 수도 있었을 것이다. 하지만 두 사람 사이의 사랑에는 이데올로기와

---

2) 당시의 동서베를린 사이에는 국경이 있었지만 기차로 연결되어 있어서 사람들은 커다란 어려움 없이 왕래할 수 있었다. 리타는 지방도시에 살고 있었기에 우선 동베를린행 기차를 탄다. 베를린이 가까워오자 기차에 경찰이 들어와 신분증 검사를 하지만 신분 확인만 하고 그냥 보낸다. 동베를린 역에 내리면 거기에서 서베를린행 전철표를 살 수 있다. 리타는 왕복표를 산 후 아무런 제약 없이 전철을 타고 서베를린의 동물원역에 도착한다. 이처럼 동서베를린을 서로 왔다 갔다 할 수 있었기 에 실제로 많은 동독인들이 서독으로 넘어가버렸다. 하지만 소설의 주인공인 만프레드처럼 이 이 탈자들이 대부분 전문직에 종사하는 이들이나 젊은이었기에 동독은 공동화 위협에 직면하였다. 그 리하여 1961년 8월 베를린 장벽을 건설해 외부와 완전히 단절하는 조치를 취한 것이다.

체제가 끼어든다. 아니, 정확하게 말하면 이러한 장애물들이 리타를 머뭇거리게 만든다. 만프레드는 리타를 간절히 원하지만 리타는 만프레드의 사랑만으로는 살 수 없는 자신을 느낀다. 서독 자본주의 사회에 대한 리타의 거부감이 만프레드에 대한 그녀의 사랑 속으로 끼어든 것이다. 나중에 리타는 요양소를 방문한 스승에게 당시 자신이 느꼈던 감정을 다음과 같이 설명한다.

> 물론 상점가 건물에는 유리와 셀로판이 더 많이 있었어요. 그리고 이름만으로는 알 수 없는 상품들 (……) 그것은 내 마음에 들었어요. 내가 얼마나 기꺼이 그런 가게에서 쇼핑을 하게 될지 또렷이 상상할 수 있었어요.
> 그런데 그 모든 것이 결국은 먹고, 마시고, 입고, 자는 것으로 귀결되는 거예요. 무엇을 위해 먹는가라고 나는 자문해보았어요. 꿈같이 멋진 집에서 사람들은 무얼 할까? 길 너비만큼 커다란 저 차들을 타고 사람들은 어디로 가는 걸까?(236~237쪽)

리타가 보는 서베를린은 화려하고 풍요롭다. 하지만 리타는 "거기에서 기쁨을 느끼지 못한다." 오히려 "끔찍하게도 낯선 곳"(238쪽)에 있는 것 같은 소외감을 느낀다. 이러한 사고의 근저에는 '정신 대 물질'이라는 이분법, 즉 비록 외관은 화려하지만 물질만을 추구하는 서독과 그에 비해 조금 못살지만 고귀한 이상을 지닌 동독이라는 이분법이 자리잡고 있다. 만프레드가 노래를 인용하며 "이번 한번쯤은 나를 믿어줄 수 없겠어? 나는 당신을 따르겠어요, 숲을 지나고 바다를 지나, 얼음을 지나, 무쇠를 뚫고, 적군의 무리를 뚫고……"(243쪽)라며 리타에게 곁에 남아달라고 부탁하지만 리타는 즉각 대답하지 않는다. 함께 있을수록 두 사람의 말은 자꾸 엇나가고, 서로 변했다고 느낀다. 급기야 만프레드는 흥분하기에 이르고 그를 보며 리타는 생각한다.

그는 지금, 보다 가혹하고 엄격한 삶의 압박을 견뎌내지 못했다는 자기 자신에 대한 공허한 환멸을 다른 사람에게 전가해 벗어나려 한다. 내가 그와 함께 간다면, 리타는 생각했다, 나는 나 자신에게만 해를 끼치는 게 아니겠구나. 저 사람에게도 해를 끼치겠구나, 아니 저 사람을 가장 심하게 다치게 하겠구나.(247쪽)

리타는 결국 만프레드를 떠나 동베를린행 기차를 탄다. 헤어지기 전에 만프레드는 "하늘이야 적어도 사람들이 나눌 수 없겠지"라고 말하지만 리타는 "아뇨. 하늘이 맨 먼저 나누어져요"(254쪽)라며 결정적 의견 차이를 보인다. 하늘이란 "희망, 그리움, 사랑, 슬픔"을 상징하면서 동시에 생각과 이념을 의미한다. 그것이 제일 먼저 나누어진다면 이미 두 사람의 사랑도 나누어질 수밖에 없다. 리타가 돌아온 지 꼭 일 주일이 되던 일요일, 베를린 장벽이 건설되면서 동서베를린 간의 왕래는 원천적으로 봉쇄된다. 이제 리타는 만프레드에게 가고 싶어도 못 가게 된 것이다.

만프레드를 서베를린에 놓아두고 돌아온 리타는 결코 애국자나 전사와 같은 결연한 모습은 아니다. 오히려 자신의 행동이 옳았는지 끝없이 자문하고 회의한다. 그 끝에서 리타는 "무의식적으로 자신에게 마지막 도피의 시도를 허락"한다. 즉 기차가 다가오는 것을 보면서 선로 위에 쓰러진 것이다. 비록 자신이 선택한 길이긴 했지만 리타에게 사랑의 상실은 자살을 시도할 정도로 매우 커다란 아픔이었던 것이다. 이러한 리타의 자살 시도는 "개인의 행복과 사회적 과제가 해결될 수 없는 갈등"(Papenfuß, 54쪽) 관계에 있음을 보여준다.

하지만 결국 리타의 자살 시도는 무위에 그치고 요양소에서 건강을 회복함으로써 갈등은 다시 완화된다. 개인의 해결할 수 없는 갈등이 사회적 도움을 받아 해결되는 것으로 소설의 줄거리가 선회하는 것이다. 리타가 절망을 극복하고 다시 자기 자신으로 돌아오는 과정은 자신의 선택이 옳았다는 확신의 과정이기도 했다. 그를 위해 리타는 자신이 만프레드 곁에 남았다면 어떠했을까를 상상해보며 자신의 선택에 정당성을 부여한다.

　　얼마나 많은 밤들을 나는 깨어 누워 있었던가. 얼마나 '그곳에서', 그의 곁에서 살아보려 했던가. 얼마나 많은 나날을 나 자신을 괴롭혔던가. 그러나 낯선 곳은 나에게 끝내 낯설고, 이곳의 모든 것은 뜨겁고 가깝다.(248쪽)

사랑을 버리고 사회주의 체제와 조국을 택한 것에 정당성을 부여하는 이 언술은 결국 『나누어진 하늘』을 사랑 이야기에서 사회주의 사회를 선택하는 이념적 이야기로 귀착시킨다. 비록 물질적으로는 풍요롭지 못하지만 동독에 남아 사회주의 이상을 실현하기 위해 함께 노력하는 것이 더 바람직하다고 선언한 것이다. 왜냐하면 사회주의 동독의 모든 것은 "뜨겁고 가깝"기 때문이다. 그의 스승 슈바르첸바흐는 그런 리타의 행동을 매우 긍정적으로 평가한다.

　　그녀는 모른다. (……) 이 인생을 하루하루 새롭게, 자신을 기만하거나 기만당하지 않고 정면으로 똑바로 바라보기 위해서는 어떤 영혼의 대담성을 그녀가 필요로 했던가를. 수많은 보통 사람들의 영혼의 대담성에 훗날 태어나는 사람들의 운명이 달려 있다는 것을.(258쪽)

리타는 자신을 "정면으로 똑바로 바라"볼 수 있었기에 괴로웠지만 동독에 남아 다른 이들과 함께 사회주의 건설에 동참하는 쪽을 선택했다는 위의 표현은 이 소설이 다시금 사회주의 리얼리즘의 공식으로 돌아가 끝나고 있음을 보여준다. 사회주의 사회에서는 개인의 사랑보다는 공동체의 행복이 우선이라는 공식이 결국은 관철된 것이다.

그럼에도 불구하고 『나누어진 하늘』이 사회주의 리얼리즘에 충실한 작품은 아니다. 사랑을 포기하고 공동체를 택하는 리타의 선택이 수많은 고민과 방황 그리고 자살 시도로까지 이어지는 깊은 회의를 바탕에 깔고 있기 때문이다. 더 나아가 작품 곳곳에 보이는 동독 사회주의 사회의 경직성에 대한 비판이나 만프레드가 동독을 떠난 이유가 동독사회가 그를 포용하지 못한 데 기인한다고 보는 점, 그리고 리타가 속한 공장이나 학교에 만연해 있는 교조적 입장의 당원들에 대한 문제제기는 이 소설을 단순한 사회주의 리얼리즘 작품으로 볼 수 없게 만든다. 이 소설은 최종적으로는 사회주의를 선택하지만, 그 과정에서 사회주의 사회의 문제를 비판적으로 드러내고 개인과 사회 간의 해결될 수 없는 갈등을 표면화함으로써 동독문학이 "사회주의 리얼리즘의 지침에서 벗어나는" "돌파구" (Buehler, 176쪽)를 마련했다고 평가할 수 있다. 크리스타 볼프는 다음 행보에서 개인과 사회 사이의 갈등 속에서 발생하는 개인적 불행에 온전히 주목한다. 이를 통해 볼프는 사회주의 리얼리즘의 공식에서 완전히 탈피한다. 그 작품이 바로 『크리스타 T에 대한 회상』이다.

4. 개인과 사회의 갈등에서 개인에게 주목하기

1969년에 발표된 『크리스타 T에 대한 회상』은 여러 가지 면에서 『나누어진 하늘』과 다르며 사회주의 리얼리즘의 공식과도 배치된다. 우선 소설의 주인공인 크리스타 테는 결코 이전까지 동독문학에서 그려졌던 모범적이고 긍정적인 인물이 아니다. 그녀의 삶 또한 영웅적이지 않다. 오히려 동독사회에 적응하지 못하고 서른다섯의 나이에 백혈병으로 죽는 인물이다. 그녀의 직접적인 사인은 백혈병이지만 소설 속에서는 그녀를 포용하지 못한 사회에도 연대적 책임이 있는 것으로 암시된다. 사실 죽음은 동독문학에서 그때까지 금기시되어왔던 소재이다. 독일 땅에 새롭고 희망찬 사회주의 사회를 건설하는 일에 매진하는 긍정적 인물을 중심에 두었던 이들 문학에서 영웅적이지 않은 인물을 주인공으로 삼고 게다가 희생적이지도 않은 죽음을 다룬 소설이 나왔다는 것 자체가 이 시대의 문학이 이미 사회주의 리얼리즘의 궤도를 벗어났음을 말해준다. 적대적 모순이 해결되고, 지상의 낙원을 이룩한 사회주의 사회에서 괴로워할 일이 무엇이 있고, 불행한 일이 어떻게 일어날 수 있는가가 그때까지의 지배담론이었다. 그렇기에 사회에 적응하지 못하고 이른 나이에 죽음을 맞이한 소설 속 주인공의 삶과 이야기는 그 자체로 강력한 대항담론이 되었다. 개인과 사회의 관계에서 이제 초점이 개인의 문제로 옮겨온 것이었다.

소설은 크리스타 테의 친구인 일인칭 화자가 그녀가 남긴 메모, 편지, 일기, 습작물 등을 다시 읽으며 그녀가 어떻게 살았고, 어떻게 죽어갔는가를 재구성하는 방식으로 진행된다. 그러니까 크리스타 테가 이미 죽은 상황에서 그녀의 삶을 회상하는 것이다. 이런 점에서 『크리스타 T에 대한 회상』은 『나누어진 하늘』보다 한 걸음 더 나아갔다고 할 수 있다. 리타가 죽음의 위기를 극복하고 사회로 복귀한 반면 크리스타 테는 끝내 사회와 화해하지 못하고 죽음을 맞이하기 때문이다. 『나누어진 하늘』과 달리 『크리스타 T에 대한 회상』은 개인의 행복과 공동체의 행복이 일치하지 못한 데서 벌어지는 비극이 작품의 중심을 이룬다.

주인공 크리스타 테는 1928년에 태어나 나치 시대에 청소년기를 보내고, 전쟁과 피란생활을 겪었으며, 전후 잠시 교사생활을 하다 대학에서 독문학을 전공한 후 다시 교편을 잡는다. 그녀는 결혼과 함께 교사직을 그만두고 수의사인 남편과 시골로 내려가 생활하다 젊은 나이에 병을 얻어 세상을 떠난다. 겉으로 보면 평범하기 그지없는 삶이어서 그녀의 삶을 재구성하는 화자가 강조하듯 어떠한 "모범상"(Wolf, 1999b, 55쪽)도 될 수 없지만 그럼에도 불구하고 크리스타 테는 동독사회의 미래를 위한 "모범적이지 않은 모범상"(Meyer, 145쪽)이다. 왜냐하면 크리스타 테는 자아실현을 위해 끝까지 노력했기 때문이다. 그녀의 시도가 비록 동독 사회주의 사회의 현실에 부딪혀 실현될 수 없었고 그로 인해 결국은 죽음에 이르게 되었지만, 결국 동독사회가 보다 성숙한 사회가 되기 위해서는 개인의 문제에 더 주목해야 하고, 크리스타 테와 같은 인물이 마음껏 개성을 펼치며 살아갈 수 있어야 한다는 문제의식이 소설의 바탕에는 놓여 있다. 이는 크리스타 볼프가 공동체의 행복을 개인의 행복에 우선하는 동독사회의 지배담론으로부터 서서히 멀어지기 시작했음을 보여준다.

『나누어진 하늘』에서 주인공이 사랑보다는 조국을 택함으로써 공동체의 행복을 우선시했다면 『크리스타 T에 대한 회상』에서는 그러한 선택에 의문을 제기한다. 이를 전적으로 보여주는 것이 주인공 크리스타 테가 대학에서 겪은 사건이다. 그녀는 독문학을 공부하면서 특히 교조적이고 일방적인 작품해석 방식에 회의를 느꼈는데, 어느 날 동급생인 귄터가 실러의 『간계와 사랑』을 사회적 동기가 개인적 동기에 우선하는 예로 발표하는 시간에 그런 공식과는 완전히 다른 결론을 말해버리는 사건이 일어난다. 토론 시간에 한 여학생이 "새로운 사회에서는 불행한 사랑은 결코 더이상 자살의 이유일 수 없다"(80쪽)며 작품 속의 등장인물을 비난하자 귄터가 그녀를 공격한 것이다. 당시 귄터는 자신의 애인을 친구가 가로챈 사건으로 괴로워하던 참이었는데 이 상황이 그로 하여금 불행한 사랑은 사회주의 사회에서도 개인을 자살로 이끌 수 있다는 주장을 하게 만든 것이다. 크리스타 테는 귄터를 변호하지만 결국 그는 징계를 받고 공개반성을 한다. 비록 귄터의 사건을 통해 간접적으로 표현되긴 했지만 개인의 감정을 중시해야 한다는 입장이 표명된 것이다. 이 입장은 소설의 기본 바탕을 이루며 계속 반복된다. 크리스타 테는 그 누구보다도 자신의 감정에 충실하며 개인의 자아실현에 관심을 지닌 인물이었다. 그렇기에 주변 사람들은 그녀를 "현실과 동떨어지고" "시대에 맞지 않는" "영원한 몽상가"로 불렀다. 그녀가 이렇게 된 이유는 끊임없이 "자기 자신이고자 하는 시도"(11쪽)를 했기 때문이다. 그녀는 "질서에 맞추는 것"을 별로 중요하게 생각하지 않았고 "사람들에게 한번 정해진 경계선을 인정하는 것"(58쪽)을 거부했다. 크리스타 테가 결혼생활 중에 다른 남자와 사랑에 빠진 것 또한 이러한 맥락에서 이해된다. 사랑하는 사람과 결혼하여 수의사의 아내로 지방에 살게 된 그녀는 매일 반복되는 집안일에 스스로 매몰되어 가는 것을 느낀다. 자기 자신을 발전시키고 자아를 실현할 수 있으리라는 기대를 갖고 시골로 내려왔지만 남편과 아이를 돌보는 데 온 힘을 소비하는 상황에 괴로워하던 그녀는 남편을 통해 알게 된 연하의 산림감시원과 사랑에 빠진다. 화자는 그 이야기를 듣고 그녀에게 "마담 보바리"라 말하지만 이 사건을 재구성하면서 점차 다른 시각을 갖게 된다. 화자는 결국 이 외도사건을 "그녀를 둘러싼 죽어 있는 세계"(175쪽)에서 벗어나려는 변화의 시도, 즉 "주어진 것과 타협하지 않으려는"(176쪽) 그녀의 기본 입장이 발현된 사건으로 평가한다. 이는 크리스타 테가 죄의식을 느끼지 않으며, 그 사실을 남편에게 숨기지도 않고, 화자에게 자신의 감정을 솔직하고 당당하게 묘사하는 데서도 드러난다. 결국 그녀가 다시 가정으로 돌아옴으로써 사건은 해결되지만 그녀의 외도가 단순한 외도가 아니라 자기 자신을 찾으려는 진지한 노력의 일환이자 끊임없이 변화를 추구하는 깨어 있는 정신에 기인한 것으로 그려진다는 점에서 이 소설은 『나누어진 하늘』의 연장선에 있으면서 그것을 넘어서고 있다.

5. 자아실현을 통한 공동체의 행복실현

자신의 감정에 충실하고 자아실현을 추구하는 크리스타 테의 시도는 개인적이고 주관적인 영역에서만 이루어지지 않는다. 그녀는 교사 시절 때 학생들에게 당시의 의무 주제였던 '사회주의 사회 발전을 위해 기여하기엔 내가 너무 어린가?' 라는 작문 과제를 내주면서 "단 한 번만이라도 자신들의 문장을 생각해보세요."(115쪽)라고 말한다. 하지만 학생들이 자신의 이야기를 하지 못하고 겉만 번지르르한 말을 꾸며낸 것을 보고 모두에게 최하 점수를 주려고 한다. 특히 자신이 소년단원도 아니면서 마치 그런 것처럼 거짓으로 작문한 학생을 꾸짖는다.

학생은 소년단원으로서 사회를 위해 무엇을 할 수 있는지 불타는 색조로 서술하고 있어요. 그런데 학생은 소년단원이 아닌 걸로 알고 있는데.(116쪽)

이에 대해 학생은 "전 단원이 아니에요. 하지만 단원이 될 수도 있지 않겠어요?"라며 매우 뻔뻔하게 반응한다. 학생들은 이미 사회가 무엇을 원하는지, 어떤 대답을 원하는지 터득하고 그에 맞추어 자신들을 적응시켜나가고 있는 것이다. 바로 이 점을 크리스타 테는 참을 수 없어하며 고치려 한 것이다. 그렇기에 그녀의 '자기 자신이 되고자 하는 시도'는 개인적인 차원을 넘어서서 사회 전체의 문제로 확장된다. 크리스타 테 자신만이 아니라 인간 모두가 자아를 잃지 않고 자기 자신이 될 때 비로소 동독사회 모두가 꿈꾸던 새로운 세상이 된다고 생각했기 때문에 그녀는 새로운 세상을 만들어갈 '새로운 인간'을 꿈꾼다. 하지만 학생들뿐만 아니라 교장까지도 그녀를 이해하지 못하는 상황은 새로운 사회의 도래에도 개인과 사회의 갈등은 여전히 해결되지 못하고 있음을 말해준다. 아니, 집단의 행복을 강조하는 사회주의 사회에서 오히려 이 갈등이 더욱 증폭되고 있음을 보여준다. 그럼에도 불구하고 크리스타 테가 자신의 생각을 굽히지 않는 것은 그것이 사회주의 사회의 발전을 위해 반드시 필요하다고 생각하기 때문이다. 소녀 시절에 나치와 전쟁을 겪은 후 새로운 세상을 맞았을 때 그녀는 누구보다도 앞장서서 새로운 세상을 함께 만들어나가겠다는 각오를 하였다. 그녀는 시대와 "깊은 일체감"을 느끼고 있었고, "나는 일하고 싶어. 다른 사람들과 함께 다른 사람들을 위해서"(84쪽)라고 언니에게 보낸 편지에서 나타나듯 자신이 동독사회에 기여할 수 있기를 간절히 원한다. 그런 그녀가 보기에 새로 도래한 세상은 근본적으로는 여전히 새롭지 않고 과거의 문제점 또한 고스란히 껴안고 있다. 사회주의 사회에서도 역시 인간의 폭력성은 사라지지 않고 도처에서 모습을 드러내고 있었기 때문이다. 크리스타 테는 교사생활을 하면서 목격한 아이들의 거침없는 야만성에 절망한다. 사내아이가 나무에 기어올라가 새둥지에서 알을 꺼내다 담벼락에 던져버리거나, 두꺼비의 머리를 이로 물어뜯는 것을 보면서 그녀는 나치 시대와 달라진 게 무엇인지 진지하게 반문한다. 그녀는 소녀 시절에 소작인이 자신의 부인을 놀라게 했다는 이유 하나만으로 고양이를 담벼락에 집어던져 죽이는 광경을 목격하였고, 전쟁의 끔찍한 폭력을 경험하고 치를 떨었던 기억을 갖고 있다. 때문에 그러한 폭력이 존재하지 않는 사회를 꿈꾸었고 이제 그런 사회가 되었다고 기대하였다. 그런데 나치 시대와는 전혀 다른 새로운 사회에서도 "파쇼적 사고구조와 행동구조"(Papenfuß, 67쪽)가 되풀이되는 것을 보면서 크리스타 테는 한편으로 절망하면서도 다른 한편으로는 그것을 근본적으로 바꿔보려 한다. 그녀는 "세계가 완전해지기 위해서는 무엇이 필요할까?"(64쪽)라고 자문하며 진지하게 성찰한다. 그녀가 찾아낸 대답은 인간이 인간다워지는 것, 즉 자기 자신이 되는 것이다. 그래서 크리스타 테는 "우리가 우리 자신을 바라보는 일"(203쪽)을 끊임없이 시도해야 한다고 주장한다.

그녀의 관심은 따라서 "단지 한 가지, 즉 인간"을 향해 있었다. 젊은 시절 그녀는 누군가 무엇이 되고 싶은가 물어보자 "인간이 되고 싶다"고 대답한다. 진정으로 자기 자신이 되는 것, 그것이 바로 인간이 되는 것이고, 그러한 인간들이 많아질 때 비로소 사회가 발전한다는 것이 그녀의 생각이었다. 이는 "개인의 발전이 만인의 발전을 위한 전제"라는 마르크스의 사상을 삶 속에서 실천해보려는 노력에 다름아니다. 위로부터의 개혁과 제도를 통한 인간 계몽이 주도적 담론으로 자리잡은 시대에 개인의 발전을 통한 사회 변화를 주장함으로써 크리스타 테는 당시의 지배담론에 맞선다. 하지만 그녀의 대항담론은 사회주의 자체를 부정하고 새로운 이념을 제시하는 전복적 성격을 띠고 있지는 않다. 사회주의 이상에는 유보 없이 동조하며 동독사회에 대해서도 근본적 신뢰를 지니고 있지만 그 이상을 실현하는 방식과, 이상에 비추어 한참 못 미치는 사회주의 현실에 대한 비판, 그것이 그녀가 주장하는 논의의 핵심인 것이다. 이는 크리스타 볼프의 기본태도와도 일치한다. 볼프는 이 소설에 대한 자가 인터뷰에서 "진정한 문학과 사회주의 사회의 일치점은 (……) 둘 다 인간이 자아실현을 할 수 있도록 도와주는 목표를 갖고 있는 것"(Drescher, 29쪽)이라고 말한 바 있다.

크리스타 테가 살았던 5, 60년대의 동독사회는 많은 부분에서 일사분란함을 요구했다. 사회주의 건설이 절대 명제이다보니 모든 것이 이를 위해 존재했고, 보다 효과적으로 목적을 달성하기 위해서 철저하게 위로부터의 개혁이 이루어지던 시기였다. 따라서 당이 앞장서서 갈 길을 제시하고 인민은 그것을 충실히 따르면 된다는 획일적 사고방식이 강요되었다. 이 속에서 개인은 거대한 사회 메커니즘의 나사로 물신화될 위험을 안고 있었다. 크리스타 테는 "인간이 계획 달성의 도구로 소외되는"(Meyer, 142쪽) 이러한 상황에 심각한 우려를 표한다.

　　이 메커니즘, 이것에 따라 모든 것이 움직였다. (……) 사람들은 이 기구의 절대적 완벽성과 합목적성을 기뻐하였다. 이 기구를 마찰 없이 작동시키기 위해서는 어떤 희생도 크지 않은 듯했다. 자신을 지워버리고 작은 나사가 되는 것조차도 그렇게 여겼다.(70쪽)

자신이 몸담고 있는 사회나 기구의 완전성을 맹신하고, 전체를 위한 개인의 희생을 대수롭지 않게 생각하는 현실은 크리스타 테가 생각하는 바람직한 사회의 모습과는 거리가 멀다. 그녀는 현실의 진정한 모습을 직시하고, 문제를 비판하며 끊임없이 변화해가야 한다고 생각한다. 따라서 크리스타 테가 생각하는 진정한 변화는 겉만 번지르르한 구호나 물질적 발전에 있지 않다. 자기 자신을 성찰하고 진정한 자아를 실현할 수 있도록 계속해서 노력하는 것, 그것이 그녀가 생각한 진정한 변화였다. 그녀는 "인류가 존속하기 위해서" 꼭 필요한 것은 "양심"과 "환상(Phantasie)"(192쪽)이라고 생각한다. 진정성을 지니고 현실을 파악하고, 세상의 변화 가능성을 염두에 두고 좀더 이상적인 사회를 꿈꾸는 것. 하지만 있는 그대로의 현실이 마치 최상의 것인 양 찬양하고, 현실의 문제를 애써 외면하며, 현실에 적응하고 당의 명령에 복종만 하는 사람들, 즉 "판타지가 없는 사람들", "사실에만 관심 있는 이들", "서두르고 재촉하는 인간들"이 주류를 이루고 있는 현실에서 그녀는 결국 이단자일 수밖에 없었다. 하지만 그녀는 이러한 상황에 굴하거나 타협하지 않은 채 끝까지 '자기 자신이 되고자 하는 시도'를 계속하고 "사회에서 실현되지 않은 것의 대변자"(Mauser, 9쪽)를 자처함으로써 사회와 갈등을 빚고 "사회주의 사회의 이방인"(Papenfuß, 69쪽)으로 남았다. 결국 그녀는 젊은 나이에 백혈병으로 세상을 뜨지만 이는 단지 외적인 사인일 뿐이다. 화자가 암시하듯 그녀의 죽음에는 그녀의 진정성을 포용하지 못한 사회 역시 일정한 책임이 있기 때문이다. 『크리스타 T에 대한 회상』은 이러한 점에서 사회주의 사회에 대한 강력한 비판인 동시에 진정한 사회주의 사회를 실현하고자 하는 소망의 표현이다. 또한 그 점에서 이 소설은 "사회주의 리얼리즘 원칙을 포기한 것일 뿐 아니라 그것에 대한 강력한 도전"(Buehler, 176쪽)이다.

참고 문헌

1차문헌

Wolf, Christa, *Der geteilte Himmel*, Werke 1, München 1999a.

_____, *Nachdenken über Christa T.*, Werke 2, München 1999b.

2차문헌

슈테판 헤름린, 『저녁노을』, 박소은 옮김, 당대, 1995.

조윤희, 「크리스타 볼프의 작품 『크리스타 T에 대한 숙고』에 나타난 〈사회주의 리얼리즘〉의 탈피」, 연세대학교 대학원 석사학위논문, 1987.

Buehler, George, *The Death of Socailist Realism in the Novels of Christa Wolf*, Frankfurt/M. 1986.

Drescher, Angela(hrsg.), *Dokumentation zu Christa Wolf 〈Nachdenken über Christa T.〉*, Hamburg 1992.

Hörnigk, Therese, *Christa Wolf*, Berlin 1990.

Kohl, Stephan, *Realismus: Theorie und Geschichte*, München 1977.

Mauser, Wolfram, Mauser, Helmtrud, *Christa Wolf 〈Nachdenken über Christa T.〉*, München 1987.

Meyer, Frauke, Zur Rezeption von Christa Wolfs 'Nachdenken über Christa T.' in *Wirkungsgeschichte von Christa Wolfs 'Nachdenken über Christa T.'*, hrsg. v. Manfred Behn, Königstein 1978.

Papenfuß, Monika, *Die Literaturkritik zu Christa Wolfs Werk im Feuilleton*, Berlin 1998.

Stephan, Alexander, *Christa Wolf*, München 1992.

제2부

돈과 욕망의 이중주

리얼리즘과 욕망의 기호학

— 고트프리트 켈러의 「옷이 날개」

배정희

1. 고트프리트 켈러 — 목가적 풍경과 고도의 현대성 사이에서

독일어 문화권에서는 — 다른 문화 분야에서도 마찬가지이지만— 리얼리즘 문학 역시 상당히 폭넓고 다양한 스펙트럼으로 펼쳐진다. 물론 이들의 리얼리즘 문학에서도 소위 리얼리즘 문학의 공통분모라 할 근대적 삶, 즉 정치적, 경제적 근대화의 물결 속에 내던져진 인간의 모습이 중심을 이룬다. 독일어권의 여러 문화적, 지역적 다양성이 근대적 인간 조건과 결합된 문학적 양상들 중에서도 특히 고트프리트 켈러의 문학은 독특한 경지를 선보인다. 여기에는 스위스가 겪은 매우 독보적인 근대사회의 배경이 한몫하고 있다.

스위스는 한편으로는 알프스라는 극한의 자연지리와 다른 한편으로는 이탈리아, 독일, 오스트리아, 프랑스 등의 강한 나라들 사이에서 여러 부족의 인문지리가 씨실과 날실이 되어 짜인 나름의 복잡하고 독특한 역사적 결을 가진다. 19세기 동안 스위스는 자연이 던져놓은 높은 장벽, 오랫동안 전쟁 용병국으로 부유해온 약소한 국제적 입지, 영세 수공업과 유목이라는 제한된 생산력을 가진 부족 연맹에서 탈피하여 유럽대륙 최초의 민주주의 정치체제를 이룩하고 나아가 최첨단 금융자본주의의 중심, 자본의 거침없는 확장공간으로서의 정치적 공간인 영구중립국으로 비약적인 발돋움을 하게 된다. 켈러의 스위스 이야기는 이렇게 현기증 나는 취리히-스위스 호의 고속 근대화 주행을 배경으로 한다. 바로 이 아찔한 개발 주행이 스위스의 독특한 위상의 핵심이자, 켈러의 문학이 뿜어내는 마력의 원천이다.

이 글에서는 켈러의 문학을 오늘날 대중 소비문화의 구조와 연결시켜 관찰해볼 것이다. 켈러가 스케치한 스위스의 급격한 발전, 그 속에서 근본적인 체질 변화를 겪어나가는 스위스인의 모습은 오늘날 고도 자본주의 사회의 대중 소비문화의 심리적 메커니즘이 서구인에게, 또 인류에게 처음으로, 그러나 다시는 엷어지지 않는 화인(火印)처럼 내면 깊숙이, 그리고 또렷하게 새겨지는 바로 그 순간을 말해주고 있기 때문이다.

2. 「옷이 날개」, 왜 욕망의 기호학인가

스위스 국민문학의 아버지인 켈러는 어느 누구보다도 문학의 계몽주의적이며 인간해방적인 기능을 확신했던 작가다. 그런 만큼 그의 문학은 민족, 역사, 정치, 계급, 미래 비전이라는 거대서사와 그 건축학에 따르고 있다. 그러나 켈러의 텍스트에는 이러한 근대적 기획 못지않게 또다른 맥락의 거미줄들이 복잡하게 걸쳐 있다. 이 투명한 은사(銀絲)의 조직은 켈러 문학세계의 풍광을 누비는 캐릭터와 그들의 제스처, 운명, 그리고 그들이 구사하고 사용하는 상징적, 물질적 도구 등, 수많은 텍스트 요소들이다. 이들은 소위 해방으로서의 '역사'의 수레바퀴와는 전혀 다른 동력으로 작동한다. 그 동력은 물질세계에 의해 깊이 각인된 근대적

인간의 운명과 욕망의 원심력이다. 그러나 켈러에게 이러한 근대적 운명과 욕망의 교차는 비극적이기보다는 동화적인 아우라를 보인다. 이야기는 주로 공동의 과거에 대한 기억이 보존되고 있는, 주민 수가 적고 제한된 스위스의 마을 혹은 도시공간을 배경으로 하고 있다. 사람들은 친밀하고 서로 아옹다옹하며 사건들은 아기자기하고 거리는 오밀조밀하게 전개된다. 돈과 물질에 대한 근대적 욕망, 즉 사용가치를 완전히 떠난 순수한 교환가치에 대한 무한한 가능성에의 도전정신 — 이러한 근대적 충동과 그것이 던져주는 역동성은 다소 동화적으로 변색되어 있다. 그런데 동화적이면서도 유물론적인 켈러의 세계는 놀라울 정도로 우리가 매일 겪고 만들어나가는 소비사회의 현실, 즉 인간과 물건 사이에서 일어나는 욕망의 부추김과 투사, 충족, 그리고 욕망의 좌절과 끝없는 지연(遲延)으로서의 현대적 일상에 매우 근접하고 있다.

　주지하듯이, 현대의 문화산업은 경제적 이윤 극대화나 정치적 대중 조작을 위해 우리의 일상 속에서 다양하고 은밀한 형태로 침투해 이데올로기적 기능을 수행하고 있다. 때문에 현대인에게는 은폐된 문화적 이데올로기를 꿰뚫는 통찰력이 더욱 다급히 요구되는 것이다. 이러한 통찰력을 확장하고자 하는 노력은 무엇보다도 기호학이라는 학문을 통해 지속적이며 체계적으로 추구되어왔다.

　이 글에서는 켈러의 단편 「옷이 날개」를 중심으로 그의 문학세계가 현대의 기호학적인 인식을 통해 어떻게 새롭게 이해될 수 있는가를 고찰해보겠다.

3. 옷, 욕망, 기호…… 가짜 백작과 그의 팬들

　이 작품은 켈러의 문학에서 가장 널리 알려지고 오랫동안 사랑받아온 것으로, 그만큼 이 작품이 대중적 욕망의 작동구조를 정확히 인식하고 텍스트적으로도 잘 실현하고 있음을 말해준다.

이야기는, 가난하지만 그럴싸한 멋진 외모의 실직 재단사 벤첼 슈트라핀스키가 호사스런 단벌 벨벳 망토를 걸치고 방랑길에 오르는 것으로 시작된다. 그는 우연히 얻어 탄 화려한 마차 때문에 망명중인 폴란드 백작으로 오인되어 융숭한 대접을 받고 부유한 가문의 영양(令孃)과 약혼까지 하게 된다. 그러다 연적(戀敵)에 의해 신분이 폭로되어 죽음의 문턱까지 가지만 다행히 약혼녀의 진실한 사랑으로 구원받고 결국에는 양복점 사장으로 출세하여 한 재산 모으고 아들딸 많이 낳고 잘 살게 된다는 다소 허황되고 통속적인 내용이다.

이 이야기 속에는 현대사회의 문화적 커뮤니케이션의 한 특징인 기호학적 메커니즘이 흐르고 있다. 무엇보다도 이야기를 끌고 나가는 운명의 실타래가 인간의 '욕망'이라는 사실이 중요하다. 여기서 욕망은 어떤 한 사람의 특정한 욕망이 아니라, 집단 속에서 공유되며 개개인 속에 잠재하는 것으로, 특정인에게서 강렬하게 발현되기도 하고, 개인의 특수한 상황 속에서 조금씩 모습을 달리하기도 한다. 그러니까 욕망의 다양한 존재적, 기능적 측면이 부각되는바, 욕망 자체가 주인공으로서 조명되는 드라마인 셈이다. 중요한 것은 여러 흐름 가운데 이 욕망은 언제나 어떤 기호나 이미지와 결합되어 그 자체는 무형체, 비고정의, 때문에 끊임없이 흐르며 사람들을 움직이게 만드는, 마치 전기와 같은 것이라는 점이다.

이야기의 전개과정은 마치 모노레일의 미끄러짐과 같다. 실직 재단사 벤첼이 '화려한 빈 마차'에 우연히 올라탄 순간부터 그는 이러한 욕망의 트랙에 올라선 것이다. 진작부터 그는 자신의 분에 넘치는 망토를 목숨보다 더 아껴왔던 터라, 오래 전부터 그의 무의식 속에는 신분상승의 욕망이 내재되어 있었다고 할 수 있다. 그렇기 때문에 그에게 벌어지는 황당한 일은 은연중 스스로 준비하고 있었던 것이라 할 수 있다. 그러나 그의 욕망, 검은 망토의 욕망은 어디까지나 수동적이고 고여 있는 상태의 무력한 것에 불과했다. 그는 아버지의 부재, 궁색함, 그리고 이러한 정신적, 물질적 결핍을 자기희생으로 메우려는 애처로운 모정으로 짓눌린 유년을 보냈기에 체념과 억압의 소시민적 기제에 오랫동안 길들어 있었다. 즉 그의 정신은 수동적이며 비현실적인 망상으로 기울어져 있었고, 그가 현실과 욕망의 충돌로부터 벗어날 수 있는 유일한 돌파구는 죽음뿐이었다. 벤첼의 이러한 이중적 심리구조는 검은 벨벳으로 상징되고 있다. 돌파구 없이 고여 있던, 안으로만 스며들며 죽음으로 파고드는 벤첼의 소시민적, 절망적 욕망은 우연히 얻어 탄 마차와 함께 드디어 움직이기 시작한다. 검은 벨벳 망토가 텅 빈 화려한 마차를 만나며 비로소 욕망의 기표 하나가 완성된 것이다.

20세기의 서구문학에서 욕망이 철로 만든 질주하는 괴물전차(『욕망이라는 이름의 전차』)로 비유되면서 그 파워풀한 제동불가성과 악마성이 심도 있게 탐구되었다면, 여기서의 욕망은 누군가를 어딘가로 실어주는 마차, 일종의 매개적 수단으로 비유되고 있다. 실직 재단사에게 운명의 전환점을 상징하는 기표로서의 마차, 그 마차에서 내리는 순간 가난한 벤첼은 망명길에 오른 멜랑콜리한 폴란드 백작으로 환생한다. 그야말로 스타 탄생인 것이다. 골다흐라는 도시에 도착하자마자 호화로운 마차를 탄 벨벳 망토의 사나이를 둘러싸고 욕망의 기호체계가 본격적으로 가동되기 시작한다. 이어 벌어지는 기이하고 우스꽝스럽고 광적으로까지 보이는 골다흐 주민들의 집단최면은 기표와 기의의 혼동, 이미지와 실제의 동일시, 보이는 것과 보이지 않는 것의 관계에 대한 혼란으로 가득 찬 현대 소비사회의 문제와 딱 들어맞는다. 양자 모두 기호학적 의미작용의 통제불가능성 속에 빠져 있는 것이다.

기호학적 의미작용이란 어떻게 이루어지는가?

기호학적 의미작용이 가능한 것은 무릇 모든 기표와 기의의 관계가 자의적이고 불일치하며 유동적이기 때문이다. 이 삐걱거리는 기표와 기의 사이의 공간이 해석을 낳고, 해석의 차이를 낳는다. 이 공간을 어떻게 인식하며 어떻게 조절하는가에 따라 인생, 사회, 문화가 다르게 펼쳐지는 것이다. 이 공간을 의식적으로 최대한 이용하는 것이 광고요, 정치적 슬로건이며, 그것이 선전과 선동, 과대광고가 되고 때로는 사기 논란을 불러일으킨다. 소비자본주의는 이 틈새의 후덥지근하고 흐느적거리는, 무한히 확장 가능한 공간에서 열대식물처럼 무럭무럭 자라난다. 기표와 기의의 양 갈래가 얼마나 멀리 떨어질 수 있는지, 또 떨어져도 되는지, 그리고 무관한 듯 절묘하게 결합됨으로써 사람들의 호기심과 소유욕이 얼마나 효과적으로 자극되는지, 최종적으로 그 기호로 매개된 상품에 대한 구매행위로 어떻게 이어지는지, 이렇게 기호에 대한 연구는 무한히 확장되는 것이다.

이를 다시 골다흐의 벤첼과 연결시켜보면, 아닌게 아니라 골다흐는 황금의 도시, 황금이 흐르는 도시로 바야흐로 자본주의의 본격적인 도래와 함께 사람들이 돈맛을 알게 된 19세기 중엽 스위스의 엘도라도요, 근대적 정치체제의 구축으로 본격적인 자본주의 발전이 거침없이 진행되는 엘도라도의 스위스다.

롤랑 바르트에 따르면 소비자본주의의 신화체계가 작동하기 위해서는 의미로 충만한 하나의 기호가 일단 텅 빈 기표로 전환됨으로써 신화 제작자가 의도하는 개념을 새로이 담아 의미작용을 할 수 있어야 한다.(롤랑 바르트, 1995, 88~96쪽) 따라서 텅 빈 마차를 타고 오는 벤첼은 텅 빈 기표로서 온 것이다. 마차에서 내리는 벤첼은 골다흐 사람들의 무의식적 욕망의 대상, 욕망의 수동적인 그릇이며 거울이 되어버리는 것이다. 골다흐 사람들은 약속이나 한 듯 벤첼에 대한 호감과 사랑, 그에 대한 자발적인 오해 속으로 열렬히 빠져든다. 선의의 오해가 또다른 오해로 이어지며 벤첼을 둘러싸고 점점 더 거대한 거짓현실이 펼쳐지는 가운데, 결국 본인도 가상의 역할 속으로 떠밀려 들어간다. 어떻게 이런 일이 가능한가?

그것은 골다흐의 공기가 벤첼이 도착하기 전부터 이미 소비자본주의

의 기호학적 신화 생산과 재생산의 에너지로 잔뜩 충전되어 있었기 때문
이다. 현대 소비사회에서 일어나는 기호학적 생산 메커니즘이 이미 실현
되고 있고, 이러한 심리적 메커니즘의 전제가 있었기에 가능했던 것이다.

이 메커니즘 뒤에는 자본주의 사회 속에서 사람들이 빠지게 되는 권태
와 무료, 그로 인한 일탈적인 볼거리, 사건에 대한 갈증과 기대가 도사리
고 있다.

골다흐 주민들은 "조금도 우스꽝스럽거나 멍청하지 않았고, 앞뒤가
막혔다기보다는 신중하고 영리"(Keller, 302쪽)한 사업가들이었기에 그
들이 벤첼에 대해 '소설'을 지어냈다는 것은 그들의 성격과 전혀 어울리
지 않는 듯하다. 그러나 사실 이러한 심리적 맹점은 그들의 자본주의적
생존방식과 불가분으로 결합되어 있다. 골다흐의 공장주나 은행가 등 자
본가들이 자신의 집에 "청춘의 정원"이니 "환희의 산"이니 "아침계곡"
따위의 환상적이며 시적인 이름을 붙이는 것을 보라. 이러한 이상주의와
자연 예찬은 부르주아의 위장술 혹은 자기보상 또는 자기반어라 볼 수
있을 것이다. 분명한 것은 부르주아가 이러한 비유적 언어습관에 경도해
있다는 점이며, 이는 발전된 소비자본주의 사회에서 언어의 기호학적 메
커니즘과도 관계 있는 것으로 보인다. 그중 특히 중요한 것이 환유의 수
사법이다. 환유란 굴뚝을 보면 연기를 연상하고 포크를 보면 나이프를
연상하듯 인접성 있는 기호들 간에 이루어지는 연상작용을 뜻한다. 광고
는 상품을 선전하면서 그 상품과는 애초에 무관한 매력적 이미지를 의도
적으로 끌어다 붙이는 전략을 구사한다. 자본주의에서는 이렇게 기호학
적 유희, 기표와 기의 사이의 불일치와 긴장 등으로써 언어를 통한 욕망
생산과 충족, 지연의 메커니즘이 작동되는 것이다.

골다흐 사람들에게 벤첼과 마차는 기호학적 메커니즘이 작용하는 또
하나의 대상일 뿐이다. 수마트라며 쿠바며 다마스쿠스의 이국에서 건너
온 명품 시가와 담배를 서로 과시적으로 권하는 골다흐 사람들의 사교활
동은 현대사회의 기호학적 신화체계에 바탕을 둔 명품 취향과 그리 멀리

떨어져 있지 않다. 그런 사람들에게 호화스런 마차, 우아한 벨벳 망토, 우수에 찬 미남은 귀족에 대한 낡은 이미지와 선입관, 그리고 최근 폴란드 지역의 정치적 사태에 대한 인상이 적당히 뒤섞인 새로운 의미의 환상현실을 만들어내기에 매우 적절한 기표들이 아니었겠는가.

나아가 골다흐 사람들에게 벤첼이 선사하는 이러한 환상현실은 독특한 풍미를 가지고 있다. 골다흐 주민들은 폴란드 백작 벤첼에게서 상실과 부재로서의 멜랑콜리에 근거한 쾌락적 소비심리, 키치로서의 낭만주의를 즐기고 있는 것이다. 자본주의 체계 속으로 본격적으로 빨려들어간 골다흐 사람들은 현재의 삶의 방식이 아닌 어떤 다른 것, 그들이 떨쳐버려야만 했던 생존방식에 대한 막연한 향수와 상실감을 이방인 벤첼에게 투사하고 이를 즐기고 싶어한다. 폴란드 정치 망명 귀족! 농업 위주의 가난한 폴란드의 전근대적 정치적 혼란, 귀족이라는 케케묵은 신분적 질서, 이런 것들은 발전한 스위스와 골다흐에게는 이미 흘러간 과거의 파편들이며, 진작에 극복하고 타파했던 물질적 정치적으로 낙후한 역사단계를 의미하지 않는가. 골다흐 사람들은 이러한 역사단계로부터 충분히 떨어진 안전한 위치에서, 소위 가진 자의 여유를 누리며, 폴란드의 망명 백작을 '감상'하고 싶은 것이다.

4. 사랑과 죽음 — 기호학이 정지되는 순간

삶에서 기표와 기의가 포개어지는 순간이 있다. 기호학적 유희가 순식간에 소강상태에 빠지는 것이다. 바로 사랑의 순간이다. 이는 라캉의 용어로는 욕망이 대상을 향해 가는, 어머니라는 대상이 자신의 욕망을 채워주리라 의심 없이 믿는 상상계의 단계이다. 이 믿음이 오인으로 드러나는 단계, 대상의 의미가 오인으로 드러나면서 대상이 (욕망과 욕망 충족의) 기호가 되는 순간이 바로 상징계다. 이는 기표와 기의의 이분이 일어나는 언어의 단계이며 기호학적 운동의 파도가 출렁거리는 세계인 것이다.

우리의 벤첼을 다시 보자. 지금까지 자신을 둘러싼 골다흐 주민들의 환상놀음에 수동적인 태도로 머물러 있던 벤첼은 어느 순간 적극적으로 백작 행세를 시작한다. 어떻게 그는 진정한 사기꾼이 되는가? 순수하고 침울하고 선량한 그가 말이다. 아이러니하게도 그것은 그가 사랑에 빠졌기 때문이다. 사랑은 '절대기호'(라캉), 즉 기표와 기의가 완전하게 포개지는 기호이다. 벤첼은 기표와 기의의 분리를 주관적으로 넘어서버리고 만다. 그는 네트헨과의 사랑을 위해, 그 사랑 속에서 자신이 진짜 폴란드 백작이라고 믿어버린 것이다. 사랑의 상태는 상상계와 상응하며, 상상계는 거울 속 모습을 믿는, 이상적 자아의 단계다. 벤첼 자신의 정체의 비밀, 벤첼을 둘러싼 기표와 기의의 그 엄청난 괴리, 가상과 진실 사이의 메울 길 없는 팍팍한 대립은 사랑이라는 '절대기호' 앞에서 일순 정지되는 것이다. 누군가의 말처럼 사랑은 세상에서 가장 다급한 사태이기에…… 벤첼은 네트헨의 사랑을 얻고 나서야 자신의 신분을 그녀에게 밝히려고 한다. 그리고 진실을 밝히고 나면 목숨을 끊으려 한다.

그런데 골다흐에는 벤첼을 둘러싼 주민들의 봉사놀음에 조금도 휘말려들지 않은 사람이 하나 있었으니, 그는 네트헨을 진작부터 마음에 두고 있던 남자로 벤첼의 연적(戀敵)이다. 결국 그에 의해 약혼식 연회장에서 정체가 폭로되고 만 벤첼, 그는 연회장을 뛰쳐나가 홀로 눈 속을 헤맨다. 벤첼이 숨어들어버린 이 검은 밤과 흰 눈은 인간의 상징활동, 기호활동이 정지된 원초적 상태를 가리키는 듯하며 그것은 곧 문화의 종말, 죽음일 것이다. 지금까지 골다흐라는 한 도시가 공동으로 벌여온 모든 해석, 모든 의미부여의 작업이 일순간에 공허하고 우스꽝스럽고 실없는 자기기만의 해프닝으로 드러나면서 세상은 의미의 카오스에 빠져버리는 것이다.

과연 이러한 클라이맥스와 파국 뒤에는 어떤 이야기가 전개되어야 할까.

지금까지 이야기의 끈은 골다흐 주민들의 보이지 않는 욕망과 그 욕망으로 불붙은 벤첼의 욕망의 결합이었는데, 이들의 욕망이 한낱 기만으로, 그리고 죽음에의 충동으로 추락하고 만 지금, 누구의 어떤 삶의 욕망이 나머지 이야기를 끌고 나갈 수 있을까. 그리고 그 새로운 욕망은 또 어떤 기표와 기의의 결합과 분리의 의미작용에 맞닿아 있는가.

그런데 검은 밤과 흰 눈의 결합과 같은 극적인 반전이 일어난다. 그 중심에는 네트헨이 있다. 네트헨은 죽음의 고통 속에 있던 벤첼을 찾으러 온다. 두 연인은 사랑의 가장 원초적이며 순수한 상태, 검은 밤과 흰 눈 속에서 서로를 다시 발견한 것이다.

그런데 사랑의 이 위대한 기적이 네트헨에게는 어떻게 가능하였던가. 도시의 다른 사람들과 마찬가지로 벤첼을 폴란드 백작이라 믿어 의심치 않던 네트헨, "이탈리아 남자나 폴란드 남자든지, 아니면 위대한 피아니스트나 곱슬머리가 아름다운 의적대장"(309쪽)과의 낭만적 사랑을 꿈꾸어온 네트헨인데 말이다. 그녀는 기표와 기의 사이의 이 충격적인 불일치를 어떻게 극복했던 것일까.

그것은 네트헨이 위기의 순간에서 과감히 결단을 했기 때문이다. 네트헨의 결단은 지금까지 골다흐를 가득 채우고 있는 모든 욕망의 기호체계, 문화적 상징적 상호작용과 정반대의 대척점을 이룬다. 그녀는 벤첼의 진실, 기표와 기의의 착종을 충격으로 받아들이면서, 바로 그 지점에서부터 새로운 목표, 새로운 기의를 제시한다. '벤첼이여, 당신이 낭만적인 백작이 아니라면, 좋다. 그렇다면 양복점 사장이 되라'는 것이 아마도 그녀의 진심일 것이다. 이 순간 그녀는 물질적으로 부유하게 자랐을 뿐 아니라, 사랑도 삶도 성취 가능하며, 이는 모두 자신에게 달려 있다는 확고하고도 건강한, 도전적이고도 당당한 인생관을 보여준다. 네트헨은 지금까지 골다흐 사람들이 보여왔던 소비적, 향수적 기호 메커니즘을 분연히 떨치고 나와, 벤첼이라는 인물의 사회적 의미를 스스로 적극 재규정하고 있는 것이다. 지금까지는 망토와 마차의 기표에 낭만적 백작의 기의가 있었다면, 이제 벤첼은 앞으로의 삶에서 스스로가 채워야 하는 새로운 기의를 부여받은 것이다.

네트헨의 이러한 신념과 의지, 그리고 삶에 대한 통제력은 역사적 주체, 해방 주체로서의 초기 부르주아의 근성을 생각하게 한다. 이는 정체를 밝히는 순간 사랑은 끝나며, 사랑이 끝나면 스스로 죽음을 택하겠다는 벤첼의 자기 감옥에 갇힌 듯한 소시민적 체념, 막다른 골목과 같은 자기파괴적인 논리와는 매우 대조적이라 하겠다. 켈러는 이렇게 골다흐의 주민들과 네트헨을 통해 한편으로는 부르주아의 소비적이고 향유적이며 탐닉적인 모습과 동시에 다른 한편으로는 (아직도 건재한) 이러한 도전적인 근성의 양면성을 보여주고 있다.

5. 코 풀기 ─ 기호학 대신 생리학

우리는 네트헨의 도전적인 계급근성이 발휘되는 순간, 이 위기의 아가씨가 겪고 있는 심리적 갈등과, 그녀의 돌이킬 수 없는 확신과 의지가 더할 나위 없이 순수하게 인간적이고 매혹적으로 그려지고 있다는 것에 주목할 필요가 있다.

곱게 자란 처녀가 가짜 백작 약혼자가 뛰쳐나가고 아수라장이 된 연회장에서 혼란과 수치, 분노의 감정에 빠져 있는 것이다. 그런데 네트헨은 한바탕 눈물을 쏟고 난 뒤, 불끈 쥐고 있던 손수건에 '팽 하고' 씩씩하게 코를 푼다. 그리고 둘러선 주위 사람들에게 한마디 쏘아붙이기라도 할 듯, 눈물 어린 눈으로 당당히 둘러보는 것이었다. 운명에 농락당해 절망한 모습이 아니라, 위기 속에 드러나는 강한 주체의식의 표현이다.

이 장면은 『바람과 함께 사라지다』의 여주인공 스칼렛 오하라가 거듭되는 인생의 모진 실패를 겪으면서도, '내일은 내일의 태양이 다시 떠오른다'며 고개를 치켜들 때의 모습을 연상시킨다. 그것은 분명 부르주아

계급의 여성만이 누릴 수 있는 도도하고도 처연한 낙관주의와 삶에 대한 대책 없이 강한 긍정이다.

네트헨의 씩씩한 코 풀기, 손수건으로 남은 콧물을 민망하게 훔쳐내기, 눈물로 붉게 충혈된 눈으로 주위를 돌아보는 자못 오만한 모습, 그것은 스칼렛의 장면보다 훨씬 더 인간적이고 소박하며, 현실적인 공감을 자아낸다. 어느 누가 실패와 곤란함 속에서 눈물 콧물에 범벅이 되어 불평을 하다 어느 순간 세차게 코를 풀며 자신을 추슬러본 경험이 없겠는가. 그리고 그런 순간, 당연히 주변을 다시 의식하고 민망함 반, 항의 반의 눈길로 호기심, 고소함과 동정의 시선들을 되받아쳐본 적이 없을까.

네트헨의 삶의 욕망과 자존심은 코 풀기라는 인간적, 생리적인 욕구를 통하여 상징과 기호의 메커니즘으로서가 아니라 일종의 심리-생리적 메커니즘으로 드러나고 있는 것이다.

6. 옷이 사람을 만들고, 사람이 옷을 만들고
─진정한 자본주의적 생산자를 위한 모토!

삶과 사랑에 대한 네트헨의 이같은 부르주아적 적극성과 성취력은 그녀의 욕망을 넘어 현실이 된다.

벤첼은 결혼 후 네트헨의 자본주의적 인도 덕분인지 부지런하고 절약하는 성품을 보이며 사업을 크게 키운다. 그런데 이 부부가 돈을 벌러 들어간 곳은 자본주의가 만개한 골다흐가 아닌 벤첼의 고향 젤트빌라다. 옷의 힘을 빌려 가짜 백작 행세를 하는 가난뱅이 실직자 벤첼의 실체를 약혼식 연회장에서 '옷이 사람을 만든다'는 연극적 회화화를 통해 골다흐 사람들에게 암시, 폭로한 것은 사실상 고향사람들인 젤트빌라 주민들이었다. 벤첼은 아직 자본주의적으로 물들지 않은, 행복한 곳이라는 의미의 젤트빌라 사람들에게 끊임없이 외상으로 새 옷을 주문하고 그 새

옷을 찾아갈 때 비로소 이전의 외상값을 치르게 하는 방식으로 돈을 짜낸다. 즉 자본주의적 구매와 지출의 순환고리를 만들어서 그로부터 빠져나가지 못하도록 한 것이다.

벤첼은 그 자신 '옷이 사람을 만드는' 살아 있는 전설이 됨으로써 젤트빌라 사람들에게 자본주의적 소비신화를 주입하고 작동시킨다. 마치 옷이 사람을 만든다고 자신을 놀렸던 그들에게 복수라도 하듯이 새 옷의 소비고리에 그들을 노예처럼 묶어버린 것이다. 옷을 통한 이러한 체험은 그를 옷이 사람을 만든다는 소비신화의 주인공이자 나아가 그 신화의 제작자로 만들었으니, 그는 그야말로 진정한 자본주의적 의복 생산자로 태어난 셈이다. 진정한 자본주의적 재단사, 즉 사업가-재단사는 단순히 옷을 만드는 사람이 아니라, 옷이 사람을 만든다는 소비의 신화체계까지도 구축하는 사람이기 때문이다. 소설의 제목인 'Kleider machen Leute'는 옷이 사람을 만든다는 뜻이기도 하고, 사람이 옷을 만든다는 뜻이기도 하다. 바로 이러한 의미론적 가능성이 자본주의적 재단사로서의 필요충분조건이 갖는 이중구조를 효과적으로 설명해주고 있는 것이다. 자본주의적 생산자는 자신이 생산하는 물건의 물신적 의미를 퍼뜨리며, 이러한 기호적인 생산과 동시에 그 물건을 실제로 생산하는 사람이다. 그렇기 때문에 자본주의적 생산자는 단순한 수공예적 생산자와 다르며, 이들 생산자처럼 자신의 본질을 특정한 수공예적 생산활동 자체와 동일시하지도 않는다. 자본주의적 생산자는 물건과 상징, 상품과 기호, 기표와 기의 사이를 오가며 이익을 극대화한다. 그런 의미에서 가짜 백작으로서 벤첼의 체험은 오늘날의 관점에서 보면 그가 짓는 옷에 대한 가장 신빙성 있고 설득력 있는 광고가 되는 셈이다. 그러므로 벤첼은 더이상 젊은 시절의 그 재단사가 아니라, 옷의 위력에 대한 신화와 옷을 만들어내는 전정한 의미의 자본주의적 재단사가 된 것이다. 네트헨이 가짜 백작을 용서하면서 동시에 그로부터 미래의 모습으로 요구했던 저 "큰 상인-재단사(ein großer Marchand-Tailleur)"(331쪽)의 의미는 바로 이런 뜻이다. 나아가 벤첼은 양복점을 운영하는 데 만족하지 않고, 다른 영역으로 투자에 투자를 거듭하여 재산을 늘린 뒤 전 재산을 가지고 처자식과 함께 골다흐로 이주한다. 가짜 백작으로 폭로되어 떠날 수밖에 없었던 황금의 도시 골다흐에 명망 있는 인사로 재입성하는 것이 이 이야기의 결말이다. 벤첼의 이야기는 단순히 선량하고 가난한 자가 얻게 된 뜻밖의 행운과 성공에 대한 것이 아니라, 스위스 수공예의 전(前)자본주의적 멘털리티에서 자본주의적 상품생산자, 투자자, 자본가의 멘털리티가 탄생하는 지난한 과정에 대한 이야기다. 이 이야기의 결말이 환상적이고 유쾌하면서도 다시는 돌이킬 수 없는 쓸쓸함을 남기는 것은 벤첼의 행운과 성공에 이전의 그에게 속했던 존재감과 감정, 세계관과 영혼의 어떠한 흔적도 남아 있지 않기 때문이다. 서술자는 특별히 벤첼의 경영자적 성공전략에 모든 초점을 맞추어 이후 그의 인생 전개를 그린다. 모든 것이 그의 경제적, 사회적 성공의 진공관 속으로 빨려들어가버린 것이다.

7. 허상과 실재 또는 현대적 삶의 끝없는 원동력

「옷이 날개」는 요즈음 유행에 따라 표현하자면 희극의 '망토'를 걸친 잔혹드라마, 해피엔딩의 잔혹동화라고도 할 수 있다. 누구의 악의도 없었지만 거듭된 오해와 혼란으로 생긴 소동, 그러나 그 속에서 젊은 연인은 진실한 사랑을 발견하고, 결혼을 통해 해피엔딩을 맞는다. 이런 요소들은 전통희극에서 심심찮게 사용되는 장치들이다. 그러나 오해가 해명되어 모두가 한바탕 웃으면서, 결혼할 남녀는 결혼하고, 주변 사람들도 각자 나름의 애환과 감동이 있는 일상세계로 다시 귀환하는 희극과는 달리 주인공은 결혼과 함께 가차 없는 체질변화, 즉 자본주의적 진화의 압박, 자본주의적 사회화를 겪게 된다. 그리고 주변세계인 골다흐의 주민들은 자본주의적 일상으로 돌아가는 데 반해, 젤트빌라 사람들은 주인공의 자본주의적 '착취' 대상으로 전락하게 된다.

　이 글은 소설 속의 모든 희극적 장치들, 전개와 반전 그리고 결말의 동력을 자본주의 사회의 상품 생산과 소비의 욕망 및 그 기호학적 메커니즘과 연결해 이해하고자 시도하였다. 그들이 벤첼 때문에 빠지게 되었다고 하소연하는 허상과 실재의 모순, 그것은 결국 자본주의 세계를 움직이는 동력이 된다. 왜냐하면 그것은 자본주의에 의해 고삐 풀리고 부추겨지며, 왜곡되고 억압되면서 대상에서 대상으로, 상품에서 상품으로 옮겨 다니는 인간의 욕망이 존재하는 방식이며, 바로 그 기호적인 실현방식이기 때문이다.

　오늘날 허상과 실재의 모순은 더욱 심화되어 허상과 진상, 이미지와 실재 사이에는 지금까지 있다고 상정되어왔던 본질적인 경계마저 회의되고 있다. 우리는 허상과 실재의 간극을 매일같이 일상적으로 경험하고 있다. 골다흐의 주민들이 벤첼의 허상 앞에서 빠졌던 집단환상은 바로 오늘날 소비자본주의 사회를 작동시키고 유지시키는 현대인의 심리적 소질(Disposition)이다. 그러기에 주인공은 허상에 대한 벌을 받는 것이 아니라 사후 자신의 삶을 통해 그 허상을 자본주의적 의미로 해석 혹은 실현하여 종국에는 삶의 승자가 됨을 의미한다. 「옷이 날개」는 이러한 이미지와 실재, 소비와 생산, 욕구의 억압과 욕망의 전이를 둘러싼 자본주의적 삶의 원형을 품고 있다.

참고 문헌

Barthes, Roland, *Mythen des Alltags*, Frankfurt/M. 1996.(『신화론』, 정현 옮김, 현대미학사, 1995).

Keller, Gottfried, Die Leute von Seldwyla, in *Sämtliche Werke in 7 Bänden*, Bd. 4 hrsg. v. Th. Böning, G. Kaiser, D. Müller, Frankfurt/M. 1989.

자본의 관상학으로서의 근대 영국소설

윤혜준

1. 마르크스

19세기 영국 런던 거리를 거닐었던 유대계 독일인 망명객 카를 마르크스는 『자본론』에서 자본의 은폐된 원리를 밝혀냄으로써 외적 현상의 표면만을 추상화하는 부르주아 경제학의 권위를 와해하였다. 그런데 자본의 본질적 면모는 정치경제학의 추상적 인식과는 또다른 차원인 감각적 현상계에서도 그 독특성을 드러낸다. 대상의 감각적 특징을 면밀히 살피고 거기에 배어나는 본질의 자취를 잡아내어 예술적으로 형상화해내는 작업은 근대 영국 리얼리즘 소설의 몫이었다. 말하자면 마르크스와 근대 영국소설은 서로 정반대 방향에서 출발하여 자본의 본질을 간파한 것이다. 이런 점에서 근대 영국소설, 특히 마르크스와 같은 시대 같은 도시를 거닐었던 찰스 디킨스가 시도한 자본의 관상학은 자본(주의)에 대한 인식의 중요한 계기이다.

자본은 무엇보다도 '돈'의 형태를 띤다. 자본의 관상학이 자본과 그 소유자의 관계를 탐구한다면, 이러한 탐구는 일반적 의미에서의 '돈'과 그 소유자의 관계를 출발점으로 삼을 것이다. 『자본론』의 토대가 된 작업인 마르크스의 『그룬트리세Grundrisse』는 이 관계의 일반적 특징을 다음과 같이 요약한다.

돈의 소유는 소유자가 지닌 개별성의 그 어떤 본질적 측면도 계발하지 않는다. 그것은 오히려 개별성을 결여한 것을 소유하는 것이다. 왜냐하면 돈이라는 사회적 관계가 기계적으로 손에 넣거나 잃어버릴 수 있는 외적인 감각적 대상으로 동시에 존재하기 때문이다. 따라서 개인에 대한 돈의 관계는 순전히 우연한 것으로 나타난다. 하지만 자기의 개별성과 아무런 상관이 없는 이 물건과의 관계가 동시에 그 물건의 특징 덕택에 사회에 대해, 세계 전체를 상대로 쾌락의 충족이나 노동과 같은 일반적 힘을 소유자에게 부여한다.(Marx, 1973, 222쪽)

말하자면 돈이라는 물건에 의존해서 자신의 개별성을 확립하는 행위가 오히려 개별성을 본원적으로 결핍하는 행위인 이유는 돈이 갖는 철저한 비개인적 사회성 때문이다. 돈의 소유 자체는 개인적 체험의 내용이나 의미를 일절 구성하지 않는다. 하지만 질적인 내용을 철저히 결핍한 돈은 그 자체로 사회가 돈을 소유한 개인에게 제공할 수 있는 모든 대상들에 대한 권리를 약속한다. 구체적인 개인의 개별성으로부터 자유로운 돈을 소유한 자는 돈의 양이 허용하는 만큼 무한히 소유의 자유를 즐길 수 있는 것이다.

그러나 자본의 관상학이 탐구 대상으로 삼는 자본가는 단순히 쓸 돈이 많은 '부자'는 아니다. 부유한 개인일지라도 자본가로서 역할을 할 때는 맘 놓고 돈 쓰는 한량의 처지와 다르다. 자본가에게 돈은 단순한 상품교환의 매체가 아니다. "단순한 상품의 순환, 즉 사기 위해 파는 행위는 그 순환관계 밖에 놓인 궁극적 목적, 즉 사용가치의 이용과 필요의 충족을 위한 수단이 된다. 이에 반해서 자본으로서 돈의 순환은 그 자체가 목적이다."(Marx, 1977, 253쪽) 자본은 돈을 소유한 주체가 특정 사용가치를 상품의 유통망으로부터 빼어내어 자신의 개인적인 필요를 충족하는 과정 대신에 돈의 지속적인 유통과정을 목적으로 삼는다. 따라서 돈을 소유한 개인은 오직 이 돈의 '흐름'에 기여해야 하고, 돈을 소유한 개인주체와 돈의 관계를 놓고 볼 때도 그 개인의 의지, 취향, 인격은 모두 돈의 요구에 맞춰져야 한다. 말하자면 자본가는 자신이 소유한 자본의 의인화 내지는 인격화가 되어야 하는 것이다.

자본으로서의 돈과 그 자본을 소유한 개인주체로서의 자본가, 둘 중 누가 더 진정한 '주체'인가라는 문제에 대해 마르크스는 아예 『자본론』 초판본 서문에서부터 분명히 입장을 밝히고 있다. "이 책에서 개인들은 그들이 경제적 범주의 의인화, 특정 계급관계와 이익의 담지자인 한에서만 문제된다."(Marx, 1977, 92쪽)[1] 이러한 명제는 자본주의가 특정 개인의 주체적 노력이나 자발적 의도와는 무관한 철저한 사회적 기제이기에 개인이 "경제적 사회구성체"를 "주관적으로는 아무리 초월한다고 해도" 결국 객관적으로는 "그것의 피조물"에 지나지 않음을 강조하는 대목에서 나온다. 이때 쓰인 독일어의 "Person"에는 단지 개인, 사람이란 뜻 외에도 '연극의 등장인물'이란 뜻도 함축되어 있다. 이들은 게다가 특정한 계급적 이해관계를 의인화한 우의적 인물들이다. 자본주의라는 무대에서 중심 역을 맡은 인물로서 자본가는, 말하자면 중세 도덕극에서 시기, 탐욕, 자선 등의 관념을 의인화한 배우들처럼, 그들의 인간적 속성과 역량, 이상, 의지, 정서 등과는 상관없이, 자본주의적 생산관계가 만들어내는 일정한 입장을 반영하는 역할을 한다는 점을 다음 인용은 더 분명히 해준다.

---

1) 이 글에 인용된 『자본론』은 독일어 원본을 참조해서 영역본을 옮긴 것이다. 꼭 필요한 경우 원어는 독일어만 병기하도록 한다.

탐구를 진행하면서 우리는 일반적으로 인물들이 쓰고 연기하는 경제적 성격가면들이 다만 경제관계의 의인화일 뿐임을 발견하게 될 것이다. 이러한 경제관계의 담지자로서만 이들은 서로 접촉한다.(Marx, 1977, 179쪽)

생산관계를 의인화한 인물들이 고대 희랍극의 배우들처럼 각 인물을 특징짓는 열정의 모습이 새겨져 있는 마스크를 쓰고서, 자본의 생산 및 재생산이라는, 사실은 매우 따분한 연극에서 각기 주어진 역할을 주어진 시간만큼 하다가 사라지는 것으로 마르크스는 자본주의를 묘사하고 있다.

그런데 위의 인용문들에서는 번번이 '의인화'라는 표현과 아울러 "Träger"라는 표현이 등장한다. '짐 날라주는 사람, 운반자(예를 들면 "Briefträger", 우편배달원)'라는 이 말의 일차적인 의미를 그대로 적용한다면, 자본가란 '자본이라는 짐을 나르는 운반자'로 정의할 수 있겠는데, 이것을 앞서 언급한 연극배우의 비유와 합친다면, 경제적 이해를 의인화한 가면을 쓰고 있는 인물이 등에 무거운 짐을 지고 행동하는 모습을 구성해볼 수 있다. 김수행의 『자본론』 한국어 번역본에서는 이 말을 "담당자"(Marx, 1993, 6쪽)로 옮기고 있으나, 이렇게 하면 책상 뒤에 앉아 꼼짝달싹 않는 공무원이 먼저 머리에 떠오르니 원뜻의 역동성이 사상된다. 자본의 인격화된 모습을 연기하는 자본가, 아니면 자본의 짐을 등에 지고 운반하는 자본가가 어떤 식으로건 움직이고 있는 역동적인 주체라면 이 움직임의 동력은 어디서 나오는가? 마르크스의 대답을 들어보자.

이 움직임의 의식적 담지자로서 돈의 소유자는 자본가이다. 그의 신체, 아니 그의 주머니는, 돈이 출발하고 다시 돌아가는 지점이다. 이 순환의 객관적 내용 (……) 즉 가치의 가치화는 그의 주관적 목적이 되고, 추상적 부를 더욱 많이 취득하는 것이 그의 행동의 유일한 동기인 한에서만 그는 자본가, 즉 의식과 의지를 갖도록 의인화된 자본으로서 기능하는 것이

다.(Marx, 1977, 254쪽)

　움직임의 동인을 생각하기 이전에 움직이는 대상이 무엇인가부터 규명하자. 담지자로서 자본가가 운반하는 것은 자본으로서의 돈의 움직임이다. 투여된 돈이 원래 양보다 늘어나 되돌아오는 M … M′의 움직임을 의식적으로 매개하는 자본가는 돈의 출발점 및 귀속지점으로서 핵심적 역할을 한다. 자본의 증식이라는 객관적 목표는 자본의 의지를 내면화한 충직한 담지자들에게는 오히려 그들 자신의 주관적 행동의 동인이 된다. 자본가로서 한 개인의 의식과 의지는 오직 이러한 자본의 목표와 의지를 의인화한 것일 뿐이다. 이 인용구에 바로 이어 마르크스는 그들 행동의 주관적 동인을 "절대적 축재충동(Bereicherungstrieb)"이라고 부른다. 이때 쓴 "충동"이란 표현의 의미를 밝혀내는 데는 개인의 충동에 관한 한 보다 체계적 이론을 갖고 있는 프로이트의 글이 도움이 된다. 프로이트는「충동과 충동의 운명」이란 글에서, 본능적 충동의 두 가지 중요한 특징을, 첫째로는 그것이 외부의 자극이 아닌 유기체 내부의 자극에서 생긴다는 점과, 둘째로는 그것이 일시적이 아닌 지속적인 힘이라는 것으로 정리한다. 그러다보니 충동은 영원히 만족할 줄 모르는 속성을 갖게 되고, 개인은 그로부터 이 충동에 항시적으로 시달린다는 점을 분명히 하고 있다.(Freud, 119쪽) 자본가 개인이 곧 자본의 인격화란 말은, 바로 자본 고유의 내적 충동, 즉 투입한 돈보다 더 많은 돈을 거둬들여야 하는 M과 M′ 사이의 차익에 대한 영속적이고 내적인 갈망의 담지자로서 이러한 충동을 자신의 인간적 갈망과 충동으로 삼는다는 것을 뜻한다.

　이렇게 자본으로서의 돈이 갖는 탐욕스러운 자기증식 충동에 몸과 주머니와 영혼을 모두 맡긴 자본가의 모습은 정상적인 인간의 모습과는 사뭇 다를 수밖에 없다. 프로이트에 의하면 일반적으로 인간의 충동은 크게 자기를 보존하고자 하는 충동과 성적 충동으로 나뉜다.(Freud, 124쪽) 자본가의 성적 충동은 자본가로서의 역할과는 무관할 것이나, 그의 자기보존 충동은 무한한 자기증식으로서 자본의 자기보존 충동과 같다. 이것은 독특한 방식의 생존본능으로 나타난다.

　　자본가로서 그는 단지 의인화된 자본에 불과하다. 그의 영혼은 자본의 영혼이다. 그러나 자본은 유일한 생명충동, 즉 자신의 가치화, 곧 잉여가치를 창출하려는 충동을 갖고 있다 (……) 자본은 죽은 노동으로서, 흡혈귀처럼 산 노동을 더 많이 빨아 먹으면서만 생명을 유지하고, 더 많은 노동을 빨아 먹을수록 더 많은 생명을 얻는다.(Marx, 1977, 342쪽)

부지런히 짐을 나르는 근면한 자본가의 모습은 어느덧 산 노동을 빨아 먹고 사는 흡혈귀로 돌변한다. 이 흡혈귀의 생명충동은 물질의 증식이고 이것을 위해서 이미 숱한 노동의 죽음을 통해 형성된 자본은 살아 있는 노동을 새로이 찾아 끝없이 움직인다. 참으로 으스스한 그림이 아닐 수 없다. 자크 데리다는 『마르크스의 유령들』에서 마르크스가 『자본론』에서 "신체 없는 돈의 신체의 환영"을 보여준다고 말한다. 이러한 돈의 유령화는 상품의 유령화로 이어져 "상품끼리 벌이는 거래"가 인간 생산자들을 환영으로 만들어버린다는 것이다.(Derrida, 41쪽, 156쪽) 그러나 마르크스의 비유는 보다 극단적이다. 자본은 유령이 아니다. 자본은 노동하는 개인들의 목에 달라붙어서 그들의 피를 빨아먹는 것을 자신의 생명본능으로 삼는 흡혈귀인 것이다. 이 과정을 의식적으로 수행하는 자본의 인격화가 자본가이기에, 오직 자본의 영혼만을 갖고 있는 이들은 다른 인간이라면 느낄 죄의식이나 두려움으로부터 자유롭다. 이렇듯 물질의 이익과 충동을 의인화한 자본가들이 영혼 없는 자본에게 자신의 영혼을 빌려줄 뿐 아니라 인간의 언어를 모르는 자본에게 인간의 언어를 빌려주는 한, 자본(가)의 문제는 문학의 문제이기도 하다.

2. 인물평과 관상학

영국소설의 전통에서 자본(가)의 문제에 대한 접근방식은 '인물평'의 전통과 깊은 연관성이 있다. 인물평은 17세기에 번성한 팸플릿의 일종으로, 대개 '아무개의 인물(Character of …)'이란 형식의 제목하에 특정 개인 또는 집단을 대표하는 전형적 인물에 대한 단정적 평가를 나열해놓는 형태를 취한다. 초기 인물평에서는 인물을 우의적으로 보편화하는 도덕적 진술들이 대종을 이루지만, 점차 인물의 성격을 도덕적으로 단정짓는 진술 대신에 인물의 '성격' 내지는 '본성'이 구체적인 사건들을 통해 드러나도록 하는 서술의 형태로 발전한다. 이러한 전략은 특정 정치인에 대한 품평보다는 애초부터 보편성 영역에서 벗어나 있는 사회적 인물평에서 더욱더 자유롭게 전개될 수 있었다. 이러한 전략을 성공적으로 구현한 텍스트가 『별난 인물전Whimzies: Or, A New Cast of Characters』 (1631)으로, 이 책은 다양한 직종을 알파벳 순서로 유형화하여 해당 직종의 사회경제적 위치가 개인에게 남기는 감각적 특징을 기술하고 있다. 예를 들어, 달력 제조자이자 한 해의 운세를 예언하는 내용도 가미했기에 점쟁이 노릇도 겸했던 '연감업자'에 대한 묘사를 보자.

그는 천체의 지도상에 어디 어떤 집이 있는지는 훤히 알고 있으나 자기 집의 집세도 제대로 못 낼 정도로 가난하다. 그는 연감 한 부 팔아서 받은 사십 실링으로 일 년을 살아야 하지만, 막상 그의 실제 처지는 이보다 더 나쁘기 마련이다. 그래서 그는 물건을 슬쩍해서 겉치레하는 재주를 부리곤 한다. 이 친구들은 단언컨대 이쪽으로 제법 솜씨가 좋다. 그는 구름 위로 떠다니고 음력의 영향이 이렇다 저렇다 능숙하게 수다를 떤다. 꼭 달나라에 갔다 오기라고 한 듯. 그는 매달 시작할 때마다 시 한 수를 첨부해놓으니, 아마 이걸 보고 시 쓰는 재주가 제법 있다고 생각할 수 있겠으나, 천만에, 그것은 다른 저자들이 출판한 것들을 주워 모아서 마치 자기 것인

양 갖다 챙긴 것일 뿐이다.(Brathwaite, 3~4쪽)

연감업자의 행동 성향으로 지목된 사기성, 허풍, 허세 등은 정신노동
으로 먹고사는 그가 자신의 지위와 모순되는 곤궁한 처지, 즉 일 년에 한
번 내는 연감에서 나오는 제한된 수입에 의존하는 사회경제적 조건이 만
들어내는 것으로 간략하게나마 선명하게 기술되고 있다. 또한 이런 인물
의 사회적 '성격'에서 비롯된 일화를 통해 인물의 '본질' 또한 예시하고
있다. 물론 여기에는 이들을 비난하려는 풍자적 의도가 깔려 있기는 하
나, 다른 한편으로는 사회와 개인의 변증법적 관계를 제시하고 있다고도
할 수 있다. 말하자면 근대 리얼리즘 소설의 인식론적 틀의 맹아가 여기
에서 발견되는 셈이다.

앞 문단의 결론이 너무 지나치다면, 이번에는 '선원'에 대한 인물평의
한 대목을 살펴보자.

그는 톡 쏘는 독주의 마법에 기대야 자신의 용맹을 유지한다. 그 덕에
그는 물새처럼 잠수했다 올라왔다 하면서 시간을 때우는 것이다. 그는 잠
자리를 가리는 법이 거의 없다. 오리털 베개건 돌베개건 어디서건 잘 잔
다. 그는 공손한 말투에 대해서는 아는 바가 없다. 험한 바다생활은 전혀
다른 말투를 가르쳤기 때문이다. 그는 자신을 불쌍히 여기는 법이 없으니
남들에 대해선 더욱 그렇다. 그는 바다에서 멀미하지 않도록 훈련을 받은
터라, 비위 약한 사람을 조롱하는 것이 그의 가장 큰 재치이다. (……) 그
는 셔츠 한 벌에 지극히 집착하고, 거의 빤 적이 없는 속옷도 벗는 법이 없
다. 그는 세찬 파도 소리에 너무나 오래 익숙해진 터라 너무 오래 조용하
면 기분이 나빠진다. 그는 낮은 목소리로 말할 수가 없다. 바다가 늘 그렇
게도 큰 소리로 떠드니.(Brathwaite, 140~41쪽)

여기에서는 대상의 언행 습관을 그의 직업과 연결하는 수준에서 한 걸

음 더 나아가 신체의 일부처럼 굳어진 복장이나 목소리 등의 신체기관 자체가 직업적으로, 즉 철저히 사회적으로 재구성된 '제2의 자연'임을 보여준다. 또한 두 경우 모두, 인물평의 대상을 종교 정치적 일반화에 이용하려는 목적보다는, 이들의 언행과 외모의 특이성에 대한 탐구 자체에 초점이 맞춰져 있다. 그만큼 사회 및 사회를 구성하는 다양한 직종의 인물군은 근대로 이행하면서 그 자체가 하나의 문젯거리이자 분석대상으로 변하고 있는 것이다. 사회를 구성하는 인물의 사회적, 도덕적 정체성을 규정하고 그러한 규정 속에서 서사를 만들어가는 근대소설의 맹아는 바로 이렇게 태동한 것이다.

인물평과 근대소설의 관계가 이토록 밀접하다면 왜 군이 '관상학'이란 표현을 쓰고 있는가? 그것은 비교적 사회의 말단에 위치해 있는 위의 인물들과는 달리 자본가의 특징과 성격을 감각적으로 기술하는 것이 결코 쉬운 작업이 아니기 때문이다. 앞서 지적했듯이 자본의 충동과 자본의 요구를 그 자신의 것으로 삼은 자본의 인격화 내지는 담지자로서 자본가의 성격은 그만큼 비개인적일 수밖에 없다. 사회적 지위가 명백히 드러나는 복장 등의 지표에 주목하는 인물평들과 달리 '관상학(physiognomy)'은 일체의 복장 및 사회적 지표를 배제한 채 그 자체로는 '수수께끼'로 보이는 사람의 얼굴 모양을 텍스트 삼아 그러한 텍스트적 표면에 드러난 본질의 모습을 살피는 행위이다. 칸트의 동시대인인 라파테르가 『관상학론』에서 집대성한 관상(학)의 전통은 19세기 문학 전반에 적지 않은 영향을 미친 하나의 역사적 담론이다. 또한 그것은 탈근대 시대에 와서 새롭게 되살릴 만한 인식틀을 포함하고 있다. 본질이 표면에 특징적인 자취를 남긴다는 관상학의 입장은 그 자체로서 텍스트의 표면성을 강조하는 포스트모더니즘론의 입장과 유사해 보인다. 그러나 관상학은 열린 텍스트의 유희에 탐닉하는 대신 주어진 표면에 있어 중심적인 특징과 주변부적 요소 간의 질적인 차별성을 분명히 구분한다. 관상학은 얼굴의 몇 가지 측면을 주된 특징으로 내세워야만 가능한 인식이기 때문이다. 따라서 관상이란 '본질'의 모습을 표면의 특이성에서 추적해낼 것을 요구한다는 점에서 일종의 본질주의(essentialism)를 견지한다. 하지만 관상의 또다른 측면은 본질적인 것을 아주 사소한 '비본질적' 세목에서 찾는다는 점에서 비본질적 본질주의이다. 또한 하나의 관상은 다른 관상과의 유사성의 관계 속에서만 의미를 갖기 때문에 절대적인 본질이란 관상학에서 존재하지 않는다. 하나의 유일하고 절대적인 관상이란 것은 있을 수 없을 뿐 아니라 한 관상의 의미는 다른 관상과의 상대적인 유사성과 차이 속에서만 생성되기 때문이다. 관상학은 이렇게 수평적으로 분산되지만, 궁극적으로는 발터 벤야민이 말하는 하나의 "특징적 합일체", 즉 하나의 유사성의 집단을 이룬다.(Benjamin, 66쪽) 따라서 자본의 관상학은 하나의 결정적인 자본의 모습으로 귀착될 수 없다. 그것은 여러 관상들이 만들어내는 유사성과 차이의 망 속에 담겨 있는 것이다. 그러한 유사성과 차이의 공간을 만들어내는 것이 소설의 몫이다.

3. 디포와 초기 디킨스

근대 영국소설의 출발점이 누구이며 언제인지에 대해서는 논란이 있으나 적어도 자본의 형상화와 근대 영국소설의 관계만을 놓고 본다면 대니얼 디포의 일인칭 소설들에서 그 출발점을 찾을 수밖에 없을 것이다. 잘 알려진 『로빈슨 크루소』도 무인도에서조차 자신의 이익을 극대화하기 위해 부단한 노동과 생산에 전념하는 주인공의 모습에 자본가의 일면이 담겨 있다고 할 수는 있으나, 이 경우는 워낙에 예외적이고 신화적인 특수성이 있다. 소설의 대부분을 차지하는 무인도 생활에서는 노동의 교환, 유통, 자본의 증식, 화폐의 사용 등이 일체 정지되어 있다. 한편 같은 작가의 『몰 플랜더스』도 돈을 위해서는 매춘, 절도까지도 주저 않는 주인공의 모습을 그리고 있다는 점에서 자본주의 사회의 일면을 보여주기는 하지만, 본격적인 자본가의 형상화라고 하기에는 주인공의 계층이 너무 낮게 설정되어 있다. 디포가 자본의 모습을 중심인물을 통해 전면적으로 탐구한 작품은 『록사나』이다. 이 소설의 주인공은 어느 날 갑자기 남편을 잃고 혼자 남았지만 자신의 타고난 미모를 밑천으로 삼아 적절한 거래를 통해서 상당한 재력가로 '성장' 한다. 주인공을 통해 전달되는 일인칭 서술의 흐름 속에서는 본인의 심리 묘사나 죄책감의 기록이 간간이 등장하지 않는 것은 아니지만, 가장 분명히 부각되는 것은 다음과 같은 본인의 재산축적 기록이다.

첫째로, 나는 로버트 경이 내게 알선해준 담보투자증서를 꺼내서 보여줬으니 이것이 매년 7백 파운드씩 이자 수입이 되었는데 최초 투자금은 1만 4천 파운드였다.

둘째로, 나는 부동산을 담보로 잡은 또다른 투자증서를 꺼냈으니, 이것도 이 똑같은 충직한 친구가 알선해준 것으로 원금은 세 배가 되어 1만 2천 파운드로 늘어났다.

셋째로, 나는 기타 여러 사람이 알선한 작은 규모의 고정수익률 투자 증서들이나 그때마다 얻었던 소규모 담보투자증서들을 꺼냈는데, 총 원금 1만 8백 파운드에서 매년 636파운드 이익을 내고 있었으니 전체를 다 합치면 매년 2천 56파운드의 현찰이 계속 들어오고 있었다.(Defoe, 258쪽)

이러한 수치의 구체성 속에 가려지는 것은 바로 록사나의 인격과 인물이다. 애초에 그 이름부터가 가명인 '록사나' 는 축적되는 자산의 소유자이자 젊을 때는 성적인 욕구의 대상으로서 '상품' 이기도 했으나, 과연 이 인물이 어떤 사람이며 이 인물을 어떻게 판단해야 할지, 좋아해야 할지 싫어해야 할지 등은 미지수로 남아 있다. 말하자면 '얼굴' 을 볼 수가 없기에 '관상학' 을 시도할 여지가 전혀 없는, 그야말로 자본의 비인간성, 비개성적인 면모를 록사나는 극단적으로 대변하는 것이다.

근대 영국소설의 전통에서 디포 못지않게 지속적으로 자본의 문제를 다룬 작가는 디킨스이다. 초기 디킨스 작품에 나오는 자본가들은 록사나의 경우와는 정반대의 극단적 예들을 보여준다. 록사나의 경우 성격의 애매성이 문제라면 초기 디킨스의 자본가들은 지나치게 일면적으로 부각된 단순화된 성격이 문제된다. 초기작 『니콜라스 니클비』『크리스마스 캐럴』『마틴 처즐윗』 등에서 그는 자본의 문제를 성격적 특징이 분명한 자본가 개인으로 대체한다. 이것을 크게 두 가지로 유형화하자면, 첫째는 랠프 니클비와 스크루지 같은 구두쇠들로, 이들은 매정하기는 해도 청교도적인 근면성이 뚜렷하다. 그러나 이러한 구두쇠 성격의 편협함은 이들이 자본을 인격화하는 데 한 가지 극단적 예시가 되도록 한다. 즉 그들의 성격적 '개성'은 자본의 몰개성을, 그리고 그들의 인간성은 바로 자본의 비인간성을 드러내주는 것이다. 둘째로는, 『마틴 처즐윗』의 조너스 처즐윗, 『올리버 트위스트』의 페이긴, 『낡은 골동품 가게』의 퀼프처럼 범죄자와 자본가가 결합된 형태를 들 수 있다. 이것은 물화된 인간성에 대한 탐구보다는 보다 대중적 혹은 민중적 시각에서 자본가를 하나의 '악당'으로 보고자 하는 시각의 반영이다. 『막내 도릿』의 간판 자본가인 머들은 자본의 인격화, 담지자의 극단적 유형일 뿐 아니라 이 소설세계에서 가장 엄청난 사기꾼으로서 범죄자 유형의 한 극점이 되기도 한다. 머들이라는 자본의 극단적인 인격화 이후, 디킨스의 소설세계에서 자본은 더이상 살아 있는 개인으로 등장하지 않는다. 디킨스가 마지막으로 완성한 장편인 『둘 다 아는 친구』에서는 자본이 거대한 쓰레기 잿더미로 형상화되어 있을 뿐이다. 이런 점에서 『막내 도릿』은 디킨스의 소설세계는 물론이요 근대 영국소설 전반에서도 가장 높은 수준에서 자본(가)을 형상화한 작품이다.

4. 『막내 도릿』

『막내 도릿』에서 대표적인 자본의 인격화는 금융자본가 머들이다. 그가 자본의 인격화로서 보여주는 특징은 역설적으로 그의 특징 없는 성격이다.

> 그는 모임에서 특출하게 두각을 나타내지 않았다. 그는 별로 나서서 얘기할 거리가 없었고, 내성적인 사람이었다. 그의 머리통은 널찍하게 쑥 내밀면서 경계하는 것처럼 생겼고, 그의 두 볼은 좀 싱싱하다기보다는 상한 것 같은 독특한 종류의 맥 빠진 붉은 색조를 띠었는데, 그의 양복 소매 주위엔 뭔가 거북한 표정이 맴돌면서 마치 그 소매들이 그와 은밀히 내통하는 사이이고 자꾸만 불안해서 손을 숨기고자 할 이유가 분명히 있는 것처럼 보였다.(Dickens, 241쪽)

이 묘사의 특이성은 옷소매라는 물건이 인간 머들의 성격과 개성을 오히려 대체하고 빼앗아버린다는 데 있다. 인간보다는 물건들과의 교류를 즐긴다는 면에서 머들은 유기적인 존재라기보다 차라리 하나의 물건에 가깝다. 그러나 물화의 변증법은 자본의 인격화로서 머들의 거북스런 물질성을 금융자본가 머들의 투기가로서의 비물질성과 결합시킨다. 머들은 하나의 수수께끼이다. 사업가로서의 명성에도 불구하고 그가 정확히 어떤 사업을 하는지는 누구도 알지 못한다. "아무도 (……) 머들 씨의 사업이 뭔지 알지 못했다, 다만 그것이 돈 찍어내는 것이라는 점 외엔." (386쪽) 여기서 '돈을 찍어낸다'는 표현은 화폐자본의 순환, 즉 투자한 돈이 불어나서 다시 돌아오는 관계를 대중적이고도 비합리적으로 표현한 것인데, 이러한 화폐자본의 순환은 실제 "과정의 모든 흔적은 말끔히 지워져버린다"(Marx, 1978, 181쪽)고 마르크스는 지적한다. 자본은 화폐자본의 영역 내에서 이자를 낳는 목돈으로 존재하기 때문에 그것은 순수하게 계량화되고 추상화된 동질적 자기증식 과정으로 인식되기 때문이다. '돈이 돈을 버는' 이 세계에서 자본은 "가장 피상적이고 물신화된 형태"(Marx, 1981, 515쪽)로 나타난다. 이러한 금융자본의 감각적 인격화가 바로 머들이다.

디킨스는 『니콜라스 니클비』나 『크리스마스 캐럴』 등 초기작에서 직접적인 소비가 가능한 사용가치로서 상품을 취급한다는 면에서 상업자본을 보다 추상적인 '돈'의 자기증식에 몰두하는 금융자본과 대조하며 전자를 긍정적으로 보았다. 『니콜라스 니클비』에서 무역업자 겸 자선가인 치어리블 형제와 고리대금업자 랠프 니클리가 각기 선과 악을 대변하도록 한 것이 좋은 예이다. 그런데 『막내 도릿』에서는 상업자본 또한 머들이 대표하는 금융자본처럼 부정적으로 그려진다. 중상주의 시대의 중심지인 템스 강가에 몰려 있는 옛 무역업자들의 "고요한 창고와 부두", 그리고 중상주의 시대 런던 상인들의 이데올로기였던 청교도적 기독교가 "교인 없는 교회들의 불 밝힌 창들"(31쪽) 속에 유령처럼 그 잔해를 남긴 채 퇴락해가는 배경 속에, 무너져가는 옛 저택이 있다. 그곳에는 주인공 아서의 어머니 클레넘 부인이 자신의 집사 겸 동업자인 플린트윈치와 함께 살고 있다. 주인공 아서는 해외무역의 전초기지로 중국에 차린 지사에서 아버지와 함께 젊은 시절을 보내다가 아버지의 사망 후에, 내내 본국에서 별거하고 있던 어머니 클레넘 부인을 만나러 본가로 돌아오면서 아버지의 임종 때 들은 수수께끼 같은 말의 비밀을 캐고자 한다. 그의 어머니는 하반신이 마비되어 상반신만 쓸 수 있는 불구로 완전히 의자에 묶여 살면서, "소모사에 감싸놓은 뻣뻣한 네 손가락"과 "유리같이 차가운 입맞춤"(34쪽)으로 아들을 맞이한다. 이것은 뒤에 알게 되듯이 비단 그녀가 아서의 생모가 아니라는 사실에서 비롯되는 것만은 아니다. 지금까지 살아온 내력이나 집안의 배경 등을 고려할 때 오히려 그녀의 인격 혹은 성격이 본질적으로 자본의 인격화라는 사실, 따라서 그것은 비유기적이고 비인간적인 물화의 차가움으로 특징지어진다는 것, 그러면서도 그 시체와 같은 차가움 속에 근본주의적 기독교 교리의 열성이 병적으로 결합되어 있음을 작가는 보여준다.

　중상주의적 상업자본의 이 음울한 초상 뒤에는 자본의 축적에 대한 보다 근본적인 의문과 회의가 도사리고 있다. 그전까지 디킨스의 소설세계에서는 대개 이미 축적되어 있는 재산, 특히 상속받게 되는 재산이 플롯의 출발점이나 귀착점이 되어왔다. 그러나 이 소설은 축적 그 자체에 대한 문제제기를 플롯 전개의 대전제로 삼는다. 클레넘 부인을 만나자마자 주인공 아서는 이렇게 자신의 입장을 밝힌다.

　　돈을 움켜쥐어 끌어모으고 심하게 흥정을 해대면서 (……) 아마 어떤 사람을 중대하게 속이고, 다치게 하고, 망하게 했을지 모르는 일입니다 (……) 만약에 누구에게건 보상을 해줄 수 있다면, 배상을 해줄 수 있는 일인지 알아봐서 그렇게 하도록 합시다 (……) 저는 지금까지 돈으로부터 행복이 나오는 것을 거의 보지를 못했습니다. 제가 아는 한 그것이 이 집안이나 이 집안에 속한 그 누구에게도 평화를 가져다준 바가 거의 없습니다. 그래서 돈은 다른 사람은 몰라도 저에게는 가치가 없는 것입니다.(47쪽)

이렇게 말하며 아서는 집안 사업에 대한 자신의 유산지분을 포기한다. 이에 충성스런 자본의 대변인 클레넘 부인은 "아침 일찍부터 밤늦게까지 손발이 다 닳도록 힘겹게 일하고 금욕과 극기 속에 모은 이 세상의 재화가 그저 수탈해놓은 것들이지 않은가 의심이나 하는"(48쪽) 데 대해 펄쩍 뛰며 분노한다. 여기서 문제가 되는 것은 다름아닌 "원천 축적(primitive accumulation)", 즉 자본의 축적이 금욕과 정직한 수고의 당연한 결과라는 청교도적 부르주아 이데올로기이다. 마르크스는 『자본론』 제1권 마지막 부분에서 영국 농촌사의 전개에 근거해 이 이데올로기를 비판한 반면 디킨스는 클레넘 가문의 가족사에 초점을 맞춘다. 주인공은 궁극적으로 이 비밀의 정확한 실체를 파악하지는 못하지만 이 소설은 자본의 관상학을 금융자본과 상업자본, 나아가 자본의 축적 자체에 대한 물음 속에 세밀하게 펼쳐나가는 것이다.

자본의 관상학은 이렇듯 때로는 노골적이고 때로는 간접적인 다양한 굴절 속에서 그 '본질'을 잡아낸다. 『자본론』의 관념적 명증성의 정반대 지점인 감각적 구체성과 개별성의 세계에서 포착한 자본의 모습은 자본 자체의 다양한 위장술에 대한 대응전략으로서 개념적 분석 못지않게 중요하다. 자본을 단순히 '사업가'나 '경제지도자' 등의 모습으로만 제시하려는 지배담론의 지속적인 시도에 맞서 자본의 참모습을 포착해내려는 문학적 기도는 자본의 공세에 대한 효과적인 저항이 될 수 있기 때문이다.

참고 문헌

Benjamin, Walter, "Doctrine of the Similar", *New German Critique* 17, Spring, 1979, pp. 65~69.

Brathwaite, Richard, *Whimzies: Or, A New Cast of Characters*, London, 1631.

Defoe, Daniel, *Roxana: The Fortunate Mistress*, Ed. John Mullan, Oxford, Oxford UP, 1998.

Derrida, Jacques, *Spectres of Marx: The State of the Debt, the Work of Mourning, and the New International*, Trans. Peggy Kamuf, New York, Routledge, 1994.

Dickens, Charles, *Little Dorrit*, Ed. Harvey Peter Sucksmith, Oxford, Clarendon, 1979.

Marx, Karl, *Grundrisse: Foundations of the Critique of Political Economy*, Trans. Martin Nicolaus, New York, Random, 1973.

_____, *Capital: Critique of Political Economy* Vol. 1, Trans. Ben Fowkes, New York, Vintage, 1977.

_____, *Capital: Critique of Political Economy* Vol. 2, Trans. David Fernbach, Harmondsworth, Penguin, 1978.

_____, *Capital: Critique of Political Economy* Vol. 3, Trans. David Fernbach, Harmondsworth, Penguin, 1981.

_____, *Das Kapital: Kritik der politischen Ökonomie. Marx-Engels Werke*, Bd. 23~25, Berlin, Dietz 1987.

_____, 『자본론』 I(상), 김수행 옮김, 비봉, 1993.

Sigmund, Freud, "Instincts and their Vicissitudes", *The Standard Edition of the Complete Psychological Works of Sigmund Freud*, Trans. James Strachey, London, Hogarth, 1957, pp. 109~140.

도박의 병리학
―푸시킨과 도스토옙스키

김진영

이 글은 도박이 근본적으로 왜 잃는 게임이어야 하는가에 관한 것이다. 동시에 19세기 러시아문학―구체적으로는 푸시킨의 「스페이드의 여왕」과 도스토옙스키의 『노름꾼』―이 잃는 게임으로서의 도박을 어떻게 해석하고, 때론 정당화되는가에 관한 것이기도 하다.[1]

서구 유럽과 마찬가지로 러시아 낭만주의는 자유와 반항을 시대정신의 핵으로 품었는데, 그것은 결코 관념이나 이데올로기에만 국한된 문제가 아니었다. 생성중인 근대 시민사회의 현실은 자본의 축적과 신분상승, 삶의 제도에 대한 개인 선택권 등을 가능성의 차원으로 수용해야만 했고, 그러한 욕구는 곧 '돈'이라는 새로운 동력단위와 직결되는 것이었기 때문이다. 사회 지배층이 '명예'나 '명분'의 관점에서 귀족적인 자유와 반항을 고집했던 것에 반해, 소시민적 자유와 반항은 '돈'에 의해, 그리고 '돈'을 향해 표출될 수밖에 없었고, 귀족작가 푸시킨이 '쇠붙이의

---

1) 이 글에서 19세기 러시아의 도박문화와 관련된 배경지식은 로트만의 『러시아 문화론』(Iu. M. Lotman, *Besedy o russkoi kulture*, SPb., 1994)과 파르체브스키의 『카드 도박과 도박꾼들』(Parchevskii, G. F., *Karty i kartezhniki*, SPb., 1998)을 참조하였다.

시대'라고 일컬었듯, 낭만주의 시대가 경험한 자본의 위력은 이미 강해져 있었다.

원칙적으로 명예의 놀이였던 도박이 돈의 놀이로 탈바꿈하는 것은 '쇠붙이의 시대'가 정착된 사실주의 시기에 이르러서로, 도박이 더이상 귀족 사교계의 전유물이기를 멈추었을 때, 그리하여 돈벌이의 수단으로 전락했을 때, 돈과 자유의 상관관계는 뒤집히기 시작한다.

낭만주의 시대의 귀족은, 최소한 이론적으로는, 돈으로부터 자유로워야만 했다. 돈으로부터 자유롭기 때문에 도박판의 귀족신사는 잘 잃어야 했고, 진정한 신사라면 전 재산을 잃더라도 절대 동요하지 말아야 했던 것이다. 그러나 잘 따야 하는 것이 도박의 주목적으로 등장하는 순간, 돈은 더이상 자유의 상징도, 자유의 수단도 아니다. 자본 축적에 대한 단순 욕망에 사로잡힌 사실주의 시대 소시민들에게 도박은 돈의 파괴력과 지배력을 재확인해줄 따름이며, 결국에는 인간 종속성의 단적인 상징물이 되어버린다.

돈의 노예가 된 인간 현실을 소재로 삼고 있다는 점에서 푸시킨의 「스페이드의 여왕」은 사실주의 문학으로서의 문제의식을 보여준다. 도스토옙스키의 『노름꾼』은 거기서 한 걸음 더 나아가 자본의 현실에 대한 저항과 그로부터의 탈출을 모색하고 있다. 따는 것이 아니라 잃어야만 한다는 도박판의 궤변은 낭만주의를 거쳐 사실주의 시대로 이어져온 자유 정신의 원칙이고, 그중에서도 특히 초월을 꿈꿔온 러시아적 기질의 은유에 다름아니다.

1. 도박의 광증과 반항정신

내 경우가 네게 '도박하지 말라'고 크게 경고하고 있을 터이니, 그에 대해서는 긴말하지 않겠다. 도박은 열정이라기보다 광증이다. 그것은 네 모든 이성적인 재미들에 훼방을 놓을 것이며, 혹 이긴다 할지라도 네 인격에 오점을 남길 것이다. 도박에 깊이 빠진 자는 필시 돈이나 인격 중 하나를 잃게 되어 있기 때문이다.(Davis–Goff, 149쪽에서 재인용)

이 유언이 밝히고 있는 도박의 치명성은 그것이 본질적으로 잃는 게임이란 사실이다. 도박은 이성을 잃은 광증이며, 도박자는 돈이나 인격 중 하나를 어쩔 수 없이 잃고 만다. 앙드레 말로가 『인간의 조건』에서 말한 대로라면, 도박의 진정한 의미는 따는 것이 아니라 "잃는 흥분감(the frenzy of losing)"에 있는 것이다.

이기는 사람이 있으면 잃는 사람 또한 있기 마련인 승패의 법칙은 개인의 내적 도박판에서도 똑같이 유효한 것으로, 도박자는 종종 돈을 얻는 대신 무언가를 잃거나, 반대로 돈을 잃음으로써 무언가를 지키게 되곤 한다. 승패는 동시에 이루어지며, 각각의 값어치는 서로 정확히 일치한다는 것이 도박의 철학이다.

도박과 관련된 이 승패의 평균율을 제로섬 법칙의 합리주의, 혹은 중용의 도덕주의로써 해석할 수도 있겠으나, 거기에는 단순한 결과론으로서의 약점이 있다. 돈 대신 인격을 잃는다고 할 때, 또는 돈 대신 사랑이나 명예를 잃는다고 할 때, 일차적인 문제는 돈과 인격, 돈과 사랑, 돈과 명예 등의 속성과 관계를 밝혀내는 일이지, 교환법칙 자체의 정당화가 아니다. 중요한 것은 도박이란 광증의 현상학적 납득이라기보다, 그에 대한 병리학적 분석이 될 터이다.

돈 아니면 다른 무언가를 잃게 되어 있는 도박의 구조에서 우리의 관심은 돈 대신 잃게 되는 '다른 무언가'에 쏠리지 않을 수 없다. 그것을 체스터필드는 '인격(character)'이라 했지만, 일찍이 로마의 타키투스는 '자유'를 거론했다. 타키투스의 기록은 개인의 자유야말로 로마 도박광들에게는 최후의 내기밑천이었음을 증언해준다.

빈털터리가 되면, 그들은 마지막으로 일신의 자유를 걸고 최후의 한 판에 임한다. 자발적인 노예가 된 패자는, 승자보다 더 젊고 더 강하다 해도, 결박된 채 팔리는 신세가 되어버린다. 그들 자신이 신의라고 일컫는 비행(卑行)의 집요함이란 자고로 그런 것이다. 그렇게 얻은 노예들은 매매를 하는데, 그래야만 승리에 연루된 치욕으로부터 그들이, 그리고 노예가, 벗어날 수 있기 때문이다.(Davis-Goff, 38쪽에서 재인용)

도박의 역사에 아마 이보다 더 비극적인 기록은 없을 것이다. 돈 이외의 귀중품(부동산, 보석, 여자, 귀중본, 자필원고 등)을 걸고 했던 실화들은 이후에도 많은데, 가령 19세기 초 러시아의 대귀족 골리츠인이 자신의 아내를 건 도박에서 패하자, 그와 이혼한 아내가 승자인 라주모프스키 백작과 결혼해버렸다는 식의 일화에서는 차라리 소극(笑劇)의 소재를, 또 식사비와 차비마저 도박으로 날린 도스토옙스키가 호텔방에 앉아 참회와 애원의 편지 쓰기를 거듭하는 장면에서는 차라리 멜로드라마의 편린을 발견하게 된다.

자유를 담보로 한 로마인들의 도박에는 생명을 건 도박(예컨대 '러시안 룰렛')보다 더한 파토스가 담겨 있다. 그것은 그들의 '비행(卑行)'이 운명의 우연성에 몸을 맡긴 자가 갖는 뚜렷한 자의식과 확고한 책임감을 전제로 하고 있기 때문이다. 도박은 한마디로 운과 의지의 결투장이고, 그런 의미에서 운명의 축소판이며, 따라서 도박에 뛰어드는 순간 개인의 자유는 이미 '자발적으로' 저당잡힌 것이나 다름없다. 그것을 인정했기에 그들의 최후 밑천은 당연히 자유가 될 수밖에 없고, 마지막 한 판을 잃는 경우 기꺼이 "자발적인 노예"가 되는 것이다. 노예가 된다는 것은 도박의 노예가 되기로 약속했던 애초 계약의 물리적 이행에 불과하다. '비행'에 수반된 그들의 '집요한 신의'란 도박이나 운명 자체에 바쳐진 신의이기에 앞서, 실은 자신들이 받아들인 게임의 규칙에 대한 신의일 따름이다.

운명의 우연성을 향한 로마인들의 도전, 그리고 그 결과에 임하는 그들의 영웅적 책임감이야말로 낭만적 반항정신의 예고였다 할 수 있다. 불변하는 전제군주제와 신분제의 틀에 갇힌 19세기 반항아의 시각으로 볼 때, 도박은 우연의 힘이 지배하는 사회상의 소우주이며, 동시에 그가 사회에 내미는 상징의 도전장에 다름아니다. 도박은, 결투와 마찬가지로, 임의의 요소(운, 우연성)를 이용하여 임의의, 혹은 임의의 것이라고 믿는 횡포(권력, 운명론)에 대항하는 역설적 행위이고, 그 행위의 규칙 안에서만큼은 누구나 평등하다. 낭만주의 시대가 도박과 결투 열풍의 시대였고, 또 그 열풍이 깊은 사회적 의미를 띨 수밖에 없는 이유는 거기에 있다.

볼테르나 데카르트가 뭐라든,
내게 있어 이 세상은 한 벌의 카드요,
인생은 판돈일 뿐. 운명은 던져지고, 난 게임을 한다네.
그리고 모두에게 게임의 법칙을 적용한다네.(Lermontov, 61쪽)

낭만주의 시인의 부정정신은 볼테르와 데카르트의 계몽적 합리주의에 역행하는 것이며, 고전주의의 숙명적 예정론에 반하는 것이기도 하다. 그렇기 때문에 그는, 그리고 그의 동료 반항아들은 도박을 하고, 도박사의 눈으로 세상을 본다. 마찬가지 이유에서 그들의 도박은 계산의 게임(game of calculation)이 아닌 요행수의 게임(game of chance)일 수밖에 없다. "요행수를 바라고 불가능하거나 위험한 일에 손을 대는 일"이라는 도박의 사전적 정의야말로 낭만주의 시대의 도박취향과 그것이 상징하는 반항적 세계관을 가감 없이 대변해준다.

낭만주의 시대의 도박광들이 선호했던 파로(faro)와 슈토스(shtoss) 같은 게임이 단적인 예가 될 것이다. 가령 특정 숫자의 카드를 미리 지정한 다음, 마주 앉은 물주와 도박사 사이에서 같은 숫자가 나올 때까지 순서대로 카드를 나누어 돌리다가 두 사람 중 누구의 오른편에 그 카드가 놓이느냐에 따라 승패가 정해지는 파로의 어느 단계에도 기술의 요소가 끼어들 틈새는 없어 보인다. 속임수가 개입되지 않는 한, 승패의 확률은 정확히 반반이고, 그래서 운(또는 요행수) 외에는 그 무엇도 힘을 행사하지 못하는 것이 게임의 원리일 터인데, 개인의 능력이나 노력이 응분의 보상을 보장받지 못하는 불평등의 사회에서 그와 같은 원리가 민주성의 단순화된 발현으로 해석될 여지는 충분히 있다.

도박의 취미가 '광증'으로 격화되는 순간, 도전의 시험대에 오르는 것은 다름아닌 '요행'의 변수이다. 일반적으로 게임의 규칙을 아는 보통의 사람들은 계산을 한다. 그것은 확률성에 의거한 계산이며, 따라서 일단 확률의 체계를 터득하여 그 파동 안에 편입한 도박사라면, 도박은 '이론상' 잃는 게임이 될 수가 없다. 요컨대 도스토엡스키를 독일의 도박장으로부터 헤어나지 못하게 만든 요체는 자신이 간파해냈다고 믿은 게임의 확률체계, 바로 그것이었다.

정말로 비밀을 알아냈어요. 그건 아주 바보 같고 간단한 것으로, 가끔은 기권하고, 게임의 단계와는 전혀 상관없이 말이지요, 또 흥분하지 않는 데 있습니다. 그게 다예요. 이 게임에서 잃는다는 건 불가능합니다.(Dostoevskii, 전집 30권, 40쪽)

비스바덴에서 나는 게임의 체계를 공들여 연구했고 그걸 적용시켜 일만 프랑을 땄어. 아침엔 흥분 상태에서 그 체계를 바꿨더니 단번에 잃고 말았어. 저녁에 다시 그 체계로 되돌아가 엄격히 지켰지. 그러자 쉽사리, 갑자기 삼천 프랑을 다시 딴 거야. 생각해봐. 이랬는데 내 체계를 엄격히 적용시키면 행복을 내 손안에 가지게 된다는 것을 어찌 믿지 않고 어찌 휩쓸리지 않을 수 있겠어. 내가 이러는 건 돈이 필요하기 때문이야. 나의 형, 내 아내를 위해, 내 소설을 쓰기 위해.(전집 28권, 44쪽)

도스토옙스키가 파악한 원리는 간단하다. 룰렛의 경우, 어떤 숫자 혹은 색깔이 일정 빈도 이상 연속될 수 없다는 기본법칙에 충실히 따를 때, 승산은 당연히 커지게 마련이다. 그 확률의 패턴을 면밀히 계산한 후, 절대 흥분하지 않으면서 기회를 포착하는 것, 그러니까 끝까지 이성을 지키고 반드시 흥분하기 직전(그는 흥분하지 않고 있을 수 있는 시간이 십오 분이라고 했다)에 자리를 뜰 수만 있다면, 그의 말마따나 "잃는다는 건 불가능"하다. 인간 도스토옙스키가 파악했던, 그러나 결코 지킬 수 없었던, 필승의 법칙을 작가 도스토옙스키는 자신의 소설 『노름꾼』(1866)에서 다음과 같이 실현시키고 있다.

그녀는 매일 오후 한시에 도박대 앞에 모습을 드러냈다가 두시가 되면 어김없이 돌아가곤 했다. 매일 한 시간씩 도박을 하는 것이다. 사람들은 그녀를 알아봤고 당장에 안락의자를 대령했다. 그녀는 주머니에서 약간의 금화와 수천 프랑의 지폐를 꺼낸 뒤 연필로 종이에 숫자를 적어가면서 침착하고 신중하게 돈을 걸기 시작했는데, 체계를 발견하려고 애쓰는 모습이었다. 때가 되면 바로 그 체계에 따라서 행운이 굴러들어오기 때문이다. 그녀는 날마다 일천에서 이천 프랑을 땄고, 많으면 삼천 프랑까지도 땄다. 그 이상은 아니었는데, 어쨌든 돈을 따면 어김없이 가버리는 것이다.(『노름꾼』, 357쪽)

『노름꾼』에 나오는 이 프랑스 여자처럼만 하면 항상 이길 수 있다는 걸 그는 안다. 단, 소소하게 말이다. 매일 그녀가 따는 1~3천 프랑은 흥분한 도박사가 단판에 잃곤 하는 수만 프랑, 그리고 소설 속 주인공이 하루 밤새 따서는 삼 주 만에 탕진해버리는 이십만 프랑의 1/10~1/100에 불과하다.

"기적 같은" 그날 주인공 알렉세이 이바노비치는 계산을 하지 않는다. "계산도 잊어버렸고 돈 거는 체계도 깡그리 잊어버렸"고, "아무런 감각도 없었"고, "확실히 얼이 빠져 있었다"고 그는 그날을 회고한다. 중요한 것은 그가 확률의 원칙을 철저하게 부정했다는 사실이며, 눈먼 '우연의 변덕'은 그날 '눈먼' 그의 편이었다는 사실이다.

정말이지 운명이 나를 몰아대는 듯했다. 이번에는 도박판에서 아주 흔하게 볼 수 있는 한 가지 상황이 발생했는데, 이건 마치 의도된 것 같았다. 가령 빨간색에 행운이 달라붙어서 열 번이나 빨간색이 나오고 심지어는 열다섯 번까지도 행운이 붙어 다니는 것이다. 그저께 내가 들은 얘기에 의하면, 지난주에는 빨간색이 스물두 번이나 연달아 나왔다고 한다. 사람들은 룰렛 판에서도 그런 일은 본 적이 없다고 하면서 놀라워했다. 물론 모든 사람들은 당장에 빨간색을 포기할 것이 틀림없다. 가령 빨간색이 열 번이나 나오고 나면 또다시 빨간색에 걸려고 결심하는 사람은 거의 아무도 없다. 하지만 노련한 노름꾼들이라면 빨간색의 반대인 검은색에는 걸지 않을 것이다. 노련한 노름꾼은 그것이 '우연의 변덕'이라는 것을 알기 때문이다. 예를 들어 열여섯 번 빨간색이 나오고 나면 열일곱번째에는 틀림없이 검은색이 나올 것이라고들 생각하게 마련이다. 풋내기들은 검은색에 우르르 몰려들어 돈을 두 배 세 배로 올려 걸지만, 결국 참패를 당하고 만다.

그런데 나는 빨간색이 연이어 일곱 번씩이나 나왔다는 것을 알고 있으면서도 이상한 오기가 생겨서 일부러 빨간색을 물고 늘어졌다. 내가 그렇게 한 데에는 자존심도 절반쯤 작용했다고 보는데, 정말이지 나는 앞뒤 가리지 않는 모험으로 구경꾼들을 놀라게 하고 싶었던 것이다. (421~422쪽)

2. 도박의 욕구와 자본

주인공은 결코 노련한 도박꾼이 아니며, 욕망의 대상인 여인 폴리나의 주문에 의해 마치 "일천 피트가 넘는 슐란겐베르크의 봉우리에서 거꾸로 몸을 던지듯" 룰렛 판에 뛰어들기 전까지는 도박을 해본 적조차 없는 사람이다. 가난한 가정교사인 그에게는 그러나 도박에 대한 선천적 욕구가 잠재되어 있는데, 그러한 본능은 일종의 러시아적 기질로 해석된다. 즉 그는 러시아인, 그것도 "외국에 나가 있는 러시아인"이기 때문에 도박을 하는 것이다. 러시아인들에겐 도박할 능력이 없다고 말하는 프랑스인을 향해 그는 "룰렛은 러시아인들을 위해 고안된 것일 뿐"이라고 역설한다.

러시아인은 자본을 획득할 재간이 없을 뿐만 아니라 어찌 된 일인지 무모하고 꼴사납게 자본을 낭비합니다. 하지만 어쨌든 우리 러시아인들에게도 돈은 필요합니다. 그리고 바로 그 때문에 우리는 룰렛과 같은 수단들을 좋아하고 또 애타게 원하고 있는 것이지요. 룰렛에서는 애를 쓰지 않아도 두 시간 만에 별안간 부자가 될 수 있거든요. 우리가 대단한 매력을 느끼는 것은 바로 그 점입니다. 하지만 노력은 하지 않고 무모한 도박을 즐기는 탓에 돈을 잃고 마는 것이지요!(『노름꾼』, 282쪽)

"두 시간 만에 별안간 부자가 될 수 있"기에 도박판에 뛰어들고, 그러나 또 순식간에 돈을 낭비하고 말아 그곳에 남아 있을 수밖에 없게 되는 러시아적 기질, 이 기질의 모순성을 납득하는 것이야말로 소설 『노름꾼』의 문제의식이 아닐 수 없다. 작품의 구상 단계에서 도스토옙스키는 이런 편지를 쓰고 있다.

이야기 주제는 외국에 나가 있는 러시아인의 한 유형에 관한 것이지요. (……) 우리의 내적인 삶에서 모든 (물론 가능한 만큼) 시시각각을 그려낼 것입니다. 본능에 의해 움직이는 기질(neposredstvennaia natura)인 그 인물은 매우 발달하긴 했으나 모든 면에서 미완성이고, 믿음을 잃어버렸으면서도 감히 불신은 하지 못하고, 권위에 대해 저항하면서 동시에 권위를 두려워합니다. (……) 중요한 것은 그의 삶의 모든 혈기와 힘, 광포와 과감성이 룰렛에 쏟아부어진다는 겁니다. 푸시킨의 인색한 기사가 단순한 수전노가 아닌 것처럼, 그는 도박꾼이면서도 단순한 도박꾼이 아니지요. 나를 푸시킨에 비교하는 게 아니라, 다만 명료히 설명하기 위해 그렇게 말하는 것입니다. 그도 나름대로는 시인이지만, 문제는 운에 맡기는 승부(risk)를 향한 욕구가 그의 눈에는 자신을 고결하게 만들어주는 것으로 보임에도 불구하고, 그 시의 저열함을 깊이 느끼고 있기에 그 자신이 시를 수치스러워한다는 사실입니다. (……) 이 작품은 일종의 지옥, 또하나의 수용소 '목욕탕'에 대한 기록입니다.(전집 28권, 50~51쪽)

"도박꾼이면서도 단순한 도박꾼이 아닌" 한 인간의 내면을 그리기 위해 도스토옙스키가 필요로 했던 것이 그에게 '시적 정신'을 부여하는 일이었던바, 도스토옙스키에게 시적 정신은 "진창 속의 영웅"을 꿈꾸는 지하생활자의 무모한, 그러므로 러시아적인, 낭만주의와도 같은 것이다. "타락의 심연에 떨어졌을 때도 결코 자기의 이상을 잃지 않는"(『지하생활자의 수기』), 말하자면 "소돔에서도 마돈나를" 찾는(『카라마조프 형제들』) 모순된 현실론의 동일선상에 그의 도박꾼은 서 있다. 저급한 현실과 고결한 이상에 양손을 내민 "폭넓은 성격"을 극한으로 의식하기 위해 그는 부조리의 '지옥'인 룰레텐부르크를 맴돌 수밖에 없는 것이다.

도스토옙스키가 '폭넓다'고 표현한 러시아적 기질("러시아에는 '폭넓은 성격'의 소유자가 많다")은 작가 자신의 특성이기도 한 상반성과 모순성의 영토에 다름아니다. 양극의 모순성이 극대화될수록 그 폭은 확장되고, 그래서 더 아름답고 더 고귀한 것을 향할수록 더 낮고 더 추한 것으로의 추락을 자행한다. 도박의 은유를 사용하자면, 순식간의 큰 승자가 되기 위해서는 순식간의 무모한 패자가 되어야만 한다. 도스토옙스키에게 있어 자유의 시적 정신이란 그런 것이다.

도스토옙스키의 주인공이 '2×2=4'라는 자연율을 부정하는 것은 바로 그러한 이유에서이고, 따라서 모든 법칙과 예측 가능성의 한계를 뛰어넘고자 하는 그의 주인공들은 모두 도박꾼이면서도 단순한 도박꾼이 아니다.

자신이 혐오한 프랑스 민족에 대해 도스토옙스키는 "프랑스인은 조용하고, 성실하고, 정중하지만, 근본에서부터 잘못되었다. 그들에게는 돈이 전부일 뿐이다. 우리 생각과 달리 이상이 없다"(전집 28권, 27쪽)고 말한 바 있다. 사실 그의 프랑스인 혐오증은 특정 민족에 대한 것이라기보다는 '자연과 진리의 인간(l'homme de la nature et de la vérité)'으로 조소당하는 서구 유럽인 전체를 향한 반감이며 인간 정신의 폭을 제한하는 제도적 질서에 대한 비판으로 읽혀야 마땅하다.

도스토옙스키는 이성적으로 터득한 게임의 체계를 자신의 도박판에서 실현한 적이 없다. 표면적으로 볼 때 그것은 광적인 흥분의 상태를 스스로 자제하지 못했던 때문일 수도 있으나, 실은 러시아인 도박꾼 도스토옙스키에게 있어 돈을 딴다는, 그것도 소소하게 딴다는 일이 애초부터 아무런 의미도 갖지 못했기 때문이다. '돈이 필요해서', '소설을 쓰기 위해' 도박하는 것이라고 그의 편지는 말하지만, "내게 중요한 것은 돈이 아니다!"(『노름꾼』, 458쪽)라고 그의 소설은 고백한다. 실제로도 그는 도박으로 돈을 벌어 소설을 쓸 수 있었던 것이 아니라, 도박에 대한 소설을 씀으로써 돈을 벌었을 따름이다.

'문학의 프롤레타리아'를 자처했던 도스토옙스키와 '지식의 프롤레타리아'라 할 수 있는 소설 속 주인공이 도박에 몸을 내던지는 근본동기는 '돈이 필요해서'가 아니라, 돈의 필요성을 부정하기 위해서이다. 단적으로 말해 '삶의 프롤레타리아'가 되지 않기 위해서이다.

노동이 무엇인지—난 당신 민족에 대해서 얘기하는 것이 아닙니다—알지 못하는 사람은 당신이 처음은 아닙니다. 룰렛은 주로 러시아에서 볼 수 있는 도박입니다. 당신은 지금껏 정직했어요. 도둑질을 하느니 차라리 하인이 되려고 했단 말입니다. (……) 그런데 앞으로는 어떻게 될지 정말 생각만 해도 두렵습니다.(469쪽)

소설 속의 영국인 에이슬리가 주인공의 도박 광증을 염려하며 하는 말이다. 이 영국인이야말로 소설에서 가장 이성적이고 통찰력 있는 인물로 그려지지만, 러시아적 기질에 관한 한, 그의 이해력은 떨어진다. 왜냐하면 주인공은, 그의 통찰과는 반대로, 하인이 되느니, 즉 자본의 노예가 되느니 차라리 도둑질을 하기로 선택한 사람이기 때문이다.

주인공의 입장은 철저한 자본의 현실론에 입각해 있다. 동시에 사회가 강제한 도덕률("선행과 미덕에 대한 서유럽 문명인들의 교리문답서")을 부정한다는 의미에서 철저하게 가치전복적이다. 매일 규칙적으로 소액의 돈을 따는 프랑스 여자가 그의 눈에 "그렇고 그런 사람"에 불과하듯, 다섯 세대 후를 위해 자신을 희생해가며 개미처럼 "정당한 방법으로 돈을 모으는" 독일인 역시 경멸스럽기는 마찬가지이다. 러시아인 주인공은 백 년 아니 이백 년이나 이어져 내려오는 기질, 노력과 인내, 지혜와 청렴함, 강인함과 검소함"으로 "다섯 세대나 여섯 세대가 지나고 나면 로스차일드 남작이나 호프 패밀리"를 탄생시키는 독일식 축재방식을 단호히 거부한다.

저는 차라리 러시아식으로 추하게 놀아나는 것이 나을 성싶고, 그게 아니면 룰렛으로 돈벌이를 하고 싶습니다. 다섯 세대 후의 호프 가(家)가 되고 싶지 않다는 말입니다. 제 자신을 위해서라도 제게 돈이 필요한 것은 사실입니다. 하지만 제 자신이 자본을 위해서 필요하다거나 아니면 자본에 종속되는 어떤 존재라고 여기지는 않습니다.(285쪽)

"독일의 우상에게 절을 하느니 차라리 일평생 키르기스의 천막 속에서 유목생활을 하겠다"(282쪽)는 그의 비유는 흡사 낭만적 악마의 절규와도 같이 들린다. 이는 작게는 자본주의 시대의 소시민적 가치관에 대한 항명이며, 크게는 운명의 종속력에 반하는 자유의지의 선언이다. 시대사조에 맞춰본다면, 사실주의적 실용성에 맞선 낭만주의적 저항정신일 수도 있다.

"도박꾼이면서도 단순한 도박꾼이 아닌" 그는 그래서 잃어야 한다. 혹 순식간의 축재가 이루어졌을지라도, 그에 못지않은 속도로 탕진해야만 한다. 그것이 자본의 노예가 되지 않는 길일 것이다. 파리로 간 주인공은 "이 모든 일이 조금이라도 더 빨리 끝나기만을 학수고대"하면서 도박으로 딴 이십만 프랑을 삼 주 만에 흩날려버려 마땅하다.

도스토옙스키는 규칙적으로 돈을 딴 적도 거액의 횡재를 해본 적도 없다. 물론 독일식 축재도 하지 못했다. 계산하면 이길 수 있다고 생각하지만, 그는, 자신의 주인공이 그러하듯, 계산보다는 "본능에 의해 움직이는 기질"의 사람이었다. 그가 도박사의 인물형에 부여한 자학과 과대망상의 이중논리도 따지고 보면 자기 자신의 내적인 갈등과 고통에 대한 고백적 분석이었다고 여겨진다. 도스토옙스키 자신이 앓았던, 그러나 이론적으로는 정당화하지 못했던 도박의 병증이 소설에 옮겨짐으로써, 급기야 삶의 현실('돈이 필요하다', '잃는다는 건 불가능하다')은 시의 현실('돈은 중요하지 않다', '잃어야 한다')이 된다. 그리고 그 '시'는 소설의 도박사뿐만 아니라 도스토옙스키 자신을, 그들의 병증을 '고결하게' 만들어주는 것처럼 보인다.

그러나 한편 도박사는 "그 시의 저열함을 깊이 느끼고 있기에 그 자신이 시를 수치스러워한다"고 도스토옙스키는 밝히고 있다. 도스토옙스키가 도박의 체계를 알아냈다고 장담하던 1863년 가을은 그가 애인 아폴리나리야(폴리나) 수슬로바와 함께 유럽을 여행하던 때였다. "도대체 사랑하는 여자와 여행하면서 도박을 한다는 것이 어떻게 가능한지를 나는 이해할 수 없다"고 그의 형은 당시의 편지에 쓰고 있지만, 도박에 미친 도스토옙스키는 애인을 호텔방에 남겨둔 채 도박장으로 가 룰렛을 했고, 결국에는 모두 잃었다.

두 달 간의 여행에서 빈털터리로 돌아오고, 애인과도 헤어지고 난 후, 도스토옙스키는 빚 독촉에 시달리며 『노름꾼』을 쓰게 되는데, 그때 비서로 채용되어 구술되는 소설을 받아적은 안나 그리고리예브나가 그의 두 번째 부인이다. 도박으로 진 빚을 갚기 위해 끔찍한 기억을 소설로 써야 했던 도스토옙스키가 그것을 계기로 만나게 된 아내와 함께 요양차 여행하는 도중 다시 도박에 빠져드는 이야기는 그 자체로서 또하나의 병적인 소설이 아닐 수 없다.

아내를 드레스덴에 남겨둔 채 도스토옙스키는 도박장으로 향하고, 그곳에서 아내가 추가로 보내준 돈까지 모두 잃는다. 돌아오라며 아내가 보내준 여비를 도박에 탕진하고, 또다시 보내준 여비도 탕진하기를 반복하던 끝에 마침내 빈털터리로 돌아온 그는 이번에는 바덴바덴으로 가 또다시 아내를 호텔방에 남겨놓고 도박에 빠진다. 돈을 잃고 돌아와 아내의 발밑에 꿇어앉아 흐느끼고, 또다시 도박하고, 또다시 잃고, 어린아이처럼 흐느끼며 뉘우치기를 한 달 남짓, 결국 모든 돈과 결혼반지와 아내의 패물과 두 사람의 코트까지도 몽땅 잃고, 호텔 방값도 낼 수 없어 빌린 돈으로 또다시 도박을 하고, 마침내 기적처럼 독일의 '지옥'을 떠나 고국에 돌아왔을 때, 도스토옙스키에게 남겨진 것은 다음과 같은 병리학적 자아진단이었다.

최악의 사실은 내 기질이 저열하며 지나치게 욕정적이라는 겁니다. 어느 곳에서건, 무엇에 있어서건, 나는 극단의 한계까지 가고야 맙니다. 평생 동안 선(線)을 넘어왔지요.(전집 28권, 207쪽)

3. 도박의 비극과 초월

극단의 한계까지 치달아 그 선을 넘고야 마는 것, 그것은 바로 도스토엡스키가 자신의 삶에서, 그리고 모든 소설에서 다루어온 무모한 도전과 자기파멸의 범죄론이기도 하다. "난 죄를 범했고, 전부 잃었다"(전집 28권, 196쪽)는 한 문장의 고백에서 읽을 수 있듯, '도박'은 '경계 넘기'라는 어원의 러시아어 '죄(prestuplenie)'와 근본을 공유한다. '전부 잃었다'는 것은 도스토옙스키에게 있어 끝이 아니다. 아이로니컬하게도 전부 잃음으로써, 다시 말해 최후의 선을 넘음으로써 그는 다시 시작할 수가 있다. 그렇기 때문에 도스토옙스키는 악마와 내기한("악마는 곧 나와 승부를 겨뤘다") 자신을 저주함과 동시에 "그러나 나도 인간이다! 내 안에도 최소한의 인간적 면모는 있다"고 주장하게 되는 것이고, 소설의 도박사 역시 파멸의 나락에서 '부활'을 예감할 수 있는 것이다.

> 새롭게 태어나고 부활해야 한다. 그리고 그들에게 증명해 보이지 않으면 안 된다. (……) 내가 아직 사람답게 될 수도 있다는 사실을 폴리나가 알게 해야 하는 것이다. 그러면 되는 것을…… 어쨌든 이제는 늦어버렸다. 그렇지만 내일은…… 아, 나는 예감할 수 있다. 그리고 그 예감이 빗나갈 리 없다! (……) 내일, 내일이면 모든 것이 끝난다!(『노름꾼』, 470~471쪽)

주인공의 도박 입문이 "일천 피트가 넘는 슐란겐베르크의 봉우리에서 거꾸로 몸을 던지는" 모험에 비유되는 것은 결코 우연이 아니다. 극한의 지점은 구원으로 향하는 마지막 관문이고, 그는 상승하기 위하여 하강한다. 도스토옙스키의 비극은, 동시에 그의 영웅적인 야심은, 자신과 자신의 주인공을 마지막 관문의 바로 그 문턱에 남겨놓는다는 사실이다. 부활은 언제나 내일의 사건으로 남고, 그래서 파멸 또한 언제나 미완성이다. 도스토옙스키가 소설의 주인공을 "모든 면에서 미완성"인 인물로 설정한 것은 그와 같은 관념적 의미를 지닌다.

이는 도박에 관련된 러시아문학의 또다른 걸작 「스페이드의 여왕」과 비교할 때 매우 중요한 차이점이다. 푸시킨의 단편 「스페이드의 여왕」 (1833)을 도스토옙스키는 "환상예술의 정수"로 지목하면서 "환상적이라 하는 것은 사실적인 것과 너무도 가까운 나머지 그것을 거의 믿어버릴 정도가 되어야 한다"(전집 30권, 192쪽)고 했다. 필승의 카드 석 장(3, 7, 1)으로 자신의 운명을 하루아침에 바꾸려던 주인공 게르만이 에이스 대신 퀸을 손에 집어들고는 미쳐버린다는 내용의 이 작품에서 도스토옙스키가 소설 『노름꾼』의 단초를 발견했음은 주지의 사실이다. 독일계 러시아인인 주인공이 "절약, 절제, 근면"의 원칙 아래 도박의 열정을 억제해온 소시민이라는 점, 그가 일확천금의 허황된 꿈을 좇아 난생처음 도박판에 뛰어든 후 "눈에 보이지 않는 힘"에 이끌려 파멸을 자초한다는 점, 도박으로 뛰어드는 과정에 리자라는 구애의 대상이 연루된다는 점, 그가 "옆모습은 나폴레옹이고 마음은 메피스토펠레스"인 낭만적 이중인격자라는 점 등은 모두 도스토옙스키 소설구조의 기저텍스트로 작용한다.

도스토옙스키는 푸시킨의 환상성을 '있을 법한 일'과 '있을 수 없는 일'의 혼재에서 찾고 있으며, 그것이 결국 푸시킨의 소설에 등장하는 환영('스페이드의 여왕')으로 집약되는 것이겠으나, 문제의 핵심은 거기에 있지 않다. 도스토옙스키는 다음과 같이 설명한다.

> 독자는 게르만이 정말로 자신의 세계관에 상응하는 하나의 환영을 보았다고 믿게 되지만, 이야기의 끝에 가서는, 즉 이야기를 다 읽고 난 후에는 마음을 정하지 못하기 마련이다. 과연 그 환영은 게르만 자신으로부터 비롯된 것일까, 아니면 그가 진짜로 또다른 세계와 접촉하는 사람들 중 하나이자 인간에 적대적인 사악한 혼들 중 하나가 아니었을까 사이에서 말이다.(전집 30권, 192쪽)

게르만이 보는 환영과 그로 인한 파국(게르만의 광증)의 근원에 대해 푸시킨은 불확정성의 열린 상태를 고수하고 있다. 독자의 편에서도 마음을 정하지 않고 미해결의 환상성을 있는 그대로 즐기는 쪽이 읽는 재미를 배가할 것이다. 그러나 독자가 아닌 작가 도스토옙스키의 입장과 선택은 다르다. 소설가인 동시에 도박광인 도스토옙스키에게는 푸시킨의 불확정성을 해결해야 할 문학적, 실존적 과제가 남겨져 있기 때문이다. 그는 환상성의 본체를 환영의 영역으로 전가하기보다, 그것을 체계적으로 설명하고 사실의 차원으로 확장해야만 한다. 소설 『노름꾼』은 바로 그 지점에서 출발한다.

푸시킨의 주인공이 미치는 것은 자신의 꿈을 실현시켜줄 뻔했던 한판 게임에서 실패하기 때문이다. 그의 광증이 본연의 자아분열적 관성에 기인하는 것인지, '사악한 혼'의 개입에 의한 것인지는 별도의 논의주제가 될 것이다. 아무튼 결과적으로 돈을 잃고, 자신의 꿈을 잃고, 그는 미쳐버린다. 무엇이 그의 꿈이었던가? 늙은 백작부인으로부터 필승의 카드를 밝혀내기 위해 그는 주장한다.

누굴 위해 마님께서는 그 비밀을 감추는 겁니까? 손자들을 위해섭니까? 그들은 그런 거 없이도 부자예요. 그들은 도대체가 돈의 소중함도 모른단 말입니다. 낭비하는 인간에겐 마님의 카드 석 장이 도움이 안 됩니다. 부모의 유산을 지키지도 못하는 족속들은 아무리 악마의 힘을 빌려도 결국 빈털터리로 죽게 돼요. 저는 낭비하는 인간이 아닙니다. 저는 돈의 가치를 알아요. 마님의 카드 석 장이 저에겐 헛되지 않을 겁니다. (……) 제발 당신의 비법을 알려주세요. 한 인간의 행복이 마님의 손에 달려 있다는 걸 생각해보세요. 저 한 사람만이 아니라 제 자식들과 손자들, 그리고 증손자들까지도 마님의 기일을 기리고 성녀처럼 공경할 겁니다.(「스페이드의 여왕」, 165~166쪽)

사대를 거쳐("자식들과 손자들, 그리고 증손자들까지도") 지속되는 돈의 가치, 이는 '로스차일드 남작이나 호프 패밀리'가 수대에 걸쳐 일군 자본과 하등 다를 바가 없다. 석 장의 카드로 일단 자본을 획득하고 나면, 그 다음엔 낭비하지 않고 부를 지킬 것이다. 러시아식 수단(도박)을 빌려 독일식 축재를 도모하겠다는 것, '꾸며낸 이야기(비법의 소문)'를 '실제 이야기(비법의 전수)'로 바꿔놓겠다는 것이 주인공 게르만의 계산이다. 이처럼 서로 다른 체계의 수단과 목적, 꿈과 의지가 뒤얽혀 만들어낸 그의 계산은 부조리한 논리의 산물에 지나지 않는다. 그 무모한 논리 속에서 애초에 거짓말로 일축되었던 '3, 7, 1'이란 카드의 존재는 점차 사실로 굳어간다.

　　석 장의 카드 얘기는 그의 상상력을 강하게 자극하여 밤새도록 그의 머릿속을 떠나지 않았다. '만약에'. 그는, 이튿날 저녁 페테르부르크의 거리를 배회하며 생각했다. '만약에, 그 늙은 백작부인이 나에게 비결을 물려준다면! 혹은 석 장의 틀림없는 패만이라도 말해준다면! 자신의 행운을 시험해보지 않을 이유가 없잖은가? (⋯⋯) 어쨌든 그녀를 만나고, 환심을 사도록 하자. ―아니, 차라리 그녀의 애인이 되는 거야. ―아냐, 그건 시간이 너무 걸리지. ―벌써 여든일곱이 아닌가. ―일 주일 후, 아니 당장 내일모레라도 죽어버릴지 몰라! ―근데 그 얘긴 사실일까? 그걸 믿어도 좋을까? ―아냐! 절약, 절제, 근면. 이게 내가 이길 수 있는 확실한 석 장의 패다. 이게 나의 재산을 세 배로 늘려줄 거고, 일곱 배로 늘려줄 거고, 나에게 안락과 자립을 가져다줄 거야!' (153~154쪽)

'만약에'라는 가정법에 의해 전개되는 주인공의 황당무계한 상상―가령, 이십대의 그가 팔십 노인의 애인이 된다(?)―은 줄곧 '있을 법한 일'과 '있을 수 없는 일'의 충돌로 이어지는 자기모순과 부정의 연속에 불과하다. 그렇기 때문에 '1'이라는 패와 '퀸'이라는 패의 뒤바뀜 역시 그의 마음속에 내재되어 있던 자아분열적 반전의 관성으로부터 그리 동떨어진 것은 아니다.

"절약, 절제, 근면. 이게 내가 이길 수 있는 확실한 석 장의 패다. 이게 나의 재산을 세 배로 늘려줄 거고, 일곱 배로 늘려줄 거고, 나에게 안락과 자립을 가져다줄 거야!"라고 그는 다짐한다. 자세히 분석해볼 때, 비밀의 세 카드는 처음부터 게르만 자신이 다짐했던 세 원칙 속에 잉태되어 있었다. 재산을 '세 배'(3), '일곱 배'(7)로 늘려 마침내 '안락과 자립'(1: 카드의 '1'을 뜻하는 러시아어 'tuz'는 지위가 높은 재력가를 의미하기도 한다)에 이른다는 그 성공의 법칙은 실생활의 성실성이나 도박에서의 요행 둘 다에 있어 공통된 패인 것이다.

'우연', '꾸며낸 얘기' 혹은 '속임수'로 해석되었던 석 장의 카드에 대해 게르만이 추궁했을 때, 노부인은 "맹세코, 그건 농담이었다"고 말한다. 문제는 이처럼 우연과 허구와 속임수와 농담으로 정의되는 상상력의 게임 안에서 게르만이 어떻게 '사실'의 자리를 찾아내는가에 관한 것으로, 허구와 실제의 경계가 허물어져 하나되는 그곳에는 불행히도 게르만의 광증이라는 결과가 기다리고 있다.

결국, 푸시킨의 이야기는 허구와 실제 사이를 왕복하며 그 두 세계를 하나로 통합시키고자 한 게르만의 무의식적이고도 억지스런 의지의 전개과정을 말한다고 해석할 수 있다. 주인공의 파멸은 도박의 승패와 관련된 것이기 이전에 바로 그러한 상상의 논리가 지닌 무모함에 기인하는 것으로, 그 어리석음에 대한 푸시킨의 심판은 가차 없으며 지극히 사실적이다. "옆모습은 나폴레옹이고 마음은 메피스토펠레스"이지만 결국 자유의지의 인간도, 반항적 악마도 되지 못하는 주인공을 미치게 함으로써 그의 운명을 상상과 현실, 그 무엇으로도 확정되지 않는 주저함의 굴레 안에 가둬놓기 때문이다.

게르만은 미쳐버렸다. 그는 오부호프 병원 17호실에 앉아서 무엇을 물어보아도 대답을 않고 그저 굉장히 빠른 말로 "삼, 칠, 일! 삼, 칠, 퀸!"을 중얼거릴 뿐이다.

리자베타 이바노브나는 매우 착한 청년과 결혼했다. 그는 모 관청에 근무하고 있고 재산도 상당하다. 그는 이전에 늙은 백작부인 댁에서 집사를 하던 이의 아들이다. 리자베타는 가난한 친척의 딸을 데려다 키우고 있다.

톰스키는 기병대위로 승진을 해서 공작영양 폴리나를 아내로 맞았다.(185쪽)

푸시킨의 에필로그는 주인공 한 사람의 결말을 보여주기보다 세상의 법칙을 말해주기 위한 장치이다. 던져진 주사위 혹은 집어든 카드 한 장의 운명에 아랑곳없이 지속되는 게임처럼, 불확정성의 덫에 걸린 주인공을 에워싼 현실은 한결같은 확정성의 속도와 행로로 진행된다. 그것이 푸시킨의 교훈이고, 그 교훈이 강조하는 숙명론적 관점이다. 푸시킨의 주인공이 파멸하는 것은 그가 단순히 도박에 빠진 악한이어서가 아니라, 임의의 힘('운'의 환영)으로써 임의의 기득권 안에 진입하고자 했던 그의 의도가 근본적으로 나약한 것이기 때문이다.

만약 낭만적 영웅을 창조하는 것이 목적이었더라면, 푸시킨은 도박에 진 게르만을 미치게 하지 말았어야 한다. '운'에 기대어 '운명'을 정복하거나 '상상'의 힘을 빌려 '사실'을 쟁취하려 하는 대신, 도박의 생리에 대한 자의식 속에서 잃는 것조차 두려워하지 않는 진정한 반항아를 그려냈어야만 한다. 그러지 않았기에 푸시킨의 주인공은 단순한 도박꾼으로서의 한계를 넘지 못하며, 그의 "환상예술"은 여전히 사실주의의 틀 안에 머물러 있다.

반면, 도스토옙스키의 과제는 푸시킨이 창조해낸 소시민의 운명에 자의식의 요소를 더함으로써 그를 낭만적 주인공의 반열에 올려놓는 것이다. 비록 그의 반항이 저열한 것이고, 그 저열한 반항의 시도가 매번 실패한다 해도, 그는 미치지 않으며, 그래서 모든 것을 다 잃는 순간에도 낭만적 반항아로서의 그의 '인격'은 온전하다. 그리고 법칙의 노예가 되는 대신 무모한 반항의 노예로 남아 있는 한, 그의 모습은 굴러떨어진 바위를 응시하는 '행복한' 시시포스와 묘하게 중첩되는 것이기도 하다.

부조리한 인간이 자신의 고통을 응시할 때 모든 우상들은 침묵한다. 문득 본연의 침묵으로 되돌아간 우주 안에서 경이에 찬 작은 목소리들이 대지로부터 무수히 솟아오른다. 은밀하고 무의식적인 부름이며 모든 얼굴의 초대인 그것들은 승리의 필연적인 이면이요 대가이다. 그림자 없는 햇빛이란 없기에 밤을 겪어 체험하지 않으면 안 된다. 부조리한 인간의 대답은 긍정이며 그의 노력에는 끝이 없을 것이다. 개인적인 운명은 있어도 초월적인 운명이란 없다. 혹 있다면 오직 숙명적이기에 경멸해야 할 것으로 판단되는 단 한 가지 운명이 있을 뿐이다. 그 외의 것에 관한 한, 인간은 스스로 자신이 살아가는 날들의 주인이라는 것을 안다. (……) 바위는 또다시 굴러떨어진다. (……) 그에게는 이 돌의 부스러기 하나하나, 어둠 가득한 이 산의 광물적 광채 하나하나가 그것만으로도 하나의 세계를 형성한다. 산정을 향한 투쟁 그 자체가 인간의 마음을 가득 채우기에 충분하다. 행복한 시지프를 마음속에 그려보지 않으면 안 된다.(『시지프 신화』, 159~160쪽)

참고 문헌

Dostoevskii, F. M., *Polnoe sobranie sochinenii* v 30-ti tomakh, L., V. 28, V. 29, V. 30, 1972~1990.

Davis-Goff, A, *The Literary Companion to Gambling*, London, 1996.

Lotman, Iu. M, *Besedy o russkoi kulture*, SPb., 1994.

Parchevskii, G. F., *Karty i kartezhniki*, SPb., 1998.

Lermontov, Iu. M., *Sobranie sochinenii* v chetyrekh tomakh, M., 1976.

표도르 도스토옙스키, 『노름꾼』, 이재필 옮김, 열린책들, 2000.

_____, 『지하생활자의 수기』, 이동현 옮김, 문예출판사, 1972.

알렉산드르 푸시킨, 『스페이드의 여왕』, 김희숙 옮김, 문학과지성사, 1997.

알베르 카뮈, 『시지프 신화』, 김화영 옮김, 책세상, 1997.

돈의 이미지에 내재된 서구적 망탈리테의 원형적 구조
—에밀 졸라의 『루공-마카르 총서』를 중심으로

조성애

1. 들어가며

졸라의 소설에서 돈의 문제는 끊임없이 지속적으로 등장한다는 점에서 그 자체로 중요한 열쇠가 되고 있다. 졸라는 돈이라는 제목으로 소설을 쓰기도 하였으며 『루공-마카르 총서』의 첫번째 소설 『루공 가의 운명』 또한 루공 가의 치부과정과 이들 재물의 기원을 다룬 소설이다. 원제 'La Fortune des Rougon' 자체도 이중적으로 해석될 수 있는데 'la fortune' 이 재물과 운명의 의미를 담고 있다는 점에서 루공 가의 운명이나 루공 가의 재물로도 번역될 수 있다. 두번째 소설 『쟁탈전』 역시 투기를 통해 치부하는 벼락부자들의 여정을 그리고 있으며 소설의 주인공 사카르는 『돈』에서 다시 한번 주인공으로 등장한다. 처음 두 권의 소설을 돈과 치부에 대해 쓸 정도로 돈에 대한 생각들은 졸라에게 중요한 주제라고 할 수 있다. 이외에도 『인간야수』에서 돈을 위해 아내를 서서히 치밀하게 독살한 뒤, 아내가 숨겨놓은 돈을 찾아 밤마다 온 집 안을 헤집고 다니는 남자의 이미지는 작은 일화임에도 강렬한 인상을 남긴다. 『부인들의 행복백화점』에서는 돈을 위해서라면 어떤 일도 마다하지 않는 주인공이 등장하며, 『대지』에서는 돈과 땅을 차지하기 위한 온갖 살인과 폭력이 난무한다. 이처럼 졸라의 소설세계에서 돈의 그림자는 집요하게 등장인물들을 따라다닌다.

사실 졸라는 『루공-마카르 총서』는 기존 질서의 붕괴라는 대혁명 없이는 시작되지 못했을 것이라고 밝히면서 그의 소설들은 바로 대혁명 이후 새롭게 자신의 존재에 대해 눈뜬 대중들이 새로운 힘의 상징으로 등장한 돈을 향해 무섭게 달려드는 쟁탈전의 이야기라고 설명한 바 있다. 그런 점에서 그의 소설들은 기존 체제가 와해된 혼란 속에서 새로운 질서를 부여하는 힘으로 등장한 '돈'에 얽힌 이야기라고 할 수 있다. 그렇지만 이러한 돈의 이야기들은 그것이 형상화하는 심층적 이미지들을 통해 또다른 차원에서 서구사회의 어떤 무의식적 욕망을 드러내고 있다. 자신의 소설들이 기존 질서의 붕괴라는 대혁명 없이는 시작되지 못했을 것이라는 졸라의 말의 진정한 의미는 무엇일까. 한 사회의 질서가 붕괴되었다는 것은 그 사회의 순환적 질서의 고리가 끊겼다는 것이고 그런 점에서 가장 시급한 작업은 다시 새로운 질서, 즉 새로운 순환의 질서, 순환적 고리를 정립하는 것이라고 볼 수 있다.

그가 유전이라는 주제를 택해 한 일가의 개인적, 나아가 사회적 차원의 순환을 탐색했다면 그것은 순환적 질서의 재정립이라는 무의식적 욕망을 가지고 있었기 때문일 것이다. 물론 그것은 졸라 개인이 아니라 그 시대의 무의식적 욕망과 관련되어 있을 것이다. 특히 졸라가 실험적으로 사용한 유전과 환경의 만남은 다양한 순환구조들의 실험을 통해 새로운 순환구조를 적극적으로 탐색하고 정립하려는 자신의 욕망을 분명히 보여준다. 졸라의 소설세계에 나타난 돈의 이미지는 이러한 순환의 이미지와 직결되어 있다. 먼저 졸라의 소설세계(특히 『루공 가의 운명』『쟁탈전』『부인들의 행복백화점』『대지』『인간야수』『돈』)에서 돈의 이미지들을 심층적으로 살펴본 후, 다음으로 돈의 이미지에 내재된 서구사회의 원형적 망탈리테, 즉 위협적, 대립적 요소들을 정화하고 극복하면서 새로운 순환질서를 정립하고자 하는 염원이 어떤 의미구조로 나타나는지 살펴보고자 한다.

2. 졸라의 소설세계에 나타난 돈의 이미지

거대한 물결의 삼킴 이미지

『루공-마카르 총서』의 첫번째 소설, 『루공 가의 운명』의 주제는 구체제가 무너진 순간, 약삭빠른 자들이 약자들의 희생을 토대로 사회적 신분상승을 이룬다는 것이다. 이를 위한 첫번째 지령 '부자 되시오'는 이들에게 새로운 힘을 쟁취하기 위한 첫번째 단계로 인식되고 있다. 루공 가의 실질적 시조인 루공 피에르는 새로운 사회적 신분으로의 도약을 꿈꾸는 약삭빠른 농부이다. 한편 그의 부인 펠리시테는 상인의 딸로 자신의 경제적 불운을 한탄하며 권력과 재산으로 세상을 정복하고자 하는 야심만만한 여성이다. 이들 부부의 결혼은 '용감하게 재산을 정복하기 시작했다'로 설명된다. 이들은 어머니의 돈을 강탈하고 동생을 희생시키며 조카의 살해에 동조하면서 치부한다. 이들의 치부는 사기, 강도와 별반 다르지 않다. 그리고 마침내 자신들의 조카이며 죄 없는 고아 소년 실베르를 반도로 몰아 총살시키는 파렴치한 일까지 저지르면서 사회적 권력과 부를 차지하게 된다. 돈에 대한 집착과 욕망, 그리고 이로 인해 희생되는 죄 없는 속죄양들은 졸라의 소설세계에서 동전의 앞뒤처럼 함께한다. 돈과 재물에 내재한 이러한 '폭력성-희생제물'의 이미지는 점점 더 강도 높은 삼킴의 이미지로 발전되며 주로 바다, 거대한 물결, 홍수와 같이 타자를 삼켜버리는 듯한 이미지로 나타난다. 두번째 소설 『쟁탈전』에서부터 돈은 바로 이런 거대한 물결의 이미지로 등장한다.

『쟁탈전』은 황금에 대한 열망, 치부를 위해 달려드는 한 사회가 좀더 본격적으로 재산을 정복해가는 이야기이다. 이들의 첫번째 염원 역시 '부자 되기'이다. 그만큼 돈은 이 시대의 퇴폐적 부르주아들에게는 가장 중요한 목적의 하나였다. 주인공 사카르는 루공-마카르 가의 사람으로 기원의 어머니 탕트 디드에게서 기관의 침해라는 유전을 물려받고 있다. 졸라는 기관의 침해를 '머리 속의 틈새'로 표현하는데 바로 이 틈새에서 개인의 유전적 본능이 사회적, 역사적 환경에 의해 수정되거나 더 심각하게 결정되면서 개인적 기질이 결정된다. 즉 변하지 않는 유전적 요인이 개인으로 하여금 환경 속에서 자신의 우세한 특성들을 유리하게 혹은 불리하게 변화시키도록 강요한다고 할 수 있다. 사카르의 유전적 기질은 제정이라는 환경 속에서 치부에 대한 미친 듯한 열정의 형태로 나타난다. 그의 이름 'Saccard'에는 'sac(=돈주머니)'이라는 단어가 들어가 있으며 냉혹하게 끊어버리는 듯한 어감 또한 깃들어 있다. 그는 돈을 위해서라면 모든 것을 희생시키고 삼켜버리는 냉혹한 돈벌레 그 자체이다. 그는 광기 어린 투기자, 돈냄새만 맡으면 잔인한 탈취자로 변하는 인물이다. 따라서 오로지 돈을 위해서라면 가족을 포함해 자신의 주변인물들도 냉혹하게 희생시킨다.

사카르가 타자를 희생시키는 냉혹한 탈취자의 이미지를 보여준다면 돈의 이미지는 이 모든 것을 삼키는 무절제하고 엄청난 물결, 흐름으로 나타난다. 돈은 홍수처럼 흐른다. 사카르는 엄청나게 벌고 과도하게 소비한다. 그가 주최하는 만찬에는 거인들의 만찬처럼 엄청난 양의 음식들이 흘러넘친다. 사카르가 짓는 새로운 주택들도 과도할 정도로 사치스러운 장식의 홍수를 보여준다. 파티를 열고 새로운 건물들을 지으면서 사카르는 돈의 홍수를 만들어낸다는 것에 대해 엄청난 자부심을 느낀다. 그러나 이 흐름은 결국 주인마저 삼켜버리는 주체할 수 없는 힘으로 돌아온다. 엄청난 소모의 주체할 수 없는 흐름으로 나타나는 돈의 이미지는 결국 모두를 삼키고 마는 부정적 흐름의 이미지를 보여준다. 이러한 부정적 흐름은 사카르 가의 과도한 투기와 소비, 유행 창조, 성적 방종,

관능적 파티 등에서도 그대로 드러난다. 새로운 유행을 선도했던 사카르의 아내 르네는 머리에 이상이 생기는 순환계의 질병으로 결국 빚만 잔뜩 남기고 죽는다. 사카르 역시 빚더미를 떠안고 몰락한다. 빚은 노예상태로 끝남을 의미하며 해방도 자유도 가져오지 못하는 속박의 의미를 지닌다. 그는 돈과 재물을 마음껏 흐르게 하면서 그 엄청난 물결 앞에서 일종의 희열을 느끼며 황홀해했지만 결국 이를 통제하지도, 장악하지도 못하고 오히려 그 흐름에 휩쓸려 자신마저 희생된 것이다. 이처럼 돈의 홍수적 이미지는 모두를 삼켜버리는 부정적 이미지로 끝나며 결코 동력적 에너지로 변환되지 못한다. 『돈』에서 다시 주인공으로 등장하는 사카르의 새로운 역할은 돈의 흐름을 장악하고 이를 통해 좀더 발전적인 에너지를 끌어내려는 것이다. 『쟁탈전』의 돈에 내재된 삼킴의 이미지는 뒤이은 『부인들의 행복백화점』에서 더욱 무시무시한 식인귀의 이미지로 나타난다.

식인귀-기계의 이미지

『부인들의 행복백화점』의 사장 옥타브 무레는 여성들을 착취하면서 엄청난 돈을 버는 인물이다. 백화점의 휘황찬란하고 넘쳐흐르는 상품들은 여성들을 매혹시킨다. 『쟁탈전』의 사카르가 돈의 흐름의 엄청난 위력으로 현대적 세계를 표현하면서 사람들을 유혹하고 치부하는 방법을 아는 기회주의자라면 옥타브는 훨씬 더 여성적으로 변화된 유혹자이다. 그는 여성들의 심리를 움직일 줄 아는 인물로 여성적 부드러움, 청순함, 화려함 등 여성적 욕망을 자극하면서 치부하는 방법을 안다. 그의 백화점의 가장 중요한 이미지 중 하나도 엄청나게 쌓여 있는 상품의 물결이다. 동화 속 아라비아 시장의 요지경처럼 화려하고 값비싼 물건들이 쌓여 있는 모습 앞에 사람들은 압도되고 결국 그 속에서 정신을 잃고 헤매게 된다. 여주인공 드니즈도 처음 백화점 안으로 들어설 때 그 화려함에 정신을 잃고 마침내 깊은 숲 속에 들어온 것처럼 길을 잃고 헤맨다. "괴물 속에서, 기계 속에서, 아주 작아진 자신이 길을 잃었음을 느끼고 있었다."(『부인들의 행복백화점』, 434쪽)

백화점에 막 들어선 고아소녀 드니즈는 마치 괴물의 입 속으로 삼켜져 들어간 모습을 하고 있다. 오로지 돈에 대한 욕망으로 이윤을 위해 먹고 먹히는 피나는 싸움을 계속하는 백화점의 이미지는 바로 식인귀 괴물 그 자체이다. 『제르미날』의 보뢰 광산처럼 백화점이 괴물 식인귀로 상징되는 부분은 소설의 곳곳에 등장한다. 도착한 물건들이 입처럼 "활짝 열린 뚜껑문"으로 들어가고 있었고 슬라이드를 통해 지하창고로 "끝없이 삼켜지고 있었고, 옷감들이 강물처럼 꿀럭거리는 소리를 내며 떨어지고 있었다."(422쪽) 바겐세일이 끝난 후, 마지막으로 손님들과 짐을 싣고 가는 마차들은 "아침부터 포식했던 면직물, 모직물, 비단, 레이스를 소화시키는 식인귀의 끄르륵거리는 소리"(499쪽)를 낸다. 한편 컴컴한 밤, 백화점 안에 쌓아놓은 물건들의 이미지도 괴물의 모습으로 보인다. "무시무시한 실루엣, 무너져내린 기둥들, 숨어 있는 야수들, 매복해 있는 도둑 같은 모습."(532쪽)

끝없이 포식하는 식인귀의 먹잇감은 바로 새로운 상품을 사고 치장하면서 신분상승을 꿈꾸는 대중들이다. 폭풍우가 휩쓸고 간 뒤 폐허만 남은 대전투의 날처럼, 바겐세일의 날, 여기저기 흩어진 레이스들과 속옷들은 욕망의 소란 속에서 한 떼의 여인들이 벗어놓은 옷들을 연상케 하면서 돈과 대중의 욕망의 관계를 먹고 먹히는 전투적 이미지 속에 그려내고 있다. 홍수의 이미지에서 한발 더 나아가 괴물스런 식인귀로 보이는 이러한 돈의 이미지는 『대지』와 『인간야수』에 이르러서는 더욱 광기 어린 폭력적 이미지, 즉 죽음의 이미지로 나아간다.

죽음의 순환 이미지

『인간야수』는 철도 주변에서 벌어지는 사랑과 돈에 대한 욕망의 이야기다. 이 시대의 철로와 기차, 기차역들은 교통의 혁신을 가져오는 동시에 사람들 사이를 빠르게 이어주고 새로운 지식들을 전달하고 공유케 함으로써—이 시대는 신문이 가장 많이 발간된 시대였다—대중에게 진보에 대한 믿음과 더불어 자유와 공동체적 일체를 가져다준 희망의 상징이었다. 그러나 『인간야수』에서의 철로와 기차, 그리고 기차역 주변에서 벌어지는 일련의 사건들은 이러한 시대적 신념과는 정반대인 죽음의 이미지를 보여준다. 이 죽음의 이미지는 어떤 흐름의 궤도가 막히고 정체되면서 일어나는 폭발의 결과이다. 소설 속에는 가로막힌 철로 때문에 기차가 전복되고 많은 사람들이 죽는 아비규환의 장면이 들어 있다. 인물들도 서로 상호적인 사랑을 나누기보다는 각각 다른 사람들을 사랑하는 일방적인 역주행의 관계에 놓여 있다. 역의 부역장 루보는 아내 세베린을 사랑하고 그녀는 자신의 대부 그랑모랭과 내연관계에 있으며, 기관사 자크는 세베린을 사랑하고 건널목지기 플로르는 자크를 사랑한다. 자크는 화부(火夫)의 아내와 내연관계이며 화부는 이를 절망적으로 지켜본다. 이렇듯 엇나간 사랑, 혹은 욕망들은 마치 정체된 에너지처럼 폭력을 부른다. 루보는 아내의 내연남인 그랑모랭을 살해하고 자크는 세베린의 사주를 받아 그녀의 남편 루보를 살해하려다가 오히려 숨겨진 살해욕망이 발동되면서 세베린을 살해한다. 자크를 사랑했던 건널목지기 플로르는 질투에 사로잡힌 나머지 자크와 세베린이 탄 기차를 전복시켜 많은 이들을 죽게 만든다. 그리고 그녀 자신은 터널 속에서 달리는 기차에 몸을 던져 자살한다. 자크는 새로운 내연녀의 남편인 기관차 화부와 달리는 기차에서 결투를 벌이다 둘 다 기차에서 떨어져 죽는다. 기관사도 화부도 없이 전속력으로 달리고 있는 열여덟 칸의 객차에는 동부전선으로 가는 군인들이 가득 타고 있다. 동부전선은 한번 가면 죽을 수밖에 없는 치열한 전쟁터이다. 순환의 '막힘'으로 인한 비극적 폭력성이 가장 잘 나타나는 소설이 바로 이 『인간야수』이다. 증기기관–동력기라는 이상적인 순환의 이미지, 그리고 진보와 자유라는 긍정적 현대적 이미지를 대표하는 기차가 비틀린 욕망의 폭력성(죽음의 이미지)과 함께 절묘하게 겹치는 이 소설은 낙관론적 현대성에 의문을 던지는 졸라만의 뛰어난 통찰력에서 가능한 것이다.

기관사 자크는 루공-마카르 가에서 물려받은 유전적 결함인 머리 속의 '틈새'—아주 먼 조상에게서 대대로 물려받은 살인의 욕망—로 인해 자신 안에서 문득문득 일어나는 살인에 대한 욕망, 피에 대한 본능 앞에서 절망하는 인물이다. 그가 자신의 기차 라 리종을 애인처럼 돌보며 일벌레로 사는 것은 이러한 본능을 죽이기 위해서이다. 진보, 이상 순환의 상징인 기차와는 너무나 대조적으로, 인류의 원형적 순환의 차원에 속하는 자크의 '틈새'는 일종의 부정적 순환의 결과이며 결국 그의 광기와 죽음으로 끝난다. 돈의 이미지 역시 바로 이런 원초적인 살인욕망과 맞물려 나타난다. 루보는 그랑모랭을 살해하고 나서 우연한 절도사건으로 가장하기 위해 훔친 돈을 마루 밑 틈새에 숨겨둔다. 숨겨진 돈은 '틈새가 난 머리'처럼 그의 파멸을 기다리고 있다. 결단코 죽음이 깃든 그 돈만은 건드리지 않으리라 맹세했던 그는 결국 도박을 위해 그 돈을 다시 찾아낸다. 이는 그가 광기 어린 파멸로 들어가는 결정적 순간이 된다. 또다른 돈의 이야기는 파지 고모와 관련되어 있다. 그녀가 숨긴 천 프랑을 훔쳐내고자 철로선지기 남편은 서서히 그녀를 독살시킨다. 그녀가 죽은 후 그는 밤마다 숨겨진 돈을 찾기 위해 집안 곳곳을 파헤친다. '틈새에 숨겨진 돈'의 이미지와 '머리에 난 틈새'의 이미지가 서로 맞물리면서 당시 사회의 새로운 신으로 등장한 돈의 이미지는 조상 대대로 물려받은 원초적인 인간의 욕망과 겹친다. 기차에서 우연히 만난 여성을 살해하고 싶은 욕망에 몰래 숨어서 뒤따라가는 자크, 루보와 파지 고모의 숨겨진 돈은 보이지 않는 신처럼 호시탐탐 인간을 삼킬 기회만 노리는 괴물의 이미지이다.

한편 농촌이라는 또다른 환경에서 재물에 대한 탐욕을 그리고 있는 『대지』에서는 이보다 더 비극적인 죽음의 순환고리가 연출된다. 『대지』에서 농부들의 땅(=재물)에 대한 광기 어린 탐욕은 수없는 죽음을 몰고 온다. 억울한 죽음과 살해가 과도할 정도로 많이 나타나는『대지』는 죽음에서 시작되고 죽음으로 끝나는 소설이라 해도 과언이 아니다. 바다처럼 평평하고 둥근 드넓은 땅의 이미지는 곧 넘실거리는 물결 속에서 삼켜지고 침몰되는 위협적 이미지로 나아간다. 이런 죽음의 이미지는 대지를 모든 생명을 잉태시키는 위대한 양육자 어머니로 보는 신화적 궤도를 벗어나, 개인의 본능과 욕망에 충실한 현대적 인간의 등장, 그리고 모든 대상을 욕망의 집요한 대상으로, 재물의 대상으로 변질시키는 현대적 환경으로 인해 변화된 이미지이다. 사실 흙의 이미지는 물-바다의 이미지에 비해 탄생과 죽음의 순환적 질서에 더 밀접히 연결되어 있으며 어떤 무질서, 혼란도 결국 질서로 회복될 수 있다는 좀더 확실한 귀환을 보장한다. 하지만 바다의 이미지는 그런 귀환의 보장이 없다는 데서 훨씬 위협적인 암울한 모험을 동반한다.

　땅을 차지하고자 하는 사람들은 이 거대한 물결 앞에서 더이상 이성으로는 억제할 수 없는 파괴적 힘에 이끌린 채, 죽음의 고리 속에서 빠져나오지 못한다. 이들은 탐욕 속에서 서로를 죽인다. 아들은 돈 문제로 다투던 어머니를 떠밀어 죽이고, 탐욕의 화신인 할머니는 손자들을 혹사시켜 죽게 만든다. 서로에 대한 사랑이 깊었던 자매들은 아버지가 죽은 후 유산인 땅을 두고 가혹한 쟁탈전을 벌이다 결국 언니가 휘두른 낫에 동생과, 그 뱃속의 태아가 함께 살해된다. 이 장면을 목격한 언니의 시아버지는 자식들에게 살해되고 불태워진다. 이 밖에도 새롭게 땅을 혁신하고자 하는 농장주가 불륜을 들킨 자신의 정부에 의해 살해되는 등 어처구니없는 살인 사건이 이어진다. 이처럼『대지』는 끝없는 죽음의 고리가 펼쳐지는 카오스의 세계라고 할 수 있다. 그러나 졸라는 이런 죽음의 고리에 희망의 메시지를 남겨둔다. 아니 오히려 이런 죽음의 행렬들은 정화의식의 일면을 보여주기도 한다. 이 점은 문제적 순환의 극복을 위한 장에서 다시 보도록 하겠다.

　『쟁탈전』과『부인들의 행복백화점』에서 돈에 내재된 지나친 흐름의 이미지를 통해 삼킴의 식인귀 이미지를 보여주었다면 『대지』와 『인간야 수』에서는 틈새에 숨겨진 돈의 이미지와 조상 대대로 내려오는 인간의 원초적 폭력성의 이미지가 서로 겹치면서 결국 돈의 이미지는 인류에 내 재된 영원한 폭력성 — 죽음의 이미지와 연계된다. 그러나 이런 부정적 순환의 비극적 결과 이면에는 이것을 극복하고자 하는 욕망, 즉 긍정적 순환질서의 재정립에 대한 욕망이 내포되어 있다. 비록 파멸로 끝나지만 『돈』에서 사카르와 카롤린의 역할은 돈의 새로운 순환체제를 구상한 것 이며, 『부인들의 행복백화점』에서 드니즈의 역할 역시 유토피아적인 순 환질서의 정립을 의미하고 있다. 『대지』에서의 난무하는 죽음의 고리도 카니발의 난장판을 연상시킨다는 점에서 새해맞이 의식과 연결된다. 『대지』가 죽음의 회귀가 시작되는 만성절에서 시작되어 봄의 파종기에 끝난다는 것 또한 이러한 상관성을 보여준다. 다음 절에서는 돈에 대한 욕망으로 얼룩진 현대사회의 폭력성을 극복하고 새로운 이상적 순환질 서를 정립하기 위한 졸라의 무의식적인 측면을 다양한 이미지와 구조 속 에서 살펴보고자 한다.

3. 순환적 질서의 재정립에 대한 욕망

'한 가계의 자연사와 사회사'라는 『루공-마카르 총서』의 부제는 한 가족의 역사적, 자연적 순환의 문제를 다루고 있다는 점에서 결국 순환 의 문제와 직결된다. 순환의 이미지는 가계수의 이미지에서부터 유전, 재물의 순환 등에 내재된 다양한 이미지들을 통해 제시된다. 우리가 돈 의 이미지에서 부정적 순환의 비극적 결과들을 보았다면 이를 극복하고 긍정적 순환을 이끌어내기 위한 졸라의 전략은 무엇일까. 과학에 대한 믿음? 돈에 대한 믿음? 지도자에 대한 믿음? 종교? 윤리? 사실 졸라의 소설에서 새로운 체제를 탐색하기 위한 과학·철학·윤리·경제적 믿음들을 찾아내는 것은 그리 어려운 일이 아니다. 그러나 순환의 문제는 이런 표면적인 내용을 떠나 부정한 것을 제거하는 심층적 정화의식에서부터 출발한다.

문제적 순환의 정화

새로운 권력으로 부상한 돈을 차지하기 위해 벌어지는 광기와 죽음의 순환의 이야기인 졸라의 『루공-마카르 총서』는 이런 비틀린 욕망을 정화하고자 하는 의식을 내포하지 않을 수 없을 것이다. 『쟁탈전』에서 르네가 수많은 빚을 남기고 죽었다면, 『돈』에서 카롤린이 모든 빚을 갚고 떠날 수 있었다는 것은 돈의 노예상태를 벗어나 새로운 출발을 할 수 있음을 의미한다. 졸라의 소설세계에 등장하는 수많은 희생제물 역시 이런 정화의식과 연결된다. 다른 이들을 위해 희생되는 이들 속죄양은 삶과 죽음 간의 영원한 투쟁을 보여준다. 사실 『대지』의 수많은 죽음들과 혼란의 양상들은 현대인들의 이기적 탐욕에 대한 경고이기도 하지만, 현실적 차원에서뿐만 아니라 이야기 차원에서도 적합하지 못한 과도한 죽음들이 연출되고 있다는 점 ─『대지』가 발표된 당시 많은 이들이 이에 대해 깊은 혐오감을 표했다 ─ 은 이들의 죽음이 신화적 이미지, 즉 희생제의의 면모를 가지고 있다는 차원에서 이해될 수 있다. 살해되는 인물들이 '교살되는 짐승의 울부짖는 소리를 내지르며' 혹은 '깊은 구덩이에 파묻힌 짐승처럼 죽어가는' 모습은 희생제의 속죄동물의 모습을 연상시킨다.

그러나 이런 희생제물로 인한 정화라는 보편적 성격을 떠나 정화의식 그 자체는 역설적이게도 아주 독특한 방식으로 그려진다. 그것은 바로 카오스를 극복하는 축제적 난장의 이미지이다. 『대지』의 카오스적 세계는 유럽의 카니발에서 연출하는 창조 이전의 카오스적 세계와 닮아 있다. 따라서 『대지』에는 끝없는 비극적 죽음의 고리뿐만 아니라 축제의 떠들썩한 웃음과 취기의 향연 또한 넘쳐난다. 유쾌하고도 폭발적인 서민들의 웃음소리 역시 강한 정화력과 생명력을 부여한다. 시골 장날의 흥겹고 엽기적인 장면처럼 폭소를 터뜨리게 하는 유쾌한 장면들, 온 동네 사람들이 디오니소스 축제처럼 먹고 마시며 취하는 장면들이 넘쳐난다. 예를 들어 아버지가 물려준 땅을 즉각 저당잡히고 몽땅 술로 바꾸는 제쥐 크리스트(구세주 예수), 그는 언제나 술에 취해 장터에서나 볼 수 있는 그로테스크한 장면을 연출한다. 어리숙해 보이는 농부와 동전 삼키기 내기, 촛불 불어 끄기 내기, 아버지의 무덤 앞에서 방귀를 날리는 모습 등 포복절도할 만큼 코믹한 그의 행동은 모든 이들을 미친 듯이 웃게 만든다. 그는 비윤리적이고 불법적인 행동을 일삼지만 미워할 수 없는 인물이다. '취한 그리스도', '황폐한 그리스도', '술만 취하면 온화하고 착해지는 사도'라는 그의 별명들은 절제, 금욕, 노동을 통해 구원에 이르고자 했던 당대의 전통적인 기독교적 가치관과는 반대로 민중적 차원에서 신과 하나 되는 도취의 디오니소스적 신성을 보여준다. 그는 술이라는 도취의 시간을 통해 현실의 굴레(죽음의 굴레)를 잊어버리고자 하는 서민들의 문화가 만들어낸 그리스도이기도 하다. 절제와 금욕의 기독교와는 정반대에 서서 자신을 조롱거리로 만들면서 반대로 이 근엄한 세상을 조롱하는 어릿광대-구세주의 등장은 전복이라는 카니발적 특성을 보여주고 있다. 취한 그리스도, 제쥐 크리스트가 유발하는 웃음이 만들어내는 생성력과 재생력은 죽음마저도 비극적 종말이 아니라 인간 자신을 해방시키는 동시에 삶과 죽음의 화해를 가져오는 것으로 만든다. 죽음의 이야기를 극복하게 만드는 이 웃음을 통해 죽음은 절대적인 끝이 아니라 단지 성장과 갱신의 끊임없는 순환적 체계의 정립을 가져오는 힘으로 인식된다. 이 웃음은 삶을 다시 시작하게 하고 순환하게 만드는 힘이 된다. 『대지』는 이외에도 애인과 정부와의 사이에서 벌어지는 숨바꼭질 같은 소극, 술에 곯아떨어진 당나귀의 행태 등 카니발의 난장을 연상시키는 장면들이 풍부하게 나타난다. 이런 소극들을 통해 돈과 소유욕의 화신인 현대사회의 인간적 비극성과 참담함은 비로소 견딜 만한 것이 된다.『대지』는 세상이 순탄하게 진행되도록 별과 해의 규칙적인 순환을 강조하면서 끝난다. 마지막 장면인 3월의 파종과 함께 태양은 다시 뜨고 땅은 영원한 어머니로 남는다. 이렇게 하늘과 땅은 다시 질서를 되찾고 사람들은 풍요의 축복을 누린다. 많은 죽음은 땅으로 다시 돌아가고 다시 태어나면서 죽음과 탄생의 우주적 순환질서에 속하게 된다.

다음에서는 보다 원형적인 정화의식에 대해 살펴보고자 한다. 그것은 기원의 어머니상과 관련된 담론이다. 우선 머리에 틈새를 가지고 있는 문제 있는 기원의 어머니, 탕트 디드에서 출발하는 졸라의 소설들은 당연히 이를 극복하기 위한 이상적 여성상을 제시하고 있다. 이 구원의 여성상들을 통해 탕트 디드를 잇는 문제 있는 여성들의 반복된 출현이 극복되면서 새로운 이상적 순환질서가 제시되고 있다.

새로운 여성상을 통한 이상적 순환구조의 재정립

졸라의 소설들은 신경증과 히스테리를 가진 방탕한 여주인공들의 순환을 그리면서 기원적인 순환의 문제를 제시한다. 이 여인들의 시조는 바로 루공 가와 마카르 가의 어머니 탕트 디드이다. '머리 속의 틈새'로 인한 어딘가 이상한 그녀는 루공 가와 마카르 가의 유전적 기원이 된다. 시조 여성에서부터 시작된 문제적 순환은 인물들에게 때로는 광기와 죽음으로, 때로는 과도한 욕망과 열정으로, 때로는 과도한 소비로도 나타난다. 물론 현실과의 조화로운 결말로 나타날 때도 있다.

사실 문제 있는 기원의 어머니, 죄지은 어머니, 결함을 가진 어머니라는 이야기의 시작은, 창세기의 이브로 인한 원죄의 올가미를 신약의 마리아가 극복하고 인류에게 새로운 구원의 길을 마련했듯이, 기원의 정화와 극복이라는 담론, 즉 올바른 순환의 궤도로 다시 되돌아가고자 하는 반동의 담론을 이미 내포하고 있다고 할 수 있다. 『부인들의 행복백화점』의 드니즈와 『돈』의 카롤린 그리고 『루공-마카르 총서』의 마지막 소설 『파스칼 박사』의 클로틸드는 기원의 어머니 탕트 디드를 극복하는 여성상을 보여준다. 이들 여성인물들은 문제적 순환을 극복하고 긍정적 순환질서를 이끌어내는 졸라의 이상적 여인들이다.

『부인들의 행복백화점』의 여주인공 드니즈 보뒤는 백화점의 독점 횡포에 따른 소상점들의 몰락을 지켜보면서 나름대로 새로운 상업에 대한 폭넓고 창조적인 생각들을 키운다. 동료들의 적대감으로 쫓겨났던 그녀가 많은 시련을 겪은 후 정신적, 육체적으로 아름다운 여인으로 성장한 뒤 다시 행복백화점-괴물 속으로 들어가는 것은 그 괴물과 싸워 이기고 동화처럼 '야수였던 왕자를 사랑으로 변화시키고 행복하게 오래 살기' 위해서이다. 우선 옥타브 무레는 식인귀 백화점의 삼킴의 이미지와 겹치면서 등장하지만 드니즈에게는 친절한 양육자의 모습으로 비친다는 것은 융이 말한 원형적 어머니인 태모의 양면성과 같다. 인간사회의 집단 무의식의 한 발현이라고 볼 수 있는 태모는 만물을 성장케 하면서 동시에 죽음으로 이끄는 유혹적이고 충동적인 본능을 드러내는 양면적인 어머니이다. 파괴적 팜므 파탈인 동시에 관대한 양육자인 무레의 양면성과는 성격이나 생각 면에서 완전히 반대인 드니즈는 어머니 같은 착한 요정의 이미지를 보여준다. 이 점에서 무레와 드니즈는 태모라는 한 인물의 두 가지 측면으로 볼 수 있다. 무레가 삼키기만 하는 야수인 것은 그가 아직 자기애에 빠진 미성숙한 상태에 있음을 의미한다. 무레의 나르시스적인 자아도취의 모습은 대 판매가 성공을 거둔 날 전투에 승리한 장군처럼 의기양양해하는 모습, 그날 벌어들인 돈을 책상 위에 쌓아놓고 보기를 좋아하는 모습, 수많은 손님들로 혼잡한 매장을 높은 위치에서 지배자처럼 내려다보기를 좋아하는 모습에서 상징된다. 이런 자기애의 특징은 물질(돈)에만 관심 있고 나눔이 필수인 사랑에는 관심이 없다는 것이다. 그러나 드니즈의 순수하고 사리사욕 없는 마음은 옥타브를 움직이고 사랑에 빠지게 만든다. 마침내 드니즈와 옥타브의 결합은 사랑과 선의를 바탕으로 한 효율적인 회사를 만들어낸다. 졸라는 약육강식의 소비사회의 도래를 예언하면서 이를 극복하기 위해 드니즈처럼 돈과 이익을 선으로 변화시키는 이상적 인물상을 찬미하면서 적극적인 순환고리의 창조를 제시한다. 졸라의 소설들이 대부분 타락한 제2제정을 통해 현대사회의 세속적인 면과 나락에 빠진 존재들을 그리는 페시미즘을 보인다면『부인들의 행복백화점』은 환희와 낙관주의를 가지고 현대적 삶을 그리며, 의지와 에너지를 가지고 세상에 새로운 질서를 가져오는 창조적 부르주아를 제시하고 있다.

『돈』에서 사카르의 참모역할을 하는 카롤린 역시 졸라의 이상을 구현하는 인물이다. 이 여성인물은 사카르와 정부관계임에도 불구하고 그 자신 고상한 영혼이며 삶 그 자체에 대한 사랑을 구현하는 순수한 존재이다. 그녀의 사카르에 대한 사랑은 절제와 관용 그리고 베풂이 깃든 사랑이다. 여기서 돈은 희망과 이상을 향해 나아갈 수 있는 힘이 된다. 그녀는 이런 절도 있는 순환의 이미지에 어울리는 여성이다. 비록 사카르의 과도한 투기로 그에게 투자한 수많은 이들이 희생당하는 비극적 결말 앞에서 좌절하지만 다시 한번 돈으로 인한 낙관적인 미래를 내다보면서 존재의 파괴적 힘을 긍정적인 힘으로 극복할 것을 다짐한다. 그녀는 인류가 겪은 그 모든 끔찍한 희생이 "분명치는 않지만 우리가 알 수 없는 어떤 목적, 더 훌륭하고 선하고 정의롭고 결정적인 어떤 것, 그리고 우리의 마음속에 살자고 희망하고자 하는 집요한 욕망을 깃들게 하는 그런 목적이 있기 때문"이라고 말한다.(『돈』, 398쪽)

마지막으로 문제적 여성의 극복은 졸라의 이상적 여인상인『파스칼 박사』의 클로틸드를 통해 분명해진다. 졸라가 거의 모든 작품에서 출산과 어머니 됨을 찬양하고 있다는 것은 눈여겨볼 만하다. 졸라는 여성의 삶에서 가장 중요한 어머니의 역할에 대해 찬양한다. 졸라는 사회생활의 조화로운 기능에 필요불가결한 것으로 가족적 일치를 들고 있으며, 그런 점에서 부르주아 가정의 열렬한 수호자이다. 졸라는 삶을 고통과 전락의 위험으로 가득 찬 곳으로 보는 한편, 사랑과 선의에 대한 낙관적 믿음 또한 가지고 있다. 과학과 합리적 정신으로 교육받은 클로틸드와 그녀의 아기는 미래 인류의 행복과 자유를 가져다줄 성 모자상의 이미지로 나타난다. 졸라의 소설에 끊임없이 되풀이되는 불행한 순환의 비극은 이처럼 행복한 미래지향적 순환을 가져오는 새로운 구원자상으로 끝난다. 당시 프랑스의 사회적 분위기가 출산을 장려하기도 하였지만 이 어머니-여성의 이미지는 그런 차원이라기보다 양육자 어머니상으로 비로소 기원의 어머니 탕트 디드에게서 물려받은 문제적 순환을 극복하면서 졸라의 루공-마카르 가 이야기는 끝을 맺는다. 클로틸드와 그녀의 아이는 새로운 순환체제를 만들어갈 수 있는 미래지향적인 대중의 탄생을 의미하기도 한다.

강력한 순환구조의 정립: 열역학적 동력기의 창출

위의 두 예가 원형적이고 인류학적인 차원에서 순환질서 확립에 대한 욕망을 보여준다면 현실에 적용될 수 있는 실제적 순환체제는 『돈』에서 제시된다. 『돈』은 졸라를 가장 힘들게 한 소설이다. 현대의 중요한 열쇠, 돈의 정체를 파헤치기 위해 증권거래소 주변의 인물들을 중심으로 구상된 이 소설은 집필과정 내내 그를 고통스럽게 했고 돈이라는 주제 또한 그에게는 여전히 당혹스러운 것이었다. 여기서 졸라는 돈에 대해 어떤 도덕적인 잣대를 들이대지도 않을뿐더러 윤리적 관점에서도 접근하지는 않는 대신 돈의 특성에 대해 숙고하고자 했다. 『돈』에서 사카르는 『쟁탈전』에서의 자신의 실수를 만회하고자 한다. 돈의 흐름을 만들어냈지만 그 흐름을 장악하지 못하고 자신도 희생되었다는 회한 때문에 그는 우선 돈의 체계적 흐름부터 관리하고자 한다. 그가 은행을 설립하고 가장 이상적인 투자처를 찾아내는 것은 돈의 흐름을 이상적으로 장악하고자 하는 욕망에 속한다고 할 수 있다.

졸라는 이 남자를 'poète du milieu'라고 부르는데 이는 뒷골목의 몽상가에서부터 한 사회의 언어적 귀재라고도 해석될 수 있다. 그러나 그가 하는 일의 특성으로 보아 이 별칭의 진정한 의미는 어떤 사물이나 장소에 대해 사람들로 하여금 환상과 희망을 갖게 하는 데 있어서 귀재라는 의미로 볼 수 있다. 사실 사람들은 그가 불어넣어주는 새로운 중심에 대한 환상에 매료되고 그 환상에 이끌려 돈을 투자한다. 그런 점에서 그는 아주 현대적이고 천재적인 기획자라고 할 수 있다. 그가 창출해낸 중심의 이미지 — 프랑스에 다시 교황을 모셔와 프랑스를 기독교의 중심으로 다시 서게 하는 것 — 는 대혁명이라는 엄청난 혼란을 겪은 당대 사람들을 열광시킨다. 이러한 혼란을 극복한 유토피아적 중심에 대한 비전은 귀족이든 평민이든 많은 이들로 하여금 기꺼이 온 재산을 그에게 투자하게 만든다. 모든 계층의 지지를 받는 그의 사업은 서로 다른 계급들이 점차 자신들의 경계를 벗어나 하나가 되는 힘을 보여준다. 그 결과 엄청난 돈이 집약되고 사카르는 다시 그 돈을 투자하는 순환의 천재성을 증명하면서 더욱 사람들을 열광케 한다. 모두가 일체를 이루는 집약과 순환의 마력을 보여주는 강력한 이 기제는 모든 계층의 분리를 넘어서 모두가 하나가 되는 공동체를 형성하는 유토피아적 동력기의 창출이라고 할 수 있다. 돈은 한 사회를 하나로 통합하고 새로운 질서를 창출해내는 에너지가 되면서 다른 차원의 단계로 변환되는 순환의 기적을 보여준다. 돈과 사카르라는 인물의 만남이 돈의 가장 효율적이고 유익한 이미지, 즉 기계의 열역학적 이미지를 만들어낸 것이다. 그러나 사카르의 과도한 열망으로 또하나의 거대한 생명체-기계였던 증권거래소가 완전히 몰락하면서 수많은 희생자들이 생겨나는 것으로 소설은 끝을 맺는다. 돈의 이미지는 이렇듯 선과 악을 모두 행할 수 있는 야누스적인 힘으로 보이지만, 인류의 진보에 필요한 다른 차원으로 도약할 수 있는 에너지를 만들어내는 이런 동력기의 이미지는 삶과 죽음의 자연적 회귀가 아닌 문화적 차원에서의 창조적 순환을 강조한다.

4. 나오며

졸라의 소설세계에서 돈은 과도한 소비와 소모, 엄청나게 쌓인 물건들, 재물화된 땅의 이미지 등을 통해 거대한 물결과 홍수, 식인귀의 삼킴의 이미지, 나아가 죽음의 이미지로 연결되어 있다. 이런 삼킴과 죽음의 부정적 순환의 이미지들은 역으로 새로운 순환질서의 정립에 대한 욕망을 보여주고 있다. 새로운 순환체제의 구상은 순환을 방해하는 이러한 부정적 요소들을 제거하는 정화의식을 통해 다른 차원의 에너지로 변화되는 동력기적 이미지, 세상을 구원하는 새로운 모자상의 창조로 이어지고 있다.

졸라의 소설세계에 나타난 돈의 이미지가 부정적 순환의 이미지를 극복하고 순환질서의 재정립을 위한 이미지로 발전되어 나타난다는 점은 서구사회의 원형적 망탈리테의 차원에서 이해될 수 있다. 프랑스를 비롯한 유럽적 세계관은 하늘과 땅, 별과 인간 등 모든 것 사이에 관계를 만들고 질서 속에 놓고자 하며 이에 대한 강한 의지력을 표현한다. 태양력을 사용하는 서구사회는 농경에 필수적인 태음력과의 시간상의 차이 때문에 순환질서의 위기에 대한 불안을 본능적으로 갖고 있으며 그 반동으로 순환질서에 대한 욕망이 더욱 강하다고 할 수 있다. 카니발의 발달도 이런 원형적 망탈리테와 관련되어 있다. 카니발이 태양력과 태음력 간에 맞아떨어지지 않는 정체된 시간, 즉 순환체제가 정체되어 있는 기간에 발전되었다는 사실은 카니발이 순환질서의 정지라는 혼란을 극복하기 위한 의식임을 알 수 있게 한다. 카니발의 주요내용이 위치 바꾸기와 같은 전복과 난장이라는 점은 의식적으로 혼란상태를 가중시키고, 극도의 혼란을 겪은 후 다시 제자리로 돌아가기 위한 정화의식의 차원에서 이해될 수 있다. 즉 카니발 동안 전복과 난장을 통해 질서를 방해하는 모든 부정적 요소들이 드러나고 이를 제거하는 정화의식을 통해 모든 것이 제자리로 돌아가 순환질서를 재정립할 수 있다는 믿음인 것이다. 카니발이 태음력권인 동양보다 태양력과 태음력의 불일치를 경험하는 유럽에서 발달된 것도 이런 이유 때문이라고 할 수 있다.(조성애, 2004 참조) 졸라의 소설세계에 나타난 돈에 대한 이미지는 바로 이러한 서구적 망탈리테의 기원, 즉 순환질서의 혼란에 대한 두려움과 이의 극복을 위한 정화의식, 그리고 다시 순환질서의 재정립이라는 원형적 구조의 의미망과 연결되어 있다.

참고 문헌

Zola, Emile, *Les Rougon-Macquart I, La Fortune des Rougon*, Gallimard(La Pléiade), 1960.

_____, *Les Rougon-Macquart I, La Curée*, Gallimard(La Pléiade), 1960.

_____, *Les Rougon-Macquart III, Au Bonheur des dames*, Gallimard(La Pléiade), 1964.

_____, *Les Rougon-Macquart IV, La Terre*, Gallimard(La Pléiade), 1964.

_____, *Les Rougon-Macquart IV, La Bête humaine*, Gallimard(La Pléiade), 1966.

_____, *Les Rougon-Macquart V, L'Argent*, Gallimard(La Pléiade), 1968.

_____, *Les Rougon-Macquart V, Le Docteur Pascal*, Gallimard(La Pléiade), 1968.

조성애, 「에밀 졸라의 루공 가의 재산: 가족 소설에 내재된 어머니상」, 『불어불문학연구』 50집, 2002.

_____, 「축제와 원형적 세계관」, 『프랑스문화예술연구』 6권 2호 제11집, 2004.

_____, 「에밀 졸라의 대지 — 축제적 난장으로서의 소설」, 『불어불문학연구』 60집, 2004.

돈과 욕망의 '끝없는 이야기'

—발자크의 『고리오 영감』을 중심으로

고원

내가 당신에게 이처럼 세상 얘기를 하는 것은
세상이 나에게 그런 권리를 주었기 때문이오.
—『고리오 영감』, 133쪽

1. '끝없는 이야기'

발자크의 『인간희극』과 함께 '끝없는 이야기'의 범주에서 앞으로 주목하게 될 작품은 『일리아드』[1] 『신곡』 『천일야화』 『빌헬름 마이스터』 『꿈의 해석』 『잃어버린 시간을 찾아서』 『특성 없는 남자』 등등이다. 이 작품들에 대한 연구는 앞으로 따로 발표될 것이다.

대표적인 '끝없는 이야기'는 『천일야화』이다. 이 작품집에 수록된 수많은 이야기 가운데 가장 널리 알려진 것이 「뱃사람 신드바드와 짐꾼 신드바드」[2]의 이야기로 537야부터 566야까지 계속된다. 한 달 동안 공주가 왕에게 들려주는 이야기인 것이다. 이 이야기의 특징은 제목에 명시

---

1) 『일리아드』의 주인공인 아킬레우스를 이야기의 원형으로 파악한 Jürgen Manthey의 『아킬레우스의 불멸. 이야기의 근원Die Unsterblichkeit Achills. Vom Ursprung des Erzählens』, München 1977을 참고.
2) 이 작품의 인용과 등장인물의 표기는 1968년에 발행된 정음사 판 『아라비언 나이트』를 따르며 인용의 경우 괄호 안에 해당 쪽수를 밝힌다.

되었듯이 동명이인의 등장이다. 짐꾼 신드바드가 뱃사람 신드바드의 집 앞에서 신세타령으로 시를 읊으며, 그 시를 들은 뱃사람 신드바드가 그를 집 안으로 초대하여 융숭한 식사를 베풀고, 자신이 겪은 모험담을 들려준다. 모험담은 모두 일곱 장으로 나뉘어 서술되고 있다.

이 이야기에는 적어도 세 사람의 화자가 등장한다. 제1화자는 샤라자드이며 『신드바드』에서 그녀의 '화자의 시간(Erzählzeit)'은 삼십 일이다. 제2화자는 뱃사람 신드바드이며 '사건의 시간(Erzählte Zeit)'은 일곱 번의 모험담에 걸쳐 진행된다. 화자인 주인의 등장은 "(하고 주인은 이야기를 시작하였습니다)"(87쪽)로 명시되어 있다. 제3화자는 '이야기의 화자'이며, 그의 존재는 이야기 속에 명시되어 있기도 하다. "(이야기의 화자는 다시 이야기를 계속하였다)"(94쪽) 이 화자는 표면적으로는 제1화자와 크게 구별되지 않는 것처럼 보인다. 『아라비언 나이트』의 실질적인 주인공이자 모든 이야기를 풀어나가는 샤라자드에 대한 독자의 반응이 사실상 화자 쪽으로 크게 기울고 있기 때문이다.

화자인 샤라자드의 퇴장과 등장은 날마다 반복된다. 이때 샤라자드의 퇴장과 동시에 새로운 화자가 등장한다. 제1화자의 퇴장을 알리는 사람이 따로 있는 것이다. 그가 바로 제3화자이다. "샤라자드는 날이 훤히 밝아오는 것을 깨닫고, 허락된 이야기를 그쳤다."(94쪽) 때로는 제1화자와 제2화자 그리고 제3화자가 같이 등장하기도 한다.

> "第五百四十三夜 오, 인자하신 임금님, 하고 샤라자드는 말하였다. 뱃사람 신드바드는 손님들이 다 모이자, 이와 같이 이야기하였습니다. 나는 다시없이 방탕한 세월을 하고 있었는데, 어느 날, 문득 온 세계를 두루 돌아다니며, 도시며 섬들을 구경하고 싶은 생각이 불쑥 일어났습니다.(94쪽)

바로 이 문장에서 세 사람의 화자가 동시에 만나고 있음을 알 수 있다. 제1화자와 제2화자의 반복되는 등장은 독자로 하여금 제3화자의 존재를 잊어버리도록 만든다. 제1화자에게 대부분의 일을 떠맡기고 있는 부소부재의 화자인 제3화자는 신비스런 존재이다. 이것은 『아라비언 나이트』의 저자가 익명의 존재라는 사실과도 관련되어 있다. 이는 마치 성경의 말씀이 곧 하느님의 말씀인 것과 비슷한 성격의 사건이다. 성경 속의 화자는 불확실한 존재이다. 그것은 성경을 기록한 사람이 확실한 것과 대조적이다.

2. 발자크의 『고리오 영감』

1835년에 출판된 『고리오 영감』에는 발자크의 방대한 역작 『인간희극』에 자주 나오는 주요인물 셋이 이미 등장하고 있다. 드 뉴싱겐 남작, 비앙숑, 라스티냐크가 그들이다. 비앙숑은 『인간희극』의 각기 다른 소설에서 모두 스물아홉 차례 등장한다. 이렇게 한 소설의 등장인물이 다른 소설에서 또다시 등장하는 발자크 특유의 서술기법이 처음 시도된 작품이 바로 『고리오 영감』이다. 발자크가 임종을 앞둔 마지막 병상에서 그 이름을 불렀다는 소설 속의 인물, 오라스 비앙숑에 먼저 주목하자. 비앙숑은 위의 에피소드에서 보이듯 『인간희극』에 등장하는 이천여 명의 인물 가운데 임종의 자리에서까지 작가의 관심을 끈 인물이기 때문이다. 그는 소설 속에서 고리오 영감의 임종을 지켜본 인물이기도 하다.

인간의 후각과 돈
고리오 영감의 임종은 사실주의적 관점에서 자세하게 기록되고 있다. 그의 비참한 상황은 수의 한 벌 마련되지 않은 것으로 그려지고 있다.[3] 임종의 병상에 대한 묘사는 동시에 비앙숑이 겪고 있는 임종 현장의 묘

---

3) "그걸 알고 싶소? 그럼 알아두시오! 당신의 아버지는 오늘 저녁에 입게 될 수의를 살 돈이 없소. 당신이 준 시계는 저당잡혔소. 나에게도 돈 한 푼 없어서."(발자크, 337쪽―이하 작품 인용은 괄호 안에 해당 쪽수를 표기한다.)

사이기도 하다. "계단의 꼭대기에 이르자, 그는 비앙숑이 부축하고 있는 고리오 영감을 보았는데, 주임의사가 지켜보고 있는 가운데 병원의 외과 의사가 노인을 치료하고 있었다."(338쪽) 그런 다음 후각의 묘사가 뒤따른다.[4] "비앙숑과 외과의사는 죽어가는 노인을 악취 나는 초라한 침대 위에 다시 반듯하게 눕혔다. '그래도 속옷은 갈아입혀야 할 거야.' 주임의사가 말했다."(338쪽) 여기서 비앙숑은 고리오 영감의 혈연인 두 딸이 해야 할 역할을 대신 맡아서 처리하고 있는 인물이다. "'이보게, 으젠느, 용기를 내게! 깨끗한 속옷을 갈아입히고 침대 시트를 바꾸어야 하네. 실비에게 시트를 가지고 올라와서 우리를 도와달라고 말하게.' 두 사람만 남게 되자 비앙숑이 라스티냐크에게 말했다."(339쪽)

돈은 냄새와 마찬가지로 사실주의 소설의 중요한 소재로서 결코 빠질 수 없는 요소이다.[5] 『고리오 영감』에서는 돈과 냄새가 함께 뒤섞이는 효

---

4) 후각의 요소는 사실주의 묘사에서 빠질 수 없는 긴요한 부분이다. 소설의 처음 열번째 문단은 온통 이러한 냄새에 대한 묘사로 이루어져 있다. 이 문단을 통째로 인용하면 다음과 같다.
"이 첫번째 방에서는 언어 속에는 명칭이 없는 냄새, '하숙집 냄새'라고나 불러야 마땅할 냄새가 발산되고 있다. 그것은 고리타분한 냄새, 곰팡이 냄새, 기름 썩는 냄새이다. 그것은 냉기를 느끼게 하며, 코에 축축한 느낌을 주고, 옷 속으로 파고드는 냄새이다. 그것은 막 식사를 마친 방의 냄새를 풍긴다. 그것은 식기, 찬장, 병원의 악취를 풍기는 냄새이다. 젊거나 늙은 각각의 하숙인의 독특한 카타르 성의 분위기가 그곳에 투사하는 구역질 나는 원소의 양을 측정할 방법을 찾아낸다면, 아마도 그 냄새를 묘사할 수 있을 것이다. 한데 이런 끔찍스런 모습에도 불구하고, 거기에 인접해 있는 식당과 비교한다면, 여러분은 이 살롱이 여인의 규방처럼 우아하고 향기롭다고 생각할 것이다. 벽면이 전부 나무판자로 되어 있는 이 식당은 전에는 한 가지 색깔로 채색되어 있었지만, 이제는 색을 구별할 수 없을 정도로 퇴색하였고, 그 채색 위에 겹겹이 때가 끼어 기괴한 형상들이 그려져 있었다."(7쪽)
살롱의 냄새는 열한번째 문단에서 한층 강도 높게 식당의 냄새로 옮겨가고 있다.
5) 자본주의가 흥성하기 시작한 19세기의 유럽은 말할 것도 없고 이슬람 문화권의 작품인 중세의 『아라비언 나이트』에서도 이미 돈과 재화는 중요한 역할을 맡고 있다. '뱃사람 신드바드의 두번째 항해'를 보자. 그의 끝없는 모험심을 촉발하고 진기한 항해를 가능하도록 만든 것은 다름아닌 돈이었다는 사실이 다음과 같이 기록되어 있다.
"타국 사람들과 교역하여 돈을 벌고 싶어서 견딜 수가 없었던 것입니다. 마음을 정한 나는, 지체없이 막대한 현금을 마련하여, 상품이며 여행에 소요되는 물건들을 사들여, 그것을 짐짝으로 꾸렸습니다."(94쪽)

과를 자아낸다. 으젠느 라스티냐크가 시트를 얻으러 간 곳이 부엌이기 때문이다. 부엌에서 벌어지는 하숙집 여주인의 돈에 대한 설교를 한번 경청해보자. 그것도 한 사람의 죽음을 목전에 두고 벌어지는 장광설이다.

> "'으젠느 씨, 고리오 영감은 한 푼도 없다는 것을 당신도 나만큼 잘 알고 계시죠. 눈이 꼬이며 죽어가고 있는 사람에게 시트를 준다는 것은 잃어버리는 것이나 마찬가지죠. 더구나 한 장은 수의로 희생해야 할 테니 말이죠. 그리고 당신은 이미 나에게 144프랑의 빚이 있는데, 시트 값 40프랑과, 실비가 당신에게 가져다줄 양초 등 자질구레한 것들의 값을 합치면 모두 해서 적어도 200프랑은 될 텐데, 나처럼 가난한 과부가 잃어버릴 수는 없는 돈이죠. <u>참말로 정확해야 해요.</u> 으젠느 씨, 내 집에 액운이 낀 닷새 전부터 나는 많은 손해를 봤어요. 당신이 말했던 대로, 저 노인이 며칠 전 떠날 수 있었더라면, 나는 10에퀴라도 내놓았을 거예요. 이 일은 내 하숙인들에게 충격이란 말이에요. 아무 보상이 없으면, 나는 저 영감을 병원으로 옮겨가도록 할래요. 요컨대 내 입장이 돼보세요. 나한테는 무엇보다도 내 하숙집이 생명이란 말이에요.'"(339쪽)

필자가 밑줄을 그은 위의 문장은 돈에 대한 부인의 생활관을 보여주는가 하면 동시에 사실주의 글쓰기가 요구하는 덕목이기도 하다. 『고리오 영감』의 무대가 되는 하숙집의 주인 보케르 부인은 이런 맥락에서 사실주의 작가 발자크의 또하나의 분신이다.[6]

우리 글의 주인공인 의과대학생, 비앙숑이 다음으로 처리한 일은 그의 "병원에서 아주 싼 값으로 빈민용 관을 사가지고 와서 직접 입관시키는 일"(346쪽)이었다. 묘지를 알아보는 일 또한 그의 입을 통해 으젠느와

---

6) 이 하숙집 주인의 지독한 기질은 발자크의 기질과 통한다. 부인은 라스티냐크가 시계를 맡기고 전당포에서 받아온 돈을 받자 하녀의 귀에 대고 다음과 같이 소곤거린다.
"'뒤집은 시트 7번을 꺼내거라. 제기. 그것도 죽는 사람에겐 호강이지.'"(340쪽)

독자에게 전달된다.

　그 못된 녀석들에게 한바탕해주게. 페르-라셰즈 공동묘지에 5년 계약
으로 묘지 한 자리를 사고, 교회와 장의사에는 3급 장례식을 준비하게. 만
약 사위와 딸들이 자네의 돈을 갚지 않으려 하거든, '여기 두 학생의 돈으
로 매장된, 드 레스토 백작부인과 드 뉴싱겐 남작부인의 부친 고리오 씨가
잠들어 있노라'라고 묘비에 새겨넣게.(346~47쪽)

　남작과 백작이 매장비용 일체를 조달할 수 있도록 그들에게 편지를 쓰
는 일은 라스티냐크가 맡고 있다. 고리오 영감의 죽음을 맞이하여 두 인
물이 분담한 일의 성격을 분석하면 주검이나 장례의식에 관계되는 사무
적인 일은 비앙숑이 맡고 있으며, 이를 둘러싸고 벌어지는 인간들의 태
도와 관계되는 감정적인 일은 라스티냐크가 떠맡고 있음을 알 수 있다.[7]

세 통의 편지
　소설의 주인공 라스티냐크는 사건의 전개부에서 한 통의 편지를 어머
니에게 보내고 두 통의 편지를 받는다. 한 통은 어머니의 것이며 또다른

---

7) 다음의 대화에 그것이 잘 표현되어 있다.
"'나지! 피핀느!' 그는(=고리오 영감) 부르짖었다. '아직 살아 있군.' 비앙숑이 말했다. '그게
무슨 소용이겠어요?' 실비가 말했다. '고통이지.' 라스티냐크가 대꾸했다."(341쪽)
고리오 영감의 관이 안장되는 순간에도 라스티냐크는 감정의 흔들림을 체험한다.
"두 명의 무덤 파는 인부가 관을 덮으려고 몇 삽의 흙을 퍼서 관 위에 던진 다음에, 그들은 다시
몸을 일으켰고, 그들 중 하나가 라스티냐크에게 말을 걸면서 팁을 요구했다. 으젠느는 주머니를
뒤져보았으나 한 푼도 없어서, 크리스토프에게 20수우를 빌릴 수밖에 없었다. 그 자체로서는 대
수롭지 않은 이 일이 라스티냐크에게 끔찍스러운 슬픔의 발작을 일으켰다. 해는 넘어가고 있었
고, 축축한 황혼이 신경을 자극했다. 그는 무덤을 쳐다보며 그의 청춘의 마지막 눈물을 거기에 묻
었다."
이 눈물의 성격을 기록하는 것은 화자의 몫이다.
"순수한 영혼의 성스러운 감동에서 흘러나온 눈물, 떨어져내린 땅으로부터 하늘에까지 튀어오르
는 그런 눈물이었다."(349쪽)

한 통은 큰누이동생의 것이다. 편지의 내용은 돈에 관한 것이다. 사교에 필요한 돈을 어머니에게 요구한 것이다. 그는 "세번째 젖"이라는 표현을 사용하고 있다. 이것은 현실적으로 불가능한 개념이다. 그 완전한 문장은 다음과 같다. "저를 위해 열어 보이실 세번째 젖을 갖고 계시지 않은지 살펴보십시오."(104쪽) 이것은 모성에 호소하는 수사학적 표현일 뿐 현실적으로 가능한 일은 아니다.

현실적으로 불가능한 개념 "세번째 젖"은 그것이 돈을 지칭하고 있다는 점에서 주인공의 복잡한 욕망을 노출하고 있다. "저는 지금 1,200프랑의 돈이 필요한데, 어떤 대가를 치르더라도 그것이 있어야만 하겠습니다." 이 금액이 얼마나 큰지 알 수 없는 독자는 먼저 소설의 33쪽을 열어 볼 필요가 있다. 그 금액은 고리오 영감이 매월 지불하던 하숙비였다. "고리오가 아직 1,200프랑의 하숙비를 지불하고 있던 시절이었다." 이것은 고리오 영감이 누리던 최상의 시절을 뜻한다. 이 큰돈 덕분에 당시 그는 보케르 부인의 하숙집에서 "네댓 명의 정부"를 거느린 "부유한 남자"라는 오해까지 받고 있었다. 이 돈의 가치는 지금 그가 하숙비로 지불하는 사십오 프랑과 비교할 때 정확하게 나타난다. 주인공이 편지를 통해 간절하게 욕망하는 1천 2백 프랑은 한때 고리오 영감이 지불하던 한 달치 하숙비에 불과하다. 결국 이 소설에서 문제시되는 것은 젊은 라스티냐크와 늙은 고리오 영감 사이의 순환적 자리바꿈인 것이다.

1천 2백 프랑은 라스티냐크에게 "세번째 젖"으로 상징된다. 그리고 라스티냐크 또한 고리오 영감에게 세번째 아이, 일종의 상징적인 존재로 남는다. 고리오 영감의 장례식에 라스티냐크만이 마지막까지 남아 있었다는 사실이며 임종 시 그가 한 말에서도 이런 측면이 감지된다. "'아버지께서도 알고 계셨습니다.' 라스티냐크가 말했다."(344쪽) 프랑스어 제목인 '르 페르 고리오(Le Père Goriot)'는 소설의 주인공인 라스티냐크에게 '아버지 고리오'가 되는 셈이다. 이때의 아버지는 일반명사로서가 아니라 절대적인 존재, 그 자리가 문제시되는 욕망의 대상으로서의 아버지이다. "부성애의 상징으로 보였던 사람"(345쪽)을 위해 그는 "청춘의 마지막 눈물"(349쪽)을 묻었다. 이런 문맥에서 보자면 임종의 자리에서 백작부인이 외친 "아버지가 돌아가셨어!"(344쪽)라는 말은 사실 라스티냐크에게 더 잘 어울리는 비명이 될 것이다.[8] '아버지가 돌아가셨다'는 비명은 1천 2백 프랑[9]이던 하숙비가 일 년 만에 그 3/4 수준인 9백 프랑으로, 그리고 급기야 이 금액의 1/20에 불과한 사십오 프랑으로 급락한 고리오 영감이 겪은 영락한 경제적 가치와 위치를 뜻하는 셈이다.

1천 2백 프랑의 돈을 어머니에게 받아내기 위해 주인공이 쓴 편지를 다시 한번 보자. 여기에서 그는 다음과 같은 의미심장한 말을 하고 있다. "제가 처해 있는 상황을 어머니께 이해시켜드리려면 여러 권의 편지를

---

8) "'영감(père)'이라는 명칭으로 장식된 그 이름을 듣자, 불을 뒤적이고 있던 백작은 부젓가락에 손을 데기라도 한 듯이 부젓가락을 불 속에 내던지고 일어섰다. '여보시오, 당신은 고리오 씨라고 말하셔야 했을 것이오.' 그가 부르짖었다. 백작부인은 남편의 화난 표정을 보고서 처음에는 얼굴이 창백해지더니, 뒤이어 빨개졌다. 그녀는 분명히 당황하고 있었다."(76쪽)

9) 1천 2백 프랑의 금액은 소설의 도입부에 주인공 으젠느 드 라스티냐크의 생활정보로 처음 언급되고 있다. "그 청년의 다수 가족은 그에게 연간 1,200프랑의 돈을 보내주기 위하여 극도의 궁핍을 겪고 있었다."(11쪽) 또한 이 금액은 소설의 또다른 주인공 고리오 영감이 처음 지불하던 하숙비에 해당한다. "약 69세의 노인인 고리오 영감은 사업에서 손을 뗀 후, 1813년에 보케르 부인 집으로 물러앉았다. 처음에 그는 현재 쿠튀르 부인이 쓰고 있는 거처에 들었으며, 그때는 5루이쯤 더 내고 덜 내는 것을 하찮게 여기는 사람으로서, 1,200프랑의 하숙비를 지불했다."(21쪽)
그 밖에도 또다른 용례가 몇 번 더 나온다. "그의 두 딸의 교육은 자연히 도를 지나친 것이었다. 연간 6만 프랑 이상의 수입이 있는 부자인데다가, 자신을 위해서는 1,200프랑밖에 쓰지 않는 고리오의 행복은 오직 자기 딸들의 기분을 만족시켜주는 데 있었다."(110~111쪽); "매년 당신에게 1,200프랑씩을 보내며, 당신네 단지만한 땅뙈기에서는 3,000프랑의 소득밖에는 못 올릴 경우, 당신 집의 사정은 그처럼 뻔한 것이오."(128쪽); "서른 살경에, 당신이 아직도 법복을 벗어던지지 않는다면, 당신은 연봉 1,200프랑의 판사가 되겠지."(129쪽); "당신은 봉급 1,200프랑짜리 사무원들이 토지를 사들이는 것도 보게 될 거요."(132쪽); "저당잡힌 1,200프랑짜리 종신연금증서."(261쪽)
이 금액의 열 배에 해당하는 1만 2천 프랑이 문제되기도 한다. 고리오 영감의 건강이 치명적인 타격을 받는 소설의 마지막 매듭 부분에서 바로 이 금액이 문제되고 있다. "나는 아버지가 그 1만 2천 프랑을 나를 위해 쓰신 것도 모르고 있었다고."(290쪽); "하지만 어디에서 1만 2천 프랑을 찾지? 다른 사람 대신 군대에 가겠다고 할까?"(292쪽); "그는 숫자를 고쳐서, 고리오를 수취인으로 하는 1만 2천 프랑짜리 어음을 만들어서 들고 들어갔다."(293쪽)

써야만 할 테니까요."(104쪽) 그러나 이 소설에는 모두 세 통의 편지가 나올 뿐이다. 그렇다면 "여러 권의 편지"에 해당하는 소설은 그만큼 그 분량이 커질 수밖에 없다. 발자크의 소설이 왜 그렇게 확산되는지 우리는 이제 그 이유를 하나 알게 되었다. 돈이 필요한 상황, 그것이 결국 편지와 소설의 내용을 이루게 되는 것이다. '부성애의 상징'인 고리오 영감에 대한 주인공의 태도는 그의 아버지에 대한 태도와 비교해볼 때 그 차이가 더욱 뚜렷해진다. "저의 요청에 대해 아버지께는 아무 말씀 드리지 마세요. 아버지께서는 아마 반대하실 테니까요."(104쪽) 이 문장에는 고리오 영감과 아버지, 아버지와 어머니에 대한 주인공의 상반된 태도가 요약되어 있다. 이것은 주인공의 현실적이지 못한 공상적인 속성을 보여준다. 아버지의 인정은 현실과의 직면이다. 사실적인 소설에서 오히려 주인공의 사실적 심리가 은폐되고 있는 것이다. 이런 맥락에서 사실적 문학작품의 정신분석학적 접근이 필요한 것이다.

"어머니께서 제게 주신 생명을 어머니가 꼭 보존하고 싶어하신다면, 어떻게든 그 금액을 마련해주셔야만 합니다."(104쪽) 이 문장은 좀 특이하다. 이것은 우선 온갖 수단을 써서 자기의 목적을 달성하려는 아이의 욕망이 표출된 문장이다. 조바심이 가득 찬 아이의 욕망인 것이다. 이 문장을 다음과 같이 변형해볼 수 있겠다. "어머니가 주신 생명을 이런 상황에서 과연 제가 잘 보존할 수 있을까요?" 실제 그가 어머니에게 쓴 문장은 위협에 가깝다. 그것은 아들이 어머니에게 보내는 편지라기보다는 유괴범이 아이의 어머니에게 보내는 협박 문서에 더 가깝다. 그렇다면 이것은 무슨 심리인가? 여기에 표출된 위협은 과연 누가 누구에게 보내는 것인가?

주인공이 두 통의 편지를 받으며 느낀 감정은 복잡하다. 그것은 "기쁨으로 가슴이 뛰는 것"인 동시에 "두려움", "공포심"(113쪽)이다. 조울증의 감정에 더 가까운 것들이다. 실제로 하숙집 보케르관에 살고 있는 사람들의 대화를 들어보면 그들의 관심사를 알아낼 수 있다. 이들은 "샤토 브리앙의 『아탈라』를 본뜬 작품 『고독한 사람』을 각색한 연극"을 보러 다니고, 그 "『고독한 사람』에서 따온 멋진 연극 〈황량한 산〉(223쪽)을 좋아한다.

어머니가 아들에게 보내준 편지에는 먼저 눈길을 끄는 표현이 하나 있다. "그러나 도대체 어떤 성격의 계획이기에 나에게 얘기하기가 두려운 것이냐? 그런 설명은 만리장서가 필요한 것이 아니란다."(113쪽) 여기에서 편지의 독자[10]는 어머니의 의견에 반론을 펼칠 수 있다. 문제되고 있는 이 표현은 소설의 진행문맥에서 분리하여 관찰할 필요가 있다. 한편에는 어머니의 편지를 읽는 이야기 속의 독자인 아들이 있고, 다른 한편에는 그 아들의 계획을 알고 있는 이야기 밖의 독자가 있기 때문이다. 이야기 밖의 독자는 작가인 발자크의 계획에 대해서 적어도 역자의 해설을 통해 이미 많은 것을 알고 있는 사람이며, 소설의 화자에 대해서도 민감하게 반응하고 있다. 이것은 '극중 아이러니'에 해당되는 기법으로서 편지를 쓰고 있는 사람만 모를 뿐 독자를 포함한 다른 모든 사람은 알고 있는 사실이다. 소설의 등장인물을 서로 소통하게 하는 직접적인 매체로서 편지가 사실은 독자와 화자의 복잡한 관계를 매개하는 매체로 활용되고 있음을 알 수 있다.

이와 같은 소설 밖의 문맥에서 그녀의 다음과 같은 표현은 소설의 메타차원을 함축한다. "도대체 너는 어떤 길로 들어서려 하는 것이냐?"(113쪽) 이것은 소설의 갈등구조를 예비하는 화자의 전략적 언술행위와 맞물려 있다. 그것은 돈을 가진 사람과 갖지 않은 사람과의 사회적, 경제적 갈등이다. 소설에는 두 종류의 신흥자본가가 등장한다. 고리오 영감의 경우가 첫번째 부류에 속한다.[11] 부를 축적하는 그들의 능력은 단연

---

10) 이 편지의 독자는 적어도 두 사람이다. 편지를 받은 주인공과 그와 함께 편지를 읽는 독자. 더 정확하게 표현하자면 독자의 두 층위가 존재한다.

11) "곡물매매가 그의 지능 전체를 삼켜버린 듯이 보였다. (……) 그리고 시칠리아나 우크라이나에서 곡물을 구입하는 문제에 관해서는 고리오를 당할 만한 자가 없었다. 그가 자기 사업을 이끌

뛰어난 것으로 소개되고 있으나 그와 동시에 소설 속 고리오 영감의 사회적 위상은 거의 패배자로 간주되고 있다. 따라서 그와 대조적인 인물들이 상대적으로 부각된다. 두번째 부류에 속하는 이들은 주인공 라스티냐크 주위에서 그를 유혹하고 있다. 그의 어머니는 아들을 격려하며 성공을 예상케 한다. "나가라, 사랑하는 아들아, 전진하라!"(114쪽) 그의 주위에서 벌어지는 사건은 그와 같은 성공이 아무런 근거도 없다는 점을 부각시키는 쪽으로 전개된다. 게다가 고리오 영감이 죽은 뒤 소설의 말미에 그가 부푼 희망을 갖고 또는 "사회에 던지는 첫번째 도전행위"로서 찾아가는 뉴싱겐 부인의 유혹은 어머니의 긍정적인 격려와는 완전히 다른 부정적인 성격의 것이다.

"이따금 도박장에 가보신 적이 있으세요?" 그녀가 떨리는 목소리로 말했다.

"한 번도 없습니다."

"아! 안심이 되는군요. 당신에게 행운이 있을 거예요. 여기 내 지갑을 가지고 가세요! 안에 100프랑이 들어 있어요. 이것이 그렇게 행복하다는 이 여자가 소유한 전 재산이랍니다. 도박장으로 올라가세요. 도박장이 어디 있는지는 모르지만, 팔레 루아얄에 그것이 있다는 것은 알고 있어요. 룰렛이라고 하는 노름에 이 돈 100프랑을 거세요. 모두 잃든지, 아니면 6,000프랑을 따가지고 오세요. 제 걱정거리는 돌아오시면 말씀드리죠."
(175~176쪽)

어나가는 방식, 곡물의 수출과 수입에 관한 법규를 설명하고, 그 법규의 정신을 연구하여 약점을 파악하는 모습을 보면, 그가 국무대신이라도 될 만한 역량을 지녔다고 판단될 것이다. 참을성 있고, 적극적이고, 정력적이고, 끈기 있으며, 사업이 기민했던 그는 독수리 같은 눈길을 갖추고서 모든 것을 앞질렀고, 모든 것을 예측했고, 모든 것을 알았으며, 또 모든 것을 은폐했다. 그는 계책을 구상하는 데는 외교관 같고, 전진하는 데는 군인 같은 사람이었다."(108~109쪽)

이와 비슷한 유형의 인물로 부각된 존재가 보트랭이다. 그는 주인공과 같은 하숙집에 살면서 그의 비현실적인 삶을 비난한다.[12] 그것은 자신이 처한 현실을 무시하고 파리의 환락에 빠져들어가는 불쌍한 청년에게 주어진 현실을 직시하라는 비판이며, 나아가 그가 제시하는 현실적 타협안을 받아들이라는 구체적 제안이기도 하다. 그는 또다른 자본축적의 가능성으로 주인공을 유혹한다. 그것은 신대륙 미국농부와의 상거래이다. 그는 라스티냐크를 설득하려 하지만 결국 실패하고 경찰에 체포되는 운명을 맞는다. 현상금의 미끼에 걸려 형사를 도와주는 여자의 속임수에 넘어간 것이다. 그가 돈으로 계산하여 보여주는 파리생활의 적나라한 모습은 주인공이 소유하고자 꿈꾸는 세상이기도 하다.

보트랭은 온정 어린 조소의 태도로 계속해서 말했다. "여보, 젊은이, 파리에서 행세를 하고 싶으면, 세 필의 말과 오전용의 이륜마차 한 대, 저녁용의 사륜마차 한 대가 필요하오. 마차비용으로 모두 9,000프랑이 드는 것이지. 게다가 의복비로 3,000프랑, 화장품비로 600프랑, 구두 값으로 100에퀴, 모자 값으로 100에퀴를 지출하지 못하면, 당신은 당신의 운명에 걸맞지 못할 거요. 세탁비용도 1,000프랑이 들 거요. 유행을 좇는 젊은이들이라면 속옷 종류도 아주 단정히 차리지 않을 수 없지. 그들에게서 사람들이 가장 눈여겨보는 것이 속옷이라지 않소? 사랑과 교회는 그 계단 위에 아름다운 보자기를 씌워주기를 원하는 법이오. 지금까지의 셈만으로도 1만 4,000프랑에 이르오. 당신이 도박에서 잃은 돈, 내기나 선물에 드는 비용은 얘기하지도 않았소. 또 용돈으로 아무래도 2,000프랑은 있어야

---

12) 소설의 화자가 비판하는 주인공의 경제적 습관을 들어보자.
"그들은 외상으로 얻어지는 모든 것은 헤프게 쓰면서도, 즉석에서 현금으로 지불해야 하는 것에는 무엇에나 인색하며, 손에 들어올 수 있는 모든 것을 낭비함으로써 손에 넣지 못하는 것에 복수하고 있는 듯이 보인다. 이 문제를 좀더 분명히 제기해보면, 학생은 자기 의복보다 모자에 훨씬 더 신경을 쓰는 식이다."(188쪽)

할 거요. 나는 전에 그런 생활을 해봐서 지출내역을 훤히 알고 있소. 이 일 차적인 필수비용에 말 사료 값으로 300루이, 말 우리 비용으로 1,000프랑 을 보태보시오. 자 이보오, 옆구리에 매년 2만 5,000프랑은 꿰차고 있어야 한단 말이오. 안 그러면 진창에 떨어져. 남의 손가락질이나 받고, 장래도 성공도 정부들도 다 물거품이 되어버린단 말이오. 나는 또 하인과 마부를 잊고 있었군. 크리스토프가 당신 연애편지를 나르겠소? 그건 자살행위와 도 같지. 경험 많은 늙은이 말을 믿으시오!" (187쪽)

고리오 영감의 두 딸인 드 레스토 백작부인과 드 뉴싱겐 남작부인과는 대조적으로 시골에서 살아가는 두 누이동생의 생활은 큰누이인 로르가 오빠 라스티냐크에게 써 보낸 편지에 잘 묘사되어 있다. 그녀들의 검소 한 생활은 다음과 같이 기록되어 있다.

나는 아마 나쁜 여자가 될 거예요. 너무 낭비하는 버릇이 있어서요. 나 는 허리띠를 두 개나 샀고, 코르셋의 끈 구멍을 뚫을 예쁜 송곳 하나를 사 는 바보짓을 해서, 돈을 아끼고 까치처럼 제 돈을 한푼한푼 쌓아두는 뚱뚱 보 아가트보다 돈이 적어요. 그애는 200프랑이나 갖고 있었어요! 그런데 오빠, 나는 겨우 50에퀴밖에 없는 거예요. 나는 단단히 벌을 받은 셈이죠. 내 허리띠를 우물 속에 집어던지고 싶어요. 그것을 두르고 다니기가 항상 괴로울 테니까요. 내가 오빠 돈을 훔친 거나 마찬가지죠. (116쪽)[13]

---

13) 이 소설에는 어머니와 누이의 편지 말고도 주인공의 애인인 드 뉴싱겐 부인이 보내는 짧은 내용의 쪽지편지도 169쪽, 233쪽, 306쪽에 수록되어 있다. 드 보세앙 자작부인이 보내는 짧은 편 지는 85쪽과 269쪽에 나온다. 주인공이 쓴 쪽지편지는 307쪽에 한 번 공개된다. 그 내용은 여자 들이 쓴 편지와 달리 사랑의 초청이 아니라 '죽음의 선언'이다. 그리고 이 편지와 함께 소설은 파 국을 맞이하며 종결된다. 화자의 치밀한 계산이 편지의 형식을 빌려 독자의 독서반응을 끌어가고 있는 것이다. 사랑의 편지가 모두 여자의 편지라는 사실로부터 당시 소설의 독자들이 대부분 여 자였다는 현실에 다시 한번 주목할 필요가 있다.

이 세번째 편지에 이어 화자가 결론 내리는 돈의 철학은 좀 특이하다. 청년과 귀족부인의 사랑에 필요한 수단이자 욕망의 대상인 돈의 생리와 그 분석은 프로이트의 역사적 등장과 함께 인간의 욕망에 대한 정신분석학으로 발전하기에 이른다. 무의식의 발견을 통해 인간은 "온전히 날개를 되찾은 격"으로 변신, 그 탈바꿈의 오랜 이야기가 새롭게 전개되는 것이다.

1,500프랑과 마음대로 입을 수 있는 옷이라! 이 순간 가난한 남불청년은 더이상 아무것도 두려울 것이 없었다. 그는 상당한 액수를 손에 넣은 청년이 지니는 그 불가사의한 태도로 식사를 하러 내려갔다. 학생의 주머니 속으로 돈이 굴러드는 순간, 그의 내부에는 자신이 기댈 수 있는 환상적인 기둥 하나가 솟아오르는 것이다. 그의 걸음걸이는 전보다 더 당당하고, 그의 지렛대에 받침점이 생긴 것을 느끼듯, 그의 눈길은 충만하고 사려 깊어지며, 그의 동작은 경쾌해지는 것이다. 전날에는 겸손하고 소심해서 주먹질을 당할 것 같던 사람이, 다음 날에는 총리대신이라도 때려눕힐 것처럼 변하는 것이다. 그의 내부에 엄청난 현상이 일어나는 것이다. 그는 모든 것을 원하고 모든 것을 할 수 있으며, 닥치는 대로 욕망을 품고, 쾌활하고, 관대하고, 외향적이 되는 것이다. 요컨대 여지껏 날개가 없던 새가 온전히 날개를 되찾은 격이 되는 것이다. (……) 파리 전체가 그의 소유가 되는 것이다.(118~119쪽)

3. 글을 마치며

필자는 지금까지 소설의 주인공이 어머니에게 보낸 편지에서 요구한 금액 1천 2백 프랑에 초점을 맞추어 소설에서 언급된 돈의 흐름을 추적해보았다. 독자들이 주인공의 사랑 이야기와 고리오 영감의 비극적 운명에 주목하느라 상대적으로 도외시하는 돈의 향방은 실제로는 등장인물들의 사건과 매우 밀접하게 연관되어 있음을 알 수 있었다. 현실에서는 사람들의 관심이 늘 돈에 쏠려 있는 것과 대조적으로 소설의 독서과정에서는 사랑과 죽음에 가리어 상대적으로 도외시되는 것이 돈의 흐름이다. 발자크의 사실주의적 기법은 인간의 심리 분석보다는 돈을 중심으로 벌어지는 구체적 상황의 전개에서 그 진가를 제대로 발휘하고 있다. 돈을 중심으로 벌어지는 사회적 사건에 대한 일반 독자들의 무관심과는 별개로 인간의 영혼에서 차지하는 자본의 힘에 대한 작가의 파노라마적인 통찰은 그 범위가 크면 클수록 사회와 인간 그리고 독자의 허위의식에 대한 비판적 안목으로 더 높이 평가받을 것이다. 그것은 인간의 욕망의 문제에 관한 작가의 관점이기도 하다. 자본의 권력과 그것에 짓눌린 사회적 상황에 대한 작가의 비판적 안목은 소설의 도입부에서 이미 다음과 같이 비유적으로 표현되어 있다. "'그건 광란적이고 유례가 없는 안개, 음산하고 우울하며 초록빛의 숨가쁜 안개, 요컨대 고리오 안개였어요.' 비앙숑이 이렇게 대꾸했다. 〈고리오라마〉죠. 전혀 앞을 볼 수 없었으니까요.' 화가가 말했다."(63쪽)

참고 문헌

오노레 드 발자크, 『고리오 영감』, 이동렬 옮김, 서울대출판부, 1998.

R. F. 버어튼, 『아라비언 나이트』, 정봉화 옮김, 정음사, 1968.

Jürgen Manthey, *Die Unsterblichkeit Achills. Vom Ursprung des Erzählens*, München 1997.

제3부

리얼리즘의 현재성

아버지의 욕망과 아들의 죽음

—슈토름의 소설 『후견인 카스텐』과 『아버지와 아들 키르히』

고영석

1. 시민계급의 정체성 상실과 슈토름 문학의 현재성

인간은 누구나 여러 가지 크고 작은 욕망을 지니고 산다. 그러나 욕망의 종류와 강도는 시대와 지역, 그리고 사람에 따라 크게 달라진다. 시대에 국한시켜 생각해보면 일반적으로 욕망의 성취도가 높다고 판단되는 격동기나 변혁기에 갖가지 욕망이 표출되기 마련인데, 현재의 우리와 마찬가지로 서구의 경우도 시민계급이 주도했던 산업화 시대가 그러한 예에 속한다. 독일의 산업화는 국민총생산의 증가율, 중요 전략산업의 성장률, 산업 투자율 등 여러 가지 경제지표를 감안할 때 1850년에서 1873년 사이에 "혁명적으로" 이루어졌고, 그후 1895년까지는 호황기와 불황기가 교차하는 가운데서도 "고도의 산업화"가 지속적으로 진행되었다. 그리하여 1895년부터 대기업, 콘체른, 카르텔 중심의 "조직화된 자본주의 체제"가 공고화되면서 마침내 영국과 프랑스 같은 선진 산업국가를 능가하는 단계에까지 도달하였다.(한스-울리히 벨러, 1~2장) 이렇듯 19세기 후반 독일의 산업화는 1970년대 이후 이루어진 우리의 산업화만큼이나 실로 광범위하고 급속하게 진행되었다.

독일의 리얼리즘 문학은 정확히 독일의 산업화 시대와 일치하고, 우리가 다루고자 하는 테오도어 슈토름(1817~1888)도 바로 이 산업화 시대에 활동했던 리얼리즘 작가이다. 그가 쓴 소설의 주인공이나 등장인물의 대부분은 소시민 계층을 포함한 시민계급에 속한다. 산업화의 주역이었지만 정치권력에서는 철저히 배제된 독일의 시민계급은 3월혁명의 실패와 자유주의 정신의 퇴조, 비스마르크의 보수주의적 강권정치, 그리고 세 번의 전쟁과 프로이센 중심의 제2제국 창건과정을 거치며 여러 갈래로 분열하여 동질성을 잃게 된다. 그리하여 같은 시민계급 안에 재산이 많은 "대시민/소유시민 계층", 교육을 많이 받은 "교양시민 계층", 중소자영업자나 전문기술자와 같은 "중소시민 계층"이 생겨난다. 이들은 시민계급 고유의 덕목들, 예컨대 박애정신, 도덕성, 합리성, 근검절약과 같은 전통적인 가치를 망각하고 지배세력인 귀족계급의 행동방식과 생활양식을 모방하기에 급급한 판이었다. 이와 같은 "시민계급의 귀족화"(한스-울리히 벨러, 54쪽) 과정에서 결정적인 요소로 작용한 것은 개개인의 경제력이었다. 돈이 많으면 귀족계급의 흉내를 낼 수 있지만 돈이 없으면 노동자 계급으로 전락할 수 있기 때문이었다. 그러나 상승에의 의지와 욕망이 강하면 강할수록 하강에 대한 불안과 초조도 그만큼 더 증가하기 마련이다. 배금주의가 팽배하고 일확천금을 꿈꾸는 투기행위가 판을 치고 이기주의와 소유욕망이 상상할 수 없을 정도로 확산되는 것이다.

슈토름은 그의 소설을 통해 시민계급의 정체성에 관하여 비판적인 질문을 끊임없이 제기한다. 동시에 그는 자기 시대의 "기본악"이 소유욕을 극대화하는 이기주의라는 것을 독자에게 강도 높게 인식시켜준다. 독불전쟁의 승리와 제2제국의 창건으로 독일민족의 우월성에 대한 자부심과 위대한 개인의 영웅화로 온 독일이 들끓고 있던 1872년, 한 편지에서 그는 "한 작가의 작품 속에 그 시대의 본질적인 정신의 내용이 예술적으로 완전한 형식을 통해 반영되어 있을 때 그 작품은 고전에 속한다"는 말로 고전작품을 규정한 바 있다.(Storm, 1984, 41쪽) 이 편지에서 슈토름은 고전적인 작품이 갖추어야 할 "그 시대의 본질적인 정신의 내용"을 구체적으로 밝히고 있진 않지만, 오십여 편이 넘는 그의 작품과 그 밖의 발언들로 보건대 산업화로 인해 더욱 증폭된 인간의 고통과 자기소외를 염두에 둔 게 틀림없다.

19세기 독일 리얼리즘 문학에서 오랫동안 이류급으로 치부되어오다 1980년대 초에 독일의 대표적인 리얼리스트 작가 중 한 사람으로 떠오른 슈토름의 문학은 그 내용 면에서 — 형식 면에서는 다소간 이론의 여지가 있을 수 있다 — 현재의 독일 독자는 물론이고 산업화 과정을 겪고 있는 우리에게도 매우 강력한 현재성을 보여주고 있다. 이 점과 관련하여 슈토름 연구의 최고 전문가 중 한 사람인 빈프리트 프로인트의 말을 들어볼 필요가 있다. 프로인트는 슈토름을 "고전작가"의 반열에 올려놓고 이렇게 말한다. "테오도어 슈토름은 우리의 마음을 압박하면서도 희망을 가득 심어준 현재성 있는 고전작가다. 그는 아무런 환상 없이 산업화 시대의 휴머니티 위기, 즉 에로스와 카리타스에 대한 이기주의의 승리를 진솔하게 형상화하고 있다. 그가 행한 비판의 기본 색조는 슬픔인데 이는 풍자적 분노처럼 공격하려는 것이 아니라 마음을 사로잡고자 하는 것이다."(Freund, 11쪽)[1] 격동의 산업화 시대를 살아가는 개개인의 한없는 욕망과 이를 제약하는 기존 사회의 제 규범의 긴장과 갈등이 리얼리즘 문학의 기본 주제라면, 그리고 프로인트의 견해대로 "산업화 시대의 휴머니티 위기"를 공격적인 풍자가 아닌 "슬픔"의 어조로 비판하는 것이 슈토름 문학의 "고전성"이라면 이들 문학은 오늘날의 포스트모더니즘적 분위기 속에서도 여전히 그것의 본래적 의미와 호소력을 잃지 않을 것이다. 그도 그럴 것이 폭력에 대한 불신이 크면 클수록 공격적인 문

---

1) 프로인트의 경우 "에로스"는 남녀 간의 사랑을, "카리타스"는 가족과 이웃에 대한 사랑을 뜻한다.

학 역시 그 신뢰성과 설득력을 잃어버리기 때문이다. 지금은 독재와 맞서 싸우던 70, 80년대의 한국이 아니지 않은가. 프로인트의 말마따나 지금은 욕설이 아니라 부끄러움이, 저주가 아니라 울음이 필요한 때다.

이 글은 슈토름 문학이 가지고 있는 다양한 리얼리즘의 화두 가운데 부자간의 긴장과 갈등을 직접 묘사한 두 작품 『후견인 카스텐』과 『아버지와 아들 키르히』를 시민계급의 욕망과 관련하여 살펴보기 위한 것이다. 많은 연구가들이 이미 지적했듯이 슈토름의 소설은 작가 자신의 직간접적인 체험을 바탕에 깔고 있다. 레기나 파졸트가 슈토름 소설의 성립사와 전기적 배경의 놀라운 "병행"을 강조한 바대로(Fasold, 56쪽) 우리가 다룰 두 작품 역시 작가의 가족사적 배경, 정확히 말해 슈토름과 아버지, 슈토름과 큰아들의 갈등관계를 반영하고 있다. 작품의 이해를 돕기 위해 슈토름의 가족사를 먼저 살펴보자.

2. 슈토름의 아버지와 슈토름의 아들

여러 전기작가들에 따르면 슈토름은 어려서부터 천성이 부드럽고 다정다감한 사람으로 규율과 계획성이 부족한 감성적 성향의 소유자였다. 그의 성격의 근저에는 판사라는 직업이 요구하는 냉철하고도 엄격한 합리적 정신보다는 여성적인 부드러움, 충동성과 예민함, 때에 따라서는 울적한 불안감까지도 있었던 것 같다. 이와는 대조적으로 평생을 고향에서 명망 있는 변호사로 활동한 그의 아버지 카시미르 슈토름(1780~1874)은 18세기 말에 태어난 세대답게 계몽주의적 원칙과 가부장적 권위에 투철한 엄격하고 진지한 사람이었다. 그는 또 유머감각이나 예술감각이 전혀 없고 문학과 예술에 대해서도 매우 적대적이어서 평생 단 한 번도 아들이 쓴 작품을 읽어본 적이 없었다고 전해진다. 그가 높이 평가하고 항상 강조한 것은 규율과 자기절제, 책임의식, 근검절약, 정확성, 실용성

등과 같은 당시 시민계급의 덕목이었다. 그런 자신과는 달리 느슨한 성격에 예술가적 감성을 가진 테오도어 슈토름은 아버지의 표현대로 "변덕스럽기 짝이 없는"(Fasold, 18쪽에서 재인용), 기대에 못 미치는 불만스러운 아들이었다. 슈토름의 어머니 또한 명석한 오성을 가진 부인으로 예술과 자연을 사랑했으나 자식들에게는 따뜻한 정을 주지 못했고 무엇보다 아들의 내면적 삶에 별다른 관심이 없었다. 슈토름 자신도 어느 편지에서 "우리 어머니는 정말 재미없는 분이다"(Fasold, 5쪽에서 재인용)라고 고백한 바 있다. 이렇듯 슈토름과 그의 부모 사이에는 진정한 의미의 내적, 정신적, 정서적인 교감이 이루어지지 않았다. 슈토름이 오십대 중반을 넘어선 나이에도 "청소년 시절 나와 부모님은 가까운 관계가 아니었다. 그분들이 그때 나를 단 한 번이라도 껴안아주거나 키스를 해준 기억이 전혀 없다"(Storm, 1984, 68쪽)라고 쓴 것은 부모와의 소원했던 관계를 솔직하게 고백한 것이다.[2]

슈토름이 훗날 자기 자식들에 대하여 당시로서는 극히 예외적인, 반권위주의적인 교육원칙을 고수한 것도 부모에 대한 비판적 인식에서 출발한 것으로 보인다. 그는 자녀들과 함께 놀고, 시간이 날 때마다 책을 읽어주거나, 숙제를 도와주었으며, 자녀들이 실수를 해도 눈감아주는 너그럽고 인자한 아버지가 되고자 했고 자신의 진보적 정신에 맞추어 자녀들 또한 풍부한 감성과 자유주의 정신을 가질 수 있도록 노력하였다. 그의 자녀교육 방법은 아이들의 개성을 존중하는 비정통적, 비관습적인 방법이었다. 그러나 여기에는 슈토름이 무의식적으로 행사하는 "엄청난 기대압력"이 결부되어 있어서 자녀들은 사실상 자유롭다기보다는 오히려 "정서적인 협박의 감정"을 가지고 있었다.(Fasold, 37쪽; Goldammer, 146쪽) 그래서인지는 확실치 않지만 슈토름의 세 아들 모두 성장과정에서 여러 가지 크고 작은 문제들을 일으켰다. 그중에서도 큰아들 한스 슈

---

2) 슈토름의 부모와 슈토름의 큰아들 한스에 관한 더 자세한 사항은 Chowanietz, 91~117쪽 참조.

토름(1846~1886)이 가장 큰 애물단지였다. 병약체질에 매우 예민한 성격인 한스는 학습부진으로 대학입학자격시험도 못 치렀지만 슈토름의 노력으로 열여덟 살 때 의학 공부를 시작한다. 그러나 이십 년 뒤 한스가 알코올중독과 폐결핵 합병증으로 죽을 때까지 슈토름은 형언할 수 없는 회의와 좌절, 분노와 고통을 감내해야 했고, 아들에 대한 연민과 자책감으로 얼룩진 상심의 만년을 보내야 했다. 의학 공부를 시작한 지 십 년, 학업은 뒷전인 채 여러 대학을 전전하면서 심한 주벽에 용돈타령만 하는 아들의 허송세월을 그냥 방치할 수 없어서 슈토름은 직접 개입하여 졸업시험을 독려한다. 우여곡절 끝에 한스가 최종시험에 합격한 것은 그가 학업을 시작한 지 장장 십일 년 만의 일이었다.

그러나 합격과 곧이은 취직의 기쁨도 잠시뿐, 아들의 의사생활은 슈토름에게 이전보다 더 큰 고통의 연속이었다. 한스는 죽을 때까지 구 년간 여러 곳을 전전하며 의사생활을 했으나 그것은 허울뿐이었다. 그는 근무지를 무단이탈하여 행방을 감추기도 하고, 알코올중독으로 근무처에 금전적 손실까지 안겨주는 등 그야말로 형편없는 의사로 전락하였다. 아들을 위해 사력을 쏟았던 슈토름이 이런 결과에서 느꼈을 허망함과 무력감은 능히 짐작할 만하다. 오죽했으면 그의 편지 곳곳에서 아들을 "골칫덩어리", "나의 아킬레스건", "완전한 탕아", "반미치광이"라고 규정하고, 한때는 알코올중독뿐만 아니라 정신병자라는 생각으로 아들을 병원에 강제 입원시킬 생각을 했겠는가. 여기서 유의해야 할 점은 슈토름과 아들의 관계가 증오로 이루어진 것만은 아니었다는 사실이다. 아들에 대한 분노와 좌절감 속에서도 슈토름은 이따금 유전 문제를 거론하면서 아들을 이해하고 용서하려는 마음을 비치기도 하였다. 자신의 예술가적 감성이 한스에게 나쁜 영향을 준 것은 아닌지, 선대의 음주벽과 정신질환이 혹시 아들의 알코올중독으로 발전한 것은 아닌지 하는 슈토름의 의심은 아들의 문제를 자신의 문제로, 즉 아들의 책임을 "아버지의 죄(culpa patris)"로 환원시킨다.(Goldammer, 144쪽 참조) 한스가 타향의 한 병원에서 알코올중독 합병증으로 외롭게 죽은 지 반 년이 지난 뒤, 슈토름은 아들의 죽음에 대하여 그의 심경을 토로했는데, 이 또한 "아버지의 죄" 차원에서 이해될 수 있다. "그 모든 게 허사가 되었습니다. 그에게 남은 건 엉클어진 일생뿐, 그것도 이제 낯선 땅에서 마감했습니다. 나는 그 애의 애비로서 이 사실을 떨쳐버릴 수가 없습니다. 죽은 자식에 대한 한없는 연민이 저의 가슴을 저밉니다."(Donae, 45쪽에서 재인용)

3. 『후견인 카스텐』: 아버지의 관능적 욕망과 쿨파 파트리스

슈토름이 『후견인 카스텐』(1878)을 쓴 것은 1877년 4월과 8월 사이, 큰아들 한스가 졸업시험을 한 과목 남겨둔 채 소식을 끊고 행방을 감추었을 때이다. 집필 시점으로 보아 쉽게 짐작할 수 있듯이 이 작품은 작가가 몸소 겪은 아들과의 문제를 반영하고 있다. 아버지와 문제아 아들의 관계를 테마로 잡은 것부터 시작해서 그 아들의 도박벽과 음주벽에 대한 분노, 그런 아들에 대한 아버지의 무력감, 그러면서도 아들의 경박한 행동을 유전적인 문제로 환원시켜 이해하고자 하는 아버지, 아들에 대한 연민과 사랑 그리고 죄책감 등 많은 부분이 이를 확인시켜준다. 따라서 작가 자신이 이 소설의 집필을 "내적인 해방행위"(Laage, 1995, 11쪽에서 재인용)라고 표현한 것은 충분히 이해할 만하다. 그러나 이 소설은 작가적 체험의 단순한 재현을 넘어 아버지의 관능적 욕망과 아들의 물질적 욕망을 입체적으로 서술함으로써 당시 시민계급의 욕망의 일단을 보여준다.

소설은 과거 대륙봉쇄령하에 있었던 아버지 카스텐의 파격적인 결혼을 묘사한 도입부와 이십여 년이 지난 시점에서 아들 하인리히의 반복된 투기행각과 파산을 서술한 중심부, 그리고 아들의 절박한 금전 요청에 대한 아버지의 단호한 거절과 아들의 비참한 최후를 묘사한 종결부로 짜여 있다. 가족구성원 상호 간, 특히 아버지와 자식들 간의 갈등을 다룬 독일의 시민비극이나 표현주의 희곡이 아버지의 전횡으로 인해 고통받는 자식들을 묘사하고 있는 데 반하여 이 소설에서는 아들의 비시민적, 비도덕적 일탈행위로 인해 고통받는 아버지가 등장한다. 그는 도박, 주벽, 투기 그리고 파산으로 이어지는 아들의 행태를 보면서도 부성애 때문인지 매번 아들의 잘못을 용서하고 다시 희망을 가져보지만 그러한 희망은 번번이 실망으로 귀착된다. 전체 줄거리의 대부분을 차지하고 있는 중심부가 이런 내용을 구체적으로 형상화하고 있다.

그러나 소설의 무게중심이 '아버지의 고통'이 아니라, 슈토름 자신이 아들 한스의 행태를 겪으면서 암시했듯이 '아버지의 책임'에 있다면 장황한 반복구조의 중심부보다는 짤막한 도입부가 더 큰 의미를 가진다. 소설의 종결부에서 아버지 카스텐은 "우리 두 사람 모두 자신이 지은 죄에 대해 벌을 받아야지"(Storm, 1956a, 62쪽. 이하 작품 인용은 괄호 안에 해당 쪽수만 표기)라는 말로 아들과의 공동책임을 인정한다. 그가 쿨파 파트리스(아버지의 죄)를 인정한 것은 아내였던 율리아네의 탈시민적인 성향들이 아들에게 그대로 유전되었다는 확신 때문이다. 이를 확인하기 위해서는 시민적 규범을 일탈한 카스텐의 사랑과 결혼과정을 자세히 살펴볼 필요가 있다. 소설의 주인공 카스텐 카스텐스는 북독일의 작은 항구도시에서 소시민의 아들로 태어나 선대로부터 물려받은 모직물 의류업을 생업으로 삼고 있는 상인이다. 그러나 그는 보통의 상인과는 달리 무엇이든 꼼꼼하게 파고드는 사색형 인간으로 말수가 적은 대신 각종 계몽주의 서적을 두루 읽는다. 책을 통해 그가 체화한 계몽주의 정신과 휴머니즘의 이상은 주위 사람들에게 실질적인 도움을 주는 봉사정신으로 나타난다. 말하자면 돈만 아는 장돌뱅이 소시민이 아니라 필요할 때는 남에게 충고하고 봉사할 줄 아는, 그러면서도 겸손한 교양 소시민이 된 것이다. 그리하여 카스텐은 모범적인 시민으로서 많은 사람들로부터 신뢰와 존경을 받고, 이를 바탕으로 미망인과 유자녀 혹은 독신여성들의 재산 관리는 물론 각종 행정 일까지 도와주는 법적 후견인으로 공인받게 된다. 그렇게 해서 그는 "후견인"이라는 별칭과 함께 "흠잡을 데 없는 명사"(7쪽)로 이름을 떨친다. 그의 생업인 의류업은 같이 살고 있는 누이에게 대부분 맡겨두고 그는 후견인 일에 전념하여 이를 정직하고 성실하게 수행한다. 카스텐의 이런 모습은 산업화 이전의 전통적인 시민계급의 전형이다. 그에게는 돈, 권력, 명예 어느 것도 반드시 쟁취해야겠다는 욕망이 없다. 그가 고향에서 후견인으로서 명성을 얻은 것은 시민계급의 전통적인 덕목에 따라 열심히 살아온 자연스러운 결과이다. 그러나 그의 나이 마흔에 만난 율리아네와의 사랑과 결혼은 일반적인 의미의 욕망과는 다른, 그로서는 거부할 수 없는 관능적 욕망의 표출이었다.

율리아네는 카스텐의 고향도시로 흘러들어온 한 외지 투기꾼의 딸인데, 투기에 실패한 아버지가 자살하자 카스텐에게 도움을 청하면서 두 사람의 인연이 시작된다. 당시 마흔의 카스텐이 "젊고 예쁜" 스무 살의 율리아네를 처음 본 곳은 그녀 아버지의 장례식장에서였다. "시신을 안치한 관은 뚜껑이 열린 상태로 방 가운데 놓여 있었다. 관 옆 나지막한 의자에는 매혹적인 무릎을 드러낸 예쁜 처녀가 옷을 반쯤 걸친 채로 앉아 있었다. 그녀가 머리빗을 손에 들고 숱이 많은 금발머리를 빗어내리자 그 금발머리가 등뒤로 흘러내렸다."(9쪽) 아버지의 관 옆에 앉아 "매혹적인 무릎"을 드러내고 금발머리를 빗고 있는 율리아네에게서 우리는 많은 뱃사공을 흘려서 죽음으로 몰아넣은 전설 속 로렐라이의 귀환을 본다. 장례 직후 카스텐의 눈에 비친 그녀의 모습은 그를 더욱 매혹한다. "생기 있는 빨간 입술", 그 위에 다시 도는 "웃음", "유혹적인 성장"처럼 보이는 "검은 상복", 그리고 상복을 입고서도 "춤"을 추고 싶어하는 율리아네의 모습은 바로 춤추는 살로메가 아닌가. 한마디로 율리아네는 서양 문학에 자주 나오는 팜므 파탈의 전형인 것이다. 모든 팜므 파탈이 그렇듯이 율리아네 역시 카스텐의 억제된 관능적 욕망을 촉발하는 불꽃으로 기능한다. "아름다운 율리아네의 웃음 띤 두 눈이 마흔의 이 남자를 꼼짝 못하게 하였다."(10쪽) 결국 카스텐은 그녀의 관능미와 요염함에 사로잡혀 주위 사람들의 우려와 만류에도 불구하고 지체 없이 그녀와 결혼한다. 그리고 그녀의 소원이라면 자기의 호불호와 상관없이 모든 것을 들어준다. 상복을 입고서도, 나중에는 임신중에도 춤을 추고자 했던 그녀를 위해 카스텐은 결혼 후 각종 모임, 연회, 무도회 등에 동행한다. 그녀의 춤은 부유하는 모든 움직임이 그렇듯이 탈규범적인 자유를 상징한다. 카스텐은 "사실상의 간통녀"(Laage, 1997, 10쪽)라 할 수 있는 율리아네의 탈도덕적 행동을 직접 목격하기도 한다. 그러나 일단 침실에서 그녀가 "화난 듯이 허리띠와 코르셋을 벗어던지고 금발머리를 확 풀어서 금빛 파도처럼 엉덩이 아래로 내려뜨릴 때"(26쪽), 카스텐은 그 모습에 압도되어 더욱 꼼짝하지 못한다. 바로 이들 사이에서 문제의 아들 하인리히가 태어나고 어머니 율리아네는 산욕열로 죽는다.

서술자의 코멘트대로 카스텐에게 "행복"이자 "위험"이었던 율리아네가 "낯선 나비"처럼 잠깐 왔다가 사라진 후에야 그는 비로소 결혼 이전의 평상심을 찾고 다시 "조용히 따져보는 이성적인 사람"(11쪽)으로 돌아온다. 그리고 하느님이 율리아네에게 준 것은 "아름다움"이 아니라 "사악한 쾌락"이고, 그녀의 눈에 비친 그 쾌락이 자기를 꼼짝 못하게 현혹했다는 사실을 뒤늦게 깨닫는다.(27쪽) 그런 까닭에 성장할수록 육체적으로나 정신적으로 율리아네를 그대로 닮아가는 아들을 보면서 그를 더욱 엄격하게 교육한다. 착하지만 유혹에 빠지기 쉬운 아들에게 엄격한 훈육이 필요했기 때문이다. 그러나 하인리히는 슈토름의 아들 한스가 그랬듯이 아버지가 기대한 모범적인 시민으로 성장하지 못한다. 상인이 되기 위한 도제수업을 받은 후 고향의 한 상점에 취직하였으나 얼마 지나지 않아 수금한 돈을 도박으로 탕진하고 즉시 해고된다. 하인리히가 아버지의 소개로 두번째로 취직한 곳은 함부르크의 어느 상점이었다. 여기서도 그의 허영심과 과소비 습벽은 여전하여 결국 투기업에 뛰어들어 금방 파산하고 만다. 이때 카스텐은 아무도 모르게 자기 재산의 거의 전부를 팔아서 아들의 파산에 대처한다. 그후 하인리히는 아버지의 묵인 아래 양남매간인 안나와 계획적으로 결혼하여 — 안나는 함부르크의 파산 사건을 전혀 모른다 — 그녀의 돈으로 고향에 있는 잡화점을 운영하다가 일확천금의 고질병이 도져 투기사업에 다시 손을 댄다. 그리고 이 역시 아버지의 토지까지 저당잡힌 채 파산하고 만다. 카스텐이 더이상의 미련을 버리고 아들의 지원 요청을 단호하게 물리치자 아들은 홧김에 집을 나갔다가 해일에 휩쓸리고 만다. 술과 도박, 투기와 파산으로 얼룩진 하인리히의 일탈적 삶은 어머니 율리아네의 삶이 그랬던 것처럼 요절로 끝이 나고 카스텐도 결국 중풍으로 쓰러진다. 이러한 비극은 일차적으로 아들의 책임이지만 그것의 기원을 따져 물으면 결국 '아버지의 죄'로 귀결된다. 여기서 아버지의 죄란 카스텐의 우유부단한 "성격상의 약점"(Chowanietz, 162쪽)뿐만 아니라 아들 교육을 잘못시킨 죄, 사실을 은폐하여 안나를 고통에 빠뜨린 죄, 도움을 거절하여 아들을 죽게 한 죄 등 여러 가지가 있을 수 있지만, 가장 핵심적인 것은 율리아네의 유혹으로부터 자신을 제어하지 못한 그의 관능적 욕망이라 할 수 있다.(Laage, 1995, 15~19쪽) 슈토름은 발표 당시 이 소설에는 "희망"이 없는 게 흠이라고 자평한 바 있다. 그러나 우리는 안나에게서 비록 암시적인 것이지만 희망의 싹을 본다. 소설 말미에 안나는 거동이 불편한 카스텐과 "행복한 얼굴"을 가진 어린 아들을 데리고 오막살이 집으로 이사한다. 이때 서술자는 안나의 몸은 비록 지치고 시들해졌지만 옛날에 없던 "정신적 아름다움"(67쪽)이 그녀의 얼굴에 빛나고 있다고 기술하고 안나의 영혼의 영생을 강조한다. 착하고 순수한 안나의 영혼은 가족과 이웃에 대한 연민과 사랑으로 발현된다. 그리고 그 영혼은 『아버지와 아들 키르히』에 나오는 구원의 여인 비프를 통해 더욱 구체화된다.

4. 『아버지와 아들 키르히』: 아버지의 사회적 상승욕망과 후회

앞에서 살펴본 아버지 카스텐이 한때의 실수는 있었지만 근본적으로 자신의 소시민적 성실성과 정직성을 끝까지 지키려고 노력한 사람이라면 『아버지와 아들 키르히』(1882)에 나오는 아버지 한스 키르히는 자신의 사회적 상승욕망을 아들에게까지 강요하는 욕망의 화신이다. 이 인물은 경제적 성공과 사회적 명성을 갈망하는 제2제국 창건기 당시의 시민계급의 속물근성을 대변하고 있다. 이 소설의 도입부는 주 무대인 고향도시의 지형적 특성, 그곳에 살고 있는 시민들의 일반적인 성향과 생활규범을 소개한 다음, 주인공인 아버지 한스의 성격과 인생관에 관하여 서술하고 있다. 서술의 순서로 보아 이는 아버지의 생각과 언행이 결코 개인적인 것이 아니라 그 지역 시민들과 밀접하게 연관된 일반적인 것임을 미리부터 강조하는 것이다. 고향도시는 발틱 해 연안의 작은 항구도시로 앞에는 길게 가로지른 섬이 놓여 있고, 뒤에는 지대가 높은 구릉지가 뻗어 있어서 앞뒤가 차단된 공간적 고립감과 답답함을 느끼게 한다.[3] 그리고 청소년들은 밤 열시가 되어 도시 중앙에 있는 "시민의 종"(Storm, 1956b, 340쪽. 이하 작품 인용은 괄호 안에 해당 쪽수만 표기)이 울리면 모두 귀가해야 하는 엄격한 시간적 규제 속에서 살아간다. 일반시민들도 대개는 그 시간을 지키면서 일과를 마감한다. 이렇듯 시야가 막힌 좁은 공간과 규칙적인 생활은 시민들의 일상은 물론 미래의 꿈까지도 획일화, 규범화시킨다. 시민들은, 특히 가난한 소시민들은 생의 목표를 경제적 성공과 사회적 지위 상승에 두고 그들의 부모가 그랬던 것처럼 남들이 인정하는 부와 지위를 얻기 위해 혼신의 노력을 다한다. 현재 우리나라 중산층이 꿈꾸는 인생길이 어느 정도 정형화되어 있듯이, 고향도시의 시민들 역시

---

3) 슈토름이 이 소설의 소재가 된 브란트 선장의 실화를 들은 곳은 발틱 해 연안의 하일리겐하펜인데, 바로 이 도시가 소설의 무대가 되고 있다.(Donae, 4, 7, 10쪽)

거의 대부분 그들의 "시민적 명예의 단계"로 "선원, 고용선장, 선주선장, 사십 세경 선박회사 사장, 고향도시 시정담당관"의 순서로 획일화되어 있다.(341쪽) 이들의 꿈은 최소한 선주가 되어 교회의 제대 옆에 따로 마련된 선주석에 앉아 저 밑의 다른 시민들을 내려다보면서 예배를 보는 것이다. 아버지들은 자기가 그 자리에 앉지 못하면 아들이라도 그 자리에 앉기를 바란다.

아버지 한스는 어려서부터 지칠 줄도 모르고, 쉬지 않고 일했으며 그렇게 번 돈을 구두쇠처럼 아껴서 목표를 달성한 전형적인 자수성가형 시민이다. 남들보다 더 많이, 더 강도 높게 일하면서도 경제적, 사회적 성공을 위해 금욕주의적인 생활을 계속해온 그의 일상은 단조롭기 짝이 없다. 가난한 교사의 딸과 결혼한 것도 사랑과는 무관한 것으로 값싼 노동력을 얻는 게 목적이었다. 따라서 그의 아내는 살림살이 외에도 노점상, 유제품상에 돼지까지 몇 마리 키워야 했다. 이렇게 해서 아버지 한스는 선주석에서 지역 유지들과 함께 예배를 보는 단계까지 상승했지만, 아직 시정담당관은 못 되고 일반 시의원으로 만족할 수밖에 없는 처지다. 이때 태어난 아들 하인츠는 은연중에 아버지의 못다 이룬 꿈을 실현해야 할 임무를 부여받는다. 그러나 소설에서 보듯이 아들에 대한 아버지의 그같은 희망과 기대는 부지불식간에 아들을 옥죄는 압력으로 작용한다. 그리고 아들이 느낀 기대압력과 아들에 대한 기대를 포기할 수 없는 아버지의 상승욕망은, 설사 그것이 아버지의 사랑으로 포장된다 해도, 결국에는 부자갈등의 단초를 제공할 수밖에 없다.

아버지 한스와 아들 하인츠 사이의 정서적 소외와 충돌은 소설 전체를 통해 네 번의 사건으로 구체화되고 심화된다. 첫번째 사건은 아버지가 여섯 살이 된 하인츠를 "노리개(Spielvogel)"(343쪽) 삼아 자기 배에 태우고 바다로 나갔을 때 일어난다. 위험에 노출된 어린 아들을 안전하게 다시 껴안은 아버지는, 아이를 안전하게 보살피지 못했다는 이유로 젊은 선원을 후려친다. "유희하는 새 새끼(Spielvogel)"처럼[4] 아무런 제약이나 구속도 없이 갈매기를 향해 즐겁게 노래를 불렀던 하인츠는 아버지의 갑작스런 폭력에 당황했고, 그후 아버지의 손에 끌려 강제로 다시 배를 탔을 때 하인츠는 더이상 노래하지 않는다. "그는 자기의 아버지를 무서워하면서 그에게 반항했다."(345쪽) 두번째 사건은 열일곱 살의 하인츠가 장기항해를 떠나기 전날 저녁 사랑하는 비프를 만나고 귀가하는 순간에 일어난다. 귀가시간을 어긴 아들에게 아버지가 "너는 시민의 종소리도 못 들었느냐? 도대체 어디를 그렇게 쏘다녔느냐?"라고 화내며 묻자 하인츠는 비프가 준 반지를 만지면서 "쏘다니지 않았어요, 아버지"라고 대답한다. 그러자 아버지는 다시 고함을 친다. "이런 시간에 아버지의 문을 다시는 두드리지 마라! 열어주지 않을 수도 있으니까."(353쪽) 부자간의 이러한 충돌은 원칙과 원칙의 충돌이다. '열시 귀가'라는 시민생활의 규범을 지켜야 한다는 아버지의 원칙과 사랑을 위해서라면 그런 규범은 파기할 수 있다는 아들의 원칙이 서로 충돌한 것이다. 아들이 비천한 어느 세탁부의 딸인 비프와 서로 사랑한다는 것은 당시의 신분의식으로 보아 아버지로서는 도저히 용인할 수 없는 파격이다. 또 목사의 정원에서 사과를 훔친다든지 남의 보트를 몰래 타고 섬으로 건너가 가진 돈을 펑펑 쓰면서 맘껏 즐기는 것도 시민적 덕목을 정면으로 부정한 규범 파괴적 행위다. 그러나 아들 하인츠에게 있어 이것은 결코 포기할 수 없는 정과 사랑, 유희와 향유, 자유와 평화를 의미한다. 따라서 출항 전날 밤 아들이 비프를 만났다는 사실을 뒤늦게 알게 된 아버지가 항해중인 아들에게 분노에 찬 편지를 보낸 것이나 그 편지를 받은 아들이 일체의 소식을 끊은 채 귀환하지 않고 반항한 것은 모두 원칙 고수라는 나름의 이유가 있다. 세번째 경우는 소식이 두절된 지 이 년 만에 전달된 아들의 편지에 우표가 붙어 있지 않다는 사실을 확인한 아버지가 우표 값을 후불

---

4) 그림(Grimm) 사전에 의하면 "Spielvogel"은 유희하는 새 새끼처럼 재잘대며 뛰노는 "아이들"을 뜻하기도 하고, 노리개로 삼아 마음대로 가지고 놀 수 있는 "사람"을 뜻하는 이중의 의미를 가진다.

로 처리하지 않고 그대로 반송한 사건이다. "나는 이 편지를 사지 않겠다. 내게는 너무 비싼 편지야!"(361쪽) 삼십 실링의 우표 값이 "너무 비싼" 것은 분명 아니다. 여기서 아버지가 분통을 터뜨린 것은 우표 하나 살 수 없을 정도로 영락한 아들을 도저히 용서할 수 없었기 때문이다. 예수를 배반한 유다의 '은전 서른 닢'을 연상시키는 '삼십 실링'의 우표 값은 아들에 대한, 휴머니즘에 대한 아버지의 배반행위를 부각시키기 위한 서술전략이다. 마지막으로 네번째 경우는 집을 나간 지 십칠 년 후, 부랑자나 다름없는 떠돌이 선원으로 전락한 아들이 아버지의 요청으로 고향에 오지만 결국 보름 만에 아버지로부터 "이방인"(387쪽)으로 낙인찍혀 영원히 추방당한 사건이다. 지난 십칠 년 동안 고향도시는 제2제국의 창건기를 맞아 외형적인 변화가 많았지만, 시민들의 규범화된 삶과 그들의 한없는 상승욕망은, 예전 그대로 남아 있는 '시민의 종'과 교회의 '선주석'처럼 변함이 없고 아버지의 가업은 아버지의 성향을 빼닮은 사위의 도움으로 번창 일로에 있다. 이런 상황에서 패배자인 아들 하인츠가 설 땅은 어디에도 없다. 오히려 완전히 변해버린 그의 외모와 언행은 주위 사람들은 물론 가족에게도 과연 그가 예전의 그인가, 하는 무수한 의혹을 남긴다. 그러나 장황하게 서술된 이 의혹이 비프와의 재회 장면을 통해 간단히 해소된 것을 보면 실상은 아버지를 비롯해 가족들이 그를 아들로 또는 가족으로 인정하고 싶어하지 않았던 것으로 보인다. 이렇듯 아버지와 아들은 결국 서로 소외감과 이질감만 확인하고 결별한다.

아버지와 아들 간의 갈등을 구체적으로 보여준 위의 네 경우에서 모두 아버지는 항상 '가해자'가 되고 아들은 언제나 '고통받는 희생자'가 된다. 물론 아버지의 가해행위가 한 개인이 떨쳐버리기 어려운 시민적 차원의 욕망에 기인한다고 보면 아버지는 "가해자 겸 희생자"(Freund, 108쪽)일 수 있다. 그러나 소설의 종결부(403~406쪽)에 묘사된 아버지 한스의 후회와 반성을 통해 우리는 슈토름의 의도가 아버지에 대한 비판, 나아가 아버지를 그렇게 만든 시민사회의 이기심과 비인간성에 대한 비판에 있음을 쉽게 알 수 있다. 아들 하인츠가 다시 집을 나간 지 이 년 후, 아버지는 아들이 익사한 환영을 보고 중풍으로 쓰러졌다가 어느 정도 회복되자 비프의 부축을 받으며 고향도시의 해변을 산보한다. 술집 작부 겸 창녀로 일했던 비프는 주정뱅이 남편이 죽자 늙고 병든 한스 키르히를 보살핀다. 그는 이제 과거와는 달리 비프를 며느리처럼 다정하게 대한다. 그는 광활한 바다를 응시하면서 아들의 이름을 부르기도 하고, 갑자기 울음을 터뜨리면서 두 팔을 허공으로 뻗어 아들을 찾기도 한다. 독자에게 한없는 연민을 느끼게 하는 아버지 한스의 이같은 회한은 과거의 자기 잘못을 뉘우치고 반성하는 고백성사처럼 보인다. 바다 위에 펼쳐진 저녁노을, 미풍, 해변의 파도 소리, 인간과 자연이 하나가 된 그런 분위기 속에서 비프는 잠깐 잠이 든 한스의 하얗게 센 머리를 조용히 가슴으로 껴안는다. 그녀의 눈에는 "온화한 빛"이, "삶을 위로해주는 모든 것이 들어 있는 자비로운 여성의 사랑의 빛"(406쪽)이 서려 있다. 그녀가 "마돈나의 얼굴"(347쪽)인 걸 생각한다면 그녀는 분명 피에타 마리아, 구원의 여성이다. 하인츠에 대한 그녀의 한결같은 사랑과 만년의 한스에게 베푼 그녀의 자비로운 사랑으로 미루어볼 때 비프는 분명 당시 시민사회의 이기주의와 비인간성에 대항하는 일종의 대안인물인 것이다. 서술자는 소설의 말미에서, 한스의 사망 후 그의 가업을 이어받은 사위가 승승장구하여 "부자"가 되었고 아버지의 꿈이었던 "시정담당관"의 자리에까지 올랐음을 보고한 다음, 이런 질문으로 소설을 끝맺는다. "그런데 하인츠는 어디에 있었는가?"(406쪽) 성공한 사위와 대비시켜 하인츠의 행방을 묻는 것은 실패한 그를 조롱하자는 게 아니라 그와 결부된 여러 가지 의미를 다시 한번 상기시켜 사위의 성공을 상대화하는 데 있다. 이 질문의 근저에는 승자의 시각이 아닌 패자의 시각에서 그 사회를 판단할 때 그 사회가 인간적이냐 아니냐가 결정된다는 슈토름의 세계관이 깔려 있는 것이다.

지금까지 살펴본 바와 같이 아버지와 아들 간의 갈등을 주제로 한 슈토름의 두 소설은 아버지의 관능적 욕망이나 사회적 상승욕망으로 인한 아들의 일탈행위와 죽음을 아버지의 시각에서 서술하고 있다. 슈토름은 아버지의 뒤늦은 후회를 통해서, 그리고 안나와 비프가 보여준 관용과 사랑을 통해서 산업화와 제2제국 창건으로 들뜬 독일 시민계급의 끝없는 세속적 욕망을 슬픈 어조로 비판하고 경고한다. 그리고 그 비판과 경고는 산업화, 민주화, 세계화의 격동기 속에서 끝없는 욕망의 수렁으로 빠져들고 있는 현재의 우리에게도 그대로 적용된다.

참고 문헌

1차 문헌

Storm, Theodor, Carsten Curator, in *Sämtliche Werke*, Bd. 3, hrsg. v. Peter
  Goldammer, Berlin 1956a, S. 7~68.

_____, Hans und Heinz Kirch, in *Sämtliche Werke*, Bd. 4, hrsg. v. Peter
  Goldammer, Berlin 1956b, S. 340~406.

_____, *Briefe in 2 Bände*, hrsg. v. Peter Goldammer, 2. Aufl., Berlin und
  Weimar 1984.

2차 문헌

Chowanietz, Siegfried, *Jung und Alt im Konflikt. Generationsprobleme im
  Leben und in ausgewählten Novellen Theodor Storms*, Bern u. a. 1990.

Donae, Heike A., *Theodor Storm. Hans und Heinz Kirch*, Stuttgart 1985.

Fasold, Regina, *Theodor Storm*, Stuttgart 1997.(SM 304).

Freund, Winfried, *Theodor Storm*, Stuttgart u. a. 1987.

Goldammer, Peter, Culpa patris?, in *Stormlektüren*, hrsg. v. Gerd Eversberg,
  Würzburg 2000, S. 143~150.

Laage, Karl Ernst, Die Schuld des Vaters in Theodor Storms Novelle "Carsten
  Curator", in *Schriften der Theodor-Storm-Gesellschaft* 44, 1995, S. 7~22.

_____, culpa patris, in *Schriften der Theodor-Storm-Gesellschaft* 46, 1997, S.
  7~12.

한스-울리히 벨러, 『독일 제2제국 1871~1918』, 이대헌 옮김, 신서원, 1996.

실패한 사회화

—켈러의 소설 『녹색의 하인리히』

고영석

1. 리얼리즘 시대의 교양소설

고트프리트 켈러의 소설 『녹색의 하인리히Der grüne Heinrich』(1854/55, 개정판 1879/80)를 두고서 흔히들 '19세기적 혹은 사실주의적 교양소설'이라고 부른다. 이는 이 소설이 18세기적 교양소설의 전통을 이어받고 있음에도 불구하고 그것과는 전혀 다른 특성을 가지고 있다는 것을 전제한 말이다.

교양소설이라고 하면 괴테의 『빌헬름 마이스터』에서 볼 수 있듯이 일반적으로 한 젊은이의 성숙과정을 묘사한 소설 유형을 말하는데, 전통적인 의미에서 그것은 소재와 내용으로 보나, 아니면 형식과 구조로 보나 대충 다음과 같은 네 가지 특징을 가진다. 첫째, 시민계급 출신의 사적 개인인 한 젊은이가 주인공이고, 모든 이야기는 이 주인공의 교양과정에 초점이 맞추어진다. 둘째, 주인공의 교양과정에 있어서 첫 단계 목표는 인문주의적 교양이념에 입각한 총체적 자아형성이다. 셋째, 교양과정의 최종 목표는 총체적 자아형성이라는 개인적 차원을 넘어서 어떻게 하면 주인공이 주위 세계와 융합하는 바람직한 사회인으로 발전하는가이다. 넷째, 주인공이 자기 자신과는 물론이고 주위 세계와도 조화와 균형을 이루는 해피엔드로 마무리된다.

그러나 19세기에 들어와서는 이와 같은 교양소설의 낙관론적인 여러 특징들은 차츰 사라지고, 대신 개인과 사회의 긴장관계가 소설의 기본테마로 등장한다. 헤겔은 『미학』에서 현대적 의미의 소설은 "이미 산문화된 현실"을 전제하고 있다는 이유로 소설을 "근대 시민계급의 서사시"라 규정하고, 소설의 임무는 시민사회에서 드러나고 있는 "시적인 심혼과 그에 대립하는 산문적 현실상황의 갈등"(Hegel, 983쪽)을 묘사하는 데 있다고 말한다. 헤겔은 '시적인 심혼'을 지닌 '개인'과 '산문적 현실상황'이라고 표현된 '사회'의 갈등을 시대적 징후로 보고 있는 것이다.

19세기와 같은 갈등의 시대에서 개인의 총체적 자아형성을 목표로 하는 고전주의적 전인교육은 처음부터 불가능한 일이다. 게다가 당시의 철저한 자본주의 경제체제는 시민 개개인에게 합목적적인 직업교육을 강요하기에 이른다. 이러한 상황에서 한 개인이 자신의 전인적 자아실현에만 집착한다면 그는 필연적으로 주변의 사회현실과 갈등을 빚게 마련이다. 『녹색의 하인리히』의 주인공이 바로 그러한 인물이다.

괴테가 『빌헬름 마이스터』에서 예술가적인 미뇽과 하프를 뜯는 노인을 희생시키면서까지 '탑의 결사'라는 이성 일변도의 공동체 사회를 예찬하고 있다면, 켈러는 이미 정형화된 19세기 시민사회에서 예술적 성향의 하인리히가 겪고 있는 고통과 갈등을 집중적으로 부각시키고 있다. 베른트 노이만의 말대로 켈러는 "점점 더 산문화되어가고 있는 이 세계를 현실적으로 인정하면서 동시에 시문학의 이름으로 그에 항의하고"(Neumann, 104쪽) 있는 것이다. 간단히 말해서 괴테의 소설에서는 개인의 성숙과정이—물론 의도적인 성격이 강하지만—개인과 사회의 조화 속에서 끝나고 있는 반면, 켈러의 경우에서는 성장이라는 외양적인 틀만 주어져 있을 뿐 실제에 있어서는 폰타네의 사회소설에서처럼 개인과 사회의 첨예한 대립과 갈등이 주조를 이루고 있다. 『녹색의 하인리히』의 이러한 특징과 관련하여 실제로 수많은 학자와 비평가들이 이 소설을 주인공의 발전이 결여된 반(反)발전소설이라고 규정하였고, 이 소설의 기본구조와 테마를 "객관적 세계와 주관적 내면성의 연계"(Martini, 574쪽), 혹은 "환상과 현실의 문제적인 관계"(Preisendanz, 134쪽)라고 간파하였다. 이렇게 볼 때 이 소설은 전통적인 교양소설의 도식에 맞추어 해명하기보다는 오히려 "사회화"라는 사회학적 혹은 교육학적 개념을 원용해 이해하는 것이 더 적합한 것으로 보인다. 사회화란 한 개인이 사회적 가치규범과 행동양식과 조응하면서 그 사회의 건전한 구성원이 되어가는 과정을 말한다. 그러므로 실패한 사회화도 있을 수 있는 것인데 하인리히의 경우가 바로 여기에 해당한다. 이 글은 하인리히의 부정적인 사회화 과정을 각 단계별로 고찰하려는 데 그 목적이 있다. 고찰의 대상으로 필자는 초판본을 택했다. 초판본을 잡은 손은 썩어갈 것이라는 작가의 저주를 상기하면서도 그렇게 한 것은, 모든 게 절제된 개정판에 비하여 초판본이 지니고 있는 생동감, 대담한 표현, 직접적인 논박 등이 필자의 취향에 더 맞을 뿐만 아니라 앞에서 암시한 이 소설의 주제, 즉 개인과 사회의 갈등이 하인리히의 죽음으로 끝나는 초판본에 더 극명하게 나타나 있기 때문이다.[1]

2. 가정과 학교

하인리히는 다섯 살 때 이미 아버지를 여의고, 그후 홀어머니 밑에서 자라게 된다. 어머니를 통해서 알게 된 그의 아버지는 한마디로 가장 이

---

1) 초판본과 개정판의 차이에 관한 자세한 것은 Emil Ermatinger, *Gottfried Kellers Leben*, Zürich 1978, 504~523쪽 참조.

상적인 시민의 모습으로 그려져 있다. 일인칭의 액자소설 형식으로 소설 속에 삽입된 「청소년 시절의 이야기」 첫머리에 묘사된 대로 하인리히의 아버지는 가난한 농부의 아들에서 시민들의 신용을 얻고 존경을 받는 건축업자로 성공한 사회적 상승의 표상이다. 그의 생활신조의 하나가 절약이긴 해도, 돈이란 어디까지나 "그걸로 무엇인가 이루어지거나 도움이 되었을 때"만이 가치가 있다고 생각할 만큼 그는 "공익적이며 배포가 큰"(Keller, 57쪽. 이하 작품 인용은 괄호 안에 해당 쪽수만 표기) 기업인이었다. 그는 또 자유주의적 이념과 코스모폴리탄적 정열을 가지고 가난한 집의 자제들을 위한 학교를 세우고, 회원 상호 간의 복지를 진작하기 위한 각종의 공익단체도 앞장서서 조직하였다. 그런가 하면 교육을 제대로 받지 못한 주위 사람들에게 독서를 권장하고, 그 자신도 실러의 문학작품과 역사서를 탐독하며 나아가서는 가설무대를 만들어 희극을 연출할 만큼 실로 눈부신 문화활동을 벌였다. 그가 집을 지을 때는 언제나 "아름다움과 효용성"(56쪽)을 합치시켰다는 사실과 이상에서 언급한 그의 활동을 종합해볼 때, 그는 분명 "예술가적 시민이자 시민적 예술가이며, 이 둘에다 공공의 정치적 활동을 조화적으로 연계시킨"(Neumann, 37쪽) 이상적 인물임에 틀림없다. 자우터마이스터 역시 "아버지의 상에는 현대적 시민에게 있어 서로 분리되어 있는 세 가지 유형의 인물, 즉 경제시민(부르주아), 공적, 정치적 시민(시투아엥)과 사적인 문화시민(옴)이 하나로 합일되어 있다"(Sautermeister, 84쪽)고 말한다. 물론 그와 같은 아버지 상은 하인리히의 직접적인 체험에 의해서가 아니라 어머니의 이야기와 그의 상상을 통해서 나중에 이상화된 것이 사실이다. 그러나 우리에게 보다 더 중요한 것은 그렇게 이상화된 아버지가 하인리히의 사회화 과정에 결정적인 영향을 끼쳤다는 점이다. 다시 말해서 아버지는 하인리히가 지향하는 사회화의 목표였던 것이다. 우선 하인리히는 죽은 아버지에 대한 끊임없는 "동경과 향수"(61쪽)를 가지고 그를 종교적 차원으로 승화시킴으로써 자기 생애의 지표로 삼고 있다.

이 고귀한 상은 나에게 위대한 무한성의 일부가 되었는데, 나의 마지막 생각은 그에 귀착되었고 나는 그의 비호하에서 살아가고 있다고 믿는다.(63쪽)

하인리히가 아버지의 헌 옷을 뜯어서 만든 녹색 옷을 입고 다니는 것도 따지고 보면 아버지처럼 되고 싶다는 자신의 강렬한 소망을 상징하고 있는 것이다. 그러나 현실적으로 아버지의 비호나 인도를 받을 수 없는 하인리히에게 아버지는 원망의 존재이기도 하다. 하인리히는 "그분이 너의 처지에 있다면 어떻게 행동하셨을까, 그분이 살아 있다면 너의 행동에 대해 어떤 판단을 내리실까?"(62~63쪽) 늘 자문하면서, 그가 살아 있다면 완벽한 한 시민이 되도록 자기를 계속 인도해주었을 것이라고 확신한다. 그러니까 아버지의 부재는 하인리히에게 가정과 사회에 대한 책임을 강요한 결과가 되었고, 그 책임을 다하지 못했을 때의 죄의식을 일찍부터 심어놓게 한 것이다. 그것은 하인리히가 일생 동안 떨쳐버릴 수 없었던 심리적 부담이었고 강박관념이었다.

아버지가 죽은 뒤 하인리히의 교육은 어머니에게 맡겨진다. 그러나 하인리히에 대한 그녀의 교육은 "정확한 교육의 체계"(73쪽) 없이 단순히 그녀의 몸에 배어 있는 칼비니즘적 근검절약과 금욕주의 정신에 의해서 진행된다. 그것은 실제적이지 못한 일체의 모든 것, 구체적으로 말해서 향락적인 면과 감성적인 면이 배제된 교육이다. 예컨대 그녀가 만든 음식만 하더라도 그것은 살기 위한 수단일 뿐, 즐길 수 있는 대상이 결코 아니다. 또 외경의 대상으로 그녀가 믿고 있는 신 역시 "어둡고 충동적인 수많은 마음의 욕구를 충족시켜주는 존재가 아니라, 단순히 돌봐주고 부양해주는 아버지, 곧 섭리의 존재"(74쪽)일 뿐이다.

무미건조한 어머니와 그녀의 신을 통해서는 자신의 "어둡고 충동적인 수많은 마음의 욕구"를 충족시키지 못한 하인리히는 결국 고독과 환상에 빠져서, 고물상의 마르그레트 부인을 자주 찾는다. 글을 읽을 줄도 모르고 쓸 줄도 모르는 이 부인은 아직도 미신을 지키는 사람으로서 이야기에 굶주린 어린 하인리히에게 갖가지 환상적인 이야기를 들려준다. 그녀는 하인리히의 무한한 환상을 충족시켜줄 뿐만 아니라, 그의 상상활동을 더욱 강화시켜 끝내는 그가 '환상'과 '현실'을 구분할 수 없도록 만들어버린다.(105쪽)

이처럼 현실을 현실로 볼 수 없게 만드는 그의 과도한 상상력은 하인리히의 건전한 사회화를 가로막는 결정적인 장애요인으로 작용한다. 가령 하인리히가 눈 덮인 산을 오래도록 구름으로 간주했다거나 수탉 형상의 풍향계와 그림책 속의 호랑이를 하나님으로 여겼다는 사실, 그리고 '무대'와 '무대 뒤'를 왔다 갔다 하는 배우의 이중생활을 보면서도 환상과 현실을 도무지 구분할 수 없었다는 사실 등은 모두가 다 그의 지나친 상상력의 결과로서, 그로 하여금 정확한 현실인식을 불가능하게 한 예들이다.

하인리히의 환상적인 성향은 친구 간의 관계에서도 부정적으로 작용한다. 앞뒤 모순이 없는 그럴싸한 거짓말을 꾸며대어—그는 이를 "시적 정의"라 부른다—학교 친구들이 모진 벌을 받도록 하고 기쁨을 느끼는가 하면, 애인이 있다는 거짓말이 탄로 날 위기에 처하면 친구에게 주먹질도 한다. 그것은 하인리히의 상상세계와 친구들의 현실세계가 충돌함으로써 생겨난 갈등관계를 의미한다.

이와 같은 갈등관계는 무엇보다도 마이어라인과의 교우관계(151~165쪽)에 가장 잘 나타나 있다. 모든 일에 정확하고 계산적인 시민적 기질의 마이어라인과 상상력이 풍부한 예술가적 기질의 하인리히는 매우 대조적인 인물로서 처음엔 상호 보완의 관계에 있는 것처럼 보인다. 이러한 관계를 계속 유지 발전시키기 위하여 하인리히는 어머니 몰래 저금통의 돈을 훔쳐내기까지 한다. 그러나 자신의 사회화를 위한 하인리히의 이같은 노력은 마이어라인의 교묘한 수단에 걸려 좌절되고, 그들의 관계는 결국 엄청난 채무관계로 전락한다. 어머니의 개입으로 빚은 갚지 않아도 되었지만, 친구에 대한 하인리히의 증오는 그의 죽음을 접하고서도 오히려 기뻐할 만큼 사무친 것이었다. 이 모든 게 하인리히의 환상적이고 유희적인 성격에서 비롯되었음은 두말할 나위가 없다.

지금까지 살펴본 하인리히의 부정적인 사회화 과정은 학교라는 사회화 기구를 통해서도 수정되기는커녕 오히려 가속화된다. 하인리히가 체험한 학교는 절대적인 권위와 엄격한 규율만이 지배하는 일종의 "처벌 기관"으로 일체의 개성이 억압된 곳이다. 교육의 목표를 "속성표백과 강제표백을 통해서 아직은 어리고 연약한 후진들로 하여금 되도록 일찍 전반적인 기성의 삶과 생각에 대해서 준비를 시키고 책임을 지도록 만드는 데"(113쪽) 둔 학교가 학생 개인의 탈규범적 언어행동을 용납할 리가 없다. "품퍼니켈" 에피소드에서 볼 수 있듯이 하인리히의 그와 같은 행동은 폭군 같은 교사의 무자비한 체벌로 다스려진다.

그러나 체제순응적인 교육만이 일방적으로 강요되는 학교와 거기서 진행되고 있는 기계적인 교육방법은 예상대로 하인리히의 거센 반발을 야기한다. 그리고 학교에 대한 그의 반발이 크면 클수록 그는 더욱더 자신의 환상세계에 빠져드는 '개인화'의 길을 걷게 된다.

그것은 우리가 기대한 사회화와는 정반대로 진행된 고립의 길이다. 그 결과 그는 "하나님과의 사적 교류"(114쪽)를 통해서 자신의 감성적 욕구를 충족시키고, 그에 맞추어 사회와의 새로운 관계 설정을 포기한 채 오로지 자신의 내면세계에 침잠하여 살아간다.

여타 세계와 나의 만남이 계속해서 실패하게 되자 엄청난 자기관조와 자기애가 나를 엄습하기 시작했다. 나는 나 자신에 대한 일말의 동정심을 갖게 되었고 내가 창안해낸 흥미로운 장면에 나 자신을 상징적으로 내세우길 좋아했다.(180쪽)

아버지와 같은 이상적인 시민이 되겠다는 사회화의 목표에 역행하는 하인리히의 '엄청난 자기관조'와 '자기애'는 그후 그가 직업학교에서 퇴학을 당함으로써 더욱 심화된다. 어느 교사에 대한 사소한 학생시위의 주동자로 몰려 열세 살의 어린 나이에 일체의 공교육으로부터 추방당했다는 것은 사회화의 잠재적 가능성마저 원천적으로 봉쇄당했음을 의미한다. 퇴학을 당한 뒤 하인리히는 시민적인 도시사회를 떠나 시골의 대자연으로 도피한다. 그것은 내면으로의 일시적인 도피이자 예술세계에 대한 새로운 개안이기도 하다.

3. 직업 선택과 이중사랑

사회와의 모든 관계가 차단된 하인리히에게, 부모님의 고향마을은 그의 내면적 욕구를 충족시켜줄 수 있는 바람직한 공간으로 보인다. 실제로 그는 여기서 풍경화가라는 직업을 선택했고 최초의 사랑도 체험했다. 그러나 열네 살에서 열여덟 살까지 전후 여섯 차례에 걸친 장단기간의 고향마을 방문은 하인리히의 사회화에 별다른 도움을 주지 못한다.

고향마을은 자연의 질서가 지배하고 있는 시민사회 이전의 씨족적 전통사회로서 하인리히에게 가치 있는 미래, 즉 이상적인 시민으로의 길을 제시하기에는 걸맞지 않은 곳이다. 전통적인 생활양식의 답습만이 문제되고, 개인의 사회적 부침까지도 하나의 자연현상으로 치부되는 이곳에서 도시 출신인 하인리히는 어디까지나 손님이자 이방인일 뿐이다.

이러한 상황에서 그를 사로잡은 것은 고향마을을 둘러싸고 있는 대자연이었다. 도시에서 도망쳐나온 그에게 비친 전원은 일상생활의 대상이 아니라 그가 동경하는 순결과 미, 자유와 풍요, 행복과 평화의 메타포였고, 나아가서 그의 창작욕구를 일깨운 발화제였다. 마을에 온 다음 날, 그는 벌써 다음과 같이 토로하고 있다. "이 순간 지금까지의 유희충동은 창작과 작업, 의도적인 조형과 생산에 대한 진지하고도 엄숙한 욕구로 바뀌었다."(195쪽)

하인리히의 창작욕구는 얼마 후 풍경화가라는 직업을 선택함으로써 현실화된다. 시민적인 삶에 성공한 사람들의 반대와 어머니의 우려에도 불구하고 그가 예술가의 길을 택한 것은, 고향마을에서 알게 된 외삼촌과 은퇴교사의 격려도 있었지만 무엇보다도 그 자신의 자기중심적-탈사회적 성격에 기인한다. 이와 관련하여 마이어라인과의 우정이 깨진 직후 방에 틀어박혀 그림을 모사했다는 사실(157쪽 이하)이나 학교에서 퇴학을 당한 직후 집 안에 파묻혀 환상적인 풍경화를 그렸다는 사실(180쪽)을 상기해보면 하인리히의 예술행위와 현실도피 사이에 일정한 등식이 이루어지고 있음을 쉽게 알 수 있다.[2]

그의 현실도피적 성격은 비단 직업 선택의 동기뿐만이 아니라 그가 실제로 그린 그림에도 잘 드러나 있다. 그의 그림에는 원래의 의도와는 달리 언제나 현실성이 결여된, 즉 실제 대상이 무시된 환상적인 요소가 많이 들어 있다. 이는 그가 그린 너도밤나무가 "우스꽝스러운 회화"(204쪽)가 되어버렸고, 물푸레나무 그림 역시 많은 사람들의 웃음거리가 되고 말았다는(206쪽) 사실만 보아도 분명하다. 모든 것을 사실적으로 그리라는 외삼촌의 충고에도 불구하고 그의 그림이 그렇게 된 것은, 풍경화에 대한 그의 다음과 같은 생각과 결코 무관하지 않다.

숲 전체나 광활한 들판을 그 하늘과 함께 사실 그대로 충실하게 그릴 수 있는 능력이 있을 때, 그리고 마침내 그와 같은 것을 견본 없이 (……) 마음대로 새로이 (……) 자신의 내면으로부터 창조해낼 수 있을 때 비로소, 나는 이 예술이 일종의 참된 창조의 재향유라고 생각한다.(216쪽)

'내면으로부터의 창조'를 통한 '창조의 재향유'라는 하인리히의 생각

---

2) 하인리히의 미술행위의 현실도피적 성격에 관한 자세한 것은 Hartmut Laubhütte, *Wirklichkeit und Kunst in Gottfried Kellers Roman "Der grüne Heinrich"*, Bonn 1969, 77~119쪽 참조.

은 예술의 자율성을 강조한 이상주의 미학의 내용과 하나도 다를 바가 없다. 문제는 그처럼 순수지향적 예술가가 과연 어떻게 건전한 시민으로 동시에 발전할 수 있을까 하는 것이다. 하인리히는 예술가의 길을 걸으면서도 시민으로서의 삶을 도외시하거나 포기한 적은 없다. 풍경화가라는 직업을 선택할 때도 그는 풍경화가 가지고 있는 시장성을 아울러 계산에 넣고 있다.(216쪽) 하인리히에게 있어서 예술가의 길은 말하자면 "시민적 생존을 위한 우회로"(Kaiser, 215쪽)에 불과한 것이다. 이러한 이유에서 그가 일생을 통해 단 한 번도 전문적인 스승에게서 지속적인 지도를 받지 못한 것은 정말 불행한 일이었다. 최초의 시골 방문을 마치고 도시로 귀환한 하인리히가 처음으로 만난 하버자트 선생은 미술교사라기보다는 각종 미술품을 제작하여 판매하는 장사꾼이었다. 그림을 배우겠다는 삼십여 명의 청소년들을 미술지도라는 미명하에 공장직공처럼 부리면서 그가 노린 것은 일반대중의 구미에 맞는 미술품을 대량생산하여 돈을 벌자는 것이었다. 채산성만을 따지는 그를 통해서 하인리히가 배운 것은 "엉터리 기교"(259쪽) 아니면, 기껏해야 "이상한 것과 병적인 것"(265쪽)을 모티프로 한 비현실적이고 환상적인 그림이었다. 하버자트의 속물적 시민성에 반발한 하인리히는 시민사회로의 편입을 스스로 포기하고 자신의 환상세계로 후퇴하고 만 것이다.

그 다음에 만난 뢰머 선생은 하버자트와는 달리 하인리히에게 전문적인 것을 지도해줄 수 있는 훌륭한 미술교사로 등장한다. 예술적인 면에서나 경제적인 면에서 이미 성공한 그가 하인리히에게 이상적인 스승으로 보인 것은 매우 당연한 일이었다. 하인리히가 그를 통해서 얻고자 한 것은, 괴테의 문학과 〈빌헬름 텔〉 공연을 통해 재인식한 자신의 이상을 한번 실현해보자는 것이었다. 구체적으로 말해서 그는 "기존의 모든 것에 대한 헌신적인 사랑으로 모든 사물의 권리와 의미를 존중하고 이 세계의 연관과 깊이를 느끼면서"(391쪽) 과거, 현재, 미래와의 조화 및 개인과 사회와의 조화를 실현해보고자 한 것이다.

그러나 시간이 지나면서 뢰머에게 걸었던 기대는 하나의 허상으로 밝혀진다. 뢰머가 강조한 사실주의적 화풍은 독창성과 창작력의 결핍으로 보였고, 그가 구현하고 있다고 믿었던 예술성과 시민성의 합일은 그에게 닥친 가난과 정신병과 비극적인 종말이 증명하듯 결국은 극복 불가능한 대립과 분열로 투영된다. 그리하여 하인리히가 실현해보고자 했던 이상은 뢰머와의 단교와 함께 또다시 꿈으로 남게 되고, 그럴수록 그는 자신의 상상력에 입각한 유심론적 그림에 더욱 몰두하게 된다. 이는 이상과 현실의 갈등, 그리고 거기서 비롯된 하인리히의 탈사회적 환상세계로의 도피를 보여주는 것으로서 그가 안고 있는 사회성 결핍의 문제를 다시금 확인시켜준다.

환상과 현실의 분극현상은 고향마을에서 진행된 하인리히의 사랑 체험에서도 똑같이 나타난다. 안나와 유디트에 대한 그의 이중적인 사랑은 "분열된 에로스"(Sautermeister, 94~100쪽)의 모습 그대로 정신적인 사랑과 관능적인 사랑으로 도식화되어 있다.

하인리히와 동갑인 안나는 앞에서 언급한 은퇴교사의 딸로서 마을에서 떨어진 외딴 집에서 아버지와 함께 살고 있다. 하인리히의 눈에 그녀는 언제나 실체가 없는 정신만의 소유자로 비친다. "수선화처럼 가냘프고 연약한"(211쪽), "일종의 수녀와 같은"(243쪽), "세실리아 성녀와 같은"(294쪽), 세속적인 욕구가 없는 "요정"(233쪽)이나 "천사"(229쪽)와 같은 안나의 모습은 노이만의 말마따나 그녀가 "정신의 현시(Geist-manifestation)"(Neumann, 86쪽)임을 분명하게 보여준다. 때문에 안나에 대한 하인리히의 사랑은 자신의 환상 속에서 만들어낸 여인상에 그녀를 대입해본 것에 불과하다. 안나와 나눈 키스가 관능적인 만족보다는 당혹감을 불러일으켰고, 그녀에 대한 사랑은 그녀가 곁에 없었을 때 오히려 더 강렬했으며, 그녀를 향한 "영원한 정절"(453쪽)의 맹세도 그녀의 죽음과 상관없이 이루어졌다는 사실은 안나에 대한 하인리히의 사랑이 상상력에 의한 것이었음을 거듭 보여주고 있는 것이다.

이와는 정반대로 유디트에 대한 하인리히의 사랑은 유디트의 실체에 근거한 관능적인 사랑으로 부각되어 있다. 서른 살의 과부로 홀어머니와 함께 살고 있는 유디트는 까만 머리와 아름다운 몸매를 지닌 감각적인 여인으로, 사춘기의 하인리히는 처음부터 그녀를 "일종의 로렐라이"(192쪽)나 "매혹적인 포모나 여신"(192쪽)으로 여긴다. 그녀가 "우리가 인간을 있는 그대로 사랑해서는 안 된다면 도대체 우리는 무엇 때문에 존재하는가"(439쪽)라고 질문한 것만 보아도, 그녀는 작가 자신의 말대로 인간의 원초적인 본능까지도 그대로 보여주는 "자연의 현시(Naturmanifestation)"(Neumann, 84쪽)라고 할 수 있다. 따라서 지금까지 감성적인 면이 억압되어온 하인리히가 그녀의 유혹에 이끌려간 것은 아주 자연스러운 일이다. 그녀와의 만남은 언제나 애무, 포옹, 키스로 연결되었고, 옷을 벗을 때 드러난 그녀의 젖가슴은 "영원한 행복의 고향"(382쪽)으로 보였고, 달빛에 비친 그녀의 나신은 고대의 아름다운 "대리석상"(445쪽)처럼 그를 황홀하게 만든다.

그러나 우리가 유의해야 할 것은, 하인리히가 유디트의 품에 있으면서도 안나를 생각하고 안나와 만난 뒤에는 곧장 유디트에게로 달려간다는 점이다.

나는 언제나 어린 안나를 생각하면서도 젊은 유디트 곁에 즐겨 머물러 있었다.(227쪽)

나는 나의 본질이 두 부분으로 분열되어 있다고 느꼈다. 그래서 나는 안나 앞에서는 유디트에게 숨고자 했고 유디트 앞에서는 안나에게 숨고자 했다.(387쪽)

이러한 사실은 물론 하인리히가 안나와 유디트로 대표되는 두 개의 상반된 세계, 즉 이성과 감성, 정신과 육체, 도덕과 본능의 세계를 오가면서 그 어느 쪽에도 안주하지 못하고 있음을 보여준다. 또 안나가 관념적인 사랑의 대상이고 유디트가 현실적인 사랑의 대상임을 감안할 때, 그것은 환상과 현실의 갈등이라는 하인리히 특유의 세계관을 다시 보여주는 것이다.

이와 같은 갈등의 상황에서 유디트가 미국으로 떠남으로써 하인리히는 마침내 그녀로부터 해방된다. 그는 이제 죽은 안나에 대한 추억과 그녀에 대한 영원한 사랑의 맹세를 되새긴다. 이는 그가 그림 공부에서처럼 결국은 현실로부터 이탈해 자신만의 환상세계에 계속 빠져들고 있음을 의미한다. 따라서 하인리히가 체험한 이중사랑은 "사랑의 근원과 상이 서로 분리되고, 직접적인 체험과 내적인 관조가 모순에 빠진 것"(Preisendanz, 144쪽)으로서, 결과적으로 그의 상상력만 강화해주었을 뿐 그가 목표로 했던 건전한 사회화에 아무런 도움도 주지 못한다.

「청소년 시절의 이야기」가 끝날 즈음, 하인리히는 열여덟 살의 성년이 되어 선거권까지 행사하지만 다른 젊은이들과는 달리 자기가 "언제 어떤 방식으로 쓸모 있고 영향력 있는 사회의 일원이 될 것인가"(464쪽)를 전혀 모르는 미성년자로 머물러 있다. 아버지와 같은 이상적인 시민이 되기를 바랐던 그는 이처럼 시민사회에 무익한 국외자로 전락했고, 지리멸렬했던 그의 유년 시절은 그후에도 "전 생애의 전주곡"(176쪽)처럼 작용하였던 것이다.

4. "예술의 도시"에서의 방황

스무 살의 나이에 하인리히는 화가수업을 계속하기 위하여 "예술의 도시"[3]로 간다. 그러나 육 년에 걸친 뮌헨생활은, 그의 사회화 과정에 아

---

3) 독일에 있다는 "예술의 도시"는 묘사 내용과 켈러의 자전적 배경으로 보아 뮌헨이 틀림없다.

무런 기여도 하지 못한 채 결국은 그 스스로 화가의 꿈을 포기하는 것으로 끝난다. 이는 그의 환상적인 성향과 유심론적인 화풍, 체계적인 미술교육의 결여와 일상생활의 무계획성, 경제적인 고통과 어머니에 대한 죄의식 등에서 오는 필연적인 결과이다.

뮌헨에 도착한 이후에도 하인리히는 그의 유심주의를 버리지 못하고 여전히 사실성이 결여된 환상적인 그림을 그린다. 그는 "단순한 현실에서 매일의 영양분을 섭취하는 대신 머릿속으로 끊임없이 이상적인 자연을 창출하기"(474쪽)를 좋아한 것이다. 때문에 그가 그린 나무는 초록색이 아닌 회색이나 갈색을 띠게 되고, 그가 그린 풍경은 "창작력에서 나온, 인위적이며 우화적인 허구의 세계"(477쪽)가 되고 만다. 하인리히의 그림은 그러니까 현대의 추상화와 다를 바 없다. 그러한 그림이 일반대중의 관심을 끌지 못할 것은 불을 보듯 뻔한 일이다.

이렇게 보면, 그가 사귀었던 두 명의 화가 친구 역시 그에게 아무런 도움도 주지 못한 셈이다. 북해지방에서 온 에릭손은 언제나 같은 내용의 작은 풍경화를 속성으로 제작하여 비싼 가격으로 판매함으로써 시민적인 삶을 만끽하는 반면에, 암스테르담의 부유한 상인의 후예인 리스는 자기중심적이고 자기도취적인 화가로서 일체의 시장성을 무시한 채 오로지 자기의 이념에 충실한 그림에 몰두한다. 서술자의 말을 빌리자면, 에릭손은 아예 화가가 아니고(467쪽) 리스는 화가라기보다는 차라리 철학자에 더 가까운 사람이다.(470쪽)

에릭손의 "구매자를 위한 예술"과 리스의 "창작자를 위한 예술"(Neumann, 73쪽)을 접하면서 하인리히는 에릭손의 시민성과 리스의 예술성을 나름대로 조화시켜보려고 한다. 그럼에도 결국 그의 그림은 앞에서 언급한 대로 유심론적인 주관주의에 빠지고 만 것이다.

물론 주관주의를 극복하고 현실을 정직하게 인식하려는 하인리히의 노력이 없었던 것은 아니다. 화가의 길을 포기하고 상인과 정치가로 변신한 두 친구와 결별한 후, 그는 "방어와 공격, 자기보존과 외부에 대한 작용, 수축과 팽창"(566쪽)이 조화롭게 합일되어 있는 석고상, "보르게 제의 검투사"에 매료된 나머지 이를 완벽하게 그리기 위하여 해부학, 인류학, 신학, 역사학을 청강한다. 이들 학문을 통해서 그가 배운 것은 인간의 자유의지와 그에 따른 사회윤리적 책임, 역사에 대한 사랑과 현실에 입각한 실제적인 지식이었다. 그 결과 그는 개인과 사회의 조화로운 관계가 얼마나 값진 것인가를 새삼 느끼게 된다.

철저하게 합목적적으로 행해지면서도 정말 인간적인 것은 모두가 다 그에겐 값지고 중요한 것으로 보였다. 그리고 자신의 직업을 올바로 이해하면서 다른 사람들과 더불어 또 그들을 위하여 인간활동과 인간사회에 직접적으로 작용할 수 있는 사람은 누구나 다 그에겐 행복하게 보였고 부럽게 보였다.(596쪽)

이와 같은 느낌은 그가 뮌헨의 예술가 축제에서 체험했던 감정, 즉 수공업자, 예술가, 정치가를 한 몸에 구현하고 있었던 중세의 장인들에 대한 부러움과 일치한 것이며, 유년 시절부터 간직해온 그의 이상에 대한 간절한 염원이기도 하다. 그리고 지금까지의 생활태도를 감안할 때 하인리히의 학문으로의 외도는 분명히 현실을 인정하는 각성의 과정처럼 보인다.

그러나 문제는, 그와 같은 인식이 어디까지나 이론적이고 학문적인 체험에 그쳤을 뿐 하인리히의 실제 생활과는 전혀 연계되지 못했다는 사실이다. 미술시장의 현실을 인정하고 대중의 취향에 맞는 그림을 그리려는 그의 노력에도 불구하고, 그가 그린 것은 결국 옛날과 다름없는 "희미하고 몽환적인 그림"(609쪽)이었다. 이는 그의 환상적 주관주의가 조금도 극복되지 않은 채 그대로 남아 있다는 증거이다. 하인리히의 그림이 미술시장에서 철저하게 거부당한 것은 이 작품의 예술적 평가와는 무관하다. 이는 그의 착상을 도용한 다른 작품이 오히려 비싼 가격으로 팔린 것

만 보아도 분명하다. 경제에 관한 서술자의 비판적 성찰에서도 알 수 있
듯이, 자본주의 경제체제 아래서 움직이고 있는 미술시장은 화가 개인의
예술적 성향보다는 일반대중의 사회적 요구에 더 큰 신경을 쓰기 마련이
다. 하인리히의 작품이 거부당했다는 것은 그가 사회적 요구에 부응하지
못했다는 것, 다시 말해 시장에서의 교환가치가 없었다는 것을 의미하고
그의 사회화의 노력 또한 수포로 돌아갔다는 것을 뜻한다.

　어머니가 준 돈도 다 떨어진데다가 그림 한 점 팔지 못한 그는 "교회의
생쥐처럼 가난해져서"(625쪽) 끼니를 때우기조차 어려운 처지가 된다.
이러한 상황에서 그는 고향에서 그렸던 예전의 습작품들을 고물상에 팔
아 연명하고, 급기야 황태자의 결혼식에 쓸 깃대에 색을 칠하는 단순노동
자로 전락한다. 풍경화가의 꿈이 노동자로 귀착되고, 스위스 태생의 공화
주의자가 봉건군주를 위한 깃대에 색칠을 한다는 것은 결국 자기정체성
의 상실을 의미한다. 인간의 자유의지를 확신하고 있던 하인리히의 예술
성이 시민사회의 여러 가지 제약에 밀려 마침내 좌초하게 된 것이다.

　그러는 사이에 어머니에 대한 그의 죄의식은 가중된다. 그가 화가의 길
을 택한 것이 시민적 삶을 영위하고 가정과 사회에 대한 책임을 다하기
위한 하나의 방편이었음을 상기할 때, 그의 허탈감과 죄의식의 강도가 어
떠했으리라는 것은 능히 짐작할 수 있는 일이다. 더군다나 금욕과 절약으
로 일관한 어머니가 어려운 생활 속에서도 일 년간의 생활비를 보내주고,
두 차례나 빚을 갚아준 데 대하여 그는 평소부터 마음의 부담을 느껴온
터였다. 이러한 부담감은 이미 오래 전에 강박관념으로 변해서, 그는 평
소에도 "그 자신을 위해서가 아니라 그의 어머니를 위하여"(642쪽) 자기
가 화가로 성공할 수 있도록 도와달라고 기도해왔던 것이다.

　그러나 하인리히의 유학생활이 "문명화된 황무지 속의 로빈슨 크루소
처럼"(613쪽) 먹을거리 찾기에 급급해지자 모자간엔 서신연락마저 끊기
고 만다. 헌신적인 어머니는 아들에게 부담을 주지 않기 위해서, 그리고
목표 달성에 실패한 아들은 어머니에게 실망을 안겨주지 않기 위해서 서

로에게 편지를 쓰지 않았던 것이다. 이것 역시 하인리히에게는 커다란 죄의식으로 작용한다. 그가 단순노동자로 근근이 살아가고 있을 즈음, 그는 어느 고향사람을 통해서 어머니의 비참한 상황을 듣게 된다. 그녀는 소식이 끊긴 아들에 대한 애틋한 그리움과 깊은 상심을 감추고 외부와의 접촉을 차단한 채 "외로움과 가혹한 자기부정 속에서"(646쪽) 살고 있다는 것이다. 그날 저녁 그는 향수와 죄책감에 사로잡혀 꿈을 꾼다. 개인과 사회가 하나의 민주적 공동체를 이루어 모두가 "국민의 동질성"을 만끽하고 있는 고향땅으로 황금 말을 타고 돈을 뿌리면서 돌아가는 꿈이었다. 그러나 그것은 프로이트의 『꿈의 해석』을 상기할 필요도 없이 평소의 소원을 성취시켜주는 '꿈'일 뿐, 실제의 '현실'은 아니다.

이상에서 언급한 것을 종합해볼 때, "예술의 도시"에서 보낸 하인리히의 생활은 예술가가 되겠다는 '자기실현'의 욕구와 먹지 않으면 안 되는 '자기보존'의 필요성이 합치되지 못한 갈등의 생활이었고, 그의 좌절과 함께 어머니에 대한 죄의식만이 강화된 고통의 세월이었다.

방세를 내지 못해 거리로 쫓겨난 하인리히는 마침내 화가의 꿈을 포기하고 귀향길에 오른다. 그렇다고 해서 그가 삶의 의지까지 포기한 것은 아니다. 그에겐 아직도 "다른 사람들과의 활기찬 상호 교류와 친근한 땅, 그리고 확고한 도덕 안에서 삶 자체를 삶의 대상으로 삼고 싶은"(681쪽) 강렬한 의욕이 그대로 남아 있었다.

5. 귀향과 죽음

귀향 도중 하인리히는 우연히 어느 백작의 성에서 반 년 이상을 머무르게 된다. 여기서 그는 백작과 그의 양녀 도르트헨의 배려와 호의로 지금껏 겪어보지 못했던 행복한 나날을 보낸다. 무일푼의 하인리히에게 동화 속에서나 볼 수 있는 행운의 전기가 연달아 일어난 것이다. 예술의 도시에 있는 고물상에서 하인리히의 모든 습작물을 값싸게 구입한 바 있는 백작이 그에게 거액의 돈을 더 지불하고 전시회까지 개최하여 새로운 그림을 고가로 몰래 사주는가 하면, 뮌헨의 고물상 주인은 죽으면서 그 앞으로 엄청난 유산까지 남겨놓는다. 그것은 경제적 빈곤으로부터의 완전한 해방이었다.

그러나 백작의 성에서 그가 얻은 것은 물질적인 부만이 아니다. 백작 부녀와 함께 지내는 동안 그는 포이어바흐식의 현세적 현실인식과 더불어 현실세계에 대한 강한 책임감을 동시에 절감하게 된다.[4] 휴머니즘 정신에 투철한 백작은 자신의 귀족 신분에도 불구하고 "혈통이 통용되지 않고, 누구나 처음부터 시작해야 하는 곳"(706쪽)을 동경할 만큼 진보적이고 자유주의적인 공화주의자이다. 그는 하인리히에게 이 시대의 사명이 "여하한 신앙이나 여하한 세계관에 있어서도 인간의 권리와 인간의 명예가 완전히 보장되는"(724쪽) 데 있다고 역설하고, "절대적인 양심의 자유"(725쪽)를 강조한다. 신의 섭리와는 거리가 먼, 백작의 인간중심적 사고는 하인리히가 확신하고 있는 인간의 자유의지와 일맥상통한 것으로서 이는 도르트헨과의 접촉을 통해 더욱 강화된다.

도르트헨은 흔히 안나와 유디트의 종합으로 이해되고 있지만 안나처럼 정신적이지도 않고 유디트처럼 관능적이지도 않은 제3의 여인상으로 나타난다. 그녀는 포이어바흐의 현세적 철학을 구현하고 있는 인물로서 '신앙' 대신에 '양심'을 추구할 뿐, 인간의 "불멸성"은 믿지 않는다. 그녀의 따뜻한 인간성과 구김 없는 자연성, 그리고 현세긍정적인 태도에 매료되면서 하인리히는 차츰 그녀의 눈을 통해 이 세계를 보게 된다. 켈러가 포이어바흐의 인간학적 종교관을 통하여 신이란 인간의 가슴속에 내재하는 최고선의 실체에 불과하므로 인간은 "내세 지원자에서 현세의

---

4) 켈러는 하이델베르크 유학 시절 포이어바흐의 강의를 청강한 이래 그의 현세적 철학의 영향을 많이 받았다. 이에 관한 자세한 것은 Ernst Otto, Die Philosophie Feuerbachs in Gottfried Kellers Roman "Der grüne Heinrich", in *Weimarer Beiträge* 6, 1960, S. 7~111 참조.

학생으로"(Neumann, 92쪽) 해방되어야 한다고 배웠듯이 하인리히는 백작 부녀를 통해서 지금까지의 환상적인 주관성에서 벗어나 현세적 세계관을 갖도록 일깨워졌고, "우리가 알고 있는 현재적인 것만이 성스럽고 위로가 된다"(734쪽)는 사실을 인식한다. 이러한 인식에는 물론 가정과 사회에 대한 도덕적 책임이 연계되어 있다.

그러나 하인리히의 사회화란 측면에서 고찰할 때 그가 백작의 성에서 '새로운 인간'으로 변모했다는 구체적인 증거는 찾아볼 수 없다. 우선 일반사회로부터 고립되어 있는 백작의 성은 하인리히에게 사회화의 길을 열어주기에는 지나치게 폐쇄적인 곳이다. 그도 그럴 것이 백작의 성은 "사회 속의 장소라기보다는 모든 사회적 위치설정에서 제외된 곳"(Kaiser, 135쪽)이기 때문이다. 거기서 살고 있는 백작이나 도르트헨 역시 경제적 어려움이나 사회적 갈등을 모른 채 살아가고 있는 국외자적 존재들이다. 이러한 점에서 그들은 근본적으로 하인리히와 똑같은 유형의 인물들이다. 한마디로 백작의 성은 소설의 전체 구조로 보나 공간 묘사의 추상성으로 보나 동화 속의 섬 같은 성격을 지니고 있는 신기루에 불과하다. 신기루 속에서 혹은 국외자들끼리의 만남을 통해서는 바람직한 시민으로의 사회화가 이루어질 수 없다는 것은 자명한 일이다. 실제로 하인리히가 얻은 경제적 부도 시민사회를 지배하고 있는 자본주의적 시장경제의 자유경쟁원칙에 의한 것이 아니라 백작 한 사람의 후원에 따른 우연한 행운의 결과일 뿐이다. 이는 시민적 경제활동 이전의 봉건적인 후견인 제도의 부활에 다름아니다. 또 그가 획득한 현세적인 현실인식도 따지고 보자면 결코 새로운 것이 아니다. 이미 어린 시절부터 그는 자기의 입장에서 신을 세속화시켜 인식했고, 예술의 도시에서는 학문을 통해 사회현실과의 조화와 인간의 자유의지를 확신한 바 있었다. 따라서 백작의 성 안에서의 새로운 현실 인식이란 그저 지금까지 생각해왔던 것의 반복 혹은 재확인에 불과하며, 좋게 말해서 그의 "정신적 자기해명 과정의 종결"(Kaiser, 135쪽)일 따름이다. 그것은 자신이 지향할 바가 무엇인가에 대한 거듭된 인식일 뿐, 그러한 인식 자체가 곧 사회화의 실제적 내용일 수는 없는 것이다.

하인리히의 사회화와 관련하여 백작의 성에서 이루어진 것은 사실상 하나도 없다. 새로운 직업의 선택도 없었고 시민사회와의 접촉이나 융화도 물론 없었다. 그렇다고 도르트헨과의 결혼을 적극적으로 생각해본 것도 아니었다. 어머니를 가끔 생각하기는 했지만 그녀를 위한 최소한의 노력도 해본 적이 없었다. 현세적 삶에 충실해야겠다는 강한 의식에도 불구하고 실제에 있어서는 그 현실과는 거리가 먼 꿈같은 생활을 계속했던 것이다.

하인리히의 이러한 생활은 나중에 어머니에 대한 심화된 죄의식으로 작용한다. 그가 백작의 성에 체류하고 있던 바로 그 시기에 어머니는 아들을 위하여 빌렸던 돈을 갚지 못하여 집에서 쫓겨난다. 그녀는 초라한 방에서 "실종된 아들"을 질책하면서 비참하게 죽어간 것이다. 그러므로 하인리히에게 있어서 '백작의 성'은 『빌헬름 마이스터』의 '탑의 결사'와는 달리 교양의 목표가 달성된 행복의 장소가 아니라 결과적으로 그에게 죄의식만 가중시킨 불행의 장소가 된 셈이다.

이러한 사실을 전혀 모른 채 그는 바젤의 사격 축제에 참석한 다음 고향으로 돌아온다. 바젤에서 그는 자유주의의 정신과 다수원칙에 의한 민주주의 체제를 위하여 투쟁할 것과 "다른 사람과 함께 상의하고 함께 행동할 수 있는 유능하고 활기찬 개인"(759쪽)이 되고 "국민의 거울"(760쪽)이 될 것을 다짐한다. 예술가라는 직업을 포기한 그가 이제 보다 나은 사회를 위하여 공적인 활동을 하겠다는 것이다.

그러나 이와 같은 결심도 또다시 결심으로 끝나고 만다. 스물일곱의 나이로 칠 년 만에 귀향한 그를 기다리고 있던 것은 어머니의 장례식이었다. 그 순간 그는 공적인 활동을 통해서 사회에 봉사하겠다는 자기의 결심이 얼마나 허황된 것인가를 절감한다.

그도 그럴 것이 국민과 그를 묶어준 직접적인 생의 원천을 그 자신이 파괴했기 때문에, 세상의 개선을 돕고자 하는 사람은 우선 자신의 집 앞부터 청소하라는 격언을 따른다면 그는 이제 국민 속에서 함께 활동하겠다는 정당성과 명예를 갖지 못하게 되었다.(763쪽)

'생의 원천'인 어머니의 비참한 죽음이 순전히 자기 때문이었다고 단정한 하인리히는 걷잡을 수 없는 죄책감에 빠진 것이다. 더군다나 그의 삶의 목표가, 그것이 화가로서의 성공이건 공적인 활동을 통한 사회로의 기여건 궁극적으로는 어머니에 대한 아들의 도리를 다하자는 데 있었다면, 어머니의 죽음과 함께 그의 존재 이유도 사라져버린 것이다. 결국 그도 어머니를 따라 죽게 된다. 죽음으로 끝난 하인리히의 사회화 노력, 그것은 부정적인 사회화의 완성이다.

이 점은 하인리히가 죽지 않고 공직생활을 하는 것으로 되어 있는 개정판에서도 정도의 차이는 있지만 근본적으로는 동일하다. 그가 예찬했던 민주적 공화체제는 속물시민의 탐욕으로 차츰 공허해지고, 몇몇 선동분자와 이들을 맹목적으로 추종하는 대다수 민중들에 의해 민주적인 여론형성 또한 굴절되는 현실 앞에서 그는 서글픔을 느낀다. 따라서 그의 공직생활은 의무적인 생활에 그치고 그럴수록 그는 의욕도 없고 흥미도 없는 지루한 나날을 보내게 된다. 미국에서 돌아온 유디트도 그의 체념적 삶을 바꾸어놓지는 못한다. 관능적인 농부에서 윤리적인 시민으로 변모한 유디트는 시민적 질서의 상징인물일 뿐, 과거의 자연성이나 관능성을 더이상 보여주지 않는다. "정신의 감옥"(1115쪽)으로 비친 공직생활이나 완전한 행복에의 믿음 없이 진행된 유디트와의 단순한 우정관계는 그것들의 외양에도 불구하고 진정한 의미의 사회화는 아니다. 왜냐하면 그러한 상황에서는 하인리히 개인의 내적인 본질이 충족되고 있지 못하기 때문이다.

그렇다면 이와 같은 부정적인 사회화나 불완전한 사회화의 전적인 책임은 하인리히에게만 있는 것일까? 자아와 사회를 합일시키려는 그의 "충직한 의욕"(764쪽)을 상기한다면, 더구나 그러한 의욕이 사회적인 조건 때문에 언제나 거부되어왔음을 생각한다면, 그의 체념과 죽음을 어머니에 대한 죄의식만으로 설명할 수는 없다. 왜냐하면 그의 환상적인 주관성은 물론이고 그의 죄의식까지도 따지고 보면 모두가 사회와의 갈등에서 비롯되었기 때문이다. 죽기 직전 하인리히가 사회 속의 삶을 두고 "추악하고 교활한 기만"이며 "비열하고 치명적인 우행과 고통"(764쪽)이라고 규정한 것은 이 사회에 대한 그의 원망과 비판을 단적으로 보여주는 예이다.

6. 맺는말

『녹색의 하인리히』를 구상하고 있던 1848년 5월, 켈러는 일기에 "자신의 운명을 공공사회의 운명과 연결시키지 못하는 자는 불쌍한 사람이다"라고 쓴 적이 있다. 이러한 성찰을 바탕으로 켈러는 그의 주인공 하인리히 역시 자아와 사회의 연결을 위하여 노력하는 사람으로 그리고 있다. 하인리히는 일찍부터 아버지와 같은 이상적인 시민이 되고 싶다는 욕망을 가지고 있었다. 아버지는 경제, 정치, 문화 등 각 방면에서 완벽한 시민상을 구현하고 있는 이상적 인물로서, 하인리히가 추구한 사회화의 목표가 된 것이다. 그러나 하인리히의 경우, 자아와 사회의 조화로운 합일이라는 사회화의 목표는 인식의 차원과 실제적인 차원에서 판이한 양상으로 전개된다. 인식의 차원에서 볼 때, 하인리히의 사회화 목표는 괴테의 문학작품과 예술의 도시에서의 학문 접촉, 그리고 빌헬름 텔 축제, 예술가 축제, 사격 축제와 같은 각종의 축제를 체험하면서 계속 확인되고 강조된다. 자아의 내적인 욕구를 충족시키면서 동시에 바람직한 사회구성원이 되어야 한다는 당위론적인 사회화 의식은 마침내 백작의 성에서 포이어바흐식의 현세적 현실인식과 그에 따른 사회윤리적 책임의식으로 완결된다. 그러니까 인식의 차원에서만 보면 하인리히의 사회화 과정은 지속적인 상승곡선을 그리고 있다. 그럼에도 불구하고 실제적 차원에서의 사회화는 부단한 하강곡선을 그리다가 하인리히의 죽음과 함께 끝내 좌절되고 만다. 칼비니즘적 근검절약과 금욕주의의 화신인 어머니, 너무나 현실적이기만 한 친구, 엄격한 규율 밑에서 체제순응적 교육만이 강요되는 학교생활을 통해서 감성적인 면이 극도로 억압당한 하인리히는 고독과 환상에 빠져 현실과 환상을 혼동하는 자기중심적인 탈사회적 인간으로 변한다. 이와 같은 현상은 퇴학을 당한 후에 택한 화가활동이나 안나와 유디트를 오가는 이중적인 사랑의 과정에서 더욱 심화되었고, '예술가'와 '시민'의 합일을 지향한 그의 노력은 자본주의 경제체제 앞에서 결국 수포로 돌아가고 만다. "예술의 도시"에서 단순노동자로 전락한 하인리히가 귀향하는 도중 우연히 머물게 된 백작의 성은 그에게 행복을 안겨준 것 같지만, 이곳 역시 시민사회와는 동떨어진 국외자들만 사는 동화적 공간인 터라 하인리히의 사회화의 가능성은 애초부터 배제된 곳이다. 오히려 이곳은 인식의 차원에서 사회화가 완결된 곳이기 때문에 결과적으로 어머니에 대한 그의 도덕적 죄의식을 강화시키는 장소로 작용한다. 어머니의 죽음에 뒤이은 하인리히의 죽음은 실제적 차원에서 진행되어온 부정적 사회화의 필연적인 결과이다.

"어설픈 생"(Martini, 567쪽)으로 일관한 하인리히의 부정적 사회화의 근본원인은 하인리히 개인에게 있는 게 아니라 따지고 보면 그를 둘러싸고 있는 사회현실에 있다. 전통적인 사고방식과 가치규범, 체제순응적인 의식과 사회제도, 자본주의 체제의 경쟁원칙, 시민사회의 속물근성 등 소설의 도처에 부각되어 있는 이 모든 사회적 요소가 개인의 자아실현과 사회화 의지를 방해하고 있는 것이다. 켈러는 『녹색의 하인리히』에서, 환상과 현실의 대립, 인식과 실체의 분극화, 개인과 사회의 갈등이 극대화된 19세기적 시대상황을 정직하게 반영하면서 독자에게 바람직한 삶에 대한 비판적 성찰을 촉구하고 있다.

참고 문헌

1차 문헌

Keller, Gottfried, Der grüne Heinrich, in *G. Keller, Sämtliche Werke und ausgewählte Briefe in 3 Bänden.*, hrsg. v. Clemens Heselhaus, Bd. 1, München 1979.

2차 문헌

Hegel, Friedrich, *Ästhetik*, hrsg. v. Friedrich Bassenge, Berlin 1955.

Kaiser, Gerhard, *Gottfried Keller. Das gedichtete Leben*, Frankfurt/M. 1981.

Martini, Fritz, *Deutsche Literatur im bürgerlichen Realismus 1848~1898*, 3. Aufl., Stuttgart 1974.

Neumann, Bernd, *Gottfried Keller. Eine Einführung in sein Werk*, Königstein/Ts. 1982.

Preisendanz, Wolfgang, *Wege des Realismus*, München 1977.

Sautermeister, Gert, Gottfried Keller. Der grüne Heinrich, in *Romane und Erzählungen*, hrsg. v. Horst Denkler, Stuttgart 1980, S. 80~123.

산업화 시대의 비관론적 역사관
—라베의 역사소설 『오트펠트 평야』

고영석

1. 머리말

산업화의 끝자락에 와 있는 한국사회는 현재 '역사는 진보한다'는 낙관적인 생각으로 가득 차 있다. 아이들의 평균신장도 훨씬 더 커졌고 국민의 평균수명도 선진국 수준 이상으로 늘었다. 의식주 문제나 생활의 편리함을 놓고 보더라도 예전과는 비교할 수도 없을 만큼 나아졌다. 온갖 문명의 이기(利器)도 광범위하게 개발되어 간편하게 이용되고 있고, 1인당국민소득 또한 2만불을 앞두고 있다. 이처럼 물질문명의 발전과 경제성장에 초점을 맞추어 생각해보면 역사가 진보하고 있다는 일반론에는 이론의 여지가 없을 듯하다. 그러나 도덕적인 측면이나 정신적인 측면에서 볼 때도 역사는 과연 진보하는 것일까? 오늘날 우리가 살고 있는 시대가 과거에 비해서 도덕적으로 더 고양되고 정신적으로 더 큰 만족감을 주고 있는 것일까? 샴푸로 머리를 감고 자동차를 타고 다닌다고 해서 잿물로 머리를 감고 나귀를 타고 다녔던 우리의 선조보다 과연 더 행복한 것일까? 그렇지 않다. 모든 사람이 끝없는 욕망의 화신이 되어서 그런지는 모르겠으나 누구 하나 행복하다는 사람이 없다. 그렇다면 역사가 바람직한 방향으로 진보한다는 생각은 산업화 시대의 허상이 아닌가. 이미 사반세기 전에 진보적 역사관을 정면으로 거부한 김광규(金光圭)의 시, 「늙은 마르크스」의 한 구절을 보자.

> 여보게 젊은 친구
> 역사란 그런 것이 아니라네
> 자네가 생각하듯 그렇게
> 변증법적으로 발전하는 것이 아니라네.(김광규, 46쪽)

역사의 진보를 확신하면서 일생을 살았던 마르크스로 하여금 자기반성적인 발언을 통해 스스로의 확신을 부정케 함으로써 시인은 역사 진보의 허위성을 그만큼 더 강하게 부각하고 있다.

진보론적 역사관에 대한 이같은 깊은 회의와 의구심은, 그것이 학자들의 냉철한 분석의 결과이건 아니면 시인의 직관적인 통찰에서 나온 것이건 모두 산업화 시대의 여러 부정적인 현상들에 대한 깊은 통찰에서 비롯되고 있는 것이다. 진보론적 역사관에 대한 강한 믿음과 그에 못지않은 깊은 회의는 산업화 시대의 일반적인 특징이기도 하다. 이는 산업화 시대의 독일도 마찬가지였다. 독일의 산업화가 이루어진 것은 19세기 후반기인데, 당시 대부분의 사람들은 역사란 보다 나은 방향으로 끊임없이 발전한다고 믿고 있었다. 그러나 그들 가운데는 그와 같은 역사관을 정면으로 거부하고 역사의 반복론 내지는 순환론을 강조한 이들도 적지 않았다. 우리가 이 글을 통해서 살펴보려는 빌헬름 라베가 바로 그런 사람 중 하나이다.

라베는 테오도어 폰타네 및 고트프리트 켈러와 더불어 19세기 독일 리얼리즘 문학을 대표하는 소설가로서 죽을 때까지 25편의 장편소설과 50여 편에 이르는 단편소설을 썼는데, 그 가운데 삼분의 일 정도는 과거의 역사를 소재로 한 역사소설이다. 이들 역사소설을 통해서 라베는 역사 진보에 대한 자신의 비관적 견해를 구체화하고 있다. 그 좋은 예가 바로 『오트펠트 평야Das Odfeld』(1888)이다.

이 작품을 우리의 연구대상으로 선택한 이유는 간단하다. 먼저 이 소설이 소설 자체로서 성공한 작품이라는 점이다. 많은 사람들이 지적한 것처럼 이 소설은 라베의 작품 가운데 가장 뛰어난 작품일 뿐만 아니라, 독일소설 전부를 놓고 보더라도 '하나의 보물'로 간주되고 있다. 다음으로는 이미 암시한 바대로 이 소설이 라베의 역사관을 가장 잘 드러내고 있는 작품 중 하나라는 점이다.

우리의 의도는 산업화 시대의 대표적 작가, 그리고 대표적인 작품을 통해서 당대의 야당적 역사관을 한번 살펴보자는 것이다. 우리가 살펴보려는 것이 비록 19세기 후반의 독일의 경우라 해도, 그 시기가 바로 산업화 시대였다는 점을 상기할 때, 오늘날 우리에게도 시사하는 바가 많으리라 믿는다. 구체적인 작품 분석에 앞서 독일의 산업화와 당시 사람들의 정신적 상황에 대해서 고찰해보기로 하자.

2. 독일 산업화의 명암

독일의 산업화는[1] 19세기 후반, 어림잡아 1850년에서 1875년에 이르는 25년 사이에 집중적으로 이루어졌다. 물리학, 화학, 생물학, 의학과 같은 자연과학의 발전과 교통, 통신, 광학, 인쇄 분야 등의 놀라운 기술혁명은 독일의 산업화를 가능케 한 원동력이었다. 자연과학과 기술의 발전은 종래의 수공업 혹은 가내공업을 공장공업으로 전환시키는 계기가

---

1) 독일의 산업화와 관련하여 필자는 Gebhardt, *Handbuch der deutchen Geschichte*, Bd. 3, hrsg. v. Herbert Grundmann, Stuttgart 1973, 377~541쪽(=Gesellschaft, Wirtschaft und Technik Deutschlands im 19. Jahrhundert von Wilhelm Treue)을 주로 참조하였다.

되었고, 실제로 이 기간 동안 생겨난 기업체와 공장은 엄청난 수에 달했다. 1850년대만 해도 회히스트 회사(1856)나 바덴의 염색 및 소다 회사(1856)와 같은 화학공장을 비롯하여, 하파크 회사(1847)나 북독일 로이드 회사(1857)와 같은 해운 및 보험회사들이 창립되었다. 각종 기업체와 회사가 생기면서 두드러지게 나타난 것은 은행의 급속한 팽창이었다. 프로이센의 경우만 보더라도 1850년대에 10개의 은행이 있었는데 1872년에는 50여 개로 증가하였다. 그중에는 오늘날까지도 유명한 은행으로 남아 있는 독일은행(1870), 드레스덴은행(1872) 등이 끼어 있다. 이러한 은행들의 자금 지원 외에도 독불전쟁 직후에는 프랑스로부터 엄청난 양의 배상금이 들어와 1870~1873년 사이 1,018개의 새로운 주식회사들이 난립하기도 하였다. 이같은 일시적 현상이야 차치해두더라도, 1890년대 초까지 앞다투어 설립된 회사들, 예컨대 크룹, 티센, 만네스만, 지멘스, 라이츠, 차이스, 아에게, 바이에르, 헨켈 등은 독일 산업화의 결과로서 그 의미가 매우 크다.

19세기 후반 집중적으로 이루어진 독일의 산업화는 많은 공장과 은행의 설립 외에, 석탄과 철강 생산량의 급속한 증가를 통해서도 쉽게 짐작할 수 있는 일이다. 산업화 시대의 주 에너지였던 석탄은 1850년에 160만 톤이 생산되던 것이 1890년에는 그 22배가 넘는 3,600만 톤, 1913년에는 1850년의 70배가 넘는 1억 1,400만 톤이 생산되었고, 기계공업의 전제가 되는 철강 생산은 선철의 경우를 놓고 볼 때 1848년을 기준해서 1871년에는 그 4배로, 그리고 1913년에는 55배로 증가되었다. 실로 놀라운 산업발전이었다.

역사는 변증법적으로 발전한다는 헤겔의 역사철학 이후, 헤겔 우파건 좌파건 역사가 발전한다는 생각 자체에는 의심의 여지가 없었다. 이런 생각은 이후 다윈의 진화론에 의해 더욱 강화되었고, 급속한 산업발전과 경제성장은 그러한 생각을 기정사실로 받아들이게끔 하였다. 게다가 독불전쟁에서의 승리는 많은 사람들에게 역사 진보에 대한 확실한 증거로 작용하였던 것이다.

독일의 산업화가 한창 진행될 때 일어난 독불전쟁(1870~1871)은 수많은 독일국민들에게 민족의 긍지와 우월감을 안겨다주었다. 프랑스의 황제까지 포로로 잡아버린 세당전투를 통해 이미 개전 초기에 승기를 잡은 독일은 파리를 함락한 직후 베르사유 궁에서 독일의 통일과 독일제국의 재창건을 선포했다. 이 전쟁에서 승리함으로써 독일은 엘자스-로트링겐 지역을 되찾게 되었고, 50억 프랑이라는 막대한 돈을 배상금으로 받게 되었다. 그것은 독일이 나폴레옹 1세로부터 받은 수모를 멋지게 앙갚음한 것이었고, 독일 통일이라는 오랜 염원의 실현이었다. 그러나 이 승리는 그 시대를 특징짓는 독특한 분위기를 낳았다. 승전에 따른 자기도취, 국수주의적 애국심, 전쟁 예찬, '위대한 개인'의 영웅화 등은 독일제국을 재건한 직후의 시대적 분위기라 할 수 있는데, 따지고 보면 이 모든 것도 역사에 대한 낙관론적인 믿음과 맥을 같이하고 있다.

그러나 그와 같은 낙관주의의 이면에는 또다른 비관주의가 병존하고 있었다. 산업화 시대의 외형적인 발전이 낙관주의적 역사관을 부각한 것이라면, 산업화 시대의 갖가지 부작용은 반대로 역사 발전에 대한 의심을 조장한 것이다.

산업화 시대의 부작용으로 가장 두드러지게 나타난 것은 노동자 문제였다. 농업이 기계화되고, 대도시에 공장이 많이 세워짐으로써 많은 사람들이 농촌을 떠나 도시로 몰려들게 되었다. 프로이센의 경우 1867년의 도시인구가 630만 명이었는데, 약 삼십 년 후인 1900년에는 그 배가 넘는 1,250만 명으로 증가하였다. 인구의 도시 집중화로 야기된 주택, 위생, 교육, 상하수도 등의 문제도 문제였지만, 대부분 공장노동자가 된 이들의 저임금이야말로 가장 암담한 현실이 아닐 수 없었다. 결국 당시 베를린의 서부지역과 같은 빈민가가 대도시마다 생기게 되었고, 그곳의 비참한 생활은 후에 자연주의 문학의 중심 테마가 되기도 하였다. 공장노동자, 날품팔이, 빈민들과 같은 이들 프롤레타리아의 운동은 1860년대에 들어와 라잘레의 '독일노동자총연맹'(1863)과 리프크네히트와 베벨의 '사회민주주의노동당'(1869)을 중심으로 비교적 활발하게 전개되었으나 이렇다할 결과도 없이 비스마르크의 '사회주의자법'(1878)에 의해 극도의 탄압을 받게 되었다. '사회보장법'(1883~1884)에서 보듯이 이들을 위한 정책이 전혀 없었던 것도 아니었지만 결국 그들은 산업화 시대의 소외계층으로 남아 있을 수밖에 없었던 것이다.

산업화 시대의 또다른 부작용으로 시민계급의 정체성 상실을 들 수 있다. 산업화의 주역을 담당했던 시민계급은 산업화의 혜택을 가장 많이 받았음에도 불구하고, 아니 바로 그 때문에 시간이 경과할수록 동질성을 잃어가면서 여러 갈래로 분열하기 시작했다. 그 결과 같은 시민계급 안에 재산이 많은 '소유시민 혹은 대시민계층', 교육을 많이 받은 '교양시민계층', '소시민계층'이 생겨난 것이다. 그러나 이들 시민계층은 정치, 외교, 국방 분야에서 거의 절대적인 권한을 행사하고 있던 귀족계급을 아직은 대체할 수 없었던 터라, 실상은 이들 귀족계급의 생활양식을 답습하기에 급급한 판이었다. 호화로운 저택을 구입해서 귀족풍으로 장식한다든지, 아들을 장교로 만들려고 애를 쓴다든지, 귀족의 작위를 얻으려고 안간힘을 쓰는 것 등이 바로 그런 예에 속한 것이었다. 이런 현상은 사회적으로 지위가 상승한 대시민계층에서 주로 나타났지만, 소시민계층에서도 정도의 차이는 있을망정 기본 태도는 마찬가지였다. 팽배해진 배금주의와 이기적인 물욕이 그 단적인 예라 하겠다.

산업화 시대에는 어차피 사회적 지위 상승과 하강이 있기 마련이다. 사회적 지위 상승을 향한 의지와 욕망이 강하면 강할수록 불안과 초조도 그만큼 더 증대한다. 실제로 많은 귀족들이 몰락했고 많은 소시민들이 노동자계급으로 전락했던 당시의 독일을 상기한다면 당시 사람들의 불안과 초조를 쉽게 짐작할 수 있을 것이다.

한마디로 산업화 시대의 독일은 의식구조 면에서 모든 것이 뒤범벅된 갈등의 상황이었다. 옛것과 새것의 갈등, 진보의식과 몰락의식의 상충,

사회적 지위 상승과 하강에 따른 낙관주의와 비관주의의 병존, 보수의식과 혁명의식의 암투가 당시 독일의 특징적 모습이었다. 독일의 산업화 시대는 문학사가 마르티니의 말처럼 한편으로는 진보에 대한 믿음과 미래에 대한 희망이, 다른 한편으로는 회의와 체념이 뒤섞인 부동(浮動)의 상황, 즉 '과도기적 상황'이었다.(Martini, 23쪽)

3. 라베와 역사소설

빌헬름 라베는 1831년부터 1910년까지 칠십구 년을 살았지만, 그가 실제로 작품을 썼던 것은 1854년(『참새 골목의 연대기Die Chronik der Sperlingsgasse』)에서 1899년(『하스텐베크Hastenbeck』)에 이르는 사십오 년간이었다. 이는 정확히 독일의 산업화 시대에 해당하는 시기이다. 그러니까 라베는 우리가 앞에서 언급한 산업화 시대의 '과도기적 상황'에서 소설을 썼던 것이다.

일생을 자유문필가로 지낸 그의 생애는 겉으로 보면 매우 단조롭고 조용한 것이었다. 그러나 내면적으로는 자기 시대의 모든 고통을 가장 민감하게 느끼면서 살았던 작가였다. 대개의 지식인이 그렇듯이 그도 자기 시대의 현실적 상황에 대해 매우 회의적이었다. 독일 통일을 가로막고 있는 군소제국의 이기주의에 대해서도 그랬고, 산업화에서 오는 갖가지 갈등에 대해서도 그랬고, 세 차례에 걸친 전쟁 — 덴마크전쟁(1864), 오스트리아전쟁(1866), 독불전쟁(1870~1871) — 에 대해서도 그랬다. 그러나 그가 가장 못마땅하게 생각했던 것은 독일 통일 이후의 사회적 분위기였다. 정치적 권위주의, 맹목적 이기주의, 이기적 물질주의, 배금사상과 속물근성의 팽배 등 무엇 하나 그의 마음에 드는 것이 없었다.

그런 상황에서 작가가 할 수 있었던 일은 과연 무엇이었을까? 1890년에 출간된 『크리스토프 페힐린Christoph Pechlin』 제2판 서문에서 라베는 다음과 같이 쓰고 있다.

> 아무도 거들떠보지 않는 구석방에 처박혀 불안과 역겨움으로 가득 차 있는 외로운 시인에게 할 일이 뭐가 있겠나? 무미건조한 익살과 덤덤한 농담이나 하고, 모자를 푹 뒤집어쓴 채 광대방망이나 두드리면 그만이지. 회의적인 시대에는 룸펜들이 많이 모여 있는 곳에 가서 룸펜과 같이 있기보다는 차라리 혼자서 바보놀음이나 하는 것이 점잖은 사람들의 특권이다.(Grimm, 264쪽에서 재인용)

구석방에 처박혀 홀로 바보놀음을 하듯이 라베는 소설을 썼던 것이다. 라베의 이러한 태도를 현실세계로부터의 도피라고 미리 단정할 필요는 없다. 광대모자를 푹 뒤집어쓰고 덤덤한 농담이나 하려는 태도는 얼핏 보기엔 세상만사가 귀찮다는 태도 같지만, 사실 거기에는 회의적인 시대에 직면하여 나름대로의 위안을 찾으려는 라베의 강한 의지가 담겨 있기 때문이다. 광대의 바보놀음은 결코 바보놀음으로만 그치는 것이 아니다. 어떤 내용이건 그 속에는 메시지가 들어 있기 마련이다.

앞에서 이미 이야기한 바와 같이 라베는 역사에 대한 깊은 관심을 바탕으로 많은 역사소설을 썼다. 이는 역사소설이 범람했던 당시의 상황을 상기한다면[2] 결코 놀랄 일이 아니다. 역사소설은 일반적으로 세 가지 유형으로 구분할 수 있다. 첫째는 역사에 나오는 위대한 인물이나 사건을 기념비화해서 현재의 전범으로 삼으려는 소설로 하우프, 알렉시스, 프라이타크, 뮐바흐 등의 작품이 여기에 속하고, 둘째는 폰타네의 『폭풍전야 Vor dem Sturm』처럼 지나간 한 시대의 현실을 총체적으로 묘사하는 소설, 셋째는 과거의 역사를 이용하여 역사의 본질을 제시하는 소설이다.

---

2) Hartmut Eggert, *Studien zur Wirkungsgeschichte des deutschen Romans 1850~1875*, Frankfurt/M. 1971, 27쪽에 의하면 1850년에서 1900년 사이에 독일에서 발표된 역사소설은 816편에 이르고 있다.

라베의 역사소설, 특히 만년의 역사소설은 세번째 유형에 속하는 것으로, 역사철학적인 성격이 강하게 나타나고 있다.

라베의 역사철학적인 역사소설이 ―여기에서는 『오트펠트 평야』― 과연 어떤 메시지를 담고 있는가를 알아보기 전에 우선 역사라는 소재에 대한 그의 태도를 살펴볼 필요가 있다. '역사'를 '소설'로 만든 것이 역사소설이라면, 그것은 과거에 있었던 역사적 '사실'과 작가가 만들어내는 소설적 '허구'와의 긴장관계를 하나의 숙명으로 안고 있기 때문이다. 이 문제에서 라베의 태도는 매우 분명하다. 역사소설가 이전에 한 사람의 작가로서 그는 이렇게 말하고 있다. "모든 시문학은 상징적이다. 사실을 묘사한다는 것은 고작해야 흥미로운 읽을거리에 불과하다. 깊은 곳에서 영속적인 것을 끌어낼 때 비로소 영속적인 것은 일상의 현실을 뛰어넘는 것이다."(Preisendanz, 263쪽에서 재인용) 라베는 또 당시 자연주의자들의 카메라식 현실복사와 르포르타주 기법을 비판하면서, "생리학, 심리학, 병리학, 사회학적인 논문에서 벗어나 시와 문학으로 복귀"할 것을 요구하고 있다.

라베의 이와 같은 발언은 물론 '문학'과 '현실'의 관계를 두고 한 것이지만, 그것은 '소설'과 '역사'의 관계에도 그대로 해당되는 말이다. 현실의 깊은 곳에서 '영속적인 것'을 끌어내어 일상의 현실을 초월하도록 만들고, 학술논문이 아니라 문학작품을 만들어야 한다는 라베의 요구를 역사소설의 측면에서 해석하자면 실제로 드러난 역사적 사실의 깊은 곳에 숨어 있는 영속적인 의미를 부각시켜야 한다는 뜻이다. 그러므로 라베의 역사소설에서 문제가 되는 것은 역사적 사실 자체가 아니라 그 사실을 통해 알아낼 수 있는 역사의 본질인 것이다. 이런 문제와 관련하여 라베는 『오트펠트 평야』의 시작 부분에서 서술자의 입을 빌려 다음과 같이 말하고 있다.

정말이지 사람들은 색이 바랜 고문서 뭉치나 진귀한 필사본이나 돼지

가죽으로 장정된 두꺼운 고서에 (……) 귀를 기울인다면 멀리서 울려오는 신비롭고 심원한 파도 소리를, 조개껍데기를 귀에 갖다 댄 아이보다 훨씬 더 잘 듣게 될 것이다.(Raabe, 7쪽. 이하 작품 인용은 괄호 안에 해당 쪽수만 표기)

그에 의하면 결국 역사소설가는 아이들이 조개껍데기를 통해 파도 소리를 듣듯이 빛바랜 고문서나 필사본과 같은 고서를 통해서 "신비롭고 심원한" 역사의 본질을 인식하여야 한다. 이런 생각에서 그는 자신의 역사소설이 "하녀나 상점점원의 취향을 위한 것"이 아니라고 언급한 바 있다. 라베에게 있어서 역사소설의 목표는 과거의 역사적 사실 그 자체에 있는 것이 아니라 그러한 사실 이면의 '역사의 본질'을 파악해보자는 것이다. 그렇다면 그가 파악한 역사의 본질은 무엇인가? 해답을 위해 『오트펠트 평야』를 분석해보기로 하자.

4. "만인에 대한 만인의 전쟁"

『오트펠트 평야』는 7년전쟁의 막바지에 있었던 한 전투를 배경으로 하고 있다. 역사 기술에 의하면 브로글리오 공(公) 휘하의 프랑스군은 브라운슈바이크 시를 공략할 목적으로 오트펠트 평야를 향해 진군한다. 이를 맞아 브라운슈바이크의 프리드리히 공 휘하의 프로이센군과 영국/스코틀랜드 연합군은 1761년 11월 5일 오트펠트 평야에서 일대 결전을 벌이기로 계획한다. 연합군은 프랑스군을 완전히 포위해 괴멸시킬 계획이었으나, 이 포위작전의 일익을 담당하기로 한 프로이센의 하르덴베르크 장군이 갑자기 불어난 베저 강을 제때 건너지 못하고 늦는 바람에 결정적인 승리를 놓치고 만다. 프랑스군은 이 전투에서 비록 패하긴 했지만 주력부대가 그대로 후퇴했기 때문에 양측의 결전은 사실상 뒤로 미루어지고 만 것이다. 수많은 살상자를 냈지만 결국은 뜻을 이루지 못하고 전투는 무의미하게 끝나버렸다.

『오트펠트 평야』는 이 전쟁을 배경으로 허구의 주인공 노아 부키우스 선생이 겪은 스물네 시간 동안의 일을 그리고 있다.

예순 살의 노인인 부키우스 선생은 원래 오트펠트 평야 근처에 위치한 아멜룽스보른 수도원학교 교사로 삼십 년간이나 근무를 했는데, 이 학교가 도시로 이전해갈 때 더이상 쓸모가 없다는 이유로 같이 가지 못하고, 그곳에 남아 수도원 관리인의 식객이 되어 살아가고 있다. 전투가 있기 전날인 1761년 11월 4일 저녁, 그는 관리인과 더불어 한 무리의 까마귀떼가 서로 싸우는 것을 보게 되는데, 아니나 다를까 다음 날 새벽 전투가 시작되면서 프랑스 군인들이 수도원에 난입해 행패를 부린다. 이렇게 부키우스 선생은 전쟁의 와중에 휩쓸리게 된다. 군인들이 관리인의 질녀 젤린데를 겁탈하려들자 전날 밤 여기에 온 부키우스의 제자 테델이 그녀를 구해주지만, 이 때문에 화가 난 군인들은 부키우스와 관리인을 죽이려든다. 갑작스러운 상황 변화로 죽음의 공포에서 벗어난 관리인은 선량한 부키우스에게 되레 화풀이를 하며 집에서 나가라고 윽박지른다. 집에서 나온 부키우스는 도중에 우연히 만난 관리인의 하인과 그의 약혼녀, 관리인의 질녀 젤린데와 테델을 인도해서 새로운 피란처를 찾아간다. 그들은 지척을 분간할 수 없는 짙은 안개 속을 뚫고 이미 전쟁터로 변한 오트펠트 평야를 가로질러 산속의 동굴에 도착한다. 그러나 그곳 역시 안전한 곳이 못 되었다. 프랑스 군인들을 피해 그곳에 갔지만 이번에는 우방이라고 믿었던 스코틀랜드 군인들에게 발각되어 온갖 곤욕을 치른다. 그러나 때마침 이를 목격한 프리드리히 공의 도움으로 그들은 수도원으로 무사히 돌아간다. 다만 프로이센군을 위하여 길을 안내하러 갔던 테델은 끝내 돌아오지 못하고 수많은 전사자들 속에서 시체로 발견된다.

일반 독자를 위해 약간 장황하게 소개한 소설의 줄거리에서 우리가 우선 알 수 있는 것은 무의미한 전쟁에 휘말려 시달리고 있는 인간의 모습이다. 그런데 라베는 이같은 사실을 7년전쟁에 국한하지 않고, 과거를 연상시키는 갖가지 인용과 상황 설명을 통해 현재와 과거를 의도적으로 연결함으로써 인생 전반의 문제로 확장시키고 있다. 그에게 중요한 것은 오트펠트 평야에서 벌어진 1761년 11월 5일의 전투를 사실적으로 재현하는 것이 아니라, 그로써 역사의 본질을 부각하자는 것이었기 때문이다.

라베가 부각한 역사의 본질은 크게 두 가지로 요약할 수 있다. 첫째는 역사란 일회적인 것이 아니라 끊임없는 반복의 연속이라는 것이고, 둘째는 인간의 역사는 투쟁과 고통의 역사라는 것이다.

그렇다면 진보적 역사관을 정면으로 거부하는 반복론적 혹은 순환론적 역사관은 과연 어떻게 나타나 있는가? 오트펠트 평야를 통과하여 산 속 동굴을 찾아가던 피란민 일행이 산에 도착했을 때, 테델은 그곳의 지형에 대해 다음과 같이 말한다.

드디어 산에 도착했군요! 저기 동쪽에 틸 산이 구름 사이로 보입니다. 그 뒤에 피콜로미니 골짜기가 있지요. 옛날 틸리 장군이 이곳에서 대승을 했는데, 저 산에다 자기의 이름을 붙였다는군요!(131쪽)

테델의 이 말은 물론 지형 설명에 불과하다. 그러나 우리가 유의해야 할 것은 이야기의 방향이 자연풍경 쪽으로 가지 않고, 과거의 역사로 거슬러올라갔다는 점이다. '틸 산'이나 '피콜로미니 골짜기'라는 지명을 통해서 일행은 곧바로 30년전쟁의 영웅 틸리와 피콜로미니를 연상하게 되고, 그들의 이러한 의식 속에서 현재와 과거가 다시 만나게 되는 것이다. 때문에 이 말을 들은 부키우스는 그 순간 또다른 과거의 일을 상상한다. 즉 자신이 현재 쓰고 있는 수도원 방에 기거했던 그 옛날의 필레몬 수사도 역시, "브라이텐펠트에서의 전투가 끝난 뒤, 어쩌면 바로 이 황무지의 길을 따라 피란을 했을 것이다"(132쪽)라는 생각이다. 거처하는 방은 물론, 전쟁이라는 상황도 같을 뿐만 아니라 피란의 길마저 같은 길이라고 생각할 때 우리는 부키우스의 역사가 필레몬의 역사를 그대로 반복하고 있다는 것을 쉽게 알 수 있다.

현재와 과거의 동일성을 암시한다는 점에서는 산속 동굴도 마찬가지이다. 피란처로 찾아들어간 산속 동굴은 자연과학적인 관찰의 대상이 되지 않는다. 일행이 관심을 가진 것은 동굴을 이루고 있는 암석의 성분이나 동굴이 생긴 원인이 아니라, 이 동굴에서 현재의 자신들처럼 안식을 취했을지도 모를 원시인에 대한 생각이었다. 그들은 '수천 년 전' 이 동굴에 들어와 아늑한 보금자리를 치고 생활했을 '원시 동굴인'을 연상하면서, 이들을 살아 있는 동거인으로 느끼는 것이다.(154쪽) 그렇게 해서 수천 년 전의 동굴인과 현재의 피란민들은 동굴을 매체로 해서 서로 만나게 된다. 그들은 본질적인 점, 즉 같은 공간을 사용하고 있다는 점에서 다를 바가 없다. 라베의 눈으로 볼 때 현재는 과거와 동일한 것으로 일회적이 아니라 반복적이다. 이 문제와 관련하여 킬리는 다음과 같이 지적하고 있는데 그것은 옳은 말이다.

라베는 현재의 순간과 과거의 시대를 끊임없이 연결하고 있다. 현재의 순간은 과거에 있었던 어느 순간의 단순한 반복임이 드러남으로써 현재 순간의 일회성은 상대화된다.(Killy, 152쪽)

현재와 과거의 동일성, 그리고 거기서 유추해낼 수 있는 역사의 반복성은 위의 예에서 알 수 있듯이 라베가 인식한 역사의 한 모습이다. 이러한 역사의식은 다른 어떤 예보다도 오트펠트 평야 자체에 대한 서술자의 언급을 통해 가장 잘 드러난다. 라베 자신도 이 소설의 "진짜 주인공"은 부키우스 선생이나 프리드리히 공이 아니라 "오트펠트 평야 자체"라고 밝힌 바 있다. 이는 작가가 파악하고 있는 역사의 의미가 오트펠트 평야에 함축되어 있음을 강조한 말이다. 오트펠트 평야에 대해서 라베는 이렇게 서술하고 있다.

이 지역은 너무나 기름지고 좋아서, 수많은 인간적 탐욕의 각축장과 세계사적인 고양이 싸움의 전쟁터가 되지 않을 때가 없었다. 거의 틀림없는 이야기지만 로마인들은 여기 보단 신(神)의 들판에서 게르만 부족과 엉켜 싸웠고, 프랑켄족은 작센족과 또 작센족은 자기들끼리 서로 엉켜 싸웠다.(8쪽)

이 인용문에서 보듯이 오트펠트 평야는 자연공간이 아닌 "역사공간"(Killy, 158쪽)으로 묘사되어 있다. 이 평야의 생산물이나 자연환경에 대해 서술자는 아무런 관심도 표명하고 있지 않다. 그의 관심은 다른 경우에서와 마찬가지로 이 평야의 역사성에 쏠려 있다. 그의 눈에 비친 오트펠트 평야는 "인간적 탐욕의 각축장"으로서, 신화시대에서 최근에 이르기까지 수많은 민족들이 싸움을 벌여온 "혈투의 장소"(30쪽)에 불과하다. 그런 시각에서 볼 때 이 평야에서 현재 벌어지고 있는 프로이센과 프랑스의 싸움도 지금까지 있었던 수많은 전쟁의 반복일 뿐이다. 로마인과 게르만 부족의 전쟁, 프랑켄족의 카를 대제와 작센족의 비두킨트의 전쟁, 30년전쟁, 7년전쟁, 이 모든 전쟁이 바로 이 평야에서 벌어졌고, 이제는 까마귀 떼까지 그 위에서 전투를 하고 있다. 그러나 이 모든 전쟁은 "시대와 복장이 다를 뿐"(103쪽)이고, 등장인물이 다를 뿐이지 근본적으로는 같은 것이다. 현재의 군인들도 과거의 그 작전로와 행군로를 따라 "또다시"(28쪽) 전쟁을 하고 있다. 그러한 의미에서 오트펠트 평야는 프라이젠단츠의 말대로 "지금까지의 역사, 아니 모든 역사를 내포하고 있는 시범적인 장소"(Preisendanz, 246쪽)[3]임에 틀림없다. 그것은 역사의

---

3) 이처럼 한 공간에 시간의 개념을 넣어서 역사화하는 것을 후버트 올은 "시간의 공간화"라고 부르고, 그 역을 "공간의 시간화"라고 부르고 있다. H. Ohl, *Bild und Wirklichkeit. Studien zur Romankunst Raabes und Fontanes*, Heidelberg 1968, 145쪽.

반복성을 강하게 부각한 하나의 기호인 것이다.

라베가 이 소설에서 제시하고 있는 또다른 역사관은 역사란 고통의 연속이라는 것이다. 다분히 비관적인 이러한 생각은 이 작가가 오트펠트 평야를 "만인에 대한 만인의 전쟁"(105쪽)으로 상징화하고 있는 데서 이미 암시되어 있다. 전쟁에 휘말린 인간과 이들이 겪은 현실은 한마디로 불안과 고통 이외에 아무것도 아니다.

이른 새벽에 쳐들어온 프랑스 군인들의 행패로 수도원 사람들이 겪어야 했던 불안과 고통은 실로 엄청난 것이었다. 겁탈하려는 군인들 앞에서 공포에 질린 채 떨고 있는 젤린데, 그녀를 구하기 위해 군인들과 격투를 벌이다가 큰 상처를 입고 그녀와 함께 도망치는 테델, 11장에 묘사된 이 두 사람의 불안과 고통은 다음 장에 그려지고 있는 부키우스와 관리인의 불안과 고통으로 이어진다. 군인들로부터 온갖 수모와 폭행을 당한 이들은 급기야 교수당할 위험에까지 빠진다. 다행히 풀려나긴 했지만 이들이 당한 고통은 가히 짐작하고도 남음이 있다. 그러나 이러한 고통은 비단 적군에 의한 것만은 아니다. 산속 동굴로 피신한 지 얼마 되지 않아 그들은 스코틀랜드 군인들에 의해 또다시 곤욕을 치른다. 그것은 우방의 군인들에게 당한 것이기 때문에 심리적으로 더욱 큰 고통이었다. 동굴에서 쫓겨난 그들은 다시금 전쟁터를 방황한다.

여자들의 옷은 갈기갈기 찢기어 있었다. 남자들의 옷도 마찬가지였다. 남자들의 머리에서는 피가 흐르고 총 개머리판에 맞아 온통 혹이 나 있었고, 칼등이 스쳐간 자리엔 피가 엉긴 채 시퍼런 멍이 들어 있었다. 모두가 굶주림에 지쳐 제정신이 아니었다. 비에 흠뻑 젖은 그들은 진구렁에 빠진 채 11월의 바람 속에서 오들오들 떨고 있었다.(183쪽 이하)

이와 같은 처참한 모습은 군인들의 행패에서 온 직접적인 결과지만, 이 인용문에서 풍기고 있는 암담한 분위기는 소설 전편에 깔려 있다. '신음' '탄식' '고난' '궁지' '비참' '불안' '어둠' 등 인간의 고통과 관련된 단어들이 반복적으로 나타나고 있는 것이다.[4] 작중 인물들의 고통은 군인들의 직접적인 행패에 의해서 야기된 것만은 아니다. 이는 보다 근원적인 것으로 — 까마귀 떼의 처참한 싸움을 통하여 작가는 이미 인간의 고통을 상징적으로 보여준 바 있다 — 땅 위에 널린 까마귀 시체들, 그리고 "이 세상을 온통 덮고 있는 어두운 밤"(32쪽)은 우리에게, 역사 자체가 어둡고 살벌하다는 걸 암시하고 있는 것이다. 한 가지 예로 젤린데의 모습을 상기해보자.

그녀는 자기 방 침대 위에서 벌벌 떨고 앉아 있었다. 먼동이 막 트고 있는 시간, 비는 창문을 두드리고 멀리 밖으로부터 단조로운 행진곡을 치는 북소리가 들려왔다. 그러나 아주 가까운 곳으로부터는 군인들이 총 개머리판으로 대문과 문을 두드리는 소리가 들려오고 있었다. 저주와 욕설을 퍼붓는 외국말 소리, 그리고 비탄과 신음 속에서 울부짖는 우리말 소리.(93쪽)

이는 프랑스 군인들이 수도원에 난입하기 직전의 상황이다. 이 암담한 상황에서 젤린데가 겪어야 했던 불안과 고통은 다른 사람에게도 마찬가지이다. "춥고 비 오고 굶주리고 서리가 내리고 포성이 진동하는 11월의 새벽"(131쪽)에 전쟁터로 쫓겨난 다음, 짙은 안개 때문에 방향을 찾지 못한 채 가시덤불 밑에서 무릎에 얼굴을 파묻고 있는 부키우스의 고통이나, 부상당한 애인을 부둥켜안고 차라리 수도원에 앉아서 죽는 것이 더 나았으리라 울부짖는 하녀의 고통도 마찬가지이다. 그들에게는 "모든 게 다 비참한 것"(193쪽)이고 "모든 것이 다 똑같이 진구렁"(194쪽)이었다.

---

4) 프라이젠단츠는 그의 책 267쪽 이하에서 '궁지'와 '궁지에 빠지다'라는 단어에 특히 주목하면서 이를 소설의 주제인 '세계의 불안'과 관련해 해석하고 있다.

그렇다면 이러한 불안과 고통은 그들에게만 국한되는 것인가? 힘없고 약한 그들만의 고통인가? 그렇지는 않다. 대군을 지휘하고 있는 막강한 권력의 프리드리히 공도 그들과 똑같이 불안과 고통을 당하고 있다. 부키우스 일행이 가시덤불 밑에 숨어 있던 바로 그 시간, 프리드리히 공 역시 "모든 것이 또다시 무위로 끝나고, 자기 앞에 펼쳐진 평야가 또다시 헛된 주검들로 덮일 것"(115쪽)이라는 불안에 휩싸인다. 또 부키우스 일행이 스코틀랜드 군인들로부터 곤욕을 당하고 있는 그 순간에도, 프리드리히 공은 고통스러운 마음으로 전쟁의 무의미함을 다음과 같이 되씹는다. "또하나의 쓸데없는 피의 날이야."(174쪽) "이 무슨 전쟁인가! 이 무슨 전쟁, 이 끝없는 전투가 말이야!"(175쪽) 그러니까 불안과 고통을 당하고 있다는 점에서는 상하의 구별도, 신분의 차이도 없는 것이다.

　　그러나 이러한 인간의 고통은 1761년 11월 5일의 전쟁에 한정되지 않는다. 라베는 이를 모든 역사의 한 모습으로 일반화하고 있는 것이다. 예컨대 테델이 젤린데를 구할 때, 문의 빗장을 걸어 잠그고 도망을 치는데, 작가는 이 '빗장'에도 역사적 의미를 부여하고 있다. 즉 그 빗장은 괴물이나 용, 스위스 군대의 낙오병, 나바라나 보카르트의 군인들로부터도 예쁜 처녀를 구해주었을 것이라는 것이다.(99쪽) 그렇게 생각하면 젤린데의 고통은 일회적인 것이 아니라, 신화시대에서 중세를 거쳐 현재까지 진행되고 있는 역사의 한 모습임이 드러난다. 하나의 '빗장'으로 모든 역사를 조명하려는 라베의 서술태도는 그 자신이 말한 대로 "가장 작은 못을 벽이나 존경하는 독자들의 머리에 박아, 그 시대와 지나간 모든 시대의 옷을 거기에 전부 걸려는"(Preisendanz, 265쪽에서 재인용) 유머리스트적인 태도다. '빗장'을 통해서 모든 역사의 의미를 조명하려는, 다시 말해 가시적이고 경험적인 사물이나 사건을 통해 그 속에 숨겨진 이상적인 의미를 파악하려는 해학적 서술기법은 라베 소설의 근간을 이룬다.[5] 『오트펠트 평야』에서도 라베는 이 기법을 동원하여 현재의 경험적 고통을 모든 역사의 고통으로 일반화하고 있는 것이다.

그렇게 해서 작중인물들의 불안과 고통은 어느 특정 시대의 인물이나 집단의 고통으로서가 아니라 인류역사에 내재해 있는 근원적 고통으로 인식된다. 소설의 마지막 부분에서 부키우스 선생은 "아 피조물이여, 아 까마귀여, 까마귀여, 네가 상징했던 게 정말 사실이 되어버렸구나!"(218쪽)라고 말함으로써, 까마귀 떼의 싸움에서 이미 예시된 처절한 전쟁과 그에 따른 고통과 죽음이 역사의 진리라고 확신하는 것이다. 25장에 걸친 『오트펠트 평야』는 "세계의 불안"(220쪽)이라는 부키우스의 말로 끝나고 있는데, 이 말은 소설의 중심 테마이자 동시에 라베가 파악하고 있는 역사의 본질을 일컫는 말이다. 프라이젠단츠의 말을 인용해보자.

> 줄거리만 본다면 너무나 단순한 이 소설에는 이 세계가 어떤 것인가라는 질문이 중요하다는 것을 말하지 않을 수 없다. 이 소설에서 끊임없이 부각되고 있는 전체란 (……) 어느 특정한 역사 상황도 아니고, 7년전쟁 혹은 전쟁 자체의 본질도 아니다. 우리는 정말이지 이 전체를 이 세계의 상태라고, 다시 말해 세계의 불안을 역사의 공간이라고 지칭할 수 있을 것이다.(Preisendanz, 270쪽)

지금까지 살펴본 바와 같이 라베가 파악하고 있는 역사의 본질은 불안과 고통이 끊임없이 재생되는 반복의 역사다. '만인에 대한 만인의 전쟁'이 시대와 양상을 달리할 뿐 영속적으로 벌어지고 있는 어두운 역사다. 역사 속에 내던져져 계속 쫓기고 있는 인간의 불안과 공포는 어제오늘의 일이 아니라, 인류역사가 지속되는 한 영원할 것이라는 암시마저 풍기는 라베의 비관론적이고 순환론적인 역사관은 산업화 시대의 독일에 풍미했던 낙관론적이고 진보론적인 역사관을 정면으로 거부한 것이다.

---

5) 해학적 서술기법은 라베 소설의 특징일 뿐만 아니라 19세기 독일 리얼리즘 문학의 일반적인 특징이다. 이에 대한 자세한 것은 졸고, 「19세기 독일 리얼리즘의 특징과 폰타네의 소설 『얽힘과 설킴』」, 『현대독문학의이해』, 김광규 엮음, 민음사, 1984, 279~321쪽 참조.

라베의 이러한 역사관은 당시 독일의 정신계를 되돌아볼 때, 라베 혼자만의 견해는 아니었다. 쇼펜하우어의 철학을 조금이라도 아는 사람이라면 라베의 역사관이 쇼펜하우어의 그것과 같다는 것을 금방 알 수 있을 것이다. 산업화가 시작되던 1850년대에 들어와서야 비로소 각광을 받기 시작한 쇼펜하우어의 철학[6]은 그후 독일 정신계에 커다란 영향을 끼쳤고, 라베 또한 그의 저서를 실제로 읽은 바 있었다. 쇼펜하우어는 『의지(意志)와 표상(表象)으로서의 세계』에서 역사에 대한 낙관주의를 "그야말로 가증스런 사고방식"이며, "인간의 형언할 수 없는 고통에 대한 지독한 조소"라고 지적하고, 헤겔식의 발전론적 역사관을 부정하고 있다.

이 끝없는 온갖 변화와 그것의 혼란에서도 우리 앞에는 언제나 동일한 불변의 본질이 있고, 이 본질이 오늘도 어제처럼 영원히 작용한다는 인식에 진정한 역사철학이 있는 것이다. 때문에 역사철학은 (……) 특수한 상황이나 의상 및 관습의 갖가지 상이성에도 불구하고 언제 어디서나 동일한 인간을 보지 않으면 안 된다.(Schopenhauer, 507쪽)

쇼펜하우어의 이 생각은, 역사란 "반복되는 것, 변화하지 않는 것, 유형적인 것"이라고 정의한 당대의 유명한 역사가 부르크하르트를 거쳐 니체로 이어진다. 니체는 1873/74년에 발표한 『비시대적 고찰』 제2권에서 "과거와 현재는 동일하다. 즉 그것은 온갖 다양성에도 불구하고 유형적으로 같다. 그것은 또 변화 없는 유형의 편재(遍在)로서 영원불변의 가치와 의미가 고정되어 있는 형상이다"[7]라고 말한다.

---

6) 쇼펜하우어철학은 헤겔철학에 가려 오랫동안 묻혀 있다가, 1854년에 Julius Frauenstädt의 『쇼펜하우어의 철학에 관한 서한』이라는 해설서가 출간되면서 관심을 끌기 시작했다.

7) Friedrich Nietzsche, *Unzeitgemässe Betrachtungen*, Bd. 2. Kurt Rossmann, *Deutsche Geschichtsphilosophie. Ausgewählte Texte von Lessing bis Jaspers*, München 1969, 336쪽에서 재인용.

이들 철학자나 역사가가 바라보는 역사가 비관적이냐 아니냐는 각자의 관점에 따라 다르겠지만 적어도 역사를 반복하는 것으로 본 점에서는 라베와 다를 바가 없다. 라베를 포함한 이들의 견해는 산업화 시대에 대한 비판적인 의식의 소산이며, 산업화 시대의 외형적인 발전만 보고 역사의 진보를 믿었던 당시의 일반적인 의식에 대한 걱정스런 태도에서 나온 것이다.

5. 위안 그리고 희망

라베는 산업화 시대의 독자들에게 과연 무슨 말을 하려던 것이었을까? 역사는 그렇고 그런 것이라는 것만 알려주자는 것이었을까? 아니면 다른 어떤 구체적인 제언을 하고 있는 것일까? 이 문제와 관련하여 우리는 『오트펠트 평야』의 몇몇 대목에 주목할 필요가 있다.

어둡고 추운, 게다가 비좁기까지 한 산속 동굴에서 우리의 주인공 부키우스 선생은 제자 테델에게 이렇게 말한다.

> 아무리 큰 궁지에 빠지더라도 현재의 공포와 고통에서 스스로 벗어나, 그런 것이 전혀 없는 것처럼 행동한다는 것은 영웅적인 태도일세.(159쪽)

이런 식의 해결방법은 너무나 나약하고, 한편으론 도피적이기까지 하다. 어두운 시대에 '바보놀음'이나 하자는 라베의 발상과도 걸맞은 듯하다. 그러나 라베의 '바보놀음'이 결코 도피가 아니었듯이 부키우스의 이러한 태도 역시 도피가 아니었다. 부키우스의 눈에는 그런 것들이 오히려 '영웅적인 태도'로 보인 것이다. 그는 평소에 다른 사람들의 경멸과 조소를 받고 살아온 "완전히 수동적인 주인공"(18쪽)이지만 어려운 상황에서는 결코 좌절함이 없이 스스로를 위로하면서 남을 격려해온 사람이다. 작전계획이 실패로 끝나자 실의에 빠진 프리드리히 공에게 그는 다음과 같이 말한다.

프리드리히 공이여, 험난하고 피 어린 당신의 길에 하느님의 축복이 있기를 바랍니다. 차분히 계속 가십시오. 하느님의 도움으로 우리가 어떻게 헤쳐나갈 것인지 우리는 곧 알게 될 것입니다. 좋거나 나쁘거나 우리는 헤쳐나갈 수 있을 것입니다.(188쪽)

하느님의 도움을 믿고 조용히 계속 가면 결국 어려운 현실을 헤쳐나갈 수 있을 것이라는 부키우스의 말에 프리드리히 공도 '위안'을 받는다. 라베는 일반독자도 프리드리히 공처럼 '위안'을 받기를 기대하고 있음이 분명하다. 소설의 서두에서 서술자는 이미 이렇게 말하지 않았던가! "우리가 노아 부키우스 선생을 통해서 개인적으로 얻은 위안이, 많은 다른 사람들에게 고루 분배되었으면 좋겠다"(12쪽)고 말이다. 부키우스가 우리에게 준 "위안", 그것은 노아 부키우스라는 인간 자체가 우리의 위안이라는 것이다. 나약하고 지극히 피동적인 인물임에도 불구하고 그는 "까마귀 떼의 싸움"을 해석하는 예언자가 되고 전쟁이라는 대홍수 속에서 오트펠트 평야를 가로질러 피란민들을 안전하게 인도하는 노아가 됨으로써 우리에게 한 가닥 '희망'으로 남는다. 비관적인 역사, 그러나 그 모든 것에도 불구하고 인류가 이 지상에서 멸망하지 않는 한 우리는 인간에 대한 사랑과 연대의식을 통해 '세계의 불안'에 대처하자, 이것이 곧 산업화 시대에 대한 라베의 기본자세였고, 동시대인에 대한 그의 메시지였다. 그리고 그것은 산업화 시대에 살고 있는 우리 모두에 대한 메시지이기도 하다. 역사의 진보를 믿지 않는 시인 김광규도 「5월의 저녁」이란 시에서 다음과 같이 "신문지에 싸서 버릴 수 없는/희망"을 노래하고 있다.

신록의 바람 타고
우울한 소식
어느 집에선가 들려오는
서투른 피아노 소리

바크하우스는 벌써 죽었고
루빈슈타인도 이미 늙었는데

어른들의 절망 아랑곳없이
바이에르 상권을 시작하는 아이들
신문지에 싸서 버릴 수 없는
희망 때문에
평온한 거리마다
부끄럽게 나리는 어둠(김광규, 67쪽)

참고 문헌

1차 문헌

Raabe, Wilhelm, Das Odfeld. Eine Erzählung, *Werke in Auswahl*, Bd. 7, hrsg. v. Hans-Werner Peter, Braunschweig 1981.

2차 문헌

Grimm, Reinhold(hrsg.), *Deutsche Romantheorien*, Bd. 2, Frankfurt/M. 1974.

Killy, Walter, *Wirklichkeit und Kunstcharakter*, München 1963.

Martini, Fritz, *Deutsche Literatur im bürgerlichen Realismus 1848~1898*, 3. Aufl., 1974.

Ohl, Hubert, *Bild und Wirklichkeit*, Heidelberg 1969.

Preisendanz, Wolfgang, *Humor als dichterische Einbildungskraft*, 2. Aufl., München 1976.

Schopenhauer, Arthur, *Sämtliche Werke*, Bd. 3, hrsg. v. Arthur Hübscher, Leipzig 1938.

김광규, 『아니다 그렇지 않다』, 문학과지성사, 1983.

여성문제와 폰타네의 소설 『에피 브리스트』

고영석

1. 문제제기

급격한 산업혁명과 그에 따른 부작용, 비스마르크의 보수적 강권정치와 그에 대응하는 사회주의 운동, 세 번의 전쟁과 제2제국의 창건, 경제 호황과 경제 불황의 교차 등으로 점철된 19세기 후반의 독일은 한마디로 말해서 모든 것이 뒤범벅된 과도기적 상황, 대립의 시대였다.

독일 역사상 유례가 없는 시대적 갈등 속에서 정치, 경제, 사회, 문화 등 모든 분야에 걸쳐 각양각색의 의견이 제시되었고, 70년대에 들어와서는 여성문제에 대한 논의와 더불어 실제적인 여권운동이 활발하게 전개되기 시작했다. 권위주의적인 사회체제와 가부장적인 가족사회하에서 여성은 신분과 상관없이 모두가 다 남성의 억압과 지배를 감내할 수밖에 없었고, 이는 하나의 전통처럼 내려오고 있는 터였다. 자본과 노동이 지배와 피지배의 관계로 인식되었듯이 남성과 여성도 지배와 피지배, 억압과 피압박의 관계로 규정되기에 이르렀던 것이다. 때문에 노동운동과 여권운동이 같은 시기에 일어난 것이나, 노동운동가 베벨이 『여성과 사회주의』(1879)에서 여성해방을 부르짖은 것은 결코 우연이 아니다. 한 통계에 의하면 1883년부터 1893년까지 십 년 동안 '여성과 여성문제'에 관한 각종 출판물이 2백 편 이상을 상회하고 있는바(Bänsch, 123쪽), 여성문제에 대한 당시의 관심이 어느 정도였는지를 잘 말해주고 있다.

이 시기의 문학에서도 여성문제에 대한 관심은 대단한 것이었다.[1] 특히 1880년대 초부터 시작된 자연주의 문학의 중심테마의 하나가 여성문제였다는 것은 주지의 사실이다. 우리가 다루고자 하는 테오도어 폰타네 역시, 비록 자연주의 작가는 아니지만 이미 심각하게 대두된 여성문제에 대해 결코 초연한 태도를 취하지는 않았다. 폰타네가 쓴 17편의 완결된 소설 가운데 『그레테 민데』(1879) 『간통녀』(1882) 『세실』(1887) 『슈티네』(1890) 『마틸데 뫼링』(1891) 『예니 트라이벨 부인』(1892) 『에피 브리스트』(1895) 등 무려 7편에 걸쳐 여성이 주인공으로 등장하고 있는 것만 보아도 그가 여성문제에 대해 무엇인가 발언하고자 했다는 것은 충분히 짐작할 수 있다.

전통적인 교양소설과는 달리 '역사를 만드는 위대한 남성'을 배제하고 '역사에 의해 당하고 잊혀진 여성'을 주인공으로 내세운 이들 소설을 통해 그가 말하고자 한 것은 과연 무엇이었을까? 지금까지의 연구결과가 말해주듯 이들 소설이 폰타네 문학의 기본테마, 즉 개인의 인간적인 욕구와 기존 사회의 제약 사이에서 발생하는 긴장과 갈등을 부각하고 있다는 데 대해서는 이론의 여지가 없다. 다만 우리가 여기서 제기하고자 하는 문제는, 그러한 기본테마의 틀 속에서 이미 사회문제화된 여성문제가 어떻게 구체화되어 있으며 작가는 이 문제에 관해 어떤 해결책을 제시하고 있는가 하는 것이다.

이를 위해 우리는 주제와 기법, 내용과 형식 면에서 폰타네의 대표작

---

1) 이는 독일에 국한된 것이 아니라 전 유럽적인 현상이었다. 플로베르의 『마담 보바리』(1856), 톨스토이의 『안나 카레니나』(1875/76), 입센의 『노라』(1879), 졸라의 『나나』(1880) 등이 좋은 예이다.

이라 할 수 있는 『에피 브리스트』를 관찰의 대상으로 삼고자 한다. 토마스 만이 일찍이 격찬한 바대로 이 소설은 "유럽 산문의 보물이며 (……) 서술문학의 행운이자 영예"라 할 수 있는 걸작으로, 단행본으로 발간되자마자 두 달도 채 안 되어 5판이 매진될 만큼 인기가 있었고, 그후 오늘에 이르기까지 네 번이나 영화화될 만큼 계속적인 반향을 일으키고 있는 작품이다.

폰타네의 다른 소설들처럼 이 작품도 스토리 자체는 비교적 단순하다. 융커 가문의 천진무구한 딸 에피는 열일곱의 나이로 어머니의 뜻에 따라 스무 살이나 연상인 서른여덟 살의 인스테텐과 갑자기 결혼한다. 케신의 군수로서 사회적 규범에 따라 행동하는 인스테텐과 인간적인 본성에 따라 움직이는 그녀의 결혼생활은 그녀에게 지루함과 외로움만을 가중시키고, 결국 그녀는 크람파스 소령의 유혹에 휘말려 간통을 저지른다. 칠년이 지난 뒤, 과거에 있었던 부인의 간통사건을 우연히 알게 된 인스테텐은 크람파스에게 결투를 신청하여 그를 사살하고 부인과도 이혼한다. 사회로부터 완전히 고립된 상황에서 남편과 기존 사회에 대하여 혹독한 저주와 날카로운 비판을 가하던 에피는 삼 년 후 병든 몸으로 친정으로 돌아가 막판에는 인스테텐을 비롯한 모든 사람과 화해하는 마음으로 조용히 숨을 거둔다.[2]

우리의 테마와 관련하여 가장 중요한 문제는 이 소설의 종결부분을 어떻게 해석해야 할 것인가에 있다. 작가는 인스테텐의 생각과 행동을 정당화하고 있는 것인가? 아니면 에피의 간통이 사실상 주위의 상황 때문에 유발된 것이므로 그녀의 모든 행동은 용서되고 정당화될 수 있다는 것인가? 그러한 문제는 간단한 것이 아니므로 일체의 판단을 독자에게 맡겨버리고 있는 것일까? 그렇다면 독자는 그들 부부간의 문제에 대해

---

2) 이 작품은 실화에 근거하고 있는바 부부간의 엄청난 나이 차이, 오랜 기간 뒤에 발각된 간통 사실, 주인공의 죽음 등은 작가가 의도적으로 바꾼 것이다. 이 소설의 소재에 관한 자세한 사항은 W. Schafarschik, 69~101쪽 참조.

어떤 판단을 내려야 할 것인가? 사실 명쾌한 해답을 제시하기란 그렇게 간단한 일이 아니다. 그도 그럴 것이 폰타네는 다른 소설에서와 마찬가지로 이 소설에서도 객관적인 판단을 담보하는 주석적 서술자를 배제하고, 그 대신 작중인물의 발언만으로 소설을 마무리하고 있기 때문이다.

그럼에도 우리는 여성문제 혹은 부부문제에 대한 폰타네의 발언과 소설의 전체 내용을 면밀히 분석해 위 질문에 대한 해답을 얻어보고자 한다. 우리가 설정한 주제의 성격상 소설의 기법문제는 논의의 대상에서 제외될 것이다. 작품의 내용 분석에 앞서 먼저 여성에 대한 당시의 논의와 실상에 관해 살펴보자.

2. 사회문제로서의 여성문제

『에피 브리스트』의 시대적 배경인 19세기 후반의 독일여성은 법적 차원에서 볼 때 대략 네 가지의 상이한 민법체계의 적용을 받고 있었다. 이들 민법은 1900년에야 비로소 하나의 체계로 통일되었다. 『에피 브리스트』가 출간된 직후인 1896년을 기점으로 볼 때 독일은 지역에 따라 프로이센일반법(42.6%), 로마관습법(29.2%), 나폴레옹민법(16.6%), 작센법(10.9%)이 각각 통용되고 있었으나 여성의 법적 지위에 관한 한 모두가 남성 중심의 가부장적 법체계를 유지하고 있었던 것이다.[3] 소설의 주인공 에피에게 적용되었을 프로이센일반법만 보더라도, 남편은 부부사회의 수장으로서 공동의 관심사항에 있어 결정권을 가진다고 규정되어 있다. 그러니까 여성은 결혼 전에는 아버지에게, 그리고 결혼 후에는 남편에게 법적으로 예속되는 것이다. 아내는 남편의 집과 이름과 신분을 공

---

3) 여성의 법적 지위에 관한 사항은 Jürgen Kocka(hrsg.), *Bürgertum im 19. Jahrhundert. Deutschland im europäischen Vergleich*, Bd. 1, München 1988, S. 439~468과 D. Mende, 184쪽 이하 참조.

유하고 살림살이와 자녀 양육의 의무를 갖지만, 남편의 허락 없이는 독자적인 영업도 할 수 없고 그 어떤 노동계약도 체결할 수 없었다. 또한 법적 후견인인 남편의 동의 없이는 계약 체결이나 재판 청구와 같은 법적 사항에 관하여 하등의 재량권을 가질 수 없었다.

남편은 아내에게 온 우편물을 뜯어볼 권한을 가졌고, 그가 아내를 구타하는 것은 고소의 대상이 될 수 없었다. 심지어 아내가 아이에게 얼마동안 젖을 먹일 것인가 하는 것도 남편이 결정하도록 규정되어 있었다. 자녀에 대한 교육권(종교교육 포함) 역시 전적으로 남편의 권한에 속해있었음은 두말할 나위도 없다.

그 밖에 사생아문제나 이혼문제에서도 여성은 모든 불이익을 감수할 수밖에 없었다. 이혼사유의 대종을 이루었던 간통문제만 하더라도 남성의 경우는 관대히 용서받는 반면 여성의 경우는 법적으로나 사회관습적으로 굉장히 불리한 처지에 놓여 있었다. 부부간의 정조의무를 규정하고 있으면서도 나폴레옹민법의 경우, 남편이 부부가 살고 있는 집에서 다른 여자와 동침할 때만 남편의 간통으로 인정한 것을 보면 집 밖에서의 간통은 법적으로 보장된 것이나 다름없었다.

이상에서 언급한 사실을 감안해볼 때, 19세기 후반의 독일여성은 아버지와 남편이라고 하는 절대군주의 절대권력 앞에 복종만을 강요당한 시종에 불과한 존재였다고 말할 수 있을 것이다.

이와 같은 상황에서 여성의 권익을 진작하기 위한 여권운동이 활발해진 것은 당연한 귀결이었다.[4] 이미 1865년에 여성교육과 여성을 위한 노동 및 여성의 자유로운 직업 선택을 요구하는 '전독일여성협회'가 창설되었고, 뒤이어 1869년에는 영국의 자유주의 철학자이자 경제학자인 밀(J. S. Mill)의 『예속된 여성』(1869)이 출간 즉시 독일어로 번역되어 '남

---

4) 여권운동과 여성문제에 관한 사항은 W. Müller-Seidel, 152~166쪽 및 332~351쪽과 D. Bänsch, 123쪽 참조.

편의 노예'와 같은 여성의 비참상과 그 극복의 필요성을 각성시켜주었다. 그 직후 통속 여류작가였던 레발트는 『여성에 대한 찬반론』(1870)에서 여성을 해방시켜 그들에게 노동과 직업의 기회를 주는 것이야말로 당대 사회가 해결해야 할 급선무라고 지적하고 이를 위해선 무엇보다도 여성에게 고등교육의 기회가 부여되어야 한다고 주창하였다. 1880년대에 와서는 당시 부상하기 시작한 자연주의 문학운동과 더불어 일련의 진보적 사회주의 이론가들이 여성문제와 노동자문제를 동일한 시각에서 다루어나갔다. 출간되자마자 베스트셀러가 된 베벨의 『여성과 사회주의』를 필두로 엥겔스의 『가정과 사유재산과 국가의 근원』(1884), 체트킨의 『현재의 근로여성문제와 여성문제』(1889)가 잇따라 발표되었고, 거기에 바르, 알버티와 같은 자연주의자들의 여성문제에 관한 토론이 가세하였다. 이런 가운데 1889년에는 랑에가 독일 최초의 여자고등학교를 베를린에 설립했고, 1894년에는 각종 여성단체들이 '독일여성단체연맹'으로 통폐합되어 강력한 여권운동을 펼쳐나갔다.

여성의 예속성과 억압상황에 대한 원인 진단과 그 개선방안에 관해서는 시민적 여성운동과 사회주의적 여성운동 사이에 이데올로기상의 편차가 심했지만 여권운동의 추진목표에 관해서는 개인이건 단체건 별다른 차이가 없었다. 이들이 요구하고 나선 것은 결혼, 부부생활, 이혼상의 남녀동등권, 자녀에 대한 부모의 동등한 교육권, 남녀 간에 구별 없이 적용되는 성도덕, 자신의 재산과 수입에 대한 여성의 재량권, 직업교육과 직업활동에 관한 여성의 자유, 모든 사회영역에서 남성과 동등한 활동의 보장, 국가기관 내에서의 정치적 동등권 등이었다.(Mende, 185쪽)

이러한 요구와 관련해 폰타네가 직접적으로 개입하여 발언했다는 증거는 없다. 분명히 말하지만 그는 참여적인 여권운동가도 아니었고 여성문제나 부부문제를 혁명적인 개혁의 대상으로 생각한 것도 아니었다. 예컨대 입센의 『유령』과 관련하여 1887년 1월 13일에 발표한 신문기고문에서 그는 입센의 의도를 첫째, 돈이 아니라 사랑에 근거하여 결혼해야 하며 둘째, 돈 때문에 결혼하더라도 일단 그 오류를 깨달았다면 즉시 이혼해야 한다는 것으로 정리한 다음, 그같은 요구는 한마디로 "잘못"이라고 단정짓고 있다. 그에 의하면 결혼이란 언제나 상황에 따라 맺어진 "계약이며 합의"(Schafarschik, 148쪽에서 재인용)인데, 만약에 부부 쌍방이 이런 사실을 망각하고 변화무쌍한 취향에 따라 이 사람에서 저 사람으로 왔다 갔다 한다면 이 세상은 끝없는 혼돈에 빠지고 만다는 것이다. 같은 글에서 폰타네는 결론적으로 이렇게 말하고 있다.

우리의 상황은 역사적으로 형성된 것으로서 우리는 이를 그런 것으로 존중하지 않으면 안 된다. 그것을 바꿀 필요가 있다면 바꿀 일이지 그것을 뒤집어엎을 일은 아니다. 만약 입센의 복음이 설교하듯 얼핏 보기에는 산문적인 구질서의 힘 대신 자유로운 마음의 결정을 내세우는 데 세상이 합의한다면, 그것이야말로 모든 혁명 중에서 가장 큰 혁명이 될 것이다. 그렇게 되면 그것은 종말의 시작이다. 왜냐하면 인간적인 마음이 그렇게 위대하고 강하지만 그보다 더 위대한 것이 하나 있는데, 그것이 바로 마음의 결점과 변덕스러운 나약성이기 때문이다.(Schafarschik, 151쪽에서 재인용)

'역사적으로 형성된' 기존의 법제도나 사회규범은 '존중'해야 한다고 강조하며 '자유로운 마음의 결정'에 대하여 유보적인 태도를 취하고 있는 폰타네의 이같은 발언에서 우리는 그의 보수성을 쉽게 읽을 수 있지만, 그렇다고 해서 그가 여성문제를 포함한 기존의 사회현실을 무비판적으로 인정하고 있다고 본다면 그것은 큰 잘못이다. 그의 소설 『간통녀』의 여주인공 멜라니는 사랑을 좇아 당당하게 이혼하고 당당하게 재혼하여 그런대로 행복하게 산다. 그가 비록 입센과 같은 여성운동가는 아니었지만 그의 소설이나 기타의 글에 이처럼 여성에 대한 따뜻한 애정과 여성의 사회적 제약에 대한 깊은 통찰이 담겨 있다는 것도 어김없는 사실이다. 쇼펜하우어가 일찍이 『여성론』(1851)에서, 여자란 "유치하고 어리석고 소견이 좁은" 존재로서 고작해야 애 보기나 남성의 "기분전환" 내지는 "위안"에 적합하다는 판단 아래 일부다처제를 격찬한 데 대하여, 폰타네는 그따위 글은 "고집이 세고 편견에 가득 찬, 개인적으로 화가 나 있는 한 늙은이의 허튼소리"[5]라고 공박한다. 한 친구가 이혼하려고 하자 "편협한 원칙주의" 때문에 인간의 행복이 방해받아서는 안 된다면서 그 이혼을 정당화한 사실을 상기하더라도, 여성문제나 부부문제에 대한 폰타네의 입장이 간단한 흑백논리로 재단될 수 없다는 것은 분명하다. 폰타네의 입장은 과연 무엇인가? 작품 분석을 통해 이를 추적해보자.

3. 결혼생활의 허상

에피와 인스테텐의 결혼생활이 원만할 수 없었던 것은 우선 그들의 결혼 동기가 순수하지 못했고, 그들의 성격 또한 도저히 합일될 수 없을 만큼 큰 차이가 있었다는 데 기인한다.

전통적인 융커 가문의 무남독녀 에피는 열일곱의 철없는 나이로 결혼에 대한 진지한 마음의 준비도 없이 부모, 특히 어머니의 뜻에 따라 서른여덟 살의 케신의 군수 인스테텐 남작과 갑작스럽게 결혼한다. 에피의 어머니는 과거 인스테텐과 사귀면서 결혼까지도 생각했으나 에피의 아버지 브리스트가 비록 나이가 무척 많긴 했지만 기사고문관이라는 사회적 지위를 이미 확보하고 있는데다가 호엔 크레멘 영지와 저택을 소유하고 있었기 때문에 인스테텐을 버리고 브리스트와 결혼했던 여자이다. 그녀가 생각하는 결혼이란 사회적 신분이나 지위 및 경제적인 역량을 고려한 이해타산적인 결합일 뿐, 성격의 조화나 애정에 바탕을 둔 사랑의 성취는 결코 아니었다. 그녀의 세속적이고 속물적인 결혼관은 아직도 철부

---

5) 이상의 인용 모두 W. Schafarschik, 142, 145쪽에서 재인용.

지인 딸에게 인스테텐과의 결혼을 종용하는 대목에서도 잘 드러나 있다.

그분은 물론 너보다 훨씬 나이가 많지. 그 점은 모든 면에서 다행이야. 게다가 그분은 개성과 지위, 그리고 예의범절을 갖춘 남자지. 그래서 난 내 영리한 에피가 그러지 않으리라 생각하지만, 네가 거절만 하지 않는다면 네 나이 스무 살에 남들이라면 마흔 살이 되어야 이룰 수 있는 위치에 서게 될 테고, 그러면 넌 네 엄마를 훨씬 앞지르게 될 거야.(Fontane, 18쪽. 이하 작품 인용은 괄호 안에 해당 쪽수만 표기)

친구들과 어울려 한창 술래잡기 놀이에 열중해 있던 에피는 어머니의 이같은 종용을 받자 결혼에 대한 깊은 성찰도 없이 '당일로' 인스테텐과 약혼한다. 사회적인 경험이 전무한 상태에서 에피는 사전의 교제나 사랑의 확인도 없이 어느 날 갑자기 나타난 인스테텐과 불쑥 약혼을 하게 된 것이다. 왜 그랬을까? 그것은 어머니의 종용 이외에도 에피 자신의 공명심과 미숙한 판단능력 때문이기도 하다. 인스테텐은 과연 에피에게 "합당한 남자"인가라는 친구들의 질문에 에피는 이렇게 대답하고 있다.

누구나 다 합당한 남자야. 물론 귀족 출신이어야 하고, 지위도 있어야 하고 외모도 좋아야겠지.(20쪽)

또, 약혼을 하게 되어 정말 행복한가라는 질문에 그녀는 "약혼한 지 두 시간밖에 안 된 사람은 누구나 매우 행복한 법이야. 적어도 난 그렇게 생각해"(20쪽)라고 대답한다. 결국 그녀가 약혼한 대상은 인스테텐이라고 하는 한 개인이 아니라 그가 갖추고 있는 사회적 조건이고, 그녀가 느끼고 있는 행복도 인스테텐과의 개인적 만남에서 비롯된 것이 아니라 약혼이라는 사실 자체가 주는 환상일 뿐이다. 그러니까 에피의 입장에서 보면 인스테텐은 남편감으로서 얼마든지 대체 가능한 인물이고, 따라서 그와의 약혼과 결혼 역시도 사랑과는 무관한 단순한 결합에 불과한 것이다.

결혼의 동기가 순수하지 못했던 것은 인스테텐의 경우에도 마찬가지다. 과거 에피의 어머니에게 청혼했다가 거절당한 인스테텐이 에피와의 결혼을 통해 심리적인 자기보상을 얻고자 했다는 것은 쉽게 짐작할 수있는 일이다. 그러나 더욱 분명한 것은 그가 에피와의 결혼을 "사회적 출세라는 자신의 목표에 다다르기 위한 수단"(김영주, 72쪽)쯤으로 생각했다는 사실이다. 철두철미 "출세주의자"(38쪽)였던 인스테텐이 결혼 후, 에피와의 결혼은 "오로지 공명심 때문"(84쪽)이었다고 고백한 것처럼 그는 전통적인 융커 가문인 브리스트 가와의 연계를 바탕으로 사회적 지위상승, 경우에 따라서는 제국의회 의원이 될 수도 있는 가능성을 극대화하고자 한 것이다.

이렇게 볼 때 에피와 인스테텐의 결혼은 당시 유행하던 몰락한 귀족과부유한 시민 간의 '매매혼'이 아니라 같은 귀족끼리의 신분혼이긴 하지만, 당사자들의 동기로 보아 그 근본에서는 이해타산적인 매매혼의 성격을 띠고 있다. 때문에 이들의 결혼은 애초부터 파경의 씨앗을 내포한 채시작된 것이다.

에피와 인스테텐의 결혼이 끝내 조화를 이룰 수 없었던 것은 그들의상반된 성격에도 원인이 있다. 그네 타기, 말 타기, 썰매마차 타기를 좋아했던 "대기의 딸"(8쪽) 에피는 천성적으로 "유희와 모험"(40쪽)을 추구하는 활발하고 정열적인 여성이다. 그녀가 성장한 호엔 크레멘의 자연이 상징하듯이 그녀는 일체의 사회성이 개입되지 않은 천진무구한 "자연의 아이"(38쪽)로서 사회적인 제약과 구속에서 탈피하여 인간 본연의자연과 자유에 따라 행동하고자 하는 성향을 지니고 있다. 데메츠의 말을 빌리자면 에피는 "탈사회적인 것, 비실제적인 것, 낭만적인 것을 대변하는"(Demetz, 186쪽) 성격의 전형인 것이다.

이와는 대조적으로 프로이센의 고급관리인 인스테텐은 관료주의 정신이 몸에 밴 사람으로 매사에 엄격하고 정확한 "원리원칙의 남자"(35쪽)

다. 오랫동안의 군대생활을 마치고 법률을 공부한 바 있는 그는 에피의 말대로 "그렇게 군인답고 그렇게 칼날 같은"(35쪽) 성격의 소유자로서 명예와 출세를 지향하는 현실적인 인물이다. 따라서 그의 생각과 행동은 어디까지나 기존 사회의 규범과 도덕률에 어긋나지 않는 범위 내에서 이루어진다. 한마디로 그는 에피와는 정반대로 사회적으로 각인되고 규범화된 사람이다. 두말할 필요도 없이 결혼의 행복은 상호 간의 이해와 존경을 전제한다. 그러기 위해서는 부부의 기질이 비슷해야 하고 그들이 추구하는 가치와 이상도 같아야 한다.

그러나 위에서 살펴본 바와 같이 에피와 인스테텐의 경우, 성격과 기질 등 모든 면에서 너무나 대립적이다. 게다가 그들의 나이 차이가 엄청나고 교육의 수준이나 사회 경험의 폭 또한 그토록 대조적인 것을 감안해볼 때 그들의 불행은 이미 예고된 것이나 다름없다.

실제로 케신에서의 결혼생활은 따뜻한 정(情)의 교감이 배제된 매우 사무적이고 형식적인 일상생활의 연속이었다. 행복감과 만족감으로 충만했던 호엔 크레멘의 친정집과는 달리 케신은 "무엇인가 이국적"(59쪽)이고 "무엇인가 으스스한"(49쪽) 곳이다. 여기서 에피가 감내해야 했던 것은 군수 부인으로서 남편의 출세를 위해 그곳의 케케묵은 귀족들과 마음에도 없는 교제를 해야 하는 일이었다. 탈사회적인 에피에게 이같은 가식적인 사교행위가 자기소외의 원인이 된 것은 자명한 결과다.

그러나 에피의 결혼생활에서 보다 심각했던 것은 가정 내에서 느끼는 그녀의 공허함과 지루함이다. 프로이트가 말했듯이 인간, 특히 여성이 자기의 정체성을 찾는 데는 "사랑하고 노동하는 것"이 가장 중요한 법인데(Mende, 183쪽) 에피의 경우에는 이 두 가지가 완전히 차단되어 있던 것이다. 새삼스럽게 언급할 필요도 없이 부부간의 사랑이란 성(性)을 전제로 한 에로스적인 사랑을 뜻한다. 약혼 시절, 그러니까 에피가 결혼 자체를 환상으로만 생각하던 때 그녀는, 자기는 "애무와 사랑"(32쪽)을 좋아한다고 분명히 밝히고 이를 강조해서 다음과 같이 말하고 있다.

사랑이 첫째이고 그다음이 영광과 명예이고 그다음은 기분 전환이지요. 그래요, 기분 전환, 뭔가 새로운 것, 제가 웃거나 울 수 있는 뭔가가 항상 있어야지요. 제가 견딜 수 없는 건 지루함이랍니다.(32쪽 이하)

하지만 "사랑이 첫째"라는 에피의 사랑에 대한 갈구는 부부생활을 통해서는 전혀 충족되지 못했다. 직무에 충실한 프로이센의 고급관리답게 언제나 "눈사람처럼 냉정한"(69쪽) 인스테텐은 기회가 있음에도 불구하고 에피에게 다정한 키스 한번 해주지 못하고 항상 담배만 피워대는 근엄한 사람으로서, 화자의 지적대로 "애인"(105쪽)의 유형은 분명 아니었다. 부부간의 사랑을 나눌 수 있는 밤 시간에도 그는 대부분의 시간을 서류 정리, 신문 읽기, 선거 이야기 등으로 보내기 일쑤고, 에피의 내적인 욕구에도 아랑곳하지 않은 채 "난 당신을 바라보는 것 이외는 아무것도 하고 싶지 않아"(148쪽)라고 말할 뿐이다. 어쩌다가 하는 그의 애정 표현 역시 덤덤하기 짝이 없다.

열시 정각이 되어 인스테텐은 지친 몸이 되어 몇 번의 호의적인, 그러나 조금은 피곤한 애무를 해주었다. 에피는 걸맞은 반응 없이 그의 애무를 그냥 받아들였다.(105쪽)

인스테텐의 이같은 애정 표현은 부부간의 사랑을 확인시켜주는 게 아니라, 에피가 나중에 고백하듯이 부부간의 소원한 관계를 오히려 증폭시키고 있다. 이러한 상황에서 부부간의 대화가 제대로 이루어질 리가 없다. 성격이 다르고 지향하는 세계가 다른 이들 부부가 대화를 통해 조화로운 합의에 이르기란 처음부터 불가능한 것이었다. 사실 그들의 대화는 서로의 내심을 솔직하게 털어놓지 못하는 단절과 중단, 침묵과 묵살로 점철되어 있다. 인스테텐은 인스테텐대로 결정적인 순간마다 "아 그만둡시다. 그건 말하지 않는 게 좋겠소"(53쪽)라든가, "결국 그는 말하지 않기로 작정하였다"(59쪽)는 식의 태도를 견지하고 있고, 에피는 에피대로 "인스테텐이 그것을 봐서는 안 돼요"(100쪽), "인스테텐은 그것에 관하여 알아서는 안 됩니다"(101쪽), "그 어른은 내가 불안해하고 있다는 사실을 알아선 안 되네"(76쪽)라는 말로 자기의 속마음을 계속 감추려 들고 있다. 원래가 활달하고 개방적이었던 에피는 적어도 결혼 초기에는 자기의 본심을 드러내놓고 몇 가지 제안도 해보지만 그때마다 책망에 가까운 면박을 당한다. 한 가지 예로, 집에 출몰한다는 "중국인 유령"의 이야기를 듣고 무서움에 떨던 에피가 집을 옮기자고 말하자 인스테텐은, 있지도 않은 유령 때문에 군수 내외가 이사를 한다는 것은 조소거리밖에 되지 못한다고 일언지하에 거절한다. 모든 결정권이 어차피 남편에게 있는 이상 에피로서는 자신의 감정을 억제하면서 남편의 뜻에 따를 수밖에 없었고, 그럴수록 그녀의 갈등은 내면적으로 심화되어간 것이다.

부부생활이 이처럼 만족스럽지 못할 때는 노동의 재미라도 있어야 할 텐데 에피에게는 그것마저 배제되어 있었다. 당시의 상류층 부인이라면 누구나 그랬듯이 그녀 역시도 사회적 통념에 따라 직업을 가질 수 없었고, 가정 내에서도 가정부, 유모, 마부, 하녀, 사환 등이 있는 터라 그녀에겐 단 한 가지의 할 일도 주어지지 않았다. 시간을 보내기 위한 산보와 독서, 피아노 연주와 그림 그리기, 그리고 가식적이고 의무적인 사교가 그녀의 생활의 전부였다. 개인과 사회의 갈등, 이미 허상으로 드러난 에피의 결혼생활, 거기서 비롯된 그녀의 고독과 권태에 과연 어떤 탈출구가 있었을까?

4. 간통과 이혼

외롭고 단조로운 일상생활에서 벗어나고 싶은 강렬한 욕구에도 불구하고 아무런 해결책을 찾지 못한 채 눈물만 흘리던 에피 앞에 "위로와 구원을 주는 사람"(106쪽)으로 나타난 인물이 바로 크람파스 소령이다. 결혼 후 몇 달이 지나서였다. 케신의 민방위대 대장으로 새로 부임한 크람파스는 이미 가정을 가진 마흔넷의 가장이지만 "여자관계가 많은 남자"고 "여자에 정통한 남자"로서 에피에게는 굉장히 세련된 "완전한 신사"(107쪽)로 보인다. "규율과 질서"를 강조하는 인스테텐과는 달리 그는 "법적인 것은 모두가 지루하다"(131쪽)고 단언하고, "기분전환이야말로 삶의 매력이다"(128쪽)라고 공언할 만큼 "기분전환"과 "경박성"(132쪽)을 예찬한다. 귀족사회의 의식구조나 생활규범의 측면에서 볼 때 크람파스의 이러한 언동은 분명히 파격적이다.

탈사회적인 성향의 에피가 "도박사적인 성향"(150쪽)을 지닌 크람파스에게 차츰 빠져들게 되는 것은 어쩔 수 없는 일이다. 오해의 소지가 전혀 없는 엄격한 격식하에서 시작된 이들의 만남은 인스테텐이 공무 때문에 자주 빠지게 되자 둘만의 은밀한 만남으로 차츰 발전된다. 노련한 크람파스의 유혹, 예컨대 인스테텐에 대한 은근한 비판, 불륜을 테마로 한 문학작품의 소개, 다정한 시선, 손과 손의 조용한 접촉, 에피에 대한 호칭의 변화 앞에서 그녀의 방어의지는 마침내 무너진다. 딸을 낳은 지 여섯 달이 지난 그해 연말, 어느 사교모임에서 돌아오는 마차 안에서였다.

"에피"라는 음성이 그녀의 귓가에 나지막하게 울렸고, 그녀는 그의 음성이 떨리고 있음을 알았다. 그런 다음 그는 그녀의 손을 잡고 깍지 낀 손가락을 풀었다. 그리고 그녀에게 뜨거운 키스를 퍼부었다. 실신할 것 같은 기분이 그녀를 엄습했다.(165쪽)

소설 전체를 통해 유일한 정사 장면이라고 할 수 있는 이 사건 이후, 에피와 크람파스는 비록 짧은 기간이긴 하지만 용서받지 못할 간통관계를 맺게 된다.

작가는 간통 장면을 구체적으로 묘사하고 있지는 않다. 호기심이 있는 독자라면 누구나 기대할 만한 그런 장면의 묘사를 폰타네는 의도적으로 피하고 있다. 그런 장면을 자세히 묘사하는 것은 "상스러운 것의 극치"(Schafarschik, 110쪽에서 재인용)라는 것이다. 이는 간통 자체가 미화될 수 있는 위험을 사전에 막자는 의도가 분명하다. 소설의 화자는 간통과 관련한 에피의 이율배반적인 태도를 이렇게 기술하고 있다.

> 오늘은 그걸 바꿀 수가 없었고, 내일은 그걸 바꾸고 싶지 않았기 때문에 그녀는 계속하여 그렇게 지냈다. 금지된 것, 비밀스러운 것이 그녀를 완전히 지배했다.(172쪽)

이런 식으로 진행된 간통을 통해 에피가 얻은 것은 과연 무엇인가? 앞 장에서 살펴본 그녀의 불행한 결혼생활을 반추해본다면 그녀의 간통은 당연한 수순으로 이해될 수 있다. 그러나 그것이 그녀의 정체성을 되찾아주고, 모든 억압으로부터 그녀를 해방시켜 사랑과 행복을 안겨주었다는 증거는 하나도 없다. 오히려 간통을 저지른 그 순간부터 그녀는 '비극적인 죄'의 수렁으로 떨어지고 말았다. 간통이라 해도 그것이 진정한 의미의 사랑을 전제로 한 적극적인 행위였다면 그 나름대로 어떤 긍정적인 의미를 가질 수 있겠지만 에피와 크람파스의 간통은 현실도피적인 일 순간의 '사랑놀음'에 불과한 것으로서 결과적으로는 그녀에게 눈물과 회한, 자성과 죄책감만을 남겼던 것이다. 에피는 후에 자신은 크람파스를 단 한 번도 사랑하지 않았다고 고백하고 있다. 사랑하지도 않는 사람과의 간통이 에피에게 남겨놓은 것은, 이를 감추기 위한 영원한 "거짓말"(223쪽)과 간통 사실이 발각되지나 않을까 하는 불안과 초조뿐이다. 그런 까닭에 그녀는 남편이 승진하여 베를린으로 옮기게 되자 이를 감사하게 생각한다.

그러나 베를린으로 이사한 지 칠 년 만에 그녀가 그토록 우려했던 바가 현실로 나타났다. 에피가 요양지에 머무르고 있는 동안 인스테텐은 그녀가 보관하고 있던 크람파스의 편지를 통해 과거에 있었던 그녀의 간통 사실을 우연히 알게 된 것이다. 기존 사회의 규범에 따라 행동해왔던 인스테텐은 그 순간 크람파스와의 결투와 에피와의 이혼을 결심했다.

친구 빌러스도르프와의 그 유명한 대화를 통해 인스테텐은 결투의 불가피성을 다음과 같은 말로 역설한다.

> 사람은 개개 인간인 것만은 아닐세. 사람은 전체에 속한다네. 그래서 우리는 항상 전체를 고려하지 않으면 안 되지. 우리는 전적으로 거기에 예속되어 있다네.(240쪽)

오래 전의 일이라 개인적으로는 증오감이나 복수욕도 없고 마음 한구석엔 용서하고 싶은 생각도 없지 않지만 "우리를 압제하고 있는 사회적 그 무엇"(240쪽)을 고려해야 하기 때문에 선택의 여지가 없다는 논리다. 이러한 논리에 대해 처음엔 회의적이던 빌러스도르프도 결국 동조한다. 귀족사회의 명예이데올로기의 표현인 결투는 타파되어야 할 "우상숭배"이긴 하지만 "그 우상이 통용되고 있는 한 우리는 거기에 복종할 수밖에 없다"(242쪽)는 것이다.[6] 이런 생각은 비단 인스테텐과 빌러스도르프에게만 국한된 것은 아니다. 크람파스 역시도 인스테텐의 결투 신청을 불가피한 것으로 인정하고 있고, 결투 사실과 크람파스의 죽음을 뒤늦게 접한 인스테텐의 상관이나 황제까지도 그의 결심과 행동을 너그럽게 이해해주고 있다.

사정이 이러할진대 유독 "인스테텐의 비인간성"(김영주, 100쪽)만을 비판한다면, 그것은 폰타네의 중용주의적인 기본 태도와 점진주의적인 발상을 도외시해버린 일방적인 처사라 아니할 수 없다. 폰타네는 에피와

---

6) 당시의 형법은 결투를 금지하고 있었으나 귀족, 장교, 고급관리, 학생들 사이에선 여전히 성행했다.

같은 여성인물의 자연성을 높이 평가하고, 자기가 그들을 사랑하는 것은 "그들의 덕목 때문이 아니라 그들의 인간성, 즉 그들의 약점과 죄악 때문"(Schafarschik, 110쪽에서 재인용)이라고 말한다. 그리고 다른 한편으로는 인스테텐을 옹호하며 그가 비록 독자들로부터 "메스꺼운 늙은이"라는 평을 받고 있지만 여러 면에서 볼 때 "사랑해야 할 점이 전혀 없지는 않은 아주 훌륭한 인간유형"(Schafarschik, 111쪽에서 재인용)이라고 말하기도 한다. 따라서 우리는 에피의 자연성과 인스테텐의 사회성을 대비시켜놓고 양자택일식으로 어느 일방을 간단히 단죄한다거나 옹호해서는 안 될 것이다.

이혼 문제의 경우에도 사정은 마찬가지다. 인스테텐은 자신의 행동이 "사회적인 그 무엇" 때문에 생겨난 일종의 희극이란 것을 잘 알고 있고, 법과 도덕률에 따른 에피와의 이혼이 비단 그녀만이 아니라 자기 자신까지도 파멸시키리라는 것을 충분히 인식하면서도 장모를 통해 이혼을 통보한다. 사회적 인간인 그로서는 다른 선택이 있을 수 없었다. 에피의 친정부모 역시도 사회와의 고립을 두려워한 나머지 그녀가 친정으로 오는 것을 미리부터 거부하는 판국이었다. 간통죄를 짓고 가정에서 쫓겨난 에피가 베를린의 우거에서 살았던 삼 년은 당시의 법체계나 사회관습에 비추어 누구나 짐작할 수 있는 형벌의 세월이었다. 배운 직업도 없고 새로이 직업을 배울 기회조차 원천적으로 봉쇄된 무위의 시간 속에서 그녀는 병든 몸으로 사회적 모멸과 외로움을 견디지 않으면 안 되었다. 회한과 울분이 교차하는 처절한 순간들이었다.

5. 에피의 사회화와 인스테텐의 인간화

인스테텐과 사회에 대한 에피의 분노가 일시에 폭발한 것은 갖은 노력 끝에 간신히 이루어진 딸과의 상면 직후였다. 에피가 이혼당한 후 인스테텐 밑에서 엄격하게 양육된 딸이 사회적으로 잘 훈련된 인형 같은 모습으로 나타난 것이다. 어린 딸과의 대화에서 인간적이며 따뜻한 정을 기대했던 에피는 이것저것 많은 것을 묻고 제안했지만 그때마다 되돌아온 것은 틀에 박힌 짤막한 대답과 "아 물론이지요. 허락이 내린다면"(279쪽) 식의 박제된 응답뿐이었다. 딸에 대한 그녀의 실망은 마침내 인스테텐과 사회에 대한 분노와 저주로 폭발하고 만다. 딸을 돌려보낸 직후에 행한 그녀의 독백을 들어보자.

나는 그자가 고귀한 마음을 가졌다고 믿어왔고 그자가 옆에 있으면 내가 왜소하다는 걸 항상 느꼈지. 그러나 이제 알겠는데, 그자는 정말 소인배야. (……) 난 너희들을 더이상 원치 않는다. 난 너희들은 물론 내 자식도 증오한다. (……) 내가 한 짓은 분명 역겨운 것이지만 그보다 더 역겨운 것은 너희들의 그 알량한 미덕이란 것이야. 너희들 모두 다 꺼져라.(280쪽)

이 소설이 만약 에피의 이같은 절규로 끝났다면 우리는 그녀에 대한 무한한 동정과 함께 그녀를 그 지경으로 만든 여러 사회적 원인들에 대해 날카로운 비판을 가하지 않을 수 없고, 바로 이것이 작가가 의도했던 것이라고 감히 말할 수 있을 것이다. 그러나 폰타네는 거기서 소설을 마무리하지 않고 계속해서 에피와 인스테텐의 의식의 변모, 즉 '각성'의 모습을 보여준다.

친정아버지의 인간적인 배려로 뒤늦게나마 호엔 크레멘으로 귀환해 생의 마지막 순간을 그런대로 행복하게 지낼 수 있었던 에피는 임종하기 직전 어머니에게 "저는 신과 인간과 화해하고 그이와도 화해하고서 죽습니다"(299쪽)라고 토로한다. 이 말의 진정성은 연이은 그녀의 발언을 통해서도 계속 확인된다. 크람파스와의 결투나 딸에 대한 교육 등 "모든 면에서" 인스테텐은 "정당하게" 행동했다는 확신을 가지고 죽는다고 말하고, "그이는 본성에 있어서 좋은 점이 많았으며 진정한 사랑이 없는 자가 가질 수 있는 최대의 고상함을 갖고 있었다"(299쪽)고 강조한다. 그녀는 또 인스테텐에 대한 한때의 저주를 철회하고, 두 사람의 고통이 결국은 자신 때문이었다는 점을 고개를 끄덕여 인정한 다음 해방된 기분으로 조용히 숨을 거둔다.

에피의 이와 같은 의식의 변화를 우리는 어떻게 이해해야 할 것인가? 작가의 명확한 동기부여가 결여되어 있기 때문에 논자에 따라 아직도 의견이 분분한 게 사실이다. 국내의 연구결과만 보더라도, 에피가 화해하면서 죽어간 것은 '사회에 대한 개인의 패배'라는 견해와 에피의 '숭고한 인간성의 승리'라는 견해로 갈려 있다. 그러나 폰타네 특유의 양립적인 기본태도를 조금이라도 안다면 양자택일식의 승리냐 패배냐로 볼 게 아니라 마땅히 이것도 옳고 저것도 옳다는 식으로 이해해야 할 것이다.

실제로 지금까지 사회의 대변인 격이었던 인스테텐도 결투와 이혼 이후 엄청난 의식의 변화를 겪는다. "그 이후 그는 세상사를 다른 척도로 재게 되었고 모든 걸 다른 눈으로 보게 되었다."(290쪽) 그래서 승진 소식이나 훈장 같은 것도 이제는 그에게 별다른 기쁨을 주지 못했고, 주위의 모든 것도 그저 "공허하고 황량한"(291쪽) 느낌만 주었을 뿐이다. 그가 지금까지 추구했던 사회적 명성이나 출세 따위는 이제 무의미한 것으로 보였고, 그리하여 그는 "나의 인생은 실패작"(292쪽)이라고 단언한다. 인스테텐은 이제 "사물의 현란한 가상"(291쪽) 대신 소박하고 인간적인 일상의 "작은 행복"(294쪽)을 동경하면서 이렇게 말한다.

이곳을 떠나는 걸세. 이곳을 떠나 문화나 명예에 대해서 아무것도 모르는 흑인들 세계로 들어가는 거네. 이 행복한 사람들 속으로 말일세!(293쪽)

인스테텐의 이 말은 물론 실천을 전제로 한 것은 아니지만 우리는 그속에서 사회적 굴레에 대한 그의 강한 반발을 엿볼 수 있다. 따지고 보면 평소 그에게 인간적인 면모가 전혀 없었던 것은 아니다. 에피와 마찬가지로 그 역시도 호엔 크레멘의 자연을 좋아하고 목사 니마이어나 의사 기스휘블러의 인간애를 찬양하며 여러 사회적인 원칙들에 충실한 가정부 요한나보다 어리숙하면서도 인정이 넘치는 유모 로스비타를 더 좋게 평가한 사실 등은 거기에 대한 좋은 예증이 될 것이다.

이상에서 살펴본 바를 한마디로 정리하자면, 인간의 자연성에 경도되었던 에피는 결국 '사회화'의 과정을 통해 새로운 사회인이 되어서 죽은 것이고 사회성에 경도되었던 인스테텐은 결국 '인간화'의 과정을 통해 새로운 인간으로 재탄생한 것이라고 단언할 수 있을 것이다.

6. 열린 결말

에피가 죽은 지 한 달 뒤, 브리스트 내외는 스물아홉의 젊은 나이로 죽은 딸의 묘비를 바라보면서 그녀를 그렇게 죽게 만든 '죄'의 문제에 대해 이야기를 나눈다. 그녀를 "규율 속에서"(301쪽) 키우지 못했던 자신들에게 혹시 죄가 있는 게 아닐까라고 브리스트 부인이 말하자 늙은 브리스트는 조용히 "아, 루이제, 그만둬요…… 그것은 너무 방대한 영역이야"(301쪽)라는 말로 대답을 피해버린다. 전체 소설의 마지막 문장인 브리스트 씨의 이 함의적인 표현을 우리는 어떻게 이해해야 할 것인가? 작가는 모든 판단을 독자에게 맡기고 있는 게 분명하다.

2절에서 이미 언급한 대로 폰타네는 전통적인 남녀관계에 의문을 제기하거나 가부장적인 사회구조를 비판한 적이 없고 당시의 활발한 여권운동에 대해서도 긍정적인 발언을 한 적이 없다. 그렇다고 그가 여성의 인간적인 삶을 무시하고 여성 비하의 지배적 논리에 무조건 순응한 것은 아니다. 여성을 주제로 삼은 그의 많은 소설들이 이를 잘 뒷받침하고 있다.

폰타네가 『에피 브리스트』를 통해 우리에게 던진 마지막 질문은 에피의 슬픈 죽음에 대한 책임이 과연 누구에게 있는가 하는 것이다. 결혼-

간통-결투에 이르는 소설의 전반부만 본다면 그 책임은 인스테텐에게 있는 것처럼 보인다. 간통의 원인 제공이나 결투 신청이 모두 그에게서 비롯되었기 때문이다. 그러나 에피의 간통 자체가 "그녀의 노예적 현존에 대한, 그리고 남편의 포로가 된 그녀의 운명에 대한 저항행위"[7]로 미화될 수는 없는 일이다. 에피에게 계속적인 호감을 표시하고 있는 작가 자신도 그 점에서는 그녀의 "약점이자 죄악"이라고 판단하고 있고, 에피 자신도 스스로의 책임을 시인하고 있지 않은가.

그러면 인스테텐에게는 죄가 없다는 말인가? 임종의 순간에 에피가 그가 한 행동의 정당성을 인정했다 하여 그 죄가 없어지는 것은 물론 아니다. 작중인물인 츠비커 부인이 지적한 것처럼 그는 시대의 변화에 능동적으로 대처하지 못하고 '우상숭배'라는 시대착오적인 사회규범에 따라 생활했으며 그 연장선상에서 결투와 이혼을 강행했던 것이다. 에피의 죽음에 대한 책임은 결국 두 사람 모두에게 있는 셈이다. 다시 말해서 탈사회적인 에피의 자연성에도 책임이 있고 탈인간적인 인스테텐의 사회성에도 책임이 있다. 그러나 더 큰 책임은 이들을 구속하고 있는 익명의 사회에 있다. 그러한 의미에서 이 작품은 사회에 대한 격렬한 고발이라고 할 수 있다. 하지만 사회는 고발의 대상만은 아니다. 개개 인간과 사회는 애증의 관계이기 때문이다.

이러한 인식하에 폰타네는 소설의 후반부에서 에피라는 인물로 현시된 여성문제에 대하여 하나의 해결책을 상정하고 있다. 결투와 이혼을 통해 얻어진 두 사람의 의식 변화가 바로 그것이다. 탈사회적이었던 여성(에피)은 자성의 과정을 거쳐 마침내 사회화된 인간으로 변모하고, 탈인간적이었던 사회(인스테텐)는 새로운 각성을 통해 인간화된 모습으로 재탄생한 것이다.

---

7) Utta Treder, *Von der Hexe zur Hysterikerin. Zur Verfestigungsgeschichte des Ewig Weiblichen*, Bonn 1984, S. 65.

에피의 사회화와 인스테텐의 인간화, 사회에 대한 여성의 이해와 여성에 대한 사회의 재인식, 그것은 자기보완적이기도 하지만 상호보완적이기도 하다. 폰타네가 우리에게 제시하고자 한 것은 개개인의 인간적인 욕망과 기존 사회의 제약 사이의 조화와 균형이다. 개인과 사회의 관계는 대립구조이긴 하지만 결국은 상호보완적일 수밖에 없다. 해방되고자 하는 여성과 가부장적인 사회의 관계도 마찬가지다. 폰타네가 바라는 것은 혁명적인 방법이 아니라 상호보완과 균형을 전제로 한 점진적인 방법이다. 여성문제는 비록 여타의 문제와 마찬가지로 해결하기 어려운 "방대한 영역"이긴 하지만 그렇다고 해결이 불가능한 문제는 아니다. 그것은 결국 우리들 모두의 각성의 문제인바, 시대상황에 걸맞은 각성의 가능성은 우리들 모두에게 언제나 열려 있기 때문이다.

참고 문헌

1차 문헌

Fontane, Theodor, *Effi Briest*(=Nymphenburger Taschenbuch-Ausgabe, Bd. 12), München 1969.

2차 문헌

Bänsch, Dieter, Naturalismus und Frauenbewegung, in *Naturalismus. Bürgerliche Dichtung und soziales Engagement*, hrsg. v. Helmut Scheuer Stuttgart 1974, S. 112~135.

Demetz, Peter, *Formen des Realismus. Theodor Fontane. Kritische Untersuchungen*, Frankfurt/M. 1973.

Mende, Dirk, Frauenleben. Bemerkungen zu Fontanes "L'Adultera" nebst Exkursen zu "Cécile" und "Effi Briest", in *Fontane in heutiger Sicht*, hrsg. v. H. Aust, München 1980, S. 175~203.

Müller-Seidel, Walter, *Theodor Fontane. Soziale Romankunst in Deutschland*, Stuttgart 1975.

Schafarschik, Walter, *Theodor Fontane. Effi Briest*, Stuttgart 1986.

김영주, 『테오도르 폰타네 연구. 테오도르 폰타네의 소설에 나타난 여성인물들의 사회비판적 역할』, 삼영사, 1989.

보수와 혁신의 균형

―소설『슈테힐린』에 나타난 폰타네의 정치적 이념

고영석

1.『슈테힐린』―정치적 소설

19세기 독일 리얼리즘 문학의 대가인 테오도어 폰타네는 1853년에 발표한 한 글에서, 리얼리즘이란 "실제의 모든 생활, 모든 진정한 세력과 관심을 예술의 요소를 통해서 반영하는 것이다"라고 정의한다. 이 정의 가운데 가장 중요한 것은 '모든 것'과 '예술의 요소'라는 두 개념인데, 우리의 테마와 관련해서 특히 주목해야 할 것은 '모든 것'이라는 개념으로 이는 리얼리즘 문학의 일차적인 과제가 인간생활의 어느 일면이 아닌 총체적인 모습을 그리는 데 있음을 강조하는 말이다.

이와 같은 맥락에서 그는 1875년, 그러니까 그가 최초의 소설『폭풍전야』를 쓰기 삼 년 전에 "소설은 우리 자신이 속해 있는 시대의 상이어야 한다"고 주장한다. 한 편의 소설이 그것이 씌어진 '시대의 상'이 되기 위해서는 그 시대가 안고 있는 '모든 것', 다시 말해 이미 주어진 시대적 상황과 그 속에서 생을 영위하고 있는 인간 개개인의 모습을 포괄적으로 그려야 한다는 것은 두말할 나위도 없다.

폰타네는 죽을 때까지 도합 18편(미완성 1편 포함)의 소설을 썼는데 처음 2편의 역사소설을 제외하고는 모두 당시의 사회현실을 배경으로 한 사회소설이다. 이들 소설의 기본테마는—오늘날 모든 폰타네 연구가들이 말하고 있듯이—전통적인 인습이나 행동규범이 지배하는 기존의 사회질서와 그 속에서 살아가고 있는 개인의 내적인 욕망과의 긴장관계이다. 개인이 바라는 주관적인 요구와 사회가 바라는 관습적인 요구, 이 둘의 조화로운 합일이야말로 폰타네의 이상이었기에 어느 한쪽을 두둔하거나 비판하는 것은 작가의 본의가 아니었다. 물론 이것도 일리가 있고 저것도 일리가 있다는 식의 어정쩡한 태도는 당파성을 요구하는 좌파 독자들에게는 일종의 체념처럼 보일지 모른다. 그러나 대립적인 모든 것을 포괄함으로써 하나의 객관적인 시대상을 그리려는 폰타네의 유머리스트적인 태도를 조금이라도 이해한다면 그와 같은 오해는 쉽게 풀릴 것이다.

폰타네가 여든 살이 다 되어 쓴 마지막 작품이자 정치적 유언이라 할 수 있는 『슈테힐린』(1898)은 위에서 언급한 기본테마에서 한 걸음 더 나아가 사회적 혹은 정치적 변동 자체를 테마로 잡고 있다. 이 소설은 개인과 사회의 긴장관계라는 예의 기본테마를 뛰어넘어 사회 변동기에 대두되는 옛것과 새것의 상관관계, 정치적인 개념으로 말하면 보수와 혁신의 긴장관계에 대한 작가의 깊은 사색을 내용으로 하고 있다.

이와 같은 테마는 당시의 시대상황과 이 소설의 성립배경으로 보아 당연한 것으로 보인다. 폰타네가 집필을 시작한 19세기 말, 즉 1880~90년대는 산업화에 따른 갖가지 사회문제가 야기된 갈등의 시기였다. 1850년대부터 약 이십오 년간에 걸쳐 진행된 독일의 산업혁명은 사회의 모든 영역에 급격한 변화를 가져오는데 그중에서도 특히 두드러지게 나타난 것은 사회계층의 변동이었다.

귀족계급은 정치, 외교, 국방의 분야에서 여전히 절대적인 권한을 행사하고 있었지만, 경제적인 면에서는 자유경쟁이라는 자본주의 경제체제의 발전과 더불어 종래의 우위를 고수하지 못하고 빈곤과 몰락의 길로 치닫고 있었다. 이와는 달리, 이미 18세기 말부터 부상하기 시작한 시민계급은 특유의 근면성과 검박한 생활태도 덕분에 산업화의 핵심적 계층으로 상승했다. 그러나 이들 시민계급은 시간이 지나면서 재산과 교육의 정도에 따라 다시 분열되어 초기의 정체성을 상실한 채 일부는 귀족계급의 생활양식을 답습하기에 급급했고 다른 일부는 제4계급으로 전락하고 말았다.

한편 산업화 과정에서 생겨난 제4계급은 산업화의 혜택을 전혀 누리지 못한 채 고된 노동과 낮은 임금으로 견딜 수 없는 고통을 받고 있었다. 이들 소외계층의 권익을 보호하기 위한 움직임은 이미 1860년대부터 비교적 활발하게 전개되었다. 이러한 움직임은 후에 '사회주의자법'(1878)과 같은 악법에 의해 직간접적으로 탄압을 받았지만 생존권을 위한 이들의 투쟁은 사회주의 노동운동과 사회민주주의 정당을 통해서 더욱 가속화되었다. 귀족계급과 시민계급에 도전하는 사회민주주의 운동에 대한 탄압은 비스마르크 수상의 해임(1890)과 동시에 잠시 누그러진 것처럼 보였지만, 1890년대 후반기에 들어와서는 다시금 강화되기에 이른다. 사회민주주의 운동과 노동운동을 겨냥한 각종 법안이 제국의회에 상정되었고(1894년, 1897년, 1899년), 그때마다 제국의회는 물론 일반국민들 사이에서도 격렬한 찬반 논의가 벌어졌다. 이들 법안을 통과시키려는 시도는 모두 좌절되었지만 이 과정에서 사회민주주의 운동은 급박한 정치적 현안으로 한층 더 부각되었다.

한마디로 19세기 후반의 독일은 정치적, 사회적 측면에서는 물론 의식구조 면에서도 모든 것이 뒤범벅된 과도기였다. 옛것과 새것의 갈등, 진보의식과 몰락의식, 낙관주의와 비관주의, 사회적 지위의 상승과 하강, 그리고 그에 따른 보수의식과 혁명의식의 대립은 당시 독일의 일반적인 모습이었다.

이 글에서 우리가 다루려는 작품 『슈테힐린』은 바로 이같은 과도기적 시대상황 속에서 씌어진 것이다. 이 소설은 1895년 12월과 1897년 7월 사이에 집필되어, 그해 10월에서 12월까지 『육지와 바다』라는 잡지에 연재되었다가 폰타네가 죽은 직후인 1898년 12월에 단행본으로 출간되었다. 원래 폰타네는 1894년 12월에 '국가전복 예방조치법안'이 발의되자 여기에 반대하는 항의문에 서명한 것과 때를 같이해서 『분배자들』이라는 역사소설을 계획했다. 그러나 노략질한 재물을 고루 나누어준 중세의 어느 해적을 소재로 한 그런 소설을 통해서는 자기 시대의 사회민주주의 이념과 운동을 제대로 형상화할 수 없다는 것을 인식한 그는 대신 『슈테힐린』을 쓰기 시작한 것이다.

이러한 사실을 감안할 때 폰타네의 『슈테힐린』은 사회민주주의 운동과 연관된 그 어떤 정치적 내용을 함축하고 있으리라는 추측이 가능하다. 이와 관련해 우리의 주목을 끄는 것은 작가가 자신의 소설을 "정치적 소설"이라 지칭하고 있다는 점이다. 그것도 한 번에 그친 것이 아니라, 소설 집필의 시작단계와 중간, 그리고 완성단계에서 도합 세 번에 걸쳐 규정하고 있다.(Aust, 85쪽)

그렇다면 폰타네가 『슈테힐린』을 "정치적 소설"이라고 지칭한 근거는 무엇일까? 이 소설을 처음부터 끝까지 읽어본 독자는 그 해답을 찾기도 전에 이따위 소설이 세상에 어디 있을까 하는 매우 부정적인 반응부터 보일지 모른다. 9개의 큰 단원과 46개의 장으로 구성되어 있는 이 방대한 소설이 이렇다할 사건이나 스토리도 없이 온통 대화만으로 채워져 있으니 사실 그럴 만도 하다. 이 점에 대해서는 폰타네 자신도 다음과 같이 이야기하고 있다.

여기에 서술된 이야기란 정말 아무것도 아닙니다! 끝에 가서 한 노인이 죽고 두 젊은이가 서로 결혼한다는 게 오백 쪽에 걸쳐 일어난 사건의 거의 전부지요. 복잡한 사건이나 그 해결도 없고 마음의 갈등 따위도 전혀 없을 뿐더러 긴장이나 놀라움도 찾아볼 수가 없답니다. 마르크 지방의 한 구식 영지와 신식인 (베를린의) 어느 백작 집에 각양각색의 사람들이 서로 모여 하느님과 세상사에 대해 이야기하고 있는 것뿐이지요. 모든 게 잡담이고 대화이지만 그 속에 성격들이 드러나고 역사가 드러난답니다.(Aust, 85~86쪽에서 재인용)

『슈테힐린』의 이같은 대화구조는 당시의 독자들에게는 전혀 이해되지 못하다가 20세기 최대의 독일작가인 토마스 만이『슈테힐린』이야말로 '기교적인 면에서' 그 시대를 훨씬 능가하는 획기적인 작품이라고 극찬한 것을 계기로, 오늘날에는 20세기 현대소설의 길을 열어준 "소설사의 이정표"(Aust, 13쪽)로 인정받고 있다.

그러나 이렇다할 사건이나 갈등도 없고, 아무런 해결도 없는 이 소설이 어떻게 해서 정치적 소설이란 말인가? 도대체 "정치적 소설"이란 과연 무엇을 뜻하는 것일까? 통념대로 정치적 현안에 대한 상호 대립적인 태도와 이에 대한 작가의 분명한 입장이 부각되어 있는 소설을 정치적 소설이라고 한다면『슈테힐린』은 결단코 정치적 소설이 아니다. 또 어느 소설에 단순히 시대비판적인 요소가 들어 있다고 해서 그것을 정치적 소설이라고 한다면 폰타네의 다른 소설들도 마땅히 정치적 소설이라 해야 할 것이다.

물론『슈테힐린』에는 제국의회 보궐선거가 묘사되어 있을 뿐만 아니라 작중인물들의 입을 통해 혁명이나 사회민주주의와 같은 정치적 모티프 또한 계속 언급되고 있다. 그러나 정치적 모티프가 있다는 사실만으로 이 소설을 정치적 소설이라 말할 수는 없다. 다만 그러한 모티프를 통해 작가가 말하고자 하는 어떤 정치적 이념이 명백해지는 순간 우리는 비로소 이 소설을 넓은 의미의 정치적 소설이라고 할 수 있을 것이다. 이 논문의 목적은『슈테힐린』을 "정치적 소설"이라고 규정한 근거, 즉 작가의 정치적 이념이 무엇인지를 밝히는 데 있다. 작품 분석에 앞서 우선 폰타네가 말하는 "정치적 소설"의 구체적인 의미부터 알아보자.

2. 현재의 귀족과 미래의 귀족

『슈테힐린』을 한창 집필하던 1896년 6월, 폰타네는 친구에게 보내는
한 편지에서 다음과 같이 쓰고 있다.

> 나는 지난겨울 한 편의 정치적 소설을 썼네. (우리에게 있어서 앞으로
> 의 귀족은 어떠해야 하며, 현재의 귀족은 어떠한가를 대비한 것일세.) 이
> 소설의 제목은 '슈테힐린' 이라네.(Aust, 85쪽)

이 말을 액면 그대로 받아들여 기존의 귀족과 미래의 이상적 귀족을
대비한 것이 정치적 소설이라고 한다면 우선 다음과 같은 두 가지 방향
의 질문이 제기된다.

첫째, 왜 하필이면 귀족과 귀족의 대비인가? 소설이 씌어질 당시의 사
회적 배경과 정치적 논란을 감안한다면 귀족계급과 시민계급, 아니면 귀
족계급 혹은 시민계급과 제4계급의 대비가 오히려 걸맞은 게 아닌가?
귀족과 귀족을 대비한 것은 폰타네의 귀족주의적 보수주의의 발로가 아
닌가?

둘째,『슈테힐린』이 현재의 귀족과 미래의 이상적 귀족을 대비한 것이
라면 그러한 대비를 구체화하고 있는 작중인물은 과연 누구인가? 다시
말해 기존의 귀족은 누구며, 앞으로의 이상적인 귀족은 누구인가?

첫째 질문과 관련하여 분명히 해두어야 할 것은 당시의 귀족에 대한
폰타네의 태도가 완전히 부정적이었다는 사실이다. 프리트랜더에게 보
낸 수많은 편지가 말해주듯이, 폰타네는 기존의 귀족 형태는 현대 세상
에 맞지 않아 더이상 더불어 살 수 없으므로 이제 사라지지 않으면 안 된
다는 확신을 가지고 있었다.(Briefe, 133쪽 참조) 그에 의하면 이제는 역
사의 유물이 되어버린 융커귀족 때문에 프로이센은 물론 전 독일이 병들
어 있으며, 이들 귀족과 국가를 동일시한 나머지 그들의 취향에 맞추어

나라를 다스리고 있는 것이야말로 자기 시대의 커다란 불행이라는 것이다. 대신 폰타네는 "보다 나은 새로운 세상"으로의 길을 제4계급에서 찾고 있다. 1896년에 쓴 한 편지에서 그는 다음과 같이 적고 있다.

모든 관심은 제4계급에 있습니다. 시민계급은 꺼림칙하고, 귀족과 고위 성직자는 케케묵은 것으로 하나도 변한 게 없습니다. 보다 나은 새로운 세상은 제4계급에서 비로소 시작됩니다.(Brinkmann, 30쪽에서 재인용)

이와 같은 폰타네 자신의 발언들을 감안할 때, 그가 쓴 소설의 주인공이 대부분 귀족이라는 이유만으로 그를 단순히 보수주의적 귀족주의자라 결론지어서는 안 될 것이다.

폰타네가 『슈테힐린』에서 또 한번 귀족을 주인공으로 등장시키고 있는 것은 그들이 상징하는 정치적 보수주의를 옹호해서가 아니라 자신이 다루는 귀족을 통해 "역사 변동의 의미와 신구(新舊) 생활형태의 상호관계"(Böckmann, 103쪽)를 뚜렷하게 보여주기 위한 것이다. 그도 그럴 것이 귀족은 오랜 역사를 지니고 있을 뿐만 아니라 산업화의 와중에 그 어느 계층보다도 심한 사회적 변동을 겪고 있었기 때문에 그러한 목적을 달성하는 데는 안성맞춤의 소재였음에 틀림없다. 폰타네 자신도 수없이 고백하고 있듯이 귀족에 대한 그의 사랑은 어디까지나 '미학적' 혹은 '소설적' 관심에 국한된 것이다. 다음과 같은 그의 편지는 그 좋은 증거가 되고 있다.

귀족문제! 그 문제에 대해선 우리 모두 의견이 일치합니다. 몇몇 매력적인 귀족도 있습니다. (……) 그러나 가장 본래적인 우리의 귀족 타입인 '융커'는 즐길 수 없게 되어버렸습니다. 융커는 이제 예술적 인물로서만 흥미가 있을 뿐입니다. 역사가와 작가는, 그런 귀족들이 과거에도 있었고 지금도 있다는 사실에 대해 기뻐할 수 있을 것입니다.(Briefe, 255쪽)[1]

요컨대 폰타네에게 귀족은 변동하는 사회 속의 한 인간, 즉 역사와 사회의 변동 양태를 보여주기 위한 일종의 '예술적 장치'로서 그 의미가 있을 뿐이다. 이렇게 볼 때 귀족과 귀족의 대비, 그 자체가 별다른 정치적 의미를 내포하고 있지는 않다.

그러므로 『슈테힐린』의 정치적 성격을 부각하기 위해서는 두번째 질문, 즉 기존의 귀족은 누구이며 앞으로의 새로운 귀족은 과연 누구인가라는 질문에 더욱 유의하여 정확한 해답을 찾아야 한다.

그러나 문제는 지금까지의 연구결과가 보여주듯 이 소설에는 주인공 두브슬라프에 대비될 만한 대안 인물이 없다는 사실이다. 주인공 이외의 모든 귀족들이 한결같이 부차적인 인물로 그치고 있는 것이다. 또 귀족뿐만 아니라 로렌첸 목사와 같은 시민계급의 사람들도 중요인물로 등장하고 있다는 사실 역시 간과해서는 안 된다.

이러한 사실을 감안할 때, 폰타네가 『슈테힐린』을 '정치적 소설'이라 하면서 사용한 '귀족'이란 말은 좁은 의미의 사회학적 개념으로 이해할 게 아니라 넓은 의미의 시적 개념으로 이해할 필요가 있다. 그렇게 되면 괴테 이후의 문학에서 흔히 보듯이 '귀족'이란 말은 이념이나 이상을 뜻한다고 보아야 한다. 폰타네 자신도 일찍이 그와 비슷한 이야기를 하고 있다.

내가 '귀족적'이라고 말할 때, 그것이 '귀족'이라고 일컫는 인간계급에만 결부된 데 대하여 나는 엄숙히 반대하오. 귀족이란 것은 어느 신분계층에나 있는 법이오. 그것은 일반적인 것, 이상적인 것에 대한 선호 성향이며, 가까운 사람들끼리 나누는 온갖 허튼소리에 대한 혐오감이라오.(Müller-Seidel, 409쪽에서 재인용)

---

1) 폰타네가 귀족을 비판하면서도 소설의 주인공으로 귀족을 등장시킨 데 대한 자세한 내용은 R. Brinkmann, 27쪽 이하 참조.

이렇듯 확대된 귀족의 개념을 『슈테힐린』에 적용하면 현재의 귀족이란 결국 소설 속에 묘사된 여러 가지 유형의 귀족들을 뜻하며, 앞으로의 귀족은 작가가 하나의 이상으로 바라고 있는 새로운 정치이념을 뜻한다고 하겠다. 그러니까 폰타네가 자신의 소설을 "정치적 소설"이라고 했을 때 그것은 19세기 후반 독일이 안고 있던 사회적 변동과 그에 따른 정치적 갈등을 소설의 테마로 직접 다루었다는 것 외에도 폰타네 나름대로의 정치적 제언 또한 함께 내포하고 있음을 밝힌 말이다.[2] 그렇다면 폰타네의 정치적 제언은 무엇일까? 융커귀족들에게 새로운 정치사조에 신경 쓰지 말고 전통의 길을 계속 가라는 것인가, 아니면 중요한 것은 옛것이 아니라 새것임을 강조한 것인가? 이런 문제들과 관련하여 우선 현재의 귀족이 어떻게 그려져 있는지부터 살펴보자.

3. 꼴통 보수귀족

『슈테힐린』에는 각계각층의 인물들이 수없이 등장한다. 하인, 가정부, 경찰관, 교사, 목사, 의사, 예술가, 귀족 등 일일이 열거하기조차 힘들 정도다. 현재의 귀족만 해도 융커귀족, 신흥귀족, 젊은 귀족, 늙은 귀족 등으로 다시 구분된다.

그중에서도 이미 화석화된, 시쳇말로 꼴통 보수귀족의 전형으로 프로테스탄트에 속하는 부츠 수녀원 원장을 들 수 있다. 일흔여섯의 아델하이트 원장은 슈테힐린 백작가 출신으로 자신의 귀족신분에 대한 시대착오적인 생각을 여전히 고집하며, 30년전쟁 이후 거의 폐허가 되다시피 한 부츠 수녀원에서 외부세계와의 접촉을 끊은 채 살아가고 있다. 외부

---

2) 이 소설을 '정치적 소설'로 보는 것에 회의적인 연구가도 있지만(P. Böckmann, F. Martini), 뮐러-자이델처럼 '귀족'의 개념을 확대해석함으로써 이 소설의 정치성을 강하게 부각한 사람도 있다.

와의 접촉을 어렵게 만든 것은 "그녀의 깊은 내심에 자리잡고 있는 산문적인 천성과 마르크인다운 **빡빡한** 성격과, 세상 사람들이 아름답다거나 자유롭다고 이야기하는 모든 것들에 대한 불신감"(Fontane, 84쪽)[3] 때문이다. 그녀는 옛것이라면 무조건 옹호하는 전통주의자다. 이는 그녀가 거처하는 "나지막하고 연기에 그을린, 약간은 고풍스러운"(84쪽) 살롱만 보아도 알 수 있는 일이다.

순전히 유산으로 물려받은 가구들은 이 나지막한 방에서는 그로테스크한 인상마저 풍겼고, 거대하면서도 꽤 현대적인 석유램프가 놓여 있는 묵직한 식탁보는 창가의 방울새 새장과는 도무지 어울리지 않았고, 작은 피아노 위에 걸려 있는 전투화(戰鬪畵) '리파 고지의 빌헬름 왕'과는 더더욱 어울리지 않았다.(84쪽)

'유산으로 물려받은 가구'와 '묵직한 식탁보', 그리고 프로이센의 영광을 그린 '전투화'가 암시하고 있듯이 아델하이트 원장은 모든 가치의 기준을 분명히 옛것에서 찾고 있다. 새것은 그것이 도덕적인 것이든 정치적인 것이든 그녀에겐 언제나 불신의 대상으로 비친다. 매우 개방적인 멜루지네가 그녀의 마음에 들지 않은 것도 따지고 보면 바로 그런 이유에서 비롯된 것이다. 그녀는 일체의 변화를 거부한다. 때문에 그녀는 "빨간 양말"마저 혁명의 징표, 구체적으로 말해서 "모든 이성이 이 세상에서 사라지고 모든 사회적 상하구별이 점점 없어지고 있다는 징표"(364쪽)로 받아들여 이를 거부한다.

한마디로 아델하이트는 프로이센의 영광과 융커귀족인 가문의 전통, 프로테스탄트의 우월성에 대한 확신 속에서 오로지 옛것에만 집착하여

---

3) 소설 인용은 번역본이 절판된 까닭에 부득이 원전에 의거했음을 밝혀둔다. 이하 작품 인용은 괄호 안에 해당 쪽수만 표기.

살고 있는 노인이다. 물론 이처럼 앞뒤가 꽉 막힌 전통주의적 혹은 보수주의적 노인이 긍정적인 인물일 리 없다. 앞에서 언급한 그녀의 방이 어딘지 모르게 "그로테스크한 인상"을 풍기고 "도무지 어울리지 않았던" 것처럼 그녀 역시 19세기 말의 변동사회에는 전혀 걸맞지 않은 인물임에 틀림없다. 그녀의 권위적이고 "웃어른다운 눈"에도 불구하고 그녀는 이제 좌중을 총괄할 만한 능력을 지니지 못한다. 그것은 그녀가 대표하고 있는 전통적인 귀족과 이들이 표방하고 있는 꼴통 보수주의의 시대적 한계성을 의미한다.

이같은 사실은 아델하이트와 함께 지내는 네 명의 수녀를 통해서도 잘 나타난다. 이들은 모두가 귀족 출신으로 아델하이트와 마찬가지로 자신들 가문에 대한 자만심이 강하지만 소설 속에서는 한결같이 결손인간으로 묘사되어 있다. 여든한 살의 시몬스키는 귀가 아예 멀어서 대화에 낄 수가 없고, 수전증이 심한 테셴도르프는 숟가락 하나 제대로 들지 못하며, 정신이 흐릿해진 트리글라프는 남의 말에 고개만 끄덕이고 있다. 그런가 하면 작은 키에 목도 짧고 허리도 거의 없는 뚱뚱보 슈마르겐도르프는 경박한 여자로 희화화되어 있다. 이들 모두에게서 우리는 그 어떤 희망도 찾을 수 없다. 그들의 앞에는 몰락만이 있을 뿐이다.

그 밖에 라인스베르크-부츠 지역의 보궐선거 과정에 등장하는 융커귀족들도 모두가 한결같이 희화적으로 묘사되어 있다. 일흔몇 살의 칠렌은 "가장 그로테스크한 봉건적 용모와 역시 그로테스크한 온후함을 함께 지닌"(189쪽) 인물이고, 논네 남작은 엄숙하게 검정색 넥타이를 매고 있지만 그의 말소리는 쥐들이 휘파람을 부는 것 같은, 정말 "우스꽝스런 인물"(191쪽)이다. 그러나 가장 큰 조롱의 대상은 알텐-프리작이다. 그는 고령의 나이 덕에 선거 직후에 있은 회식에서 상석을 차지하게 되지만 이미 단 한마디의 말도 하지 못하는 무력한 존재일 뿐이다. 더욱이 바보스런 얼굴과 추한 모습은 그가 차고 있는 훈장과는 전혀 어울리지 않는 것으로 묘사되어 있다. 이 모든 것은 바로 옛 귀족의 시대가 이미 끝났음을 암시하는 폰타네식 변용기법이다.

　부츠 수녀원의 아델하이트 원장과 수녀들, 그리고 선거장면에 나오는 융커귀족들은 모두 시대의 변화에는 아랑곳하지 않고 오로지 옛것만을 고수하면서 살아가는 인물들이다. 이들 모두는 화석화된 인물이나 희화화된 인물로 묘사되어 있어서, 독자에게는 부정적 인물로 부각된다. 따라서 그들이 상징하고 있는 정치적 보수주의 역시 거부될 수밖에 없다. 그리고 바로 이것이 폰타네의 의도이다.

4. 개방적 보수귀족

　이상에서 살펴본 인물들에 비하면, 소설의 주인공이자 아델하이트의 이복동생인 두브슬라프 폰 슈테힐린은 자기의 주장만을 내세우는 "강령주의적 귀족도 아니고 틀에 박힌 귀족도 아니다."(389쪽) 예순여섯의 두브슬라프는 융커귀족의 자의식을 간직하고 있는 사람이긴 하지만 자신과 반대되는 견해나 주장도 해학과 자기반어를 통해 폭넓게 수용할 줄 아는 개방적인 귀족이다. 그는 본성적으로 모든 것에 의문을 제기하는 사람인바, 그의 생각에 따르면 이 세상에 절대적인 것은 없다.

　　논란의 여지가 없는 확고한 진리란 아예 없다네. 만약 그런 게 있다면 그것은 지루할 거야.(10쪽)

　두브슬라프의 이같은 생각은 작가 자신에 의해서도 누차 언급되고 있다. 예컨대 1893년의 한 편지에서 폰타네는 이렇게 쓰고 있다.

　　어떤 사물에 대해서 요지부동인 사람은 나의 친구가 아닙니다. 요지부동인 것은 하나도 없습니다. 도덕 문제와 신념의 문제에서도 그렇고, 소위

사실이라고 하는 것에서는 더더욱 그렇습니다.(Briefe, 239쪽)

폰타네의 이러한 발언을 상기해본다면, 고착화된 관념이나 관습에 대한 두브슬라프의 회의와 거부는 결코 우연한 것이 아니라 그의 생활태도와 의식구조의 직접적인 결과라고 할 수 있겠다. 나중에 사돈이 된 바르비 백작과 이야기하는 가운데 두브슬라프가 "그러나 전적으로 옳은 것이란 이 세상에 없답니다"(315쪽)라고 말한 것이나, 제3장의 식사장면에서 그가 전보의 단점을 이야기해놓고, 곧이어 "제가 반대로 말했다 해도 역시 옳았을 것입니다. 악마도 그림에 있는 것처럼 그렇게 검지는 않아요"(27쪽)라고 말한 것도 모두 그러한 예에 속하는 것이다.

사회민주주의 운동에 대한 두브슬라프의 태도 역시 마찬가지다. 융커귀족과는 적대적일 수밖에 없는 이 운동에 대해서도 그는 어느 정도 이해의 눈길을 보내고 있다. 그는 자신의 영지 내에 있는 글룹소프의 유리공장 노동자들에게 관심을 표명하고 이들이 빈곤에서 벗어나 매일 배불리 먹을 수 있기를 충심으로 바란다. 이는 원래 사회주의자들이 요구하는 바로서 그는 어느 작중인물이 말했듯이 "한 조각 사회민주주의"(214쪽)를 천성적으로 지니고 있는 사람이다.

그러나 이것은 어디까지나 그의 "가슴에서 우러나온 심원한 인간성"(9쪽)에서 비롯된 것이지 어떤 정치적 의지의 결과는 아니다. 그가 비록 제4계급의 삶에 관심을 갖고 있긴 하지만 그는 근본적으로 기존의 사회질서에 뿌리박고 있는 사람이다. 융커귀족의 전통대로 일찍이 장교로 근무하다가 소령으로 전역하여 슈테힐린 성의 성주로 있는 두브슬라프는 제국의회 보궐선거에서 보수당 대표로 입후보한 사실에서도 알 수 있듯 정치적으로 보수주의자임에 틀림없다. 때문에 그는 유리공장 노동자들을 보면서도 그들의 노동을 진정으로 이해하기보다는 오히려 그들을 세계혁명의 시대적 징후로 해석하며 두려워한다.

그러나 이 세상에서 그 옛날의 좋은 것들을 아직도 찾아볼 수 있다면 그것은 바로 여기, 우리의 오랜 백작령에서나 찾아볼 수 있을 것입니다. 이처럼 모든 게 제대로 짜여 있고, 제대로 종속되어 있는—나는 이런 단어를 두려워하지 않아요—이 평화로운 모습에 글룹소프의 유리공장은 도대체가 맞지 않아요.(70쪽)

계층 간의 상하구별이, 다시 말해서 계층 간의 종속관계가 제대로 자리잡은 평화로운 백작 영지에 산업화의 상징인 유리공장은 전혀 맞지 않는다는 게 두브슬라프의 생각이다. 말하자면 그는 유리공장을 통해 암시되고 있는 여러 가지 새로운 문제, 즉 산업화, 노동자, 사회민주주의와 같은 문제들에 대해 인간적으로는 이해하지만 정치적으로는 거부하는 태도를 취하고 있다. 바로 여기에 두브슬라프의 한계가 드러나 있는 것이다.

그렇다 하더라도 두브슬라프에 관한 이상의 여러 사실들을 종합해볼 때, 그는 분명 앞 절에서 살펴본 사람들과 같은 폐쇄주의적 보수주의자는 아니다. 그가 죽었을 때 로렌첸 목사가 말했듯이 그는 "구식 노인"처럼 보이지만 "구식 노인"은 아니고, 그렇다고 "신식 노인"도 아니다(389쪽). 뮐러-자이델의 표현을 빌려 말하자면 그는 하나의 "과도기적 인물"(Müller-Seidel, 441쪽)인 것이다.

두브슬라프와 비슷한 유형의 귀족으로 바르비 백작이 있다. 바르비 백작은 두브슬라프의 쌍둥이 형제나 된 것처럼 그와 "똑같은 비스마르크 머리, 똑같은 인간적인 성품, 똑같은 친절성, 똑같은 명랑한 기분"(119쪽 이하)을 지니고 있다. 그런데 외형적인 생활만 보면 그들 사이에는 많은 차이가 있는 것처럼 보인다. 두브슬라프가 삼십 년 전부터 루핀의 시골구석에 물러앉아 살아온 반면 현재 베를린에서 살고 있는 바르비 백작은 같은 기간 동안 대영제국의 수도 런던에서 외교관 생활을 해왔다. 두 노인의 상이한 인생길이 그렇듯이 그들의 생활태도나 의식 역시 매우 상이하다. 융커귀족의 전통 속에서 생활하고 있는 두브슬라프와는 달리 바르비 백작은 영국식의 자유로운 분위기와 코스모폴리탄적 사고방식이 몸에 배어 있는 사람이다. 따라서 그의 관심도 자기의 고향과 조국에 국한되어 있는 것이 아니라 스위스와 이탈리아, 일본과 중국, 그리고 이집트 등 세계 여러 나라에 골고루 쏠려 있다. 그런 이유로 바르비 가는 음악가 브르쇼비츠나 화가 쿠야치우스 같은 개성 강한 외국인들이 자주 드나드는 집으로 비교적 자유로운 분위기가 감돌고 있다. 여러 가지 면에서 슈테힐린 가보다는 바르비 가가 훨씬 더 개방적이고 자유로운 것처럼 보인다.

그러나 좀더 세밀히 관찰해보면, 바르비 백작 역시 두브슬라프와 큰 차이가 없다. 생활방식에서는 약간 차이가 있는 것 같지만, 정치적인 기본태도에서 다른 점이라고는 하나도 없다. 두 사람은 "호수는 다르지만, 똑같은 실"(214쪽)로 짜여 있는 융커귀족들이다. 바르비 백작의 경우 겉으로 보기엔 자유주의적이지만 실은 황제 직속의 귀족가문 출신으로 아직도 "왕권신수설 같은 것이 뼛속까지"(214쪽) 스며 있는 사람이다. 구태여 이야기하자면 그는 두브슬라프와 마찬가지로 개선의 가능성을 지닌 중간단계 혹은 과도기의 인물이라 할 수 있을 것이다.

우리가 여기서 주목해야 할 것은 이상의 두 가문, 즉 슈테힐린 가와 바르비 가가 결혼이라는 형태를 빌려 서로 결합되고 있다는 사실이다. 두브슬라프의 아들 볼데마르는 바르비 백작의 딸 아름가르트와 결혼하게 되는데 이는 두 젊은이의 결혼일 뿐만 아니라 양가의 결혼, 나아가서는 양가가 대표하고 있는 지방성과 세계성의 결혼이다.

전통적인 융커가문에서 태어나 현재 기병장교로 근무하고 있는 볼데마르는 그의 아버지와 친구 차코 대위가 지적하고 있듯이 얼핏 보면 "강한 자유주의 성향"(318쪽)과 "한 가닥 사회민주주의 성향"(22쪽)을 가지고 있는 것 같다. 그의 스승인 로렌첸 목사의 영향인지는 모르지만 실제로 그는 슈테힐린 가의 주변 인물들 중에서는 가장 자유주의적인 생각을 지녔다. 새로운 것과 새로운 세계에 대한 그의 관심은 소설 이곳저곳에서 읽을 수 있다. 그가 자유로운 분위기로 충만한 바르비 가를 드나들게 된 것도 결국 그러한 자유주의적 성향이 반영된 것으로 보인다.

비교적 차분하고 조용한 성격의 아름가르트는 바르비 백작의 둘째 딸로 기독교적인 이웃사랑에서 모든 행복의 근원을 찾고 있는 아가씨다. 그녀는 "다른 사람을 위해서 살며 가난한 자에게 빵을 주는 것, 오직 거기에만 행복이 있다"(252쪽)는 확신 속에서 살아가고 있다. 말하자면 그녀는 박애주의의 표상으로 등장하고 있는 것이다.

볼데마르와 아름가르트의 결혼은 정치적인 어느 한 개념으로 규정될 수는 없지만 적어도 이 결혼이 박애주의에 입각한 새로운 세계의 출발임에는 틀림없다. 이들의 결혼은 두브슬라프의 죽음과 병행하여 이루어지고 있는데 이는 일종의 세대교체를 암시한다. 그러나 이러한 세대교체는 혁명적인 새 출발을 의미하기보다는 ─ 두브슬라프의 죽음이 자연사인 것과 마찬가지로 ─ 어디까지나 자연스럽고 점진적인 새 출발을 의미한다. 그도 그럴 것이 볼데마르의 경우, 평소 그와는 무관하게 보였고, 또 자기 자신도 그렇게 믿었던 "마르크 지방의 전통적인 융커기질"이 이전까지 보여준 그의 모습이나 생각과는 달리 결혼 후 새롭게 나타난 것이다.(400쪽) 그런가 하면 아름가르트 역시, 결혼식 장소를 군부대 교회로 하자고 고집하고 또 "저는 자유를 아주 좋아하지만 그보다는 소령을 더 좋아해요"라고 말할 만큼 원래가 "프로이센적이고 군대적인", 달리 말해 "귀족적인" 사람이었던 것이다.(300쪽) 이들 부부는 결국 슈테힐린 성의 새 성주가 되어 두브슬라프의 뒤를 이어받는다.

이러한 성장배경과 개인적 체험으로 미루어볼 때 이들의 세계가 두브슬라프의 세계보다 더 개방적이고 더 진취적일 것이라는 데는 의심의 여지가 없다. 다만 소설의 전체 구조로 보아 이들이 폰타네가 의도한 '앞으로의 귀족'이 아님은 분명하다. 그들은 새로운 세계로의 가능태일 뿐, 완결된 이상형은 아니다. 그것은 소설의 마지막 문장을 보면 더욱 확실해진다.

5. 사회민주주의, 그리고 "사물들의 위대한 연관"

소설의 마지막은 아름가르트의 언니인 멜루지네가 볼데마르의 스승이 자 슈테힐린 성의 목사인 로렌첸에게 보내는 다음과 같은 당부의 편지로 되어 있다.

그리고, 친애하는 목사님 (……) 내일 아침 일찍 동생과 그의 남편이 유서 깊은 그 저택으로 이사합니다. 차제에 지난 성탄절에 체결한 우리의 협약을 기억해주십시오. 슈테힐린 가의 사람들이 계속 살아가는 것은 필 요하지 않지만, 슈테힐린 호수는 영원하라는 협약 말입니다.(401쪽)

이 편지를 통해서 분명해진 것은 폰타네가 바라는 미래의 귀족이 어느 특정 가문의 귀족들을 지칭하는 게 아니라 "슈테힐린 호수", 다시 말해 슈테힐린 호수가 상징하고 있는 어떤 '이념'을 지칭하고 있다는 사실이 다. 이러한 사실은 앞에서 이미 암시한 바 있지만, 이에 대해 보다 자세 한 것을 알기 위해서는 멜루지네와 로렌첸 목사의 성탄절 "협약"이 구체 적으로 무엇을 뜻하는지를 살펴보아야 한다. 그런 의미에서 이들이 대화 를 나누고 있는 제29장은 이 소설에서 가장 중요한 부분이다.

반인반어의 바다요정을 일컫는 그녀의 이름이 암시하듯 멜루지네는 애초부터 인간사회의 관습이나 규범에 얽매이기를 싫어한 여자로 일찍 이 이탈리아의 한 백작과 결혼했다가 곧바로 이혼해버린 여자다. 모든 면에서 자유로운 그녀는 항상 경쾌하고 명랑한 성격을 보여주고 있으며 일체의 권위를 인정하지 않는다. 그녀는 또 바르비 백작의 딸답게 코스 모폴리탄적이며 새로운 것에 대하여 매우 개방적이다.

슈테힐린 마을의 로렌첸 목사 역시 정통파라기보다는 "세상을 개선하 려는 정열"(67쪽)을 가진 진취적 목사로서 볼데마르로부터 이따금 사회 민주당원이란 소리를 듣기도 한다.(139쪽) 그러나 자세히 살펴보면 로렌첸은 급진적인 사회민주주의가 아니라 기독교사회주의의 이상을 지니고 있는 사람이다. 그것도 아돌프 슈퇴커 식의 조직적인 기독교사회주의 운동이 아니라, 아욕(我慾)을 버리고 가난한 사람을 위해 살았던 포르투갈의 교육자이자 시인인 후앙 드 데우스 식의 개인적 차원의 기독교사회주의다.

멜루지네와 로렌첸은 볼데마르와 아름가르트의 약혼을 계기로 슈테힐린 영지에서 처음으로 만나 이야기를 나누게 된다. 이들의 대화는 종교적인 문제에서부터 시작되는데, 당면한 시대적 과제를 해결하기 위한 기본전제로 하나님 앞에 "겸손해야 한다"(279쪽)는 점에서 의견의 일치를 본다. 겸손은 이기주의를 없애주고 "인간 속의 인간"(279쪽)을 보게끔 해주기 때문에 기독교적이라는 것이다. 그리고 그런 바탕 위에서 '새로운 것'이 이루어져야 한다는 것이다.

다음으로 그들은 옛것과 새것의 갈등에 대해 이야기를 나눈다. 로렌첸 목사는 우선 자기들의 시대를 "옛것이 새것에 완전히 동화되기를 거부하고 있는 시대"라고 규정하고, "아마포 직조공"이 "성주"가 될 수 있고, 반대로 "성주"가 "아마포 직조공"이 될 수 있는 시대에 살면서 한사코 전래적인 것만 고집하는 것은 시대착오적이라고 말한다.(280쪽)

이 모든 평범한 사물을 뭔가 특별하고 우월한 것으로, 그래서 할 수만 있다면 영원히 보존해야 할 것으로 여기는 것, 그것이 바로 나쁘다는 것입니다. 옛날에 통용되던 게 계속해서 통용되어야 하고, 과거에 좋았던 게 계속 좋은 것, 아니 가장 좋은 것이라는 그 생각, 그러나 그것은 불가능한 생각입니다.(281쪽)

로렌첸 목사의 이 말은 "한때 진보이던 것이 이미 오래 전에 퇴보가 되어버렸다"(282쪽)는 그의 확신에서 비롯된다. 그런데도 전통적인 귀족들은 이를 인지하지 못하고 있다는 게 그의 견해이다.

우리의 오래된 귀족가문들은 자신들이 없으면 일이 되지 않을 것이라는 생각 때문에 전반적으로 병들어 있습니다. 그러나 그건 잘못된 생각입니다. 왜냐하면 그들이 없어도 세상은 분명 잘되어갈 테니까요. 이제 그들은 전체를 받쳐주는 기둥이 아닙니다. 아직은 제구실을 하는 것 같지만 그들은 폭풍우를 막아줄 수 없는 이끼 긴 낡은 돌지붕입니다.(283쪽)

이러한 견해에 이어 그는, 바야흐로 "민주주의적 세계관의 징후 속에서"(283쪽) 더 좋고 더 행복한 "새로운 시대"가 열리고 있다고 진단한다. 멜루지네는 위에서 인용한 바와 같이 "슈테힐린 가의 사람들이 계속 살아가는 것은 필요하지 않다"는 우회적인 말로 그의 의견에 동조한다. 그리고 제국의회 보궐선거에서 두브슬라프 백작이 사회민주당 후보에게 패배한 것을 보더라도 사회민주주의는 이미 시대적 대세로 굳어가고 있는 상황이다. 그렇다고 해서 그가 무턱대고 새로운 시대의 물결에 따라야 한다고 주장하는 것은 아니다. 그는 기회가 있을 때마다, 특히 기독교의 순수성과 관련하여 옛것의 가치를 긍정적으로 평가하고 있다. 로렌첸에게 있어서 새로운 기독교란 바로 옛날의 기독교를 뜻한다. 똑같은 발상에서 그는 선교활동 역시 "무턱대고 새로운 것으로 하자는 게 아니고 가능한 한 차라리 옛것을 가지고 하고, 꼭 해야 할 경우에만 새로운 것으로 하자"(32쪽)고 주장한다. 옛것과 새것의 갈등에서 그가 진정으로 바라는 것은 점진적인 변화이다. 이 점에 대해서 멜루지네도 똑같은 견해를 표명하고 있다.

저는 기존의 것을 존중합니다. 하지만 생성중인 것도 물론 존중해요. 생성중인 것도 조만간 다시 기존의 것이 될 테니까요. 옛것은, 그것이 아직 사랑을 받을 만하다면 우리는 그 모든 걸 사랑해야 하지만, 그러나 우리는 정말 새것을 위해 살지 않으면 안 됩니다. 그리고 무엇보다도 우리는 슈테힐린 호수가 가르쳐준 바와 같이 사물들의 위대한 연관성을 결코 잊

어서는 안 됩니다. 세상과 등을 지고 산다는 것은 세상과 담을 쌓고 산다
는 뜻입니다. 그리고 세상과 담을 쌓고 산다는 것은 죽음이에요.(279~
280쪽)

옛것과 새것에 대한 한결같은 존경심, "사물들의 위대한 연관성"을 전
제한 신중하면서도 개방적인 자세, 그리고 그에 따른 점진적인 변화[3],
이것이 바로 멜루지네가 주창하는 내용이다. 그것은 멜루지네의 이상이
자 로렌첸의 이상이며, 많은 연구가들이 인정하고 있듯이 바로 폰타네
자신의 이상이기도 하다. 그리고 이러한 이상을 상징하고 있는 것, 그것
이 다름아닌 슈테힐린 호수이다.

소설의 첫머리에 묘사되어 있듯이, 슈테힐린 호는 평소엔 아주 잠잠하
다가 아이슬란드, 자바, 하와이, 리스본과 같은 바깥세계에서 화산이 폭
발하거나 지진이 일어나면 그와 동시에 호수 물이 부글부글 끓고 소용돌
이치면서 물기둥이 솟구친다. 그러나 일단 그런 일이 지나가면 이 호수
는 다시 그전처럼 잠잠해진다. 잠잠한 호수가 자연 그대로의 영속적인
존재를 뜻한다면 외부세계의 화산이나 지진은 하나의 혁명을 뜻한다고
볼 때, 이 호수는 기존의 상태를 지키려는 보수적 의지와 새로운 혁명에
민감하게 반응하는 진취적 의지를 동시에 지니고 있다 하겠다. 멜루지네
가 이 호수를 상징으로 내세우고 있는 것은 결국 옛것과 새것, 폐쇄성과
개방성, 지방성과 세계성, 보수와 혁신의 균형을 강조하기 위한 것이다.
그래서 "슈테힐린 호수는 영원하라"는 것이다. 그것이 멜루지네와 로렌
첸 목사가 악수를 통해서 맺은 성탄절 '협약'이다.

결론적으로 말해서 폰타네가 제시하고자 한 '미래의 귀족'은 소설 속
의 어느 특정 귀족인물이 아니라 멜루지네와 로렌첸의 대화와 호수의 상

---

3) 올은 이를 "변화 속의 지속(Dauer im Wechsel)"이란 말로 표현하고 있다. H. Ohl, *Bild und
Wiklichkeit. Studien zur Romankunst Raabes und Fontanes*, Heidelberg 1968, S. 235.

징을 통해 드러난 "이념"(389쪽)을 뜻하는 것으로서, 이는 모든 계층의 사람들에게 고루 적용되는 총체적인 개념이다. 옛것과 새것의 조화, 혹은 보수와 혁신의 균형으로서의 이 이념은 일체의 극단적인 주의주장을 거부한다. 우리의 소설에 등장하는 신흥귀족 군더만의 극단적 보수주의나 음악가 브르쇼비츠의 극단적 혁명주의가 다 같이 부정적으로 묘사되어 있는 것도 모두 그런 이유에서이다.

보수와 혁신의 균형과 점진적 사회변화를 표방하는 이러한 이념이야말로 보수주의와 사회민주주의가 첨예하게 대립하고 있던 1890년대의 독일사회에 대한 폰타네의 정치적 제언이며, 그가 이 소설을 한사코 "정치적 소설"로 규정한 까닭이기도 하다.

참고 문헌

1차 문헌

Fontane, Theodor, *Der Stechlin*(=Nymphenburger Taschenbuch-Ausgabe, Bd. 13), München 1969.

_____, *Briefe an Georg Friedländer*, hrsg. u. erlt. v. Kurt Schreinert, Heidelberg 1954.

테오도어 폰타네, 『슈테힐린』, 고영석 옮김, 학원사, 1985.

2차 문헌

Aust, Hugo, *Theodor Fontane. Der Stechlin*, Stuttgart 1978.

Böckmann, Paul, Der Zeitroman Fontanes, in *Theodor Fontane*, hrsg. v. Wolfgang Peisendanz, Darmstadt 1973, S. 98~123.

Brinkmann, Richard, *Theodor Fontane. Über die Verbindlichkeit des Unverbindlichen*, München 1967.

Martini, Fritz, *Deutsche Literatur im bürgerlichen Realismus 1848~1898*, 3. Aufl., Stuttgart 1974.

Müller-Seidel, Walter, *Theodor Fontane. Soziale Romankunst in Deutschland*, Stuttgart 1975.

문자매체와 리얼리즘 문학
─테오도어 폰타네의 사회소설을 중심으로

유현주

"아니에요, 남작부인, 전 부인의 그 말씀을 믿지 않아요. 부인께선
요즈음 리얼리즘이라고 부르는 것, 대개는 색조와 색채가 많이 있는 것을 늘 좋아하셨어요.
(……) 아, 자연스러운 것이 다시 각광을 받았으면 얼마나 좋겠어요."
"그런 날이 오겠지요, 멜루지네."
― 폰타네, 『슈테힐린』 중에서

1. 들어가는 글

19세기 후반 서구사회에서 근대와 현대 사이에 탄탄한 다리를 놓았던
리얼리즘은 시대적으로 현대 문자매체의 전성기와 일치한다. 빠르게 진
행된 산업화를 바탕으로 한 인쇄기술의 비약적 발전은 문자매체인 잡지
와 신문, 단행본과 문학전집들의 수를 폭발적으로 증가시켰고, 사진, 영
화 등의 기술적 이미지매체들이 태동하고는 있었으나 문자매체에 위협
을 줄 만큼 본격적으로 등장하지는 않았던 것이다. 실제로 리얼리즘 이
후에 등장한 모더니즘 문학에서는 새로이 주목받기 시작한 이들 기술적
이미지매체와의 상호간섭과 융합현상이 뚜렷한 것을 볼 때, 리얼리즘 시
대는 매체역사라는 관점에서 기술적으로 발달한 문자매체의 단독 전성
기로 분류될 수 있다.

이때 전 사회적으로 광범위한─마치 지금의 디지털화(Digitalisierung)
와 비견할 만한─문자화(Literalisierung) 현상이 그 절정을 이루게 된다.
문자라는 기술적 매체의 파급과 대중화 현상은 이전에는 문자로 전달되

지 않았던 내용들까지도 문자로 저장되고 전파되게 하는 동시에, 문자매체로 이루어진 가장 대표적인 예술양식인 문학의 기술과 수용, 그리고 그 내용에서도 변화를 야기했다. 리얼리즘 문학은 고전적인 양식이나 낭만적인 구도를 배제하고, 새로이 부상한 시민계급의 일상, 그리고 그들의 지극히 현실적인 욕망과 사랑에 대한 태도를 묘사하고 있는데, 이는 산업혁명 이후의 과도기적 사회에서 시민계급을 대상으로 하는 문학시장과 신문 문예란이 부상하게 된 시대적 요구와도 일치한다. 바로 여기에서 주도매체의 대중화를 통한 수용자층의 각성과 자의식 획득이라는 문화적 현상이 관찰된다.

이 글에서는 광범위한 문자화 현상과 함께 문학작품에서는 과연 어떠한 변화가 일어났는지 '베를린 사회소설'이라고 불리는 테오도어 폰타네의 후기작품을 중심으로 살펴보기로 한다. 내용적으로는, 영웅적이고 고귀한 결정이 아니라 사회적이며 경제적인 현실을 고려한 결정을 내리는 현대화된 주인공들의 모습이, 그리고 형식적으로는, 다중시점(Polyperspektive)이라는 이전보다 한층 복잡해진 현실구성의 원칙과 함께 묘사에서도 매체확장적인 기법이 다루어질 것이다.

2. 리얼리즘 시대의 문자화 현상

매체의 경쟁이나 주도적 매체의 부상, 그리고 상호 네트워크화 같은 현상은 비단 최근에 시작된 것이 아니라 문학의 역사에서 언제나 관찰할 수 있었던 현상들이다. 이같은 사실은 문예학을 매체학의 일부로 포함시키고자 하는 시도에 대하여 오히려 매체학을 문예학의 한 방법론으로 채택하도록 하는 근거가 되고 있다. 무엇보다도 문학은 오랜 시간 '인쇄물'이라는 구체적이고 물질적인 형식과 결부되어 있었기 때문에, 이를 다루는 기술과 산업이 발전하면서 그를 통해 전달되는 내용인 문학에 어떠한 영향을 주었는가를 살펴보는 것은 문예학과 문화학의 영역에서도 매우 흥미로운 주제이다.

기술의 발전과 서적시장의 형성

리얼리즘 시기는 문학이 더이상 상위계급만의 향유물로 여겨지지 않았던 시대였다. 이러한 변화는 문자를 다루는 매체능력―읽기와 쓰기―이 소수의 엘리트 그룹에서만 존재했던 중세와 근대 초기로부터, 활발히 대중화되기 시작한 18세기 중반을 거쳐 19세기 후반의 리얼리즘 시대에 비로소 완성된 것이다. 실제로 18세기 초의 독일인 대부분은 읽을 줄도 쓸 줄도 몰랐지만, 19세기 초에는 약 25%의 인구가 독서를 하게 되었고(보이틴, 183쪽), 리얼리즘 시대에 이르러서는 독일어권 지역의 문맹률이 10% 이하로 떨어지게 된다.

이러한 독서인구의 확장은 물론 일차적으로 문학을 전달하는 인쇄술의 보편화와 보폭을 같이하고 있다. 잘 알려져 있듯이, 구텐베르크의 성서 인쇄로 1450년대에 시작된 활판인쇄술은 근대적인 과학기술의 발달과 함께 곳곳으로 확산되기 시작하는데, 영국과 프랑스에서 책을 출판하는 산업이 지속적으로 성장할 수 있었던 반면, 정작 독일에서는 17세기 중반까지 계속되었던 30년전쟁의 여파로 그 발전이 더뎠던 것이다. 독일의 경우, 18세기에 이르러서야 그간의 열세를 만회할 수량의 서적들이 인쇄되기 시작한다. 1700년에서 1800년 사이에는 17만 5천 권에 이르는 독일어 책들이 출판되었는데, 그중 삼분의 이에 달하는 책이 1750년 이후에 출판된 것이라는 사실은 18세기 후반부터 활발해지기 시작한 독일 도서산업의 발전상을 잘 보여준다(Engelsing, 1973, 56쪽). 『독일인을 위한 비평문학 시론』을 저술했던 고체트는 이미 1740년에 "이전에 그렇게 비싸고 귀하던 책은 지금은 놀라울 정도로 그 수가 증가하여, 지식을 추구하는 가난한 애호가도 구할 수 있는 것이 되었다"고 서술하고 있다.(Schütz /Wegmann, 60쪽)

이러한 상황은 19세기 초를 격렬하게 수놓았던 정치적 변동이 한차례 지나간 19세기 중반에 한층 더 가속화되는데, 실제로 독일의 본격적인 산업화는 1850년에서 1875년에 집중적으로 이루어졌다. 인쇄기술뿐만 아니라 시민계급을 중심으로 한 기술혁명은 사회 전반을 이루고 있는 각 체제의 현대화의 기틀을 형성하는 데 기여한다. 짧은 기간 동안 각종 회사들이 쏟아져나와 '회사난립시대'라고 불리는 이 시기에는 이름만 걸어놓은 유령회사들도 있었지만, 한편으로 현대 독일경제의 주축을 이루는 대기업들도 그 기반을 잡았다. 특히 철강과 화학산업을 기초로 한 지멘스, 오펠, 아에게, 튀센, 헨켈, 바이어 등이 모두 이때 설립된 회사들이다. 이는 정치적으로 탈출구를 찾지 못한 독일 시민계급이 자연과학과 경제산업 분야에 매진한 결과이기도 했다.(고영석, 1986, 350~351쪽)

경제적으로 놀라운 성공을 거두며 부상하기 시작한 시민계급 내의 지각변동은 비단 사회적 위치나 세계를 바라보는 시선뿐만 아니라, 교양과 예술의 영역에서도 큰 변화를 가져온다. 경제적으로 부유해진 시민 독자층은 이들을 위한 상업적 문학시장이 생성될 만큼 문화적으로도 급성장하기 시작한 것이다. 이전 독자층과의 차이는 이들이 향유하는 문자매체들이 소수를 위한 것이 아니라, 매스미디어의 형태를 띠기 시작했다는 점이다. 제지공장에는 대량생산이 가능한 윤전기가 보급되었고, 서적을 유통하고 판매하는 상업망도 조밀해지기 시작했다. 대형 출판사들의 등장, 서점의 증가와 발행부수의 증가로 인한 가격 인하, 그리고 새로운 형태의 인쇄물의 개발은 1869년과 1901년 사이에 서적 판매가 대규모로 확장될 수 있었던 직접적인 원인이 되었다(보이틴, 313~314쪽).

독서방식의 변화와 산문문학의 부상

문자매체의 폭발적인 대중화로 이전에는 굳이 문자로 전달되지 않았던 부분들까지 문자화하여 저장하고 인쇄물로 전달하는 문자화 현상이 두드러지게 나타난다. 대표적으로 정원을 꾸미는 일이라든지, 농업분야에서의 경험들은 이전에는 굳이 활자화되지 않고 구전되던 지식들이었다.(Schütz/Wegmann, 60쪽) 높아진 정보욕구와 함께 신문과 잡지, 팸플릿 등도 대량으로 인쇄, 유포되었으며, 가십거리들도 이러한 형태로 쉽게 찾아볼 수 있었다. 그리하여 19세기 동안 종이의 사용량은 이전 시대와 비교해 열 배 이상 늘어났다. 1990년대 디지털매체가 대중화된 이후에 이루어진 각종 문서정보의 경쟁적인 전산화를 연상하면 이때의 열기를 짐작해볼 수 있겠다. 인쇄술의 발달과 함께 시작되어 리얼리즘 시대에 절정을 이룬 문자화 현상은 무엇보다도 문학을 수용하는 방식에 있어서 가장 큰 변화를 야기하게 된다. 다시 말해 독서는 더이상 이전처럼 독서회나 공공도서관, 혹은 대학기관에서 행해지는 공적인 일이 아닌, 개개인의 취향에 따른 매우 사적인 일이 되었다. 그룹 안에서 문학을 수용하기 위해 흔히 취했던, 원고를 낭독하는 방식의 독서형식이 시각적이고 청각적인 요소를 가지고 있는 일종의 퍼포먼스와 유사했다면, 독서는 이제 완전히 "조용하고, 개인적이며, 은밀한"(Schütz/Wegmann, 61쪽) 행위가 되었으며, 세계의 지식과 작가의 예술혼을 전달받는 컬트적인 것에서 하나의 상품으로 구입하여 언제든지 되풀이할 수 있는 일상적인 일이 되었다.

이러한 수용방식의 변화와 함께 부상하기 시작한 것이 바로 전통적으로 높이 평가되어왔던 운문문학을 제친 근대적 산문문학이다. 낭송을 중심으로 하는 운문문학보다는 사적인 장소에서 원할 때마다 오랜 시간에 걸쳐 수용할 수 있는 산문문학, 그중에서도 장편소설이 문학시장에서 선호되었다. 리얼리즘 시대를 기점으로 명실 공히 현대의 중심적인 문학장르로 자리잡게 된 소설은 점점 더 복잡해지고 있는 현실의 모든 문제들을 포괄적이면서도 객관적으로 묘사할 수 있다는 장점을 가지고 있었으며, 또한 새롭게 등장한 신문 문예란(Feuilleton) 형식에도 적합했다. 신문이나 잡지의 문예란은 1848년에 등장한 이후, 차츰 신문에서 가장 중요한 부분의 하나로 자리잡았는데, 이는 문학시장에서도 매우 큰 자리를 차지했다. 리얼리즘 시대의 작가들은 우선 신문에 연재한 작품들을 연재가 종료된 후 책으로 출판하는 것이 일반적이었으며, 따라서 방대한 분량의 장편소설을 신문사의 경제적 지원을 받아 완성할 수 있었다.

가장 많은 독자를 확보하고 있었던 잡지 『정자亭子, Gartenlaube』는 1853년에 발간되어 1943년까지 발행되었는데 총 발행부수는 38만 부에 이르렀으며, 모두 14편의 소설이 80번에 걸쳐 실렸다. 대부분의 리얼리즘 작가들이 신문과 잡지에 실린 작품의 고료로 생활할 수 있었는데, 1881년 폰타네의 수입을 보면 서적상으로부터 500탈러, 『포시셰 차이퉁 Vossische Zeitung』의 연극비평가로 활동하면서 800탈러를 받았으나, 여러 가지 연재소설의 고료로 받은 액수는 1,300탈러에 이르렀다. (Schütz/Wegmann, 64쪽) 폰타네의 마지막 작품인 『슈테힐린』(1898)도 『정자』와 함께 문학시장을 선도했던 잡지 『육지와 바다Über Land und Meer』(1858년 발간, 1925년 폐간)에 1897년 10월에서 12월까지 연재되었다가 폰타네 사후에 단행본으로 출간되었다.

이러한 사실은 새롭게 부상한 문학형식이 모두 그 매체형식에 가장 적합한, 그리고 그 매체와 결합된 생산과 수용의 방식에 가장 적합한 방식을 지향하고 있음을 보여준다. 또한 리얼리즘 소설은 신문기사의 주제가 되기도 하는 당대의 사회현실을 주요 모티프로 삼아 독자층의 대중적인 취향도 만족시킬 수 있었다. 독서가 막강한 경제력을 바탕으로 교양을 쌓은 시민들의 '위신을 위한' 장치로 기능했다는 지적에도 불구하고, 실제적으로 이 시대에 가장 인기를 끌었던 것은 극단적 상황이나 격렬한 감정을 내보이는 통속문학이었다. 이러한 통속문학과 경쟁하면서, 동시에 예술적 형상화를 포기하지 않았던 리얼리즘 작가들이 선택한 길은 어떠한 측면에서 볼 때에도 조화를 추구하는 중용의 길일 수밖에 없었다. 이에 따라 리얼리즘 문학에서는 이전처럼 귀족적이고 낭만적으로 채색된 내용보다는 시민사회의 지극히 현실적인 일상을 문학세계 안으로 끌어들였으며, 동시에 일체의 수사학적 요소를 거부하고 과장이나 파토스가 개입되지 않은 짧고 건조한 문체를 사용하며 상투어 위주의 통속문학과 거리를 두었다. 이러한 중용적인 태도는 현실을 대상으로 하고 있으나, 현실과 완전히 동일하지 않은 폰타네의 '변용(Verklärung)'이라는 미학 원칙과도 일치한다. 무엇보다 문학의 대상이 특별하고 주목할 만한 영웅적, 혹은 비극적 사건이 아닌 평범한 개인의 일상적 모습이 되었다는 것은 이 시대에 이루어진 문자매체의 일상화와도 닮아 있다.

3. 폰타네의 사회소설

리얼리즘 시대에 변동하는 시민사회의 모습은 이제 문학 형상화의 주요 모티프로 자리잡게 된다. 신문기자로 먼저 출발하고, 저작 활동과 저널리스트 활동을 병행했던 폰타네의 18편의 소설 중 대부분은 사회현실을 배경으로 한 사회소설로 분류될 수 있는데, 무엇보다 눈에 띄는 것은 같은 주제를 다루는 신문기사에서는 실현할 수 없는 압도적이고 세세한 일상의 묘사이다. 사소한 것들이 부각되고, 평범한 문제들도 진지하게 취급되며, 과장이나 격한 감정보다는 단순하고 구체적인 언어들이 쓰이고 있는 것이다. 이러한 특징은 후기작품으로 갈수록 더욱 뚜렷해지는데, 일상어를 기본으로 한 문체는 현실에 보다 가깝고 세밀한 묘사를 가능하게 하며, 동시에 문학시장이 폭넓게 대중을 수용하고 있음을 잘 드러내고 있다.

현실적인 욕망과 사랑

고전주의나 낭만주의와는 달리 문학의 대중화를 표방했던 사실주의 작가들의 최대의 과제는 센세이셔널한 주제와 문체로 인기를 누린 통속소설과 거리를 취하면서, 사회의 표면 아래 일어나는 변화를 포착하는 일이었다. 당시 인기를 누리던 오락소설들이 대중의 기대에 부응하고자 점점 더 상투어와 파토스로 넘쳐흐르게 되었을 때, 폰타네는 지극히 현실적인 이유로 행동을 결정하는 주인공들을 등장시켜, 규모가 큰 사건이나 영웅적인 결단 등으로는 표현할 수 없는 한층 복잡하고 미묘한 사회적, 심리적 상황을 묘사할 수 있었다.

전쟁이 일어날지도 모른다는 불안이 감돌던 1870년대 중반의 베를린 사회에서 누군가가 공개적으로 평화를 지지한다면, 그것은 국가에 대한 애국의 열정이나 정치적 판단에서가 아니라, 단지 자신이 소유하고 있는 재산이나 그 재산을 관리하고 있는 남편을 잃고 싶지 않은 것뿐이다. 폰타네는 첫번째 사회소설 『간통녀 L'Adultera』(1879/80)에서부터 이렇게 결코 영웅적이지 않은, 그렇다고 악인이라고 분류될 수도 없는 인물들을 등장시킨다. 이들의 생각은 자랑스러운 것은 아니지만, 그렇다고 누군가가 비난할 수도 없는 매우 현실적인 것이다.

재산을 지켜야 한다는 생각이 애국심을 앞지르는 이러한 심리와 마찬가지로 사랑에 대한 담론도 더이상 사랑 자체를 위해서 모든 것을 희생시킬 만한 것으로 등장하지 않는다. 이것은 사랑을 선택할 때나, 그 사랑과 이별할 때 모두 동일하게 적용된다. 신분의 차이를 뛰어넘는 낭만적 사랑은 사회적 체면과 위신의 유지가 주는 이점과 비교해 결코 더 매력적인 것이 아니다. 실제로 신분의 차이에도 불구하고 불같은 열정으로 이루어지는 사랑이란 현실적으로는 거의 실현되지 않는 일이다. 주 독자층인 시민 계급에게 이러한 현실적인 사랑법은 고귀하고 희생적인 사랑관보다 훨씬 더 자연스러운 일로 이해되었다. 『얽힘과 설킴 Irrungen Wirrungen』 (1888)에서 귀족 출신의 청년장교와 비천한 출신의 가난한 아가씨의 사랑은 결국 이루어지지 않는다. 여주인공인 레네의 여러 덕목에도 불구하고 청년장교인 보토가 마지막에 선택하는 것은 신분에 맞는 집안의 아가씨인 케테이다. 주인공은 자신의 사랑이라는 이기적인 욕망보다는 집안의 체면 같은 전통적인 관습을 더 존중하겠다는 논리를 펴고 있지만 그것은 사회와의 갈등을 피하고, 공들여 쌓아둔 인간관계를 깨뜨리고 싶지 않은, 마찬가지로 이기적이고 현실적인 동기일 뿐이다. 이와는 달리, 같은 갈등구조에서 낮은 신분의 여주인공을 사랑하고 그녀와 진심으로 맺어지기를 바라는 발데마 백작이 등장하는 『슈티네Stine』(1890)는 자신의 선택이 불러올 결과를 견디지 못하는 남자 주인공의 자살로 끝을 맺는다. 인상적인 것은 두 작품 모두 결실을 보지 못하는 사랑을 담담하게 받아들이는 여주인공이 등장한다는 점이다. 소시민계급인 이들은 현실성 없는 공상에 빠지거나, 이루어지지 못하는 사랑에 분노하거나 좌절하지 않고, 높은 신분의 남자 주인공보다 더 현실을 직시하는 모습을 보이고 있다.

이러한 여주인공들의 모습은 경우에 따라서는 체념적인 모습으로 비치기도 하는데, 『에피 브리스트Effi Briest』(1896)에서도 여주인공의 분노는 사회 전반에 대한 날카로운 비판이 되지 못하고 세상과의 맥없는 화해로 끝나버린다. 애초에 인스테텐 남작이 자신의 부인인 에피와 칠년 전에 정을 통한 크람파스 소령에게 결투를 신청하는 것도 부인에 대한 열렬한 사랑과 배신의 감정 때문이 아니다. 이러한 행위가 욕망하는 것은 실추된 사회적 체면의 회복이며, 실현되는 것은 이러한 경우 으레 해야 하는 행동에 대한 사회적 요구이다. 그러나 이같은 욕망이 직선적으로 여과 없이 드러나는 것이 아니라, 제도의 불합리한 점을 통찰할 수 있는 인물에 의해 거리감을 두고 기술된다는 것이 폰타네의 작품이 보여주는 탁월함이다.

"다른 사람들과 함께 산다는 것은 어떤 특정한 것을 형성하게 마련이고, 그것이 한번 존재하게 되면 우리는 그가 가진 조항에 따라 모든 것을 판단하는 데 익숙해집니다. 그러니까 타인과 우리 스스로를 판단하는 일에 말이지요. 그것에 저항하는 것은 불가능합니다. (……) 그 독재적인 사회의 어떤 것은 매혹이라든가 사랑이라든가 공소시효 같은 것에 대해서는 관심이 없습니다. 저에게는 다른 선택의 여지가 없습니다. 해야만 합니다."(Fontane, 2001, 235쪽)

새로운 시대가 오는 것을 모르는 것이 아니라, 변화를 감지하지만 스스로는 옛 체제에 복무할 수밖에 없다고 주장하는 등장인물들은, 정치적으로 보수적이면서도 그 밑에서 변동하기 시작한 이 시기를 가장 대표적으로 표현해줄 수 있는 입체적인 인물들이다. 그리고 이들이 가진 불완전성은, 시대적 상황과 맞물리며 더욱 큰 설득력을 얻는다. 이렇게 독자들이 작품 속 인물들을 일면적으로 평가하는 것이 아니라, 각자의 관점에서 그들이 취하는 행동의 이유를 바라보는 것이 가능한 것은 폰타네 특유의 서술기법인 대화에 의한 전개와 등장인물들에 의해 다중화되어 바뀌는 시점에 힘입고 있다.

현실의 복잡한 구성원칙―서술자의 후퇴와 다중시점

리얼리즘 문학, 특히 폰타네의 작품세계에서 우리는 후기로 갈수록 세밀해지고 객관화되는 일상생활의 서술적 묘사를 관찰할 수 있는데, 특히 대부분 대화로 이루어진 전개는 현대사회의 새로운 구성원칙인 동시성(Simultaneität)의 징후를 보여주고 있다. 등장인물들은 상대를 달리하여 여러 대화를 나누면서 줄거리를 이끌어가는데, 이들은 자신의 고유한 시각으로 다른 사람들과 세계를 묘사하는 관점화된 대화를 보여주고 있다.(최윤영, 320쪽; Brinkmann, 129쪽) 동시에 독자의 입장에서는 인물들이 각자의 세계관을 피력함으로써 스스로를 묘사하고 있는 것이기도 한데, 따라서 독자는 서로 다른 관점에서 자신의 의견을 전개하는 여러 등장인물들에게 차례로 설득당하는 경험을 하게 된다. 예를 들면 『페퇴피 백작 Graf Petöfy』(1884)에서 불륜으로 인한 결혼생활의 파탄에 대해 작가는 한 가지 원인이나 결론으로 독자를 유도하지 않는다. 이 사건과 관계된 등장인물들은 각기 다른 관점에서 이에 대해 판단하고 스스로를 반성하는 것이다. 이러한 다중적인 시점(Liesenhoff, 97쪽)은 동시에 작품이 가진 내적인 다선형성(Multilinearität)을 드러내어 일면적으로 파악될 수 없는 사건의 여러 측면을 동시에 표현하고 있다.

『얽힘과 설킴』이나 『슈티네』 같은 작품에서도 서술자는 소설의 도입부에 잠깐 등장하고 주요 사건은 대부분 등장인물들 사이의 대화나 독백으로 전개되는 것을 볼 수 있는데, 이러한 기법은 작가의 마지막 작품인 『슈테힐린』에서 정점을 이룬다. 『슈테힐린』은 여러 가지 면에서 전작들이 보여준 기법의 총체적인 완성이면서, 동시에 나머지 작품들과 거리를 취하고 있는 흥미로운 작품이다. 무엇보다도 이전 작품들에서는 지금도 현대 드라마의 골조를 이루는 전형적인 모티프들, 즉 지체 높은 신분과 서민 사이의 사랑이라는 긴장구조(『얽힘과 설킴』『슈티네』), 불륜이나 간통사건(『간통녀』『페퇴피 백작』『만회할 수 없는 사랑Unwiederbringlich』 『에피 브리스트』), 혹은 살인과 범죄(『그레테 민데Grete Minde』『엘러른 클립Ellernklipp』『배나무 밑에서Unterm Birnbaum』『대차관계의 해결 Quitt』) 등이 주요 사건이 되었다면, 『슈테힐린』에서는 이러한 모티프들을 찾아볼 수 없다.

1897년의 한 편지에서 작가는 다음과 같이 적고 있다.

여기에 서술된 이야기란 정말 아무것도 아닙니다! 끝에 가서 한 노인이 죽고 두 젊은이가 서로 결혼한다는 게 5백 페이지에 걸쳐 일어난 사건의 거의 전부이지요. 복잡한 사건이나 그 해결도 없고, 마음의 갈등 따위도 도무지 없을뿐더러, 긴장이나 놀라움도 전혀 찾아볼 수가 없답니다. 마르크 지역의 한 구식 영지와 신식인 (베를린의) 어느 백작 집에 각양각색의 사람들이 모여서 서로 하나님과 세상일에 대해 이야기하고 있는 것뿐이지요. 모든 게 잡담이고 대화지만, 그 속에 성격이 드러나고 역사가 들어 있답니다.(Fontane, 1981, 416~417쪽)

인물들 간의 대화로 소설이 전개되지만 중심적인 주제가 그 안에서 직접 쟁점화되는 것도 아니다. 커다란 사건이나 갈등 없이 대화를 통해서 부수적으로만 드러나는 내용의 전개는 마치 두브슬라프 노인의 "부차적인 이야기만 하다가 가끔 본론을 간과해버리"(폰타네, 247쪽)고 만다는 편지 쓰기처럼 진행된다. 예를 들면 볼데마르가 영국으로 파견된다는 중요한 소식은 근위대 구락부의 구석방에서 장교들이 나누는 잡담중에 독자에게 처음 알려지는데, 이 이야기에서도 볼데마르의 영국 파견이라는 내용 전개상의 중심적인 사건보다는 이야기의 화자인 장교들이 겪었던 영국 파견시의 에피소드, 즉 영어단어 백 개 정도를 알면 일상생활이 어렵지 않다든지, 하녀를 유혹하려는 장면을 거리에서 공연하던 중국인 곡예사에게 들켰다는 등의 부수적인 잡담이 주를 이루고 있다.

그러나 부차적인 이야기만 하다가 본론을 잊어버린 듯 느껴졌던 두브슬라프 노인의 편지가 사실은 "줄마다 사랑과 호의와 기묘함이 가득"하며, 동시에 "바로 이 기묘함이 실제로 핵심을 찌르고"(폰타네, 248쪽) 있는 것처럼, 이러한 평범한 대화의 제공을 통해 소설의 줄거리는 일상의 모습과 더욱 흡사해진다. 소설 속에서 서로를 바라보는 등장인물 각각의 생각과 이러한 사고방식을 통해 드러나는 그들 각각의 모습을 모두 종합해야만 이들이 함께 구성하고 있는 하나의 세계가 파악되는 것이다. 따라서 독자는 마치 일상생활에서 얻는 다양한 정보 속에서 스스로가 주요 내용을 구성하듯 소설을 읽어나갈 수 있으며, 이렇게 서술자가 후퇴하고 독자에게 다선적인 구성의 과제를 준 것은 현대성을 드러내는 하나의 징후로 볼 수 있다.(Müller-Seidel, 149쪽) 무엇보다도 폰타네는 '커다란 사건'이 아니라, 삶과 사회를 구성하고 있는 세세하고 시시콜콜한 이야기들의 묶음으로 19세기 독일 시민계급의 초상화를 '그려내고' 있는 것이다.

풍경화의 서술방식―매체의 확장

『슈테힐린』에 잘 나타나듯이 단역으로 끝나는 등장인물에 대한 비교적 상세한 설명과 순간순간 하이라이트를 비추고 암전되는 연극을 연상시키는 장면 전개, 그리고 감정이 섞이지 않는 객관적이고 냉철한 관찰자의 시선 등의 요소는 폰타네의 후기작품에서 새로운 시각매체와의 연관성을 예감하게 하는 것으로 지적되어왔다.

특히 폰타네 소설의 첫 장은 오늘날의 시각에서는 영화의 인트로를 연상시키는 서술방식을 선택하고 있는데, 전체적인 도시나 지역으로부터 점점 더 구체적인 풍광을 묘사하면서 "렌즈의 포커스처럼"(박신자, 120쪽), 혹은 카메라의 줌인과도 같이 진행된다. 마지막에는 독자들의 시선을 주인공이 살고 있는 저택이나 성으로 이끌고, 카메라가 이동하듯 담 안쪽, 혹은 창문 안쪽의 풍경까지 구석구석 그려내는 것이다. 이를 사진매체와 관련하여 살펴보는 입장도 흥미롭지만, 폰타네의 작품은 당시 순간의 포착에 머물러 있던 정적인 사진 묘사보다는 전형적인 풍경화의 표현기법을 보이고 있어서, 이를 새로운 시각매체로 인한 간섭보다는 문자매체의 성숙으로 인한 묘사의 매체적 확장이라고 보는 것이 더 타당할 듯하다.

움직이는 카메라의 시점을 선취하고 있는 것처럼 보이는 도입부는 그림을 인지하는 방식으로 구성되어 있다. 즉 광의의 장소에서 협소한 곳으로 점점 좁혀지는 묘사는 이미지의 인지방식에서 전체를 먼저 보고 세부적인 것을 파악해나가는 전체-하부(top-down) 구조와 상응하는 것이다. 우리가 명화를 감상할 때 전체의 이미지를 먼저 파악하고 다음에 디테일을 감상하게 되는 것과 같다. 반면 문자의 인지방식은 세부를 먼저 보고, 그로써 전체 이미지를 파악할 수 있는 하부-전체(down-top) 방식을 취한다. 책을 읽을 때는 하나하나의 단어와 문장의 의미를 먼저 파악해야 전체적인 내용을 그려낼 수 있는 것이다. 폰타네의 서술기법은 문자로 풍경을 서술하되, 풍경화를 감상할 때 우리가 취하는 이미지 인지 방법을 채택하여 독자가 두 가지 상반된 매체 수용방식 사이의 긴장을 느낄 수 있는 방식을 취하고 있다. 예를 들어, 『슈테힐린』의 도입부에서는 수마일에 걸쳐 펼쳐진 커다란 호수들의 모습과, 그중의 하나인 슈테힐린 호숫가의 정경이 먼저 묘사되고 나서 그 호수 남쪽에 자리잡고 있는 동명의 작은 마을, 그리고 그 마을 한쪽 끝에 다리를 건너 서 있는 슈테힐린 성으로 이어진다. 이렇게 전체에서 세부로 향하는 이미지 인지

방식을, 독자는 문자로 먼저 읽고 머릿속에서 완성하게 된다. 즉 기술된 문자가, 머릿속에서 제자리를 찾는 순간 비로소 '색조와 색채가 풍부한' 커다란 풍경화의 모습이 그려지는 것이다. 이러한 이미지 인지방식을 취하는 폰타네 특유의 기법은 세밀하고 방대한 묘사와 더불어 문자매체의 확장과 자신감을 엿볼 수 있게 한다.

4. 나오는 글

폰타네는 『슈테힐린』의 두브슬라프 노인의 입을 빌려, 사회의 총체적인 현실을 촘촘한 문자의 그물망으로 그려내려는 자신의 입장을 다음과 같이 문자를 최소화한 매체인 전보를 비판하면서 우회적으로 드러내고 있다.

"전보를 친다는 것은 (……) 간결한 게 미덕이라고들 하지만, 간결하게 요약한다는 것은 대개의 경우 조잡하게 요약한다는 것을 뜻해요. 책임성 이라고는 흔적도 없어요."(폰타네, 34쪽)

조잡하게 요약된, 따라서 책임감이 결여된 문학이 아니라, 많은 양의 문자를 재료로 사용해 최대한 현실을 실감나게 담아내려는 문학적 시도는 현실적인 욕구를 가지고 있는 현대적인 주인공들에게 그들의 입장과 시각을 주관적인 간섭 없이 발화할 수 있는 기회를 줌으로써 복잡해진 세계를 한층 더 입체적으로 그려낼 수 있게 한다. 문자매체는 기술적, 문화적으로 이러한 요구를 담아내고 나아가 묘사방식에서도 매체의 경계를 넘어설 정도로 발전했으며, 여기에 적합한 신문 문예란의 형식은 경제적으로 부상한 시민계급을 대상으로 문학의 대중화를 성취해냈다.

이렇듯 문자매체의 성숙과 팽창의 시기에 등장했던 리얼리즘 양식을 매체현상과 결부시켜 살펴보는 것은 새로운 기술적 매체의 출현과 이로 인한 매체전환기를 경험하고 있는 우리에게도 시의적절하다. 새로운 형태와 전달방식을 가진 문학의 등장은 시민계급의 문학 수용능력을 확장시켰으며 이에 따른 주도매체의 대중화를 통한 사용자층의 확장과 각성은 지난 80년대 후반부터 빠른 속도로 일반화된 퍼스널 컴퓨터와 인터넷이 가져온 오늘날의 변화와도 크게 다르지 않은 것이다. 리얼리즘의 시대는 우리가 생각하는 것보다 훨씬 더 우리 시대와 가깝게 놓여 있다.

참고 문헌

1차 문헌

테오도어 폰타네, 『슈테힐린』, 고영석 옮김, 학원사, 1985.

Fontane, Theodor, *Werke in 5 Bänden*, München 1974.

_____, *Effi Briest mit Materialien, ausgewählt von Hanns-Peter Reisner und Rainer Siegle*, Stuttgart 2001.

2차 문헌

고영석, 「옛것과 새것에 대한 깊은 통찰」, 『슈테힐린』, 고영석 옮김, 학원사, 1985, 391~402쪽.

_____, 「사실주의 1850~1890」, 『독일문학사조사』, 서울대학교출판부, 1986, 347~378쪽.

박신자, 「테오도르 폰타네 소설에 묘사된 조형미술의 기능」, 『독일문학』 71집, 1999, 111~143쪽.

최윤영, 「테오도르 폰타네의 소설 『슈테힐린 호수』 분석 — 리얼리즘과 모더니즘의 문제」, 『독일언어문학』 제10집, 1998, 313~334쪽.

볼프강 보이틴, 『독일문학사 — 사회학적 관점에서 본 문학적 술화』, 허창운 외 옮김, 삼영사, 1991.

Brinkmann, Richard, *Theodor Fontane. Über die Verbindlichkeit des Unverbindlichen*, Tübingen 1977.

Engelsing, Rolf, *Analphabetentum und Lektüre. Zur Sozialgeschichte des Lesens in Deutschland zwischen feudaler und industrieller Gesellschaft*, Stuttgart 1973.

_____, *Der Bürger als Leser. Lesergeschichte in Deutschland 1500~1800*, Stuttgart 1974.

Fontane, Theodor, *Briefe in 2 Bänden*, München 1981.

Liesenhoff, Carin, *Fontane und das literarische Leben seiner Zeit*, Bonn 1976.

Müller-Seidel, *Theodor Fontane. Soziale Romankunst in Deutschland*,

Stuttgart 1980.

Schenda, Rudolf, *Volk ohne Buch. Studien zur Sozialgeschichte der populären Lesestoff 1770~1910*, München 1997.

Schmidt, Christopher, Teil und Gegenteil, SZ-Serien über große Journalisten (XXXI): Theodor Fontane, in *Süddeutsche Zeitung*, 2003.

Schütz, Erhard, Wegmann, Thomas, Literatur und Medien, in *Grundzüge der Literaturwissenschaft*, hrsg. v. H. L. Arnold u. H. Detering, 3. Aufl., Göttingen 1999.

고규진 연세대학교 독어독문학과와 동대학원을 졸업했다. 독일 보쿰 대학에서
수학하고 연세대에서 박사학위를 받았다. 현재 전북대학교 독어독문학과 교
수로 재직하고 있다. 저서로는『유럽의 파시즘: 이데올로기와 문화』와『기억
과 망각: 문학과 문화학의 교차점』(이상 공저)이 있으며 역서로는『새로운 문
학이론의 흐름』『기호와 문학』『담론분석의 이론과 실제』(이상 공역)가 있다.
주로 고트프리트 켈러, 독일 소설, 문화학 분야의 논문을 발표하고 있다.

고영석 서울대학교 독어독문학과와 동대학원을 졸업했다. 독일 프라이부르크 대
학과 콘스탄츠 대학에서 독문학과 독일사를 연구, 박사학위를 받았다. 연세대
학교 독어독문학과 교수로 재직하다 올해 8월 퇴임했다. 역서로는 테오도어
폰타네의『슈테힐린』이 있으며, 이 책에 수록된 다섯 편의 논문 외에도「축제
의 고전적 이념과 그 해체」「폰타네의 소설에 나타난 행복의 문제」「사실주의
1850~1890」「19세기 독일 역사소설의 서술구조」「19세기 독일 리얼리즘의
특징과 폰타네의 소설『얽힘과 설킴』」 등이 있다.

고원 서울대학교 독어독문학과와 동대학원을 졸업했다. 독일 자르브뤼켄 대학에
서 독문학과 비교문학을 연구, 박사학위를 받았다. 현재 서울대학교 독어독문
학과 교수로 재직하고 있다. 로베르트 무질의 실험적 단편소설「조용한 베로
니카의 유혹」에 대한 박사논문과『제3의 텍스트: 영화와 소설 또는 정신분석
학적 글쓰기』(서울대출판부, 2002)를 썼으며『한글나라』『미음 속의 사랑』
『미음 속의 이응』『나는 ㄷㅜㄹ이다』 등의 시집을 출간했다. 문화예술전문지
『제3의 텍스트』의 편집인이기도 하다.

권선형 연세대학교 독어독문학과와 동대학원을 졸업했다. 독일 튀빙엔 대학에서
현대 독일문학을 연구하고 박사학위를 받았다. 전 한신대 연구교수, 연세대
강사로 현재는 숭실대, 한신대, 한남대학교에서 강의하고 있다. 저서로는『빌
헬름 라베의 후기작품『포겔장의 서류들』에 나타난 그로테스크』(독문)가 있

으며 논문으로는 「역사 새로 쓰기와 기억 / 망각화 작업. 역사와 기억 그리고
정체성」「독일 생태공동체와 유토피아」「기억, 정체성 그리고 문화적 기억으
로서의 시대소설. 마르틴 발저의 『유년 시절의 정체성』 고찰」「빌헬름 라베의
사실주의와 현대성」 등이 있다.

김용민 연세대학교 독어독문학과와 동대학원을 졸업했다. 독일 보쿰 대학에서
독문학을 연구하고 박사학위를 받았다. 현재 연세대학교 독어독문학과 교수
로 재직하고 있다. 저서로는 『에리히 프리트 시에서 자연의 정치화 연구』(독
문)『생태문학』『통일 이후 독일의 문화통합과정』(공저)『세계 속의 한국문
학』(공저) 등이 있고 역서로는 『말테의 수기』『서동시집』『기호와 문학』(공
역)『새로운 문학이론의 흐름』(공역) 등이 있다. 생태문학, 독일 통일과 문학,
독일에서의 한국문학 수용에 대한 논문을 여러 편 발표했다.

김진영 미국 휘튼 칼리지(B.A.)와 예일 대학(M.A., Ph.D.)에서 러시아문학을
전공했다. 현재 연세대학교 노어노문학과 교수로 재직하고 있다. 저서로는
『레닌그라드에서 온 편지』가 있으며 역서로는 『땅 위의 돌들』(러시아 현대시
선)과 『코레야 1903년 가을』이 있다. 그외 19~20세기 러시아 문학에 대한 논
문을 여러 편 발표했다.

배정희 연세대학교 독어독문학과를 졸업했다. 독일 괴팅엔 대학에서 현대 독일
문학을 연구하고 박사학위를 받았다. 연세대, 한양대를 거쳐 현재 경성대, 해
양대에서 문화와 영화를 강의하고 있다. 저서로는 『근대의 경험과 리얼리즘
소설의 형식』(독문)이 있으며 역서로는 『청기사』『짐멜의 문화이론』『앨리
스, 깨어나지 않는 영혼』 등이 있다. 미디어와 문화에 대한 논문을 여러 편 발
표했다.

송기정 이화여자대학교를 졸업했다. 파리 제3대학에서 불문학을 전공하고 석, 박
사학위를 받았다. 현재 이화여자대학교 불어불문학과 교수로 재직하고 있다.
저서로는 『프랑스 문학과 여성』과 『프랑스 문학과 예술』(이상 공저)이 있으며
논문으로는 「발자크의 철학소설에 나타난 연금술적 테마」「발자크 소설과 광

기」「모파상의 환상소설과 광기」「스탕달의 소설과 광기」「루소의 광기와 자서전적 글쓰기」「외디푸스 신화의 재창조—식수의 〈외디푸스의 이름〉을 중심으로」「르 클레지오의 「검역」에 나타난 공간 연구」「콜레트 작품에 나타난 관능」 등이 있다. 곧 『신화적 상상력과 문화』(3인 공저)가 출간될 예정이다.

신혜양 숙명여자대학교 독어독문학과와 동대학원을 졸업했다. 독일 뮌헨 대학에서 독문학을 수학하고 뮌헨 괴테-인스티튜트에서 독일어교사자격을 취득했다. 숙명여대에서 독문학을 연구하고 박사학위를 받았다. 현재는 숙명여자대학교 독어독문학과 교수로 재직하고 있다. 저서로는 『한독 여성문학론』『독일어권 문화 새롭게 읽기』『외국어 고등학교 독일어 회화』(이상 공저) 등이 있으며 논문으로는 「헤르만 브로흐의 소설과 소설이론 연구—「현혹」과 「죄 없는 사람들」을 중심으로」「환상문학으로 본 카프카의 「변신」」「문화 간 의사소통을 위한 프로젝트로서의 여행—독일어권 지역학 수업 "독일문화기행"과 관련하여」「망각, 고향상실 그리고 구원으로서의 글쓰기—W. G. 제발트의 『아우스털리츠』의 경우」 등이 있다.

안문영 서강대학교 독어독문학과를 졸업하고 고려대학교 대학원에서 독문학을 전공했다. 독일 본 대학에서 독문학을 연구하고 박사학위를 받았다. 현재 충남대학교 독어독문학과 교수로 재직하고 있다. 역서로는 라이너 마리아 릴케의 『두이노의 비가／오르페우스에게 바치는 소네트』(제1회 한독문학번역상)와 제니 에르펜베크의 『늙은 아이 이야기』, 로버트 슈나이더의 『오르가니스트(원제: 밤의 형제)』가 있으며 릴케, 첼란, 괴테, 그리고 번역문제에 대한 논문을 여러 편 발표했다.

유현주 연세대학교 독어독문학과와 동대학원을 졸업했다. 독일 베를린 훔볼트 대학에서 독문학, 매체학, 문화학을 연구하고 박사학위를 받았다. 훔볼트 대학, 포츠담 대학, 뒤셀도르프 대학에서 강의했으며, 현재 연세대학교에서 강의하고 있다. 저서로는 『하이퍼텍스트—디지털 미학의 키워드』와 『Text, Hypertext, Hypermedia』가 있으며 논문으로는 「하이퍼미디어 문학의 미학적 전략—디지털 문학에서의 생소화효과」「비주얼 포엠의 전통에서 본 독일의 디지털 포엠 — 매체의 경쟁과 상호매체성」「디지털 문학과 상호작용성 —
참여의 즐거움에서 바이러스미학까지」 등이 있다.

윤혜준 버펄로 뉴욕 주립대학에서 영문학을 연구하고 박사학위를 받았다. 현재
연세대학교 영어영문학과 교수로 재직하고 있다. 저서로는『찰스 디킨스의
자본의 관상학』(영문)과『포르노에도 텍스트가 있는가』가 있으며 역서로는
『올리버 트위스트』와『로빈슨 크루소』가 있다. 장편소설『비발디풍 어머니』와
연작시집『청담동의 페트라르카』를 발표했다.

이병훈 고려대학교 노어노문학과를 졸업하고, 모스크바 국립대학에서 19세기 러
시아 문학비평사에 대한 연구로 석, 박사학위를 받았다. 서울대, 고려대, 연세
대에서 러시아문학을 강의했고, 최근에는 연세대의대, 고려대의대, 가톨릭대
의대, 인제대의대에서 의학과 관련된 문학강의를 하고 있다. 현재 경북대학교
노어노문학과 연구교수로 재직하고 있다. 역서로는 푸시킨의 드라마『보리스
고두노프』와 벨린스키의 비평선집『전형성, 파토스, 현실성』, 비고츠키의『사
고와 언어』 등이 있고 논문으로는 「예술적 공간을 보는 두 가지 시각」과 「'등
장하지 않는 인물'에 대한 연구」 등이 있다.

정항균 서울대학교 독어독문학과와 동대학원을 졸업했다. 독일 부퍼탈 대학에서
박사학위를 받았으며 현재 서울대학교 독어독문학과 교수로 재직하고 있다.
저서로는『므네모시네의 부활』이 있으며 논문으로는 「미로 속 나비의 날갯짓:
포스트모던시대의 카오스 이론의 문화적 의미연구」「페터 한트케의『반복』에
나타난 욕망과 반복의 미학」「페터 바이스의 작품에 나타난 기록문학적 요소
와 초현실주의적 요소의 기능에 관하여」 등이 있다.

조성애 연세대학교 불어불문학과를 졸업하고 프랑스 소르본 누벨 대학에서 박사
학위를 받았다. 현재는 연세대학교 유럽사회문화연구소 연구원으로 재직하고
있다. 저서로는『자연주의 미학과 시학』과『사회비평과 이데올로기 분석』이
있으며 역서로는『사실주의 문학의 이해』『소설의 기법』『중세미술』『잘못된
길』『상투어』『유토피아』『로마에서 중국까지』 등이 있다. 「축제와 원형적 세

계관」「축제와 거인 신화」「에밀 졸라의 대지」 외 에밀 졸라에 관한 논문을 여러 편 발표했다.

최윤영 서울대학교 독어독문학과와 동대학원을 졸업했다. 독일 본 대학에서 박사학위를 받았으며 현재 서울대학교 독어독문학과 교수로 재직하고 있다. 저서로는 『한국문화를 쓴다: 강용흘의 『초당』과 이미륵의 『압록강은 흐른다』 비교연구』 『독일이야기1, 2』(공저) 『사실주의 소설에 나타나는 침묵하는 주인공들: 고트프리트 켈러의 『초록 하인리히』와 테오도르 폰타네의 『에피 브리스트』 비교연구』가 있으며 논문으로는 「미적 현대의 동시대인으로서의 테오도어 폰타네」 「낯선 자의 시선: 외즈다마의 작품에 나타난 이방성과 다문화성의 문제」 「매체로서의 언어, 매체로서의 몸. 요코 타와다의 목욕탕과 벌거벗은 눈을 중심으로」 등이 있다.

황정아 서울대학교 영어영문학과와 동대학원을 졸업했다. D. H. 로런스 연구로 서울대학교에서 박사학위를 받았다. 현재 이화여자대학교 영어영문학과 연구교수로 재직하고 있다. 최근 논문으로는 「보편주의와 공동체: 기독교를 둘러싼 바디우, 지젝, 니체의 논의」와 「로런스의 휘트먼 비평과 「끝없이 흔들리는 요람으로부터」」 등이 있다.

자본주의 사회와 인간 욕망

초판인쇄	2007년 10월 5일
초판발행	2007년 10월 12일

엮은이	고영석
펴낸이	강병선
책임편집	오경철 유정민
펴낸곳	(주)문학동네
출판등록	1993년 10월 22일 제406-2003-000045호

주 소	413-756 경기도 파주시 교하읍 문발리 파주출판도시 513-8
전자우편	editor@munhak.com
전화번호	031) 955-8888
팩 스	031) 955-8855

ISBN 978-89-546-0376-8 03810

www.munhak.com

파우스트

요한 볼프강 폰 괴테 | 외젠 들라크루아·막스 베크만 그림 | 이인웅 옮김

괴테가 육십여 년에 걸쳐 쓴 필생의 대작이자 독일문학 최고의 걸작으로 일컬어지는 영원불멸의 고전. 인간의 심연에 대한 진지한 분석과 독창적인 성찰을 보여주는 프랑스 낭만주의의 거장 들라크루아의 석판화와, 원전과 충실한 조화를 이루면서도 날카로운 현대성을 표출하는 독일 표현주의의 대가 막스 베크만의 펜 소묘 삽화가 어우러져 새로운 감동을 자아낸다.

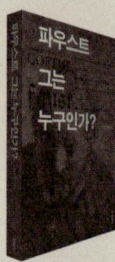

파우스트 그는 누구인가?

이인웅 엮음

불멸의 문학적 수원지(水源池)인 '파우스트'에 매혹된 예술가들의 다양한 작품세계를 조명한 논문집. 음악, 미술, 연극, 영화 그리고 컴퓨터게임에 이르기까지 시공을 뛰어넘어 여러 주제 속에서 늘 새롭게 창조되어온 파우스트 인간상을 각 분야의 전공자들이 면밀하고 세심하게 연구 분석한다.

2007년 문화관광부 선정 우수 학술도서

변신

프란츠 카프카 | 루이스 스카파티 그림 | 이재황 옮김

모든 것이 불확실하고 출구를 찾을 수 없는 현대인의 삶 속에서 인간에게 주어진 불안한 의식과 구원에의 꿈 등을 명료하고 단순한 언어로, 기이하고도 아름답게 형상화해내고 있는 20세기 문학의 신화. 「변신」의 한 장면 한 장면을 더없이 '카프카적'으로 그려 보이고 있는 루이스 스카파티의 삽화들이, 카프카 문학세계 전체의 이미지를 생생하게 보여준다.

2006년 책읽는교육사회실천회의 선정 좋은 청소년책

향연

플라톤 | 조안 스파르 낙서와 그림 | 이세진 옮김

플라톤의 대화편 중 가장 아름다운 문체와 짜임새 있는 구성을 자랑하는 「향연」을 통념을 깨는 기발한 독법이 담긴 조안 스파르의 낙서와 그림으로 다시 읽는다. 플라톤의 문장을 하나하나 곱씹으며 자유로운 상상력을 펼치는 동안, '철학사'라는 감옥에서 구출된 「향연」의 풍부한 뉘앙스와 다양한 해석의 장(場)을 만나게 될 것이다.

모차르트—한 천재에 대한 사회학적 고찰

노베르트 엘리아스 | 박미애 옮김

모차르트는 결코 타고난 천재가 아니다. 오히려 사회와의 끊임없는 갈등을 통해서 "만들어지고 완성된" 천재에 가깝다. 정치한 논리와 다양한 자료를 바탕으로 기존의 모차르트 연구자들이 가졌던 한계를 단번에 뛰어넘는 지적 통찰을 보여주는 노베르트 엘리아스의 유작.

프리즘—문화비평과 사회
테오도어 아도르노 | 홍승용 옮김

프랑크푸르트학파를 대표하는 '반성적 사유'의 대가 아도르노의 초기 문화비평 에세이 모음집. 문화비평, 유토피아에 관한 사유, 음악에 관련된 현상들, 동시대의 철학과 문학을 비판하는 그의 글은 독자들에게 한순간도 긴장을 늦추지 말 것을 요구한다. 체계를 거부하고 동시적, 불연속적, 전방위적으로 펼쳐지는 철저한 변증법적 사유의 진수.

근대 개인주의 신화
이언 와트 | 이시연·강유나 옮김

근대 유럽 최고의 걸작 소설 네 편의 숨겨진 기원을 밝힌 영문학 이론의 고전. 파우스트와 돈 키호테, 돈 후안과 로빈슨 크루소의 탄생과 신화화 과정을 분석하여, 이들 네 인물이 근대 개인주의의 시조로서 서구문명에 끼친 영향과 흔적을 읽는다. 위트 넘치는 고찰과 문학적, 역사적 상상력의 유쾌한 결합이 독자들을 행복한 책읽기로 이끌 것이다.

2006년 대한민국학술원 선정 우수 학술도서

발터 벤야민과 아케이드 프로젝트
수잔 벅 모스 | 김정아 옮김

역사 저술의 코페르니쿠스적 혁명으로 꼽히는 발터 벤야민의 미완성 프로젝트 「파사젠베르크」를 재구성한 역작. 폐허로 남은 근대 자본주의 풍경 속에 깃든 당대인들의 무의식과 신화, 알레고리를 독특하게 읽어낸 문화비평서이자 마르크시즘 분석서. 망명에 실패한 와중에도 「파사젠베르크」를 지키려 했던 학자 벤야민의 마지막 모습도 만날 수 있다.

정신병과 심리학
미셸 푸코 | 박혜영 옮김

사회의 보이지 않는 감시와 처벌 속에, 광기와 이성을 가르는 경계의 모호성을 온몸으로 겪어내야 했던 극한의 체험. 전통적인 철학의 경계를 넘어 존재의 본질을 탐구해온 푸코가 내놓은, 광기를 야기하는 삶의 조건에 대한 철학적 탐구서.

2004년 대한민국학술원 선정 우수 학술도서

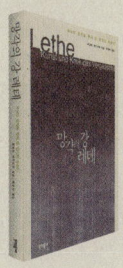

망각의 강 레테—역사와 문학을 통해 본 망각의 문화사
하랄트 바인리히 | 백설자 옮김

고대 그리스 시대에서 오늘날에 이르기까지 위대한 인물들이 전하는 망각에 얽힌 일화를 소개하고, 망각을 다루는 기술은 물론 그 비판의 문제를 함께 논의하는, 망각의 강 레테에 관한 총체적인 문화 지형도. 대가들의 작품을 통해 문명의 기억에 아로새겨진 '문화사'를 되짚어본다.